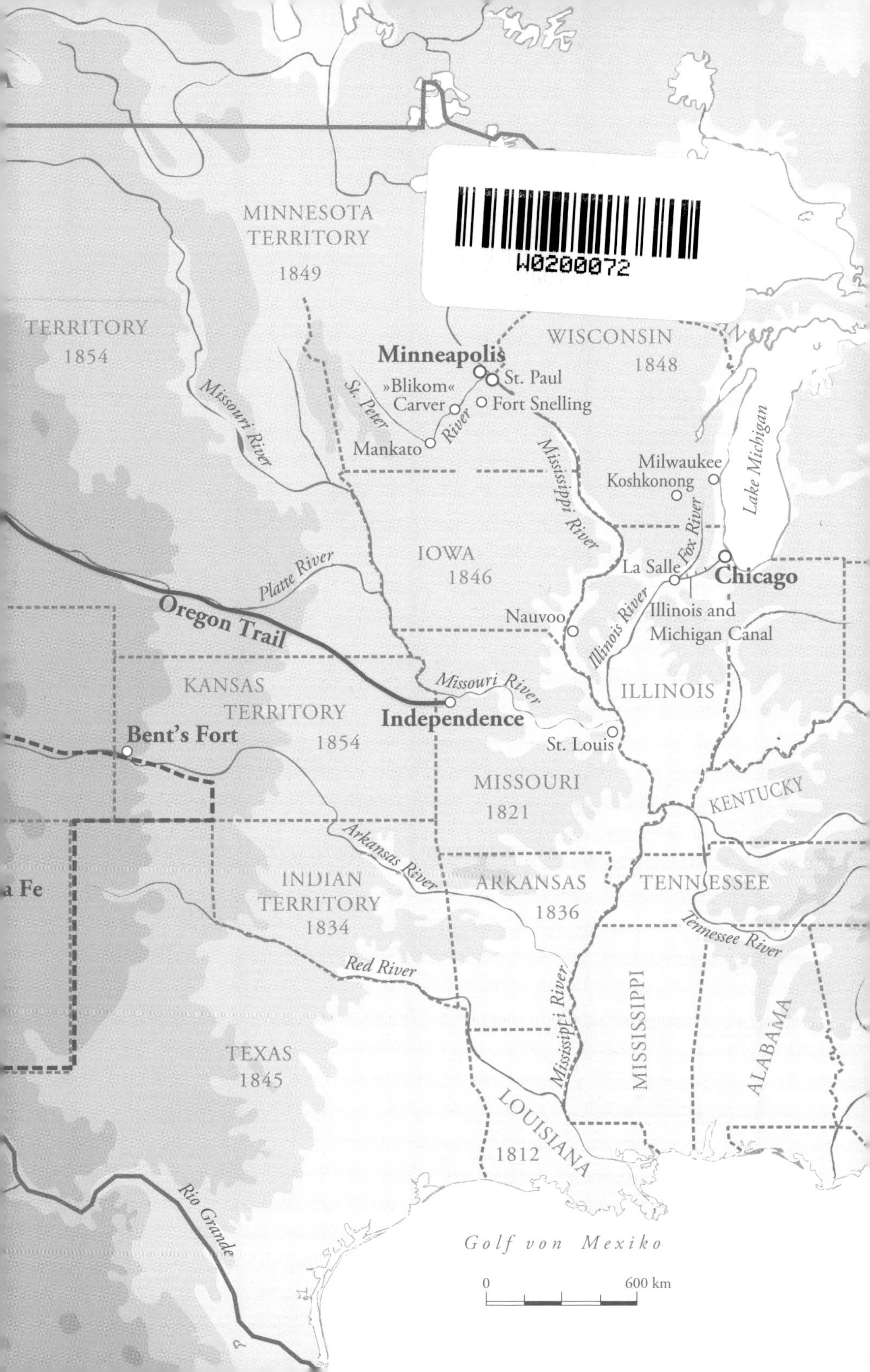

MINNESOTA
TERRITORY
1849
TERRITORY
1854
WISCONSIN
1848
Minneapolis
St. Paul
»Blikom«
Carver
Fort Snelling
St. Peter
River
Mankato
Missouri River
Mississippi River
Milwaukee
Koshkonong
Lake Michigan
Fox River
IOWA
1846
Platte River
La Salle
Chicago
Oregon Trail
Nauvoo
Illinois River
Illinois and
Michigan Canal
KANSAS
TERRITORY
1854
Missouri River
Independence
ILLINOIS
Bent's Fort
St. Louis
MISSOURI
1821
KENTUCKY
Arkansas River
INDIAN
TERRITORY
1834
ARKANSAS
1836
TENNESSEE
a Fe
Tennessee River
Red River
Mississippi River
MISSISSIPPI
ALABAMA
TEXAS
1845
LOUISIANA
1812
Rio Grande
Golf von Mexiko
0
600 km

Toril Brekke

# *Die Reise nach Westen*

Toril Brekke

# *Die Reise nach Westen*

Roman

Aus dem Norwegischen von
Gabriele Haefs

Droemer

Die norwegische Originalausgabe dieses Buchs erschien 2008
unter dem Titel »Gullrush« bei Aschehoug, Oslo.

Die Übersetzung wurde von NORLA, Oslo, gefördert.
Der Verlag bedankt sich dafür.

**Besuchen Sie uns im Internet:**
**www.droemer.de**

Deutsche Erstausgabe März 2010

Redaktion: Viola Eigenberz
Umschlaggestaltung: ZERO Werbeagentur, München
Umschlagabbildung: Photoimagerie/Alamy Mauritius Images/Old Visuals
Kartographie: Copyright © by Gerd Eng Kielland
Satz: Adobe InDesign im Verlag
Druck und Bindung: C. H. Beck, Nördlingen
Printed in Germany
ISBN 978-3-426-19873-5

2 4 5 3 1

# *Vorwort*

Es begann im Jahre 1825, als eine kleine Schar von Quäkern und Haugianern über das Meer nach Amerika reiste, auf der Suche nach dem Recht auf Glaubens- und Gedankenfreiheit. Später folgten andere, die Armut und Wohnungsnot, Bürokratie und Steuereintreibern den Rücken kehrten.
Die Koshkonong-Prärie im Süden von Madison im Staat Wisconsin war eine der Gegenden, wo sich eine blühende norwegische Gesellschaft entwickeln sollte. Hier gründete der junge Mandt aus Arendal später eine Wagenfabrik, und an einem hier gelegenen Binnensee machte Ole Evenrudstuen seine ersten Experimente mit Außenbordmotoren.
Auswanderer ließen sich gern in der Nähe ihrer Landsleute nieder; auf diese Weise entstanden etliche Orte mit starker norwegischer Prägung, wie Coon Valley, Westby und Decorah, wie Bemidji und Grand Forks und noch viele, viele andere.
Zugleich lebten die Einwanderer im Rahmen der historischen Entwicklung ihres neuen Erdteils. Im Jahre 1848 wurde in Kalifornien Gold gefunden, und viele Norweger, die vom Reichtum träumten, machten sich dorthin auf den Weg. Zu Beginn der sechziger Jahre brach der Bürgerkrieg aus. Norweger waren dabei. Sie kämpften und fielen. Einige kamen zu Ehren. In Madison steht ein Denkmal für Oberst Hans Christian Heg, geboren in Lier bei Drammen.
Die Arbeit an diesem Buch hat mich nach Chickamauga im Staat Georgia geführt, wo Oberst Heg und eine Reihe anderer in Norwegen geborener Soldaten fielen. Und sie führte mich auf den Weg der sogenannten »Forty-niners«, dieser Tausen-

den und Abertausenden, die auf der Suche nach Gold aus dem Mittleren Westen nach Kalifornien zogen. Ich übernachtete in der Stadt Placerville, die damals Hangtown genannt wurde, in einem Hotel aus der Goldgräberzeit. Dort entdeckte ich ein Haus, dessen gesamte Rückwand vom Bild eines Mannes mit Rucksack und langen Skiern bedeckt war. Das war Snowshoe Thompson, geboren in Telemark, der sagenumwobene Postbote, der auch im Winter die Post über die Goldberge transportiert hatte.

Dies ist ein Roman, aber die Fiktion befindet sich innerhalb eines gegebenen historischen Rahmens mit tatsächlichen Ereignissen. Die Handlung wird von erdichteten Gestalten vorangetrieben. Aber im Hintergrund gibt es auch einzelne historische Personen, wie Heg aus Lier und den Briefträger mit den langen Skiern, wie Foster Olson oder Bjørn Andersen Kvelve und dessen Frau Abel aus der Koshkonong-Prärie.

*Die Reise nach Westen* ist eine abgeschlossene Fortsetzung von *Elises Traum*. Brenda und Hølje, die im vorigen Buch Kinder waren, sind hier die Hauptpersonen.

Es kann rasch zu viele Namen geben, über die wir den Überblick behalten müssen. Am Ende des Buches folgt eine Liste der wichtigsten.

Am Ende möchte ich mich bedanken bei Elaine Olson und Clinton Bagstad, die mir in Norskedalen in Coon Valley im Staat Wisconsin begegnet sind, außerdem Carol Nelson, Beverly Webster und Mary Ann Larson, die ich in Wilmar getroffen habe, dazu Joelyn Scriba und ihre Familie in Bemidji – alle aus dem Staat Minnesota. Des Weiteren danke ich Bruce Gjovik aus Grand Forks, North Dakota, Rune Engebretsen und Verlyn Anderson aus Fargo/Moorhead an der Grenze zwischen Minnesota und North Dakota, Marjorie Thelen aus Cheyenne in Wyoming, Liv Marit Håkenstad aus Biri, Anna und Ola Jo Botheim und Ingebjørg Ulfsby Bottheim aus Lesja. Zum Schluss ein Dank an Bibbi Nore und Anne Poulsson für nützliche Ratschläge und an Anne Brit, Trygve, Lars und Øyvind für angenehme Reisebegleitung.

*Toril Brekke,*
*Liholt, Juni 2008*

# Teil I

# *Die Hoffnung auf Besseres*

# *Eine Mahlzeit im Schein eines Lagerfeuers*

Wir werden reich sein, Brenda, das verspreche ich!
Das waren Annies Worte, Annie mit der Kneipe, die Annie's Inn hieß, Annie, bei der Brenda und ihr Onkel in ihrer ersten Zeit in Chicago auf dem Hängeboden über den Biergästen hatten hausen dürfen.
Aber Brenda wollte nicht auf Annies Weise reich werden. Dabei ging es um mehr als nur darum, Whiskey und Bier auszuschenken – Annies Träume von Reichtum setzten ihre Hoffnungen auf Brendas Jugend und ihr blondes Haar.
Deshalb suchte Brenda Menschen, die nach Norden und Westen wollten, in einen kleinen Ort im Süden von Madison und im Norden von Janesville und Beloit, jedenfalls fort von Chicago und in Richtung Koshkonong-Prärie, wo sie Verwandtschaft hatte.
Dort lebte ihr Vater, der Quäker Håvard aus Stavanger in Norwegen, ein Mann, der in der Alten Welt zurückbleiben musste, als Brendas Mutter schwanger an Bord einer Schaluppe gegangen war, der später aber über das Meer gekommen war, um seine Geliebte zu suchen. Jetzt lebte er in Koshkonong, wenn auch mit einer anderen Frau, denn Elise weilte nicht mehr unter den Lebenden.
Brenda war also mutterlos, hatte jedoch einen Vater. Dass er Quäker war, ließ sie glauben, er sei ein guter Mann, denn alle Quäker, die sie jemals kennengelernt hatte, waren kluge und gütige Menschen gewesen. Also musste er seiner Tochter doch wohl so manchen guten Rat geben können, dachte Brenda, einige Worte, die Ordnung in ihrem Leben und ihren Gedan-

ken schaffen und sie auf einen breiteren und sicheren Weg geleiten könnten.
Und sie sprach mit den Männern in der Kneipe, ob vielleicht einer in der Richtung zu tun hatte, in die sie reisen wollte. Der Einzige, der zögerte, ehe er den Kopf schüttelte, war ein Schiffer. Er hatte eine Mutter in Beloit, eine schwächliche Witwe, die vom Sticken von Bibelworten lebte. Brenda schürte die Mutterliebe des Mannes, bis er sich zu dieser Reise entschloss.
Beloit liegt genau in meiner Richtung, sagte Brenda.
Aber ich kann dich nicht mit zu meiner Mutter nehmen, sagte der Kapitän.
Schäm dich, du Feigling, dachte Brenda.
Dann suche ich mir eine Unterkunft, sagte sie laut.
Und so beschlossen sie, sich einige Tage später auf den Weg zu machen.
Was willst du denn in der Wildnis?, fragte Annie mit der Kneipe. Dieser Vater hat dir ja wohl nie viel zu sagen gehabt.
Wir sind uns doch nur ein einziges Mal begegnet, erwiderte Brenda.
Und was war das für ein Freudentag!, spottete Annie. Ein stürmischer und in Blut getränkter Herbsttag!
Ich habe außerdem Grüße und ein Geschenk zu übermitteln, sagte Brenda.
An den Quäker?
Nein, an seinen Stiefsohn. An den Jungen, der Hølje heißt. Grüße von Mary vom Puppentheater.
Ach so, murmelte Annie. Na dann. Ja, ja.
Aber komm bald wieder, meine Goldpuppe, waren ihre Abschiedsworte für Brenda, und sie küsste sie auf ihr Umschlagtuch, als der Tag gekommen war und Brenda sich mit dem Kapitän auf die Reise machte.
Brenda hatte sich für die Schlittenfahrt durch Wind und Schnee dick eingemummelt. Zunächst und ganz insgeheim

trug sie eins der von ihrem Onkel hinterlassenen Beinkleider, eine Frieshose, die Ansgar so lange benutzt hatte, wie Brenda sich überhaupt zurückerinnern konnte. Darüber trug sie mehrere Röcke. Schließlich hatte sie noch einen langen Mantel an, und sie hatte sich einen breiten Wollschal kreuzweise über die Brust gebunden. Ihre nackten Fäuste schob sie unter die Felle, in die der Schiffer sie dann wickelte.

Aber dass du keine Handschuhe hast, meine Süße, murmelte der Mann, zog sich den Hut tiefer über die Ohren und packte die Zügel.

Dann waren sie unterwegs, und in Brenda keimte Freude, der erste Hauch von Glück, den sie seit langer Zeit verspürt hatte. Das lag an Bewegung und Geschwindigkeit, an den Windstößen, die ihr fast den Atem raubten, an der Reise an sich, die ein *Von* und ein *Nach* enthielt und die zu einer Veränderung führen konnte. Wie der Traum von einem Abenteuer, so, wie er in ihr Wurzeln geschlagen hatte, als sie und ihr Onkel sich ein Jahr zuvor der Theatertruppe von Mary und dem Böhmen angeschlossen hatten. Brenda und Ansgar sollten die Trommel schlagen und die Theaterpuppen über die kleine Bühne führen. Ansgar sollte dem Böhmen außerdem beim Schnitzen neuer Holzfiguren helfen, während Brenda zusammen mit der gleichaltrigen Mary Geschichten ersann, die sie dem Publikum vorführen konnten.

Aber es war bei den Vorbereitungen und einer einzigen unvollendeten Vorstellung geblieben. Der blutige Tag hatte alle Träume zertreten.

Kannst du nicht dieses feine Lied singen?, bat der Kapitän, als sie schon ein gutes Stück in die Wildnis gefahren waren.

Brenda sang das Trinklied, von dem sie wusste, dass es ihm gefiel, und er lachte schallend, obwohl der Wind die meisten Töne fortriss.

Noch einmal, befahl er, und sie tat, wie ihr geheißen.

Später an diesem Vormittag hielten sie an und teilten ihren Proviant. Sie fragte ihn nach dem Leben auf den Seen, und seine Wangen röteten sich vor Erzählerfreude. Dann ging es weiter, bis es dämmerte, und er zündete eine Fackel an, die Brenda halten musste.
Zweimal übernachteten sie unterwegs. Am ersten Abend stellte er sie dem Paar, an dessen Tür sie klopften, als Stieftochter seines Vetters vor, am zweiten nannte er Brenda sein Patenkind. In Beloit zeigte er auf eine Kneipe, in der man übernachten konnte. Wie zur Entschuldigung dafür, dass er sie nicht einmal hineinbegleitete, schenkte er ihr seine großen verfilzten Seefäustlinge, ehe er sich verabschiedete.
Bald saß Brenda in einer Ecke an einer fremden Feuerstätte in einem Raum, der an Annies Saloon erinnerte, und verzehrte eine Portion Bohnen mit Speck; sie hatte ihren Mantel ausgezogen, den Schal aber locker über den Haaren liegen lassen.
Sie war sechzehn Jahre alt. Es war der Spätwinter 1843. Brenda dachte an ihren Vater, diesen hochgewachsenen Mann mit den Schatten um die Augen. Sie dachte an diese drei Menschen, die eigentlich zusammengehört hätten, die aber niemals unter einem Dach gewohnt hatten, eine Mutter, ein Vater und ein Kind. Der Onkel Ansgar war für Brenda da gewesen, nachdem die beiden eine vom Tode gezeichnete Elise verlassen hatten. Jetzt weilten nur noch Håvard und Brenda unter den Lebenden.
Ach ja, sagte neben ihr eine Stimme. Du willst zu deinem Vater?
Brenda zuckte zusammen.
Zum Quäker Håvard, sagte jetzt der Fremde.
Brenda nickte.
Deiner Mutter so ähnlich, sagte der Mann. Kein Irrtum möglich. Wir sind uns schon einmal begegnet.
Wo denn?
Beim Ontario-See, als du noch klein warst. Ich bin mit der

*Restauration* über das Meer gekommen, demselben Schiff wie Elise.

Foster Olson, sagte er und streckte ihr die Hand hin, während er hinzufügte: Damals habe ich mich Thorstein Bjorland genannt.

Foster Olson, Thorstein Bjorland, Brenda konnte sich weder an diese Namen noch an das Gesicht des Mannes erinnern, aber er hatte ein Lächeln, das wärmte.

Auf diese Weise hatte der morgige Tag eine Richtung und ein Ziel erhalten, noch ehe sie sich auf den Boden und nicht ins Stroh der ihr zugewiesenen Kammer legte, denn das Stroh wimmelte nur so von Ungeziefer. Vollständig angezogen legte sie sich schlafen, mit Röcken und Mantel und den Beinkleidern des Onkels, mit Schal und Tuch und Stiefeln und allem, und sie verspürte eine feine Ruhe im Körper, wenn sie an Foster Olson dachte. Fast wie ein Verwandter, so kam es ihr vor. Jemand, der von ihr wusste und die Zusammenhänge kannte. Jemand, der Bilder von ihr als kleines Kind mit sich herumtrug.

Ihr Vater hatte keine solchen Bilder. Er hatte in einem Gefängnis in Europa gesessen, als Brenda geboren worden war.

Am nächsten Morgen ging die Reise weiter, hinter zwei müden Ochsen, während der Mann mit den Zügeln von der Schönheit von Brendas Mutter Elise und ihrem doppelten und plötzlichen Tod erzählte. Mit dem doppelten meinte er, dass ihre norwegischen Freunde geglaubt hatten, sie sei schon lange zuvor einer Seuche erlegen. Aber dann war sie gewissermaßen von den Toten auferstanden, als reiche Dame aus den Südstaaten, um am Ende einem Messer zum Opfer zu fallen.

Aber war sie ein guter Mensch?, fragte Brenda.

Sie hat Blaubeerpie gebacken, sagte Foster Olson. Das ist das Beste, woran ich mich aus der Zeit am Ontario erinnern kann. Der Rest war Fieber.

Brenda hatte seit dem jähen und endgültigen Tod ihrer Mutter einen inneren Sog verspürt, die Sehnsucht, etwas zu finden, das Gut und Böse aufwiegen konnte. Blaubeerpie war nicht sehr viel. Sie brauchte mehr. Denn die Mutter war so erschütternd schroff gewesen, so gemein und höhnisch auf dem windigen Platz, wo der Wagen des Puppentheaters mit der kleinen Bühne aufgebaut war, so unbegreiflich abweisend zu ihrer eigenen Familie, dem Bruder Ansgar, den sie seit zwölf, dreizehn Jahren nicht mehr gesehen hatte; was war mit ihr geschehen? War sie so gewesen, in ihrem eigentlichen Wesen? Danach wollte Brenda den Vater ebenfalls fragen, da er Elise doch gekannt hatte.

Foster Olson fuhr sie ans Ende eines Feldes, das Håvard und sein Stiefsohn aufgepflügt hatten. Bald hatte sie eine Schwelle überstiegen und stand im Haus. Sie stand auf einem Lehmboden in einer kleinen ärmlichen Holzhütte. Die Luft war von Rauch gesättigt, als sei das Abzugsloch von Schnee bedeckt oder gar nicht vorhanden. Am Rand der Feuerstätte saß ihr Vater und schlug mit langsamen Bewegungen den Pfeifenkopf auf einem Stein aus. Er sah ihr entgegen, jedoch ohne ihrem Blick zu begegnen, als sei sie aus Luft oder als sei der Mann blind. Aber er war nicht blind, das wusste sie.

Ich bin Brenda, sagte sie verwirrt.

Komm herein, Kind, zwitscherte Gunhild, Håvards neue Frau. Natürlich, du bist Brenda, natürlich bist du das!

Brenda stand schon im Haus und hatte die Tür hinter sich geschlossen, als diese Worte gesagt wurden. Weiter ins Haus konnte sie nicht gehen, denn es gab keinen Platz. Dort waren die Feuerstätte und der Mann. Dort waren die Pritschen an der Wand. Dort waren drei Reisetruhen, die eine stand offen, und im Deckel lag ein schreiender Säugling. Und es gab Kochtöpfe und einen Rocken.

Nur der Rocken stand zwischen Brenda und dem Vater. Jetzt

stopfte der Vater sich die Pfeife. Jetzt gab er sich Feuer und fügte dem Rauch im Raum neuen Rauch hinzu.
Setz dich, zwitscherte Gunhild. Du musst doch nach der Reise hungrig sein.
Brenda spürte ihn im Leib, den Hunger, sie antwortete jedoch nicht. Denn der Vater hatte sie noch nicht begrüßt.
Sie selbst brachte Grüße von Foster Olson mit, aber wie sollte sie die Freundlichkeit eines anderen jemandem übermitteln, der nicht zu erkennen gab, dass er ihre Anwesenheit bemerkt hatte?
Ein Mädchen, zwitscherte Gunhild und schaute zu der Kleinen im Truhendeckel hinüber. Sie soll Marja heißen.
Und Brenda fühlte sich doppelt fremd im Geplärre dieser Halbschwester, von deren Existenz sie nicht gewusst hatte.
Aber noch wartete sie, einen tiefen, zitternden Atemhauch lang, darauf, dass der Vater aufstand und nach ihrer Hand griff, dass er sie mit Wärme ansah, dass er lächelte, mit seinen blauen Augen, die in einem ewigen Schatten lagen, dass er sie in den Arm nahm und etwas Wichtiges sagte.
Das passierte nicht.
Der Mann schwieg. Seine Frau schwieg. Sogar der Säugling schien den Atem anzuhalten. Alles, was zu hören war, war der Schneewind, der durch die undichten Wände drang, bis das Kind ein leises Wimmern ausstieß.
Ich habe Hølje etwas mitzuteilen, brachte Brenda endlich heraus.
Und sie drehte sich zur Tür um, da Hølje nicht zu sehen war, als ob sie ihr Anliegen gleich nach Chicago zurückbringen wollte, zur Not zu Fuß, da sie offenbar vergeblich gekommen war.
Er ist auf Jagd, sagte seine Mutter fröhlich. Vorhin habe ich ihn noch hier in der Nähe gesehen. Du kannst meine Skier nehmen.

Einen ganzen Tag lang folgte Hølje nun schon den frischen Spuren, dazu auch einige Stunden der Nacht. In weiten Bögen hatten sie sich bewegt, der Hirsch und der Junge, über flaches Prärieland, an vereisten Ufern von Seen und Bächen, durch Wäldchen aus kleinwüchsigen Eichen; der Mensch zumeist mit dem Gesicht nach unten, den Vertiefungen im Schnee vor den Skispitzen zugewandt, den Blick nur zum kurzen Atemholen zwischen einem Schritt und dem nächsten erhoben, während er spähte und horchte. Zweimal hatten sie sich unterwegs seiner Wohnstatt genähert, aber dann war das Wild weitergelaufen. Dann hatte es unter dem Sternenlicht gestanden, deutlich vor dem blaubleichen Schnee, ein ausgewachsener Bulle, er stand dort und atmete schwach, wie vor einem Kampf gegen einen Rivalen oder als habe er keine Kraft mehr und wolle sich ergeben. Aber so war es nicht. Er war in eine unsichtbare Falle getappt. Auf drei Seiten witterte er Menschen, deshalb zögerte er, während er nach einem möglichen Ausweg suchte.

Hølje begriff erst, als er dort stand, mit dem Echo des Schusses in den Ohren, die Brust erfüllt von erregtem Glück, dass sie das Wild zu mehreren umringt hatten. Aber jetzt entdeckte er die kleine Gruppe von Indianern, die sich auf Schneeschuhen über das Eis bewegte. Zwei erwachsene Männer und eine Frau, und der eine Mann hielt eine kleine Axt in der Hand. Hølje hatte sie schon früher gesehen, im Sommer und Herbst, hatte sie auf der anderen Seite des Ackerlandes vorbeigehen sehen, und der größere der Männer hatte einmal stumm zusammen mit Håvard, Høljes Stiefvater, in der Holzhütte am Feuer gesessen, das war kurz vor Weihnachten gewesen.

Die Indianer bekamen eine Keule des Hirsches, ehe sie weiterzogen.

Vielleicht hätte ich ihnen zwei Keulen geben sollen, dachte Hølje später, als ihm aufgegangen war, wie viel die anderen dazu beigetragen hatten, dass der Hirsch erlegt worden war. Aber jetzt waren sie nicht mehr zu sehen.

Er hatte das hastig zusammengetragene Lagerfeuer noch nicht anzünden können, als er die Anwesenheit eines weiteren Menschen am Ufer des kleinen Sees ahnte, wo die Jagd ein Ende genommen hatte. Hølje spürte sie, ehe er sie sah, er spürte Brenda, und die Freude in seinem Körper wurde stärker.

Aber konnte es denn wahr sein?

Er sah sie jeden Tag vor sich, ganz nah, wie in einem Traum; ein Gesicht, ein Kleid oder einen Punkt, der sich aus der Ferne näherte, aber auch dann wie in einem Traum, denn im Wind dort draußen war ja doch niemand, oder es waren ganz andere. Er hatte sich monatelang gesehnt und gewartet, denn sie musste doch kommen! Hier lebten doch ihre Verwandten! Høljes Stiefvater war Brendas Vater. Also musste sie sich doch hergezogen fühlen!

Das Feuer brannte, als die Gestalt dahinter mehr als eine undeutliche Bewegung wurde, auch wenn sie weiterhin nur ein Gesicht ohne Züge war, ein in einen Schal eingehüllter Kopf, der in einer raschen Bewegung mit dem Körper in eins überging. Trotzdem fühlte sich Hølje von Magie erfüllt, wie in der Erwartung einer Theatervorstellung.

Brenda hatte den Hirsch und den Jungen im Mondlicht vor dem Schnee geahnt, und sie hatte das Aufblitzen gesehen, als der Schuss die Stille zerfetzte. Jetzt war sie von Hølje erfüllt wie zuvor, während ihrer langen Reise, vom Vater; Hølje vor dem Theater, unter den anderen Erwartungsvollen. Und sie ließ die Erinnerungen aufsteigen, als sie sich dem Schein seines Feuers näherte, die Erinnerung an Chicago im Herbstlicht, an den Platz mit dem Theaterwagen und der kleinen Bühne, die Spannung hinter dem Vorhang, wo sie selbst mit der gleichaltrigen Mary stand, als Mary ihr im Publikum Hølje zeigte.

Brenda sah einen jungen Mann mit offenem Gesicht unter einer Pelzmütze. Die beiden hinter dem Vorhang kicherten, wie nur Mädchen kichern können, wenn sie einen Jungen sehen, der ihnen vielleicht gefällt.
Nice boy, sagte Mary.
Oh yeah, antwortete Brenda.
Charmy, sagte Mary in ihrem gebrochenen Englisch.
Ich wusste nicht, dass du einen Freund hast, neckte Brenda sie. Hast du ihn geküsst?
Geküsst? Bist du verrückt?
Sie hatten sich vor Kichern gekrümmt.
Wir sind uns nur einige Male begegnet, erklärte Mary. An Orten, wo wir gespielt haben. Und auf der Landstraße. Einmal haben wir an einer Biegung eine Mahlzeit geteilt. Er und der lange Mann, der neben ihm steht, haben uns getrockneten Schinken gegeben. Meine ewig hustende Mutter hat ihnen Hasenfleisch gegeben.
Dieses geflüsterte Gespräch und das halb erstickte Lachen bildeten die letzten Reste der leuchtenden Kindheit in ihrem Leben, das wusste Brenda, als sie sich hier über den Schnee bewegte. Kurz nach Beginn der Vorstellung riss ihre Kindheit ab und nahm ein Ende. Das lag an einer boshaften, höhnischen Frau, ihrer Mutter Elise. Und an einem Messer. Und an einem Schuss.

Und Hølje sah Brenda, wie sie sich in der Winternacht zeigte, sah sie nah und fern zugleich, sah sie im Herbstlicht auf einem Platz in Chicago, nachdem das Messer zugestoßen hatte, nachdem der Schuss gefallen war: eine dünne Gestalt mit hellen, hellen Haaren, im Blick der Sog der Verzweiflung, mit einem Paar verschlissener und zu großer Stiefel, die sie aussehen ließen wie ein Kind.
Das Bild brannte sich in ihn ein. Seither liebte er sie mit der Kraft eines fünfzehnjährigen Jungenherzens.

Jetzt war sie da, in Wirklichkeit und nicht in Erinnerungen oder Träumen.
Gottes Friede, sagte der Jäger.
Ich bin den Spuren gefolgt, sagte Brenda. Aber ich bin das Skilaufen nicht gewöhnt.
Einen ganzen Tag und eine viertel Nacht?
Seit heute Nachmittag, sagte Brenda. Deine Mutter hatte dich in der Ferne gesehen, kurz bevor ich gekommen bin, und da bin ich der frischsten Spur bis zu der Stelle gefolgt, wo zwei einander kreuzten.
Sie schaute hungrig auf den Hirsch.
Hølje fiel auf, dass ihre Stiefel zu passen schienen und nicht zu groß waren wie auf dem Platz vor dem Theater. Aber die Haare, die sich unter dem Schal hervorgestohlen hatten, waren noch ebenso hell. Er brach einige Zweige ab, auf denen sie sitzen konnte. Er nahm die Mütze ab und legte sie über die Zweige, damit Brenda es wärmer hätte.
Falls sie das wollte?
Sie wollte sich gern setzen.
Aber behalt die Mütze auf, sagte sie.
Die war aus Hasenfell. Es war dieselbe, die er in Chicagos Wind und Staub getragen hatte.
Ich habe Fäustlinge, auf denen ich sitzen kann, sagte sie und zog die verfilzte Kapitänsgabe von den Händen. Und ich habe dir etwas mitgebracht.
Dann saß sie da auf Zweigen und Fäustlingen, und das Feuer leuchtete ihr ins Gesicht, während Hølje in den Rumpf des Hirsches eine Öffnung schnitt und vorsichtig die Innereien herausnahm. Er stopfte gefrorenes Moos in den Enddarm und die Speiseröhre des Tieres und band zudem einen Knoten in den Darm, um zu verhindern, dass das Fleisch einen bitteren Geschmack annahm, das alles, während er sich fragte, was sie wohl vorhaben mochte und ob sie gekommen sei, um hier in Koshkonong zu bleiben, bis das Frühjahr käme und das

Puppentheater weiterziehen könnte, denn er glaubte noch immer, dass sie dieser Truppe angehörte. Dann spießte er das Herz des Hirsches auf zwei Zweige und hängte es über die Flammen, und in ihm wogte die Freude darüber, der Mann zu sein, der das Wild zur Strecke gebracht hatte, damit die Frau, die er liebte, sich bald satt essen könnte.

Brenda ließ ihn nicht aus den Augen. Mit geübten Bewegungen legte er Leber und Nieren in einem Korb auf eine Schneeschicht. Danach befreite er den Rumpf vom Fell, und sie dachte, es werde ihre Aufgabe werden, das Fell durch die Nacht in die zugige kleine Hütte zu bringen. Hølje würde mit dem Fleisch genug zu tun haben. Mit dem Fleisch und dem Korb und dem Gewehr. Sie würde außerdem eine Fackel halten müssen, dachte sie dann, für den Fall, dass ein Wolf sich näherte.

Hølje sah auf seine arbeitenden Hände, das blutige Messer und den Rumpf. Brenda sah vor sich die Wolfsbestien, die es in der Gegend geben sollte, wie Foster Olson gesagt hatte, und ihr schauderte. Dann hoben sie die Blicke, im selben Moment, und schauten einander an, und die Bilder in ihnen beiden veränderten sich. Sie sahen den Platz vor dem Theater in Chicago. Sie sahen Brendas Onkel Ansgar, der die Trommel schlug, obwohl er betrunken war und unrhythmisch und sinnlos die Trommelstöcke bewegte. Und sie sahen Elise, oder Alice, wie sie sich in Amerika nannte. Brendas Mutter. Sie sahen Ansgars Schwester, die vor langer Zeit ein Bettelmädel auf einer Kätnerstelle bei Stavanger in Norwegen gewesen war. Auf dem Platz vor dem Theater hatte sie Seide und Brokat getragen und einen breitkrempigen Hut mit wehenden Federn. Sie war ganz anders gewesen als alle in ihrer Nähe. Um sie herum hatte es graue Haut und graue Kleider gegeben, magere Gestalten, die in der neuen Welt noch nicht sehr viel

zu sich genommen hatten. Alice spuckte ihren Bruder Ansgar an, sie verspottete und demütigte ihn, als er da, betrunken, in seiner Frieshose saß: *Kannst du denn niemals etwas richtig machen?*
Sie sahen Ansgars Angst, den Irrsinn der Angst in den Augen des Trommlers, als er das Messer zog und die elegante Südstaatendame zum Schweigen brachte.

Ob er begriffen hat, dass er von seiner Schwester verspottet wurde?, fragte Hølje.
Das weiß ich eben nicht, sagte Brenda. Das hätte ich so gern gewusst. Wer sie war. Meine Mutter.

Ansgar hatte seine eigene Schwester getötet. Gleich darauf wurde er von einem zufälligen Passanten erschossen, der eine geladene Waffe zur Hand hatte. Wie eine Kette aus schwarzen Perlen, hatte Hølje gedacht. Jeder Moment eine schwarze Perle. Der Spott. Das Messer. Der Schuss. Die Schreie. Aber zwischen dem Schuss und den Verletzten und dem Geschrei der Menge hatte es eine leuchtende weiße Perle gegeben. Sie hatte den abwartenden Augenblick in sich getragen, als alle den Atem anhielten, als noch niemand richtig erfasst hatte, was soeben geschehen war. Sie enthielt außerdem eine Bewegung – Brenda, die hinter dem Vorhang hervorsprang. Eine magere Mädchengestalt in schlechten Schuhen und mit einem purpurroten Samthut auf dem Kopf, einem Hut, den der Wind davontrug. Dann sprang sie nicht mehr, sie stand nur zwischen den beiden auf dem Boden liegenden, diesen verwirrten Gestalten, die den Schmerz in ihren Körpern noch nicht erkannt hatten, sie stand dort barhäuptig mit ihren blonden, blonden Haaren, während sie langsam begriff, was geschehen war, mit einem Blick, der immer verlorener wurde. Dann fiel sie auf die Knie, und das Geschrei der Menge erfüllte die Luft.

Hølje hatte den Blick nicht von ihr abwenden können. Brenda hatte ihren Onkel umarmt, nicht die Mutter. Sie murmelte etwas über beiden, murmelte Trost und Tadel. Denn sie sei selbst schuld, schluchzte sie, diese Südstaatenhure, die anderen keine Seelenruhe gönne, die Ruhe, die das Bier schenken konnte, und gerade *sie* müsse doch diese kurzzeitige Freude eines anderen begreifen können, sie, die wusste, wie schwer das Leben ihres Bruders früher gewesen war, als er ohne Krüge hatte leben müssen.
Hølje fing den Sinn ihrer Worte auf. Sie machte ihrer Mutter Vorwürfe. Sie sprach Norwegisch. Und deshalb verstanden nur die Norweger, was sie sagte.
Und noch ein Bild prägte sich dem Jungen ein: von Brenda, die angesichts des Todes Partei ergriffen und die sich im Kampf zwischen den beiden Gefallenen gegen ihre eigene Mutter entschieden hatte.
Das erfüllte ihn mit einer Erregung, und diese Erregung war gut. Es war befreiend zu sehen, wie Brenda ihrer sterbenden Mutter Vorwürfe machte, der verletzten, so, wie sein eigener Vater Vorwürfe verdiente, quer durch den Tod und bis hinüber auf die andere Seite, obwohl niemand diese Vorwürfe äußerte.

Auf dem Heimweg nach dem blutigen Herbsttag ein halbes Jahr zuvor hatte Hølje Brenda einmal Miss America genannt. Wegen ihres freimütigen Wortschwalls. Eine furchtlose Gestalt, hatte er über sie gedacht, ein freimütiges Mädchen auf amerikanischem Boden. Außerdem musste sie doch ein guter Mensch sein, so, wie sie den sterbenden Onkel in ihren Armen gewiegt hatte. Insgeheim hatte er Miss America geliebt.

Die beiden hatten an jenem Tag kaum ein Wort gewechselt. Aber Hølje hatte gleich neben ihr gestanden, das wusste Brenda. Und er hatte die Mütze abgenommen, die Hasenfellmütze,

und sie auf den Boden gelegt, damit Ansgars Haare nicht von Schmutz und Kehricht besudelt würden.
Was für ein fürsorglicher Junge! Kein Wunder, dass er Mary so gut gefiel.
Für einen Moment befand sich Brenda wieder in den Minuten vor Beginn der Vorstellung, während sie zusammen mit ihrer Freundin kicherte.
Du musst ihn heiraten, hatte Brenda gescherzt.
Daraus wird nie was, seufzte Mary.
Warum nicht?
Wegen einer Weissagung. Mir ist ein kurzes Leben geweissagt worden.
Du wirst lange leben!, hatte Brenda protestiert. Das musst du, und wenn du diesen feinen Jungen nicht nimmst, dann nehme ich ihn.
Dann musst du mir versprechen, gut zu ihm zu sein, hatte Mary gebeten.
Und etwas Schweres erfüllte Brenda, das fast nicht zu ertragen war, als sie da im Feuerschein saß und hörte, wie Hølje beim Zerlegen des Wildes summte.
Denn jetzt wusste sie es, sie wusste es seit ihrer Begegnung mit dem Quäker Håvard dort im Lärm des Kindergeschreis, dass sie so eine war, die wohl niemals einem Mann angetraut werden würde.

Der Duft von gebratenem Hirsch wurde bald stärker als der Gestank des rohen Blutes.
Ich habe Salz im Korb, teilte Hølje ihr fröhlich mit. Das habe ich immer, für den Fall, dass die Tour länger wird als lang.
Brenda suchte das Salz heraus.
Sie aßen, während der Mond bleich wurde und das blaue Nachtlicht über dem Schnee dem Morgengrauen wich. Sie aßen gebratenes Hirschherz, mit bloßen Händen, es war heiß, und es schmeckte nach Gewürzen und Salz und Blut. Sie be-

täubten die Hitze, indem sie Schnee hinunterschlangen. Sie kühlten Finger und Handgelenke auf dem kalten Boden ab, sie griffen gierig nach neuen Stücken, das Fleisch fühlte sich weich an, fast wie Butter auf ihren Zungen.

Sie erwähnten nicht die Holzhütte mit dem schreienden kleinen Mädchen, das sie geschwisterlich miteinander verband. Sie sagten nichts über Enge und Grauheit, über verräucherte Kammern und einen stummen Vater oder Stiefvater, der vielleicht auf Quäkerweise in sich hineinschaute, wenn er nicht sehen wollte, was in der Nähe war, und sie erwähnten keine Mutter oder Stiefmutter, die zwitscherte, um es in dem fensterlosen Daheim ein wenig behaglicher zu machen.

Sie sprachen darüber, was sie aßen und dass es so gut schmeckte. Sie hatten eine warme Glut im Gesicht, eine andere Röte als von Wind und Schnee, eine Glut, die Feuer und Mahlzeit und Gespräch entsprang. Die wachsende Sattheit schenkte Frieden in Körper und Seele. Hølje kam der Gedanke, dass es Frühling und warm sein müsste, denn dann hätten sie sich ans Ufer legen und schlafen können. Zugleich stieg in Brenda der Wunsch auf, sich an Hølje lehnen und die Augen schließen zu können, und sei es auch nur für kurze Frist, mit zitternder Ruhe und Muße.

Aber das konnte sie nicht. Das wusste sie. Und die Kälte biss ihr in den Nacken.

Mary ist tot, sagte Brenda, den Blick auf die Eisfläche vor ihnen gerichtet.

Hølje hörte auf zu kauen.

Ich habe etwas für dich, sagte Brenda jetzt. Einen Gruß.

Irgendwo unter ihren dicken Kleiderschichten zog sie einen kleinen Stoffbeutel hervor. Darin steckte eine Mundharmonika. Die gab sie ihm.

Der Tod sitzt in dieser Mundharmonika, sagte Hølje düster.

Die ist für dich, beharrte Brenda, die nicht begriffen hatte, was er sagte.

Wer seine Lippen auf diese Mundharmonika drückt, wird vom Tode gezeichnet, behauptete Hølje.
Er griff nach der kleinen Mundharmonika und schleuderte sie über die weiße Fläche.
Dort wird sie von Schnee bedeckt, sagte er. Dann sinkt sie auf den Grund, wenn das Eis schmilzt.
Brenda nahm sich noch ein Stück Hirschherz. Sie hatte seit dem Morgen des Vortages nichts mehr gegessen.
Zuerst ihre Mutter, sagte Hølje. Dann Mary. Hast du sie auch angefasst?
Brenda schüttelte langsam den Kopf, als müsse sie erst nachdenken.
Hølje sah es vor sich: Marys Mutter, die die Mundharmonika an zwei Bügeln über den Ohren befestigte, so dass sie die Hände für die Holzpuppen frei hatte. Danach hatte sie beim Husten Blut gespuckt.
Musste sie sehr leiden?, fragte er.
Brenda nickte: Sie hat Blut gehustet. Sie hat am ganzen Körper gezittert. Wie im Krampf. Sie hat von dir gesprochen. Sie hat gesagt, du wünschtest dir eine Mundharmonika.
Hølje schaute hinaus über die Eisfläche.
Aber die Truppe …, sagte er nach einer Weile. Willst du ohne Mary weiterziehen, allein mit dem Böhmen?
Brenda gab keine Antwort. Dann sagte sie doch etwas:
Du weißt, Alice.
Ja?
Oder Elise. Kann es sein, dass das alles passiert ist, dort in Chicago, weil sie uns zeigen wollte, dass sie es geschafft hatte?
Was denn geschafft?
Ganz oben auf den Baum zu klettern. Den Baum Amerika.
Hølje hätte lachen mögen mitten im Gerede über Husten und Tod. Brenda sah das, und es erregte in ihrer Kehle ein Gurgeln. Das wiederum entlockte Hølje das erste keuchende La-

chen, und bald lachten sie beide, laut und glücklich, und fingen dabei des anderen Gesicht mit Blicken ein.
Als das Lachen verstummte, schämten sie sich nicht, ihre Körper waren nichts als leicht.

Bald standen sie auf, um zu gehen.
Der junge Mann zog den Tierrumpf am Geweih. Die Frau hatte das Fell als starre Rolle unter den Arm geklemmt. Sie hielt keine Fackel. Es war hell geworden. Kein Wolf war zu sehen.

# *Versammlung zu Predigt und Fest*

Der Anblick seiner Tochter füllte Håvard mit einem Schmerz, den er kaum ertragen konnte. Brenda sah einer anderen zu ähnlich, einer, an die er nicht denken durfte. Das Leben musste jetzt weitergehen. Er hatte keine Zeit, um über etwas Verlorenes zu grübeln, er musste sich um die kümmern, mit denen er hier zusammenlebte, um Gunhild und die Kleine und den Sohn, den Gunhild aus Norwegen mitgebracht hatte. Marja war seine Tochter, so wollte Håvard es empfinden, und so sah er es jeden Tag. Die andere hatte er niemals plappern hören, er hatte sie nie in der Zusammengehörigkeit zwischen Mutter und Kind gesehen, die die Knoten in einem Mann lösen kann. Als Elise das Kind an der Brust gehabt hatte, hatten sie und Brenda am Ontario-See gelebt. Håvard hatte aufgrund eines Mordes, den er gar nicht hatte begehen wollen, an der norwegischen Küste im Gefängnis gesessen. Der Bauer, für den er gearbeitet hatte, hatte ihn des Diebstahls bezichtigt, um die Obrigkeit rufen und dafür sorgen zu können, dass das Schiff ohne Håvard lossegeln musste. Der Bauer wollte, dass Håvard weiter auf seinem Hof arbeitete, statt auszuwandern. Als der Quäker erkannt hatte, wie sehr er betrogen worden war, hatte er den kleinen Bauern hochgehoben und wieder fallen gelassen. Niemand wäre von einem solchen Hub und einem solchen Fall getötet worden, aber der Bauer hatte dabei das Gleichgewicht verloren und war mit dem Kopf auf einen Stein aufgeschlagen, dessen Kante so scharf und gefährlich gewesen war wie die Spitze eines frisch geschliffenen Messers.

Auf diese Weise war Håvard im Gefängnis gelandet, während das Schiff seine Frau fortgetragen hatte. Er hatte nicht gewusst, dass sie ein Kind erwartete. Darum war das Kind nicht auf den Bildern gewesen, die er sich im Gefängnis vorgestellt hatte. Er hatte Elise gesehen, nachts und tags. Eine furchtsame und unscheinbare Frau, damals, als er sie geheiratet hatte, still und scheu, wenn er ihr Amerika als einen besseren Aufenthaltsort für sie und ihren Bruder geschildert hatte.
Was für eine große Sehnsucht! Was für eine lange und trostlose Wartezeit!
Als er endlich begnadigt worden war, waren fast vierzehn Jahre vergangen. Und er war hinter den Bildern hergereist, hinter der scheuen, stillen Frau. Er hatte in einer Siedlung nach der anderen gesucht, ohne sie zu finden. Sie sei verstorben, meinte Lars Larsen aus Jeilane, Håvards alter Freund aus Stavanger, der die fromme Gruppe der Gläubigen auf die Schaluppe *Restauration* geführt hatte und der jetzt in Rochester im Staat New York lebte. Håvard hatte nicht glauben können, dass Elise tot sein sollte. Sie schien ihm noch immer so nahe zu sein. Hätte er es nicht gespürt, wenn seine Frau ihr Leben verloren hätte?
Am Ende hatte er die Hoffnung aufgegeben; die anderen mussten recht haben. Und Håvard hatte Gunhild geheiratet.
Aber sie hatte doch noch gelebt, seine Elise. Bei einem reichen Mann aus dem Staat Georgia. Doch sie war kaum wiederzuerkennen gewesen. Die Schüchternheit war etwas Frechem und Höhnischem in ihrem Auftreten gewichen. In prangenden Wohlstandskleidern hatte sie dort in Chicago gestanden, üppig, hätte Håvard sagen können, vulgär, so hatte er empfunden, erschütternd wegen ihrer Ähnlichkeit und zugleich so anders als die Frau, die er geliebt hatte.
Erschütternd war es gewesen. Wie ein scharfer Riss in seinem Körper. Als ob der Anblick ihn irgendwo in seinem Inneren bluten ließe.

Unfassbar: die Bosheit hinter dem Hohn, die Härte in der Stimme.
Und mit einer großen Tochter. Obwohl auch diese beiden viele, viele Jahre nicht am selben Ort gelebt hatten, wie Håvard dann erfuhr.
Er hatte Brenda an dem Tag, an dem ihre Mutter und ihr Onkel getötet worden waren, nach Hause gebracht. Denn während Elises neuer Mann glaubte, die Leiche seiner Gattin gehöre ihm, wollte Brenda den Onkel in das Haus schaffen, in dem die beiden gelebt hatten, und Ansgar war auf dem Theaterwagen fortgebracht worden. Håvard war zu Fuß hinterhergegangen, verwirrt und verzweifelt, manchmal von Gunhild geschoben, denn es war doch seine Tochter, das hatte Gunhild begriffen, und er konnte Chicago nicht einfach verlassen, ohne ihr ein Wort zu sagen.
Sie hatten ein kleines Bretterhaus gefunden, das an einer Brücke stand. Es war weiß angestrichen und hatte ein von zwei schlichten Säulen getragenes Vordach. Nachdem Ansgar ins Haus getragen worden war, hatten Håvard und Brenda auf der Bank unter dem Vordach gesessen und waren auf Drängen anderer Vater und Tochter gewesen: Plötzlich waren sie dort draußen allein gewesen, Håvard mit einem Krug Dünnbier in den Händen, das er begehrlich schlürfte.
Schwer war es gewesen. Aber Brenda hatte mit ihm gesprochen und es leichter gemacht. Sie hatte ihm von dem Haus erzählt, dass Ansgar es gebaut habe. Das Grundstück sei ein Geschenk einer Kirche gewesen. Die Gemeinde der St. Mary's Church hatte sich um Brenda und Ansgar gekümmert, als sie nach Chicago gekommen waren. Sogar einen *stove* hatten sie bekommen, darauf konnte sie Pies und Brot backen und Essen kochen.
Nur einige Fingerbreit Luft hatten die beiden auf der Bank getrennt. Für einige Momente hatte in Håvard die Sehnsucht gebrannt, seine Tochter zu berühren, sie behutsam an seine

breite Brust zu ziehen, sein Gesicht in das schöne helle Haar zu drücken und zu weinen.
Aber er hatte es nicht getan. Und als sie verstummte, hatte auch der Mann kein Wort sagen können. Und als der Bierkrug geleert war, war ihm nichts anderes eingefallen, als sich zu erheben.
Sofort waren Gunhild und der Junge da gewesen, als ob sie hinter der Ecke gesessen und alles beobachtet hätten.
Håvards Hände zitterten, als die drei später durch Chicago zu ihrem Logierhaus eilten. Sein Blick lief vor ihm her, zu Schweinen, die über ausgekipptem Spülicht schnauften, zu gackernden Hühnern und herumjagenden Ratten. Er hatte sich mit dem gefüllt, was er sah; so wurde es leichter, das andere zu ertragen.
Erst als sie schon ein gutes Stück des Heimwegs hinter sich gebracht hatten, hatte Gunhild ihn gefragt: Glaubst du, Brenda wird jetzt bei uns wohnen?

Als die beiden jungen Leute mit der großartigen Jagdbeute nach Hause kamen, forderte Gunhild Brenda auf, noch einen Tag und eine Nacht, wenn nicht noch länger, in dem kleinen Holzhaus in der Koshkonong-Prärie zu bleiben. Sie aßen Braten und Brot. Zweimal gab es das, einmal gab es Grütze. Zwischen den Mahlzeiten floh Håvard nach draußen, zur Arbeit in die Scheune, und es war eine Erleichterung für ihn, als Brenda sich verabschiedete. Hølje würde sie zu Familie Anderson bringen, denn die Andersons hatten erwähnt, dass sie in dieser Woche nach Janesville wollten.

Håvard spürte an den folgenden Tagen den Blick seines Stiefsohnes. Warum hast du sie nicht aufgehalten?, fragte der Blick. Warum hast du sie nicht gebeten zu bleiben! Wenigstens bis zum Frühling!
Weil kein Platz ist, hätte er antworten können.

Aber es war immer Platz, das wusste er. Wenn das Herz es wollte.
Doch sein Herz schaffte das nicht. Stattdessen versuchte er, ihre Existenz zu vergessen. Das war fast möglich in der weiten Landschaft, wenn das Sonnenlicht über dem Schnee lag und zwei Hasen einander in hohen Sprüngen verfolgten. Fast möglich war es, wenn er beim Dreschen innehielt, wenn er ein Weizenkorn zwischen seine rauhen Fingerspitzen nehmen und die Hülse abreiben konnte, wenn er das Weiche, Mehlige spürte. Denk nur, Weizen! Der auf Gunhilds Backsteinen zu feinem Brot wurde. Weizenbrot, getunkt in ausgelassenen Speck.
Brenda ist doch fast erwachsen, sagte Gunhild versöhnlich. Und außerdem hat sie Arbeit.
Du meinst, die Theatertruppe, sagte der Mann.
Nein, die gibt es wohl nicht mehr, sagte die Frau. Denn die andere junge Frau ist im Winter gestorben. Diese Mary. An Bluthusten, sagte Hølje.
Håvard schwieg. Er wartete darauf, was jetzt kommen würde. Über die Arbeit der Tochter.
Brenda hat Arbeit in einer Kneipe, sagte Gunhild mit sanfter Stimme. Das hat sie Hølje erzählt.
So war es für Håvard inmitten aller Schuldgefühle eine Erleichterung zu wissen, dass seine Tochter zurechtkam und nicht hungern musste.

Aber in Høljes Gedanken war Håvard jetzt kein Mann mehr, den der Stiefsohn hätte lieben und achten können, sondern einer, den er zutiefst missbilligte. Denn was für ein Vater konnte denn seine Tochter so abweisen, wie Håvard Brenda abgewiesen hatte?
Hølje konnte nicht verstehen, dass der Mann, der immer so gut und klug gewirkt hatte, seine Tochter behandelt hatte, als ob ihr ein übler Geruch anhaftete. Kaum ein Wort hatte er mit

ihr gewechselt. Kaum einen Blick hatte er ihr gegönnt, kein Lächeln, keine Umarmung zum Abschied.
Ein schlechter Mensch musste er sein, so weit war Hølje nun gekommen, als ob die Wärme und Güte, die Håvard ihnen immer gezeigt hatte, falsch sein müssten. Der Junge ließ seine Verzweiflung und seinen Zorn am Hackklotz aus, hieb mit der Axt auf die Holzscheite ein, so dass sie in wütendem Bogen durch die Luft flogen, ehe sie im Schnee landeten.
Dann kam die Mutter und sprach mit ihm, draußen auf dem Hofplatz.
Für alles gibt es eine Erklärung, sagte sie milde. Du weißt nichts über den tiefen Schmerz, den ein Mensch in sich trägt.
Der Sonnenuntergang rückte näher.
Ich will anderswo in Dienst gehen, sagte Hølje.
Der Himmel färbte sich in einem schmalen Streifen über einem Horizont aus weißem Schnee rotviolett. Gunhild schaute auf das letzte Sonnenlicht.
Hast du schon einmal so etwas Schönes gesehen?, murmelte sie.
Hølje wollte das Schöne nicht sehen, er wollte fort. Früher hatte ihn etwas daran gehindert, das laut zu sagen. Jetzt war er über dieses Hindernis hinweggestiegen und hatte gesagt, was er zu sagen hatte. Er wollte auf einem anderen Hof arbeiten, dreschen, das Vieh hüten, pflügen, und wenn dann der Frühling kam …
Wenn wir nur ein größeres Haus hätten, sagte Gunhild.
Hølje verspürte in sich eine Traurigkeit, weil die Mutter offenbar so tun wollte, als hätte er nichts gesagt.
Dann gab sie doch zu, dass sie es gehört hatte.
Håvard kann allein nichts Neues bauen, sagte Gunhild.
Das mag wohl so sein, gab Hølje zu.
Außerdem sind die Felder zu klein, sagte die Mutter jetzt. Kannst du nicht hierbleiben, bis sie sich verdoppelt und abermals verdoppelt haben? Du bist doch noch so jung!

Sie hatte ihn gehört, und sie hatte geantwortet. Sie wollte ihn gehen lassen, aber noch nicht sofort. Ihm wurde klar, dass ihre Worte eher wie eine Bitte geklungen hatten als wie ein Befehl.

Ja, Mutter, murmelte er.

Ja. Eine gewisse Zeit zu bleiben, solange es dauerte, eine neue Hütte zu bauen und das Ackerland zweimal zu verdoppeln.

Die Mutter gab ihm ernst darauf die Hand wie einem erwachsenen Knecht.

Die Monate vergingen. Immer neue Norweger kamen in die Gegend. Sie folgten anderen, die vor ihnen gereist waren, flussauf über den Hudson River von New York nach Albany, nach Westen über den Erie-Kanal nach Rochester, wo sie sich beim Ehepaar Larson aus Stavanger einquartierten, das ihnen den weiteren Weg erklärte. Dann ließen sie sich per Schiff über die großen Seen nach Milwaukee oder Chicago bringen, um dann das letzte Stück zu den norwegischen Siedlungen zu Fuß oder auf Wagen mit Ochsengespann zurückzulegen. So suchten sie ihresgleichen, Leute aus Numedal fanden andere Leute aus Numedal, die aus Hardanger fanden Leute aus Hardanger, die schon vor ihnen gekommen waren. In der Koshkonong-Prärie gab es viele aus Voss, und die aus Voss blieben unter sich, während andere weiterzogen. Die Neuankömmlinge durften bei ihren Dorfgenossen aus der Heimat in Heu und Stroh schlafen und betrachteten dabei Landschaft und Aussicht, und sie zogen Grashalme aus dem Boden und steckten Stöcke hinein, um die Krume zu bewerten. Ach ja, das Gras war saftig und die Erde fett, man könnte fast glauben, unter der Krume steckten Grützeschüsseln mit Butterklecksen. Hier gab es rieselnde Bäche und Quellen und außerdem Seen und kleine Teiche.

Aber was, wenn es weiter westlich noch größere Butterkleckse gab? Manche waren von einem Hunger im Gemüt und einer Rastlosigkeit in den Gliedern erfüllt, die sie weitertrieben, weiter.
Håvard und Gunhild waren gekommen, um zu bleiben. Sie dachten nur selten zurück an Jæren oder Tinn. Sie rodeten und plackten sich ab. Sie sahen es wachsen. Zwischen ihnen krabbelte die kleine Marja mit fröhlichem Gesicht herum und kannte nichts anderes.
Håvard dankte Gott für das Kind und für seine Gesundheit, er dankte für Speck und Weizen, für die Aussicht und den Mais, für dieses wunderbare Gewächs mit Reihen aus Samen um einen Stengel, der eine harte Mitte bildete. Die Körner konnten zu Mehl zerstoßen und zu Brot oder Kuchen werden, das komische Gemüse konnte aber auch über dem Feuer geröstet und so verzehrt werden, wie es war. Das hatte er bei einem Quäker in Milwaukee gesehen, einem Quäker, der einen schwarzen Mann in seinem Dienst hatte, und dieser Schwarze hatte ein Stöckchen in dieses tannenzapfenähnliche Gelbe gebohrt und es in einem Hintergarten über einem Feuer gebraten. Håvard hatte es auch versucht, und es schmeckte eigenartig und süß, mit einem stechenden, verbrannten Beigeschmack. Außerdem hatte Gunhild einmal einen harten kleinen Maiskuchen mit Sirup erhalten, von einer Indianerin, die am Haus vorbeigekommen war.
Håvard konnte für die Freundlichkeit der Indianer danken und dafür, dass die Tage aus Arbeit bestanden und nicht aus Leere oder Sehnsucht. Neue Unterstände wurden in Erdhügeln und Anhöhen in der Nähe angelegt. Kleine Häuser wurden errichtet. Die Menschen schafften zusammen Räumpflüge an und liehen einander Ochsen. Präriestücke wurden zu Ackerland.
Viele Einwanderer waren mit fast leeren Händen in Amerika an Land gegangen, also mussten sie für andere arbeiten, um

irgendwann etwas Eigenes haben zu können. Einzelne suchten sich bei den Landsleuten Grundstücke aus und nahmen einen *claim* darauf, ehe sie Arbeit suchten, und wenn sie glaubten, genug für einen Anfang gespart zu haben, kehrten sie zurück.

Hølje beteiligte sich gerne an gemeinsamen Arbeiten, die den Neuankömmlingen ein Dach über dem Kopf verschaffen sollten, wenn sich das zwischen der Erntearbeit und anderen Aufgaben einrichten ließ. Es tat gut, vorübergehend aus den engen Wohnverhältnissen bei Mutter und Stiefvater zu entkommen.

Später im Sommer bat ein gewisser Lars um Hilfe. Ehe er nach Koshkonong gekommen war, hatte er beim Kanalbau gearbeitet. Auf diese Weise hatte er Geld für Holz gespart. Die Baumstämme lagen im Gras, als die Nachbarn ankamen, jeder mit einer Axt über der Schulter. Menge und Länge der Stämme entschieden über die Größe des Hauses.

Es wurde ein kleiner Unterstand mit schiefen Winkeln und Spalten zwischen den Stämmen, aber die Spalten konnten mit Lehm abgedichtet werden.

Jetzt kannst du Hochzeit halten, sagte einer der Helfer grinsend.

Lars war auf dem Weg hierher einem Vater und einer Tochter begegnet, und sie hatten einen Bach überqueren müssen. Lars hatte die Tochter von einem Ufer zum anderen getragen, obwohl seine Frieshose dabei bis zu den Oberschenkeln nass und schwer geworden war.

Danach kamen meine Arme mir leer vor, sagte Lars.

Während Hølje dem Bericht des anderen lauschte, wurde er in seiner Vorstellung selbst zu dem, der eine junge Frau über einen reißenden Flusslauf trug, und für einige Augenblicke

atmete er schneller. Danach spürte er die Leere in seinen Armen wie eine plötzliche Sehnsucht.
Sie kommt zum Einweihungsfest, sagte Lars lächelnd und versetzte Hølje einen Rippenstoß. Dann kannst du mit ihr tanzen, wenn du sie höflich bittest.
Wenn du erst alt genug bist, findest du selbst eine, um die du freien kannst, sagte ein anderer.
Gegen Ende des Hausbaus brachten die Frauen Essen. Es wurde im Gras gedeckt, danach sollte gespielt und gesprungen, gelacht und gesungen werden.
Die Rockträgerinnen kamen gerade richtig. Es waren die Mütter und Töchter der Gegend. Sie legten Tücher auf den Boden. Sie legten Brettchen auf die Tücher. Sie legten Fleisch und Fisch auf die Brettchen, außerdem gab es hartes Fladenbrot und Grütze. Während sie alles herrichteten, schauten sie verstohlen zu den Arbeitsmännern hinüber. Vor allem taten das die jungen Mädchen, und ihre Blicke galten vor allem den jungen Burschen. Hølje spürte das wie ein Kitzeln im Rücken und hinter den Ohren.
Beim Essen sah er sie aus dem Augenwinkel. Eine hatte einen schweren braunen Zopf. Eine andere zeigte unter dem Kopftuch rotbraune Stirnkräusel. Eine Dritte hatte Augen wie blanke Münzen, eine Vierte ein Lachen, das alle zum Mitlachen zwang. Es waren feine Mädchen. Nur eine war für Lars bestimmt. Die anderen waren für jeden, der eine Hand zum Festhalten und einen Mund zum Küssen fand.
Wenn man mutig genug ist und das Mädchen will, flüsterte ein gewisser Eiler. Sieh mal, wie sie dich ansieht, die da hinten!, flüsterte Eiler und tippte Hølje zwischen die Schulterblätter.
Schweig still, schimpfte eine erwachsene Frau, die mit einer Lammkeule in den Händen an ihnen vorüberkam.
Das war Eilers Mutter, wie Hølje nun erkannte, und sie zog ihren Sohn vorwurfsvoll an den Nackenhaaren.

Es war die Braunäugige mit dem schweren Zopf, die Hølje angesehen hatte, und während des Tanzes kamen sie nebeneinander zu stehen, ob nun bewusst oder durch Zufall. Ihre Hand war klein und rauh, und sie hatte frische Rosen in den Wangen. Bald waren sie im Kreis weitergewandert, und Hølje hielt eine andere Hand. Diese war knochig und lang und gehörte Eilers gestrenger Mutter.
Und Hølje lächelte beim Tanz und lächelte, den Kopf von munteren Klängen erfüllt, er lächelte Frauen und Burschen an, und er rief und lachte mit den anderen.
Hoi!, wurde gerufen. Tschu!
Später saßen sie im Gras und erfrischten sich mit Bier und Schnaps und Quellwasser. Die Frauen räumten die Reste der Mahlzeit weg. Lars, der eine über einen Bach getragen und später um sie angehalten hatte, erzählte vom Leben an einem Kanal, der ausgehoben werden musste.
Noch nie hab ich etwas so Schlimmes mitgemacht, sagte er. Der Schlamm konnte einem bis zu den Oberschenkeln stehen, ja, manchmal bis zum Bauchnabel! Ein grauer, dicker Modder war das gewesen. Eiskalt im Herbst und Winter.
Die Jungs starben im Dreck, sagte der Mann, der dort gewesen war, zum Schrecken der anderen. Als ob in der Tiefe die Seuche lebte wie ein verfaulter Dampf.
Der Gestank kam sicher davon, dass ihr da bei der Arbeit gekackt habt, meinte ein anderer.
Ach was?, fragte Lars grinsend und musterte den, der das gesagt hatte, aus zusammengekniffenen Augen. Du warst also auch da? Du bist mir ja gleich bekannt vorgekommen.
Stimmt das?, fragte Hølje. Dass sie da ihr Gedärm entleert hätten. In diesem Schlamm.
Was hätten sie denn sonst machen sollen?, fragte ein anderer. Zwölf Stunden am Stück unter einem pöbelnden Vorarbeiter.
Wieder wurde schallend gelacht, als ob doch alles nur ein Witz gewesen sei.

Auf den Kanal!, so wurde angestoßen.
Hølje wäre vielleicht gern dabei gewesen, hätte gern mit den anderen im Schlamm gestanden und den Spaten geschwungen. Nicht, weil er sich nach eisiger Kälte oder fauligem Gestank gesehnt hätte, sondern wegen des Geldes und um anderswo zu leben. Wohin der Kanal denn führte?
Vom Michigan-See bis zum Fluss Illinois, erklärte Lars. Damit man sich mit dem Boot durch das Land bewegen kann, die ganze Strecke von New York City bis zur Mississippi-Mündung im Golf von Mexiko.
Hølje hatte niemals eine Karte von Amerika gesehen, aber er wusste, dass es riesig war und dass es große unbekannte Gebiete gab, die kaum je ein Mensch betreten hatte. Er hatte auch keine Vorstellung vom langen Lauf des Mississippi, aber er wusste doch, dass das ein Fluss sein musste wie der Illinois; und dann treffen sie sich wohl irgendwo, diese beiden, dachte er, und das hätte er gern erlebt, diese Begegnung zwischen Fluss und Fluss, er wollte das Glitzern der Gischt sehen, das Dröhnen der Wassermassen hören, ein Stück Rinde hineinwerfen und beobachten, wie schnell es davontrieb.
Der Kanal ermöglicht die Fracht von Waren, sagte Lars jetzt. Das bedeutet, wenn du am Mississippi wohnst, kannst du deinen Weizen bis nach Boston bringen und dort verkaufen.
Die Frauen waren fertig mit ihrer Arbeit. Sie hatten Bündel und Körbe auf einen Stapel getürmt. Die Ehefrauen gesellten sich zu ihren Männern, während die jungen Frauen bei den Körben standen und schauten. Mit strammen Rücken wie Soldaten standen sie da, die Frauen, jede für ihren Mann sichtbar. Aber die Männer ließen sich nichts anmerken.
An dieser neuen Wasserstraße müsste man leben, sagten sie zueinander.
An dem breiten Fluss, wurde zwischen bedächtigen Schlucken vom Selbstgebrannten gesagt. Dann würde uns die strapaziöse Wanderung mit den Rollwagen erspart bleiben.

Am besten an einem Außenposten, hieß es. Dem Ort, den die Schiffe anlaufen.
Kommt jetzt, schimpften die Frauenzimmer. Es ist schon fast dunkel. Wir wollen doch nicht in der Dunkelheit stolpern.
Gehen wir zusammen nach Westen?, fragte einer, der das Trinken weniger gut vertragen konnte als die anderen und dessen Kopf rot und heiß geworden war.
Ja!, rief einer, der ebenso erregt war.
Fuchtelnde Hände packten einander, und dann wurde angestoßen, auf die gemeinsame Wanderung, auf eine Zukunft am Fluss, am selben Ort, damit man unter Bekannten wäre, unter Menschen, die dieselben Sitten befolgten und so redeten, dass man etwas verstehen konnte.
Dann verkaufen wir, was wir hier haben, wurde gerufen.
Still jetzt, sagten die Frauen. Jetzt gehst du nach Hause und schläfst deinen Rausch aus.

In Hølje perlte das Lachen, als er auf dem Heimweg war. Die Tanzspiele steckten noch immer in seinen Füßen. Er hörte das Echo des Gesagten, und er erinnerte sich an schelmische Blicke. Aber kein junges Mädchen in Koshkonong war so schön wie die, die er liebte.
Als er an diesem Abend zu Bett gegangen war, verblichen die vielen Gesichter, während die Fiedelklänge vom Tanz lauter wurden und ihn in den Schlaf begleiteten.
Im Traum hielt er selbst das Instrument. Er stand auf einem Hofplatz, hatte einen Fuß auf einem kleinen grauen Felsbrocken und spielte, aber nicht zum Tanz. Ein einziger Mensch saß vor ihm in der Abenddämmerung und lauschte. Sie trug einen blaugrauen Umhang mit einer Kapuze über den blonden Haaren.
Am nächsten Morgen erschien dieser Traum ihm als Versprechen. Er würde eine Geige besitzen. Er würde darauf für Brenda spielen, auf einem Hofplatz, der ihnen gehörte.

Würde der hier in Wisconsin liegen? Oder an diesem Fluss, der Mississippi hieß?

Hølje arbeitete auf dem Feld. Sie hatten gepflügt und gesät. Jetzt wurde neues Land urbar gemacht. Der Junge trieb sich selbst einem noch fernen Ziel entgegen, gebunden an das Versprechen, das er seiner Mutter gegeben hatte.

In den Sommernächten schlief er gern im Freien. Er warf Netze im Catfish River aus und legte sich ans Ufer. Als er eines Morgens erwachte und die Netze einholen wollte, sah er ganz in der Nähe einen dicken Brocken schwimmen; wenn er ein wenig wartete, würde er seinen Fang vergrößern können. Während des Wartens höhlte er mit seinem Messer ein dünnes Aststück aus.

Ach, er schnitzt eine Weidenflöte?

Plötzlich standen neben ihm drei Burschen in sonntäglichem Staat. Zwei von ihnen hatte er schon einmal gesehen, der dritte war ein Fremder.

Wenn es auch keine Weide ist, so soll es doch jedenfalls eine Flöte werden, antwortete Hølje fröhlich. Obwohl ich so etwas noch nie gemacht habe.

Einmal geschieht alles zum ersten Mal, sagte der Fremde lächelnd und streckte die Hand aus. Pastor Dietrichson.

Der Mann trug einen gepflegten Kinnbart um ein rundes, fleischiges Gesicht. Er war einzig und allein über das Meer gereist, um den Auswanderern das Wort und das Ritual zu bringen. Jetzt stand er am Catfish und strotzte von dem, was er weitergeben wollte. Und in Hølje stieg ein Jubel auf, als habe er sich danach gesehnt und es vermisst, ohne es selbst so klar gewusst zu haben. Er rannte nach Hause, rannte mit dem Holzstück in der einen und dem Messer in der anderen Hand, während die Fischkiepe auf seinem Rücken tanzte, bis er langsamer wurde, denn es stand doch gar nicht fest, dass Håvard sich über die Neuigkeiten freuen würde. Aber seine Mutter würde sich bestimmt freuen …

Was sollen wir mit so einem Staatskirchenmann?, wollten die Quäker und Haugianer wissen. Sind wir nicht gerade deshalb gegangen, um die Herrschaft der Pfaffen abzuschütteln?
Wir hatten sicher auch andere Gründe, wurde gemurmelt.
Aber klar. Wegzukommen von Vögten und Steuern und Privilegien, die einigen wenigen Auserwählten das Recht gaben, Sägemühle und Kornmühle zu betreiben.
Das war doch nicht zu ertragen, wurde geschimpft.
Ach, ein Staatskirchenpastor, wurde gespottet.
Wir brauchen keinen Herrn Pastor, der unsere Freiheit einschränkt, der ein Maß für Wandel und Denken erlässt.
Und Fesseln für Kopf und Körper!
Der ist sicher ebenso vertrocknet wie die Buchgelehrten zu Hause!
Trockener als das Papier, das sie gelesen haben, klar doch!
Als ob der Glaube ihnen im Maul lebte und nicht im Herzen!

Aber was, wenn er klug ist, sagte Hølje zu seiner Mutter. Was, wenn er ein warmherziger und guter Mensch ist? Wenn er Trost geben kann?
Gunhild nickte stumm.

Und wie schön, jemanden zu haben, der richtig lesen kann, sagten die Frauen zueinander.
Sie besuchten einander selten, saßen dann einige Minuten zusammen, um über alles Neue zu sprechen, und ließen sich Kaffee servieren, der aus braungebrannten Maiskuchen und wenigen Bohnen zubereitet war.
Einen, der den Boden weihen kann, von dem wir verschlun-

gen werden, sagten sie zueinander. Damit man nicht sonst wo liegen muss.
Ja, stellt euch das vor!
Sie könnten einen Friedhof bekommen!
Und sogar eine Kirche!

Hølje erinnerte sich an die Predigtsonntage zu Hause in Tinn. Die waren wie von Feierlichkeit vergoldet gewesen.
Ehe Brenda in Koshkonong gewesen war, hätte Hølje niemals etwas getan, das Håvard verletzen könnte. Aber jetzt wollte er Pastor Dietrichson aufsuchen und diesem seine Hilfe anbieten.
Das erwähnte er seiner Mutter gegenüber.
Die nickte.
Du brauchst dich dabei nicht trotzig zu fühlen, sagte sie. Dein Stiefvater, der Quäker, möchte, dass jeder Mensch seinen eigenen Weg finden kann.

Bald hörte er, der Pastor habe beschlossen, in der Gegend zwei Gottesdienste abzuhalten, einen im Osten und einen im Westen von Koshkonong, denn so groß war der Bezirk, dass zwei vonnöten waren. Der eine fand im Schatten unter zwei Eichen statt, der andere in Andersons Scheune. Hølje wohnte beiden bei, dem draußen unter den Baumkronen und dem drinnen im Geruch von Staub und altem Heu. Er war nicht der Einzige, vor allem kamen junge Leute, die damit eine Entschuldigung hatten, einander zu treffen. Eine davon war das junge Mädchen mit dem braunen schweren Zopf, und sie lugte mit von scheuer Erwartung geprägter Miene zu Hølje hinüber.
Bald gab es in der Gegend zwei Gemeinden, und eine Kirche sollte gebaut werden. Wieder taten alle sich zusammen, und auch Hølje machte mit. Und während die Arbeitstreffen von Munterkeit und lustiger Freude bestimmt waren, erfüllte ihn

auf dem Heimweg ruhige Andacht. Die kam vom gütigen Gesicht des Pastors und dem entstehenden Haus, das das Haus des Wortes sein sollte. Dort würde der Herr der leuchtende Mittelpunkt sein, wie eine Sonne, deren Strahlen zwischen der Kirche und den umliegenden Höfen einherwanderten. Die Worte waren teilweise solche, die er von seinem Freund gehört hatte, seinem besten Freund Jon aus Tinn, der ein so ungeheuer guter Skiläufer geworden war; am Fox River war Jon bei einem Prediger in die Lehre gegangen und hatte Hølje laut aus Predigten vorgelesen, die er für diesen hatte schreiben müssen. Bei der Arbeit für Pastor Dietrichson empfand Hølje eine Nähe zu seinem Freund, die ihm gefehlt hatte. Außerdem dachte er an Brenda und daran, dass ein Tag kommen würde, an dem sie beide Hand in Hand über die leuchtende Straße wandern würden.

Daran zweifelte Hølje nie.

Er musste nur ein Stück weit gehen, ehe es passieren könnte, aber der Acker mit seinen wehenden Ähren war seit dem Vorjahr sichtlich gewachsen.

# *Ein Acker zweier Herren*

Ein weiterer Winter und ein weiterer Frühling kamen und gingen in der Koshkonong-Prärie. Håvard und Hølje pflügten und säten und pflanzten, und es tat gut, alles keimen zu sehen. Außerdem bauten sie für Schweine und Hühner einen eigenen Stall. Der Hofbaum war gewachsen, und die kleine Marja konnte kurze Sätze sagen. Gunhild war wieder schwanger, glaubte Hølje; da war wohl die Zeit gekommen, auch für die Menschen ein neues Haus zu bauen?

Die Erwachsenen erwähnten das mit keinem Wort.

Sie hatten Gunhilds Geld, mit dem sie bauen könnten. Håvard hatte nur ein Bündel und eine aufgerollte Decke besessen, als die beiden sich geeinigt hatten. Aber durch die Ehe gehörte das Geld doch jetzt auch ihm! Trotzdem hatte der Stiefsohn den Eindruck, dass das der Grund für das Aufschieben dieses Notwendigen sei. Dieser Gedanke traf ihn wie ein heftiger Windstoß: Håvard wollte sich alles durch die Kraft seiner Hände und Arme aneignen, nicht durch die Mittel seiner Frau. Erst wenn noch etwas übrig wäre, nachdem sie bei den Kaufleuten in Milwaukee ihre Ernte gegen die Waren eingetauscht hätten, die sie benötigten, würde der Quäker den Blick heben und über einen Neubau sprechen.

Aber Hølje konnte nicht so lange warten.

Zorn stieg in ihm auf, die Mutter musste ihren Mann zur Vernunft bringen. Hølje versuchte, unter vier Augen mit ihr zu sprechen, aber das gelang ihm nicht. Also ging er, als der Abend näher kam, zu den Fischgründen, um unter freiem Himmel seine Wut zu besänftigen und nicht im Geräusch des groben Schnarchens des Mannes, der diese Wut in ihm geweckt hatte.

Es half, mit dem Blick zu den Sternen dort zu liegen. Und so schlief er mit Ruhe im Gemüt ein und nicht im Zorn, und als er erwachte, konnten die Fischnetze ihn mit Freude erfüllen.
An einem solchen Morgen hatte Håvard Besuch von einem Nachbarn, der ebenfalls Quäker war, als Hølje mit seinem Fang zurückkam. Die beiden standen mit ihren brennenden Pfeifen da, während die Kinder zwischen den kleinen Häusern hin und her liefen. Bjørn Andersen Kvelve hieß der Gast, und Bjørn und seine Frau waren nach Amerika gekommen, weil die Schwiegereltern den Mann nicht gut genug für ihre Tochter gefunden hatten. Sie hieß Abel, wie Kains Bruder, das wusste Hølje. Abel Cathrine von Krogh war ihr vollständiger Name, und ihr Vater, der Militär, hatte es nicht hinnehmen können, dass sie einen schnöden Bauernsohn hatte heiraten wollen. Also hatten sie ihre Sachen gepackt und waren aufgebrochen, voller Trotz, und voller Mut und Liebe.
Hølje hatte diese Worte aufbewahrt, sie waren von der schönen Frau Abel selbst gesprochen worden, über Trotz und Mut. Und über Liebe.
Jetzt stand Bjørn im Gras, und sein Blick war seltsam verlegen. Er hob den Kopf, als Hølje näherkam, sah ihn mit Fang und allem, ohne eine Miene zu verziehen.
Guten Morgen, sagte der Fischer. Ich habe zwei Große erwischt.
Dann wird deine Mutter sich freuen, sagte Håvard zerstreut.
Die beiden Männer schauten gen Himmel, der war trüber geworden, das sah auch Hølje.
Bjørns Füße waren in Bewegung, als eile etwas, als habe er einen weiten Weg vor sich. Er schien mit einem unsichtbaren Arm an Håvard zu ziehen. Zwischen ihnen bestand eine Spannung, sie hing mit dem zusammen, was vor Høljes Kommen gesagt worden war, das spürte der Junge, und Bilder eines gemeinsamen Vorhabens erfüllten ihn.
Kann ich mitkommen?, rutschte es ihm heraus.

Wir müssen einen Dieb zur Vernunft bringen, sagte Bjørn ernst.
Bring erst die Fische ins Haus, sagte Håvard.

Es handelte sich um einen Streit zwischen einem Gedankenlosen und einem Filou, das wurde Hølje unterwegs klar. Die beiden, um die es ging, sprachen dieselbe norwegische Sprache, aber der eine konnte besser lesen und schreiben als der andere, und der, der besser lesen konnte, hatte den anderen bestohlen. Der Bestohlene hatte ein Haus gebaut, ohne zuerst seinen *claim* abzustecken, und damit hatte er sich Schwierigkeiten eingehandelt.
Claim – dieses Wort, das sie auf dieser Seite der langen Reise gelernt hatten. Claimen, sagten die Norweger. Man musste claimen, und zwar aufgrund des wunderbaren Gesetzes über Vorkaufsrecht, das 1841 eingeführt worden war. The Preemption Act, hieß dieses Gesetz, das wusste Hølje, und darin stand, dass jeder Neusiedler, der sich auf dem durch die Regierung von den Indianern gekauften Land niederließ, bis zu 160 Acres urbar machen durfte. Erst wenn das Land auf einer Auktion angeboten wurde, musste man bezahlen, und dann hatte man das Vorkaufsrecht auf den eigenen Boden, zu einem Dollar fünfundzwanzig pro Acre. Aber um dieses Recht geltend machen zu können, musste man sich im Landbüro melden und angeben, dass man sich ein Stück Land ausgesucht und sich darauf niedergelassen hatte. Und das wurde »einen Claim abstecken« genannt.
Ein hervorragendes System, hatte Håvard erklärt. Denn wer zum fraglichen Zeitpunkt nicht bezahlen konnte, durfte Teile des Grundstücks an andere verkaufen. Aber wenn man es schaffte! Ein Acre waren einhundert große Schritte von einer Richtung in die andere. Hundert Acres waren hundertmal so viel. Und hundertsechzig …
Aber es gab Menschen, die diese Reise zum Landbüro in Mil-

waukee immer wieder aufschoben, weil der Zeitpunkt nie so ganz gelegen kam, und auch, weil sie so schlecht Englisch sprachen, dass sie Angst hatten, nicht verstanden zu werden. Und jetzt hatte ein Neuankömmling einen Claim auf ein Grundstück angemeldet, auf dem ein anderer sich bereits niedergelassen hatte.
Er war früher schon einmal in der Gegend gewesen, wie Hølje erfuhr.
Ein listiger Fuchs, das ist mir jetzt klar, sagte Bjørn Andersen Kvelve. Denn er hat nach allem Möglichen gefragt und gebohrt: ob es hier Quellen mit frischem, fließendem Wasser gebe. Und Forellen im Bach.
Das muss alles ein Missverständnis sein, meinte Håvard gelassen. Das kann doch passieren, wenn man leere Felder auf einem Blatt Papier sieht.
Warum ist er dann so stur?, wandte Bjørn ein.
Hatte er Grenzmarkierungen aufgestellt?, fragte Hølje. Ehe er nach Milwaukee gereist ist?
Um das Gelände eines anderen?
Nein, an einer Stelle, die er sich vielleicht falsch eingeprägt hat. Niemand hat irgendwelche Grenzmarkierungen gesehen, die von ihm stammen könnten, sagte Bjørn.
Dann scheint er das so geplant zu haben, dachte Hølje erschrocken. Gemein musste er sein, im Herzen, wenn er auf solche Ideen kommen konnte.
Und sie eilten durch den Regen, die Männer, um einem guten Bekannten zu Hilfe zu kommen.
Als sie auf einen schmaleren Pfad abgebogen waren, auf einen, der zum Ziel führte, zögerten sie und kniffen die Augen zusammen. Der freche Fremdling war ein Stück vor ihnen zu sehen, er trug eine Weste mit kariertem Rückenteil. Er kehrte ihnen den Rücken zu, mit den deutlichen Westenkaros und einem Hut im Nacken, er ging gebückt, wie ein Buckliger. Der Mann war aber nicht bucklig, er beugte sich nur über eine

Wünschelrute, und die Rute schien ihn zum Gras hinabzuziehen, das vor dem Querende des Wohnhauses wuchs.
Der Bauer, der gesät und gejätet hatte, bis es ein Acker mit wehenden Ähren geworden war, stand oben auf einer Leiter mit schiefen Sprossen, wie um das Dach auszubessern. Es regnete jetzt nicht mehr, der Himmel war bleich und schimmernd, und aus der offenen Tür war verzweifeltes Weinen zu hören.
Gesegnet sei der Tag, grüßten die drei.
Von der Spitze der schiefen Leiter her erklang eine kleinlaute Antwort. Hølje sah, dass der Bauer doch nichts ausbesserte, er stand einfach nur da oben und nuckelte an einer kalten Pfeife, als ob er sich besser fühlte, wenn er sich ein wenig über dem Eindringling befand.
Der freche Fremdling hob den Kopf und deutete eine Verbeugung an, dann kam er einige Schritte näher. Die Wünschelrute hing jetzt vor seinem Oberschenkel, als habe sie jählings ihre Kraft verloren oder als sei die Wasserader zu weit weg, als er sich nun den Neuangekommenen näherte. Er hatte einen rotbraunen Bartkranz, der von einem Ohr zum anderen lief. Unter der Weste war sein Hemd fast weiß, wie an einem Feiertag.
Willkommen, sagte er mit tiefblauem lächelnden Blick und streckte eine Hand aus.
Håvard griff verwirrt danach und nannte seinen Namen.
Liberty Proud, war die Antwort.
Ich soll von Marta Larsen grüßen, wurde hinzugefügt.
Von Marta?, fragte Håvard. Nicht von Lars?
Lars Larsen aus Jeilane in Stavanger lebt nicht mehr, sagte Liberty Proud mit plötzlicher Wehmut. Ich soll grüßen, vor allem einen Håvard auf der Koshkonong-Prärie. Das bist du doch wohl?
Hølje sah ihn vor sich, den Mann, bei dem sie auf dem Weg von New York in Rochester am Erie-Kanal übernachtet hat-

ten. Ein Vertrauen schenkendes Gesicht. Ein gutes Lächeln. Er hatte sie alle zu einer Vorstellung eingeladen, dort hatte Hølje zum ersten Mal Mary und das Puppentheater gesehen. Und dieser Mann war also nicht mehr am Leben?
Ein plötzlicher Tod, hieß es. Ein plötzlicher und unerwarteter Tod.
In Rochester?, fragte Håvard.
Nein, nicht dort, sondern auf dem Kanal, in einem Boot, einem Boot, das der Bootsbauer Lars selbst gebaut hatte.
Hølje sah, wie die Farbe aus Håvards Wangen wich, er sah den Stiefvater schwanken, als ob er jeden Moment stürzen könnte, und packte ihn am Arm.
Håvard fiel nicht, aber sein Blick wurde leer, als sehe er den Toten vor sich, dachte der Stiefsohn. Sie hatten einander schon von Jugend an gekannt, diese beiden. Sie hatten während Napoleons Krieg zusammen im Prison gesessen, hatten im Bauch eines ausrangierten Kriegsschiffes in einer Flussmündung am Ärmelkanal dahinvegetiert. Dort hatten sie den Glauben der Quäker kennengelernt. Dort hatten sie erfahren, dass Amerika eine Freistätte für Menschen war, die anders dachten.
Marta glaubt, dass er ermordet worden ist, teilte der Mann mit der Wünschelrute und dem seltsamen Namen ihnen mit.
Ermordet?
Marta Larsen glaubt das.
Denn sein Boot war mit Fellen beladen gewesen, mit schönen Fellen, und die waren verschwunden. Außerdem war noch ein Mann an Bord gewesen, einer, der offenbar für Lars gearbeitet hatte, und niemand hatte diesen Mann seither gesehen.
Dann hat dieser Mann ihn also umgebracht?, fragte Håvard entsetzt.
Marta glaubt das.
Eine große Tragödie!
Ein tragisches Ereignis. Ich soll die Witwe sicher von dir grüßen?

Gehst du also zurück?
Das schon, sagte Liberty Proud. Meine Beauty lebt bei diesen Leuten in Rochester, während ich mich umschaue. Wenn alles so weit ist, fahre ich sie holen.
Bjørn Andersen Kvelve räusperte sich.
Der gute Mensch aus Stavanger, murmelte Håvard vor sich hin.
Lars Larsen. Er hatte die ersten Auswanderer auf der *Restauration* über das Meer geführt, das wusste Hølje. Der Mann vor ihnen musste wohl auch Quäker sein, dachte er plötzlich, da seine Frau bei den Quäkern in Rochester lebte und da er zudem so freimütig Fremde mit »du« und nicht mit »Ihr« ansprach. Vielen Norwegern fiel es schwer, sich mit diesen Umgangsformen abzufinden, mit einer Anrede für alle, egal, ob reicher Protz oder armer Knecht.
Unten in einem Schleusentor, erzählte Liberty Proud. Da wurde sie gefunden, die Leiche von Lars.
Aber wer vergreift sich denn am Hof eines anderen, schaltete Bjørn Andersen Kvelve sich in das Gespräch ein.
Abermals schien Håvard das Gleichgewicht zu verlieren. Abermals trat Hølje einen Schritt vor und packte ihn am linken Arm.
Denn du hast dich doch wohl nicht gerade für dieses Landstück im Landbüro eingetragen?, fragte Bjørn.
Was heißt schon eingetragen?, sagte Liberty. Ein Kreuz, mehr kann ich nicht.
Andrerleuts Wohnhaus und Scheune, erklärte Bjørn. Andrerleuts bestellter Boden.
Dem Recht zufolge war es leer und frei, erwiderte Liberty Proud höflich.
Du siehst doch, dass das nicht stimmt?, tadelte Bjørn.
Wir verstehen ja, dass es sich um ein Missverständnis handeln muss, murmelte Håvard. Also muss sich das doch rückgängig machen lassen?

Ein solches Dokument ist nicht anfechtbar, sagte Liberty Proud.
Du willst doch einen Landsmann wohl nicht betrügen?, fragte Bjørn.
Was heißt schon Landsmann, lautete die Antwort. Früher waren wir vielleicht so etwas, damals, als ich der Siebte in einer Geschwisterschar in einer Armenhütte war und Syver Fiskeslohakket genannt wurde. Aber ist uns jemand zu Hilfe gekommen, als wir da ohne etwas zu essen am Wasser saßen? Hatte jemand ein tröstliches Wort für uns, als unser Vater von andrerleuts Stier zu Tode getrampelt wurde?
Aber mein lieber Mann, wir haben ja wohl nicht am selben Ort gewohnt, sagte Bjørn.
Ich rede auch nicht über euch, ich rede über Landsleute, sagte Liberty.
Er setzte sich wieder in Bewegung, über den gegabelten Zweig gebeugt.
Aber hier sind doch keine Quellen in der Nähe?, rutschte es Håvard heraus.
Doch, doch, wurde gemurmelt. Ein Bach. Ein Stück zu gehen.
Ich will einen Brunnen. Am liebsten drinnen.
Drinnen?
Beauty zuliebe. Eine Speisekammer, heißt das. So eine habe ich in der Nähe von Beloit gesehen, eine Speisekammer mit Brunnen und Brunnendeckel, und kleine Fächer unter dem Deckel, wo man Milch und Butter kühl stellen kann. Dann hat man keinen Ärger mit den Fliegen. Und hat außerdem das frische Wasser gleich zur Hand.
Aber es gehört dir nicht, dieses Haus, schimpfte Bjørn. Du kannst keinen Brunnen in andrerleuts Haus bauen.
Ich will anbauen, erwiderte Liberty gelassen. Am Ende, hinter der Feuerstätte. Wenn es also Wasser gibt.
Syvert Fiskeslohakket, murmelte Håvard.
Gibt's nicht mehr, sagte Liberty.

Wer hat dir über das Wasser geholfen?, fragte der hochgewachsene Quäker.
Ich habe einen Geistlichen vor dem Ertrinken gerettet. Nicht, dass er mich deshalb lieber gemocht hätte, eher im Gegenteil, witzigerweise. Er wollte mir einen Apfel zum Dank für sein Leben geben. Seine Frau meinte, sein Leben sei doch mehr wert. Wenn es nicht der Herr war, der durch sie gewirkt hat, denn sie sahen beide gleichermaßen seltsam aus, der Geistliche und seine Frau, als ich sagte, ich hätte dafür doch mehr verdient, ich hätte dafür doch Geld genug verdient, um mir ein besseres Leben zu verschaffen, und dass dieses Leben vielleicht auf der anderen Seite des Meeres läge.
Dieses Gerede über Landsleute also …, fügte er hinzu. I'm an American now.
Eine schwarzgekleidete Frau trat in die Tür. Das Weinen war jetzt verstummt.
Jetzt sollte deine Mutter dich sehen, tadelte sie. Würde sie sich heute zu dir bekennen?
Liberty Proud warf seinen Hut in die Luft und fing ihn mit der Wünschelrute wieder auf.
Meine Mutter ist verhungert, sagte er und bückte sich nach dem Gewehr im Gras.
Aber eine Unterschrift kann doch sicher durchgestrichen und dann in ein anderes Feld gesetzt werden, meinte Håvard versöhnlich.
Du meinst, mein Kreuz?
Wenn der Bauer dir das gibt, was du für diese Reise bezahlt hast …
Ich habe angeboten, die Kosten für Kost und Logis in Milwaukee doppelt zu ersetzen, sagte der Mann auf der Leiter. Und noch mehr, für die Zeit, die vergangen ist, und für alle Mühen. Und für die Fahrt, die noch einmal gemacht werden muss, um zu claimen und um richtig zu claimen. Doppelt, sage ich!

Ich bin nicht hier, um zu verhandeln. Ich will nur das, was mir gehört!, sagte Liberty mit fester Stimme.
Siehst du nicht, dass das Diebstahl ist?, fragte Bjørn. Hältst du dich nicht an die Gebote?
Das Geräusch von Hufen auf dem Boden ließ alle in dieselbe Richtung herumfahren. Es war ein Ochsengespann vor einem Rollwagen, diesem einfachsten aller Fahrzeuge, dessen Räder aus den Endstücken dicker Baumstämme bestanden und wo nur einige grob behauene Stämme Platz für Waren oder Menschen boten.
Auf dem Wagen, der sich näherte, saß ein blonder Junge in Fries und mit nackten Füßen. Es war Eiler, dem Hølje beim Arbeitseinsatz und später bei den Predigten begegnet war, sein Vater schickte ihn, im Osten waren sie fast Nachbarn. Eiler sollte die Habseligkeiten der Armen holen, bis auf weiteres könnten sie bei ihnen wohnen.
Der Bauer kletterte langsam von der Leiter. Er spuckte ins Gras. Sein Gesicht war zu einer graugelben Grimasse erstarrt. Er und der Junge gingen ins Haus. Bald kamen sie wieder heraus, mit Topf und Rocken, mit Backplatte und Truhen und mit Bettdecken über den Armen.
Ich bin nur ein Werkzeug in den Händen der Vorsehung, meinte Liberty in den Wind gerichtet. Es ist offenbar gewollt, dass ich das hier bekomme. Und da muss ich es ja wohl annehmen.
So muss es vom Anbeginn der Zeiten her festgestanden haben, predigte er, so, wie es entschieden war, dass ihr und ich mit heiler Haut über das Meer gelangen und dass wir diesen Ort finden und ihn genießen würden. Für diese anderen dagegen war es entschieden, dass sie es nicht zum Landbüro in Milwaukee schaffen würden, jedenfalls nicht, um dieses Stück Erde hier zu claimen. Stattdessen war es ihr Los, den Boden für mich und die Meinen zu bereiten, und da bleibt mir doch nichts anderes übrig, als alles anzunehmen und den Herrn zu

preisen? Denn so muss es im Buch des Himmels geschrieben stehen.

Sie schwiegen auf dem Heimweg, die drei. Håvard schaute seine Füße an. Bjørn starrte nachdenklich vor sich hin. Hølje schaute zu seinem Stiefvater hinüber, dem schien jetzt nicht schwindlig zu sein, und er ging nicht langsamer als die anderen. Bald summte er dann einen schönen Choral.

Hølje dachte an den seltsamen Menschen, der ihnen eben begegnet war. Er hatte selten bei einem erwachsenen Mann zwei klarere und treuherzigere Augen gesehen.

Das kann doch nicht erlaubt sein, sagte Bjørn nach einer Weile.

Håvard lächelte sanft und summte weiter.

Es regnete jetzt wieder, kleine leichte und warme Tropfen auf der Haut. Eine Schar kleiner gelbgrauer Vögel kam von oben und verschwand im Gestrüpp am Wegesrand. Für einige Augenblicke schienen die Büsche zu zwitschern, dann war es wieder still.

Wir müssen dem Mann klarmachen, welches Unrecht er hier begeht, sagte Bjørn.

Ja, antwortete Håvard zerstreut, und seine Stimme klang heller als sonst.

Dann blieb er stehen. Die anderen hielten ebenfalls an. Und Håvard sprach.

Einmal habe ich einen boshaften Bauern in die Luft geworfen, sagte er mit seiner helleren Stimme.

Hølje sah es vor sich: ein winzigkleiner Bauer, der von den riesigen Fäusten des Stiefvaters gepackt und in die Luft geworfen wurde, wie ein Huhn, wie ein Fisch …

Der Mann ist gestorben, sagte Håvard.

Ach, wie schrecklich, sagte Bjørn.

Ich kam ins Gefängnis, sagte der Quäker mit den kräftigen Fäusten, und in ihm gluckste ein seltsames Lachen.

Die anderen musterten ihn aus zusammengekniffenen Augen.
Wenn das Ganze gottgewollt und vorherbestimmt war, sagte Håvard, dann stand es nie geschrieben, dass ich mit meiner Frau Elise zusammen über das Meer reisen sollte …
Seine Augen waren blank vor Überraschung. Dann runzelte er die Stirn.
Ja?, fragte Hølje zaghaft.
Ich breche morgen nach der Vesper auf, brummte Bjørn. Du kommst doch mit?
Ja, sicher, antwortete Håvard, noch immer mit der blanken Verwirrung im Gesicht.
Als ob das mit Elise …, flüsterte er verwundert. Als ob ich sie gar nicht hätte haben sollen … als ob ich selbst ein Werkzeug in Gottes Händen war, damit *sie* über das Meer kam …
Damit sie es wagte loszulassen, dachte der Quäker später, als er sich abends schlafen gelegt hatte. Das Joch, das ihr Bruder Ansgar war. Der Junge, der die hässlichen Wörter, die in ihm wohnten, nicht zurückhalten konnte. Denn es hatte sich so verhalten, dass Ansgar als Kind in willenloser Wut losgebrüllt hatte, und das war einer der Gründe für die Reise nach Amerika gewesen, denn dort würde er ohne Angst brüllen können, da niemand ihn verstehen würde, wenn er auf Norwegisch riefe.
Håvard hatte Elise geheiratet und den Bruder als Dreingabe genommen; wie einen Handel mit den Verwandten, die von dem armen Knaben nichts wissen wollten.
Die Bilder spulten in ihm ab, als er da lag und um Klarheit rang, während Gunhild neben ihm schlief.
Denn es fällt kein Sperling …
… zu Boden, so es nicht Sein Wille ist.
Der Herr hatte seinen Blick die junge Elise treffen lassen. Der Herr hatte Håvard mit Ehrfurcht vor diesem Zarten, Scheuen erfüllt, damit er in ihre Schritte eingreifen und sie in eine andere Richtung lenken konnte.

Und also war es auch Er gewesen, der den spitzen Stein an die Stelle am Boden gelegt hatte, an der Håvard den Bauern in die Luft geworfen und dessen Tod verursacht hatte. So wie der Herr noch dazu den Bauern mit Fetzen von Habgier und Bosheit gefüllt hatte, zwischen den guten Geschichten und dem Grinsen, die es ebenfalls in dem Mann gab, damit er für Håvard zu einer Falle werden könnte.
Und er selbst wäre also ohne Verantwortung?
So musste es sein, in diesem Fall.
Dann war das Zuchthaus doch keine Strafe gewesen, sondern ein Schutz vor dieser Frau, die so viel mehr in sich gehabt haben musste, als Håvard damals gesehen hatte, denn zu der Furie in Chicago hätte er sich niemals bekennen können.
Wie eine Larve, dachte er über sie. Wie ein Nusskern in vielen Schalen aus Vagheit und Härte. Wie eine Puppe hatte sie sich in der Freiheit auf einem Schiff gütlich getan, in der Freundschaft der frommen Reisegesellschaft aus guten Menschen am Ufer des Ontario-Sees und am Ende auf der Plantage dieses reichen Mannes, bis die Haut gerissen war. Und darin steckte kein prachtvoller Schmetterling. Darin steckte ein Insekt, blinkend blau, gelb, violett und grün wie die großen Fliegen auf einem Misthaufen.
Håvard wurde von Übelkeit überwältigt. Er schlich sich hastig aus der Hütte. Er erbrach sich an der Hausecke, erbrach sich, bis Galle seine Kehle füllte. Er spuckte in die Dunkelheit und atmete tief. Seine breite Brust bebte. Der Nachttau kühlte seine Füße. Der Wind streichelte seine Waden, seine Arme wie mit Liebkosungen, und der lange, magere Mann lehnte sich an die Hauswand. Sie waren unsichtbar in der Dunkelheit, die Baumstämme mit den Spalten dazwischen, und ihn erfüllte das Bild eines anderen Hauses, aus aufrecht stehenden Brettern ohne Spalten, weiß angestrichen wie Schnee in der Sonne, in Chicago, mit einer Veranda unter einem Säulendach und einer glattgehobelten Bank, auf der man sitzen konnte.

Brenda. Er sah Brenda, dort auf der Bank, und er keuchte auf, weil sein Kehlkopf zusammengepresst wurde, als stecke noch mehr in seinem Körper, das herausmusste.
So ähnlich einer anderen, das war sie. Die gleichen schönen Haare, die gleichen gleichsam unschuldsreinen großen Augen. War sie auch innerlich wie die andere?
Er hörte den Wind sausen, tuscheln, flüstern, wie eine Stimme: Nein!
Sie stammte von zweien ab, nicht nur von einer.
Sie stammte von Håvard selbst. Durch den Willen des Herrn tat sie das.
Er ging ein Stück von seinem Erbrochenen fort, fiel auf die Knie und betete: Verhilf meiner Brenda zu Ehrfurcht.
Er hätte um mehr beten sollen, aber er wusste nicht mehr, welche Worte dazu vonnöten waren. Also betete er stumm, der Herr möge Brenda behüten, damit sie zu einer Freude des Herrn werden könne.
Und erlöse mich, flehte er, von der Verantwortung für einen Menschen, dessen Anblick ich nicht ertrage!

Am nächsten Tag erfuhren sie, dass Liberty Proud des Nachts aus der Gegend gejagt worden war.

# *Der Geruch gebrannten Lehms*

Brenda lachte zusammen mit den drei anderen, mit Annie und den beiden Mädchen, die Emma und Laura hießen. Sie lachten über einen armen Tropf, der soeben über die Türschwelle in den Saloon gestolpert war und um »Food for arms« gebeten hatte.
Essen für Waffen?
You got a gun?, fragte Annie.
A gun? No. No gun. Must I?
He's got no gun, poor man, trotzdem versucht er es bei vier schönen Frauen, scherzte Annie.
Die elende Gestalt blickte sie verwirrt an.
Played and lost, I bet, meinte Annie.
Er sah aus wie ein Spieler, der verloren und andere des Falschspiels bezichtigt hatte, wie einer, der Streit anfängt und sich prügelt. Seine feine Weste war zerrissen, der eine Hemdsärmel schlackerte hin und her. Er trug nur einen Stiefel, und sein nackter Fuß war schmutzig und blutig.
Lost, sagte er. Lost everything. Yes. And hungry.
Annie amüsierte sich noch eine Weile mit ihm, lockte ihn in neue Wortfallen, die den Mädchen eine Lachsalve nach der anderen bescherten.
Am Ende wurde es Brenda zu viel, denn der Mensch wirkte zum Umfallen erschöpft, wie er sich da an die Wand lehnte. Und er war Norweger, nahm sie an. Deshalb griff sie ein: You mean to ask for food for *work?*
Yes. Work. With my arms. Hogging woods. With an axe.
Die Mädchen gickelten wieder los. Dann gaben sie ihm etwas zu essen. Danach verschwand Annie in den hinteren Gemä-

chern, während Emma und Laura nach draußen gingen, wo jede ein Huhn rupfte. Nur Brenda blieb bei dem Mann, während sie den Boden fegte.
Und der Mann langte zu, bis er seinen schrecklichen Hunger los war. Danach aß er langsamer, während er zwischen den einzelnen Bissen gegen die Wand redete.
Schau doch nur!
Er zeigte der Wand ein Stück Papier.
Brenda hätte wieder kichern mögen, so komisch sah das aus, zugleich tat er ihr leid wegen seiner blutigen Wunden und der zerfetzten Kleidung.
Look!, sagte er, diesmal an sie gerichtet.
Sie ging zu dem Fremden und warf einen Blick auf das Schriftstück in seiner Hand. Es bezog sich auf ein Stück Land in der Koshkonong-Prärie. Es war auf einen gewissen Liberty Proud ausgestellt.
Liberty Proud, is that you?
Yes. Me.
Brenda gab sich nur selten zu erkennen, wenn jemand Norwegisch mit ihr sprach. Jetzt ließ ihre Neugier sie eine Ausnahme machen. Und nun strömten die Worte nur so aus dem Armen heraus, über alle Gemeinheiten, denen er ausgesetzt gewesen war.
Alles habe er verloren, rief er. Und die, die ihn geschlagen und geschleift und getreten und gejagt hatten, die hatten außerdem seine Habseligkeiten zertrampelt.
Seine Augen waren groß und verzweifelt. Gleich fängt er an zu flennen, dachte Brenda, deshalb lief sie nach Hause, um einige alte Kleidungsstücke und ein Paar Schuhe von Ansgar zu holen. Danach flickte sie Weste und Hemd des Fremden, während er weiterredete. Bald ließ die Erzählung ihre Hand mit der Nadel schlaff und vergesslich werden, zuerst, weil er ihren Vater erwähnte, dann, als er die Ursache für den Zorn der anderen anführte. Da musste er doch ein Gauner sein?

So sah er nicht aus. Er schaute ihr in die Augen, mit einem jungenhaften blauen und offenen Blick, und er trug seine Geschichte vor, ohne seinen eigenen Anteil daran zu schönen.
Hat mein Vater dich gejagt?, fragte Brenda.
Nein, wie hätte er das tun können, antwortete der andere erschrocken. Er ist doch Quäker. Die greifen nie zu Gewalt.
Bald kamen weitere Gäste in die Kneipe, und sie wurden in die Debatte über den Wert von Liberty Prouds Dokument verwickelt.
Der schien unumstößlich festzustehen.

Brenda zog sich zurück, durch eine unscheinbare Tür in der Rückwand, in einen Anbau, der nicht lange nach den Morden auf dem Platz vor dem Theater entstanden war. Er hatte einen eigenen Eingang und einen Hinterhof mit Stall und Wagenplatz. Eine Übernachtungsstätte für Reisende, glaubten wohl viele von denen, die im Saloon zechten und Karten spielten. Das stimmte auch durchaus. Drei kleine Zimmer gab es hinten, die vermietet werden konnten. Wer immer einen Ort zum Schlafen brauchte, konnte sie haben.
Oder sie konnten von jemandem gemietet werden, dem es um Annies eher verstohlene Angebote ging. Es konnte um Wein gehen oder um Cognac. Es konnte um Tee aus kostbaren Tassen gehen. Es konnte außerdem eine Bütte mit heißem Wasser dort stehen, es konnte Hilfe beim Rückenschrubben geben. Und es konnte noch mehr sein.
Normalerweise wurde man in ein kleines Wohnzimmer mit Chaiselongue, weichen Sesseln und einem Eichentisch geführt. Dort saßen Brenda und Annie sowie die Gäste des Nachmittags oder der Nacht. Normalerweise waren es zwei Frauen und zwei Männer, falls nicht auch der dritte Raum vermietet war, wenn ja, waren sie noch mehr.
Wie eine Entscheidung aus längst vergangener Zeit, dachte Brenda. Denn sie wusste jetzt, dass Annie schon vom ersten

Tag an Pläne für sie gehabt hatte. Zu der Zeit hatte es nur den einen großen Raum mit dem Hängeboden gegeben. Annie hatte die nächtlichen Gäste nach Lokalschluss unten empfangen. Brenda konnte sich vage daran erinnern, an Geräusche und Seufzer, während sie hinter ihrem schnarchenden Onkel auf dem Hängeboden gelegen hatte, ehe sie dann ihr eigenes Haus am Fluss bekommen hatten.

Mit zehn Jahren hatte sie von Annie einen blauen Seidenrock bekommen, den sie beim Servieren tragen sollte. Sie sollte Geschmack an feineren Dingen entwickeln, das begriff sie jetzt. Sie sollte lernen, den glatten Stoff zu lieben, und sich nach Schmuck und Eleganz sehnen, nach allem, was sie, wie Annie sagte, nur bei ihr erreichen konnte.

Jetzt besaß Brenda gelbe, rote, himmelblaue Seidenröcke. Mit Schleifen und Rosetten. Ganz zu schweigen von den Schuhen! Adrett und klein, ebenfalls aus Seide. Sie hatte außerdem Stiefel aus weichstem Leder mit Reihen von winzigen Knöpfen. Die musste sie draußen tragen, damit sie sich wie eine Prinzessin fühlen konnte, während die Stiefel unter einem schönen Mantel zu sehen waren. Das meiste wurde aus Boston bestellt. Aber ab und zu kam auch ein Schneider nach Chicago.

Was ist eine Prinzessin? Das ist die Tochter von König und Königin, hatte Annie ihr als Kind erklärt. Solche gab es nicht in Amerika, anders als in Europa, doch sie mussten schön sein und immer aufs Feinste gekleidet. Wie Prinzessinnen würden Annie und Brenda unter Chicagos Königlichen aussehen, hatte Annie ihr versprochen. Keine gewöhnliche Frau sollte Ähnlichkeit mit ihnen haben.

Diese gewöhnlichen Frauen trugen schwarze und blaue lange Röcke, oft fadenscheinig, wenn nicht geflickt. Ihre Schuhe waren bisweilen ausgelatscht und zerlöchert.

Wir werden reich sein, hatte Annie immer wieder gesagt.

Wie denn, Annie?

Indem wir Träume erfüllen. Männerträume. Vom Guten und Schönen.
Die Träume einsamer Männer, hatte Annie gesagt.
Also musste es viele Sorten von Einsamkeit geben, begriff Brenda später, denn manche von denen, die ihr auf der Chaiselongue vorgestellt wurden, entpuppten sich als Familienväter.

Viele waren überaus galant. Einige der Stammkunden brachten manchmal Geschenke mit; in dem weißen Haus am See, das der Onkel gebaut hatte, stand noch immer die Reisetruhe, die Ansgar und seine Schwester aus Stavanger mitgebracht hatten. Darin lag ein besticktes Tuch mit Seidenfransen, das Brenda kürzlich erhalten hatte, zusammen mit einem roten, das Elise gehört hatte. Darin lag eine kleine Silberdose, in deren Deckel eine Taube eingraviert war. Darin lagen zwei Halsketten und drei Broschen, zwei dieser Schmuckstücke stammten ebenfalls von der Mutter. Außerdem hatte Brenda Geld in der Dose, und es gehörte nicht zu dem, was die Gäste Annie oder dem Iren gaben, der kürzlich eingestellt worden war, um an der Tür zu stehen und sich um Wagen und Pferde zu kümmern.

Zweimal hatte Brenda versucht, diesem Schicksal, das Annie für sie aufzeichnete, zu entgehen. Jedes Mal hatte es damit geendet, dass sie zurückgekehrt war, einmal nach der Auflösung der Theatertruppe, dann nach dem Besuch in Koshkonong.
Du gehörst eben zu mir, hatte Annie gesagt. Du bist hier aufgewachsen. In Suff und Gemeinheit. Wie alt warst du, als dich zum ersten Mal ein Mann auf den Schoß genommen und sich an dir gerieben hat?
Nie!
Nein, denn davor habe ich dich beschützt. Während Ansgar gesoffen oder geschlafen hat.

Du hast mich servieren lassen, sowie ich acht geworden war, warf Brenda ihr vor.
Du warst groß für dein Alter.
Aber ich dachte, ich müsste nur das tun, servieren eben!
Hast du ja auch. Und du hast dich an die Blicke gewöhnt.
Ich habe mich an das Lächeln gewöhnt, ich dachte, das sei gut.
Das war es auch. Gut zu einem kleinen Mädchen in einem Seidenrock. Einem Mädchen, das wuchs.

Später hatten sie über die Heuchler gelacht.
Die sind wie die Pharisäer, hatte Annie gesagt. Die, die heimlich herkommen. Die jeden Sonntag mit ihrer Frau Arm in Arm in die Kirche gehen und sich abwenden, wenn sie uns sehen.
Jesus liebte die Dirnen, sagte Annie. Er hat Huren und Sünder geliebt.
Männer!, hatten sie außerdem kichern können. Die kommen auf so viele seltsame Ideen!
Das Geschäft sei außerdem eine Notwendigkeit, hatte Annie Brenda eingeredet. Ohne solche wie sie wäre die Welt ein Jammertal. Sie würde zum Ort für Schlägereien und Blut werden.
Sie schlagen sich ja trotzdem, hatte Brenda eingewandt.
Aber viel weniger, als sie es sonst tun würden.

Und es roch ein wenig nach gebranntem Lehm, als Brenda an diesem Tag zurechtgemacht das kleine Wohnzimmer betrat, als sie eine Weste geflickt und Stiefel und andere Hinterlassenschaften ihres Onkels verschenkt hatte. Der Geruch hing nach der Arbeit des Tages noch dort, vielleicht in den Haaren des Mannes, der auf der Chaiselongue saß.

Gebrannter Lehm war nicht das Schlimmste. Im Gegenteil. Er lenkte ihre Gedanken zu Feuern, an denen sie gesessen hatte, den Feuern ihrer Kindheit, über denen ein Hase gebraten wurde, und zu dem Geschmack von Hasenfleisch und gebratenen Vögeln. An diesem Nachmittag sah sie außerdem das Bild von Liberty Proud vor sich, einem, der ihrem Vater und ihrem Stiefbruder begegnet war. Und der schwache Geruch von gebranntem Lehm trieb sie in ihren Gedanken zu einem verschneiten Ufer, und plötzlich war ihr ein wenig schwindlig.

Stimmt etwas nicht?

Doch, alles in Ordnung.

Sie dachte an das Hirschherz und an Marys Mundharmonika.

Sie dachte an Marys letzte Worte und an Høljes Lächeln.

Aber Hølje gehörte einer anderen Welt, einer Welt, zu der sie keinen Zugang mehr hatte, glaubte Brenda.

Trotzdem dachte Brenda an den Schnee und den Wind und das Lagerfeuer, während der Vorarbeiter der Chicagoer Ziegelei seine Lippen auf ihren Hals presste.

## *Eine Maske aus Holz und ein Yankee aus dem Osten*

Liberty Proud hatte etwas hinterlassen, es war ins Gras getreten worden. Hølje wusste, dass es von ihm stammen musste. Zwei Augen waren zu erkennen, jedes auf einem Stück Holz, sie lagen dort und zwinkerten, einige Tage nachdem der Mann aus dem Westen verjagt worden war.
Nimm sie nur, sagte der Bauer ängstlich, der, der auf der Leiter gesessen hatte, während Liberty Proud sich über die Wünschelrute gebeugt hatte. Als ob sie den Unterirdischen gehörten, diese Gesichtsstücke, dachte Hølje und lächelte verstohlen.

Zwei offene, leicht schrägstehende Augen, der größte Teil der Nase und ein halber Mund. Eine Augenbraue. Eine helle Locke an einem Ohrläppchen, sie erinnerte Hølje an Brenda.
Brenda, Brenda.
Sie war täglich bei ihm, vor allem unmittelbar ehe der Schlaf kam. Sie war bei ihm, als er das, worüber er sich gebeugt hatte, wie eine Beute nach Hause trug. Was machte sie jetzt? Wie war das Leben in einer Kneipe? Wo lag die Kneipe im Vergleich zu dem Platz vor dem Theater in Chicago?
Unterwegs blieb er stehen, legte die Stücke auf den Weg und staunte über die Form, die das Bild gehabt haben musste. Es war keine gerade Fläche. Dieses Gesicht hatte auf einer gebogenen Oberfläche gesessen.
Wir können versuchen, das Bild wiederherzustellen, sagte Håvard, als er die Stücke sah.
Seine Stimme war hell, wie auf dem Rückweg am Tag ihrer

Begegnung mit Liberty Proud. Er schien mit einem Kind zu sprechen, wie wenn er der Tochter Marja bei etwas helfen musste oder wenn er mit ihr herumtollte und spielte, was er jetzt immer häufiger tat.

Nein!, wollte Hølje rufen. Wir dürfen uns nicht mit einem zerstörten Bild befassen. Du sollst nicht spielen und herumtollen, du als erwachsener Mann. Wir müssen jäten! Wir müssen Gänseeier sammeln. Wir müssen eine kleine Räucherhütte für Fisch und Fleisch bauen. Damit wir mehr verkaufen können, Fleisch und Fisch und Vogeleier und daneben Weizen und Mais, damit wir Holz anschaffen können.

Und er warf die Stücke weg, nur nicht das eine, das mit der blonden Locke.

Dann tauchte aus Janesville ein Friedensrichter auf. Er wollte ein ernstes Wort mit denen reden, die einen Mann mit gültigen Papieren geschlagen und verjagt hatten. Sie waren bei ihm eingebrochen, als er geschlafen hatte; es war eine Nacht ohne Mond und Sterne gewesen, und sie waren wie Diebe eingedrungen, still und ohne Fackeln, um nicht erkannt zu werden. Also mussten sie gewusst haben, dass sie ein Unrecht begingen.

Einzelne von ihnen waren dennoch von dem Mann, dem sie das angetan hatten, namentlich genannt worden: Liberty Proud hatte sich eine Hand gemerkt, der der Daumen fehlte, und außerdem den bitteren Mundgeruch eines Mannes, der ebenso groß war wie er selbst.

Der Friedensrichter suchte die Beschuldigten auf, und keiner versuchte, sich von der Verantwortung freizusprechen. Aber sie zogen niemanden sonst mit hinein. Denn sie hatten einen Pakt geschlossen, die, die in ihrem ungerechten Zorn gehandelt hatten, nämlich einer für alle, alle für einen.

Eine Untat, meinte der Friedensrichter. Und er erklärte, der Streit müsse ein für alle Mal beigelegt werden.
Abermals mussten sie den Hof verlassen, die, die niemals nach Milwaukee gelangt waren, um ihren Claim abzustecken. Liberty Proud konnte durch die Macht des Papiers und die Gesetze Amerikas zurückkehren.

Zwei Jahre später im Sommer hatte Hølje ein Lamm zu Nachbarn gebracht. Auf dem Heimweg widmete er sich seinen Gedanken und ließ seine Füße ihren Weg wählen.
Plötzlich ertönte Gesang.
Hølje stand am Ende eines Ackers, oder eigentlich von zwei Äckern, einem mit wogender goldener Gerste und einem mit Weizen. Dahinter ging die Sonne unter. Sie bedeckte die Landschaft mit einem glühenden, breiten, zitternden Gürtel, und so konnte er nicht sehen, was sich auf der anderen Seite des Ackerlandes befand, wer dort sang.
Hølje bewegte sich dem Gesang entgegen, auf der Grenze zwischen Korn und Korn. Er wusste, wer am Ende der Ähren wohnte. Wer dort sang, musste die Frau sein, von der niemand sprach, so wie auch niemand über ihren Mann sprach oder über den Ort, wo sie wohnten. Es musste Beauty sein, Liberty Prouds Frau. Die Frau, die bei Lars Larsens Witwe in Rochester gewohnt hatte, als Liberty zum ersten Mal in Wisconsin gewesen war. Dort war sie gewesen, während ihr Mann beim Haus eines anderen nach Wasser gesucht hatte. Deshalb hatte sie nicht gesehen, wie er verjagt worden war. Vielleicht wusste sich nicht einmal, dass es einen Grund gab, warum die Nachbarn nichts mit ihnen zu tun haben wollten.
Dunkel und schmal war sie, fast durchsichtig im Sonnenuntergang. Sie saß da und war anders als alle anderen Frauen, fand Hølje, mit ihrem schwarzen, lose um ihre Schultern fallenden

Haar und mit einem Säugling auf einer Decke vor ihren nackten Füßen.
Und dann war auch er da, Liberty, in der Weste mit dem karierten Rückenteil über einem grauweißen Hemd.
Man bekommt Besuch?, stellte er fest.
Beauty hörte auf zu singen.
Bald saßen sie alle drei im Haus bei Räucherschinken und Fladenbrot. Mitten auf dem Tisch stand eine Puppe. Hølje stutzte, denn es war dieselbe Puppe, die, von der er einige Reste gefunden hatte, nachdem Liberty verjagt worden war, die er erfolglos zu reparieren versucht hatte.
Die Figur, die vor ihnen stand, hatte die gleichen großen, offenen Augen, und sie saßen mitten im Gesicht. Es war eine aus einem Stück geschnitzte Puppe mit einem Frauenkopf und einem Tuch über den blonden Haaren und einer Locke über der Stirn, die an Brendas erinnerte. Ihr Körper war von aufgemalter Kleidung bedeckt, einem langen Rock und einer Bluse.
Hølje begriff es nicht, dass sie da so unversehrt vor ihm stehen konnte. Obwohl die Augen kleiner aussahen als auf den Stücken, die er damals gefunden hatte.
Die ist russisch, sagte Beauty.
Ach, sagte Hølje.
Beautys Vater war Russe, erklärte Liberty.
Ach, sagte Hølje.
Er ist zu Fuß gekommen, erzählte Beauty. Durch Finnland und Schweden. Dann hat er meine Mutter kennengelernt.
»Siehst du, da sind noch mehr«, sagte Beauty fröhlich und teilte die Figur in zwei Hälften.
Drei Puppen waren es, die ineinander steckten, eine kleiner als die andere.
Früher waren es vier, sagte Beauty. Syver hat die äußerste zerbrochen, als ich in Rochester war. Er hatte sie als Pfand mitgenommen. Dort, wo er die Puppe absetzte, würden wir glücklich werden.

Hier heiße ich Liberty, murmelte der Mann.
Sie saßen im Raum mit der Feuerstätte. Daneben gab es einen Anbau, in dem Beauty verschwand, um kühles Wasser zu holen. Bald durfte der Gast ihn sehen: den Brunnen. Unter dem Dach und zwischen den Wänden. Sorgfältig von Steinen eingefasst, mit unterschiedlich großen Fächern unter dem Holzdeckel.
Wie der, den ich in Beloit gesehen habe, sagte der Mann stolz.
Hølje lächelte begeistert.
Auf diese Weise kommen die Dinge zu Syver, sagte Beauty. Ein Brunnen kommt unter seinen Blick, und so sieht er, dass es solche Brunnen gibt.
Liberty, korrigierte der Mann sanft.
Aber als es angefangen hat, hast du Syver geheißen, nicht wahr? Denn es hat in der Alten Welt angefangen. Mit einem, dem vor Syvers Füßen das Leben gerettet werden musste.
Das schon.
Und da hieß ich Jensine, erklärte sie.

Es war dunkel, als Hølje sie verließ. Auf dem Heimweg dachte er an den in Stein gefassten Brunnen. Es gab also Menschen, die sich kümmerten, dachte er, Menschen, die einen Gedanken fassten und ihn in die Tat umsetzten. Mit Hilfe des Herrn und Seinem Willen, hätte Liberty sicher gesagt. Aber auch durch den eigenen Willen, denn man musste doch nach dem greifen wollen, was es geben könnte.
Von welcher Art war er selbst?
Neunzehn Jahre war er jetzt alt und noch immer wie an seine Mutter angekettet.
Nein, nicht angekettet, das wusste er. Er war hier, weil sie es so abgemacht hatten. Und weil er Verantwortung trug. Und jetzt hatte sich das Ackerland fast zweimal verdoppelt. Aber nur fast. Und sie mussten ja noch das neue Haus bauen.

Danach würde Hølje seiner Wege gehen können. Und dann wollte er Annie's Inn aufsuchen. Der lag am Fluss in Chicago, hatte Liberty erzählt. Brenda hatte den Boden gefegt, hatte er gesagt, und außerdem hatte sie ihm Hühnerfleisch und Kartoffeln serviert.
Aber tief in Hølje lag die Furcht wegen der neuen kindischen Art des Stiefvaters; dass diese für ihn selbst zum Hindernis werden könnte. Denn wie könnte er die Mutter mit einem solchen Mann allein lassen?

Johan Christian Dundas riss das Hindernis in Håvards Gemüt nieder. Er kam als Arzt nach Koshkonong und geriet in Auseinandersetzungen mit dem dortigen Pastor. Er brachte Håvard dazu, zuzuhören und zu lachen. Er schrieb Schmähgedichte und las sie seinen auserwählten Freunden laut vor. Håvards Lachen schlug von hoch auf tief um und zog die Stimme mit sich. Die kindische Art verschwand.

Zugleich erreichte sie die Neuigkeit, dass jemand am Catfish River ein Stück von den norwegischen Neusiedlern entfernt achthundert Acres Land gekauft habe. Luke Stoughton hieß der Mann, der diesen großen Handel abgeschlossen hatte.
Yankee, nahm man an.
Aus Janesville, hieß es.
Ursprünglich sei er weiter aus dem Osten gekommen, wollten einige wissen.
Yankee, einigte man sich.
Er wollte eine Mühle betreiben, wurde erzählt.
Getreidemühle oder Sägemühle?, wurde gefragt.
Vielleicht beides, lautete die Antwort. Er will einen Teich anlegen. Und eine Stadt.
Eine ganze Stadt?

Hølje ließ seinen Blick von einem zum anderen wandern, als das alles erzählt wurde. Konnte das stimmen? Wer verstand denn überhaupt genug Amerikanisch, um so viel von den Absichten eines Yankees zu erfassen?
Wird das nicht schön, Vater, eine ganze Stadt?, fragte die junge Frau mit dem schweren Zopf.
Sie standen nach einem Gottesdienst vor der Kirche, als diese Neuigkeit sich verbreitete.
Und das war noch nicht alles: Eine gewisse Jenny Lind wurde erwartet. Sie hatte in Chicago ein Konzert gegeben. Zweihundert Dollar hatte sie eingenommen, und für dieses Geld sollte in der Koshkonong-Prärie eine Methodistenkirche errichtet werden.
Stellt euch vor, zweihundert Dollar, für das Singen!

Aber wer will denn wohl in einer Stadt wohnen?, wurde auf dem Heimweg auf den Rollwagen unsicher gemurmelt.
Der, der das murmelte, war jemand aus Atrå, ein junger Mann aus Gunhilds Heimatgegend in Telemark, einer, der erst kürzlich zusammen mit seinem Bruder über das Meer gekommen war. Sie hatten bei Bekannten um Dienst gebeten, und Gunhild hatte sie aufgenommen, da sie sich damit zufriedengaben, in der Scheune zu schlafen. Auf diese Weise kam zu den Mahlzeiten neues Leben ins Haus, wenn sie dicht aneinandergedrängt auf den Pritschen saßen und die Reisetruhen als Tisch benutzten.
Eine gute Nachricht, meinte Høljes Mutter, was Luke Stoughton anging. Eine Stadt bedeutete einen Markt für Getreide und Gemüse. Sie bedeutete außerdem die Möglichkeit, Waren zu kaufen, für die man sonst mindestens eine Tagesreise zurücklegen müsste.
Die jungen Brüder lauschten und starrten dabei auf ihr Essen.
Håvard nickte zu den Worten seiner Frau. Dann richtete er

seinen klaren Blick auf sie: Vielleicht kann dein Sohn aus der ersten Runde dort Arbeit in der Sägemühle finden?

Mit einer Sägemühle in der Nähe können wir jedenfalls Bretter für ein besseres Haus bekommen, meinte Hølje.

Die Mutter nickte.

Und da ist es ja gut, dass wir im Moment zusätzliche Arbeitshilfe haben, fügte Hølje hinzu und nickte den Burschen aus Atrå freundlich zu.

Wie wahr, wie wahr, sagte Håvard lächelnd.

# *Wo die wilden Zwiebeln wuchsen*

Als Brenda und Ansgar zu Beginn der dreißiger Jahre bei Annie's Inn am Ufer des Michigan-Sees angekommen waren, hatte es nur wenige Häuser gegeben. In der Nähe hatten einzelne Farmen gelegen, mit Wohnhäusern und Wirtschaftsgebäuden aus groben Stämmen. Kühe und Schafe bewegten sich durch die flache Landschaft, zusammen mit Schweinen und gackernden Hühnern. Archibald Clybournes Fleischpackerei gab es schon, außerdem eine Sägemühle. Und bald kam die Ziegelei dazu und ermöglichte den Bau von Häusern, die nicht nur aus Holz bestanden, und diese Unternehmungen zogen Männer an, denen es um den Lohn ging.
Brenda hatte sie schon gesehen, die Menschen, die kamen, wenn nicht die allerersten, dann doch die nächsten: In Wellen kamen sie, wöchentlich und täglich. Viele wollten weiter, aber einige blieben. Sie standen in der süßlichen Luft des Schlachthofes und zerteilten Fleisch. Sie standen im Kreischen und Schreien der Sägeblätter, im Duft von frischem Sägemehl und Harz. Sie beteiligten sich an der harten Arbeit, die grauen und beweglichen Lehm in rotbraune, feste Formen verwandelte. In den vierziger Jahren war es vor allem der Kanal, der die Neuankömmlinge anzog; in Mengen wurden sie gebraucht, zum Ausheben und Aufwerfen und später zum Mauern.
Ihr Geruch verriet, wo sie arbeiteten, wenn sie in ihrer Freizeit bei Annie auftauchten.
An den langen Tischen konnte es nach »Hardscrabble« riechen, so wurde er genannt, der neue Bezirk mit den schäbigen Hütten, wo die Kanalarbeiter lebten, im unverkennbaren Gestank von Fäule und Feuchtigkeit, Fieber und ungewaschenen

Leibern. Die Arbeitszeit war lang, der Lohn geringer, als er es gewesen wäre, wenn nicht jeden Tag neue Männer aufgetaucht wären mit dem Wunsch, sich zu betätigen. Aber die, die eine Stelle fanden, konnten satt zu Bett gehen, und es machte sie stolz, es überhaupt hergeschafft zu haben. Deshalb saßen sie hocherhobenen Hauptes da in ihrer verdreckten und feuchten Arbeitskleidung und nicht mit hängendem Kopf, sie kratzten sich die verlauste Kopfhaut oder die Achselhöhle und sprachen ihre eigenen Sprachen; sie sprachen oft Irisch oder Englisch mit irischem Akzent, aber auch Norwegisch und Schwedisch waren hier zu hören.

Sie hatten sich zu den anderen gesellt, in den Häusern, die man jetzt eine Stadt nennen konnte, sie hatten ihr gesamtes Hab und Gut auf dem Rücken getragen oder auf Wagen und Karren selbst gezogen oder geschoben, falls sie keine Zugtiere besessen hatten.

Brenda hatte die Veränderung gesehen seit damals, als die Wagen in Frühjahr und Herbst tagelang im grauen Lehm stecken geblieben waren. Sie hatte gesehen, wie die Baumstämme zwischen den Reihen der immer weniger vereinzelt stehenden Gebäude ausgelegt wurden, hatte gesehen, wie Männer flache Bretter von Baumstamm zu Baumstamm legten und sie festnagelten. Bohlenwege hatten sie in Chicago, und wer darübergehen wollte, musste eine Gebühr entrichten, denn es kostete, solche Wege instand zu halten.

Nur wenige bauten jetzt noch Hütten aus Baumstämmen, die anderen nahmen Bretter oder Klinker. Der Erste mit einem standesgemäßen Klinkerhaus war Archibald Clybourne gewesen, der Fleischkönig, wie Annie ihn nannte. Die Holzhäuser wurden meistens weiß angestrichen, und sie hatten Veranda und Sonnendach und manchmal sogar kleine Erker, und sie hatten Fenster aus Glas; man sah, wie sie zitterten, wenn die Sonne daraufschien. In den feineren Häusern lebten Geschäftsleute. In dieser jungen Stadt wurde alles gebraucht,

Werkzeug und Geräte und Maschinen, Salz und Gewürze, Stoffe und Kleidungsstücke, für die, die am Ort wohnen wollten, und für die, die weiter nach Norden oder Westen ziehen wollten, um sich als Farmer niederzulassen. Die Waren wurden mit Schiffen über die großen Seen gebracht, oder sie kamen auf Flussbooten und Kanalkähnen von der Ostküste.
Brenda hatte sie beobachtet, die Männer mit Geld und Kenntnissen, die, die sich nach etwas umgesehen hatten, das fehlte; dann fanden sie es und machten ihren Betrieb auf. Andere waren nicht so bemittelt, besaßen aber Fertigkeiten, wie Schuhmacher oder Schneider; bald hatten sie Werkstätten mit eigenen Schildern über den Türen.
Und viele kamen in Annie's Inn.
Wie die Mannschaft des Dampfers *Empire,* das Schiff, das aussah wie ein schwimmender Palast, wenn es Passagiere von einem Hafen zum anderen brachte. Wie die Bootsbauer, die am Ort eine Werft gegründet hatten. Wie die Angestellten von Frink & Walter, die ein Fuhrunternehmen aufgebaut hatten, sowie es Wege gab, die mit Rädern befahrbar waren.
Frink und Walter selbst besuchten elegantere Lokale als Annies. Es gab jetzt bessere Hotels in Chicago, mit vielen Zimmern und einem Speisesaal, in dem mehrere Gerichte auf der Karte standen. Aber es gab auch eine Reihe von schlichteren Etablissements, kleine Schuppen mit Lehmboden, wo man sich die Kehle mit kaltem Bier anfeuchten konnte, das im Fluss oder im See gekühlt wurde.
In solchen Schuppen konnte man sich außerdem in eine Frau ausleeren.
Hurerei, hatte ein Deutscher eines Nachmittags zu Brenda gesagt, als er in Annies Lokal saß und sich mit Bohnen und Speck vollstopfte.
Mein Herz weint, wenn ich davon höre, sagte er.
Ja, es sei erbärmlich, meinte Brenda ebenfalls. Noch dazu auf dem Lehmboden. Die Armut sei eine Geißel. Aber was solle

eine alleinstehende Frau machen, wenn niemand sie in sein Haus aufnahm? Und wie viele Häuser gebe es überhaupt, wo jemand aufgenommen werden könne, hier, wo vor allem Junggesellen ohne größeren Hausstand lebten?

Hurerei. Ich will nicht in einem solchen Sündenpfuhl leben, sagte der Mann.

Er selbst stank nach Kuhmist.

Brenda verließ ihn und ging in die inneren Gemächer. Die meisten, die dort zugelassen wurden, waren Yankees. Solche, die sich am häufigsten und am sorgfältigsten wuschen. Sie hatten zudem das meiste Geld, denn Geld und Reinlichkeit hingen zusammen. Die Reichen konnten mit Pferd und Wagen kommen, und Annies schweigsamer Ire kümmerte sich um die Tiere und befreite in der kalten Jahreszeit den Hinterhof vom Schnee.

Aber auch die Yankees hatten die Bedürfnisse der Armen, die sich auf einem Lehmboden über eine Frau hermachten.

Brenda zog sich um, dort hinten, sie legte ein blassgelbes Kleid mit Spitzen und Rosetten an.

Du siehst aus wie eine Blume, sagte Annie freundlich.

Aber Brenda freute sich schon lange nicht mehr über den Anblick eines Kleides.

Stattdessen vertiefte sie sich in die alten Bilder, die sie in sich trug.

Die besten hingen mit der Wanderung mit dem Onkel zusammen, als sie ein Kind gewesen war. Auf den zweitbesten war das Puppentheater zu sehen. Sie sah Mary und Ansgar und Frantisek vor sich, während der Böhmer und Mary den beiden anderen erklärten, was sie zu tun hatten. Die Bilder aus jener Zeit enthielten außerdem Zukunftsvisionen, wie von dem Wagen, der an einem Fluss entlangfuhr oder über eine niedrige Anhöhe. Wo auch immer sie hätten fahren können, durch immer neue Landschaften, die Puppen im Kasten be-

reitgelegt, mit Lebensmitteln, die sie nach der Vorstellung des Vorabends erstanden hatten.
Es war nicht so gekommen. Das hatten sie nicht mehr geschafft.
Das Letzte, was sie von dem Böhmen gehört hatte, war, dass er eines Nachts im Suff seine Puppen verbrannt hatte. Später war er mit einem gestohlenen Kanu verschwunden.

Brenda war nun selbst zu einer Art Puppe geworden. Sie sah es im Spiegel, dass sie den Holzfiguren mit den aufgemalten Gesichtern ähnelte, mit einem Ausdruck, der sich niemals änderte. So sah sie sich, nachmittags, wenn sie sich zurechtgemacht hatte; später würde ihr Lächeln weicher werden, wie bei dem lebenden Mitglied einer Truppe vielleicht. Denn sie hatte auch solche gesehen: Einmal waren Schauspieler gekommen und im Sanganash Hotel aufgetreten, und Brenda war zum Zuschauen eingeladen worden.
Es kam oft vor, dass Jolly Mark Beaubien vom Sanganash auf Annies Hinterhof auftauchte, um guten Tag zu sagen und nach Neuigkeiten zu fragen. Er behandelte Brenda fast wie eine Art Freundin, wie eine Verwandte.
Einmal fragte er, ob sie sich vorstellen könnte, einen seiner Freunde zu heiraten.
Was fehlt dem denn?, gab Brenda zurück.
Nichts. Er braucht nur eben eine Frau. Ich nehme an, er hätte gern eine Hübsche.
Und du musst doch weg von hier, fügte er hinzu.
Wieso das?
Warum sonst gehst du nicht mehr nach Hause?, fragte er.
Damit meinte er das Haus, das Ansgar gebaut hatte. Früher war Brenda in der dunklen Nacht oder im Morgengrauen zu sich nach Hause gegangen. Dort hatte sie allein geschlafen, ehe sie zu Annie zurückgemusst hatte.
Ich habe mit Belle gesprochen, sagte Herr Beaubien.

Mit Belle?
Ja. Belle weiß, wer er ist. Der Mann, der dich verletzt hat. Sie stimmt mir außerdem zu.
Worin denn?, fragte Brenda mit plötzlich zitternder Stimme.
Das habe ich doch schon gesagt – dass du heiraten sollst. Aber geh zu ihr. Sprich selbst mit ihr!

Die Halbblutfrau Belle. Brenda hatte sie schon lange nicht mehr gesehen. Das war ihre eigene Schuld, denn sie ging ja nicht aus dem Haus. Auf diese Weise traf sie nur Annies Gäste.
Aber Belle und ihr Sohn waren für Brenda und Ansgar zu Beginn von deren Leben in Chicago eine große Hilfe gewesen. Die Frau und der junge Mann waren mit leisen Schritten oder Ruderschlägen gekommen. Wortlos waren sie da gewesen, wenn Brenda den betrunkenen Onkel über die Türschwelle ins Haus hatte schaffen müssen. Stumm hatten sie getan, was getan werden musste, und waren dann wieder in der weichen Dunkelheit verschwunden. Einmal hatte die Frau mit dem ruhigen Gesicht Brenda zudem mit Hilfe von vorgekauter gewürzter Grütze aus ihren Fieberphantasien geholt. Chakagou, hatte sie gemurmelt, während sie Brendas Oberkörper in ihren Armen gewiegt hatte. Das klang wie die Stadt, aber nicht ganz. Es klang wie Holzstücke, die aneinandergeschlagen werden. Oder wie Rufe, mit denen in einer fremden Sprache Haustiere herbeigeholt wurden.
Es war die Sprache der Potawatomi. Das Wort bedeutete »wilde Zwiebel«.
Belle pflückte sie oft, die wilden Zwiebeln, die am Fluss wuchsen, und verkaufte sie in der Stadt. So, wie sie auch wilden Reis erntete. Sie lebte mit einem weißen Mann am Rand der Siedlung. Ihr Sohn war jetzt groß und verheiratet. Brenda hatte Belle zusammen mit einem Enkelkind gesehen, einem kleinen Jungen mit braunen Haaren und einer Flöte. Aber das

war jetzt eine Weile her, weil sie ja nicht mehr aus dem Haus ging.
Nach diesem Gespräch mit Jolly Mark Beaubien aus dem Sanganash Hotel machte Brenda sich dann doch auf. Sie stapfte am Flussufer entlang, eingehüllt in einen bodenlangen grauen Umhang mit einer Kapuze, die ihr Haar und Teile ihres Gesichts verbarg, und mit einem scharfen Messer in der Hand, die sie unter dem Umhang hielt.
Es war ein Tag im Frühsommer. Die Luft war leicht und frisch, der Wind brachte den Duft vom Saft der Bäume am Wegrand. Bald mischte sich unter diesen Duft der schärfere Geruch der Zwiebelknollen, die jetzt anfingen zu keimen. Ein räudiger Hund tauchte auf und folgte ihr, dann verlor er das Interesse und verschwand. Dann war er wieder da, vor Belles Hütte, als sei er ihr Hüter.
Die Frau selbst saß vor der Ostwand im Schatten und flickte ein Kleidungsstück. Sie lächelte freundlich und bot Brenda einen Platz auf einer blauen Decke an.
Ist das dein Hund?, fragte Brenda.
Belle nickte.
Es gibt gleich Eintopf, sagte sie.
Danke, antwortete Brenda.
Belles Mann kam mit einer dampfenden Schale in den Händen aus der Tür. Er stellte die Schale zwischen den beiden auf den Boden und gab jeder einen Löffel. Dann verschwand er wieder im Haus.
Sie aßen schweigend, bis die Schale leer war.
Jolly Mark hat mich hergeschickt, erklärte Brenda dann.
Er ist jetzt weg, sagte Belle und streichelte Brendas Arm. Der Mann mit den gelben Augen.
Brenda spürte, wie ihr der kalte Schweiß ausbrach, und sie fröstelte.
Er war besessen, sagte Belle.
Brenda bohrte die Finger in den Boden und packte dort unten

eine Wurzel, sie zog und zog mit der einen Hand, ohne zu sehen, was sie da tat.
Besessen von den Lastern anderer, sagte die Halbblutfrau. Aber ich habe ihn zu der Erkenntnis gebracht, dass er der Lasterhafte war und sonst niemand, dass Sünde und Lust in ihm selbst brodelten und dampften. Dass nur ein feiger Hund andere straft; zeig mal deine Arme! Zeig, was er dir angetan hat!
Brenda hätte sich erbrechen mögen.
Aber, aber, sagte Belle. Der Mann ist nicht mehr in Chicago. In Sack und Asche wandert er den Fluss hinauf. Auf bloßen Füßen.
Brenda krümmte sich und spie.
Hör dir den Frühling an!, sagte Belle. Hör dir die Vögel an, wie schön die singen.
Ihr Mann brachte einen Krug Schnaps und eine Tasse. Er schenkte ein und hielt Brenda die Tasse an die Lippen.
So, so, sagte Belle. Saug die Düfte ein, von gutem Whiskey und keimenden Zwiebeln. Nimm einen guten Schluck.
Brenda trank. Und atmete tief durch.
Dann zeigte sie ihre Oberarme, in die ein verrückter Mann mit gelben Augen zwei Kreuze eingeritzt hatte, während er zugleich zwischen ihren Schenkeln eingedrungen war.
Er hat tief geschnitten, sagte Belle. Fast bis auf den Knochen.
Brenda schluchzte bei der Erinnerung an den Mann, der ihr durch die Nacht gefolgt war und sich an sie gedrängt hatte, als sie gerade ihr Haus hatte betreten wollen. Er hatte sie gefesselt und geknebelt. Er hatte sie ausgezogen und sie mit einem scharfen Rasiermesser gezeichnet. Und als sie später dort lag und heftig blutete, machte er neben ihr auf dem Boden ein Feuer. In diesem Moment wurde an die Tür geklopft.
Das ist der Teufel, keuchte der Gelbäugige glücklich. Er kommt dich holen.
Aber niemand kam herein.
Der Mann ging zu dem kleinen Fenster und schaute mit zu-

sammengekniffenen Augen hinaus in die Morgendämmerung. Dort sah er etwas, bei dem er zusammenfuhr und verstummte. In Windeseile band er Brenda los und stürzte davon.
Vielleicht war es ihr Nachbar gewesen, der Wärter im Arresthaus, hatte Brenda überlegt. Er konnte aus Neugier oder Fürsorge hereingeschaut und an die Tür geklopft haben, um diesem Irrsinn ein Ende zu setzen.
Aber es war Belle gewesen, das wusste sie jetzt.
Danke, murmelte sie.
Keine Ursache. Aber wir haben ihn auf andere Gedanken gebracht. Er wird dich nie wieder quälen. Er wird die Mormonen suchen und sich ihnen anschließen. Er hat ohnehin schon eine Schwester bei ihnen.
Aber es kann noch andere Irre geben, sagte Belle dann. Deshalb solltest du dir das Angebot von Jolly Marks Bekanntem gut überlegen.

Brenda befand sich in einem milden Whiskey-Rausch und in einer fast gehobenen Stimmung, als sie am Fluss entlang zurückwanderte. Sie schob die Kapuze nach hinten. Der Wald war kühl. Er roch nach Märchen und Kindheit. Sie blieb stehen und sah sich eine Schildkröte an, deren Panzer die Maße eines mittelgroßen Bierbauchs hatte. Sie summte leise vor sich hin. Aber als sie sich der dichteren Bebauung näherte, verstummte sie und zog sich die Kapuze wieder tief in die Stirn.

Der Rausch ließ den Abend in Annies Anbau fast munter werden. Annie lobte sie wegen ihrer guten Stimmung, und Brenda brachte neue Wochen und Monate voller Munterkeit und Witz hinter sich, und das alles war den goldenen Tropfen zu verdanken.

Sie war auch eines Nachmittags milde berauscht, als ein norwegischer Kanalarbeiter des Wegs kam.

Gottes Friede, sagte der Mann.
Auch dir Gottes Friede, erwiderte Brenda.
Welche Freude, sagte der Fremde, einer zu begegnen, die die richtige Sprache spricht. Darf man fragen, ob sie zudem Buchstaben auf einem Bogen formen kann?
So kam es, dass Brenda einen Brief für einen schrieb, der diese Kunst selbst nicht beherrschte, nach dem langsamen Diktat dieses Mannes.
»An meine allerliebste Mutter und den Vorbläser Herrn Michel Mandel.«
Wer ist Herr Mandel?, fragte Brenda.
Der Gatte meiner Mutter im zweiten Durchgang, erklärte der Kanalarbeiter.
Willst du ihn nicht lieber Stiefvater nennen?
Nein, wehrte der Mann ab. Wenn Mutter wollte, dass wir ihn so nennen, dann hätte sie das gesagt.
Und Brenda schrieb. Darüber, wie der Kanal langsam länger wurde. Über die Frische des Präriewindes. Über die Saftigkeit des Präriegrases.
Willst du den Schnee nicht erwähnen?, fragte Brenda, als der Mann verstummte. Oder die Winde, die die Menschen zu Boden werfen?
Jetzt ist Sommer, erwiderte der Mann.
Dank im Namen des Herrn, sagte er, als er sie verließ, und sie fühlte sich wie ein guter Mensch.
Sie blieb stehen und sah dem Mann hinterher, der einen Brief nach Osten schicken wollte, in die Alte Welt. Sie fragte sich, wie hart und eng es dort drüben sein mochte, wo es offenbar immer noch besser war, in Hardscrabble aufeinanderzuliegen und bis zu den Oberschenkeln im Lehm zu stehen und bei jeder Art Wetter schwere Spatenstiche auszuheben.

## *Mit einem Ruderboot den Lågen hinab*

Hart? Eng?
Nicht am Ufer des Lesjavanns an einem strahlenden Sommertag, wo sie mit ihren Angeln saßen, die Brüder Johan Jo und Bøllog. Sie dachten nicht an den Winterwind, der um die Hausecken heulte, sie erinnerten sich nicht an den Reif an ihren Kammerwänden. Im Gegenteil. Sie warteten auf das Zappeln fetter Forellen und wussten nichts anderes, als dass ihr Leben reich war.
Amerika?
Das war weit weg. Johan Jo und Bøllog dachten vor allem an das, was sie sehen konnten, wie das mit Gras bewachsene Ufer, auf dem sie saßen, und den rostbraunen Sauerampfer ein Stück weiter weg, dessen Stengel sich so gut kauen ließen. Andere hatten Netzrecht, sie jedoch nicht. Deshalb fischten sie mit Angeln, das war jedem erlaubt.
So verhielt es sich am Lesjavann, das so schön in einem Tal im Westen des Dovregebirges lag: dass niemand dort an Hunger sterben konnte, solange es diesen See gab, denn er enthielt Fische genug. Aber konnte man von Forellen allein leben?
Mehrere Jahre hintereinander hatte der Frost die Ernte geholt. Das Brot wurde aus dem wenigen verbliebenen Getreide gebacken, gemischt mit Kiefernrinde und gekochten Flechten, die an den Felsen wuchsen. Kartoffeln gab es niemals viele, die wurden eher zum Schnapsbrennen benutzt denn als Menschenkost, und jetzt gab es auch kaum noch Schnaps. Notjahre erbrachten zudem für den Winter schlechtes Futter, und Laubhäcksel und Birkenzweige waren auf die Dauer nicht

genug. Die Bauern wussten sich trotzdem Rat, mit den Kätnern verhielt es sich anders. Die Bauern konnten mit Handel dazuverdienen. So war es von alters her gewesen, die Lesjinger waren für den Handel zwischen Westen und Osten zuständig. Sie holten aus Romsdalsneset Salzfisch und Dörrfisch, gefrorenen Frischfisch und Salz, und alles brachten sie mit Pferd und Schlitten über Schnee und Eis durch Gudbrandsdalen, manchmal bis nach Toten und zu den Orten in Hedmark. Auf dem Rückweg brachten sie Saatkorn und Kostkorn mit. Auf diese Weise wurden in den Bergdörfern die Frost-Sommer ausgeglichen.
Aber auf dem Kätnerhof Blikom gab es keinen Transportschlitten. Dort gab es nur zwei Kühe und einige wenige Schafe. Darum lag zur Schlachtzeit doch zu wenig im Salztrog. Obwohl die Mutter von Johan Jo und Bøllog auf dem Hof, zu dem sie gehörten, aushalf, und obwohl die Bauersfrau ihr nach der Arbeit einen Teil des Blutes mit nach Hause gab. So gab es doch auch bei den Armen ein Festmahl mit Blutpudding und Blutwurst.
Die Jungen wären auch gern auf Handelsfahrt gegangen. Sie könnten Fischtonnen auf einen kleinen Schlitten binden, hatten sie sich überlegt, Tonnen voller Forellen aus dem See. Der ältere Bruder hatte nur geschnaubt. Was er nicht selbst unternommen hatte, sollte offenbar auch den jüngeren verwehrt bleiben. Aber die Mutter hatte glänzende Augen, wenn die beiden Jüngsten träumten: Nach Trondhjem könnten wir reisen, Mutter, mit dem kleinen Schlitten und auf Skiern, und wir könnten mit Mehl und Korn zurückkommen, damit es gutes Brot und gute Ernte gibt.
Und ein Backeisen für dich, Mutter, damit du Waffeln backen kannst!
Dann drückte die Mutter sie an sich und flüsterte ihnen zu, was sie noch besorgen könnten: einen blanken Spiegel.
So standen die drei gegen den einen und ältesten, der einmal

die Kätnerstelle übernehmen sollte und der fluchte, weil sein Vater der vierte und nicht der älteste Sohn auf einem Hof gewesen war. Enge Verwandte waren sie, die im Flachland unter ihnen lebten, auch wenn die da unten das kaum zugeben mochten, wenn die vom Kätnerhof zu Weihnachten geladen werden mussten.

Johan Jo und Bøllog fluchen nie und beklagten sich selten. Sie hatten nichts dagegen, morgens und mittags, zur Vesper und zu Abend Forellen zu essen, denn nichts kam diesem roten Fisch gleich, wenn er kross gebraten war und seine Haut weich. Dann zerging er auf der Zunge. Außerdem hatten sie Skier, die sie nehmen konnten, wenn Hasen in die Schlingen gegangen waren. Und sie hatten die Fähigkeit zu träumen.

Vor allem träumten sie, wenn sie sich von dem übellaunigen Bruder weggeschlichen hatten und mit ihren Angeln in der Sonne saßen. Es war so schön zwischen Glockenblumen und Hahnenfuß. Sie lauschten dem Summen von Hummeln und Mücken, sie sahen den springenden Fischen zu, und sie sprachen über Mali Jartrud.

Die kriege ich, prahlte Johan Jo und lachte.

Nein, ich, kicherte Bøllog.

So stachelten sie einander auf, bis sie fast ins Wasser fielen, während sie riefen: Nein, ich …

So ging es schon, solange sie sich zurückerinnern konnten, immer stritten sie sich um Mali Jartrud. Zuerst hatten sie sie in der Kirche gesehen, zwei große braune Fohlenaugen, die sie angezogen hatten. Später war es in der Schulstube gewesen, wo sie es geschafft hatte, das Vaterunser rückwärts aufzusagen. Zuerst hatte sie zwischen den Tischen gestanden und alles in der richtigen Reihenfolge aufgesagt, mit ernstem runden Gesicht und einer Stimme, so weich wie ein Kälbermaul. Ohne Übergang hatte sie die Sache dann so verzerrt, dass es umgekehrt herauskam, vom letzten Buchstaben bis zum ersten. Wie ein Weg aus Lauten, hatten die Brüder später gesagt,

eine Fahrt von Lauten, die in die Welt hinausging und danach wieder heimkehrte. Eine Großtat, hatten sie danach erklärt, nachdem sie versucht hatten, es ihr nachzumachen. Sie kamen nicht viel weiter als zu kurzen Abstechern mit ihren Namen: Bøllogblikommokilbgolløb. Johanjoblikommokilbojnahoj.
Und sie brachten ihr jetzt Geschenke, wegen dieser Leistung und wegen des Ernstes und der schönen Augen. Eine Handvoll Preiselbeeren. Ein Stück Speckstein, das sie an den Hängen beim Bottberg gefunden hatten, das jemand zurechtgeschnitzt und dann weggeworfen hatte, das die Jungen aber schön und kunstreich fanden.
Mali Jartrud bedankte sich nie. Aber nach jedem Geschenk fasste sie sie an. Einmal hatte sie Johan Jos Handgelenke gepackt, hatte sie kurz festgehalten, dann hatte sie sie losgelassen und war weggerannt. Ein andermal hatte sie Bøllog ins Ohr gekniffen, es hatte nicht weh getan, er hatte nur gespürt, dass ihre Finger dort waren.
Später schnitzten sie ihr ein Brettchen, mit eingeritzten Anfangsbuchstaben und einem Tier, das einem ungewöhnlich langgestreckten Wolf ähnelte. Als ihr Vater starb, hatten sie hinter dem Rücken ihres Bruders dessen Bierhuhn an sich genommen. Es sah so lustig aus, und es ließ sich doch mit allem Möglichen füllen, nicht nur mit dem selbstgebrauten Dünnbier, das den Vater dazu gebracht hatte, den Verstand zu verlieren und wie ein Verrückter in der Kate zu pissen.
Für diese Gaben hatte sie ihnen nur flüchtig eine Hand oder einen Arm gestreichelt. Aber als alle drei konfirmiert werden sollten, hatte sie sie hinter der Kirchenwand zu sich genickt. Hastig hatte sie ihnen nacheinander die Hand geschüttelt, mit kurzem und festem Händedruck. Danach hatte sie rasch einen Wortschwall gemurmelt, ehe sie weggerannt war.
Was hat sie gesagt?, fragten die Brüder, benommen vom Ernst des Händedrucks.
Es hatte mit ihrem Vater zu tun gehabt. Und mit einem Hof

auf dem anderen Ufer des Sees, und mit den dortigen Anerben. Außerdem hatte es von Geschenken und den Brüdern selbst gehandelt.
In der folgenden Zeit zerbrachen sie sich immer wieder den Kopf, um einen Sinn in die Sache zu bringen.
Was sie über den Vater gesagt hatte, war sicher, dass ihm das Bierhuhn gut gefiel. Vielleicht so gut, dass er es selbst haben wollte. Und dieser Anerbe vom anderen Ufer, der war sicher drei, vier Jahre jünger als sie. Und da musste es wohl bedeuten, dass Mali Jartrud fand, der Bursche sei zu spät geboren. Da eigneten Johan Jo oder Bøllog sich doch besser als Bräutigam, da sie und das Mädchen gleichaltrig waren.
Sie wussten, dass sie Unsinn redeten. Das hatten sie schon gewusst, als Mali Jartrud mit ihnen hinter der Kirche stand und in ihrem Ernst murmelte, dass sie nicht für sie zu haben sei. Sie hatten sich das erst jetzt überlegt. Aber nun sahen sie es deutlich: dass Mali Jartrud für Kätnersöhne nicht zu haben war. Der Händedruck musste eine Art Abschied gewesen sein.
Bald konnten sie wieder lachen, frisch und munter, nicht über Mali Jartrud, sondern über sich selbst und über ihre kindliche Blindheit. Und sie waren doch zu zweit und nicht nur einer; sie hatten immer alles geteilt, aber eine Frau teilte man doch nicht.
Sie hätten sich vielleicht damit abgefunden, wenn das junge Mädchen sie in Ruhe gelassen hätte. Denn die Schulzeit war zu Ende, sie hätten sie nicht mehr aus der Nähe gesehen, wenn sie sich nicht ganz bewusst in ihren Weg gestellt hätte. Und im ersten Sommer und Herbst hielt sie sich abseits. Da war sie für die Brüder nur ein entfernter Anblick, eine von vielen bei der Erntearbeit. Aber im nächsten Jahr tauchte sie dort auf, wo sie mit den Angeln in der Faust und den Zehen im Wasser saßen. Da stand sie dann und musterte sie im Sonnenschein aus zusammengekniffenen Augen, bis ihr Gesicht sich zu einem

strahlenderen Lächeln öffnete, als sie es je bei ihr gesehen hatten. Einmal setzte sie sich sogar zwischen sie, saß da und ließ ihren Blick ins Leere wandern, bis sie zur Seite sank, zuerst lehnte sie sich an den einen, dann an den anderen, sie lehnte immer für einige Augenblicke an jedem Bruder, und die Jungen erstarrten und hielten den Atem an. Als sie bald darauf aufstand und ging, saßen sie noch lange stumm da, denn sie wussten nicht, was sie sagen sollten.
Dann kam der Herbst mit Regen jeden Tag, und es kam ein Winter, in dem die Kate unter dem Schnee fast verschwand.
Vater will den See ablassen, sagte sie im nächsten Sommer.
Du machst Witze, sagte Bøllog.
Nein, wirklich nicht. Und er ist auch nicht der Einzige.
Den See ablassen? Einen See kann man doch wohl nicht ablassen?
Das ist schon möglich, sagt Vater.
Aber warum will er das machen?
Um mehr Boden bestellen zu können, sagte Mali Jartrud. Wenn der See zu einem schmalen Flusslauf schrumpft, kann der Rest zum Säen benutzt werden. Denn jetzt, wo Schmalhans herrscht …
Die Brüder hatten sich das noch nicht überlegt, dass auch auf den Höfen Schmalhans Küchenmeister war. Auf den Kätnerstellen, ja, aber nicht auf den Höfen mit den großen Zimmern und den vielen Nebenhäusern. Truhen sollte es dort geben, mit Brautsilber und bestickten Kleidern, mit vielen Schichten von Fellen, mit Räucherfleisch und Pökelfleisch, und in den Regalen sollten ganze Reihen von Käsen liegen …
Aber das Getreide erfror bei allen, das wussten sie ja.
Das Getreide würde doch auch erfrieren, wenn die Äcker größer wären, wandte Johan Jo ein.
Aber in den Jahren, in denen es nicht erfriert, hielt das Mädchen dagegen, da hat man dann für schlimme Zeiten mehr im Vorratshaus.

Hatte sie das ernst gemeint?, fragten sie sich später.
Das glaubten sie nicht, denn einen See konnte doch wohl niemand ablassen. Aber sie wussten nun, dass auch die Wohlhabenderen manchmal hungrig zu Bett gehen mussten. Sie begriffen, dass deren Truhen vielleicht nicht so wohlgefüllt waren, wie ihr älterer Bruder das immer behauptete, denn Mali Jartrud trug dieselben Kleider wie im Vorjahr, und die waren ihr jetzt einwandfrei zu klein.
Darum dachten sie an ein weiteres Geschenk. Sie wollten ihr ein Stück Kleiderstoff aus schönem buntem Garn schenken, mit einem Muster, das tanzende Menschen darstellte, sie hatten gehört, dass es in Trondhjem solche Stoffe gab.
Und sie angelten. Sie räucherten und salzten und legten Fisch in Tonnen, Schicht um Schicht. Nur mit den Angeln jedoch konnten sie nicht genug fangen, denn ihr Bruder trug ihnen immer wieder Arbeit auf, die zu erledigen war. Sie hätten ein Netz gebraucht. Also liehen sie eins von einer Witwe, mit der sie verwandt waren und die auf Altenteil hauste. Doch sie brauchten ein Boot, um das Netz im See auszulegen, an einer wirklich guten Stelle.
Sie hatten kein Boot. Die Witwe hatte kein Boot, und mit dem Sohn der Witwe hatte ihr Bruder sich zerstritten. Aber unterhalb der Bottemhöfe lag ein kleiner Kahn, einer von mehreren, die den Höfen gemeinsam gehörten. Könnten sie den nicht an einem dunklen Abend ausleihen und bis zur ersten Dämmerung am nächsten Morgen behalten?
So machten sie es. Abends ging alles gut. Aber als sie das Netz einholen wollten, sah jemand sie von einem Fenster aus. Das Boot war voll von Netz und Fischen, als der Mann ihnen am Ufer entgegengerannt kam.
Es war Mali Jartruds Vater. Er brüllte. Und er hielt drohend etwas in die Luft.
Sie ruderten näher, um hören und sehen zu können.
Schert euch weg, schrie er.

Kommt her, brüllte er gleich darauf, als sei seine Zunge gespalten.
Ich bring euch um!, drohte er, und das, was er über seinem Kopf schwenkte, war eine Axt.
Verschwindet, rief er und machte auf seine gespaltene Weise weiter: Ich schlag euch den Schädel ein!
Und zwar dem von euch, der meine Tochter angefasst hat, fügte er hinzu und beugte sich rasch vornüber, wie um sich zu erbrechen.
Dann warf er aus aller Kraft die Axt auf das Boot. Die Axt hätte sie fast erreicht. Sie verursachte ein morgengraues Platschen und sank auf den Grund. Aber der Bauer griff zu einem Stein, und diesmal traf er Bøllog auf der Stirn, und ein dünner Blutstreifen trat hervor. Das Gesicht des Mannes war finster und verzerrt.
Johan Jo ruderte, fort von diesem wütenden Menschen, während sein Bruder sich über die Stirn fuhr und verwundert das Feuchte, Rote musterte, das an seinem Finger klebte. Dann wurden sie von der Strömung erfasst, dort an der Flussmündung, und hinaus auf das Lesjavann und durch das Tal nach Südosten getrieben.
Sie brauchten nicht zu den Rudern zu greifen. Sie trieben auf dem Lågen dahin, und sie trieben rasch. Sie staunten nur noch, über die Geschwindigkeit und über diesen Mann. Denn er hatte ihnen nicht etwa vorgeworfen, ein Boot zu entwenden. Das Boot hatte er mit der Axt zertrümmern wollen, und dabei gehörte es ihm. Er hatte sie wegen etwas umbringen wollen, das sie nicht getan hatten, falls nicht …
Sie sahen einander an. Ihre Augen verengten sich in Unsicherheit, Unglauben und Zweifel. Bøllog sah Johan Jo an. Johan Jo sah Bøllog an. Sie wussten es sofort: Der andere hatte Mali Jartrud angefasst.
Wie denn angefasst?
Auf eine Weise, die Väter wütend macht.

Und sie sprangen in dem rasch dahinschießenden Fahrzeug auf. Und sie stürzten sich aufeinander und traktierten Gesicht und Körper gegenseitig mit den Fäusten.
Du, du!
Nimm das!
Und das!
Bald wälzten sie sich auf dem Netz. Sie bissen einander und sie weinten. Bis etwas aus ihnen verschwand. Denn sonst prügelten sie sich nicht. Sie lobten einander, wenn sie jagten und der eine traf, während der andere vorbeischoss. Da hatte es doch der andere gewagt!, das ging ihnen jetzt auf. Beide wurden füreinander mit Stolz erfüllt, weil der andere es gewagt hatte, die Schönste von Bottem anzufassen.
Wie war das?, fragte Bøllog gespannt.
Was denn?, fragte Johan Jo.
Er bekam keine Antwort. Das Boot schrammte gegen einen Felsblock. Sie rappelten sich aus Netz und Fischen auf, schauten sich um und sahen Felder und fremde Häuser. Der Kahn war zwischen zwei großen Steinen stecken geblieben, die der Berg einmal abgestoßen hatte, der Boden scharrte über Sand.
Mutter!, keuchte Johan Jo plötzlich auf.
Sie gehörte in eine andere Landschaft. Sie molk eine andere Kuh als die, die sie oben am nächstgelegenen Hang grasen sahen.
Bøllog griff nach einem Busch am Ufer, aber zu spät; abermals hatte die Strömung das Boot erfasst und schleuderte es weiter.
Sie wussten es jetzt, als sie da saßen, jeder auf seiner Ruderbank, und sich mit großen Augen umsahen: Sie waren auf dem Weg in die Ferne. Ein gutes Stück hinter ihnen war ihre Mutter, verborgen von einem grünen Hügel und einer grauen Klamm.
Sie waren wegen etwas Unaussprechlichem verjagt worden, das wussten sie. Aber ihnen war ein Kahn mit flachem Boden

geschenkt worden. Der Kahn trieb auf dem dunklen Wasser dahin wie ein Stück Rinde im Frühlingsbach. Die Brüder starrten auf graues Schilf, hängende Zweige, deren Blätter im Wasser trieben, Wiesen, die mit weißen und gelben und violetten Blumen die Ufer rahmten, die Umrisse blauer Berge in der Ferne.

Dann wurde der Fluss schmaler, und die Strömung wurde noch reißender. Sie konnten es mit dem Kopf nicht fassen, aber irgendwo wussten ihre Körper, dass sie sich festhalten mussten, um sich zu retten; sie fanden einen Zweig und dann einen Ast, und dann konnten sie sich nur noch an Land ziehen und das Boot seinem Schicksal überlassen, um ihr Leben zu retten, als Bøllog in letzter Sekunde mit der einen Hand das Tau packte.

Da haben wir den Fisch doch nicht verloren, sagte er später, als sie zu Atem gekommen waren, als sie an die Uferkante getreten und den steilen Hang gesehen hatten, die Gischt wie einen Vorhang aus glitzernden Tropfen, als sie die Felsenwand und die Steine darunter gesehen hatten, an denen der Kahn zerschellt wäre.

Nein, Johan Jo gab ihm recht, und er merkte, dass er Hunger hatte.

Dort unten lagen mehrere Höfe. Sie zogen den Kahn über Heidekraut und trugen ihn über Steine, sie blieben erst stehen, als er wieder auf dem Wasser lag, unterhalb des Wasserfalls. Sie vertäuten ihn hinter einem Busch.

Wo sind wir hier?, fragte Bøllog.

Vielleicht in Dombås, meinte sein Bruder.

Denn sie wussten, dass der Lågen an Dombås und Sel und Kvam vorbeifloss, und außerdem an Otta und Hundorp und noch an vielen anderen Orten, bis er dann in einen größeren See mündete.

Sie griffen zu der Fischkiepe, die noch leer war. Sie zogen die Forellen aus dem Netz, einige lebten noch, sie zappelten unter

ihren Händen. Mit voller Kiepe gingen sie zum nächstgelegenen Gehöft, wo ein Altenteiler auf einem Hackklotz saß. Bald saßen sie im Altenteil und aßen Grütze.
In der Kiepe waren keine Fische mehr, als sie zum Boot zurückkamen, im Gegenzug hatten sie eine geräucherte Hammelkeule erhalten.
So trieben sie weiter, vorbei an grünen Ufern, grünen Wiesen und grünen Bäumen, die sich im Wasser spiegelten.
So reich waren wir noch nie, sagte Johan Jo.
Nein, stimmte Bøllog zu.
Denn sie hatten nie zuvor ein Boot besessen und niemals ein Fischnetz. Und sie hatten niemals so viel Fremdes gesehen, das sie als Bilder in sich sammeln konnten.
Abends hielten sie in einer stillen Bucht. Dort legten sie das Netz aus. Dann lagen sie auf dem Boden und schliefen ein, denn es war sommerwarm und trocken. Einmal schliefen sie in Heudiemen, ein andermal in einer leeren Scheune. Jeden Tag tauschten sie Fische gegen Grütze, einmal gegen eine Hose, dann gegen eine Strickjacke. So wuchs ihr Reichtum, und niemals gingen sie hungrig schlafen.

Auf diese Weise kamen sie endlich am Mjøsa an.
Bei Biri saß ein in Gedanken versunkener Mann, als die Weitgereisten aufs trockene Ufer stiegen. Er hatte vor dem Regen Schutz gesucht, unter der Krone eines blattreichen Baums. Er las Wergeland. Er war in seine eigenen und in Wergelands Gedanken versunken, barfuß und hutlos, da Hut und Schuhzeug nass geworden waren. Jetzt lagen die Schuhe mit den Sohlen nach oben da, und vielleicht trockneten sie ein wenig, denn es wehte ein lauer Wind, und deshalb fror der Mann nicht, wie er da unter dem Baum saß.
Er zuckte zusammen, als er eine Frage hörte.
Ob er Fische brauche.
Nein, er brauchte keine Fische. Er mochte keine Fische, je-

denfalls keine kleinen Fische mit vielen Gräten. Lieber war ihm Fleisch. Am besten Schwein. Oder Hase und Elch. Er musste durchaus keine Geschäfte mit den beiden machen, die da vor ihm standen, schmutzig und zerlumpt und mit dem Gestank alter verfaulter Fischabfälle.
Er dürfe sein Schriftstück nicht vergessen, sagte der größere der beiden Burschen höflich.
Der Mann schaute sich um, besaß er ein Schriftstück? Ja, wirklich, es war ja ein Brief gekommen. Jetzt lag er achtlos im Gras. Der Mann packte den Brief und steckte ihn ins Buch.
Sein Dank ertrank in einer Frage des anderen: Darf man fragen, wo man ist?

In einem Anfall guter Laune und auch wegen der Sache mit dem Brief lud der Mann die beiden zu sich nach Hause ein. Ehe sie aufbrachen, streckte er ihnen die Hand hin und nannte seinen Namen.
Er war Michel Mandel, Vorbläser.
Dann ging es einige sanfte Hänge hoch, Herr Mandel hielt das Buch mit dem Brief unter dem Arm und hatte einen nassen, schlaffen Hut auf dem Kopf. Bøllog trug die Fischkiepe. Johan Jo ihre restlichen Habseligkeiten, abgesehen von Boot und Netz. Der Regen fiel jetzt kräftiger. Dann hörte er jählings auf, und gleich darauf schlug ihnen ein so starker Geruch nach wilden Rosen entgegen, dass die Brüder sich nach der Quelle umschauen mussten. Sie hatten so etwas noch nie gesehen, diese Büsche mit den dornigen graugrünen Stengeln und den schönen blassroten Blüten. Der Duft erfüllte sie mit sanften, dankbaren Gefühlen und mit großer Zuneigung für Herrn Mandel.
Bald hatten sie einen kleinen Hof erreicht.
Mutter, da kommen Fremde, hörten sie von drinnen eine zarte Mädchenstimme.
Bald stand sie da, schwarzgekleidet und streng in der niedri-

gen Türöffnung, die Frau des Vorbläsers, deutlich älter als ihr Gatte, mit weißem Kragen über dem Brusttuch und straffem Haarknoten unter dem Kopftuch, mit leicht gekrümmter Nase und deutlich geschwungenen Augenbrauen über tiefblauen Augen.
Ach was, sagt sie zuerst mit einer gewissen Überraschung. Man bringt zwei Streuner? Haben sie uns vielleicht bestohlen?
Nein, Mütterchen, das sind zwei Wandersleute, erklärte Michel Mandel. Den ganzen Weg von Lesja her sind sie mit einem Boot gekommen. Jetzt sind sie hier, und sie bringen Geschenke mit.
Bøllog nahm die Kiepe vom Rücken. Er nahm den Deckel ab und hielt sie ihr hin.
Gottes Friede in der Stube, sagte er.
Ja, ja, sagte die Frau und musterte die Fische aus zusammengekniffenen Augen. Dann vielen Dank.

Die Tochter des Hauses stand im Halbdunkel und sah allem zu. Mutig, dachte sie über ihren Stiefvater. Zwei solche anzubringen, wo das Haus doch ohnehin vom Echo wütender Rufe und Schläge erfüllt war. Mutig, etwas so Zerlumptes und Munteres zu bringen. Denn sie lächelten, die jungen Burschen, mit breiten Mündern und starken Zähnen, und sie machten der Hausfrau auf der Türschwelle Komplimente, für das Holz der Wände, für den Schornstein auf dem Dach, für die Aussicht, obwohl die nur grün war, da die Baumkronen alles andere versperrten.
Mutig, die Frauenmacht so verlegen zu machen, dachte die Tochter, denn die Mutter musste die Jungen doch hereinbitten, so, wie sie lobten? Oh, sie war zu allem in der Lage, was sie selbst für gut befand, das wusste die Tochter, zu allem, wenn es um Reden und Entscheidungen ging. Aber sie hatte doch Geschenke bekommen? In der Kiepe mussten doch Fische

sein, denn es hatte bis ins Halbdunkel bei der Feuerstätte gerochen, als der Deckel gehoben worden war.

Die Frau auf der Schwelle sah die Gäste an. Waren sie selbst das eigentliche Geschenk? Hatte Michel Mandel ausnahmsweise einmal überlegt und ihr bei etwas geholfen?
Es waren seine Worte darüber, was sie bei sich hatten und was vergeben werden sollte, das sie auf diesen Gedanken brachte. Denn vielleicht enthielt die Kiepe noch mehr.
Habt ihr Lesja gesagt?, fragte sie.
Lesja, ja. Beim Dovregebirge.
Dovre, dessen Gipfel das Auge des Wolkenmeeres ist, zitierte Mandel aus seinem Wergeland-Buch.
Aus dem Tal am Lågen, sagte Bøllog. Der schönste Ort der Welt.
Aber hier ist es auch schön, schaltete Johan Jo sich ein.
Bis Hindustan siehst du von Dhavalagiri, vom Skeikampen siehst du das bläuende Biri, deklamierte Mandel.
Und ihr seid den ganzen Weg gekommen, um meine Marte kennenzulernen?, fragte die Frau.
Ja, gern, antwortete Bøllog höflich.
Aber dann müsst ihr zuerst eingeseift werden, meinte die Frau. Denn meine Marte sieht sich nicht alles an.

So kam es, dass eine Bütte vor die Feuerstätte gerollt und mit gut aufgewärmtem Wasser gefüllt wurde. Ihnen wurde ein Stück selbstgemachte Seife gegeben, dazu ein Rasiermesser, aber das könnten sie auch nachher noch benutzen, wurde ihnen gesagt.
Die, die Marte hieß, musste Kleidungsstücke vom Dachboden holen, die sie tragen könnten, während ihre eigenen gesäubert wurden, und Marte musste die schmutzigen waschen, während die Junggesellen barfuß im Gras standen, jeder in seinem geliehenen Wams, und übereinander grinsten und sich gegen-

seitig die Haare schnitten und ihren spärlichen Bartwuchs verschönerten.
Alle Kleidungsstücke, die sie mitgebracht hatten, wurden geschrubbt, auch die, die sie auf den Armen getragen hatten, aber Marte lachte in Gedanken, hart und trotzig, denn egal, wie sauber diese Fremden auch werden könnten, es würde doch nichts ändern. Sie liebte den einen. Sie würde niemals einen anderen lieben.
Die Mutter hatte sie mit Ruten und dem Besenstiel geschlagen, sie hatte sie geohrfeigt und an den Haaren gezogen, aber das hatte nichts geholfen. Denn Marte liebte Per. Sie hatte nie zuvor gewagt, der Mutter zu widersprechen, nie, nie, nur in diesem einen. Und unter den Schlägen hatte sie es gerufen. Per!, hatte sie gerufen. Per, Per!
Aber was findest du nur an dem Tropf, hatte die Mutter atemlos gespottet. Schön ist er nicht, und einen Hof hat er auch nicht.
Per!
Die Tochter hatte nur seinen Namen genannt. Denn die Mutter hätte ja doch nicht zugehört, egal, was Marte auch vorgebracht hätte.
Arm und verlaust, hatte die Macht gehöhnt.
Per.
Ungeschickt wie ein Bullenkalb, dumm wie ein Stein.
Per, Per.
Aber es muss doch hier in Biri oder in Snertingdal noch andere geben, die sie haben wollen, hatte die Frau ihren Gatten angeschrien.
Aber, aber, hatte der Vorbläser gemurmelt und den erschöpften Arm seiner Frau gestreichelt. Das findet sich schon.

Johan Jo und Bøllog begriffen natürlich nicht, in welchen Wirrwarr sie da geraten waren. Sie setzten sich zu Tisch, als sie dazu aufgefordert wurden, falteten ihre sauberen Hände und

formten mit den Lippen stumme Worte, die Blicke auf das Gesicht des betenden Hausvaters gerichtet, und bedienten sich dann gierig aus dem Grützetopf. Sie spürten die forschenden Blicke der Hausfrau nicht. Sie registrierten die Neugier einiger gleichaltriger junger Leute nicht. Und zu Marte schauten sie erst hinüber, als das gute Gefühl von Sättigung und Müdigkeit sich über sie senkte.
Sie saßen zu zehnt am Tisch. Ganz unten saßen zwei erwachsene Männer, die einander von Gestalt und Grauheit ähnelten. Neben dem einen saß eine alte Frau mit zwei blinden, hellen Augen. Immer zwischen zwei Löffeln, die Marte selbst nahm, fütterte sie die Alte mit einem. Während die Arme auf mehr wartete, saß sie mit offenem Mund da und schob die Unterlippe als Grützefänger vor.
Nur die Hausfrau und ihr Mann sprachen, ohne gefragt worden zu ein. Und an diesem Tag wurde außer den Brüdern aus Lesja niemand irgendetwas gefragt.
Schöne Höfe da oben?, fragte die Frau.
Die Jungen erzählten, von Sigard und Nygard und den anderen Bottem-Gehöften. Sie erklärten alles nach besten Kräften, als die Fragen auf sie hereinprasselten, über Baustile und Stallwirtschaft, darüber, wo die Almen lagen und wie viele Tiere üblich waren. Von sich aus erzählten sie vom See, der so ungewöhnlich reich an großem fettem Fisch sei.
Und was macht man in Lesja mit den fetten Forellen?
Johan Jo schilderte ihre Pläne, Tonnen mit Gesalzenem oder Geräuchertem zu füllen, um dann nach Trondhjem zu fahren und weißes Mehl und andere Dinge zu kaufen, die sie brauchen könnten.
Was denn zum Beispiel?, fragte die Martemutter.
Vielleicht einen Spiegel, meinte der Junge.
Da geht er wohl auf Freiersfüßen?
Johan Jo stutzte kurz, denn es war doch die Mutter, die sich den Spiegel gewünscht hatte. Während Mali Jartrud den ge-

musterten Kleiderstoff haben sollte. Die Bilder zogen vor ihm auf, von der Mutter und von Mali Jartruds glänzenden Augen, und er seufzte und gab bereitwillig zu, ja, das habe er wohl vor, ja, auf Freiersfüßen zu wandeln.
Aber da hab ich auch noch ein Wörtchen mitzureden!, sagte plötzlich der Bruder drohend, denn wieder hatte ihn jählings die Eifersucht überkommen, die, die sich bei den Vorwürfen des Bottembauern eingestellt hatte.
Sieh an, sieh an, lächelte die Martemutter und war sehr zufrieden mit allem, was sie hier hörte.

So saßen sie da und redeten aneinander vorbei, und der Einzige, der das erfasste, war Michel Mandel. Und er amüsierte sich, auch wenn er sich nichts anmerken ließ. Er wünschte ihnen allen für eine gewisse Frist Hausfrieden, und dann würde es eben neuen Ärger geben, wenn das Frauenzimmer begriff, dass es nur Phantasien gewesen waren. Immerhin bleiben der armen Marte heute Abend die Prügel erspart, dachte er.

So viele Pferde, riefen die Gäste am nächsten Morgen.
In einem Pferch grasten sieben braunblanke Tiere: ein Hengst und zwei Stuten mit je einem Fohlen, dazu zwei Einjährige. Außerdem stand neben einem Schlitten noch ein Ackergaul auf dem Hofplatz.
Sie züchteten, erfuhren Johan Jo und Bøllog.
Der jüngste der Geschwister erzählte. Er hieß Gustav und hatte rote Haare, wie seine Schwester. Er sprach schnell, als ob etwas eilte, als wünsche er sich dringend fort von hier, vielleicht von der gebieterischen Mutter, vielleicht auf einen Pferderücken.
Dafür ist der Herr Vorbläser zuständig, sagte Gustav über die Pferde. Aber ich auch. Denn ich kümmere mich am meisten um die Pflege, und ich reite die Pferde zu. Er tut das nicht.

Der Herr Vorbläser. Er reitet nur im Wald spazieren und sieht sich dabei um und grübelt.
Der dritte der Geschwister hatte vor den Ohren der Lesjabrüder noch kein Wort gesagt. Er war dunkel und nicht rothaarig. Etwas mit seinem Mund stimmte nicht. Aber er hörte dem Gespräch mit freundlichen Blicken zu. Jetzt kniff er die Augen zusammen und stieß einen Pfiff aus.
Aber was ich über die Pferde sage, gilt für *jetzt*, fügte Gustav eilig hinzu, als der Bruder gepfiffen hatte. Früher haben die Knechte sich um alles gekümmert. Die langen. Die, die ihr beim Essen gesehen habt, die unten am Tisch saßen. Denn da haben wir nicht hier gewohnt.
Sein Bruder stieß abermals einen Pfiff aus.
Und vorher hat das unser Großvater getan, murmelte Gustav und schlug die Augen nieder, als schäme er sich plötzlich, entweder über den Pfiff des Bruders oder wegen des Großvaters.
In diesem Moment trat Frau Mandel in die Türöffnung und zog Blicke und Gedanken auf sich.
Der eine der langen grauen Männer spannte jetzt den Gaul vor den Schlitten. Hinter Mann und Tier stand die Frau wie eine kleine Säule mit übereinandergeschlagenen Armen.
Ihr müsst los, murmelte Marte.
Sie hatte die ein wenig hervorstehenden Augen der Mutter geerbt, nicht aber den strengen Mund der Erwachsenen. Marte hatte weiche, große Lippen, die Bøllog an ein feines Kalb erinnerten, das sie einmal gehabt hatten. Die Augen des Bruders Gustav waren größer als die der Schwester und von einem bleicheren Blau, und seine Haare waren von einem helleren Rotbraun als ihre. Er hatte scharf gezeichnete Wangenknochen in einem mageren Gesicht, und anders als Marte hatte er die krumme Nase der Mutter geerbt. Sein Anblick erinnerte Johan Jo an ein verletztes Adlerjunges, das sie einmal in einer Felsscharte gefunden hatten.

Gustav atmete schwer. Das Rastlose, Lebhafte in ihm schien Vögeln zu ähneln, die ihrer Wege geflogen waren. Er und sein wortkarger Bruder gingen mit der Trägheit der Unlust in den Kniekehlen auf den Schlitten zu.
Sie sollten zu einer Fällstätte tief im Wald. Die Burschen aus Lesja boten an, sie zu begleiten, aber die Hausmutter hatte andere Verwendung für die beiden, hatte sie gesagt. Das Flachsfeld musste abgeerntet werden.

Sie hatten noch nie Flachs geerntet, aber Marte war bei ihnen, um sie anzulernen. Sie waren bei dieser Arbeit nur zu dritt, doch sie waren mehr als genug, denn es war nur ein kleines Feld. Als sie jedoch allein waren, wurde Marte plötzlich abweisend.
Also versuchten die Brüder, sie zu umschmeicheln, wie sie es am Vortag im Haus mit der Mutter gemacht hatten. Sie sagten nette Dinge über den Hof. Sie sprachen über die duftenden Wildrosen und über die Sonne, die sich so schön in den Fensterscheiben spiegelte.
Leuchten die Sonnenstrahlen in Lesja nicht?, fragte Marte abweisend.
Doch …
Man hat vielleicht keine Fensterscheiben?, fragte sie, und jetzt war ihre Stimme außerdem ein wenig neugierig.
Vielleicht nicht so viele, lautete die Antwort.
Vielleicht könne man sich ja leichter welche verschaffen, wenn sie gleich in der Nähe angefertigt würden, meine Marte, plötzlich besänftigt.
Ach ja?
Sie hätten doch die Glashütte. In Biri. Dort würden Fensterscheiben hergestellt, ja. Und Flaschen. Große und kleine Flaschen, in allen möglichen Formen. Sie erwähnte die Glassuppe, die aufgeblasen werden konnte.
Die Jungen verstanden das nicht.

Sie liegt in den Tiegeln, sagte sie. Dort ist sie geschmolzen, über ein, zwei, drei Tage hinweg und auch in den Nächten, geschmolzen im Ofen.
Aber was kann man in einen Ofen stecken, das dann durchsichtiges Glas wird?, fragte Bøllog.
Sand, antwortete Marte.
Nur Sand?
Sand und Asche. Pottasche und Soda. Für Fenster, antwortete Marte.
Wieso denn Fenster?, fragte Johan Jo.
Für die Fensterscheiben eben, sagte Marte lachend. Habt ihr denn gar keine Ahnung?
Davon nicht.
Und dann Sand und Asche und Salz für Flaschen und Medizingläser, fügte sie hinzu.
Und das wird zu einer Suppe, wenn es gebrannt wird?
Nicht gebrannt. Geschmolzen. Dann schiebt der Anfänger ein Rohr in das Geschmolzene, erklärte sie bereitwillig.
Ja?
Dann reicht er das Rohr dem Vorbläser …
Herr Mandel!
Ja. Wie früher mein Vater.
Hat Herr Mandel Hof und Frau übernommen?, rutschte es Bøllog heraus.
Herr Mandel war Vorbläser, als unser Vater noch lebte, erwiderte Marte. Sie standen jeder auf einer Seite des Ofens. Herr Mandel übernahm alles vom alten Herrn Mandel, nicht von meinem Vater. So, wie mein Vater auf seinen Vater gefolgt war. Auf meinen Herrn Großvater. Der hatte ein großes rotes Ohr, wo er von dem Geschmolzenen getroffen worden war.
Und die Vorbläser, was machen die dann?
Sie blasen das Glas in einen Zylinder. Dann reichen sie das Rohr weiter an den nächsten, der das Glas in die richtige Länge schneidet. Danach kommt der Zieher an die Reihe, der den

Zylinder aufschneidet und platt presst. Wenn man also Fenster machen will.
Kann man dabei zusehen?, fragten die Brüder gespannt.
Das konnte man nicht. Die Glashütte von Biri war derzeit nicht in Betrieb. Es waren neue Besitzer gekommen, aber die hatten die Produktion noch nicht wieder aufgenommen, und man wartete. Man wartete schon lange, nicht nur Herr Mandel, sondern auch seine halbwüchsigen Stiefsöhne, denn der eine war Kühljunge, der andere arbeitete im Magazin und der dritte …
Die Lesjabrüder hatten keinen dritten Bruder gesehen. Sie hatten den rastlosen Gustav und den stummen Oskar gesehen.
Didrik ist nach Amerika gegangen, erklärte Marte. Der Älteste von uns. Er war Kühljunge.
Aus Biri waren es neunundzwanzig gewesen, konnte sie weiter erzählen. Fast dreißig, die über das Meer gereist waren. Es hatte zu wenig Arbeit gegeben, ohne die Schichten in der Glashütte. Für alle am Ort war es schwierig geworden, auch für die Bauern, denn sie hatten der Glashütte Holz und Asche verkauft und Fahrten unternommen.
Da ist es jetzt leer, sagte Marte. Eine Zeitlang hat da noch ein einzelner Mann gewohnt, während er aufgeräumt hat … wir haben früher auch dort gewohnt.
In der Glashütte?
Ja. In einem großen Haus mit vielen Leuten. Wir hatten ein eigenes Zimmer und eine eigene Küche. Und einen eigenen Garten mit Kartoffeln und noch mehr … aber nach der ersten Unterbrechung sind wir nach Hadeland gezogen. Alle Glasleute sind dorthin gezogen. Dann haben sie hier neu angefangen, wenn auch nur mit Flaschen. Und einige wurden aufgefordert zurückzuziehen. Darunter waren auch wir. Aber es gab nicht einmal für ein Jahr Arbeit. Der Vorbläser bekam Wartegeld. Die Jungen nicht. Und dann bekam niemand mehr Wartegeld. Und dann hat Herr Mandel sich den Arm gebrochen.

Er hat sich den Arm gebrochen?
Jemand hat etwas Schweres auf ihn fallen lassen, als er sich draußen zum Ausruhen hingelegt hatte. Nicht willentlich natürlich …
Aber jetzt ist er fast wieder geheilt, sagte Marte dann. Und so lange leben wir eben hier.
Es war der Elternhof der Frau. Ein jüngerer Bruder von Frau Mandel hatte ihn betrieben, zusammen mit den beiden grauen alternden Junggesellen. Dieser Bruder war früh zum kinderlosen Witwer geworden. Er hatte nie wieder geheiratet und war dann ein halbes Jahr nachdem seine Schwester und ihre Familie die Zimmer gefüllt hatten einer Krankheit erlegen.
Marte redete immer weiter, über ihre Brüder, die nach Hadeland zurückgewollt hatten, die die Mutter aber zurückgehalten hatte, denn Biri musste doch wohl wieder geöffnet werden, das musste es doch wohl … Außerdem war da die Trauer um das kleine Kind, das sie mit Mandel bekommen hatte und das mit nur wenigen Monaten in einer Herbstnacht gestorben war. Und das war noch nicht alles: Da war noch etwas, aus alter Zeit, als Frau Mandels Vater ein Wirtshaus betrieben hatte, er hatte Bier und Schnaps verkauft, selbstgebraut und selbstgebrannt, bis die Obrigkeit es ihm verboten hatte, aber er hatte nicht aufgehört, denn er hatte Gewohnheitsrecht gehabt, das war ein Wort, das oft zwischen den Wänden hier erklungen war, Gewohnheitsrecht, Gewohnheitsrecht, das war auch eine Art Recht, das wusste Marte. Die Mutter wollte ihren Vater rächen, der den Kampf gegen die Obrigkeit verloren hatte, er hatte sein Gewohnheitsrecht und seinen Verstand verloren, hieß es, und er war zum Gespött des ganzen Dorfes geworden. Frau Mandel hatte das Wirtshaus wieder öffnen wollen, als die Hütte geschlossen hatte, sie hatte brauen und brennen wollen, denen trotzen, die sich für Herren über andere hielten, es den höhnenden und feixenden Nachbarn zeigen wollen …

Niemand hörte ihr zu. Johan Jo und Bøllog waren weit weg mit ihren Gedanken.

Amerika, stell dir vor, sagte Bøllog, als er nach der Arbeit auf dem Hofplatz zur Wasserkelle griff.
Michel Mandel saß auf der Bank hinter der Scheunenwand und hörte, was gesagt wurde, und er wäre fast hintenübergekippt, als er in seinem Wams nach dem Brief tastete. Er hatte ihn vergessen, als die Gäste gekommen waren und weil er sich so über die Missverständnisse seiner Frau amüsiert hatte. Aber er hatte den Brief nicht am Leib, wo mochte der also sein? Im Buch natürlich, da musste er ihn hineingeschoben haben, zwischen Wergelands geistvolle Strophen.
Erst später am Tag legte er ihn vor, als sei er eben erst in seine Hände gelangt.
Es war das erste Lebenszeichen des Auswanderers, und die Mutter las mit zitternder Stimme vor. »An meine allerliebste Mutter und den Vorbläser Herrn Michel Mandel.«
Als sie zu den Grüßen ganz unten kam, wo der Briefschreiber alle im Haus namentlich erwähnt hatte, musste sie schlucken, und sie verstummte. Für einen langen Moment war es fast still im Raum.
Dann sagte jemand: Stellt euch vor, speckfettes Präriegras!
Und ein anderer: Und so einfach einen Kanal mauern, mitten im warmen Wind.
Dass er sogar schreiben gelernt hat!, sagte die Mutter bewegt. Und was für eine schöne Handschrift.
In Amerika ist vielleicht alles möglich, sagte Marte seufzend.
Der Stiefvater wandte sich mit einem hässlichen Grinsen ab. Das sah die Frau und glaubte zu wissen, warum der Mann grinste.
Nein, nein, sie spuckte verbittert bei ihrer neuen Erkenntnis aus. Bestimmt ist in Amerika nicht alles möglich. Nicht alles. Bestimmt hat da irgendeine Dirne meinen Jungen zu fassen

bekommen. Sicher hat sie für ihn geschrieben, hat ihn mit Schönschrift und anderem umschmeichelt. Pfui!
Und sie versetzte Marte eine Backpfeife, um klarzustellen, was sie mit der Dirne gemacht hätte, wenn die nur da gewesen wäre.

Bald standen sie draußen, die jungen Leute. Sie redeten laut und aufgeregt, alle außer Marte, die schmollte und sich die Wange rieb. Über Amerika sprachen sie, über das, was Prärie hieß, mit einem so außergewöhnlichen Gras, und dass diese Prärie zum Acker gemacht werden konnte, das wussten sie jetzt; und man konnte sich einfach Land aussuchen, egal wo, so viel man wollte.
Kann das denn stimmen?, fragte Johan Jo.
Wenn Didrik das schreibt, dann stimmt es, meinte Gustav.
Aber so viel man will?, staunte Bøllog.
Die Brüder aus Lesja sahen den Hof vor sich, wo sie aufgewachsen waren, die kleine Kätnerstelle an einem Hang mit gerade genug Platz für einige Streifen Ackerland unterhalb der armseligen Häuschen.
Da waren also früher noch keine Menschen, meinte Gustav.
Sein Bruder stieß einen Pfiff aus.
Abgesehen von den Wilden, sagte Gustav. Aber die kann man erschießen.
Oskar mit der Hasenscharte stieß einen weiteren Pfeifton aus und schaute den jüngeren Bruder aus zusammengekniffenen Augen an.
Gustav rammte ihm den Ellbogen in die Brust.
Marte war näher getreten. Sie keuchte, und sie sprach leise und atemlos und eilig, sie verschluckte ihre Worte fast, aber die vier anderen hatten verstanden, ihre Brüder und die Jungen aus Lesja.

Aus ihrem Gerede erwuchs Wille, ein Wille in allen zusammen und in jedem für sich, in den Biringern, fort aus diesem Haus und von der Mutter zu gelangen, in den Lesjingern, Reichtum zu finden, der sich zu Geschenken für die machen ließe, die sie liebten, die Mutter und Mali Jartrud, und in Marte noch dazu der Wille zur Flucht zusammen mit dem, den sie liebte.
Aber kein Wort zu Mutter!, sagte Gustav.

Man lässt sein Vaterland nicht im Stich, sagte der Vorbläser.
Will man lieber hungern?, fragte seine Frau vorwurfsvoll.
Der Blick des Norwegers ist das Schwert der Freiheit, sagte der Mann. Und sein Herz dessen Schild.
Aber will man nicht brennen und brauen und eine Grundlage für eigenen Handel schaffen?, fragte die Frau vorwurfsvoll und gab dann selbst die Antwort: Nein, das will man nicht. Man will nur Gedichte lesen.
Der tannenwüchsige Norweger ist die Stütze der Freiheit, sagte Mandel, und Norwegens Jungfrau ist das Bild der Freiheit.
Hör auf damit!
Wir können nach Hadeland gehen, sagte Michel. Meine Hand ist fast wieder heil.
Hadeland, schnaubte die Frau, warum unter Fremden leben, wenn man eigen Haus und Feuer hat?
Aber du wolltest doch weg von hier!
Nicht nach Hadeland.
Es seien zu viele Leute aus Biri in Hadeland, das wisse der Mann doch, Nachbarn von früher, die alles über alte Bekannte wussten, alles über den Querulanten, der sich im Kampf gegen die Behörden um ein Schankrecht, das einer seiner Vorfahren sich erschlichen hatte, nicht geschlagen geben wollte.

Außerdem wäre es besser für uns, die kleine Marte fortzuschaffen, sagte die Frau.
Per lebt nicht in Hadeland, sagte der Vorbläser.
Mutter kann nicht wegziehen, sagte Frau Agathe.
Nach Hadeland, meinst du? Aber nach Amerika würdest du deine blinde Mutter mitnehmen, sagte der Mann mit gutmütigem Lächeln.
Jetzt bist du gehässig, blaffte die Frau.
Was ist mit dem Grab meiner Tochter?, fragte Herr Mandel.
Die Seele unserer Tochter ist bei Jesum, zusammen mit den Seelen der beiden, die ich früher begraben musste. Der Himmel über Amerika ist derselbe wie hier, das hast du selbst gesagt. In der Erde liegen nur bleiche, leblose Knochen.

Michel wusste, wann er verloren hatte. Schon beim Vorlesen des Briefes hatte er verloren. Da konnte er Wergeland zitieren, so viel er wollte. Wergelands Worte über die Arbeit für Norwegens Selbständigkeit. Der Dichter hatte es nicht gutgeheißen, dass andere über das Meer davonzogen.
Aber er war ja auch nicht mehr da, der Poet. Er war seit mehr als drei Jahren tot.
Dann ist das entschieden, sagte die energische Frau brüsk. Wir gehen, sowie wir eine Passage finden.
Sie saß am Ende des langen Tisches, klein und zufrieden. Sie sah ein Amerika vor sich, wo Didrik sich befand, ihr Erstgeborener. Sie sah nicht die Gesichter von Oskar und Gustav und Marte, sie sah Didrik, der durch fettes, saftig grünes Gras ritt.
Na, was sagt ihr?, platzte es aus ihr heraus.
Noch immer sah sie Didrik, mit seiner Dirne hinter sich auf dem Pferderücken, schön und mit einem blonden Zopf über dem Rücken.
Ihr kommt mit, sagte sie entschieden an Bøllog und Johan Jo gerichtet, und jetzt war ihr Blick wieder auf dem Heimweg.

Dann müssen wir verkaufen, was wir zu verkaufen haben, sagte sie zum Grütztopf.
Was ist mit Großmutter?, fragte Gustav verärgert.
Und was mit Arthur und Rasmus, wollte er dann wissen, über die beiden Grauen, diese Junggesellen, die entfernt verwandt waren, die im Dorf aufgewachsen und niemals woandershin gekommen waren.
Wir haben das Boot, sagten die Lesjabrüder. Das müsste doch einige Schillinge einbringen.
Gut, sagte Frau Mandel.
Die Blinde sah aus wie ein Tier, das im Wind Witterung nimmt. Der eine der grauen Burschen hob langsam einen Arm und strich ihr über die trockene Hand.
Michel ließ seinen Blick durch die Runde schweifen. Langsam ging es ihm auf: dass die Jugend auf denselben Gedanken gekommen war. Aber in den Plänen der Jüngeren hatte es für die Mutter und ihn keinen Platz gegeben.

# Teil II

# *Schimmernder Staub, glitzernde Nuggets*

# *Der Fund bei Sutter's Mill*

Brenda verlor das Gleichgewicht und stürzte zu Boden. Du Hure!, rief der Mann, der sie mit einer Ohrfeige zu Fall gebracht hatte.

Jetzt stand er über ihr in einer der Kammern im Anbau von Annie's Inn, wie finstere Mannesmacht.

Brenda wollte um Hilfe rufen, aber sie brachte keinen Laut heraus. Der Gast hielt plötzlich eine Reitpeitsche in der Hand und drosch damit auf die am Boden Liegende ein. Sie schlug die Hände vors Gesicht, schützte sich auf diese Weise, jammerte, als ein Peitschenhieb ihr in die Hand schnitt.

Aus demselben Stoff, behauptete er. Der Apfel fällt nicht weit vom Stamm. Hure! Warum bist du nicht mit mir nach Georgia gekommen? Ich hatte dich doch darum gebeten!

Sie brachte keine Antwort über sich.

Und trinken tust du auch! Das sehe ich deinen Augen an. Blank vom Rausch.

Er schlug. Irgendwann hörte er auf. Er zog sie auf die Beine und presste sie an sich. Dann riss er ihr die Kleider vom Leib und holte sich das, wofür er bezahlt hatte, während er abwechselnd unflätig fluchte und wie ein verlassener kleiner Junge schluchzte.

Es war Francis de Lilac, Brendas Stiefvater, der zweite Mann der Mutter, der Reiche aus dem Süden. Sie hatte ihn erst erkannt, als er sie laut beschimpft hatte. Offenbar hatte er in der Dunkelheit nicht gesehen, wer sie war, und dann hatte er zugeschlagen. Sie waren einander erst einmal begegnet, auf dem Platz vor dem Theater, als Francis de Lilac zum Witwer geworden war und Brenda ihre Mutter verloren hatte. Hatte er

sie damals aufgefordert, mit ihm nach Georgia zu gehen? Brenda konnte sich nicht daran erinnern.
Du kannst jetzt mit mir kommen, sagte er, während er noch im Halbdunkel dastand und seine Weste anzog.
Er fluchte oder schluchzte nicht mehr, er zog ein Taschentuch aus dem Hemdbund und reichte es ihr, die Wunde, die die Peitsche in ihre Hand gerissen hatte, blutete.
Als deine Tochter oder als deine Hure?, würgte sie heraus.
Als Herrin von Magnolia vielleicht, sagte Francis. Ich könnte dich alles lehren, was ich deine Mutter gelehrt habe, tanzen, Konversation machen. Sich elegant durch einen Raum bewegen, aber das kannst du vielleicht schon? Und mit einem Gewehr schießen, für den Fall, dass die Sklaven aufbegehren. Was sagst du?
Brenda weinte lautlos.
Du könntest deine eigenen Sklaven haben, die dich verwöhnen würden, sagte er mit größerer Wärme in der Stimme.
Als meine Stieftochter könntest du mitkommen, sagte er. Als nichts anderes. Wir können das sogar amtlich bekunden lassen, damit niemand etwas anderes glauben kann … wenn ich dich nur sehen darf!
Brenda presste sein Taschentuch auf ihre Wunde, um das Blut zu stillen.
Willst du?, fragte er.
Nein, danke, antwortete sie und schniefte.
Francis de Lilac musterte sie eingehend. Dann machte er auf dem Absatz kehrt und ging. Brenda sank zu Boden und streckte die Hand nach einem Haken aus, an dem ein Krug mit starkem Inhalt hing.
Sie war jetzt zweiundzwanzig. Woran sie sich erinnerte, ehe sie einschlief, waren die Umarmungen fremder Männer. Die Bilder aus ihrer Kindheit waren in ihr verblasst.

Und dann war Hølje da, Hølje aus der Koshkonong-Prärie, der Junge vom verschneiten Ufer eines vereisten Sees, der, der einen Hirsch zur Strecke gebracht hatte. Er stand im Hinterhof und hatte nach ihr gefragt. Er war kein Knabe mehr. Er war erwachsen.
Endlich habe ich ihn gefunden, sagte er froh. Den Ort, wo du in Stellung bist.
Er war an ihr vorbei- und über sie hinausgewachsen. Sein Bart war zu einem fülligen, lockigen Kranz geworden. Brust und Schultern waren breit.
Ich habe jetzt auch Arbeit, für Lohn, teilte er ihr mit. Auf einem Boot auf den großen Seen. Der Kapitän ist Norweger, die meisten von der Mannschaft auch. Da verstehe ich doch, was sie sagen.
Was für ein Glück, murmelte Brenda.
Im Frühling gehe ich nach Westen, sagte er.
Ich will meinen eigenen Boden haben, sagte er, und seine Augen funkelten. Kommst du mit?

Das wirst du bereuen, prophezeite Annie wütend.
Ihre Haare standen nach allen Seiten ab, in dünnen, trockenen Büscheln. Sie wurde jetzt grau an den Schläfen. Bei den ersten Anzeichen hatte sie sich eine dunkelbraune Perücke mit schönen Locken zugelegt. Die hatte sie noch nicht aufgesetzt, sie saß in einem verschossenen rosa Schlafrock da und hatte ihr Gesicht mit einer grünen Creme bedeckt.
Brenda gab keine Antwort. Sie frühstückte.
Im Westen gibt es kein Weizenbrot, meinte Annie. Nur Heuschrecken. Aber die kann man ja auch essen. Das ist erlaubt. So steht es in den Büchern Mose. Bei Hasen ist es schon schlimmer.
Was ist denn mit denen?, fragte Brenda.

Die sind unrein. Das steht auch in irgendeinem Mose-Buch. Dass der Hase verbotene Kost ist.
Du machst Witze, sagte Brenda.
Ich mache keine Witze. Wer Hase isst, kommt in die Hölle. Das gilt auch für Kamele und Dachse. Und für Schweine natürlich. Da kannst du alle fragen, die eine Bibel haben.
Ich hab es ja gewusst, brummte Brenda. Dass wir in der Hölle sind.
Doppelt und dreifach, sagte Annie. Also nimm dir nur ruhig ein Kamel.
Sie lachte laut und schallend. Brenda stimmte ein, ein wenig widerwillig.
Was du alles weißt, sagte sie und schaute verstohlen zu der anderen hinüber.
Ich habe das Buch doch, vertraute Annie ihr an. Ich habe es von jemandem übernommen, der hier bei mir gestorben ist. Später habe ich dann angefangen, Gottes Wort zu lesen, um alles auszugleichen. Ab und zu. Vers für Vers. Es sind lange Berichte aus einer anderen Zeit. Und zwischendurch gibt es diese Gebote darüber, was richtig ist und was falsch.
Ich bin in die Schule gegangen, sagte Brenda mürrisch. Ich habe in der Kirche gesessen …
Du hättest die Bibel geerbt, sagte Annie. Wenn du hiergeblieben wärst.
Sie hatte die hellgrüne Gesichtsmaske abgewischt. Jetzt setzte sie die prachtvolle Perücke auf.
Kein Spiegel, sagte sie. In der Wildnis. Du gehörst da nicht hin, weißt du.
Ich habe mich noch nicht entschieden, murmelte Brenda. Ich habe ihm nichts fest zugesagt. *Vielleicht*, habe ich gesagt. Aber ich kann ja auch Jolly Marks Freund heiraten.
Der hat sicher schon eine andere, meinte Annie.
Oder ich kann zu meinem Stiefvater nach Georgia gehen.
Und zur Strohmatratze deines Stiefvaters werden?

Brenda seufzte.
Keine in der ganzen Stadt ist so begehrt wie du, sagte Annie.
Brenda schnitt eine Grimasse.
Das liegt an deinen Augen, schmeichelte die Ältere. Und deinen Haaren. Und vor allem an diesem Zarten an dir, diesem gleichsam Verlorenen. Das gefällt ihnen. Dass du aussiehst, als könntest du jeden Moment in Ohnmacht fallen, zu Boden sinken, so, als ob du rein gar nichts begreifst. Weißt du das? Dass du so aussiehst?
Das hast du schon tausend Mal gesagt, murmelte Brenda.
Du siehst aus, als brauchtest du einen Arm, an dem du dich festhalten kannst, sagte Annie jetzt. Das gefällt ihnen, den Mannsbildern. Das stand schon in deinem Gesicht, als ich dich zum ersten Mal gesehen habe, als du zur Tür hereinkamst, verdreckt und staubig, mit Blättern und Grashalmen in den Haaren. Ein Engel, dachte ich. Oioioi!
Aber bin ich denn verloren und dumm?, fragte Brenda.
Zeitweise sicher, antwortete Annie.
Brenda warf einen Hut nach ihr, einen mit einem Aufputz aus künstlichen Pflaumen.
Sie lachten ein wenig. Sie hatten schon oft darüber gesprochen. Annie hatte gewollt, dass Brenda diese verlorene Miene übte, um sie einsetzen zu können, wenn es angebracht schien. Aber diese Miene war nie da, wenn Brenda sich im Spiegel betrachtete. Sie wusste es zwar später, jetzt war sie da gewesen. Und zwar in Momenten, wenn sie etwas nicht begriff, und dann blieb diese Miene haften, während Brenda grübelte, während sie gleichsam verschwand und sich anderswo befand.
Annie hob die Perücke an und kratzte sich die Kopfhaut.
Du kannst Mitbesitzerin werden, sagte sie dann.
Brenda gab keine Antwort.
Ich weiß, dass du bleibst, sagte Annie. Du gehörst nicht zwischen undichte Wände, durch die der Wind pfeift.

Was sagst du dazu?, fragte sie eindringlich. Mitbesitzerin zu werden?
Ich brauche doch keine Mitbesitzerin zu werden, sagte Brenda und grinste ein wenig. Ich sollte dich doch beerben? Haus und alles? Und jetzt auch noch eine Bibel. Das hast du doch schon gesagt, als ich noch ein kleiner Engel war.
Beide schwiegen. Beide wussten, dass es einen Haken an diesem Versprechen gab, seit einigen Jahren schon. Annie hatte dasselbe noch jemandem versprochen, dem Iren mit den faulen Zähnen, dem Mann, der sie beschützen sollte.
Brenda erhob sich und umarmte die andere. Dann verließ sie das Zimmer.

Hølje stand im Wind an Bord eines Schiffes und war glücklich. Seine Fäuste waren blauweiß vor Kälte. Aber er war nicht mehr zu Hause. Er war erwachsen. Er nahm Befehle entgegen und leistete seine Arbeit. Die anderen hatten ihn in den ersten Wochen gehänselt, so war es eben, das wusste er jetzt, wer zuletzt angeheuert hatte, wurde dazu gebracht, Patzer zu bauen und sich dreckig zu machen. Dann hatte er gelernt, sich besser vorzusehen. Dann hatte er gelernt, einen Schritt zurückzutreten, wenn ein anderer darauf wartete, dass er vorträte, und auf diese Weise war der andere gestolpert und mit dem Gesicht in die Fischabfälle geknallt.

Brenda hatte sich von dem Iren beibringen lassen, wie man mit einem Gewehr umgeht. Er hatte sie laden und treffen gelehrt, er zeigte ihr sogar, wie sie neue Bleikugeln gießen könnte. In dieser Zeit trank sie weniger, weniger Wein und weniger Whiskey.

Aber will er dich heiraten?, hatte Annie sie wegen Hølje gefragt.
Brenda wusste nicht so recht, was er wollte.
Du kannst nicht heiraten, du, weißt du, hatte Annie herablassend gesagt. Jedenfalls keinen, der nicht weiß, was du bist.
Hølje ist ein guter Mensch, sagte Brenda.
Er will sicher eine Jungfrau wie alle anderen, sagte Annie.
Hølje ist einfach nur lieb.
Kapierst du denn überhaupt nichts?, schimpfte Annie.
Was denn?
Es gibt Frauenzimmer und Frauenzimmer.
Brenda griff nach der Whiskeyflasche.
Es gibt die, mit denen ein Mann herumwalzen kann, weil sie nichts wissen, sage Annie. Und dann gibt es solche wie uns. Wie willst du denn so tun, als ob du nichts wüsstest?
Brenda trank einen langen Schluck.
Ich weiß, dass du Pech gehabt hast, sagte Annie. Zweimal. Der Gelbäugige und dein reicher Stiefvater. Aber was sind denn schon zwei gegen tausend? Meinst du vielleicht, ich hätte nicht mehr als genug Prügel bezogen?
Außerdem sitzen wir hier mitten im Kern der Macht, erklärte Annie. Wir könnten jeden hinter Schloss und Riegel bringen. Wir brauchen nur mit den Fingern zu schnippen.
Das stimmte sicher. Sie hatten oft die Honoratioren der Stadt zu Besuch, die aus Politik und Geschäftsleben.
Aber da waren die Erinnerungen. An damals, als ein Mann sie hatte umbringen wollen. Und da waren die Blicke. Die der Ehefrauen in Chicago. Derer, die sie hassten. Brenda wollte keine sein, die gehasst wurde. Sie wollte wie alle anderen sein.
Hör auf zu träumen, sagte Annie.

Dann war Hølje wieder da. Ein ganzes Jahr hatte er auf den Seen verbracht. Der Kapitän hatte ihn gedrängt, noch weiterzumachen, aber er hatte sein Wort wegen dieses einen Jahres gehalten und war auch bei der abgemachten Heuer geblieben, sie waren doch Landsleute. Genug für einen Karren und eine Milchkuh würde er haben, und für etwas Werkzeug. Genug für einen Anfang. Hølje hatte den Kopf hoch erhoben, als er an einem frühen Abend mit dem Bündel über der Schulter auf Annie's Inn zutrottete.
Er öffnete die Kneipentür und schaute aus zusammengekniffenen Augen in den Saloon, vielleicht stand Brenda hinter dem Tresen? Er trat in das Halbdunkel, rempelte im Gedränge einen anderen an, einen anderen mit einem Bierkrug in der Hand, einem Bierkrug, der beim Zusammenstoß überschwappte, und der Fremde hob den Arm, wie um Hølje zu schlagen, aber dann lachte er, laut und verschwörerisch, und tippte Hølje mit einem zufriedenen Finger auf die Brust.
Gold, sagte er und grinste. You bet what I gonna do.
Hølje verstand nichts.
Er bahnte sich einen Weg zum Tresen. Nein, keine Brenda, nur zwei junge Mädchen mit verlegenen Gesichtern. Und ein Gewirr aus johlenden Stimmen, Bewegungen und Lachen. Warum freuten sich alle denn so?
Gold!, brüllte der andere ihm ins Ohr. Sie haben Gold gefunden!
Jetzt sah Hølje das auch; alle teilten denselben Jubel, alle riefen dasselbe: Gold! Gold! Und sie sprangen und tanzten, sie jubelten und schrien und tranken sich zu.
Gold?
Ja, Gold. In Kalifornien.
Was denn für Gold?
Hart und golden. Ein Klumpen.
Der Präsident der USA habe die Zähne in den Klumpen geschlagen, erfuhr Hølje jetzt. Der Klumpen war den ganzen

Weg um Kap Hoorn gesegelt, um dem Präsidenten diese Möglichkeit zu geben. Zu beißen. Und der Klumpen war hart genug. Das stand in der einen Zeitung. In einer anderen stand, dass eine Austernkanne voller Goldstaub diesen weiten Weg geschickt worden sei, damit Präsident Polk den Goldstaub sehen und berühren könne. Beide Zeitungen waren in Annie's Inn vorhanden, und einer nach dem anderen griff danach, studierte sie im Licht der Feuerstelle oder der einsamen Tranlampe aus zusammengekniffenen Augen, sie wurden mit Hüten und Mützen in die Luft geworfen, bald waren sie nur noch Papierfetzen, und die Druckerschwärze verteilte sich auf fettigen Fingern. Aber alle kannten den Inhalt ja jetzt.
In den kalifornischen Bergen war Gold gefunden worden. Gold als Klumpen und als Staub. Bei der Sägemühle eines gewissen Sutter. Bei einem Fluss, der Amerika-Fluss genannt wurde.
Gibt es da noch mehr?, fragte Hølje seinen Tresennachbarn.
Der ganze Berg scheint voll davon zu sein, antwortete der andere und boxte Hølje glücklich in die Schulter.
Hølje stand da in seiner noch immer von der Seegischt steifen Hose und hielt am Tresen Ausschau, für den Fall, dass Brenda doch da wäre, denn er brauchte sie jetzt, brauchte sie gerade jetzt; sie musste das mit dem Gold erfahren und ihm alles erzählen, sie konnte doch die Sprache, die in den Zeitungen benutzt wurde. Aber Brenda war nicht zu sehen, und die jungen Mädchen waren damit beschäftigt, anderen einzuschenken, und sie bemerkten Høljes Kontaktversuche nicht. Dann kam ein Krug Bier auf ihn zugeglitten, als hätten sie seinen Blick doch aufgefangen und als Bestellung gedeutet.
Prost!, rief jemand, und Hølje hob den Krug.
Die Augen der Gäste waren wie funkelnde Münzen aus Freude und Rausch, und die Männer wollten aufbrechen, wenn nicht sofort, dann morgen oder übermorgen, sie wollten zu dem Gold im Westen. Sie riefen und flüsterten und irgend-

wann nuschelten sie davon, was sie mit dem Schatz machen würden, sie würden Farmen bauen, keine Bretterbuden, durch die der Wind wehte, sondern Häuser, weiß gestrichen, groß, mit vielen Etagen, nein, strahlende Schlösser.
Sie warfen sich gegeneinander in ungeschickten Umarmungen, die zu Raufereien wurden, zu einer lachenden, glücklichen Prügelei.
Erst jetzt waren sie da, Annie und Brenda und einige Herren aus den inneren Gemächern. Ihre Angst angesichts des Lärms wich dem Staunen beim Anblick der frohen Gesichter.
Aber liegt Kalifornien nicht in Mexiko?, fragte Annie.
Jetzt nicht mehr, sagte einer der Herren. Jetzt gehört es uns.

Wir holen uns das Gold, flüsterte Hølje Brenda zu.
Sie standen draußen unter einem bleichen Mond. Noch war der Wind kalt. Aber Høljes Augen leuchteten.
Ja, flüsterte sie zurück. Wir holen uns das Gold.

Die Auswanderer aus Lesja und Biri hörten über den Fund in Milwaukee, in Gesprächsfetzen, die im Wirrwarr eines fremden Landes auf ihre Ohren trafen. Was Minen waren, wussten sie ja, man schlug etwas aus einem Hohlraum im Gestein heraus. Aber diese Berge in der Ferne, Kalifornien, sagten die einen, Mexiko, sagten die anderen, bei Yerba Buena, hatten sie gehört, nein, bei San Francisco, wurde widersprochen, als wurzelten die Worte in einem Trugbild und nicht in der Wirklichkeit, als sei das ganze Gerede von dem Gold einer fieberheißen Bettlerstirn entsprungen.
Ein anderer Norweger wiederholte diese Brocken, die den anderen um die Ohren flogen, einer, der zur selben Zeit wie sie an Land gegangen war, einer, der früher auf englischen Schiffen gefahren war und diese Sprache gelernt hatte.

Was für ein Unsinn, sagte Agathe Mandel.
Sie war nicht nach Amerika gekommen, um ihre Kinder in eine schmutzige Grube voller Tand zu schicken, sie war gekommen, um Didrik zu finden, ihren ältesten Sohn. Sie wollte sehen, was für eine Art von Frauenzimmer sich an ihn gehängt hatte und seine Briefe schrieb, um das Frauenzimmer dann mit Ohrfeigen zu überhäufen und vor die Tür zu setzen. Außerdem war sie gekommen, um durch dieses fette Gras zu wandern, über das sie so viel gehört hatte.
Aber das sollte nur der Anfang sein. Seit sie sich zu dieser großen Wanderung entschlossen hatte, wogte es in ihr von Möglichkeiten und Wegen. Schon vor der Versteigerung hatten diese Fragen sie erfüllt: Sollten sie den Pflug mit über das Meer nehmen? Und was war mit dem Wetzstein? Oder sollten sie einige billige Gefäße aus der stillgelegten Glashütte erwerben?
Glas oder Korn. Das war die Wahl. Erde oder Lehm und Sand. Oder Bier und Schnaps, Pferde und Übernachtungsgäste im Stroh.
In ihrer quälenden Unsicherheit hatte sie fast alles verkauft, nur Truhen und Kleidung nicht. Denn Münzen waren doch wohl das Wichtigste, wenn man nicht so recht wusste, wie alles werden würde.

Sie waren von einem schwedisch sprechenden Agenten überredet worden, ein Schiff zu nehmen, das nach Milwaukee fuhr und nicht nach Chicago. Milwaukee sei genauso gut wie Chicago, hatte er gesagt. Nach Chicago führe kein Boot, hatte er gelogen.
Im Hafen gab es viele Norweger. Die meisten anderen wollten nach Pine Lake im Norden von Wisconsin, ein gewisser Herr Gasmann hatte sie dorthin eingeladen. Herr und Frau Mandel und ihre Begleiter könnten doch dieselbe Richtung einschlagen, bot man ihnen an, ehe sie an Land gingen. Der Weg wer-

de leicht zu finden sein, denn ein Angestellter von Herrn Gasmann werde die Neuankömmlinge abholen.
Der Haken an der Sache war, dass dieser Mann sich die Sache anders überlegte, als er das mit dem Gold hörte.
Ob sie nicht auch lieber auf Schatzsuche gehen wollten?, fragte er.
Nein, sie seien gekommen, um Land zu kaufen, war die Antwort.
Sie kamen aus Løten und Skreia und Stange, diese Leute, und was sich in ihrer Vorstellung festgenagelt hatte, waren Felder, keine Berge.
Sie hatten einen ganz festen Plan. Daran war nichts zu rütteln.
Auf jeden Fall solltet ihr nach Westen gehen, meinte der, der sie zu Herrn Gasmann in den Norden hatte bringen sollen. Denn bei Pine Lake ist der Boden karg.
Fett, habe in einem Brief gestanden.
Das schon. Fetter als in Løten, aber sicher sei das auch nicht. Auf jeden Fall karger als im Flachland im Westen. Pine Lake ist Waldland.
Hm.
Könnt Ihr uns nicht helfen, Kanalarbeiter Didrik in Chicago eine Nachricht zu senden?, fragte Agathe Mandel.
Und so entledigte der plötzlich Golddurstige von Pine Lake sich Verantwortung und Verpflichtungen, er schickte sich selbst als Boten nach Chicago, nachdem er die Reisenden aus Norwegen zu einem billigen Quartier gebracht hatte. Das werde von Norwegern geführt, die ihnen sicher weiterhelfen könnten, sagte er.
Stell dir vor, ein Goldklumpen, sagte Bøllog an diesem Abend seufzend zu seinem Bruder.
Der kann doch geschmolzen und zu einem Schmuckstück verarbeitet werden, meinte Johan Jo.
Für wen denn?, fragte der Bruder.

Für Mali Jartrud natürlich, antwortete Johan Jo. Für wen denn sonst?
Vielleicht für Mutter, murmelte Bøllog und wandte sich ab. Aber vielleicht hatte er an Marte aus Biri gedacht?

In einer Stadt nach der anderen, in einer Siedlung nach der anderen breitete die Nachricht sich aus. Sie kam vom Meer im Westen, wenn auch von Osten für die, die im Inneren des riesigen Landes lebten. Sie kam mit den Menschen und mit den Zeitungen. Die Worte entzündeten einen Traum und eine Lust und einen Willen in den Menschen, auch in den norwegischen Ortschaften am Fox River und am Sugar Creek. In Muskego machte Hans Christian Heg sich bereit, der Mann, der Hølje einst zu einem Indianergrab geführt hatte, das zu einer Krambude mit Knochen in den Wänden geworden war. Und in Wyota, der Stadt mit den Bleivorkommen, wo viele Norweger arbeiteten, richteten einige sich auf und schauten zum Horizont, hinter dem die Sonne sank.
Es war die Sehnsucht nach Abenteuer und Reichtum.
Eine teuflische Sehnsucht, meinten manche.

Du bleibst zu Hause, sagte Francis de Lilac mit scharfer Stimme zu seinem Sohn, denn auch Leonard wollte nach Kalifornien, er, der später Magnolia übernehmen sollte, diese Plantage außerhalb von Savannah im Staat Georgia.
Die Goldsuche war ein Vorwand für den jungen Mann. Er wollte fort von seinem tyrannischen und launischen Vater.
Schon mit vierzehn, fünfzehn Jahren hatte Leonard Magnolia leiten müssen, wenn sein Vater nicht zu Hause war. Mit dünner, ängstlicher Stimme hatte der Junge Befehle erteilt, die bei

den ersten Malen vielleicht befolgt wurden, vielleicht nicht. Im Nachhinein hatte er begriffen, dass die Leute ihn für einen Clown gehalten und hinter seinem Rücken gekichert hatten. Im Nachhinein wusste er außerdem, dass der Vater den Vorarbeitern die eigentliche Leitung übertragen hatte. Letzteres erkannte er aber erst, als es in einer Frage der Disziplin zu einem Konflikt zwischen den Vorarbeitern kam und die nach ihrem eigenen Gutdünken vorgingen und nicht auf seinen Widerspruch achteten, als er eine Bestrafung verhindern wollte. Francis hatte nach seiner Rückkehr offen über seinen Sohn gelacht und den Vorarbeitern recht gegeben.

Leonard hasste seinen Vater.

Er hatte seine Mutter Alice geliebt. Weil sie ihn niemals verhöhnt oder verspottet hatte. Wegen der Stille, in der sie nebeneinander gegessen und süße Plätzchen gegessen und sich über den köstlichen Geschmack gefreut hatten. Weil sie ihm gesagt hatte, wie er in der Welt zurechtkommen könnte: Man musste lauschen, ohne dass die anderen es merkten. Man musste seine Worte im Verhältnis zu dem Mut abwägen, den man besaß.

Nachdem der Vater ihn vor aller Ohren unter freiem Himmel verspottet hatte, war Leonards Hass nur noch gewachsen. Und er entwickelte einen schärferen Blick für die Menschen in seiner Umgebung: War einer mutig genug, um sich auf Leonards Seite zu stellen, nicht auf die des Vaters? Leonards Leibdiener war nur einer, aber er hatte eine Mutter unter dem Küchenpersonal und einen Vater in den Handwerkerhütten. Auf diese Weise erfuhr Leonard von den Ansichten, die abends an den Feuern geäußert wurden. Er begriff, dass Ordnung und Zuverlässigkeit das Wichtigste waren, dass die Arbeit so getan werden musste, wie die Leute es gelernt und wie sie es gewohnt waren, dazu nur so schnell, dass sie sie bewältigen konnten und nicht nachts stöhnend in ihren Hütten lagen. Außerdem mussten die Bestrafungen gerecht und verständlich sein. Bei Francis und seinen engsten Mitarbeitern war das

nicht immer so. Sie schlugen zu, ohne den armen Sünder erklären zu lassen, und das Strafmaß konnte wie ein Zufall wirken.
Aufgrund dieser Erkenntnis hatte Leonard festgelegt, wie er sich seine Führung vorstellte: Sie sollte gerecht sein. Er behielt die Vorarbeiter, die der Vater ausgesucht hatte, stellte aber strenge Regeln für Strafmaßnahmen auf. Beim ersten Verstoß gegen diese Regeln wurde der betreffende Vorarbeiter degradiert und durch jemanden ersetzt, der Leonards Vertrauen genoss. Und dann verschwand er, der Degradierte. Bald aber war er, zusammen mit Francis, wieder zur Stelle.
Erst jetzt begriff der Sohn, dass der Vater durchaus nicht immer auf Geschäftsreise war, wie er vorgab. Erst jetzt begriff er, dass Francis sich auch in Savannah aufhalten konnte, wo er vermutlich herumhurte und trank und Karten spielte. Leonard hasste ihn deshalb nicht weniger, vor allem als ihm aufging, dass das alles auf der Plantage wohlbekannt war.
Auf eigene Faust hatte Francis seinen eigenen Mann ein weiteres Mal zum Vorarbeiter ernannt. Aber als er dann wieder weggefahren war, hatte sein Sohn diese Ernennung rückgängig gemacht. So war die Flut von Macht und Ohnmacht, Spott und Wut hin und her gewogt, bis Francis mit einer Frau nach Hause gekommen war, die er als Haushälterin bezeichnete. Sie wirkte töricht und unwissend und verbrachte ihre Nächte im Bett des Hausherrn. Und Francis übte weiterhin seine deutliche Macht aus, die die Sklaven zusammenzucken ließ, wenn er auch nur in ihre Nähe kam.
Ich kann nicht mehr, sagte Leonards Schwester Julian, oder Julianne, wie sie genannt wurde. Diese Weibsperson muss weg!
Leo war ganz ihrer Ansicht.
Aber Francis lachte.

Es war zu der Zeit, als die Nachricht über den Goldfund die Gegend erreicht hatte. Zwei Freunde von Leo hatten sich schon zum Aufbruch entschlossen, er konnte einfach packen und sich ihnen anschließen.
Wenn du von zu Hause wegwillst, solltest du dich lieber bei der Militärakademie anmelden, schimpfte der Vater.
Das hätte ich früher tun müssen, Vater, antwortete der Sohn, aber da wurde ich hier gebraucht.
Du bleibst hier!, befahl Francis.
Er war es gewohnt, dass der Sohn nachgab. So schwach, hatte er gedacht, als der Junge klein gewesen war. Und er hatte ihn geschlagen, um ihn abzuhärten. Schwach, und mit diesem Zucken um die Augen, als könnte er jeden Moment in Tränen ausbrechen. Aber Leonard war kein Kind mehr. Er wurde jetzt erwachsen, das wusste Francis. Er war sogar einige Male seine eigenen Wege gegangen, hatte versucht, die Plantage nach seinen eigenen Vorstellungen zu leiten, und das war gut, obwohl Francis die Sache natürlich gleich wieder rückgängig machte. So wurde Leonard abgehärtet, sagte Francis sich wohl, indem er ihm die Zügel gab und sie ihm dann wieder wegnahm, indem er ihn auf die Probe stellte und ihn dann später wegen seiner Entscheidungen bestrafte und verspottete. Auf diese Weise würde Leo bereit sein, dachte Francis vielleicht, an dem Tag, an dem er endgültig die Plantage übernehmen würde.
Aber er durfte nicht auf Goldsuche gehen. Er musste auf der Plantage bleiben. Denn Francis hatte Lust auf eine längere Reise, vielleicht nach Europa, mit seiner Haushälterin oder einer anderen, falls er der Haushälterin überdrüssig würde, ehe er aufbrechen könnte.
Du bleibst hier!, sagte Francis.
Nein, Vater, antwortete Leonard und erwiderte seinen Blick.
Sie waren jetzt gleich groß, und darüber staunte der Ältere. Der junge Mann vor ihm war breitschultrig und hatte den

Kopf hoch erhoben. Sein Gesicht war breit und fest. Leonard hatte die blonden Haare seiner Mutter und ihre offenen, ausdrucksvollen Augen geerbt. Aber er war trotzdem ein Mann, das ging dem Vater mit überraschter Anerkennung auf.
Jetzt sah der Jüngere ihm furchtlos ins Gesicht, aber etwas anderes lag diesem Blick zugrunde. War es Trotz? War es Zorn?
Francis merkte, dass er einen Drink brauchte.
In der nächsten Woche breche ich auf, erklärte der Sohn.
Und außerdem, fügte er kühn hinzu, wenn ich das nächste Mal in deiner Abwesenheit die Plantage verwalten soll, dann bitte ich dich, den Besitz auf mich zu überschreiben.
Leo trat einen Schritt zurück, als fürchte er, der Vater werde schlagen. Zugleich redete er eilig weiter: Julianne zuliebe solltest du diese sogenannte Haushälterin wegschicken. Wenn nicht, wirst du vielleicht erleben, dass meine Schwester den Heiratsantrag eines Mannes annimmt, den weder du noch ich sonderlich schätzen.
Du meinst diesen Idioten Richard, brüllte Francis de Lilac.
Julianne!, brüllte er.
Aber seine Tochter hatte ihn offenbar nicht gehört.

Aus der ganzen Welt strömten die Menschen nach Kalifornien. Sie kamen aus London und Marseille, aus Hamburg und Rotterdam. Sie verließen ein von Aufruhr geprägtes Europa. Kürzlich war das Kommunistische Manifest veröffentlicht und unter unzufriedenen Arbeitern in Umlauf gebracht worden. Der Traum vom Gold konnte als verlockenderer Weg zur Veränderung erscheinen als die marxistische Revolution. Viele Wohlhabende streckten außerdem den Mittellosen Geld für die Überfahrt vor, um die Stimmung zu besänftigen.
Aus Boston und New York City fuhr ein Schiff nach dem

anderen nach Süden, umrundete das Kap, und dann ging es gen Norden nach Kalifornien.
Das dauerte.
Von Australien aus war der Weg kürzer. Und die Australier füllten die Schiffe mit Werkzeug und anderen Dingen, die ein Goldgräber brauchen konnte, um mit seiner Tätigkeit Geld zu verdienen. Auch die Chinesen wandten ihre Blicke dem Abenteuer zu. Aber sie konnten nicht aufbrechen, und wenn das Gold noch so sehr funkelte, aus Rücksicht auf ihre Götter und ihre Ahnen. Dann stand ein Aufruf in einer chinesischen Zeitung, in dem die Vertreter der Obrigkeit kundtaten, die Götter würden sie auf die Reise begleiten. Und nun konnten doch Schiffe ausgerüstet werden, um Landsleute auf der Suche nach Reichtum in die neue Welt zu bringen.

# *Im Zickzack zum Grenzfluss*

Agathe Mandel wurde auf einem grob zusammengehauenen und schwer beladenen Wagen ohne Dach von vier Ochsen langsam nach Westen gezogen. Die Frau saß auf dem Kutschbock und hielt die Zügel in festem Griff, als ob die eine Sicherheit bedeuteten. Sie schaute aus zusammengekniffenen Augen in eine karge, unbekannte Landschaft, im scharfen Wind, der ihr Sand und Staub in die Augen trieb, und fühlte sich nicht wohl in ihrer Haut. Das lag am Sand und an der Kargheit, es lag an einigen selbstzufriedenen Schweden, und es lag an der harten Unterlage und dem Ruckeln.

Aber irgendwo dort vor ihnen würde Agathe ihren Erstgeborenen wiederfinden, den größten ihrer Nachkommenschaft, den mit den flammendsten Haaren. Didrik.

Ein Stück hinter ihr gingen ihre Tochter Marte und die beiden Brüder aus Lesja, Bøllog und Johan Jo. Wie Schwärmer an einem Markttag, dachte Agathe zufrieden, da keiner der Jungen Per hieß und Marte nicht mehr schmollte. Oskar mit der Hasenscharte war zurückgefallen und trug nun allein die Verantwortung für zwei Mutterschafe und eine Milchkuh. Der jüngste Sohn lag zwischen dem Krimskrams im Rücken der Mutter und hatte den Kopf in eine Jacke eingewickelt. Er hatte Zahnschmerzen. Ab und zu biss er in den Zipfel eines Deckenhaufens. Unter den Decken lag seine Großmutter, in sich verkrochen und mager und nicht zu sehen. Hinter dem Wagen ging Michel Mandel und las.

Sie waren auf dem Weg nach Independence.

Sie wussten wenig über Independence, abgesehen davon, dass es im Westen lag und ein Vorposten war und dass sich Didrik angeblich dort aufhielt. Sie hatten einen Brief des Boten aus Pine Lake bekommen, der nach Chicago weitergereist war. Der Mann hatte erzählen können, dass Didrik keine Kanäle mehr baute, sondern dass er weitergezogen war, zu dem Vorposten Independence, hatte im Brief gestanden.

Das klang nicht gut, hatte Frau Agathe gemeint. Es hörte sich nach Wildnis oder Einödhof an, als habe ihr Sohn etwas verbrochen und sei verbannt worden.

Sie hatte sich den Norwegern anvertraut, die das Gasthaus in Milwaukee betrieben, wo sie abgestiegen waren, und die hatten in die Hände geklatscht und gerufen: Ganz im Gegenteil! Ein Vorposten sei ein Ort für die Tapferen! Und für Männer, die begriffen hätten, wie man rasch zu einem Vermögen kommen könnte.

Ach was. Ein rasches Vermögen. Ja, er war eben seiner Mutter Sohn!

Deshalb war die Mandel-Gruppe jetzt auf dem Weg durch eine gelbgraue und tote Landschaft unter einer bleichen Sonne, und Agathe überlegte, wie Didrik wohl das Vermögen erwarb. Sicher durch eine Art Handel, dachte sie. Zugleich ärgerte sie sich darüber, wie hässlich Amerika war. Hier gab es fauliges, verdorrtes und vom Wind hingemähtes Gras, plattgedrückt nach Monaten unter dem Schnee. Zwischen den Halmen war der Boden wie feines Mehl, das der Wind den Menschen ins Gesicht schleuderte. Es verursachte Gerstenkörner, entzündete Stellen zwischen Wimpern und Augapfel. Oskar hatte eins, und Agathe merkte, dass sie auch eins entwickelte. Immer wieder wollte ihre Hand nach oben, um zu kratzen, aber das durfte sie nicht, das würde alles nur noch schlimmer machen. Als ob Gift im Erdstaub steckte, dachte sie. Als ob dort etwas Unreines gelegen habe, vielleicht eine verfaulende, kranke Leiche.

Wäre es möglich, dass Didrik ein Logierhaus eröffnet hatte?, fragte sie sich, wie ihr seliger Vater damals, ehe ihm die Obrig-

keit dieses Recht entzogen hatte? Denn ein Logierhaus musste doch an einem Vorposten ideal sein, wo dauernd Reisende vorüberkamen.
Nach Oregon, hatten sie in Milwaukee gesagt. Dass Independence der Ort war, von dem aus nur ein einziger Pfad weiterging. Denn es führten viele Wege zu diesem Vorposten, zu Wasser und zu Lande, aber nur einer ging dann weiter nach Westen. Und sie sah Didrik vor sich, sah, wie er zur Dämmerung die Reisenden willkommen hieß, sah ihn die Hand nach Münzen ausstrecken, wenn die Sonne wieder aufging und die Gäste weiterzogen.
Und sicher braut er auch sein eigenes Bier, dachte die Mutter zufrieden.
Doch, doch, er tummelte sich wohl hier in Amerika, der Didrik. In Biri war er ein zurückhaltender Schürer gewesen, der kaum gewagt hatte, seinem Vorgesetzten in die Augen zu schauen. Vorher war er ein rothaariger und ungeschickter Knabe gewesen. Aber jetzt war er ein großer Mann, das begriff die Frau Vorbläser, und sie ließ ungeduldig die Ochsenzügel knallen.

Sieben Wagen gehörten zu diesem Treck. Sechs offene Rumpelkästen mit wackligen Rädern und ein besserer, der sogar ein Dach hatte. Denn ihr müsst ja nicht so weit, war in Milwaukee gesagt worden, von denen, die die Wagen verkauft hatten. Ihr müsst ja nur ein kleines Stück durch das Flachland und nicht in die Goldberge.
Außerdem hätten sie einige Wochen warten sollen, das war ihnen geraten worden. Aber die, die nach Pine Lake wollten, hatten keine Ruhe gehabt; wenn sie in diesem Frühling noch säen wollten, mussten sie doch aufbrechen, um roden und pflügen zu können.
Es waren vier norwegische Familien und drei schwedische, alle waren sie mit demselben Bild vor Augen über das Meer

gekommen: den hochstehenden Ähren. Dicht an dicht. Die sich in einem linden Sommerwind wiegten. Einzelne von ihnen hatten schon in anderen Neusiedlerkolonien gelebt, wollten aber weiter. Eine Familie hatte in Madison gewohnt, wenn auch nur die Frau und die Kinder, der Mann war nach Westen gewandert, um eigenen Boden zu finden. Und dieser Göthe Hedekas leitete jetzt den größeren Treck, da er den Weg schon einmal zurückgelegt und da er sich ein Ziel ausgesucht hatte. Dort sei es schön und es gebe Platz für alle, hatte er versprochen. Und dann würden an dem einen Ort viele leben, die verstünden, was man sagte.

Die Norweger hatten einen Moment gezögert – wollten sie wirklich mit Schweden zusammenleben? Diese hier stammten jedoch aus den Grenzgebieten in Bohuslän, und nicht weniger als zwei hatten eine norwegische Großmutter. Und da waren sie immer noch besser als Deutsche oder Iren, so hatten sie untereinander argumentiert, aber sicher waren sie sich noch lange nicht.

Die neue Siedlerstelle sollte in der Nähe eines Flusses liegen, hatte Göthe erzählt, und die Familie, die nach Independence weiterwollte, könnte von dort einfach dem Fluss nach Süden folgen, dann würden sie früher oder später Independence erreichen, hatte er Herrn Mandel zugesichert.

Agathe zweifelte plötzlich sehr daran, dass man sich auf diesen Herrn Hedekas verlassen konnte, als sie hier im Wind vor sich hin fröstelte. Unter dieser hellgrauen Wolkendecke mitten am Tag konnte sie Osten und Westen einfach nicht unterscheiden. Alles wirkte silbrig gleich. Ab und zu glaubte sie, dass der Pfad unter ihren Rädern verschwand. Und dann war er wieder da, aber konnten sie denn wissen, dass es derselbe war?

Doch, das war er sicher, denn bald brach die Sonne durch die Wolkendecke, und Westen wurde zu Westen und zeigte, dass sie auf dem richtigen Weg waren. Und wieder dachte sie an

Didrik, daran, dass er bestimmt immer neue Anbauten an seinem Haus vornehmen musste, denn bestimmt war der Bedarf groß, aber hatte er auch Fenster? Es stand doch nicht fest, dass es in einem solchen Außenposten eine Glashütte gab. Aber da könnten sie Abhilfe schaffen. Denn an einem Fluss gab es meist Sand, und dazu Bäume, die zu Asche werden konnten …

Einige der Jugendlichen schlossen sich auf dem Treck zusammen, norwegische und schwedische. Sie redeten leise über etwas ganz anderes als Pflügen und Säen. Sie redeten über Gold.

Beim Lagerfeuer und zu den Mahlzeiten wurde über diese Dinge nicht gesprochen, sondern darüber, was an Mühsal und Strapazen hinter ihnen lag.

In Bohuslän waren die Zeiten schlecht, erfuhren die Norweger jetzt, vor allem für die, die nicht an der Küste lebten, denn an der Küste hatte man Zugang zum Fisch, wenn man also ein Boot besaß, und noch das kleinste und gebrechlichste Fahrzeug konnte nutzbar gemacht werden.

Familie Hedekas kam aus Sandåker in Hedekas und hatte früher Åkermann geheißen, wie die Frau berichtete, aber nur einer von diesen drei Namen ließ sich auf Amerikanisch schreiben, hatten sie in Madison erfahren. Familie Larsson kam aus Dingle und Familie Andersson aus Munkedal, und alle erwachsenen Schweden wollten sich gern an einem breiten Fluss niederlassen. Außerdem sollte der Fluss ein bewaldetes Seitental haben, hatte Göthe Hedekas gesagt, wo sicher Wild springen und erlegt werden könne, und mehrere hatten von zu Hause Fallen mitgebracht.

Gott sei Dank, sagte Frau Hedekas.

Bleibt hier, bis das Gras ausschlägt, war ihnen in Milwaukee geraten worden, dann kann das Vieh sich während des Trecks selbst ernähren. Aber sie hatten keine Ruhe im Leib gehabt.

Jetzt lagen Heubündel überall, wo Platz war, auf den Wagen und an die Wagenseiten gezurrt, große Ballen, die die Menschen auf dem Weg hinter sich herschleiften oder die sie von den Wagen ziehen ließen.
Eines Morgens war die Hälfte verschwunden. Das Heu war nirgendwo zu sehen, als ob eine himmlische Hand die Ballen gepackt und irgendwo anders abgeworfen hätte. Oder als ob ein Hirtenjunge unter den Wilden sich an sie herangeschlichen und das Heu gestohlen hätte … für seine eigenen wilden Stiere und Hammel.
Sicher war es nur der Wind, meinte Göthe.
Der war stark an diesem Morgen. Sie hatten es während der Nacht gehört. Gustavs Zahnschmerzen hatten Ohrenschmerzen weichen müssen, er hatte in der Truhe eine Fellmütze gefunden und aufgesetzt.

Die Landschaft war manchmal offen und eben, dann wiederum gab es niedrige Anhöhen. Eine ganze Zeitlang konnten sie nur das Nächstliegende sehen, dann wurde die Sicht plötzlich wieder weit und endlos.
Eine Offenbarung des Herrn, rief Göthe Hedekas' Frau Anna mit glücklicher, schriller Stimme am dritten Tag wie im Rausch.
Es ist fast wie in der Wüste!, rief sie. Wenn auch nur, was die unendliche Weite angeht!
Sie schaute zu ihrem Mann hinüber, als sie das rief, aber der ging ein Stück vor ihr und hatte es wohl kaum gehört. Ein Stück näher war Michel Mandel, der *Leser*, wie sie ihn in Gedanken jetzt nannte, da er immer den Blick in sein Buch gerichtet hatte. In die Bibel, glaubte Anna, und sein Anblick erfüllte sie mit einer erregten Freude; solange sie mit einem solchen Leser zusammen waren, würde ihnen doch nichts Böses geschehen können.

An den ersten Abenden hatten sie die Wagen einfach in einer Reihe aufgestellt. Nach dem Verschwinden der vielen Heuballen kam der Familienvater aus Løten auf die Idee, sie zum Schutz im Kreis zu stellen. Dann wurde mitten im Kreis ein Feuer gemacht. Die jüngeren Mitreisenden mussten Brennholz suchen gehen. Die ältesten Mädchen molken und butterten. Grütze wurde gekocht und Speck wurde in Töpfen und Pfannen über dem Feuer gebraten, aus den Truhen wurde Fladenbrot und Käse geholt. Dann genossen sie ihr Essen gemäß ihrem Geschmack und ihren Gewohnheiten, nachdem jede Familie ein Gebet in ihren eigenen Worten und ihrem eigenen Dialekt gesprochen hatte. Später saßen sie schweigend oder in leise Gespräche vertieft in kleinen Gruppen um die Flammen. Den Kleinsten wurden die Köpfe schwerer, und irgendwann sanken sie um.
Wenn sie ihre Notdurft verrichten mussten, verließen sie den Kreis, die Männer in die eine, die Frauen in die andere Richtung, oft mehrere zusammen. Wer ganz vorne ging, hielt einen brennenden Zweig als Fackel in der Hand, und wenn Frau Hedekas dabei war, erklangen schwedische Choräle in einer schrillen Mischung aus Angst und Trotz vor den Wänden aus Dunkelheit.

Am nächsten Morgen ging es weiter, über flaches, weites Gelände. Manchmal ging es abwärts, langsam und unmerklich. In den Talsenken folgten sie Bachläufen, die grau unter dem Himmel dahinplätscherten. Wenn der Bach eine Biegung machte und sie zu einem Richtungswechsel zwang, fanden sie Stellen, wo sie ihn überqueren konnten. Solange das Wasser seicht war und die Ufer nicht zu weit auseinander, konnten sie Wagen und Tiere ohne große Probleme hinüberschaffen, es konnte aber lange dauern, eine passende Stelle zu finden. Manchmal mussten sie die Räder von den Wagen schrauben und die Fahrzeuge von Ufer zu Ufer segeln lassen. Es kam

vor, dass ein Wagen umkippte, und dann galt es, die Truhen vor der Nässe zu retten, vor allem die, die Mehl enthielten. Dann führte der Weg wieder nach oben, bis sich die Landschaft um sie herum öffnete und sie abermals eine Hochebene erreichten und unter sich die Ebene sehen konnten.
Die Erde war flach und rund.
Agathe Mandel prägte sich diese Aussicht mit ihren kleinen Nuancen ein, so, wie sie sich immer zur Meisterin ihrer Umgebung gemacht hatte. Am Feuer merkte sie sich, wer welche Kenntnisse besaß, je nachdem, was erzählt wurde, und so wusste sie bald, dass einer der Schweden ein erfahrener Jäger und Fischer war.
Also molk sie ihm sein Wissen ab – über Art und Lebensweise des Wildes, über Tiere und Vögel, die Ähnlichkeit mit denen zu Hause hatten, und über essbare Geschöpfe, die sie noch nie gesehen hatte, die sie aber voller Freude kennenlernte und verzehrte.
Den Treckführer Göthe fragte sie nach den Indianern aus, ob es stimmte, dass sie auf Pferden lebten, dass sie kleine Wohnungen aus Zelttuch hatten, die sie nachts um Sättel und Menschen aufschlugen, denn das hatte ihr jemand in Biri erzählt.
So nicht, antwortete Frau Hedekas überlegen, ehe jemand anders den Mund öffnen konnte, und sie fügte hinzu: Aber mein Mann kann der Gnädigen erzählen, dass sie Weiße fangen, um sie als Sklaven in die Türkei zu schaffen.
Abermals saßen sie um das Feuer, mit dem Mond als bleicher scharfer Sichel in der Ferne, und eine der Norwegerinnen, die zum Pine Lake gewollt hatten, schlug die Hände vor den Mund und schrie auf.
Sei doch still, schimpfte Agathe. Stell dir vor, sie hören uns und wissen dann, dass wir Angst haben!
Lasst uns singen, schlug die Frau des Treckführers vor.
Lasst uns durchaus nicht singen, sagte Agathe mit scharfer

Stimme. Das macht die Sache gewiss nicht besser. Eher im Gegenteil.
Nicht singen? Keine Choräle singen? Was will sie denn damit sagen?, fragte Frau Hedekas bestürzt und sah zuerst ihren eigenen Mann und dann Herrn Mandel an.
Michel schaute zu seiner Frau hinüber.
Sie meint, dass wir nicht mehr Aufmerksamkeit auf uns lenken sollten, als wir es mit dem Feuer ohnehin schon tun, sagte er dann. Sie meint auch, dass einige unserer Stimmen so vor Furcht zittern, dass die Angst deutlicher wird als der Mut. Aber ich kann ja einen poetischen Vers rezitieren, ehe wir uns zur Ruhe begeben, fügte er hinzu.
O ja, rief jemand beglückt.
Michel Mandel setzte sich auf und räusperte sich. Er fuhr sich über den dunklen Bartkranz, danach zog er seinen Hut tiefer in seine Stirn, obwohl der Wind sich für diesen Abend gelegt hatte.
Die Hymne an die Freiheit, so führte er seinen Dichter ein. Seine Stimme war klangvoll, er variierte Rhythmus und Tonfall, und die Worte strömten nur so aus ihm heraus, über den Himmel des Nordens, über die Schätze der Wüste, über die Engelschar der Dan-Insuln, über hohle Füllhörner, die sich tief in Kongsbergs Busen bohrten.
Frau Hedekas versuchte, das Gesagte zu erfassen, sie reckte den Hals und ähnelte einem Reiher.
O Freiheit, Gottes Geist, der da die Engel erfüllet, rief Michel Mandel.
Es war ein langes Gedicht. Auch die restlichen Zuhörer reckten schließlich den Hals, die schwedischen wie die norwegischen.
Freiheit, entlang von Pennsylvaniens Strömen, sang Michel.
Das handelt von uns, meinten die anderen darauf andächtig, von uns, die nach Amerika und in die Freiheit gereist sind.
Die Frauen dankten gerührt, ehe sie gute Nacht wünschten.

Dann kam der Frühlingsregen. Sie hatten nicht viele Gedanken daran verschwendet, dass es Frühlingsregen gäbe, der den Boden weich machte. Sie hatten nicht auf die guten Ratschläge in Milwaukee gehört, bei denen es ebenfalls um den Regen gegangen war, nicht nur um das Gras, das noch nicht grünte. Aber sie waren unterwegs, und sie schleppten sich weiter, während das Wasser von Hüten strömte und von Hauben tropfte, während es vom Himmel flutete und die Reste des Heus in den offenen Wagen traf, die Truhendeckel, den Boden. Bald blieb der erste Wagen stecken. Aber sie hatten viele Männer, und der Wagen setzte sich wieder in Bewegung. Dann versanken zwei andere Räder im Schlamm, und dann noch weitere.

Und es dauerte. Drei Tage dauerte es, Tage mit winzigem Fortschritt, Nächte unter den Wagen, mit feuchten und kalten Heupolstern zwischen den Körpern und dem Schlamm. Die Kinder fingen an zu husten. Das tat auch die älteste Frau, die Blinde aus Biri. Zum Glück hatten sie die Kühe, denn sie konnten kein Feuer machen. Aber die Kinder bekamen warme Milch, frisch vom Euter. Die alte Frau bekam auch welche, nur kam die Milch gleich wieder heraus, und die alte Frau weinte, als werde sie von argen Schmerzen zerrissen.

Michel Mandel warf seiner Frau vorwurfsvolle Blicke zu. Das war eine Quelle des Streites gewesen, dass sie die Ärmste über das Meer gebracht hatten. Der Mann hatte diesen Streit verloren, wie immer, denn wie hätten sie sonst das Geld für die Überfahrt und die Weiterreise zusammenbringen sollen, wenn sie den Hof nicht hätten verkaufen können?

Jetzt hustete die Alte schlimm, wenn sie auf der langsamen Weiterfahrt in dem offenen Wagen durchgerüttelt wurde.

Und sie gingen im Kreis.

Einen ganzen Tag lang waren sie in die falsche Richtung gegangen, auf dieser flachen, runden Erde, unter einem Himmel aus Grütze, ohne mehr Licht in der einen Richtung als in der

anderen. Glücklich hatten sie Spuren im Schlamm entdeckt und waren ihnen gefolgt, bis ihnen aufgegangen war, dass es sich um ihre eigenen Spuren handelte.
Agathe Mandel bohrte die Hände in das weiche Graue; war das wirklich Ton? War er gut? Ließen sich daraus Schmelztiegel formen?
Mandel, komm und fühl mal nach, rief sie.
Der Herr Vorbläser achtete nicht auf sie, er stand bei seiner Schwiegermutter.
Gustav!, rief sie daraufhin. Oskar!
Die Blinde lag zitternd im Feuchten. Sie murmelte im Fieber. Über ein Lamm, wie die anderen hörten, ein totgeborenes Lamm.
Wir sehen den Pfad nicht, sagte Göthe Hedekas.
Es gibt keinen Pfad mehr, sagte der Mann aus Løten.
Deckt sie besser zu, sagte Anna Hedekas.
Zusammen mit Michel Mandel packten sie mehr von dem feuchten Heu um die Alte zusammen, und die Schwedin sang auf ihre ganz besondere unschöne Weise über die Engel des Herrn, die die Kleinsten trösten.

Sie starb in dieser Nacht, die Frau mit den blassen Augäpfeln. Sie wurde im Schlamm beerdigt. Der Schwiegersohn hielt eine Andacht ab, sie war sehr kurz und wurde auf Deutsch gehalten. So hatte er das zum ersten Mal gehört, als ein Freund seines Vater in einer Notlage den Geistlichen hatte vertreten müssen, er und der Tote damals waren beide in Bremen geboren.
Danach sangen sie. Oskar und Johan Jo weinten leise, sie waren die Einzigen.

Der Himmel war blau an diesem Tag, und sie zogen langsam weiter, dem sanften Bogen aus Land, über dem die Sonne aufgestiegen war, den Rücken gekehrt. Die Sonne war jetzt wär-

mer als vor den Regentagen, als liege plötzlich der Frühling in der Luft. Der Schlamm dampfte und trocknete fast vor ihren Augen, wie das Heu und die Kleidung, die sie trugen. Später an diesem Tag öffneten die verdreckten Gesichter sich zu einem Lächeln, und die zerzausten Gestalten streckten sich und wurden größer.
Halleluja, rief Anna Hedekas, und einige andere stimmten ein.

Bøllog schaute zu Biri-Marte hinüber, und das junge Mädchen fuhr sich mit den Fingern durch das Gesicht, um die Schlammspritzer zu entfernen. Auch andere junge Männer sahen gern zu Marte hinüber, und ihr Bruder Gustav konnte dann drohend zurückschauen.
Sie war für keinen von diesen hier vorgesehen, sie war für den einen aus Lesja gedacht, das hatte er dem Verhalten der Mutter entnommen.
Marte sollte Johan Jo zufallen, das hatte Agathe Mandel entschieden. Schon während der Überfahrt hatte sie ihren Entschluss gefasst, als die Tochter noch von diesem Per erfüllt gewesen war, den sie zu Hause an der Kochstelle zurückgelassen hatten.
Johan Jo hatte sich wegen der Blicke der Martemutter und deren Gerede geschämt. Er fand ihre Tochter schmutzig und ungepflegt. Junge Mädchen sollten nicht so sein, sie sollten sein wie Mali Jartrud. Mit glänzenden, frisch geflochtenen Haaren. Mit reinem Gesicht und am besten noch mit dem Duft nach frischem Gebäck.
Aber alle hier waren schmutzig und ungepflegt, das wusste Bøllog. Etwas anderes war auf dieser Reise durch Schmutz und Regen doch gar nicht möglich.
Sie könnten in einem Bach baden, dachte Johan Jo. Er dachte an den kleinen Bach, der daheim bei der Schneeschmelze im Frühjahr an ihrem Haus vorübergeflossen war.

Deshalb war er mit seinen Gedanken in Lesja, als sein Blick auf einen seltsamen und plumpen Vogel fiel, der aus einem niedrigen grauen Strauch gehüpft kam. Sein Kopf war rot und seltsam runzlig, denn er war von Haut bedeckt und nicht von Federn, und Johan Jo rief und zeigte: Seht euch den an!
Ja, seht!, jubelte Frau Mandel. Das muss doch ein Kalikutenhahn sein!
Sie sah den Mann aus Munkedal fragend an, und der nickte.
Fangt ihn, rief Frau Mandel. Fangt ihn ganz schnell! Ehe er wegläuft!
Der Kalikutenhahn lief mit unsicheren Sprüngen weiter, und plötzlich folgten ihm noch drei weitere, und Bøllog reagierte als Erster. Er trug die Kiepe mit dem Fischnetz. Rasch zog er es heraus, und ohne dass irgendjemand genau hätte sehen können, wie es ihm gelungen war, ließ er den ersten Vogel zwischen den Maschen zappeln.
Oskar, Gustav, greift die anderen, brüllte Frau Mandel.
Mit bloßen Fäusten, Mutter?
Abermals war Bøllog mit dem Netz da, nachdem er den zappelnden Gefangenen in die Arme seines Bruder gepackt hatte. Er bewegte sich wie ein geschmeidiges Raubtier auf diese plumpen Geschöpfe zu, versuchte sie einzukreisen, während er ein Stück Netz vor sich herschwenkte, er versuchte, sie zum Wagenzug zu treiben. Auf diese Weise fing er sie alle.
Das Verzehren der Kalikuten wurde zu einem Festmahl und zugleich zu einer Gedenkfeier für die, die sie im Schlamm bestattet hatten, und sie sangen andächtig zusammen, zuerst vier Choräle, dann ein Küchenlied. Aus einem der Wagen wurde eine Geige geholt. Sie gehörte dem Familienvater aus Stange, und die Klänge und die Erinnerungen rührten die Herzen am Feuer, einige zu Tränen, andere zu Freude und Ausgelassenheit. Als jemand dann einen Krug mit Starkem holte, stießen sie alle auf Bøllog an, der die Mahlzeit gefangen hatte.

Trotzdem war es der Bruder, den Frau Mandel zum Schwiegersohn haben wollte.
Daran dachte Bøllog, als die meisten anderen schon schliefen und er Rücken an Rücken mit Johan Jo dasaß und sein Körper satt war und sich gut anfühlte. Er dachte an Marte. Und an Martes Mutter. Und seine Zufriedenheit verflog.
Hört, hört, hatte sie mit einem Blick auf seinen Bruder gesagt. So ist es in Lesja. Da packen die Burschen zu, ja.
Als ob Johan Jo der Anerbe auf dem größten Hof wäre. Als ob er ein Königssohn wäre. Und dann steckte sie ihm ein Stück Räucherfleisch zu, während ihre eigenen Angehörigen warteten. Hielt sie Johan Jo wohl für den älteren der beiden Brüder?, überlegte Bøllog.
Das war er nicht, er war nur größer. Und Bøllog ärgerte sich. Und er ärgerte sich doppelt, denn nun hatte sich Johan Jo abermals bei einem Frauenzimmer vorgedrängt.

Doch das hatte er gar nicht.
Bøllog begriff es langsam – Johan Jo war für Marte Luft. Die sah einen anderen an.
Er begriff es gänzlich, als der Himmel wieder blau und schön geworden war, als sie vor der Kuh kniete und molk. Die Kuh bewegte sich, und Marte rutschte auf Knien hinterher, ohne Melkschemel hier in der Wildnis, aber darüber ärgerte sie sich nicht.
Sie achtete kaum auf das unruhige Tier, sie sah Bøllog an. Für kurze Momente fing er ihre Blicke auf, sie waren wie jähe, fröhliche Windstöße, wie blaue Wasserspritzer, die ihn durchnässt hätten, wenn die Spritzer nass gewesen wären. Aber das waren sie nicht, sie waren nur glitzernd blank und munter, und sie entlockten ihm ein keuchendes Lachen, als er zu einem Gebüsch ging, um dort sein Wasser abzuschlagen.
Später an diesem Tag wurde es zu einer Sicherheit in ihm, und er schaute sich um und hielt ihren Blick fest. Vorsichtig und

verstohlen tat er das, niemand sollte es sehen, weder ihre Mutter noch ihre Brüder, vor allem nicht der jammernde Gustav mit seinen vielen Kopfschmerzen, ganz zu schweigen von der verkniffenen Frau Hedekas.

Nach dem Regen waren alle Spuren des Pfades verschwunden. Der Treck schlich sich im Zickzack nach Westen. Der eine oder andere verspürte eine wachsende Angst davor, dass sie niemals den Fluss finden würden, dass sie endlos durch diese Landschaft irren würden, die sich ganz wenig veränderte und dann wieder dieselbe war. Sie war wie das Meer.
Aber es kam vor, dass sie Menschen sahen. An den ersten Tagen hatten sie mehreren Neusiedlern zugewinkt. Dann waren die seltener geworden. Wenn sie jetzt glaubten, Menschen zu sehen, dann in der Ferne, und das beunruhigte sie, denn die, die vor ihnen hier unterwegs gewesen waren, hatten sich doch sicher Wohnorte gesucht, die nicht allzu weit vom Pfad entfernt waren?
Wir hätten mit dem Mann aus Pine Lake gehen sollen, murmelte später an diesem Abend der Mann aus Løten.
Glaubst du, der hätte mehr gewusst?, fragte der Familienvater aus Skreia.
Er wusste immerhin, wo er Gold finden könnte!
Im Schloss der Goldenen Sonne, spottete Nils aus Stange.
Einige der jungen Leute tauschten Blicke und schauten zu Boden.

Ist das nicht schön!, flüsterte Bøllog.
Er und Marte hatten sich von den anderen weggeschlichen. Jetzt lagen sie außerhalb der Wagenburg auf dem Boden und schauten in den Himmel.
Ein einsamer Stern!, flüsterte Marte.
Gottes heiliges Himmelslicht, flüsterte Bøllog.
Bald war der einsame Stern wie die anderen erloschen, und

überall über ihnen war Finsternis. Zwischen den Wagen schwelten noch die Reste der Abendfeuer. Sie hielten einander umfangen, diese beiden, sie sogen ihre Gerüche ineinander auf, Schweiß und Schmutz, Menschenwärme in der kalten Nacht. Sie streichelten Haare und Wangen, Augenlider und Lippen. Und sie küssten sich.

In diesem Moment leuchtet etwas auf.

In diesem Moment flammte über der Prärie ein Blitz auf, eine blaugelbe Feuerzunge, die am Himmel leckte und die, die unter den Wagen lagen, aufschreien ließ. Sofort waren sie aufgesprungen und starrten aus großen Augen gen Himmel und die anderen an. Wieder war es außerhalb des Kreises stockfinster, aber sie hatten etwas gesehen. Ein Gejammer erhob sich gen Himmel, und einige heulten. Und während einige gottlos fluchten, fielen andere zum Beten auf die Knie.

Gewehr, rief der Mann aus Stange.

Bald schossen alle, die Waffen hatten, schossen blind in die dunkle Luft. Aber niemand schrie vor Schmerz. Kein Feind wurde in dieser Nacht beim Wagenzug zur Strecke gebracht. Doch sie hatten mit Blicken etwas gefangen, alle meinten, es gesehen zu haben: eine Reihe von Männern mit Federn, gleich hinter diesen jungen Kühnen, dem schamlosen jungen Paar, das sie auch gesehen hatten. Nur wenige Ellen hinter den beiden eng umschlungenen Bündeln hatten sie eine Reihe von Pferden gesehen, eine Reihe von sattellosen Pferden, jedes mit einem Mann auf dem Rücken. Erleuchtet von einem kurzen Blitz, vor dem Hintergrund der Dunkelheit. Unbeweglich, wie auf einem Gemälde.

Niemand kam jedoch in dieser Nacht dort zu Tode, nicht einmal Marte. Obwohl die Mutter in wütender Wildheit auf sie einschlug. Sie schlug, bis Frau Hedekas versuchte, sie zurückzuhalten, und dann schlug sie diese ebenfalls. Um sie herum waren Weinen und Gebete zu hören.

Und dann war er da, der Fluss. Zuerst als gewundener Gürtel aus grauem Gestrüpp, dann als Schleier von noch wintergrauem Geäst über blassblauem Blinken. Er war breit. Er floss ziemlich langsam. Vor den Ufern lagen flache Inseln aus Schilf und Gestrüpp.
Die Menschen blieben andächtig stehen und folgten ihm mit ihren Blicken, nach Norden, nach Süden. Er hieß Mississippi. Sie sagten den Namen in Gedanken, nicht mit Stimmen. Seit den Ereignissen in der Nacht zuvor hatten sie geschwiegen.
Die Tiere durften trinken. Die Menschen packten dünne Baumstämme, ließen die Hände daran entlanggleiten. Sie holten tief Atem, nahmen Gerüche wahr, die anders waren als die der Prärie, kamen sich allmählich wieder wie Menschen vor.
Oskar zeigte auf einen kleinen grünen Schössling.
Ein Grashalm!
Da wussten sie, dass der Frühling gekommen war. Bald konnten sie einander wieder in die Augen blicken.
Aber wo lag die Stelle, die Göthe ausgesucht hatte?
Er wusste es nicht. Versuchte zu verbergen, dass er es nicht wusste, und zeigte mit einem stumpfen Finger mit abgenagtem Nagel nach Süden. Also gingen sie weiter flussabwärts, obwohl alle wussten, dass sie kein klares Ziel hatten.

Marte hatte den ganzen Tag zerschunden und mit argen Schmerzen unter dem von der Großmutter hinterlassenen Deckenhaufen gelegen. Am nächsten Morgen war sie verschwunden. Wie auch Bøllog und zwei Zugtiere, als ob die beiden jungen Leute auf zwei gelben Ochsen weggeritten wären.
Diese schändliche Sünde, flüsterte Frau Hedekas.
Frau Mandel sagte nichts, sie ging einfach weiter, jetzt barfuß wie eine Büßerin, aber das war nicht der Grund, ihre Stiefel hatten ihr nässende Blasen gerieben.
Was haben sie sonst noch mitgenommen?, fragte Gustav.

Eine Falle und ein Feuerzeug, murmelte der Stiefvater als Antwort. Und jeweils eine Decke. Dazu eine geräucherte Lammkeule, ein wenig Tauwerk und einige Winterkleider. Außerdem hatte Bøllog in der Kiepe mit dem Fischnetz doch sicher ein Messer.
Mandel schaute beim Gehen in sein Buch, das mit den Versen. Seine Gesichtshaut war blass, als ob weder Wind noch Wetter ihm etwas anhaben könnten.

Die jungen Leute gingen langsam nach Norden. Bøllog stützte seine Geliebte. In der einen Hand hielt er ein Seilende. So schleppte er sein Bündel aus Decken und Proviant, der Falle und den zusätzlichen Kleidungsstücken. Vor ihnen gingen die Ochsen, nackt und befreit und ohne Last. Ab und zu brüllten sie aus purer Freude.
Wir müssen eine Anhöhe finden, sagte Bøllog. Damit wir freien Blick haben.
Die feinste Anhöhe von allen, sagte er. Und dann nennen wir sie Blikom.
Marte lächelte trotz der blutigen Kruste an ihrem Mundwinkel.
So hieß es bei uns zu Hause, sagte ihr Geliebter jetzt. Luginsland, bedeutete das, ein weiter Blick in alle Richtungen. Das war das Einzige, was wir in Lesja hatten. Einen weiten Blick.
Hier wird es wohl noch weiter sein, murmelte Marte.
Und über eigenes Land, versprach Bøllog, langsam und leise, fast wie eine Beschwörung.

# *Könige und Asse und eine Geige*

Brenda und Hølje nahmen von Chicago aus die Wasserstraße. Brenda hatte gesehen, wie die angelegt worden war, sie hatten beide von der jahrelangen Plackerei im Schlamm gehört. Die Leute in der Stadt, die vom Goldtraum erfasst worden waren, konnten die Vollendung des Kanals als Zeichen betrachten, als freundlich weisenden Finger: Folgt diesem Hinweis, dann werdet ihr dahin gelangen, wo ihr hinwollt.

Die Stadt summte von Gerüchten und Ratschlägen. Über den von Menschen geschaffenen Wasserarm würden sie zum Mississippi gelangen. Dann fuhr der Dampfer den Fluss hinunter, südwärts nach St. Louis, wo man alles an Proviant und Ausrüstung kaufen konnte, was man brauchte. Aber in St. Louis wütete die Cholera, niemand durfte die Stadt betreten! Also wäre es besser, bei Nauvoo über den Fluss zu setzen, hieß es.

Nauvoo?

Die Stadt der Mormonen. Der Ort, an den die Mormonen sich vor Spott und Zorn geflüchtet hatten, Spott und Zorn, die viele andere dazu gebracht hatten, ihnen zu folgen; sollte der Glaube in diesem Land nicht frei sein? Tausende und Abertausende waren es gewesen, die in Nauvoo ein Zuhause gefunden hatten, eine große und schöne Stadt war es geworden, die größte damals im Staat Illinois, fruchtbar am Fluss gelegen, aber die Mormonen hatten weiter gewollt, über den Fluss hinüber, weiter weg vom Spott. Also waren sie nach Westen gewandert, in der Gewissheit, dass der Herr sie zu einem Zion in der Wildnis führen würde.

Das verlassene Nauvoo lag nördlich von St. Louis. Später hat-

ten sich andere dort eingefunden und waren in die Häuser gezogen. Diese anderen verkauften Wagen und Ausrüstung, hieß es in Chicago.
Haben sie denn auch Zugtiere?, wurde gefragt. Sollte man sich für Ochsen oder für Maultiere entscheiden?
Beide waren sicher gleichermaßen tauglich.
Aber die Cholera hat voriges Jahr gewütet, wurde eingewandt.
Nicht dieses!
Einige bezahlten einen Späher, der die Rolle eines königlichen Mundschenks spielen sollte, er sollte die Reise zuerst allein machen, um sich die Zustände in St. Louis anzusehen. In den Kneipen wurde auf das Überleben des Mannes gewettet.
Wer auf den Tod gewettet hatte, verlor. Das Leben siegte, der Mann kehrte unversehrt zurück, und die Flusskähne füllten sich mit Reisenden. Sie füllten sich rasch und auch voll Angst, denn jetzt war die Cholera in Chicago ausgebrochen.
Hølje und Brenda gehörten zu den Ersten, die eine Passage fanden.
Alles, was sie bei sich hatten, waren zwei Truhen. An den folgenden Tagen saßen sie auf Deck, aßen oder dösten und betrachteten das Maultier, das das Boot zog, und den Jungen, der das Tier antrieb. Es kam vor, dass Hølje Brenda für einige Stunden allein ließ, damit sie sich über beide Truhen legen und richtig schlafen konnte. Dann entfernte er sich meist nicht weiter, als er sie noch sehen konnte – dass sie da war und dass niemand die Hand in ihren Halsausschnitt schob, wo es einen ledernen Geldbeutel gab.
Aber was bedeuteten sie einander?
Das wusste Hølje nicht. Und es quälte ihn, dass er es nicht wusste.
Er hätte ihr einen Heiratsantrag machen müssen.
Als er Annie's Inn zum ersten Mal betreten hatte, war es zu früh gewesen; er hatte ihr nur erzählen wollen, dass er Arbeit gefunden hatte, dass er jetzt einem Kapitän diente und nicht

mehr einem kindischen Stiefvater. Als sein eigener Bote hatte er dort stehen und verkünden wollen, dass er erwachsen war. Trotzdem hätte er um sie anhalten müssen, hatte er später gedacht, denn sie war ihm so traurig vorgekommen. Sie hatte sich gefreut, ihn zu sehen, so war es ihm vorgekommen, aber tiefer in ihrem Blick hatte etwas zitternd Wundes gelegen, als ob diese Annie sie schlecht behandelte. Dieser Eindruck wurde noch dadurch verstärkt, dass sie ihn nicht ins Haus bat, dass sie ihm keine Fragen stellte nach den Verhältnissen zu Hause, nach ihrem Vater und den Halbgeschwistern. Als ob diese Annie, oder jemand anders, gleich hinter der Tür stünde und mit einem unsichtbaren Seil an Brenda zerrte, damit sie ganz schnell wieder ins Haus käme und nach dem Willen dieser anderen handelte.

Am liebsten hätte Hølje sie an sich gezogen, dort auf dem Hinterhof, hätte sie hochgehoben und wäre mit ihr weggelaufen. Aber er hatte keinen Ort, zu dem er hätte laufen können, keinen Ort voll Wärme und Frieden. Er konnte sie nicht mit an Bord nehmen, wo er die Koje mit einem anderen teilen musste und die Schlafplätze nebeneinander und hintereinander im selben Raum hingen.

Deshalb hatte er diesen Vorschlag gemacht, nach Westen zu gehen im Frühjahr, um eigenes Land zu finden. Er hatte sie gebeten, ihn zu begleiten, und das war wie ein Versprechen gewesen.

Wie ein versteckter Antrag war es gewesen, aber doch nur halb und nicht vollständig. Etwas, das sich unterschiedlich deuten ließ, das wusste er. Es waren Worte gewesen, die nur von Mann zu Mann benutzt wurden: nach Westen, um Land zu finden – für eine Bewegung. Als ob sie einander zu Beginn dieser Bewegung Gesellschaft leisten sollten.

Trotzdem hatte sie vage und erstaunt gelächelt und ihm eine Antwort gegeben. *Ja, vielleicht.*

Aber es war das Gold, das ihrem Entschluss, gemeinsam Chi-

cago zu verlassen, zugrunde lag, das Gold, das den Willen in ihrem Blick gebildet hatte, an dem Abend, als er nach dem Abmustern in die Kneipe gekommen war, als alle die Becher gehoben und von einem Schatz geträumt hatten.
Sie wollten sich den Schatz holen. Mehr war nicht gesagt worden.
Und Hølje ging auf, wie viel Zeit vergangen war seit der Nacht an dem windigen Ufer, als sie ihm eine Mundharmonika und eine Todesbotschaft gebracht hatte. Fast sechs Jahre war das her. Damals war er ein Knabe gewesen. Jetzt war er ein Mann, mit der Kraft des Mannes in Armen und Träumen.
Brenda war ja auch erwachsen geworden. Sie war außerdem so schön, dass er fast nicht wagte, sie anzusehen. Manchmal konnte sie weit fort wirken, und es tat ihm weh, dass er nicht wusste, wohin ihre Gedanken wanderten.
Hølje musterte sie aus der Ferne oder aus der Nähe, und es kam vor, dass er das junge Mädchen in ihr ahnte, die Gestalt auf dem Platz vor dem Theater, als der Wind ihren Samthut erfasst hatte und sie verzweifelt und ungeheuer blond dastand und aussah wie ein Kind. Zu anderen Zeiten glaubte er sie so zu sehen wie in der Winterlandschaft, als er den Hirsch erlegt hatte.
Es war die Liebe, die ihn dazu gebracht hatte, die engen Wohnverhältnisse und die Langsamkeit von allem in der Koshkonong-Prärie auszuhalten. Denn die Liebe war Hoffnung gewesen und der Glaube an etwas Goldenes, das vor ihm lag, etwas, das er erreichen können würde, wenn die Zeit reif wäre.
Jetzt war er erwachsen und konnte die Hand danach ausstrecken. Aber er schaffte es nicht. Brenda war dicht bei ihm, Tag für Tag, Nacht für Nacht. Aber zugleich erkannte er sie nicht mehr, es wohnte dieses andere und noch mehr in ihr. Es konnte sich als Augenblick voller Bitterkeit in einem Mundwinkel zeigen. Es konnte auch ein Aufflackern jäher Angst sein.
Hølje wusste nicht, woher das stammte. Es quälte ihn.

Ein etwas jüngerer Bruder, dachte Brenda. Mit lieben Augen. Zusammen mit ihm könnte sie sich in sich selbst zurückziehen, hatte sie gedacht, einen Raum für den Frieden finden, eine andere sein als vorher draußen. Wenn er nur in der Nähe wäre, damit niemand sie überrumpeln könnte.

Und die Reise ging weiter über den Fluss Illinois zum Mississippi. Dasselbe Gedränge und dieselben Menschen mit demselben Ziel: dem Reichtum in weit entfernten Bergen.
Immer noch saßen die beiden Menschen auf den Deckeln ihrer Truhen; die eine schlicht und ohne Verzierung, die andere mit Rosenmalerei und Buchstaben und Jahreszahl.
Schöne Truhe, hatte Brenda gesagt, und sie hatte ihn gebeten, ihr über seinen Geburtsort zu erzählen.
Hølje hatte sich über Atrå und Tinn verbreitet, über den Felskamm auf dem Berg Gaustatoppen, über die Bäche, die aus den Bergen flossen, und über seinen Großvater, der ein hervorragender Schnitzer und Maler von Rosenmustern gewesen war.
Aber dass ihr so viel Schönes verlassen habt!, staunte Brenda.
Hølje erwähnte die gierigen Sägewerksbesitzer und Waldaufkäufer und die Tatsache, dass bei der Teilung zwischen Brüdern große Höfe immer von neuem zerstückelt worden waren.
Und dabei kommen eben nur Schulden heraus, sagte er.
Und sogar ein Schloss, sagt Brenda über seine Reisetruhe.
Der Schlüssel lag in seinem Lederbeutel, zusammen mit dem Lohn für sein Jahr auf den Seen und einigen Münzen, die seine Mutter ihm beim Abschied zugesteckt hatte.
Aber es war doch wenig.
Er begriff es jetzt, er hatte seine Rechnung zu schnell aufgestellt, auch wenn er gar nichts ausgerechnet hatte, er war ein unwissender Träumer gewesen, der sich eingebildet hatte, dass die Arbeit eines Jahres ausreichte, um zum vermögenden

Mann zu werden. Er hätte fünf Jahre durchhalten müssen, wenn er Land erwerben wollte und alles, was man brauchte, um einen Hof einzurichten und zu betreiben.
Also hätte er sich über sich selbst ärgern können. Aber wenn er alles besser geplant hätte, würde er wohl kaum hier sitzen; er würde noch immer die Seen befahren. Also sollte er sich wegen seiner Torheit doch glücklich schätzen.
Aber ihm grauste es vor dem Einkaufen in St. Louis. Ihm grauste es vor Brendas Erwartungen.

Den, sagte sie am Ende. Den nehmen wir.
Einen langen Morgen hindurch waren sie einer kleinen Gruppe von Menschen gefolgt, die sich die Ansichten eines Fachmanns über die Wagen anhörten, die dieser zu verkaufen hatte. Sechs Wagen hatte er gehabt, als sie gekommen waren, ein Stück weiter die Straße hinunter gebe es noch andere Händler mit Wagen, und aus der Werkstatt kamen Geräusche, die verrieten, dass weitere Wagen bald in Bewegung gesetzt werden könnten.
Es war von der Beschaffenheit der Räder die Rede gewesen, davon, dass sie abgenommen und wieder angebracht werden konnten, dass sie nach der Belastung eines Tages geölt werden mussten. Die soliden Eigenschaften des einen Wagens waren mit denen der anderen verglichen worden, aber auch die anderen waren aus so gutem Holz gezimmert, daran sollte es nicht liegen.
Hølje hätte den billigsten genommen. Aber er meldete sich zu spät. Also wollte er den zweitbilligsten nehmen, aber Brenda kniff ihn in den Arm.
Warte noch, flüsterte sie, lass uns zu Ende zuhören.
Und so hatten sie alles gehört, was der Wagenbauer dort auf seinem Hofplatz zu sagen gehabt hatte, über das Leinwanddach, das an seinen beiden besten Wagen an beiden Enden zugeschnürt werden konnte, über die Bügel aus Hickoryholz,

von denen der teuerste Wagen einen mehr hatte. Sie hatten anfassen und drücken dürfen, hatten Länge und Breite verglichen, und die ganze Zeit hatten die beiden räudigen Köter des Verkäufers sie mit tückischen Blicken umringt.
Am Ende hatten sie keine Wahl mehr gehabt. Der beste Wagen stand allein auf dem Hofplatz.
Hølje war ängstlich und verwirrt und froh zugleich. Froh über den soliden, schönen Wagen und weil sie so freundlich behandelt worden waren, als sie am Ende die einzigen Kunden waren. Ängstlich wegen des Preises, der doch viel zu hoch war. Der Verkäufer hatte sich Zeit gelassen und sich vergewissert, dass Hølje alles verstanden hatte, er hatte ihn außerdem aufgefordert, Fragen zu stellen. Brenda hatte in beiden Richtungen übersetzt und es Hølje überlassen, zu berühren und abzutasten und unter Bretter und Räder zu schauen. Außerdem war er benommen, nachdem er mit Brenda am Arm durch die große Stadt gewandert war. Denn sie hatte seinen Arm genommen, als ob sie ein Paar wären, verheiratet oder verlobt, alle hatten es sehen können. Und sie hatte ihm ihren Geldbeutel gegeben, ehe sie das Boot verlassen hatten, damit er als Mann sich um das Finanzielle kümmern konnte.

Bald ging es weiter, mit dem Dampfer den Missouri hinauf. Auf dem Zwischendeck standen sechs Ochsen und ein Wagen, der ihnen gehörte. Die Tiere waren mit anderen zusammengepfercht, Ochsen vor allem, aber auch einzelne Pferde und Maultiere, sie waren an den Wänden festgebunden, damit sie nicht zu Schaden kamen. Hølje schaute in regelmäßigen Abständen nach ihnen, fütterte sie und gab ihnen Wasser, fegte unter ihnen und sprach ein wenig, damit sie sich mit seiner Stimme vertraut machen könnten.
Es waren gute Tiere, dafür hatte er ein Auge. Und ihr Wagen war mit Ausrüstungsgegenständen gefüllt, die sie brauchen würden. Das hatte gekostet. Es lag an Brenda, dass ihr Ein-

kauf so großartig ausgefallen war. Ihr Lederbeutel war in seinem Gewicht überwältigend gewesen, als sie ihn in Høljes Obhut gegeben hatte. Das komme vom Verkauf eines Hauses, hatte sie erzählt, eines Bretterhauses in der Stadt, das Ansgar erbaut hatte, gleich am Fluss.
Hølje hatte ihr am selben Abend den dünner gewordenen Beutel zurückgegeben, und sie hatte ihn entgegengenommen. Hølje hatte gehofft, sie werde ihn den Beutel behalten lassen, als Zeichen. Aber das tat sie nicht, sie griff danach und verbarg ihn unter ihrer Kleidung.
Und wieder dachte Hølje daran, wie wenig er sie kannte. Denn sie hatte so viele unterschiedliche Seiten! Sie konnte so willensstark wirken. So entschieden. Dieser Wagen sollte es sein und kein anderer. Zugleich hatte sie einmal dort in St. Louis seinen Arm gepackt, beim Anblick eines Herrn, der einen Schwarzen geschlagen hatte, so als brauche sie seine Hilfe gegen etwas Schlimmes.
Dass sie so viel mehr Geld hatte als er, machte ihn dazu nervös und launisch. Es war der Grund, warum er sie oft über lange Zeit mied, warum er sich zu den anderen gesellte. Oft stand er im Halbdunkel da, am Rand derer, die Karten spielten, im Lärm von Mundharmonika und Geplauder, im Geplapper der wenigen Frauen und kleinen Kinder.

Zum Glück saß Brenda mitten zwischen zwei Familiengruppen, deshalb fürchtete sie sich nicht, wenn Hølje nicht in der Nähe war. Auch auf diesem Boot war niemand, der ihr ins Gesicht starrte, weil er sie erkannt hatte, und sie versuchte, gelassen zu bleiben und sich als eine andere auszugeben. Eine, die keine Ahnung von Verwünschungen und Streitereien des Kneipenlebens hatte.
Eine unverheiratete junge Frau, die mit ihrem Bruder unterwegs war, so solle sie auftreten, hatte Annie gesagt. Ein Mädchen, das Choräle sang.

Das kann ich, hatte Brenda erwidert. Eine Strophe nach der anderen singen. Glory, Glory …
Aber du fluchst wie ein Bierkutscher, wenn du wütend wirst! Damit musst du aufhören, hatte Annie gesagt, wenn du nicht von deinem Bruder verstoßen werden und als Läuselager des ganzen Trecks enden willst.
Das versuchte sie nun, als sie auf dem Boot auf ihrer Kiste saß: Sie versuchte, sechzehn Jahre ihres Lebens in einen Sack zu stecken, den oben zuzubinden und ihn in den Fluss zu werfen, damit er vom Gewicht von Flüchen und Gemeinheiten, von grobem Lachen und Traurigkeit auf den Grund gezogen würde. Sie wollte an die Zeit denken, als sie noch keine sieben gewesen war. Die Zeit mit Ansgar, ehe sie nach Chicago gekommen waren. Und danach wollte sie an die Zukunft denken.

Hølje hatte in der Ecke bei der Tranlaterne die Regeln begriffen. Aber Kartenspielen war eine Sünde.
Kartenspielen und Trinken seien des Teufels, hatte die Großmutter in Tinn geflüstert, mit einem Blick auf die Tür, auf deren anderer Seite sein Vater herumschrie und schimpfte. Der Stiefvater Håvard hatte einmal etwas Ähnliches gesagt. Er hatte Hølje und der Mutter von seinen Jahren der Gefangenschaft auf dem Ärmelkanal erzählt, von gemeinen Flüchen und speckigen Spielkarten, davon, wie die Karten das Herz eines Mannes eng machten und seinen Blick tückisch und gierig, darüber, wie die Quäker, die an Bord gedurft hatten, um die Gefangenen zu trösten, ihnen einen anderen Weg gezeigt hatten, einen Weg voller Licht zu einem inneren Frieden.
Mal einen Versuch machen?, fragte ein Schwede und versetzte ihm einen Rippenstoß.
Hølje schüttelte den Kopf. Aber seine Hand stahl sich zu seiner Brust, wo sein eigener Lederbeutel hing. Der war fast leer.

Der Schwede setzte und verlor. Er setzte ein weiteres Mal. Und verlor. Aber dann gewann er. Und er lachte vor Freude, er lachte so sehr, dass er sabberte, dass der Speichel ihm übers Kinn troff und dass sein Kopf vor Erregung rot anlief.
Wieder wurden die Karten gegeben, und der Glückliche legte Geld in den Topf.
Høljes Finger hatten wie von selbst eine Münze aus dem Beutel gezogen. Jetzt rieben sie daran, seine Finger, während in Hølje selbst ein altes Lied über Sünde und Jesu Tränen erklang.
Er kehrte den Sündern den Rücken zu. Er ging zu seiner Reisegesellschaft. Dort saß sie, Brenda, die Frau, die zu berühren er erträumte.
So rein, dachte er über sie, ganz anders als er selbst, der fast gespielt hätte und der sie um ihren Reichtum beneidete. Er hätte auf die Knie fallen und um Vergebung bitten mögen, aber sie wusste ja nicht, welche Qualen er erlitten, welche Gedanken er gedacht hatte. Also blieb er einfach stehen und sah sie lange von der Seite her an.

Zum Spiel gehörte das Trinken. Der Gestank im Zwischendeck, wo sie saßen, war übel. Es stank nach Erbrochenem, nach Urin und Exkrementen von Mensch und Tier. Dennoch schlief Brenda in den dunkelsten Stunden. Hølje lag neben ihr auf den Decksbrettern und passte auf, während er döste, döste, während er auf die Frau, die Truhen und die Ausrüstung im Wagen aufpasste. Denn es waren Diebe an Bord.
Und es waren Kranke an Bord. Ein Mann aus St. Louis war der Erste, der die Symptome der Cholera zeigte. Er starb noch am selben Tag. Bald mussten zwei weitere Männer über Bord geworfen werden. Dann wurde eine Frau krank, sie erbrach sich und hatte Durchfall, sie zitterte vor Kälte, während ihre Haut langsam blau wurde. Brenda tröstete die Kinder dieser Frau.

Wieder erklang in Hølje ein böses Lied: Sie durfte nicht trösten, durfte nicht in die Nähe der Kranken kommen, durfte nicht erkranken, er würde es nicht ertragen, sie zu verlieren. Und so ging er zum Spiel, um es nicht mit ansehen zu müssen, um nicht den Schmerz über seine Eigenliebe in seiner Brust spüren zu müssen, denn Eigenliebe war eine weitere Sünde.
Er hielt Ausschau nach dem Schweden, aber der war nicht da. Also schloss er sich einem anderen an, musterte das Gesicht eines Mannes, der verlor und verlor, sah, wie dessen Gesicht im flackernden Licht grau und gleichsam gröber wurde, als ob sich beim Verlust die Poren in seinen Nasenflügeln ausweiteten, bis er wütend mit der Faust in seine andere Handfläche schlug und etwas anderes anbot als Geld.
Was denn?
A violin!
Hølje verstand nur Bruchstücke des Gesagten, er begriff mehr von Mienenspiel und Gesten.
Die Siegreichen wechselten fragende Blicke: Konnten sie dieses Angebot annehmen? Hatte er sonst nichts, vielleicht etwas Silber? Oder eine Uhr?
Er hatte nur die Fiedel.
Also durfte er sie holen. Bald war er mit dem Instrument und dem dazugehörigen Bogen wieder da, er streichelte das blanke braune Holz mit Liebe in den breiten Händen.
Wieder brannte das Geldstück in Høljes Hand. Es war wie ein Fingerzeig des Schicksals: eine Geige! Davon träumte er schon seit seiner Kindheit, und jetzt würde er sie mit Hilfe einer Handvoll Karten an sich bringen können! Und er fuchtelte mit den Armen und bahnte sich einen Weg zwischen den Männern hindurch. Dann setzte er seine Münze.
Sein Herz hämmerte, er spürte es im Hals, und er griff nach den Karten: Der Zufall entschied, wer einen König oder ein Ass erhielt. So musste es sein, er hatte den Gebenden beobachtet, hatte Mischen und Austeilen beobachtet. Der Zufall.

Es konnte Zehner und Dreier geben, Karo oder Pik, zwei Buben oder keinen. Er bekam Kleinkram. Einen Vierer und einen Fünfer. Und einen Achter und eine Dame. Die letzte Karte war ein Ass. Er konnte noch eine Dame bekommen. Er konnte zwei feine Paare bekommen.
In diesem Moment gehörte die Geige bereits ihm, und in Gedanken spielte er für Brenda, spielte Tanzstücke, stand auf seinem Hofplatz, auf seinem eigenen Hof mit großen Häusern, alles mit Gold bezahlt …
Erst später kamen die Schuldgefühle, als er verloren hatte, die Erkenntnis dessen, was er gewollt hatte: einem anderen einen geliebten Besitz nehmen!
Und er sah den Rücken des Musikanten, als er selbst aus der Menschenmenge stolperte, den vom Weinen bebenden Rücken. In einer Ecke hinter ihnen lag die Geige, und die, die gewannen und gewannen, die johlten und lachten.

# *Independence, Missouri*

Didrik aus Biri stand vor einer schiefen Tür und rief auf Amerikanisch. Der ehemalige Kanalbauer, der frühere Schürer in der Glashütte, Agathe Mandels Erstgeborener, er stand mit einem hohen schwarzen Hut da, um den er ein rotes wehendes Tuch gebunden hatte, und brüllte, um einen Konkurrenten zu übertönen: Very best shotguns. Can't be without 'em in the wilderness!

Er hatte dabei gemischte Gefühle. Der Hut gefiel ihm, das Tuch nicht. Der Hut hätte ihn wie einen vornehmen Herrn aussehen lassen können, wenn das Tuch nicht gewesen wäre. In Biri hatte er einmal etwas Ähnliches gesehen, ein rostrotes Tuch um einen verschlissenen Hut auf dem Kopf eines Mannes, der aus dem Ort verjagt worden war. Sie hatten ihn den Kuckuck genannt. Dieser Name verdankte sich der Fähigkeit des Mannes, wilde Rosen zu pflücken und Frauenzimmer in Fallen und Verrat zu locken.

Ku-ku, hatte Didrik als Junge zusammen mit den anderen gerufen, ohne so richtig zu verstehen, warum. Jetzt begriff er; der Kuckuck legt seine Eier eben gern in fremde Nester, und dieses Bild stürzte ihn in Verlegenheit, denn Didrik hatte noch keine Frau gehabt.

Davon abgesehen stand er gern so da, eine Hand um einen glatten hölzernen Gewehrlauf und ein Schaft, der an seinem Fuß ruhte. Außerdem gefielen ihm die neuen Lederstiefel, die er gekauft hatte, um gut auszusehen. Aber das Rufen gefiel ihm nicht.

Das Rufen musste sein, das begriff er ja. Aber das Tuch? Das müsse erst recht sein, hatte sein Kamerad gesagt, gerade das

Tuch mache ihn auffälliger als den Konkurrenten ein Stück weiter weg.

Didrik hatte nie den Wunsch gehabt, zwischen anderen aufzufallen. Er hatte Sicherheit in der Menge gefunden, wie auf der Schulbank, wie beim Gottesdienst oder vor dem Wohnhaus der Glasarbeiter in seiner Kindheit zu Hause. Er hatte sich nicht vorstellen können, wie es hier in Independence werden würde, als ihm angeboten worden war, einen anderen zu begleiten. Dieser andere hatte die Idee gehabt und zudem das meiste vom Kapital für diese erste Warenpartie. Sie hatten die Kästen aus Chicago mitgebracht, später hatten sie Nachschub aus St. Louis bekommen, vor allem Gewehre, aber auch einzelne kleinere Handfeuerwaffen.

Sie hatten eigenhändig ein kleines Haus erbaut. Sie schliefen und aßen zwischen ihren Waren. Und in der ersten Zeit kamen die Kunden von selbst, nachdem sie sich zu ihnen durchgefragt hatten. Aber dann war ein weiterer Händler mit dem gleichen Angebot aufgetaucht. Und nun hatte Marcus gemeint, einer von ihnen müsse als Ausrufer vor dem Laden stehen und auffallen.

Aber warum Didrik und nicht Marcus?

Weil du größer bist, hatte Marcus gesagt. Außerdem hast du rote Haare. Wenn dir der Hut vom Kopf geweht wird, fällst du trotzdem noch auf.

Morgens war es meistens still. Dann saßen die beiden Männer mit Kaffee und Zigarren vor dem Haus. Der andere, ursprünglich ein Deutscher, teilte seine Gedanken mit Didrik. Die drehten sich oft um seine Verlobte in Lübeck. Sie hatte ein breites Gesicht mit weit auseinanderstehenden Augen. Wie denen eines großäugigen Fisches. Sie hatte große Füße und roch nach Gerberei. Dieser Gestank stammte aus der Werkstatt ihres Vaters. Der Gerber war ein Jugendfreund vom Vater des Mannes, der hier vor einem Waffenladen im Vorposten Independence saß und erzählte. Deshalb sei ihm diese Person aufgeschwatzt

worden, erzählte er Didrik immer wieder, nachdem ihre Kleider wohlgelüftet worden waren, um den Gestank zu verlieren, und nachdem sie in einer Bütte geschrubbt worden war. Ihre Röcke waren so lang gewesen, dass sie über den Boden fegten und ihre riesigen Plattfüße versteckten. Außerdem war es so dunkel in dem Zimmer gewesen, in dem Marcus' Vater für seinen Sohn um die Hand der Frau angehalten hatte, dass der nicht so genau gesehen hatte, wie sie wirklich aussah. Erst später hatte er seine Verlobte bei Tageslicht in Augenschein nehmen können, und da hatte er alsbald zu viel gesehen.
Das hatte Marcus nach Amerika geführt. Er war durchgebrannt. Und er prostete Didrik mit Kaffee und einem Schuss Whiskey zu und pries die Freiheit.
Sonnabendnacht, sagte er auf Deutsch.
Das reichte. Eine Frau für eine knappe halbe Stunde jeden Samstag. Dann lungerte für den Rest der Woche kein Frauenzimmer in seiner Nähe herum, mit oder ohne große Fischaugen voller Forderungen und Erwartungen. Und billiger war es auch.
Prost!
Prost, erwiderte Didrik.
Er selbst träumte davon, eine Frau zu heiraten, die nur für ihn da wäre, jeden Tag zu jeder Jahreszeit. Eine, die freundlich war und keine Ähnlichkeit mit seiner Mutter hatte. Eine solche Frau hatte in Biri gewohnt, als Didrik ein Junge gewesen war, im selben Haus wie sie. Sie hatte ihren Mann immer mit einem lieben Lächeln begrüßt, wenn er von der Arbeit nach Hause kam, und sie hatte nie geschlagen, weder ihren Mann noch ihre Kinder. Sie hatten eine Tochter in Didriks Alter gehabt, aber eines kalten Winters war die ganze Familie von der Schwindsucht dahingerafft worden.
When wir ein größeres Building getten, meinte Marcus. Mit Schlaf und Essen hinter einer Wand und Waffen hinter der anderen. Nicht wahr, yes?

Yes, antwortete Didrik.
Und der andere fing an zu rechnen. Wenn sie fünf Gewehre am Tag verkauften, dann wären ihre Einnahmen ... Und an einigen Tagen verkauften sie sechs oder acht, wenngleich es an anderen Tagen nur zwei waren, und an noch anderen keins ...
Aber warum können wir nicht abwechselnd drinnen sein und draußen ausrufen?, fragte Didrik.
Weil ich der Boss bin, sagte Marcus und legte die Füße auf einen Kasten voll Munition.
Das hatte er noch nie gesagt. Er hatte sich manchmal wie einer verhalten, aber meistens war er ein guter Kamerad gewesen und hatte Didrik wie seinesgleichen behandelt, wie damals, als sie nebeneinander in einem begonnenen Kanal Schlamm geschaufelt hatten.
Didrik sog die Wangen ein und starrte zu Boden.
Ich habe mehr Geld in die Sache geschossen, sagte der andere.
In diesem Moment näherte sich ein möglicher Kunde.

Der junge Mann aus Biri murrte in Gedanken.
Er könnte sich selbständig machen, das ging ihm nun auf. Er wusste den Namen des Lieferanten. Dann könnte der Kerl von Laura in der Freudenhütte selber draußen stehen und schreien. Kunden gab es genug, und es würden noch mehr werden. Sie bildeten eine lärmende, bewegliche Masse. Sie kamen mit Booten auf dem Missouri aus St. Louis oder den anderen Hafenstädten am Mississippi. Oder sie kamen über Land, zu Fuß und mit Wagen, aus Norden oder Süden oder Westen. Independence war der Punkt, den alle passieren mussten, ehe sie weiterzogen, ob es sich nun um Missionare auf dem Weg nach Oregon handelte, um schwarzgekleidete Gläubige auf dem Weg zum mormonischen Zion oder um die Horde, die vom Gold in den kalifornischen Wäldern träumte. Im Westen lag die Wildnis. In Independence legte man sich einen

Führer zu, einen, der sich dafür bezahlen ließ, dass er andere in die richtige Richtung führte.
Wie kleine Fische in einer vorüberschwappenden Welle, dachte Didrik poetisch über das Gewimmel.
Ein Händler brauchte da nur das Netz auszuwerfen.

Very best shotguns!
Didrik brüllte. Das Rote an seinem Hut wehte im Wind. Soeben war eine neue Bootsladung an Land gegangen, wo Zugtiere und Wagen feilgeboten wurden, Werkzeug und Proviant waren zu haben, Wassertonnen und Whiskey.
Und dann stand sie vor ihm, die Frau, die er einmal gebeten hatte, einen Brief zu schreiben. Sie stand da in einem langen, dunklen Mantel und einer blau-weißen Haube. Eine blonde Locke hing vor ihrer einen Wange. Ihre Hände waren schmal und blass wie die einer reichen Dame. Trotzdem erkannte er sie wieder. Und sein Ruf verstummte, mitten zwischen seinen beiden eingeübten Sätzen.
Sie war mit einem Mann zusammen.
Sie hatte Didrik noch nicht ins Gesicht geblickt, aber sie und der Mann hatten seine Worte aufgefangen, denn sie bewegten sich in den halbdunklen Raum, wo der selbsternannte Chef sich mit dem Sortiment befand. Didrik musste sich an die Wand lehnen. Er hätte sie hineinbegleiten müssen, dachte er, wo sie doch dieselbe Sprache sprachen. Aber dann hörte er ihre Stimme; überrascht stellte er fest, dass sie fließend Amerikanisch sprach. Also brauchte sie ihn nicht.
Komisch, dachte er. Dass sie das so gut kann …
Nicht mit Shouten aufhören, rief Marcus von drinnen.
Didrik holte tief Luft und schrie.

Es war ein Gewimmel aus Wagen und Waren, Forderungen und Angeboten, Feilschen und Lärm. Didrik kam sich dumm und lächerlich vor. Als ob er selbst verschwunden wäre, so

kam es ihm vor, verschwunden in Rot und Frechheit. Die Frau, die für ihn einen Brief geschrieben hatte, war gegangen, mit ihrem Mann und nicht weniger als zwei Gewehren. Er sah sie ein Stück entfernt zwischen den Leibern anderer Menschen, er sah sie bei einem Wagen.
Es waren also noch weitere Norweger in der Nähe, das hörte er aus dem Gerede heraus.
Wie der Kuckuck, ja, wurde munter gerufen. Mit feuerrotem Tuch zu Hohn und Spott, nachdem er sich auf Zehenspitzen hinter anderer Männer …
Frauen hergeschlichen hatte, hätte Didrik den Satz beenden können. Anderer Männer Frauen. Wie der Kuckuck dort in Biri. Einer, der in der Glashütte gearbeitet hatte, ehe er von drei wütenden Männern verjagt worden war.
Und er schloss die Augen, um zu verbergen, was er empfand, als die Mutter und die anderen plötzlich so nahe waren.
Denn es war Gustav, der gerufen hatte, sein Bruder.
Schweig still, fuhr Agathe Mandel ihren Jüngsten an, während sie dem Ältesten das Tuch wegriss.
So, ja, sagte sie, als das geschehen war. Jetzt siehst du großartig aus. Hoher Hut und neue Stiefel. Und man verkauft also Waffen?

# *Wergelands Erlösung*

Die Visionen wuchsen in der Frau Vorbläser, als sie sich im Gewimmel einem möglichen Quartier näherten, denn dieses Independence war ein Schlaraffenland. Alles, was sie sich unterwegs überlegt hatte, konnte an diesem Ort zu Reichtum und Glück werden. Eine Kutschstation! Eine Bierbrauerei! Ein Hof, wo Zuchttiere gezüchtet wurden. Eine Glashütte, um die Gebäude der Gegend mit Fensterglas zu versorgen! Und ein Waffenladen. Und das war nur ein Anfang!

Nein, sagte Didrik.

Die Mutter achtete nicht auf ihn und malte weiter die blühende Zukunft aus. Sie redete noch immer, als sie in einem überfüllten Logierhaus zwischen Fremden untergebracht worden waren, als sie noch später einen Platz gefunden hatten, wo sie ihr Abendbrot verzehren konnten.

Nein, sagte Didrik standhaft.

Independence war durch das Eintreffen seiner Familie für ihn unerträglich geworden. Er konnte nicht mit einem roten Tuch dastehen und herumschreien, wenn sein Bruder Gustav in der Nähe war, er konnte die Vorstellung nicht ertragen, unter demselben Dach hausen zu müssen wie seine Mutter.

Morgen früh machen wir allesamt einen Ausflug und halten Ausschau nach Sand für die Glasproduktion, sagte Agathe eifrig.

Nein!, sagte Didrik. Nein, nein, nein!

Die Mutter musterte ihn überrascht. Sie hatte es noch nie erlebt, dass einer ihrer Söhne ihr widersprochen hätte.

Ich gehe nach Kalifornien, sagte Didrik. Als Goldgräber.

Ein Funkeln trat in Gustavs Augen.
Aber liebe … sagte Frau Mandel verdutzt. Seht ihr denn einen köstlichen Kuchen nicht, wenn er genau vor eurer Nase steht?
Didrik erhob sich und ging.

Zwei Tage später waren sie bereit für die Weiterreise.
Agathe Mandel sah kleiner aus als früher, als sie jetzt auf einem größeren und besseren Wagen saß, einem mit Leinwanddach über Bügeln aus Hickory. Der Sohn Didrik hatte ihn besorgt, so, wie er mit verbissenem Gesicht Werkzeug und Proviant und alles Weitere beschafft hatte, was sie seiner Meinung nach brauchen würden. Um sie herum herrschte ein Chaos aus Rufen und Befehlen. Agathe hörte nicht zu. Sie hatte Heimweh nach Biri. Dass ihr widersprochen worden war, hatte ihr das Gefühl gegeben, in ein Loch gestoßen zu werden. Plötzlich fühlte sie sich so müde, so erschöpft vom Rütteln und den Tausenden und Abertausenden von Schritten, die sie bisher zurückgelegt hatten, von Unsicherheit und jammernden Reisegenossen.
Es war ein magerer Trost, dass sie unterwegs immerhin zu vielen sein würden, da brauchte sie nicht nur mit ihren Nächsten zusammen zu sein, denen, die soeben dem Willen einer Mutter getrotzt und an ihr vorbei und weiter geschaut hatten.
Dann würde es so sein wie zwischen den Flüssen Mississippi und Missouri, nach dem Abschied vom Ehepaar Hedekas und den anderen. Als sie auf eine Gruppe schwedischer Neusiedler gestoßen waren, hatte das Zusammensein zwischen Mandels und den anderen ein Ende genommen. Danach war alles bohrende Stille gewesen, nachdem Marte und Bøllog verschwunden waren und Agathes Bestrafung der Tochter eine frische Erinnerung darstellte.
Also war die Erleichterung beim Lärm von Independence

groß gewesen. Und für Agathe war sie bei Didriks Anblick noch gewachsen.
Aber er war ein anderer geworden, das wusste die Frau Vorbläser jetzt, als sie auf ihrem neuen und schöneren Wagen saß und auf den Aufbruch zu einem dunklen Ziel im Westen wartete. Einer, der seiner Mutter nicht gehorchte … War das nicht eine biblische Sünde? Sollte man seine Mutter nicht lieben und ihr willfährig sein? Agathe Mandel war nie eine Leserin gewesen. Aber ihr Gemüt war von Zorn erfüllt. Jedes Mal, wenn sie Didrik oder seine Brüder im Gewimmel erspähte, zuckte ihre rechte Hand wie vor dem Klatschen einer Maulschelle.
Dann aber tauchte ein Mensch auf, der sie auf andere Gedanken brachte. Es war ein Mann auf einem grauen Hengst. Er hielt sein Pferd neben Agathe an, und alles scharte sich um ihn, um zu hören und zu sehen. Es war ein Mann mit starker Stimme und den reichen Gesten großer Hände. Er hatte einen blauen Blick, der in der Frau aus Biri einen Moment des Aufkeuchens verursachte.
Der Reiter hieß Lukas Jeremiah und bot seine Dienste als Führer an.
Agathe musste Didrik nicht um Übersetzung und Erklärung bitten, denn gleich neben ihr stand eine junge Frau und fasste alles auf Norwegisch zusammen, für ihren Reisebegleiter, einen Mann, den Agathe für ihren Ehemann hielt.
Call me Jerry, sagte der Reiter lächelnd.
Er habe bereits eine Gruppe Pfadfinder vorbei an Fort Laramie und in die Berge hinter der Salzwüste geführt, erzählte er. Dort hatten sie versucht, die Pässe zu überqueren, waren jedoch von frühem Schneefall überrascht worden und hatten kehrtmachen und den Winter bei den Mormonen verbringen müssen.
Der Mann trug eine Hose, die über den Knien und auf der Rückseite mit Leder besetzt war. Er hatte Messer und Pistole

und ein Gewehr unter dem Sattel, dessen Lauf nach hinten zielte. Er hatte ein starkes Lächeln mit weißen, tadellosen Zähnen.
Er hatte keinen Wagen, das begriff Agathe. Er hatte nur das, was sein Pferd tragen konnte. Als Lohn dafür, dass er ihnen den Weg zeigte, sollten die anderen ihn und seinen Hengst der Reihe nach in Kost nehmen. Außerdem sollte er von allen Mitreisenden je einen Dollar und fünfzig Cent bekommen, das Geld sollte bezahlt werden, wenn sie sich dem Ziel näherten.
Ja, ja, dachte die Frau Vorbläser, das wird sich schon machen lassen, so einen Burschen in Pension zu nehmen.

Und so hatte Agathes Laune sich gebessert, als der Treck sich endlich in Bewegung setzte. An die achtzig Wagen fuhren diesmal hintereinander. Der Führer hatte sie gebeten, ihrer Sprache nach kleine Gruppen zu bilden. Nun waren die Leute aus Biri zusammen mit anderen aus Telemark und Voss, mit Leuten aus Sykkyvlen und Vanylven, aus Askøy und Haugelandet, aber auch mit Schweden und außerdem mit einigen Finnen, die Schwedisch konnten. Vor ihnen befand sich eine größere Gruppe von Iren, hinter ihnen kamen die Deutschen.

Zu Beginn ritt der Führer an dem sich dahinschlängelnden Treck hin und her, für den Fall, dass die Reisenden noch Fragen hätten. Einmal trabte er dabei langsam neben Frau Mandel her, während er ihr erklärte, dass sie die Zügel durchaus nicht so fest zu halten brauche, um die Richtung der Ochsen zu lenken. Die Tiere gingen in der Ebene schon ganz von selbst. Sie trotteten hintereinander her, auch wenn sie durch die Wagen getrennt wurden, aber sie traten auf die noch heißen Fladen und Äpfel der anderen, sie folgten den Gerüchen,

als sei so ein Geruch ein Band oder ein Lattenzaun, an dem man entlanggehen könne.
Das alles machte er Agathe begreiflich, obwohl er Amerikanisch sprach. Ein hervorragender Mann.
Bald darauf war er wieder da und rief ihnen allen etwas zu.
Was sagt der?, bedrängte Gustav seinen ältesten Bruder.
Didrik gab keine Antwort. Er schaute zu einer Frau hinüber. Sie hatte vor langer Zeit einen Brief für ihn geschrieben, sie hatte in einer Kneipe in Chicago gearbeitet. Brenda hieß sie, das hatte er aus den Reden des jungen Mannes aufgeschnappt, mit dem sie zusammen unterwegs war, der bei ihr gewesen war, als sie bei Marcus in Independence ein Gewehr kaufen wollte.
Und jetzt übersetzte Brenda diese neue Mitteilung von Lukas Jeremiah an die Reisenden – er hatte gesagt, jede Gruppe solle bis zum Abend einen Anführer wählen.
Auch Agathe hatte das verstanden. Und Didriks Standhaftigkeit an den Vortagen verwandelte sich in den Augen seiner Mutter auf seltsame Weise in etwas Schönes. Denn zeigte die nicht eigentlich, dass ihr Sohn erwachsen geworden war? Und ein erwachsener Mann musste doch ab und zu selbst denken und bisweilen seine Meinung sagen können!
Immer stolzer und zufriedener schaute sie zu ihrem Sohn hinüber, der in seinen eleganten Stiefeln so zielstrebig dahinschritt. Wer wäre wohl eher zum Anführer ihrer Gruppe geeignet als eben er?

Die Ochsen von Brenda und Hølje gingen gleich hinter dem Wagen der Mandels. Darum kamen die beiden Reisegesellschaften in der ersten Mittagspause miteinander ins Gespräch, und die Menschen nahmen füreinander Gestalt an. Da waren die drei Brüder Didrik, Gustav und Oskar aus Biri, der älteste und der jüngste ähnelten einander durch ihre langen Beine und ihre rote Mähne, während Oskar eher auf die Mutter kam. Dann gab es Michel Mandel und diesen Johan Jo, der wie ein Anhängsel wirkte mit seinem einsamen hellblauen Blick. Ein Verwandter, nahm Hølje an. Aber er fragte nicht, um Fragen nach seiner Beziehung zu Brenda zu vermeiden.

Für Brenda und Hølje wie auch für Didrik war es ganz neu, zu wandern und zu stapfen, zu trotten und zu gehen, vom Morgen bis zur Abenddämmerung. Für Michel Mandel und die anderen war diese Bewegung etwas, das sich schon längst in ihren Gliedern festgesetzt hatte. Die Füße gingen von selbst. Die Fußsohlen waren hart geworden. Sie gingen barfuß, die, die bereits eine Weile auf Wanderschaft waren.

Anders als die Mutter hielt Didrik Brenda und Hølje nicht für ein Paar. Er ahnte zwischen ihnen eine Distanz. Wie beim Kauf des Gewehrs. Sein Blick hatte Brendas versteckte Handbewegung aufgefangen, als sie unter ihrer Kleidung nach dem Geldbeutel suchte, den sie dem anderen dann zum Bezahlen überlassen hatte.

Ein jüngerer Bruder, vermutete Didrik.

Und das Herz hämmerte in seiner Brust. Denn sie war so zart und süß und hatte so schöne Augen. Sie ist *full eyed,* dachte er, mit einem Ausdruck, den er am Kanal über ein vorübergehendes junges Mädchen gehört hatte. Das musste bedeuten: Augen, die bis zum Rand voll von Blau waren. Brendas Augen waren von etwas Ruhigem und Schwerem erfüllt, von einer verwunderten Unsicherheit, so glaubte er gesehen zu haben. Als sei sie für den jüngeren Bruder verantwortlich und wünsche sich zugleich einen Mann, bei dem sie sich anlehnen könne, das wagte er zu denken.

Außerdem waren da diese blonden, blonden Haare, die unter der Haube hervorglitten. Allein der Anblick dieser weichen, leichten Strähnen konnte Didrik für lange Zeit glücklich machen.

Als die Gruppenführer gewählt werden sollten, schlugen die Schweden einen aus ihrer Mitte vor. Er war seit fünf Jahren in Amerika und war ein guter Bierbrauer. Agathe sah Mandel an, damit der Didrik vorschlug, aber er verstand nicht, was sie meinte. Ein Junggeselle aus Chicago war für seinen Kumpel, da der Norweger war und die Gruppe vor allem aus Norwegern bestand.
Aber spricht der Englisch?, fragte Hølje.
Der Mann habe ein Jahr lang Boote gebaut, lautete die Antwort.
Aber mein Bruder hat zwei Jahre lang Kanal gebaut, sagte Gustav. Danach hat er Waffen verkauft.
Didrik spürte Brendas Blick, und er nahm den Hut ab und reckte sich, um für alle deutlich erkennbar zu sein, mit seinen langen Gliedern und den Haaren wie wilde Flammen auf seinem Schädel.
Und so bekam Frau Mandel dann doch ihren Willen. Didrik sollte in den kommenden Monaten jeden Abend an einem eigenen Feuer sitzen und mit Lukas Jeremiah und den anderen Auserwählten reden. Der rothaarige ehemalige Schürer spuckte mannhaft aus und schaute plötzlich aus zusammengekniffenen Augen auf etwas in der Ferne.

Am nächsten Tag schien eine blasse Sonne über der Prärie. Hølje aus Tinn sang einen Choral, leise und für sich. Wieder und wieder sang er dieselben Strophen, er sang um seiner eigenen Seelenstärke willen, wider die Kräfte in ihm, die ihn nach unten ziehen wollten, wider das Gefühl von Einsamkeit und Armut, wider die Angst vor dem Blick des frisch ernannten Gruppenführers auf die, die Hølje liebte.
Dann vergaß er sich und hob die Stimme, denn seine Qual war groß. Er hatte eine schöne Stimme, die der Wind am Treck entlangtrug. Die Klänge erinnerten Brenda an den Chorgesang in der St. Mary's Church, wo sie und Ansgar bis zum Tod des

Onkels Sonntag um Sonntag gesessen hatten. Auch in den folgenden Jahren war sie dort gewesen, in dem schöneren Kleid, das sie von Annie bekommen hatte, unter dem mit Seide gefütterten Umhang. Dann hatte sie damit aufgehört, aufgrund der missbilligenden Blicke der Frauen aus der Gemeinde.
Jetzt wanderte sie neben den sechs Ochsen vor dem Wagen, der dem Sänger und ihr selbst gehörte, und sein Gesang erschütterte sie.
Brenda trug nun keinen mit Seide gefütterten Umhang, kein seidenes Kleid mehr. Sie trug einen dunklen knöchellangen Rock unter einer Hemdbluse aus kariertem Baumwollstoff. Ihre Haube war aus dem gleichen Stoff, und der gestärkte Rand schützte sie vor der Sonne. An den Füßen trug sie solide Stiefel, die für die Wildnis geschaffen waren.

Die feinen und schöneren Kleidungsstücke lagen im Wagen in einer Truhe, zusammen mit einigen in ein Tuch gewickelten Schmuckstücken; auf diese Weise waren sie nicht zu sehen. Alles, was Brenda besaß, hatte sie mit auf die Reise genommen. Nichts band sie noch an die Stadt, in der sie so lange gewohnt hatte. Das Geld, das das Haus in Chicago eingebracht hatte, hatte die Reise ermöglicht. Sie und Hølje besaßen ausreichend warme Kleidung. Sie hatten je eine Truhe mit Kleidern, dazu zwei weitere mit Lebensmitteln, die sie in Independence gekauft hatten. Sie hatten zusätzliche Felle, mit denen sie den Wagen bei Unwettern abdichten konnten. Die Zeltplane, die über die Hickorybügel gespannt war, war mit Fett eingerieben, um den Regen abzustoßen. Hinten am Wagen hing eine Tonne mit Trinkwasser.
Bald verstummte der Choral, und Brenda atmete leichter.

Der Gesang hatte in Hølje eine größere Ruhe hinterlassen, und er dachte jetzt an das Gold, wie es aussehen mochte, wenn man es fand, wie groß die Klumpen wohl waren. Dann dachte er an den Hof in Tinn, den die Mutter wegen der Steuern hatte verkaufen müssen. Mit dem Gold würde er ihn zurückkaufen können, und er sah es vor sich, wie er über den Tinnsjø ruderte, in weißem Hemd und bestickter Weste, wie die Menschen an Land standen und ihn willkommen hießen, alle, die ihm zum Abschied zugewinkt hatten, und wie sie zurückwichen, als sie sein Begehr erfuhren. Den Hof wollte er kaufen, mit Wald und allem. Er keuchte erregt, bis die Staubwürfe des Windes ihn daran erinnerten, wo er war.

Brenda lauschte in der Mittagspause und abends am Feuer darauf, wie die anderen die norwegischen Wörter formten. Die Aussprache der Leute aus Biri war anders als die von Hølje, und der wiederum sprach anders, als sie es von Ansgar gewöhnt war. Dann war da der Bursche aus Lesja, der sich auf noch andere Weise ausdrückte, wenn er ein seltenes Mal den Mund öffnete. Ein Stück weiter saßen einige Leute aus Voss. Dann gab es noch die aus Hardanger und einen aus Frosta und noch andere. Brenda fiel es oft schwer zu verstehen, was sie eigentlich sagten. Und dann kam es vor, dass sie Frau Mandel fragte; sie waren die beiden einzigen Frauen in dieser Gruppe und mussten zusammenhalten.

Wenn sich die Dunkelheit der Nacht zurückzog, waren die Ersten schon auf den Beinen. Das waren in der Regel Oskar oder Johan Jo, die beiden versorgten abwechselnd am Morgen die einsame braune Kuh. Bald veranlasste das Geräusch der harten Milchstrahlen, die auf den Boden von Frau Mandels Holzgefäß prasselten, die anderen dazu, sich den Schlaf aus den Augen zu reiben. Aber wenn gebuttert werden sollte, musste Agathe selbst Hand anlegen. Andere hatten in Independence noch Butter gekauft. Jetzt begriff Brenda, dass auch sie sich eine Kuh hätten zulegen sollen, denn unterwegs würde es wohl kaum Fettwaren zu kaufen geben.

Möchtest du eine Tasse Milch?, bot Didrik an.
Ich kann euch doch eure Milch nicht wegnehmen, sagte Brenda und sah ihn *full eyed* vor Verwunderung an.
Doch! Probier doch mal, wie schön und gut die ist!
Fast Biri-Milch, nötigte Gustav, denn die Kuh heißt Maikoll, fast wie unsere Kuh bei der Glashütte.
Johan Jo, der an diesem Tag an den Euterzitzen gezogen hatte, sah sich unsicher nach dem nahegelegenen Gestrüpp um, hinter dem die Frau Vorbläser verschwunden war.
Ich weiß nicht, sagte Brenda zögernd und folgte Johan Jos Blick.
Gönn dir nur was Gutes, forderte dagegen der Gatte der Frau Vorbläser auf, der Kleine mit dem Vollbart.
Also trank sie.

Michel Mandel ging tagsüber für sich allein, er ging mit seinem Buch. Manchmal fiel er zurück, manchmal ging er schneller als die Ochsen. Brenda wurde von etwas Doppeltem erfüllt beim Anblick dieses Mannes, den sie in Gedanken den *kleinen Trompeter* nannte. Einerseits war es Neugier, wegen seines Titels, andererseits machte dieses ewige Lesen des Mannes ihr Angst, sein offenkundiger Eifer.

Ab und zu hob der Vorbläser den Blick und schaute sich um, wie schon so oft, wie zur Bestätigung: Er befand sich im befreiten Land des Revolutionsführers George Washington. Jetzt bestand dieses Land aus frühlingsgrünen Ebenen. Über ihnen flogen Vögel dahin, Gänse, wie er sah. Und er dachte an die amerikanische Verfassung, gab es etwas Freieres? Darauf hatten sie hinausgewollt, die Männer von Eidsvoll. Das hatte ihm der Dichter erzählt, der Poet, dessen Vater an den Verhandlungen 1814 teilgenommen hatte, ein Mann, der seine ganz eigenen Meinungen vertreten hatte und als Querulant geschmäht worden war.

Sein Sohn war sicher auch von dieser Sorte gewesen, vermutete Mandel. Aber er war noch sehr viel mehr gewesen. Ein wundersam lebendiger Mensch war er gewesen. So reich! An Wissen und an Stimmungen.

Erst als Frau Mandel ihren Gatten bei seiner Berufsbezeichnung nannte, konnte Brenda fragen, ob er denn wirklich Trompete spielte und nichts anderes, Posaune zum Beispiel.
Trompete? Aber nicht doch!
Und Agathe Mandel holte tief und zufrieden Luft und führte die Jüngere ausgiebig in die Magie der Glaszubereitung ein.

Denn Brenda hatte Didrik erkannt, so, wie er sie erkannt hatte. Sie erinnerte sich daran, wie er ihr einen Brief diktiert hatte, und daran, was sie sich selbst gedacht hatte, während sie seine Sätze niederschrieb. Ein Vorbläser musste doch vor anderen spielen, hatte sie gedacht, vielleicht an der Spitze eines Trupps Soldaten, der in die Schlacht zieht. Zu Pferd, so hatte sie sich das vorgestellt.
Jetzt änderte seine Gattin das Bild. Der Kriegsschauplatz verschwand. Übrig blieb ein Magier, der am Ende eines Pusterohrs wachsende Glasblasen balancierte. Übrig blieb ein Mann, der das Glasblasen aufgegeben und sich dem Wort geweiht hatte. Letzteres hatte Frau Mandel nicht erwähnt, aber Brenda hatte doch Augen, mit denen sie sehen konnte. Jetzt sah sie einen kleingewachsenen Mann mit einem großen klugen Kopf unter dem Hut und mit einem melancholischen Blick, der zeitweise von Ferne erfüllt zu sein schien. Als ob er an einem anderen Ort wäre, dachte Brenda dann, einem Ort, zu dem die Worte ihn trugen, die Worte, die er las. Vielleicht im Land Kanaan. Vielleicht an einem brennenden Dornbusch. Vielleicht in einer Höhle bei einem Aussätzigen. Oder an der Seite von Jesus Christus, der zu Pharisäern oder Dirnen sprach.
Und das füllte sie bisweilen mit einer tiefen inneren Unruhe,

die sie dazu zwang, sich abzuwenden, wenn der Leser den Kopf hob.
Brenda wusste es jetzt: Annies harte Worte über die Heuchelei der Pharisäer waren Narrenspiel gewesen.
Sie beide hatten schlimm gesündigt, in den inneren Gemächern. Eine Frau durfte sich keinem anderen Mann hingeben als dem, dem sie in einem heiligen Ehepakt angetraut war. So war das. Brenda hatte es die ganze Zeit gewusst. Sie hatte es nur nicht wahrhaben wollen, und in Annies Nähe war das leicht gewesen, mit Annies Tiraden im Ohr. Aber in der Nähe des lesenden Michel Mandel war es unmöglich. Brendas Unruhe wurde zu einem schwach stechenden Schmerz.
Außerdem fühlte sie sich jetzt unglücklich, wann immer sie Hølje ansah. Denn er wusste von nichts. Er glaubte, sie habe in der Kneipe den Boden gefegt und gekocht. Jetzt war er für sie da, mit seinem Anstand und seinem Blick für das Praktische. Er kümmerte sich um die Tiere. Tagsüber sammelte er Reisig. In den Pausen sah er sich den Wagen und vor allem die Räder an, ob alles in Ordnung sei. Zugleich ahnte Brenda in ihm eine Traurigkeit, die neben dem Anstand existierte und sie ebenfalls traurig machte.
Schlimmer aber war die Sache noch mit dem lesenden Herrn Mandel, denn den umhüllte ein unsichtbarer Umhang, als könne er das ganze Leben eines Menschen erfassen, wenn er nur in dessen Nähe wäre. Brenda ging auf, dass er sehr traurig würde, wenn er sie mit seinem Blick einfinge und sie durchschaute.
Deshalb fing sie an, bei der Wanderung zurückzufallen, zu den Deutschen, die ihnen folgten. So ging sie Mandel und auch Hølje aus dem Weg. So konnte sie sich von etwas anderem erfüllen lassen, denn dort ging eine Frau, mit der sie sprechen konnte, eine Frau mit groben Fäusten, die aus fleckigen, verschlissenen Ärmeln ragten, eine Frau, die mit einem grobschlächtigen Kerl mit gebrochener Nase zusammen war.

Brenda und Ansgar hatten in Brendas Kindheit einen ganzen Winter bei einer deutschen Familie verbracht, auf diese Weise war sie mit der Sprache bekannt geworden. Darum konnte sie das viele Unglück dieser armen und vom Schicksal gebeutelten Familie in sich aufnehmen, fünf Kinder hatten sie verloren, eins nach dem anderen, im Kindbett oder durch eine Krankheit oder durch Feuer. Monoton und gleichgültig tropften die Worte aus der Frau heraus, und Brenda sah ein, dass diese Gabriela und der Mann mit der gebrochenen Nase ebenso sehr auf dem Weg *fort* von etwas waren wie *hin* zu etwas.
Als es auf die Mittagspause zuging, lief Brenda schneller, um ihre eigene Reisegruppe einzuholen. Wenn dann die Nacht kam, waren die Gedanken wieder da, die belastenden.
Eine Diebin, das war sie gewesen. Eine, die stahl.
Die Nähe fremder Männer. Die Abdrücke ihrer Hände auf ihrem Körper. Ihre Geheimnisse, alles, was sie ihr aus ihrem Leben anvertraut hatten, es lag in ihr, als wäre sie ein verschlossener Krug. Eine Diebin. Obwohl sie nicht die Männer bestohlen hatte, die waren von selbst gekommen, sondern ihre Frauen. Die Ehefrauen, die all die Geständnisse und Liebkosungen hätten bekommen sollen, die Frauen, die ihren Männern vertrauten, die sich ihnen anvertrauten und die dafür Verrat bekamen.
Zusammen mit Annie hatte sie über diese Frauen gelacht.
Und Brenda wimmerte auf dem Weg in den Schlaf. Denn es war unmöglich, den Vorarbeiter aus der Ziegelei zu vergessen, den jungen Techniker zu vergessen, der sich am Bau der Bohlenwege beteiligt hatte, die Kaufleute zu vergessen, die Grundstücksspekulanten, die Politiker … Sie hatten Brenda an sich gedrückt, hatten sie geschüttelt, einige waren mit ihr umgesprungen wie mit einer Stoffpuppe; einer von denen hatte ihr später die schöne Silberdose mit der Taube auf dem Deckel geschenkt, die Dose, die seiner Mutter gehört hatte.
Sie konnte den Geruch von gebranntem Ton nicht vergessen,

nicht den Dunst von Zwiebelatem, nicht den scharfen Schweiß des Technikers. Es war gleichgültig, ob es Gerüche waren, die ihr gefallen hatten oder nicht, sie hätte sie niemals in dem inneren Gemach wahrnehmen dürfen.
Aber sie hatte von diesen Männern doch gar nichts gewollt!
Es spielte keine Rolle, das wusste sie. Denn sie hatte es ja geschehen lassen.
Es tat weh, zu wissen, dass sie eine Diebin und eine Sünderin war.
Aber jetzt hatte sie Annie's Inn doch den Rücken gekehrt, verteidigte sie sich an einem anderen Abend gegen diese Gedanken.
Wenn sie nur mit einem Menschen hätte sprechen können.
Herrn Mandel, dachte sie manchmal, denn er hatte sie ja vielleicht schon durchschaut und zeigte ihr trotzdem sein mildes Gesicht. Gleich darauf aber wurde sie von ängstlichem Widerwillen durchspült.

Eines Tages fiel er dann zurück, der Vorbläser, und sie gingen nebeneinander. Brenda schaute zu Boden. Er sah sie mitten im Lesen an, mit kurzen, schnellen Blicken, als erwarte er etwas von ihr.
Aber sie gingen noch eine Weile schweigend weiter.
Ist das ein gutes Stück?, brachte sie irgendwann heraus.
Ein sehr gutes, erwiderte er. Es handelt vom Mjøsen.
Brenda stutzte.
Michel Mandel las vor: Düster ist meine Seele, wie der Mjøsen.
Darf man fragen, wer das ist?, fragte Brenda.
Nicht wer, sondern was. Das ist ein See. Ein norwegischer Binnensee.
Und der ist düster wie eine Seele?
Wie die des Dichters. Als er das geschrieben hat. Meistens war er aber guter Laune.
Michel hob das Buch und ließ es wieder sinken. Es lag offen

auf seinen Händen, in einem Ledereinband. Der Text hatte keine Ähnlichkeit mit den Versen der Bibel.
Ach so, sagte Brenda verwundert.
Wir haben dort gelebt, erklärte Herr Mandel. Und der Dichter auch, wenn auch nicht am selben Ort. Aber hier sind noch andere Texte.
Hör dir das an, sagte Michel eifrig und blätterte und hielt an einer zufälligen Stelle inne. Wir sind Geisteseier, in den Schlamm gelegt, aber die Seele entpuppt sich, wie der Schmetterling, aus der Hülle.
Brenda starrte ihn überrascht an.
Du musst alles lesen, sagte er lächelnd, dann verstehst du vielleicht einen Zusammenhang.
Du kannst doch lesen?, fügte er hinzu.
Sie nickte.
Sag ruhig Bescheid, sagte Mandel nun, wenn du eine Schrift ausleihen möchtest.
Gibt es noch mehr?
Ich habe eine ganze Truhe voll.
Wie außergewöhnlich, sagte Brenda.
Das mag wohl so sein, erwiderte der Mann seelenruhig. In Biri waren wir auch nicht sehr viele, die ihre Freude im Geschriebenen fanden, obwohl ich nicht der Einzige war. Wir hatten den Lehrer. Und noch einen in der Glashütte. In den Städten jedoch gab es mehr, das weiß ich sicher. Und der Dichter, er lud viele zu sich nach Hause ein, genauer gesagt, zu seinem Vater, dort in Eidsvoll, und ich … auf diese Weise hatte ich die Freude zuzuhören, denen, die selbst Verse schrieben, und bei ihren Gesprächen über Kunst und Wissenschaft und Politik zugegen zu sein …
Abends am Feuer brachte Brenda das gegenüber seiner Frau zur Sprache: Es muss doch wunderbar sein, so einen Mann zu haben, so voller Wissen und Verse …
Das schon, war die trockene Antwort. Das schon.

Brenda lieh sich keine Schriften aus. Aber sie grübelte über die Sache mit den Geisteseiern. Denn sie war zu dem Schluss gekommen, dass Mandel diese Stelle speziell für sie ausgesucht hatte, zum Trost oder als Tadel. War es möglich, dass er von den Engeln redete? Vielleicht waren die Engel zuerst Eier gewesen, überlegte sie, von Schlamm beschützt wie von Staub, vielleicht Engelsstaub, und dann entpuppten sie sich, als die Zeit reif wurde, und flogen wie die Lerchen. Aber waren die Engel denn keine verstorbenen Menschen?

Also bedeutete die Stelle vielleicht, dass das Leben hier unten auf Erden der Schlamm war, im Gegensatz zu dem leuchtenden, reinen Paradies. Das Menschenleben voll Krankheit und Hunger und Schmutz, voll Bosheit und Sünde.

Voll schamlosem Geschlecht.

Das sündhafte Leben auf Erden als fauliger Schlamm, dachte sie, darum müsse es hier gehen, in Michel Mandels Worten. Wenn der Schlamm nicht die Erde bedeutete, das Erdreich, in das alle nach ihrem Tod gelegt wurden, wenn es also dort unten im Dunkeln geschah, dass die Seelen sich aus allem herauswickelten und aufstiegen und dann zu fliegenden Gestalten dort oben wurden.

Die Seelen der Gerechten.

Aber was war mit denen, die schlimmer als schlimm gesündigt hatten …?

Die enden in ewiger Pein, rief es in ihr wie ein Echo von etwas Bösem. Als Brenda noch ein Kind gewesen war, war ein Prediger in Annies Kneipe gekommen. Dort hatte er gestanden, mit nach allen Seiten gesträubten Haaren, und etwas über Trunksucht und Hurerei und die ewigen Höllenqualen gerufen.

Und sie erinnerte sich an Annies Worte, nachdem sie den Prediger aus dem Haus gejagt hatten: Wir beten einfach um Vergebung.

Die Gäste hatten gegrinst, einige ein wenig unsicher.

Gott ist gut, hatte Annie erklärt und zwei Männern auf die Schulter geklopft. Er versteht unseren Kummer und unsere Sehnsüchte.

Lieber Gott, verzeih mir, betete Brenda an diesem Abend auf der Prärie.
Sie hatte lange nicht mehr gebetet, es hatte sich nicht gehört, dass eine wie sie mit dem Heiligen sprechen wollte. Aber ihr Gebet bestand vor allem aus Worten, die sie mit abgewandtem Gesicht flüsterte, als sie auf dem Boden unter dem Wagen lag. Als sei sie verdorben, dachte sie plötzlich. So verdorben, dass nicht einmal der Gedanke daran, dass sie das eben war, sie zum Zittern brachte. Denn sie zitterte nicht. Sie fühlte sich kalt und müde. Aber nicht schlecht. Nur traurig.
Nach einigen Tagen fiel Michel Mandel abermals zurück. Und Brenda fragte, während das Blut so in ihrem Hals pochte, dass es an der Ader zu sehen war, ob sie vielleicht doch nicht kalt war. Gibt es Seelen, die sich nicht entpuppen?
Er schien nach etwas zu suchen, irgendwo hinter den Augen. Hat Jesus uns nicht alle von der Sünde erlöst?, fragte er dann. Hat er ... das?
Brenda starrte ihn verwundert an.
Aber Kind, weißt du denn gar nichts über die Güte des Herrn?, rief Mandel bestürzt.
Es spielt also keine Rolle, stieß Brenda schluchzend hervor.
Was denn, mein Kind, was denn?
Der Herr Vorbläser sah sie an. Sein Blick war offen und anwesend, er begegnete ihrem und hielt dort an, bei ihr, nicht wie der des Vaters, der durch sie hindurchgegangen war, als ob sie nicht da sei. Brenda existierte dort in der Prärie für Michel Mandel. Seine Stimme erzählte ihr, dass ihre Antwort wichtig wäre, die Antwort darauf, was eine Rolle spielte.
Wie rein oder schmutzig das Leben ist, das jemand gelebt hat, flüsterte Brenda.

Darüber gibt es unterschiedliche Ansichten, sagte Michel freundlich. Die Pietisten sagen, dass die Sünde von Anfang an in uns wohnt. Aber kann ein winziger Säugling sündigen? Ist die Sünde nicht etwas, das zum Menschen kommt, wenn man glaubt, dass man Böses mit Bösem erwidern muss? Denk dir ein kleines Kind, das immerzu bestraft wird, ohne zu wissen, weshalb; muss das dieses kleine Kind nicht mit schmerzhafter Finsternis erfüllen?
Willst du wissen, was der Dichter über die Pietisten sagt?, fragte er eifrig.
Ja, bitte?
Er hat über sie gesagt, sie glaubten, sie könnten dem Himmel schmeicheln, indem sie die Erde anklagen. Verstehst du? Verstehst du? Dem Himmel schmeicheln, indem man alles Schöne heruntermacht, hast du je solchen Unsinn gehört? Denn hat nicht Gott alles hier unten erschaffen? Und trotzdem wollen sie schlecht darüber sprechen?
Michel Mandel lief plötzlich einige eilige Schritte durch die Prärie. Er sprang zur Seite und presste mit der einen Hand den geschlossenen Lederband an die Brust, mit der anderen beschrieb er einen Bogen, der Himmel und flache Erde umfasste.
Brenda folgte ihm erstaunt und froh mit ihren Blicken. Wagen glitten vorüber und Zugtiere. Und Menschen mit Ziehkarren.
Die Blumen, sagte der Mann eifrig. Der prächtig gewandete Schmetterling. Alle Farben des Regenbogens! Die dunkle Schönheit des Tierblickes!
Brenda rutschte ein kurzes schluchzendes Lachen heraus.
Sollen wir die Schöpfung denn nicht preisen?, rief Michel Mandel.
Doch, rief Brenda benommen.
Dann wuchs in ihr eine neue Unsicherheit heran: Aber kann die Sünde denn einen Platz in der schönen Schöpfung des Herrn haben? Ist sie nicht vom Bösen?

Ha, schnaubte Mandel. Es gibt keinen Teufel.
Keinen Teufel?
Gott ist der, den es gibt. Das hat der Dichter gesagt. Und ich stimme ihm da zu.
Aber dieser Mann …
Wergeland. Henrik Wergeland hieß er.
Er war wohl nur … Dichter?
Er hatte Theologie studiert. Und als Theologe fühlte er die Allmacht des Herrn. Und er wusste, dass Gott Liebe ist.
Die beiden auf der Prärie gingen jetzt schneller, um ihre Reisegruppe einzuholen. In Michel Mandel gab es Vögel, die ihn zum Abheben bringen wollten. Ein Jubel war in ihm, und der war durch diese Frau gekommen, die dachte. Die sich erinnerte und die begriff. Die grübelte und vielleicht kämpfte. Der Kampf einer Schwester, dachte er. Dass Brenda irgendwo einen Bruder habe, der einmal einen Fehltritt begangen hatte und um den sie sich Sorgen machte, deshalb sprach sie über sündhafte Taten.
Und als sie sich an diesem Abend hingelegt hatten, gab er in seiner freudigen Stimmung seiner Gattin einen seltenen Kuss auf die Wange.

Die Butter kann sich selbst herstellen, sagte Lukas Jeremiah. Er hatte in dieser Nacht bei den Skandinaviern geschlafen, jetzt stand er neben Agathe Mandel und sah ihr beim Buttern zu.
Yes, thank you, Mister Jerry, antwortete sie, ohne zu verstehen.
Was meinst du?, fragte Brenda den Mann.
Dass das Buttern von allein geht, wenn die Wagen rollen. Das erledigt das Rütteln. Hängt einfach das Gefäß auf und verschließt es sorgfältig.
Brenda übersetzte das ins Norwegische.
Agathe wusste, dass es stimmte, sowie sie es hörte. Auf diese

Weise wurde der Hauch von Ärger über ihre Unwissenheit zu Freude über etwas, das einem Wunder ähnelte, und sie lächelte den Treckführer beim Frühstück an.
Bald wurden sie von einem reitenden Späher unterbrochen.
Game, sir, a whole bunch.
Sofort war Lukas Jeremiah aufgesprungen, und seine Blicke glühten.
Wer kommt sonst noch mit?, fragte er eifrig.
Ein Jäger, begriff Brenda, in der skandinavischen Gruppe müsste es einen Jäger geben, der mit auf die Jagd ziehen sollte. Sie bemerkte, dass Didrik nicht verstanden hatte, dass er für eine solche Jägerwahl hätte sorgen sollen, denn zwischen ihm und dem Treckführer wurden jetzt fragende Blicke gewechselt. Brenda versuchte eilends, die Blamage eines anderen zu überdecken.
Er kann mitgehen, sagte sie und berührte Høljes Arm.
Was ist denn los?, fragten die weniger Sprachmächtigen am Frühstücksfeuer, und jemand, der verstanden hatte, antwortete.
Hat er ein Gewehr?, fragte Jeremiah, während er sich in den Sattel schwang.
Fertig geladen, sagte Brenda rasch. But no horse.
Aber warum ausgerechnet der!, fragte Gustav aus Biri.
Weil es eilt, sagte Didrik schroff.
Dann nimm den da, sagte er und zeigte auf den Gaul eines Schweden.
Und schon waren sie weg, die beiden, die den Kampf gegen die Vierbeiner aufnehmen sollten, und hinter ihnen stob eine Staubwolke auf.

Hølje kehrte mit einem großen Hirsch zu den Skandinaviern zurück. Das Fleisch wurde über den Flammen aus getrocknetem Büffeldung gebraten. An diesem Tag hatten sie keine Bäume gesehen, und der Treckführer hatte ihnen morgens die

Büffelfladen gezeigt, damit sie sie unterwegs sammeln könnten.

Während des Festmahls wurden Geschichten erzählt. Auf der Woge aus Ruhm nach der Jagd steuerte der Jäger aus Tinn die Geschichte eines Gespensterschiffes bei. Es ging um ein Segelschiff auf dem Michigansee. Das war an einem windstillen Morgen untergegangen. Høljes eigener Kapitän hatte es gesehen, behauptete er, hatte gesehen, wie hinter dem Morgendunst das Schiff untergegangen war. Ohne Regen, ohne Wellen, ohne Donner oder Blitz. Als ob eine Riesenhand es von unten gepackt und auf den Grund gezogen hätte.

Genau das ist im Bottnischen Meerbusen passiert, sagte ein Finne.

Du lügst, sagte ein Schwede.

Aber das ist noch nicht alles, sagte jetzt Hølje. Das Schiff wurde dann wieder gesehen.

Wieso wurde es wieder gesehen?

An genau derselben Stelle, hinter dem Morgendunst, deutlich und unter vollen Segeln. Für einen kurzen Moment, dann war es wieder verschwunden.

Didrik schaute im Schutz des Halbdunkels am Abendfeuer zu Brenda hinüber. Sie hatte ihm an diesem Morgen geholfen; er war sicher, dass sie das mit einem Hintergedanken getan hatte, um seine Verlegenheit zu verdecken. Das hatte alles besser gemacht, fast gut.

Aber die Art, wie der Jäger sie jetzt ansah, in dem Duft des gebratenen Wildes und bei den aufregenden Geschichten, war nicht die Art eines Bruders.

# *Wagen, geschmückt mit Streifen aus Fleisch*

Sie wanderten weitere Wochen, die meisten Reisenden barfuß. Die wenigen, die noch immer Stiefel trugen, taten das aus Angst vor Schlangenbissen, und abends brauchten sie oft Hilfe, um ihr Schuhwerk auszuziehen. Jemand zog und brachte so die Füße ans Licht: geschwollen, stinkend, oft voller Blasen und verkrusteten Wunden, und die Wunden sprangen beim Ziehen auf, und frisches, helleres Blut kam heraus, vielleicht vermischt mit Eiter.

Sie gingen schweigend weiter, in ihre Gedanken versunken. Hølje sah, dass Brendas Züge und Glieder dabei weicher wirkten. Er war deshalb erleichtert und misstrauisch zugleich, erleichtert, weil er sie liebte und ihr diese Weichheit in Gesicht und Bewegungen gönnte, ängstlich, weil er fürchtete, die Änderung könne der Nähe eines anderen entspringen, vielleicht Didriks oder Lukas Jeremiahs, des Mannes mit der willensstarken Stimme. Denn sie hatte Hølje schon lange nicht mehr am Arm gepackt.

Anfangs hatten einige abends am Feuer Schnaps herumgehen lassen, jetzt waren die Behälter leer. Als es noch Schnaps gegeben hatte, hatte Hølje dankend abgelehnt, jetzt hätte er gern einen gehabt.

Oder sie spielten Karten, die, die das eben taten. Andere gingen früh zur Ruhe, in den Wagen oder mit einer Decke auf dem Boden.

Und im Schlaf schmiegte Brenda sich an Hølje; für ihn war das ein großer Trost.

Eines Tages erreichten sie einen breiteren Fluß mit vielen Biegungen, und der Späher auf seinem grauen Hengst kam glücklich angaloppiert, am Treck entlang, um den Namen des Flusses zu verkünden.

Platte River, brüllte er durch den Wind. Wir nähern uns einem Vorposten!

Der Pfad führte eine kleine Anhöhe hinauf. Alle schwitzten, und die Männer warfen ihre Kleider ab. Agathe Mandels mittlerer Sohn, der, der Oskar hieß, bückte sich nach Blumen. Er pflückte eine nach der anderen, mit rosa Blütenblättern oder blauen oder weißen, und legte sie zwischen die Seiten der Schriften seines Stiefvaters.

Er ist nicht wie andere, so distanzierte die Mutter sich von dem jungen Mann mit der Hasenscharte. Er will etwas aufbewahren, weil ihm die Farbe gefällt, und dann presst er es zwischen den Buchseiten platt und tot. Zu Hause hat er das auch so gemacht.

Dumm wie ein Schuh, spottete Gustav.

Aber im Grunde gut, sagte die Mutter erbost zu dem, der sich über einen älteren Bruder lustig machte. Und die Leiden, die man auf Erden durchstehen muss, werden im Himmel mit Honig wiedergutgemacht.

Dann wird es für Oskar viel Honig geben, meinte Gustav.

Er kann immerhin lesen und schreiben, mischte sich jetzt der Stiefvater in die Familienfehde ein.

Alle schwiegen einen Moment, während viele ungläubig den mit der gespaltenen Lippe ansahen, der niemals etwas sagte, der jedoch in seiner Stummheit angefangen hatte, Blumen zu pflücken.

Schreiben!, schnaubte Gustav, als sei diese Kunst ein ganz besonderer Makel.

Didrik wandte sich ab. Er sah zum Fluss hinüber. Er war rot im Gesicht, als er den Arm zu einem Gruß hob; zwei Männer in einem Kanu kamen flussabwärts, zwei weiße Trapper, die

ihr Boot mit Fellen vollgepackt hatten. Aus dem Augenwinkel sah er Brenda; sie schaute zu Oskar hinüber und lächelte ein wenig, als sei sie froh darüber, dass der arme Oskar die Magie der Buchstaben kannte.
Didrik selbst hatte nie das Gefühl gehabt, sich schämen zu müssen, weil in seinen Fingern die Wörter fehlten, nicht einmal damals, als er Brenda um Hilfe beim Schreiben gebeten hatte. Er konnte so vieles andere! Er hatte einen Kanal gegraben. Er hatte bei Maurerarbeiten geholfen. Er konnte andere auf Amerikanisch ansprechen. Er kannte die Wörter für Regen und Wind, für Lehm und Schlamm und Maurerkelle. Sein eigener Herr und frei war er gewesen.
Jetzt war er einer der wenigen, die an Lukas Jeremiahs Beraterfeuer saßen, aber der Stolz über diese Aufgabe, den er in der ersten Zeit empfunden hatte, war verflogen.

Brenda sah sie, die unsichtbaren Seile, die Didrik umgaben, die Zügel in der Hand der Mutter. Auf diese Weise war Brenda dort auf der Prärie anwesend, mehr als früher, seit Michel Mandels erhebender Rede. Und die Wanderung an sich wurde in ihrer Erinnerung eine Wiederholung der jahrelangen Wanderung mit ihrem Onkel, damals als Kind.
Ihre Wachsamkeit wurde geschärft. Sie registrierte Veränderungen und Bewegungen. Immer wenn Indianer in der Nähe waren, wusste sie es.
So war es auch bei den Tagesmärschen mit Ansgar gewesen, sie hatte mehr gesehen als der Onkel. Sie hatte wie eine Fischkiepe auf seinem Rücken gehangen. Er hatte ihre beiden Hände mit einer Hand gehalten und mit der anderen die Reisetruhe gezogen. Ansgar hatte in die Luft gestarrt, während Brenda die lautlosen Gestalten gesehen hatte, die ihnen mit Blicken folgten, aus Augen, die sich in den ansonsten bewegungslosen Gesichtern als Einziges bewegten. Bei den ersten Malen hatte sie geglaubt, dass die, die sie sah, festsaßen, dass es sich um

eine Art Bäume in menschlicher Gestalt handelte, mit Wurzeln unten im Erdreich.
Jeden Tag waren sie unter Aufsicht gehalten worden, damals, als sie klein gewesen war, das wusste Brenda. Das war auch jetzt wieder so. Und sie staunte darüber, dass die anderen so wenig sahen, denn Abend für Abend am Feuer stellte jemand erleichtert fest, dass wieder ein Tag vergangen war, ohne dass die gefährlichen Wilden sich hätten sehen lassen.

Wir sind wenige Frauen, erklärte Agathe Mandel.
Sie standen unter einem blühenden Baum. Es konnte sich um wilden Apfel handeln, vielleicht wilde Pflaume. Die Blüten waren weiß und rosa. Ein Stück weiter entfernt gab es noch hellviolette.
Doch, Brenda stimmte ihr zu, sie waren wenige. Sie kannte nur noch die deutsche Gabriela, dazu eine Irin und zwei Yankee-Damen mit hellem Lachen.
Aber man braucht Frauen, um eine Siedlung zu gründen, sagte die andere besorgt. Und um einzukochen.
Das stimmt.
Es werden sicher noch andere kommen, sagte Frau Mandel.

Dann kamen die Büffel. Sie hatten schon darauf gewartet, aber sie hatten noch keine gesehen. Jetzt waren sie da, wie eine gewaltige Bewegung, wie eine dunkle Meereswoge oder wie eine Gewitterwolke am Himmel. Sie erinnerten an Bären, wie sie sich dahinwälzten, warum liefen sie so schnell?
Hølje wusste es nicht, er hatte noch nie Büffel gesehen, die gab es weder in Telemark noch bei Koshkonong. Jetzt sah er mehrere Dutzend, mit schweren Köpfen und breiter Brust. Vielleicht müssen sie rennen, dachte er, als er eilig sein Gewehr holte, wegen des Gewichts ganz vorn, sie müssen rennen, um nicht umzukippen.
Über dem Poltern der stampfenden Hufe hörte er Jeremiahs

Hifthorn, das zur Jagd rief; alle sollten mitmachen, wenn die Büffel vorüberzogen, hatte Didrik gesagt, alle, die eine Waffe besaßen, sollten auf diese Welle zielen und feuern. Und die Männer liefen, mit Eisengeschmack im Mund, mit Blut, das erregt in ihren Köpfen schäumte, und dann fielen die Schüsse, viele Schüsse, wie von angreifenden Soldaten, obwohl es fast zu spät war, denn die Büffel liefen so schnell. Die Tiere zogen weiter wie eine wollene Wand, wie ein Riesenberg, dem nichts etwas anhaben konnte. Erst als sie verschwunden waren, sahen die Menschen, dass vier riesige Tiere in die Knie gebrochen waren, und eines brüllte auf seltsame Weise. Die anderen drei waren erschossen oder totgetrampelt worden.
Die Menschen näherten sich dem ersten Büffel voller Andacht. Alle waren dabei, Iren und Deutsche, Skandinavier und Russen, Frauen und Männer, mit oder ohne Gewehr in der Hand. Sie bewunderten die Beute, sie sogen den Blutgeruch in sich ein, harscher als von Rind oder Schwein, von Schaf oder Ziege, und sie fuhren mit der Hand über braunes Fell, einer bohrte ein Messer in den Bullen, der noch immer lebte.
Als sie beim vierten ankamen, fuhren sie verängstigt zurück: Der war mit einem Pfeil erlegt worden.

Brenda hatte sie aus dem Augenwinkel beobachtet, die halbnackten Männer. Sie hatte gesehen, wie sie sich im Schutz des Flusses gelagert hatten, als wollten sie die Beute liegen lassen, bis die anderen weitergezogen wären.
Stehen bleiben!, wurde gerufen.
Die Jagdgesellschaft witterte noch immer Blut, sie wandten sich dem Unterholz am Fluss zu, der einzigen Stelle, wo sie sich versteckt haben könnten, sie wollten noch mehr töten, nicht nur Büffel, sie wollten alle erlegten Tiere, wollten nicht mit fremden und unbekannten Kreaturen teilen.
Stehen bleiben!
Lukas Jeremiah hatte als Erster gebrüllt. Nur wenige hatten

reagiert. Aber die wenigen hatten in der Bewegung ein Gegengewicht geschaffen, eine Art Trägheit, das dafür sorgte, dass die Männer noch immer in Hörweite waren, als abermals gerufen wurde, diesmal von einer Frau.
Do you wanna kill people?, rief Brenda. Was haben sie euch getan? Nothing!

Und dann wurden drei Büffel abgehäutet, nicht vier.
Brenda behielt die grünen Büsche am Platte im Auge, während das vor sich ging. Es ging schnell. Viele beteiligten sich an dieser Arbeit, Männer, die das schon einmal gemacht hatten. Alles, was es an Tonnen und Trögen gab, wurde für sie bereitgestellt.
Nicht so! Lukas Jeremiah schaltete sich in die Arbeit ein. Das Fleisch muss in Streifen geschnitten werden, nicht in Stücke, abgesehen von dem, was wir heute Abend essen wollen.
In Streifen?
Was sagt er?, wurde in vielen Sprachen gerufen.
Brenda übersetzte für die Norweger.
In Streifen. Damit es zum Trocknen an die Wagen gehängt werden kann.
Die wenigsten hatten so etwas schon einmal gesehen.
Wo hat er das denn gelernt?, wollte Hølje wissen.
Von den Indianern, antwortete der Treckführer.
Bald eilten sie weiter, die Wagen waren mit Fleischstreifen geschmückt, sie eilten, eilten, und die meisten Menschen sahen sich immer wieder ängstlich um.

Später schauten sie Brenda an, die Frau, die alles gesehen und beobachtet, die aber nichts gesagt und die nicht vor Angst geschrien hatte.
Sie sieht aus wie ein Engel, fand Johan Jo. Einmal hatte er ihr Haar offen gesehen, an einem Tag, als sie sich zurechtgemacht und sich dabei unbeobachtet gewähnt hatte.

Wie Wergelands Ohebiel, dachte Michel Mandel. Der weibliche Engel, der mit dem anderen Engel sprach, mit dem Zweifler Phun-Abiriel. Der gute Geist, der wusste, dass der Herr existierte, dass Er in jedem einzelnen Blatt zu finden war, in jeder einzelnen gelben oder weißen oder hellroten Blume, die Oskar presste. Nur deshalb konnte Brenda diese Kraft und diesen Mut besitzen, glaubte der Vorbläser, weil sie vom göttlichen Licht erfüllt war.
Sie gab Didrik eine Sanftheit, die er noch nie verspürt hatte. Er wollte sie umarmen, nur sie, wollte sie küssen, wollte sie vor einer Welt voller Indianer und voll Unsicherheit beschützen.
Hølje dagegen erbrach sich in der abendlichen Dunkelheit. Das konnte am Büffelfleisch liegen, daran, dass sein Magen es ablehnte, dass es zäh oder schlecht gebraten war. Aber es war nicht schlecht gebraten und es war mürbe gewesen. Er erbrach sich aus plötzlicher Hilflosigkeit. Obwohl er ein Tier perfekt abgehäutet und den Respekt in den Augen der anderen gesehen hatte, fühlte er sich klein. Denn er kannte sie nicht, Brenda, Brenda, woher nahm sie diese starke Stimme! Diese Stimme, die die anderen mitten im eiligen Lauf anhalten ließ, die sie dazu brachte, umzukehren und aufzugeben!
Zwei Feuer weiter stand Lukas Jeremiah und musterte sie im goldenen Feuerschein. Zum ersten Mal in seinem Leben hatte er eine Frau gefunden, die er gern an seiner Seite gehabt hätte.

Auf dem letzten Stück zum Fort ging sie neben Oskar, am nächsten Tag, unter einem diesigen Himmel. Sie war gern mit ihm zusammen, sie hielten Ausschau nach Blumen, und sie konnte ihn danach fragen, ob die, die er pflückte, auch in Norwegen und Biri wuchsen. Manchmal nickte er, manchmal schüttelte er den Kopf.
Er hatte so schöne Augen mit langen Wimpern, sie erinnerten an die eines großen Waldtiers. Seine Nase war flacher als die

Nasen anderer, und über den Zähnen krümmte sie sich ein wenig.
Hast du auch in der Glasbläserei gearbeitet?, fragte sie.
Oskar nickte.
Hat dir das gefallen?
Er zuckte mit den Schultern.
Da war es sicher sehr heiß, meinte Brenda.
Wieder nickte er.
Bist du froh darüber, dass du nach Amerika gekommen bist?
Abermals zuckte er mit den Schultern.
Wir werden Gold finden, sagte sie.
Er stieß ein langgedehntes Zischen aus. Seine Miene wirkte herablassend, als ob er daran überhaupt nicht glauben könne.

Die Landschaft hatte sich jetzt verändert, die Wanderer bewegten sich durch sanft gewellte Hügel. Die Ochsen zogen die Wagen die Hänge hoch, immer zwei nebeneinander, zogen und zogen, und sie waren magerer geworden, obwohl unter ihren Hufen das Gras wuchs.

## *Das Leben in einem Fort*

Und dann lagen sie da, die Vorposten, das erste Fort an der Stelle, wo der North Platte das Wasser eines kleineren Nebenflusses in sich aufnahm, dann noch eines ein Stück weiter oben, am Ufer des Laramie. Ein Späher kam am Treck entlanggeritten: Beim ersten Fort wimmele es nur so von Menschen, sie müssten weiter zum nächsten.

Wie ein Trugbild in der Wildnis. Plötzlich waren Häuser da wie in Städten, Gebäude, die von Befestigungsanlagen umgeben waren, doch die waren nicht aus Stein, sondern aus Holz. Die Farben riefen die Wanderer im letzten Schimmer des Tageslichtes, es gab rostrote Mützen, es gab Flaggen, und die Menschen hatten sich Umhänge in Blau und Gelb, in Grün und Orange über die Schultern geworfen, nein, es waren keine Umhänge, wie Menschen sie benutzen, die an einem kühlen Herbstabend durch die Pflasterstraßen einer Stadt zu einem Violinkonzert gehen, es waren Decken, gemusterte Decken, getragen von Männern und Frauen mit blauschwarzen Mähnen. Sogar Kinder liefen vor der Festung umher, als sei hellichter Tag und keine jählings einsetzende Dämmerung.

Die müden Wanderer richteten ihre Gewehrläufe auf die Indianer, wie sie es in der von den Büffeln aufgewirbelten Staubwolke getan hatten. Wieder hob Lukas Jeremiah die Hand und mahnte zu Ruhe und Beherrschung. Wieder schauten einige zu Brenda hinüber, und einige schämten sich bei der Erinnerung an ihre frühere Blutrünstigkeit beim Anblick dieser Fremden, die so ganz anders gewesen war als die Ruhe und Gefasstheit der jungen Frau.

Sie schlugen ihr Lager ein Stück von den Tipis entfernt auf. Die Skandinavier bewegten sich innerhalb der Palisaden, zwischen Menschen, die ihnen selbst ähnelten, die blond waren oder rothaarig, die Englisch und Deutsch sprachen, Schwedisch und Russisch und Polnisch. Sie suchten mit hungrigem Blick zwischen den frisch angezündeten Fackeln: Gab es hier Bekannte? Schnaps? Spieler? Wurde hier gefeiert?
Noch nicht. Noch gab es nur den Duft von Speck und Fleisch, aber in der Luft lag Erwartung, und ab und zu war munteres Lachen zu hören. In Hølje stieg die Erkenntnis auf, dass sich während der Wanderung Stummheit über den ganzen Treck gelegt hatte und dass Lachen zur Seltenheit geworden war. Er versuchte zu lächeln, einfach so vor sich hin, aber sein Gesicht war verdreckt und steif von Wind und Sand und Schweiß.
Also wandte er sich den Tieren zu und führte sie zum Trinken an den Fluss. Dort fiel er auf die Knie und spritzte sich Wasser ins Gesicht. Dann verzog er sein Gesicht zu einem für die Ochsen und die Dunkelheit bestimmten Lächeln, obwohl er ohne Freude war, trotz des Gewimmels und des Trubels. Er war an einem Handelsort und hatte kein Geld.

In der ersten Nacht schliefen sie, Hølje und Brenda, schliefen geborgen zwischen vielen anderen, ruhten sich nach den Wochen der Wanderung aus. In ihren Träumen hörten sie ferne Festgeräusche; Brenda war in ihrem Traum zusammen mit einem Mann, der sie bezauberte, der ihr wohlgesinnt war. Hølje fuhr davon hoch, dass sie ihm über das Haar strich. Aber davon wusste sie nichts, wie er beschämt erkannte. Sie schlief. Am nächsten Morgen war sie wie immer, ohne Erinnerung an die Bewegung ihrer Hand zu seinem Schopf, das konnte er sehen. Das machte das Lächeln an diesem Tag ebenso schwer wie an dem davor.

Dann sagte sie beim Frühstück etwas. Sie bat ihn, auf das Geld aufzupassen. Sie bat ihn einzukaufen, was sie brauchten, Mehl und Butter, Erbsen und Speck, Salz und Pulver und Blei. Sie wollte über dem Feuer Wasser heiß machen und ihrer beider verschmutzte Kleidung waschen. Er solle einen Kolk zum Baden suchen, fügte sie hinzu, und die guten Kleider aus der Truhe nehmen.
Hier hast du Seife, sagte sie dann noch und reichte ihm ein gelbes Stück. Dann kaufst du vielleicht ein neues Stück, wenn es das gibt?

Auf diese Weise brachte sie Høljes Mundwinkel dazu, nach oben zu zeigen, ohne Zwang und Schmutzstarre, als er sich ein wenig später bei Tageslicht auf den Festungsplatz begab, sauber und gut gekleidet, den Hut in den Nacken geschoben, mit festen Schritten.

Auch die Indianer waren vor allem zum Handeln gekommen, wie er nun erfuhr. Sie brachten Felle, um die gegen andere Waren einzutauschen. Am liebsten gegen Pferde. Am liebsten gegen Waffen und Feuerwasser. Vor allem bekamen sie Letzteres. Sowie Decken und Glasperlen.
So war es schon lange, das Fort war zur Handelsstation geworden. In diesem Sommer sollte es jedoch militärischen Charakter erhalten. Die Armee hatte es übernommen, um die Sicherheit der Trecks zu garantieren. Aber sie waren noch nicht eingetroffen, ein Major Sanderson und seine Kompanie E.
Das alles erfuhr Hølje von einem mageren Schweden, der zusammen mit einem Burschen stand, der früher einmal bei der Handelsniederlassung gearbeitet hatte.
Vielleicht gehen wir nach Independence, sagte der Mann, der beim Besitzerwechsel des Forts seine Arbeit verloren hatte. Er hatte den Arm um einen Halbblutjungen gelegt.

Viele von den Weißen, die beim Handelsposten lebten, hatten Indianerinnen geheiratet, konnte der junge Schwede erzählen. Und dann war das Ehepaar Mandel da, und vor allem die Frau wollte wissen, was hier gesagt wurde.
Frag sie, wie ihr Stamm heißt, verlangte sie und schaute den Jungen mit den blauschwarzen Haaren an.
Sioux, erwiderte der Erwachsene, der seine Arbeit verloren hatte.
The Dakotas, korrigierte der Junge, der neben ihm stand. Den Sioux-Namen haben andere uns gegeben.
Hat der eine hässliche Bedeutung?, fragte Agathe Mandel.
Der Junge zuckte unwillig mit den Schultern und ließ die Weißen stehen.

Es war ein schöner Tag. Die Farben der Hügel in der Umgebung wechselten zwischen stumpfem Graugrün und fast Blaugrün. Oskar fand Blumen. Wie sein Stiefvater das Buch schaute er die Blumen an, eine nach der anderen hob er auf, musterte Blätter und Stengel und vor allem Blütenblätter und Staubgefäße. Hier und dort stand ein kleiner Baum und spendete Schatten. Darunter lagen Burschen im Halbkreis und hatten die Augen halb geschlossen. Einige zeigten auf Oskar und grinsten. Er tat so, als habe er sie nicht gesehen.

Alle in Lukas Jeremiahs Treck hielten sich jetzt im Fort auf und erlebten das Chaos beim Übergang von der einen Bestimmung zur anderen. Sie konnten Salz kaufen. Sie kauften Tonnen voller Speck. Sie kauften Malzwhiskey und Bier. Einzelne legten sich neue Stiefel zu. Hølje fand sogar ein Stück Stangenseife mit feinem Duft, der an frische Tannennadeln erinnerte.
Brenda kam später, am Nachmittag, allein.
Oskar sah sie, und er sah auch die Blicke. Sie waren nicht mehr matt vor Müdigkeit wie auf der Wanderung. Sie glänzten vor

Lust. Wie eine Fee, dachte der Junge über die Frau, eine gute Fee zwischen den Misthaufen. Auf den Misthaufen saßen die Nachtmänner, dachte er, solche, über die sein Vater ihm erzählt hatte, der Vater, der nicht Michel Mandel war, sondern der selige erste Gatte von Oskars Mutter, einer, der in seiner Jugend zwischen Städten einhergewandert war und *gesehen* hatte. Er hatte die Nachtmänner gesehen, die sich mit Dreck umgaben. So saßen sie da, die Männer, mit Wasser in den Augen und Dreck im Kopf, dachte Oskar, und das machte ihm Angst.

Dann rief jemand Brenda etwas zu. Es war ein Mann mit fescher Weste, wenn auch das Hemd darunter schmutzig und grau war.

Annie's Inn!, rief er.

Brenda zuckte zusammen. Sie blieb jählings stehen, ihre schmalen Hände zitterten ein wenig. Oskar stand so dicht bei ihr, dass er es sehen konnte, sie waren in seinem Blickfeld, und in diesem Moment wagte er nicht, ihr ins Gesicht zu schauen. Dann entspannte sie sich und fing wieder an zu atmen; Oskar sah, wie ihre Brust wogte, und sie lächelte den Mann an, der sie angesprochen hatte.

Liberty Proud, sagte der Mann mit der Weste, und er machte eine tiefe Verbeugung. Falls du mich vergessen haben solltest.

Oskar hatte ebenfalls den Atem angehalten, während Brenda sich geängstigt hatte. Jetzt stieß er ihn erleichtert aus, da der Fremde und dessen Worte harmlos wirkten.

Du hast mich gegen die Übermacht verteidigt, als ich das gebraucht habe, sagte Liberty Proud.

Aber was machst du hier?, wollte Brenda wissen.

Der Mann gab keine Antwort, er war immer noch mit seinen Erinnerungen beschäftigt. Du hast mir Schuhe geliehen. Und eine Hose.

Nicht geliehen, antwortete Brenda. Die habe ich dir geschenkt. Sie hatten meinem Onkel gehört. Ich brauchte sie nicht mehr.

An angel, Liberty wechselte aufs Englische über und sah sich dabei um.
Die ganze Zeit hatte er zu laut für ein Zwiegespräch geredet, und schneller als normal; wenn er also nicht gefährlich war, so war er doch jedenfalls wunderlich, fand Oskar.
Sure, an angel, wurde auf den Misthaufen gehöhnt.
She was there when I need …, sagte Liberty und verzog die Lippen zu einem Lächeln, obwohl in seinen Augen etwas unsäglich Trauriges lag.
Sure.

In dieser Nacht hielt Oskar sich wach. Er saß viele Stunden an den schwelenden Resten des Feuers, saß da nur mit Erinnerungen an gierige Blicke von Fremden, schaute aus zusammengekniffenen Augen am Wagen entlang zu Hølje und Brenda hinüber, hielt sein Messer fest in der Hand.
Einer nach dem anderen erloschen die Sterne, bald war der Himmel ganz dunkel, wie auf der Prärie, fiel ihm jetzt ein, als Marte und Bøllog noch bei ihnen gewesen waren; ob es Regen geben würde? Zuerst jagte ein Blitz über das Gewölbe über ihm, scharf und blau, in einem hellen Funkeln, das ein Stück weiter zwei torkelnde Männer zeigte, nichts Schlimmeres. Nicht wie in jener Nacht auf der Prärie, als sie eine Reihe von Männern auf Pferden ohne Sattel gesehen hatten, als sie Bøllog und Marte eng umschlungen auf dem Boden gesehen hatten. Und aus Oskars Kehle drang ein Wimmern, und er sehnte sich nach seiner Schwester und hätte gern gewusst, wo sie war.
Dann kam der Regen. Er kam mit schweren Wolken von Nordosten.

Ein Teil der Wolkendecke war unterwegs gerissen und hatte auf der ganzen langen Strecke zwischen dem Mississippi und Fort Laramie die Prärie angefeuchtet. Und so wurden Bøllog und Marte von dem Unwetter durchnässt, das Oskar sah, als er über Brenda wachte und zugleich an seine rothaarige Schwester dachte, mit der er seit ihrer Kindheit die Schlafbank geteilt hatte.

Die Schwester hielt sich in dieser Nacht auch bei einem Fort auf, wenn auch bei einem ganz anderen. Sie war mit ihrem Liebsten dort, mit Bøllog, dem Bruder von Johan Jo, und das Fort hieß Snelling. Die beiden jungen Leute waren nach Fort Snelling gekommen, um am Tag nach dieser Regennacht zu heiraten.

Bøllog und Marte waren am Ostufer des Mississippi nach Norden gewandert, nachdem sie vor Agathe Mandels strafender Bosheit geflohen waren, nach Norden, nach Norden, in die Gegenrichtung von Göthe Hedekas' Reisegruppe. Auf diese Weise hatten sie einen Ort erreicht, an dem zwei Flüsse einander begegneten. Der eine hieß St. Peter, und er floss durch das Minnesota-Tal.

Es gab dort einen Fährmann, der Wagen und Menschen übersetzen konnte. Und auf dem anderen Ufer gab es noch mehr Menschen, wenn auch nicht sehr viele, und außerdem ein Fort mit Soldaten. Dieses Fort war Snelling, und die Umgebung hieß Minnesota.

Die beiden jungen Leute waren auf dem Nordufer des St. Peter weiter nach Norden gewandert, mit einem Messer, das wie ein Pflug das Unterholz zerschnitt, denn das wuchs dicht, aber es war gut, dass es so unwegsam war, dann schwand die Wahrscheinlichkeit, dass Agathe Mandel sie finden könnte, hatte Marte gedacht und gesagt.

Mehrere Tage lang hatten sie gegen zähe Wurzeln und Zweige gekämpft, sie hätten Äxte gebraucht, aber die hatten sie nicht.

Sie hatten nur Bøllogs Messer. Und er trug die Kiepe mit dem Fischnetz und einer Falle sowie einer geräucherten Lammkeule, einem Feuerzeug und einigen Seilen. Marte hatte zwei Decken und ein wenig warme Kleidung in einem Bündel. Außerdem hatten sie zwei Ochsen bei sich, und es war wegen der Ochsen, dass das Unterholz ausgedünnt und dass Wurzeln aus der Erde gerissen werden mussten.

Am Ende waren sie an einer Flusskrümmung stehen geblieben, wo das Gestrüpp nicht ganz so dicht wuchs, wo sie guten Blick hinüber zum anderen Ufer hatten, wo nach Norden hin ein sanfter Hang lag, von dem sie Ausblick auf den Fluss und zudem auf die Äcker haben würden, die sie vor ihrem inneren Auge sahen.

Außerdem gab es dort eine Schildkröte, und die erfüllte sie mit einer plötzlichen ausgelassenen Freude. Ihr Panzer war grauschwarz, und sie bewegte sich mit winzigen Schritten zwischen den Schatten am Ufer. Dann blieb sie stehen und zog den Kopf ein, so dass die Menschen ihn nicht mehr sehen konnten. Marte und Bøllog verharrten lange und andächtig in der Hocke und betrachteten das seltsame Geschöpf, das sich als Stein ausgab. Dieses Tier war anders als alles, was sie von zu Hause her gewohnt waren, und sein Panzer sah aus wie ein seltsamer Topf, dessen Boden nach oben gedreht ist, fand Marte.

Dann summte sie mit heller, klarer Stimme diesem fremdartigen Geschöpf etwas vor, und nach einer Weile schob es den Kopf wieder heraus und sah die Menschen an.

Fast wie ein neugeborenes Kätzchen, sagte Marte, wenn sie noch nicht sehen können.

Dieses Tier ist nicht blind, sagte Bøllog.

Dann wie ein Vogeljunges, sagte Marte. Ehe es sein Gefieder bekommt.

Genau, sagte Bøllog.

Auf diese Weise suchten sie sich eine Stelle aus, an einem Fluss, mit Gestrüpp und Schatten, mit einer Schildkröte und einer zukünftigen Aussicht auf wogende, geträumte Felder. Sie fanden eine Grube, in der sie schlafen konnten, und dort lagen sie in der ersten Nacht, in klammernder murmelnder Angst und in Trost.

Man soll nicht in die Dunkelheit hinausgehen, ohne Jesus anzurufen, das hat meine liebe Großmutter immer gesagt, jammerte Marte, aber jetzt haben wir keinen Ort, aus dem wir hinausgehen können, und was machen wir da?

Wir sind schon draußen, murmelte Bøllog.

Jesus, Jesus, murmelte Marte.

Was hat sie dich sonst noch gelehrt, die blinde alte Frau?

Dass man nicht an einem Dienstag heiraten darf. Dass man niemals den Kuckuck nachahmen darf, denn dann gerät der Vogel ins Stottern und fängt an zu bluten.

Hast du das je gehört, einen stotternden Kuckuck?

Ich nicht, aber Großmutter. Denn ihr Bruder hat ihn nachgeahmt. Und beide haben gesehen, dass dem Vogel ein Streifen Blut über die Brust lief.

Wie seltsam, sagte Bøllog freundlich.

Und dann nahm er sie beschützend in den Arm, bis sie eingeschlafen war.

Tagsüber waren sie fleißig wie die Ameisen. Wie Ameisen, die Tannennadeln tragen und schleppen, die doppelt so groß sind wie sie selbst.

Mit Messer und Fäusten bereiteten sie den Boden. Mit den Händen als Spaten gruben die beiden die Erde um. Mit den Fingern als Gabelzinken. Mit einer hölzernen Pflugschar, die sie aus einer am Ufer gefundenen Wurzel geschnitzt hatten. Dann pflügten sie, mit Hilfe der beiden Ochsen, der Seile und ihres Körpergewichtes.

Aber sie hatten kein Saatkorn.

Das gab es irgendwo am Fluss, in Richtung des Stroms Mississippi.
Ein Offizier zeigte ihnen den Weg, er war mit seinen Soldaten unterwegs, alle zu Fuß im Gestrüpp. Später an diesem Tag kamen zwei Indianer, die in dieselbe Richtung zeigten, nachdem sie das kleine aufgepflügte Landstück gesehen hatten und Bøllog durch Gesten zeigte, was ihnen fehlte; er bohrte mit dem Finger Löcher in den Boden, eine kleine Reihe von leeren dunklen Löchern, und die Fremden wechselten ein Lachen und zeigten den Weg.
Sie meinen die Festung, sagte Bøllog.
Das habe ich verstanden, sagte Marte und lehnte sich an ihn, sicher, dass er dort stand und sie auffing.
Sie banden die Ochsen mit den Seilen fest und verbargen ihre Habseligkeiten außer der Kiepe und dem Messer, dann wanderten sie Hand in Hand in die Gegenrichtung von der, aus der sie gekommen waren.
Auf diese Weise waren sie zum ersten Mal nach Fort Snelling gelangt.
Es war ein Vorposten im Territorium Minnesota. Es gab ihn, für den Handel zwischen Trappern und Indianern, schon seit einer ganzen Weile. Vor kurzem war es nun zwischen den Weißen in Washington und dem Volk der Santee-Sioux zu einer Art Abmachung darüber gekommen, dass die Sioux nach Westen gehen würden. Von ihren alten Jagdgründen hatten die Indianer bis auf einen Streifen Land am Südufer des St. Peter alles in dieser Gegend abgetreten. Und damit war das Fort zu einem Aufenthaltsort für Soldaten geworden, die sich um die seit neuestem eintreffenden Siedler kümmern sollten. Marte und Bøllog gehörten zu den ersten, vielleicht wurden sie deshalb mit dermaßen überwältigender Freundlichkeit empfangen, denn sie durften anschreiben lassen. Und Soldaten und Offiziere boten ihnen zu essen und zu trinken an, und sie sprachen langsam mit ihnen, wiederholten und demonstrier-

ten, gestikulierten und zeichneten in die Luft oder fuhren mit einem Finger über eine grobe Tischplatte, zeichneten ein Boot, zeichneten einen Wasserfall, zeichneten Indianer mit Federn in den Haaren. Auf diese Weise erfuhren Marte und Bøllog, dass es in der Nähe einen Wasserfall gab und dass der St. Anthony hieß. Und sie erfuhren, dass die Stelle unterhalb des Wasserfalls St. Lambert's Landing genannt wurde und dass kein Boot auf dem Mississippi weiter nach Norden gelangte als bis dorthin, wegen des Wasserfalls. Außerdem erfuhren sie, dass die Soldaten fanden, sie sollten sich ihr eigenes Boot zulegen, damit sie zum Fort fahren könnten, statt durch das Gestrüpp zu wandern. Und sie liehen ihnen eine Axt, damit sie das Boot zimmern könnten.

Alles, was sie tragen konnten, durften sie mitnehmen. Jetzt hatten sie Korn und Mehl und Salz. Sie hatten Setzkartoffeln und Möhrensamen. Sie hatten auch eine Pfanne. Alles wurde in Säcke gepackt, die sie sich umhängen konnten, als die Kiepe voll war.

Solche Güte!

Und wenn sie ihren nächsten Besuch über das Wasser abstatteten, würden sie auch Spaten und Forke und Gewehr samt Munition mitnehmen können, wurde ihnen gesagt.

Es war das pure Himmelreich, dieses Amerika!

Außerdem würden sie heiraten können.

Der Offizier hatte auf sie gezeigt und gefragt: Husband? Wife?

Als sie das nicht verstanden hatten, hatte er es mit zwei anderen Wörtern versucht: Sister? Brother?

No. No sister, hatten sie verstanden und geantwortet.

Married?

No, hatte Bøllog geraten. But will married. Here?

Yes.

Sie hatten die Kirche in Mendota gesehen, ob sie dort heiraten könnten?

So hatten sie es verstanden. Dass es dort geschehen könnte. Not now, hieß es aber. Later.
Vielleicht war der Pastor auf Reisen, überlegten sie auf dem Heimweg. Doch er würde *later* zurück sein. In four weeks.
Aber ich habe kein schönes Kleid, klagte Marte.
Du brauchst kein schönes Kleid, entschied Bøllog. Du bist auch so schön genug.
Und sie säten und pflanzten. Sie weiteten das Landstück aus. Sie warteten auf den Regen und priesen ihn, als die Tropfen fielen. Bøllog höhlte einen Baumstamm aus und machte daraus eine Art schwimmendes Fahrzeug; zusammen mit den beiden Indianern machte er das, den beiden, die sie schon einmal besucht und ihnen den Weg zum Fort gezeigt hatten, wo es Korn gab. Jetzt tauchten sie jeden Tag auf, mit ihrem eigenen Werkzeug, und bald lag das Boot fest im Wasser.
Nach der Arbeit aßen sie Fisch, den Bøllog mit dem Netz gefangen und den Marte gebraten hatte, und in freundlichem Schweigen saßen sie dann zu viert da.
Als fast ein Monat seit der ersten Wanderung zum Fort vergangen war, setzten sie sich ins Kanu und paddelten und stocherten los, gespannt darauf, ob sie es richtig verstanden hatten und der Pastor wirklich zur Stelle sein und sie trauen würde. Zum Glück war es noch mindestens eine halbe Woche bis zum Dienstag, dachte Marte bei der Erinnerung daran, was die blinde Großmutter über Tage gesagt hatte, an denen man nicht heiraten durfte.

Es war in der Nacht, ehe sie zu Mann und Frau werden sollten, dass Martes Bruder Oskar an sie dachte, als er da im Gewimmel bei Fort Laramie saß, und er betete in Gedanken darum, dass sie am Leben seien und nicht hungern müssten, als plötzlich dort, wo er saß, der Regen auf den trockenen Boden herunterprasselte.

Der Himmel über dem Minnesota-Tal war jetzt wieder wolkenlos, und die Sterne zwinkerten Bøllog und Marte durch einen Spalt in der Wand zu. Seltsam, ohne Verwandte zu heiraten, flüsterte Bøllog.
Du meinst Johan Jo?
Ich meine Johan Jo und Mutter.
Ich hätte gern Oskar hier, flüsterte Marte. Und vielleicht Gustav und Didrik. Meine Brüder. Sonst niemanden.
Am nächsten Morgen schien die Sonne.
Marte und Bøllog gaben einander in einer fremden Kirche und vor fremden Menschen das Jawort. Sie sprachen amerikanische Wörter aus, die ihnen Stück für Stück vorgelesen wurden, deshalb brauchten sie sie nur zu wiederholen. Der Pastor nannte sie mit anderen Namen als die, auf die sie zu Hause in Norwegen getauft worden waren. In Amerika sollten sie Martha und Billie heißen.
And your surname, sir, war Bøllog vorher gefragt worden.
Blikom, hatte er geantwortet, denn so hatte er sich im Warenmagazin des Forts eingetragen.
Danach aßen sie in der Festung Eintopf. Die Soldaten winkten, als sie später zum Kanu gingen. Als sie endlich allein waren, ließ Marte sich gegen Bøllog sinken, und er fing sie auf und drückte sie an sich.
Jetzt kann Mutter mir nichts mehr tun, oder?
Nein, antwortete Bøllog und streichelte ihren Rücken. Jetzt gehörst du mir, und ich werde gut zu dir sein. Immer nur gut.

## *Ein junger Prediger tritt vor*

Die Bilder von dem Gewimmel bei Fort Laramie gingen den Treckleuten auf ihrer weiteren Wanderung nicht aus dem Kopf: Für Brenda waren sie lichte Freude, darüber, wie schön es vormittags im Sonnenschein auf dem geschäftigen Platz gewesen war und in dem angenehmen Schatten am Fluss, wo sie Kleider gewaschen hatte. Noch andere hatten auf den flachen Steinen den Schmutz aus ihren Kleidungsstücken geschlagen, hatten krumme, trockene Wurzeln gesammelt und über Feuern Wasser heiß gemacht. Es waren junge Mädchen und erwachsene Frauen, und alle hatten denselben vagen Traum von etwas Großem dort im Westen. So hatten sie zwei Gemeinsamkeiten, als sie dort barfuß standen und ihre Rocksäume wegen der Nässe immer schwerer wurden; das eine war die Arbeit, das andere das Ziel, und wegen dieser Gemeinsamkeiten lächelten sie einander verständnisinnig durch den Dampf der rußigen Kessel zu. Bei der Arbeit wurden sie zudem füreinander zu kichernden Wächterinnen, als eine nach der anderen ihre Kleider fallen ließ und in die frische Kühle hineinging.

Lukas Jeremiah hatte entschieden, wie lange sie sich ausruhen durften; zwei Nächte hatten sie bekommen, mehr nicht, denn dauernd trafen neue Trecks ein. Außerdem war da das Büffelfleisch, das kürzlich noch frisch und rot gewesen war, das sie zum Trocknen in Streifen geschnitten hatten; im kräftigen Präriewind gab es keine Probleme, aber beim Fort zog es Insekten an. Lukas Jeremiah hatte alle zum Aufbruch sammeln können, sogar zwei sturzbetrunkene Iren hatte er zwischen ihre Truhen und ihr Werkzeug geworfen. Trotzdem stimmte die Anzahl der Wagen nicht, als er später am Tag langsam vorbeiritt und zählte. Sie waren nicht mehr achtzig, sie waren einer mehr. Der zusätzliche befand sich bei den skandinavischen, er hatte ungleiche Räder, wie aus zerstörten anderen Wagen zusammengesetzt. Der Treckführer starrte auf der Jagd nach einem möglichen Besitzer den Menschen ins Gesicht. Er entdeckte zwei und wandte sich an Didrik: Wer sind die?

Es waren Mormonen. Sie waren auf Missionsreise in den norwegischen Niederlassungen in Muskego gewesen, und in Blue Mound und Koshkonong. Dann waren sie zu der verlassenen Mormonenstadt Nauvoo gewandert, um einen zehn Jahre alten Jungen zu holen, aber der war an der Cholera gestorben. Nun wollten sie Verwandte und Glaubensgenossen in der neuen Stadt der Mormonen besuchen, die am Great Salt Lake lag, und sie wollten sich unterwegs gern mit Bekannten aus ihrem Heimatort in Toten zusammentun.

Die Leute aus Toten zeigten auf Didrik, denn sie hatten ihm doch Bescheid gesagt, hatte er das vergessen?

So eilig könne das doch nicht sein?, hatte Didrik gedacht.

Ich wollte es heute Abend erwähnen, sagte er jetzt, und seine Stimme, die auf der Wanderung langsam leiser und tonloser geworden war, war plötzlich furchtlos und stark, wie sie es in Independence gewesen war.

Na gut, meinte Lukas Jeremiah. Dann ist das abgemacht. Das findet sich schon alles.

Aber der schiefe Wagen gehörte nicht den Mormonen, wie Didrik jetzt erklärte. Die Mormonen hatten nur einen Karren, den sie abwechselnd schoben und zogen.

Den da, sagte er und zeigte darauf.

Aus dem Karren ragte ein seltsames Holzgestell. Es war eine Staffelei. Der eine Mormone war Kunstmaler. Er malte gern das Streben der Menschen unter dem luftigen Himmel des Herrn.

Aber wem gehört die Bruchkiste mit den wackligen Rädern?, wollte Jeremiah wissen.
Er sah es sogleich, denn plötzlich tauchte vor ihm noch ein neues Gesicht auf. Er sah Liberty Proud mit Weste und Hut und einem überwältigenden und erstarrten strahlenden Lächeln.
Ich bezahle, sagte der Besitzer des Wagens energisch, voller Preis, voll und ganz, wenn auch nur für die halbe Strecke. Aber ich brauche Aufschub, bis das Gold die Faust beschwert.
Niemand sonst hatte Aufschub erhalten. Die Abmachung war klar: Das Geld war zu bezahlen, wenn Lukas Jeremiah es einforderte. Das würde kurz vor dem Moment sein, wo die Schlauesten im Treck glaubten, ohne ihn zurechtkommen zu können, hatte er sich überlegt. Dann wollte er an der Wagenreihe entlangreiten und die Hand aufhalten. Er wollte eine doppelte Nachtwache einrichten und während der Wachen schlafen, damit niemand versuchte, ihn auszurauben.
Aber etwas an dem jungen Mann mit der Weste und den hellblauen Augen war auffallend, es musste sich fast um verzweifelte Trauer handeln, vermutete Lukas, wo der Kerl doch eine dermaßen schrille Munterkeit an den Tag legte.
Ich bürge für ihn, sagte Didrik kühn, zum Missfallen seiner Mutter und zu Libertys Überraschung, denn Liberty kannte Didrik nicht, er kannte Brenda, und er kannte Hølje.
Und gerade deshalb wollte Didrik für ihn bürgen, und außerdem war seine Stimme jetzt stärker. Denn der Mann mit der Kartenspielerweste hatte bestätigt, was Didrik anfangs geglaubt hatte; lediglich angesichts der festen Überzeugung seiner Mutter waren ihm Zweifel gekommen. Hølje und Brenda waren Geschwister. Bruder und Schwester. Schwester und Bruder. Deshalb teilten sie den Wagen. Deshalb wusch sie seine Kleider. Das hatte in dem ehemaligen Schürer einen inneren Tanz ausgelöst. An diesem Tag hätte er für jeden gebürgt,

für den seltsamen Liberty, für die Mormonen auf dem Weg in ihr Zion …

Aber wo ist Beauty?, fragte Hølje.
Libertys Gesicht erinnerte ihn an das der Theaterpuppen, mit einem aufgemalten Ausdruck, dessen Anblick weh tat.
Gold, antwortete Liberty. Jetzt wollen wir Gold holen.
Sind sie allein in Koshkonong?, fragte Hølje. Beauty und das Kind?
Die Seuche, sagte Liberty. Sie kam mit einem Mann aus Milwaukee. Sie hat die drei geholt. Den fremden Mann. Und meine …
Liberty Proud wandte sich ab. Er schaute nach Westen und machte lange Schritte.

Und sie gingen. Die Sonne brannte die Nasen rot und schuppig, sie härtete die Haut und machte sie graubraun. Noch immer gab es Flussläufe und Quellen. Noch immer konnte es vorkommen, dass sie lange gehen mussten, um endlich eine Furt zu finden. Und kleine graubraune Berge waren jetzt zu sehen. Wie knorrige Klumpen lagen sie da, manchmal bedeckt von hellgrünen Pflanzen, andere Male mit deutlichen schrägen Schichten aus verwittertem Sand, wie Schnee.
Im Präriegras wuchsen langstengelige Blumen mit haarigen weißen Köpfen, wie eine Art weiche Disteln. Oskar fand außerdem allerlei gelbe und einige schöne blaue. An einer Stelle schien die Prärie sich eine graue Wunde zugezogen zu haben, aber als sie näher kamen, entdeckten sie ein großes Feld voller kleiner lila Blumen.
Die Wagen rollten über seichte Höhenzüge und durch weiche Täler. Bald tauchten in der Ferne neue blaue Berge auf.
Ist das das Gebirge, dieser Ruf wogte durch den Treck, auf Norwegisch und Englisch, auf Deutsch und Polnisch, auf Russisch und Schwedisch. Ist das das kalifornische Gebirge?

Das war es nicht, das wusste der Treckführer.
Aber die Freude blieb ihnen erhalten, denn der Anblick war so schön und ungewohnt. Es gab blaue Zinnen. Es gab dunkelgraue und hellere Formationen, sie erinnerten an andere, in Europa.
Bald war der Himmel hinter den Bergen violett, und in der Ferne erklang ein Dröhnen. Sie blieben stehen und sahen sich um, und sie fühlten sich klein unter diesem Gewaltigen, denn der Himmel schien so weit. In der einen Ecke war er noch immer blau und hell, aber das änderte sich, es änderte sich schnell, bald war das helle Blaue verschwunden, bald war fast alles weiß und grau, heller und dunkler, immer dunkler, und es dröhnte, stärker, tiefer, als wollte Gottes Gewalt sie zu Boden strecken.
Dann kam der Regen. Zuerst leicht. Dann schwerer. Dann änderte er seine Farbe und wurde härter. Er war zu Hagel geworden, und die Menschen suchten Schutz unter den Wagen.

Wie Taubeneier, sagten sie später.
Wie Hühnereier, sagten sie.
Eine Warnung, murmelten die Mormonen.
Und das Präriegras zog sich zurück. Sie spürten es unter ihren nackten Fußsohlen, dass der Boden härter wurde, er war wie eine Straße. Bald gab es nichts mehr in ihrer Nähe, das an einen Garten erinnern könnte, stattdessen fühlten sie sich wie ins norwegische Hochgebirge versetzt, mit Heidekraut, staunte jemand, nein, eher Birken, meinte ein anderer, ja, sie fanden durchaus, dass sie winzigen, knorrigen Bergbirken ähnelten, diese Gewächse, die das unbeschuhte Wandern so schwer werden ließen.
Zwischen den zähen winzigen Büschen gab es Gräser. Als der Treck für den Abend Halt machte, versuchten die Tiere, diese Halme einzeln auszureißen. Aber das ging nicht. Die Men-

schen brachen frische Blätter von den steiferen Pflanzen, zerdrückten sie zwischen ihren Fingern und rochen daran.
Vielleicht eine Art Gewürz, meinte jemand.
Sage brush, erklärte Lukas Jeremiah.
Ich glaube, das heißt Salbei, sagte Michel Mandel.
Hände voller blassgrüner Blätter wurden vor Mäuler und aufgerissene zitternde Nüstern gehalten. Die Pferde zogen die Oberlippe hoch und zeigten gelbbraune lange Zähne, ehe sie wieherten und die Köpfe abwandten. Die Ochsen streckten große rauhe Zungen aus, die die Hände leer leckten. Später am Abend hatten auch die Pferde die neue Kost akzeptiert.
Am nächsten Morgen trugen alle, was immer sie an Stiefeln besaßen, ganz oder löchrig.
Und bald kam langsam eine Antilopenherde auf sie zu.
Hølje erlegte eines der Tiere. Es wurde über einem Feuer aus knorrigen Salbeiwurzeln gebraten, die dem Fleisch einen ganz besonderen, köstlichen Geschmack gaben. Oskar hatte auf Agathes Befehl für Brenda und die Mutter die Wurzeln aus dem Boden gerissen.
Die Letzten werden die Ersten sein, hatte jemand bei seinem Anblick gemurmelt.
Es war einer der Junggesellen, er hieß Simon. Seit er in den Stimmbruch gekommen war, war er in Hedmarken ein feuriger Prediger gewesen. Auf dem Weg zum Reichtum hatte er das verschwiegen. Aber der Anblick der Mormonen sowie das himmlische Donnern und die wehen Füße der letzten Tage hatten seinen Glauben noch heißer lodern lassen. Die Vorstellung, was er machen würde, wenn das Gold erst sein wäre, war in seinen Gedanken wie eine Fackel. Er würde ein Gotteshaus errichten. Zusammen mit einem Mann aus Bamble wollte er das tun, mit einem, der ihm in Chicago Freund und Arbeitskamerad gewesen war.
Während der nächste Sonntag sich näherte, bereitete er unterwegs eine Predigt vor.

An jedem siebten Tag ruhten sie. Dann schliefen sie und sammelten Kräfte, sie kümmerten sich um ihre Wunden, sie klagten, wenn niemand es hören konnte, und sie redeten miteinander. Sie sammelten sich zu Gebet und Andacht, alle in ihren jeweiligen Sprachen und nach heimatlichem Brauch. In der norwegisch-schwedischen Gruppe war das unter wechselnder Führung geschehen, denn bisher hatte keiner sich als Pastor oder Prediger ausgezeichnet. Deshalb hatte Michel Mandel gesprochen, nicht weniger als an drei Sonntagen, da die anderen fanden, er habe so eine schöne Stimme. Aber auch die Schweden hatten einen Mann ins Licht geschoben, da er Schwede war und kein Norweger und weil sie Choräle zu den ihnen vertrauten Melodien singen wollten.
Am Abend vor seiner Predigt trat der ehemalige Prediger vor und bereitete sich auf seinen Einsatz vor, damit kein Mormone ihm diese Möglichkeit rauben könnte. Simon konnte Mormonen nicht leiden, sie verkündeten eine Irrlehre und hatten auch noch Erfolg damit. Shaker mochte er ebenso wenig. Im Hudsontal waren ihm einige begegnet. Wochenlang hatte er mit ihnen zusammen gearbeitet, hatte in einer Männerbaracke geschlafen und auf dem Acker gearbeitet. Sie waren streng. Sie hatten unbequeme Stühle, denn die Menschen sollten in aller Eile essen und sich wieder an die Arbeit machen. Sie hatten Regeln dafür, wie lange ein Mann und eine Frau auf dem Hofplatz stehen bleiben und miteinander reden durften. Denn niemand durfte in Versuchung geführt werden. Man sollte voneinander getrennt leben und das andere Geschlecht nicht berühren. Aber dann würde die Menschheit doch ein Ende nehmen, protestierte Simon in Gedanken.
Von dort aus war er weitergewandert, fort vom Hudson und den Shakern, bis er auf eine Gruppe gestoßen war, die in der entgegengesetzten Richtung hemmungslos war. Nicht weit von Mohawk war er ihnen begegnet, einer Gruppe weißer Männer, die in einer Gemeinschaft mit Frauen lebten, bei der

alle einander liebten, auch fleischlich. Simon war eingeladen worden, sich daran zu beteiligen, aber er war empört und mit einem dröhnenden Wort im Kopf davongestürzt: Teufelsbrut!
Drei Jahre lang habe ich jetzt das Wort des Herrn verkündet, teilte er den anderen am Vorabend am Lagerfeuer mit. Später habe ich über die Sünden der Menschen nachgedacht, und ich habe in Chicago Lehm gebrannt. Das kann ich am besten, aus Lehm Bausteine brennen und über das Wahre sprechen, nicht über Lügen. Morgen werde ich das für euch tun.
Wer spricht Lügen?, wollte Hølje wissen.
Viele führen ketzerische und unwahre Reden und kränken den Herrn, sagte Simon.
Seine Augen lagen tief unter hellen, flaumigen Brauen. Seine Lippen waren füllig wie die eines molligen Kindes. Aber er hatte einen starken Bartwuchs, wie ein älterer Mann, und dabei war er erst um die zwanzig.
Am nächsten Tag trat er mit dem Buch in den Händen vor sie. Die Tiere waren für den Morgen versorgt, das Frühstück war vorüber. Der Himmel war leuchtend weiß. Alle kamen zur Andacht, auch die Mormonen. Simon rief mit zitternder Stimme, man dürfe die heiligen Verse der Bibel nicht bis zur Unkenntlichkeit zerkneten.
Wenn der Herr etwas anderes gemeint hätte, hätte er dieses andere aufschreiben lassen, rief er.
Die Freizügigkeit im Land der Freiheit ist zu Frechheit gegenüber Gott geworden, rief er. Als hätten wir Menschen mehr Verstand als Jesus Christus. Als ob jeder sich zu himmlischer Klugheit erhöhen könnte! Und dann legt man den Text so aus, dass er nicht mehr wiederzuerkennen ist, und es geschieht noch Schlimmeres. Man erschafft einen eigenen Text, eigene Gebote, ein eigenes Buch!
Er schaute zornig zu den Mormonen hinüber.
Ketzer!, hatte er rufen wollen, aber dann fiel ihm dieses Wort nicht ein.

Danach hatte er die Shaker erwähnen und erzählen wollen, dass deren Begründerin, Ann Lee, in einer Vision gesehen hatte, dass Christus in Frauengestalt zurückkehren würde, weshalb Ann Lee als der wiedergekommene Christus verehrt worden war. Ketzer, hatte Simon abermals und mit lauter Stimme rufen wollen, aber er hatte den Rest seiner Predigt vergessen, als er dort in der Landschaft aus duftendem Salbei stand.

Stattdessen sah er die kitteltragenden Langhaarigen beider Geschlechter vor sich, die bei Mohawk heidnische Paarungsspiele betrieben hatten. Stattdessen sah er Didrik vor sich, wie er seit dem Aufbruch aus Independence aussah, mit den Blicken, die sich wie glatte Seile um die schöne Brenda schlangen. Stattdessen sah er andere Junggesellen, die diese Frau jeden Tag mit ihren Augen verschlangen.

Und er sah Brenda. Er sah sie vor sich, wie er noch nie eine Frau gesehen hatte; er sah sie nackt. Wie mit Didriks Blick, mochte er denken, aber es waren doch seine eigenen inneren Augen, mit denen er sie sah. Und so füllten sich seine Worte mit wachsendem Zorn und Tadel, während ihm auf der Stirn und auf der Nase der Schweiß ausbrach: Befolgt die Gebote des Herrn!

Lass deine Augen stracks vor sich sehen und deine Augenlider richtig vor dir hinblicken. Lass deinen Fuß gleich vor sich gehen, so gehst du gewiss. Wanke weder zur Rechten noch zur Linken, wende deinen Fuß vom Bösen.

Die Sprüche Salomos, fügte er leiser hinzu. Kapitel vier, Verse 25, 26 und 27.

Du sollst nicht begehren deines Nächsten Weib, brüllte er dann.

Fremde Frau hat Honig auf den Lippen, sagte er mit zitternder Stimme. Ihre Finger sind glatter als Öl. Aber zum Schluss wird sie so bitter wie Schierling und so scharf wie ein zweischneidiges Schwert.

Ihm ging auf, dass das nicht wahr sein konnte. Brenda würde niemals bitter wie Schierling und scharf wie ein zweischneidiges Schwert werden. Er hatte das Gefühl, dass sein Kopf wuchs, wegen der Worte und Sätze, die er nicht aussprechen konnte, die er nicht rufen konnte, die er in sich behalten musste, über Brenda, Brenda, die Schönste der Frauen.
Aber war es Simon selbst, der das empfand? Oder war es der Teufel, der ihm einen Streich spielte, der ihn mit dem füllte, was es in Didrik und den anderen gab?
Der Körper ist dein Tempel, schrie er. Darin bist du selbst der Herr! Also musst du dich zurechtweisen, wenn das Begehren zur lodernden Flamme wird, wenn es heiß wird wie im Ziegelofen! Du musst dir die Sünde aus dem Fleisch peitschen! Peitschen! Peitschen! Sünde! Sünde!
Die Worte waren in ihm wie ein Dornbusch, er kam nicht hindurch, er kam nicht weiter.
Sie, die ihn umstanden, sahen, dass der Redner von Verzweiflung erfasst wurde, dass seine tiefliegenden Augen hervortraten, dass sein Gesicht ganz rot wurde.
Für einen Moment hatte er gewagt, Brenda anzuschauen, und in diesem Augenblick war etwas in ihm geschehen: Das Tier zwischen seinen Beinen, es wuchs.
Peitschen! Sünde!
Die Scham stieg in ihm auf wie siedende Milch, und er krümmte sich. Am Ende rang er nach Atem, während ihm die Tränen über das Gesicht strömten, und die Wiederholung schnitt in die Ohren der anderen: Sünde aus dem Fleisch! Sünde, Sünde! Fleisch!
Dann lief er davon, steif und unbeholfen, bis er über seine eigenen Füße stolperte und ein Stück von den anderen entfernt zu Boden fiel.

Die kleine Gemeinde schlug die Augen nieder. Sie schämten sich, die Junggesellen. Sie waren entlarvt.

Brenda wandte den Kopf und sah dem Burschen nachdenklich hinterher. Agathe sah Brenda an, und mit jedem Zwinkern lag in ihrem Blick etwas Neues. Es lagen Verwirrung und Mitgefühl darin, scharfe Beobachtung und vielleicht eine weitere Erkenntnis bei den Worten des Predigers, als ihr klarwurde, wen er angesehen hatte; da zeigte sich Verblüffung und sogar ein Funke von Hass. Aber auch der Hass schwand, das Gefühl, welches in Neid auf eine andere, Schönere gründete, und es endete damit, dass die Frau Vorbläser ganz leicht lächelte und nickte, als koste sie in Gedanken einige Sätze aus. Sie war zu dem Schluss gekommen, dass Brenda mit ihrem jungen Begleiter doch nicht verheiratet war. Sie war zu dem Schluss gekommen, dass ihr eigener Didrik sich zu der jungen Schönen hingezogen fühlte. Agathe sah keinen Grund, das zu missbilligen. Denn Brenda besaß unter ihrem hinreißenden Aussehen Stärke, sie besaß diese Fähigkeit, mit sich zu Rate zu gehen und zu begreifen, was getan werden musste, das war Frau Mandel aufgefallen.
Das Heulen und Schluchzen des Predigers brach in ihre Gedanken ein, und Agathe empfand einen Schauder. Noch immer lag er dort wie ein törichtes verprügeltes Kind, während er die Fingernägel in den trockenen Boden um die kleinen Würzgewächse bohrte.
Gebt ihm eine Ohrfeige, forderte Agathe.
Keiner der Männer wollte hören, sie standen noch immer schweigend da, gefesselt an die gemeinsame Schande.
Agathe wandte sich an Brenda. Brenda nickte fast unmerklich, dann kehrte sie den Menschen am Feuer den Rücken zu und schritt langsam auf das Geheul zu. Sie verpasste Simon eine rasche Ohrfeige, damit er sich daran erinnerte, wo er war. Das Geheul wurde leiser, aber er schluchzte noch und sah Brenda mit Hundeblick an.
Gib ihm einen Schnaps, rief Agathe.
Dann kam Brenda mit Simon zurück, die Frau zuerst, den

Prediger im Schlepp. Brenda hielt ihn an der Hand wie ein Kind. Simon schleifte die Füße hinter sich her, sie musste an ihm ziehen wie am Seil um einen Ochsenhals. Sie zog ihn zu ihrem eigenen Wagen, er hatte nur eine Zugkarre. Bald waren sie unter der Leinwand verschwunden.

Sie ist nicht verheiratet, sagte Didrik zitternd und düster. Sie sind Schwester und Bruder.
Er nickte zu Hølje hinüber.
Wir sind nicht Schwester und Bruder, widersprach der Telemarker wütend.
Seid ihr das nicht?, fragte Liberty Proud herausfordernd.
Ihr Vater ist der Quäker Håvard in Koshkonong, sagte Liberty. Und der Quäker Håvard in Koshkonong ist Høljes Vater.
Nein, wandte der Betreffende ein. Mein Vater ist in Norwegen begraben. Meine Mutter hat Brendas Vater geheiratet, als Brenda und ich fast erwachsen waren. Macht uns das zu Geschwistern? Niemals. Nicht im Blut. Nicht im Gefühl der Zusammengehörigkeit einer Familie. Wir haben nie mit einer Mutter oder einem Vater unter einem gemeinsamen Dach gelebt. Sie hat nicht das Gefühl, dass meine Mutter für sie eine Mutter ist, und sie hat auch ihren Vater niemals als Vater gekannt.
Die beschämte kleine Gruppe dachte über diese vielen Worte nach.

Unter der Leinwand spielte Brenda eine Rolle, die sie kannte. Sie tröstete. Sie öffnete ihre Kleider und ließ den Verwirrten seinen Kopf an ihre nackte Brust schmiegen.
Aber, aber, sagte sie. Alles ist gut.
Sie lagen auf Fellen. Die Leinwand war seit dem Regen der vergangenen Nacht am hinteren Ende verschnürt. Das andere Ende schaute auf die Hügel in der Ferne, nicht auf die Menschen.

Aber, aber, sagte Brenda.
Der Prediger Simon stieg aus dem schwülen, tiefen Pfuhl der Scham und der Verwirrung heraus. Gen Himmel stieg er, durch ihre Hände, die mütterlichen. Er begriff es nicht ganz, dass sie ihn streichelte und streichelte, dass sie über ihn sprach wie über etwas Gutes: Ein feiner junger Mann, der feine, feine Simon, aber voller Heimweh, sind deine Eltern in Norwegen geblieben?
Mutter – Mutter ist tot, sagte er, sie liegt in Stange und atmet nicht mehr, Vater aber …
Er flüsterte, er schluchzte, er wollte sich an seinen Vater nicht erinnern, nicht jetzt, an den Vater in einer Erdhütte in Wisconsin, ein Stück westlich von Muskego.
Mütterchen, schluchzte er.
Mütterchen, wiederholte Brenda. Mein armer Junge. Aber Mutter hört nie auf, dich zu lieben. Niemals. So ist es nämlich mit Müttern.
Jetzt wollte Simon sich auch nicht mehr an seine Mutter erinnern, er wollte nur da sein, atmen; unter den Händen der Frau, die er liebte, seit sie vom Missouri aufgebrochen waren, wollte er zerfließen.

Ich habe ihn in unserem Wagen schlafen lassen, sagte Brenda vertraulich eine Weile später zu Hølje. Denn er war ganz erschöpft, der junge Mann.
Viele hörten das. Viele sahen sie an, sonnenbraun im Gesicht und an den Händen, kläräugig, ruhig, hocherhobenen Hauptes, leichten Fußes. Es traf den ehemaligen Schürer und Kanalarbeiter Didrik wie ein Schmerz: Warum um alles in der Welt hatte sie sich auf diese Wanderung begeben, wenn nicht als Begleiterin ihres Ehemannes? Keine Frau würde sich doch freiwillig auf eine solche Reise machen, sie wollten bleiben, wo sie waren, in einem Haus in Chicago, so dachte er über Brenda. Also musste sie doch verheiratet sein, das war ihm

jetzt klar. Wie seine Mutter es war. Und in Didrik stieg eine Enttäuschung hoch, die ihn fast erstickte, da er sie hinter seinem Kehlkopf einsperrte.
Hølje lehnte an einem anderen Wagen und nuckelte an seiner Pfeife. Noch hatte er nicht gelogen. Er blies grauen Rauch in den Gegenwind. Er drehte sich ein wenig um, sein eines Auge brannte. Eine kleine Freude durchrieselte ihn, denn sie sprach mit ihm wie mit ihrem Nächsten. Über einen anderen, einen Erschöpften. Einen armen Prediger, der mitten in der Predigt seine Rednergabe verloren hatte. Keinen anderen hatte sie angesehen, nachdem sie den Verwirrten zu Bett gebracht hatte. Nur ihn. Und er schaute zufrieden hinter ihr her, als sie auf einen kleinen Bach zulief, der durch die Landschaft floss.

# *Der Fluch des Salzes*

Der mormonische Künstler stellte jetzt in der Mittagspause, nach dem Essen, seine Staffelei auf, während die meisten anderen Männer auf dem Rücken lagen und zu den Wolken aufschauten. Er stellte sie ein Stück von ihnen entfernt auf, und er malte Menschen auf der Wanderung.
Sind wir das?, wurde er gefragt.
Das sind Mormonen, war die Antwort.
Aber sie sehen aus wie wir, meinte Gustav. Der, der sich den Schweiß von der Stirn wischt, sieht genauso aus wie Johan Jo aus Lesja.
Das ist nicht Johan Jo, war die Antwort. Das ist ein Mormone. Einer, der früher hier unterwegs war.
Und der mit den roten Haaren da hinten! Der, der stolpert! Das bin ich doch!
Das bist du nicht, sagte der Mormone unangefochten.
Trottel, murmelte Gustav später, als er bei seiner Familie war. Solche, die mit Wundern prahlen und glauben, dem Himmel näher zu sein als andere.
Wer glaubt, ein Wunder erlebt zu haben, hat ein Wunder erlebt, sagte sein Stiefvater, der Vorbläser, freundlich.
Gustav brummte etwas an den Boden Gerichtetes.
Der Herr spricht alle Sprachen, sagte jetzt Michel Mandel. Also spricht er wohl auf Tausende und Abertausende Weisen.

Der Anblick des Malers erinnerte Hølje an seinen Jugendfreund Jon aus Tinn. Er und seine Mutter hatten damals am Fox River die anderen verlassen, um sich einer Gruppe von

Mormonen anzuschließen. Ob sie ihn wohl kannten, der Künstler und der andere?
So alt wie ich, erklärte Hølje. Er ist mit mehreren von zu Hause losgezogen, nicht nur mit seiner Mutter, es war ein Gudmund Haugaas dabei …
Die Augen der Mormonen leuchteten auf: Gudmund Haugaas, der ist einer unserer großen geistlichen Führer! Er ist ein Hohepriester.
Was für ein Wort! Hohepriester!
Er hat mich gebeten, die Bewegung zu malen, sagte jetzt der Künstler. Gudmund Haugaas.
Hølje verstand nicht.
Die Welle der Menschen, die zum Salzsee strömen. Aber ich hatte keine Farben, damals noch nicht. Jetzt habe ich welche.

Die Sonne beschien sie. Morgens ließ sie den Tau glitzern. Die Strahlen funkelten in den Spinnweben über dem Salbei. Es war jetzt Hochsommer. Sie gingen durch unwegsames Gelände, in Stiefeln oder verschlissenen Schuhen, einige hatten sich einfach Lappen um die Füße gewickelt. Alle waren versunken in ihre Gedanken über die Menschen und Gott, über Träume und frühere Taten. Johan Jo aus Lesja weinte. Er hatte solche Schmerzen. Die wüteten in seinem Magen. Sie waren wie kurze, scharfe Messerstiche in seinem Leib, wie wenn er einem Huhn den Kopf abhackte, dachte er. Und er weinte, denn es war schon eine Weile so, und er wusste, was das bedeutete: Es bedeutete, dass er hier in der Wildnis sterben müsste, und es bedeutete, dass er seine Mutter und Mali Jartrud niemals wiedersehen würde.
Es war wegen der Forellen, dachte er, weil er nie mehr Forellen aß. Und dann ließ er seine Tränen auf den Boden fallen, wenn der Wind sie nicht erfasste und sie an seinen Ohren vorbei nach hinten wehte. Und dann war es wegen der Kleider. Die Hose starrte vor Schmutz und Schweiß, und das tat auch

seine Jacke, sie war steif unter den Armen und im Rücken, graubraun von Staub und Regen und Schlamm und Stroh. Sie war nicht mehr gewaschen worden, seit Marte das vor dem Aufbruch in Biri getan hatte.
Jetzt kümmert sie sich nur noch um Bøllog, dachte er traurig. Um Bøllog, der Marte vor ihrer Mutter gerettet hatte. Beängstigend kühn, hatte Johan Jo über seinen Bruder gedacht, in der Nacht, als sie sich zu einem hastigen Lebwohl die Hände gereicht hatten, ehe Bøllog sich vom Treck davonstahl, in die Einsamkeit eines fremden Landes, den Arm um die geschundene Marte gelegt. Später hatte er sich so nach seinem Bruder gesehnt, dass es weh tat, denn ohne Bøllog war alles so seltsam leer. Und seine schmutzige, steife Kleidung scheuerte ihm Blasen.
Frau Mandel hatte bei Fort Laramie für ihre Angehörigen gewaschen. Aber nicht für Johan Jo. Sie sah ihn nicht mehr, und dabei hatte sie ihm früher nur das Beste gegeben. So musste es sein, das wusste er, denn Frau Mandel war der Teufel.
Und deshalb war Johan Jo auf dem Weg zum Gold zu einer Art Ausgestoßenem geworden, da die Gattin des Vorbläsers ihn nicht mehr mitzählte. Dass er trotzdem zu essen bekam, war Oskar zu verdanken.
Und dass er am vierten Juli Kuchen bekam, war Brenda zu verdanken. Es war ein Eierkuchen, denn Brenda hatte Eier. Sie hatte sie ins Mehl gelegt, damit sie nicht zerbrächen, und ehe sie sie dorthin gelegt hatte, hatte sie sie durch eine mit Salz bedeckte Hand rollen lassen. Auf diese Weise hatte das Salz die Poren der Eier geschlossen. So konnte ein Ei mehrere Jahre essbar bleiben, das hatte sie von der Halbblutfrau Belle in Chicago gelernt.
Und Johan Jo zwang sich, den köstlichen Kuchen zu essen, während die Schmerzen ihm so zusetzten, dass ihm die Tränen in die Augen traten.
Was ist denn los?, fragte der eine Mormone.

Nichts, murmelte Johan Jo müde.
Wir sehen doch, dass etwas los ist, meinte der andere Mormone, als sie weitergingen. Du hast doch diese Zuckungen im Leib. Und du taumelst, fast wie ein Betrunkener.
Sie hielten Ausschau nach jemandem, der sich des Kranken erbarmen könnte, jemand mit Ochsen und Wagen.
So landete der junge Mann aus Lesja auf den Tierfellen im Wagen von Hølje und Brenda. Dort lag er und fror, mit Fellen über und unter sich, er zitterte und bebte.
In unserem Zion gibt es einen Arzt, berichtete der Maler aus Toten.
Wir kommen da wohl alle vorbei, sagte Hølje.
Falls Jeremiah nicht weiter nördlich abbiegen will, überlegte der Künstler.

Und das wollte er, der Treckführer. Seit Independence, Missouri, hatte es nur einen einzigen Pfad gegeben, dem sie folgen konnten, jetzt teilte der sich. Der Weg zu Brigham Youngs Herde am Great Salt Lake führte nach Südwesten, der nach Oregon nach Nordwesten.
Lukas Jeremiah forderte Münzen von den beiden, die in die Salzseestadt wollten.
Aber was ist mit dem Kranken aus Lesja?, fragten die Mormonen.
Was soll mit dem sein?
Der braucht Hilfe. Ärztliche Hilfe!
Könnt ihr ihn nicht auf dem Karren mitnehmen?, fragte der Treckführer.
Die, die verstanden hatten, was er sagte, stellten sich vor, wie Johan Jo über den Rand des Karrens hing, eingequetscht zwischen Truhen und Bündeln und einer Staffelei. Ein Mann im Fieber, vielleicht ein Sterbender. Als diese Frage übersetzt und verstanden worden war, wurden mehr und mehr von Zorn erfüllt; der Treckführer hatte kein Mitleid mit einem armen

Kranken. Dort stand er und streckte fordernd die Hand nach Münzen aus; die Münzen waren wichtig, nicht der leidende Kranke. Und das war doch eine große Sünde, jawohl.
Können wir nicht alle über dieses Zion gehen?, fragte Michel Mandel versöhnlich.
Never, erklärte Lukas. Ich habe diesen Weg schon einmal genommen, ich nehme ihn nicht wieder.
Aber das ist der schnellste Weg in die Goldberge, behauptete der eine Mormone. Das ist der Weg von John Fremont, dem Helden aus dem Krieg gegen die Mexikaner. Er hat Brigham Young von der Schönheit erzählt …
Auf die Schönheit folgt das Teufelswerk, sagte Lukas. Der Humboldt-River ist schon schlimm genug, wenn wir weiter im Norden auf ihn stoßen. Außerdem kann ich Mormonen nicht ausstehen …
Diese Worte wurden ebenfalls übersetzt. Abermals erhob sich Zorn in den Zuhörern, der Yankee auf dem grauen Hengst war unhöflich, er war unverschämt …
Wir begleiten den Kranken, sagte ein Bursche aus Hardanger mit zitternder Stimme.
Ja, das tun wir, stimmte einer von Karmøy zu.

Und so wurden es mehr als zwanzig Wagen, die sich vorsichtig, vorsichtig den Steilhang zum See hinunterbewegten, an die hundert Menschen, die den Anblick des prachtvollen Gebirges erlebten; wie ein Märchen war es, fast göttlich schön, mit blauen, blaugrauen und einzelnen noch immer schneebedeckten Bergen, die sich in der blanken Wasserfläche dort unten spiegelten. Wie ein Triumphzug, so mochte es den Menschen scheinen, die sie empfingen, als hätten der Maler und der andere Missionar diese Schar für ihren Glauben gewonnen.
Sie wurden mit Gesang empfangen.
Bald wurde Johan Jo in ein niedriges Holzhaus getragen, und ein Heilkundiger kam, um nach ihm zu sehen.

Mit Gottes Hilfe, sagten sie später, durch den Herrn wird er wieder gesund werden oder sein Leben verlieren.

Die anderen wollten so schnell wie möglich weiter. Niemand wusste, wie viel oder wie wenig Gold es gab, der Vorrat konnte zu Ende gehen. Sie wollten nicht von anderen Trecks überholt werden, die sie in der Ferne hinter sich hatten ahnen können, ehe sie sich von Lukas Jeremiah getrennt hatten. Deshalb kam unter den Männern ungeduldiges Gemurmel auf, nachdem der Kranke versorgt worden war. Es half nichts, dass freundliche Frauen im Ort anboten, ihre Kleider zu waschen. Es half nichts, dass es noch andere dort gab, die Norwegisch sprachen und die ihnen Unterkunft und frischgebackenes Fladenbrot anboten. Am dritten Tag nahmen die meisten Abschied, mit Liberty Proud an der Spitze, denn er hatte keine Ruhe in sich, der Blauäugige mit der Weste, als ob der Mangel an Bewegung seinen Schmerz über den Verlust von Beauty und dem Kind noch schlimmer machte.

Die blieben, hatten unterschiedliche Gründe. Ein halbblinder Junggeselle von Karmøy hatte Wind in das blinde Auge bekommen. Elias hieß er, als Kind war er einem Angelhaken zum Opfer gefallen. Später hatte der Wind das verletzte Auge jedes Jahr rot gefärbt. Jetzt war es noch dazu geschwollen und vereitert, es war seit einer Weile fast zugeklebt und tat sehr weh. Der Besitzer wollte sich das Auge ausreißen. Auf der Wanderung hatte er das nicht tun können. Er brauchte Ruhe und Frieden dazu, und Einsamkeit, wegen der Schreie, die sich aus ihm herauspressen würden, wie er fürchtete.
Er suchte sich eine Stelle hinter einem Stall und hockte sich zwischen einige noch feuchte Kuhfladen. Dann zerbrach er die Kruste auf dem Auge und hob mit der einen Hand das Lid, während er mit den Nägeln der anderen in seiner Augenhöhle herumbohrte.

Die anderen gingen dem Geräusch der Schreie nach. Als sie ihn fanden, lag der Insulaner Elias schluchzend im Gras. Er hatte es nicht geschafft. Das Auge hatte zu fest in seinem Kopf gesessen. Der Versuch hatte entsetzlich weh getan, und trotzdem lag Elias da und warf sich fehlenden Mannesmut vor.
Dann kümmerte sich der Heilkundige um ihn, genau wie um Johan Jo.
Der junge Prediger aus Stange war der Einzige, der blieb. Simon hatte vor der Versammlung der Wanderer die Macht der Sprache verloren und war in Schande davongestolpert, und dann hatte Brenda ihn unter der Leinwand getröstet. Nach diesem Sonntag in der Prärie war er ein anderer geworden, einer mit einem ewig törichten Blick, der an Brendas Rockzipfel haftete. Er wagte nicht, ihr ins Gesicht zu sehen, er sah nur den Rock, vom Knie abwärts. Er entfernte sich nur so weit, dass er noch ihre Stimme hören konnte, wenn sie rief. Er ging nie so nah bei ihr, dass nicht noch jemand zwischen ihnen wäre, vielleicht die Frau Vorbläser oder Herr Mandel, vielleicht Hølje.
Wegen Brenda hatte Simon seinen eigenen Karren vom Treck weggezogen, als Høljes und Brendas Ochsenwagen vor ihm in diese Richtung gelenkt wurde. Deshalb schaute er zu ihr hinüber, als die Rastlosen verschwanden, und als Brenda blieb, blieb auch Simon. Er hätte niemandem erklären können, warum, aber ihn erfüllte eine Todessehnsucht in Form einer Vision, so kam es ihm vor, dass er und Brenda im selben Moment sterben würden und dass er deshalb in ihrer Nähe bleiben musste, um sie im Jenseits nicht zu verlieren, denn sie gehörten zusammen, das hatten seine Visionen ihm klargemacht. Seit jenem seltsamen Tag hörte er außerdem in seinem Kopf Gesänge himmlischer Art, und es kam vor, dass er versuchte mitzusummen. So war er in den Augen der anderen zu einem blökenden Schaf geworden, und viele fanden das widerlich.
Aber er war nicht nah genug, nicht nahe genug bei Brenda an

dem Tag, an dem die Mormonen sie zum Schluchzen brachten. Es war ein heller Nachmittag, der Himmel war strahlend schön und blassblau, und zwei Kühe brüllten, als der Fremde vor ihr stehen blieb.
Hatte er etwas zu ihr gesagt?
Simon hatte nichts gehört.
Hølje hatte, bevor Brenda zu schluchzen begann, auch kein Wort aufgeschnappt.
Es war ein älterer Mann, der dort stand, mit üppigem Bart und weißem Kragen auf ansonsten schwarzer Kleidung. Hølje sah ihn von der Seite. Und er sah, dass Brenda zurückwich und in einer jähen Bewegung den Arm hob, wie um sich zu schützen. Bei dieser Bewegung stürzte er hin, beim Anblick der Angst in ihrem Gesicht fuhr er zu dem Fremden herum. Der hatte gelbe Augen. Hølje hatte noch nie einen Menschen mit gelben Augen gesehen, aber dieser hatte gelbe Augen. Sie loderten und brannten wie in glühendem Glauben, an einen Teufel, durchfuhr es Hølje, und er legte den Arm um Brenda und zog sie fort, ehe der Gelbäugige auf dem Absatz kehrtmachte und zu einer kleinen Hütte lief.

Der Mann war der Böse aus Chicago, der Verrückte, der Brenda gefolgt war und sich ihr in dem Haus, das Ansgar erbaut hatte, aufgedrängt hatte, der Fremde mit den Raubtieraugen, der sie gefesselt hatte, dem sie die Narben auf ihren Oberarmen verdankte, jede geformt wie ein Kreuz. Brenda hatte sich die ganze Zeit daran erinnert, während sie sich näherten, sie hatte sich daran erinnert, was die Halbblutfrau Belle gesagt hatte, dass er aus der Stadt geschickt worden sei, mit einer Gruppe von Mormonen, damit diese seine Gedanken auf den Pfad der Demut und vielleicht der Reue lenkten.
Aber war ihnen das gelungen?
Brenda wusste nur, dass das Wiedersehen sie mit eisiger Angst erfüllt hatte.

Hølje führte sie fort, und sie ließ sich führen, als solle es so sein, als wisse sie, dass sie sich an ihn lehnen könne und dass er für sie da sei.
Hat er etwas Gemeines gesagt?, fragte Hølje sanft.
Brenda schüttelte den Kopf.
Sie ließ sich niedersinken, während noch immer Høljes Arm um sie lag. Dann saßen sie beide dort auf dem Boden der Mormonen, dicht beieinander, und Brenda lehnte sich an seine Brust und weinte lautlos. Die Farbe hatte ihr Gesicht verlassen. Ihre Hände wirkten kleiner und schmaler als sonst. Bald hörte ihr Weinen auf, sie war eingeschlafen. Hølje hielt sie im Arm und streichelte ihren Rücken; immer weiter streichelte er sie und fragte sich, wer dieser Gelbäugige sein mochte und wo die beiden sich schon begegnet sein konnten.
Simon hatte sich zu ihren Füßen hingesetzt. Dann kam ein Mormone und stellte auf Englisch eine Frage, und Simon spuckte vor den Schuhen des Mannes ins Gras. Als die Sonne sank, hob Hølje behutsam die Frau auf, die er liebte, und trug sie in das Haus, in dem ihnen eine Schlafstelle zugeteilt worden war.

Der Kranke genas. Es sei ein Wunder, so hieß es über Johan Jo, denn er war schon weit hinter den Mauern auf dem Vorhof des Todes gewesen; voller Maden war er gewesen, wimmelnder Maden auf einem inneren Misthaufen, sein ganzer Magen war ein verfaulender Abfallhaufen gewesen, aber das Ungeziefer war aus ihm herausgezogen worden, wie mit einem heiligen Madenspaten des Herrn und durch die heilende Kraft des Birkenholzes. Er war innerlich mit Birkensaft geläutert worden, anfangs vermischt mit abgekochtem Wasser, später mit Alkohol aus einem blauen Krug. Außerdem hatten sie ihm Tee aus Bitterblumen gegeben.
Nach zehn Tagen konnte Johan Jo Wasserbrei schlucken und müde lächeln. Nach zwölf Tagen zogen sie weiter; Johan Jo

saß mit baumelnden Füßen hinter dem Ochsenhintern, Elias ging zu Fuß, das blinde Auge verbunden, denn noch immer floss Eiter daraus.
Einer der Mormonen hatte für sie an einer Feuerstelle mit dem Finger in der Asche eine Karte gezeichnet. Er war selbst dort gewesen, wo sie hinwollten, bei Sutter's Mill.
Ich war an dem Tag da, als es passiert ist, hatte er zufrieden erzählt. Als Marshall den ersten Goldklumpen gefunden hat. Wie ein Nagel war der. Ein Mittelfingernagel.
Eine Gruppe Mormonen hatte für John Sutter dort am Fluss Americano das Sägewerk errichtet. Sie hatten um des Geldes willen gearbeitet, um etwas in ihr Zion mitnehmen zu können. Sie waren ursprünglich als Soldaten nach Kalifornien gegangen, auch das hatten sie wegen des Geldes getan.
Aber habt ihr denn selbst Gold gefunden?
Wer weiß?, sagte der Sägewerksschreiner ernst, dann wandte er mit scheuer Bewegung den Kopf ab und lächelte.
Das geheimnisvolle Lächeln des Mannes und seine ausweichende Antwort wollte ihnen nicht aus dem Kopf, als sie sich wieder auf den Weg machen. Agathe betrachtete ihre Fingernägel, sooo große Goldklumpen gab es also, und eigentlich waren sie wohl noch größer, da der Erzähler ein Mann war und gröbere Finger und Nägel hatte als sie.
Sechzehn Menschen waren noch übrig von den vielen, die einen Kranken hatten begleiten wollen. Vier Wagen und ein Handkarren. Ganz vorn gingen die Ochsen von Hølje und Brenda. Die nächsten gehörten Mandels. Dann kamen einige Brüder aus Løten, und ganz hinten ruckelte der Bruchkarren der Gruppe um den Mann von Karmøy, der versucht hatte, sich das Auge auszureißen. Neben dem Hinterrad des ersten Wagens ging Simon mit seinem Handkarren und summte zu seinem inneren Choralgesang.
Michel Mandel ging im Schatten seines eigenen Wagens und dachte an die verschlungenen Wege des Herrn. Dann öffnete

er den Lederband mit Wergelands Versen. In diesem Moment kam ein goldener Schmetterling und setzte sich auf seine Hutkrempe.

Sie gingen am Salzsee entlang. Der war an diesem Morgen groß und dunkelblau, und er war von Bergen umkränzt. Frau Mandels Milchkuh war am Wagen angebunden, denn das war ihnen eingeschärft worden: Die Tiere durften das Salzige nicht trinken. Agathe stapfte zufrieden in der Sommerbrise los, ausgeruht und mit frisch gestärkter Haubenkante, und sie dachte an die zusätzliche Wassertonne unter der Leinwand und einen Krug mit eingemachtem Gemüse, der ihr geschenkt worden waren. Sie schaute auf den blanken Wasserspiegel und dachte, der See sei sicher sehr seicht. Denn sie konnte den Boden sehen, als breite, blassbraune Flächen.
Alle wanderten dahin und fühlten sich wohl in dem schönen Bild aus Himmel und Bergzinnen und See, auch wenn Hølje zugleich ein wenig wehmütig war. Brenda hatte nichts dazu gesagt, dass sie mit dem Kopf an seiner Brust eingeschlafen war. Nicht ein Wort hatte sie über den Zwischenfall verloren. Am nächsten Morgen war sie gewesen wie sonst, wenn auch noch immer ein wenig blass. Hølje hatte sich schrecklich allein gefühlt, weil sie nichts gesagt hatte.

Was hätte sie sagen sollen?
Brenda sah, wie ihm zumute war. Sie sah, dass er sich abgewiesen fühlte. Und innerlich weinte sie, denn das wollte sie nicht.
Es war so schön gewesen, ihn so dicht bei sich zu haben. So schön war es gewesen, dass es ihre Angst betäubt hatte. Nichts konnte ihr passieren, solange Hølje in der Nähe war. Er war stark, dass wusste sie. Auf ihn war Verlass. Aber das lag sicher daran, dass er nichts wusste. Hätte sie ihm von dem Gelbäugigen erzählen sollen, ihm sagen, warum der ihr Angst gemacht

hatte? Das war unmöglich. Und sie fühlte sich einsam, weil sie nichts sagen konnte.

Der Abend brachte kühle Windstöße. Bald wurde es kälter, der Wind packte zu. Die Wanderer machten Rast. Sie gaben den Tieren Wasser aus den Tonnen. Die Menschen verzehrten kaltes Essen, es gab kein Feuerholz in dieser kargen Landschaft. Und nach einer Weile zogen sie weiter, unter einem Mond, der in dem gefährlichen Nass eine silberne Straße schuf.

Einige Zeit nach Mitternacht bogen die Ochsen der Løten-Brüder ab, auf die Silberstraße zu. Sie zogen den dritten Wagen. Die Junggesellen, denen er gehörte, waren eingeschlafen, sie wurden unter den Hickorybügeln hin und her geschüttelt. Jetzt wurden sie von den Rufen und dem veränderten Rhythmus der Bewegungen geweckt.

Die Ochsen tranken das Salzige. Sie leckten und nutzten ihre Zungen als Tröge.

Wie Schatten strömten Gestalten dazu und zogen sie am Zaumzeug, Schatten, die schoben und schimpften, die schlugen und schrien, aber die Ochsen wehrten sich und brüllten wütend und beleidigt, weil der Durst immer schlimmer wurde, je mehr Wasser sie tranken. Sie drehten ihre schweren Körper, kehrten den Männern die Breitseite zu, sie traten rückwärts und trafen andere Tiere im Gespann, und dabei verdrehten sie die Augen, und der Mond ließ das Weiße darin noch weißer aussehen.

Zwei Ochsen tranken sich zu Tode. Sie hießen König von Schweden und Napoleon. Die anderen überlebten, sie hatten weiter hinten gestanden und waren nicht richtig zum Zuge gekommen, obwohl mehrere bei dem Tumult Kratzer und Wunden abbekommen hatten. Die besten Fleischstücke wurden aus den frischen Kadavern geschnitten und sollten mitgenommen werden.

Die müssen in Streifen geschnitten werden, rieten die beiden Frauen.
Die Junggesellen hörten nicht.
Sie müssen zum Trocknen aufgehängt werden, sagten die Frauen, damit Wind und Geschwindigkeit den Fäulnisprozess verlangsamen.
Die Junggesellen wollten nicht hören, sie wollten weiter und fort von diesem Teufelssee.
Aber sie redeten eilig und wütend untereinander über schlafen oder nicht schlafen, während sie Zaumzeug und Holz betasteten, ob alles in Ordnung sei, und während sie die Eimer aufhängten; bei jedem Wagen musste immer mindestens einer wach sein, mahnten sie einander. Und sie gaben den Tieren Wasser aus den Tonnen, viel Wasser, damit das Salzige sie nicht noch einmal in Versuchung führte. Dann zogen sie weiter, während einer hinter jedem Gespann mit offenen Augen auf dem Bock saß. Die anderen wurden drinnen durchgerüttelt und durften schlafen, aber ihre Gedanken wanderten bei allen davon, zum See, zum Salz und dem Unglück – und dem Glück, denn der Verlust hätte viel schlimmer sein können, und bald dösten die Gerüttelten. Und bald nickten sie ein, ob sie das nun wollten oder nicht, auch die, die auf dem Bock saßen und die Zügel hielten. Aber die Tiere behielten die Richtung bei, als ob sie begriffen hätten, dass alles andere den Tod bedeutete.
Es war wie ein Wunder, als die Menschen wieder zum Leben erwachten und sich umsehen konnten, denn plötzlich war Morgen, und der salzige See war bedeckt von Eis und Schnee. Wie ein Wunder war das, als würden sie von Jahreszeit zu Jahreszeit geschleudert, obwohl ja auch zu Hause im Sommer im Hochgebirge Schnee liegen konnte, murmelte Johan Jo. Die Wasserfläche auf der anderen Seite des Weges war leuchtend weiß geworden, sie breitete sich vor einigen blauen Bergen aus wie ein riesiges verschneites Moor, dachte Johan Jo.

Sie ließen die Tiere anhalten. Es war wie ein Irrsinn, was sie hier sahen, als ob jemand sie zum Narren halten wollte. Die Sonne stach ihnen in die Augen, sie wurde durch das Weiß verstärkt. Die Strahlen wärmten. Sie brieten die armen Menschen.
Vielleicht kommt das vom Salz, überlegte der Vorbläser, durch das Salz gefriert das Wasser leichter.
Ja, vielleicht.
Falls wir nicht allesamt verrückt werden, murmelte Elias.
Sie näherten sich dem Weißen mit unsicheren Schritten. Man konnte es betreten. Sie brachen nicht durch ins Salzwasser darunter. Sie bückten sich und berührten dieses Seltsame. Es fühlte sich nicht sonderlich kalt an. Sie griffen danach, füllten ihre Fäuste, rochen und tasteten. Simon war der Erste, der sich einen kleinen Klumpen auf die Zunge legte.

Es war eben doch kein Schnee, was sie da vor ihren Augen sahen, doch kein Eis. Es war trockenes Salz. Sie schrien vor Verwunderung.
Wir können das einfach aufsammeln, riefen sie. Hier haben wir genug für ein ganzes Leben!
Sie warfen das Salz in die Luft. Sie sammelten es in Bündeln und Wintermützen, einige ließen es gleich in Truhen und Kiepen rieseln. Sie erinnerten sich jetzt daran, die Mormonen hatten versucht, es ihnen zu erzählen. Sie hatten es sich nur nicht vorstellen können. Sie hatten sich keine Wüste aus Salz vorstellen können, diese Menschen, die noch niemals Salzwüsten gesehen hatten.
Werft jedenfalls etwas auf die Stücke der toten Ochsen, rief Agathe den Junggesellen zu.
Aber die hörten nicht. Sie lagen im Weißen auf dem Rücken und spielten Weihnachten in Løten.

Sie erreichten das Ende des Salzes. Dort sollte eine Grasfläche auf sie warten, aber die gab es nicht. Am Rand der Grasfläche sollte es noch dazu ein Wasserloch mit Süßwasser geben. Sie verteilten sich und bildeten einen halben Stern, trockene Sandkörner verbrannten ihre nackten Fußsohlen, während sie suchten, ohne zu finden.
Die Tiere weiteten die Nüstern, sie stülpten sie fast um, um etwas Essbares zu wittern. Die Menschen ließen sie aus den Wassertonnen trinken. Dann suchten sie weiter, hinter steifen trockenen Büscheln, an kargen Felsen, und sie suchten nach den Hinweisen in der Landschaft, von denen die Mormonen ihnen erzählt hatten.

Sie fanden in der Dämmerung Wasser. Und sie fanden Gras. Die Tiere tranken und tranken, bis sie weggezogen werden mussten, damit sie auch noch Platz für Futter hatten. Die Menschen suchten nach Brennstoff, ohne Erfolg. Dann aßen sie, was sie von den Mormonen gekauft oder geschenkt bekommen hatten oder was aus Independence und Fort Laramie noch übrig war, Knochen mit getrocknetem und gesalzenem Fleisch, Fladenbrot und Kekse. Einige hatten noch genug für eine ganze Weile, andere hatten weniger, Einzelne hatten fast nichts. Und alle hatten Angst, sie könnten sich verirren.
Agathes Kuh sank in der nächsten Nacht in die Knie, am nächsten Morgen lag sie da, im Bauchfell ebenso eingesunken wie in den Eutern, und bereits kalt.
Von selbst gestorbenes Fleisch kann man nicht essen, wurde gemurmelt.
Aber wir haben das doch schon getan, das vom König von Schweden und von Napoleon, riefen die Burschen aus Løten; wenn wir nur bis zum Abend Brennholz finden!
Sie bewegten sich in der Landschaft bergauf, durch Felsscharten, ohne die Markierungen der Treckführer entdecken zu können. Einen Tagesmarsch hinter dem ersten sollte es ein

neues Wasserloch geben, aber der Tag verging, und dann noch einer. Dann wurden die Hänge zu unwegsam und steil, die Tiere konnten die Wagen nicht mehr ziehen; so sollte es hier nicht sein, wenn sie die Mormonen richtig verstanden hatten. Deshalb machten sie kehrt.

Und dann fanden sie ihn, den Brunnen im Sand. Die Öffnung war von zwei aufgedunsenen Ochsenkadavern verstopft, mehrere weinten bei diesem Anblick. Aber die Landschaft stimmte jetzt mit der Karte überein, und sie fanden die Klamm, die sie passieren mussten, um höher zu gelangen. Dann verirrten sie sich abermals. Und sie waren nicht die Ersten, sie fanden einen zerbrochenen Wagen. Auf diese Weise konnten sie ein Feuer machen.

Die Løten-Brüder tanzten ausgelassen um das Feuer, während sie das Fleisch der vom Salz getöteten Ochsen brieten. Der Gestank von Verfaultem und Rohem mischte sich mit dem von Gebratenem und Verbranntem.

Agathe und Brenda kochten Brei für die Ihren.

Die Blicke der meisten hingen hungrig an dem Fleisch. Sie hatten jetzt das Salzige, Trockene und Zähe satt. Sie waren von der Hitze der Tage benommen, benommen von der Angst, den Weg nicht zu finden.

Dieses Fleisch kann man nicht essen, sagte Agathe und wischte sich einige Ameisen vom Rock.

Aber bald aßen sie es doch, die Männer. Und zwar die Løten-Brüder, Mads und August, und Guttorm und Ernst aus Øyer, der halbblinde Elias, Rasmus aus Haugland und Bertil Krohn aus Askøy. Der blökende Simon mit dem Handkarren bekam ein rußiges Stück zugeworfen. Sogar Gustav und Didrik griffen gierig nach dem Fleisch, als sie das laute Schmatzen der anderen hörten.

Und auch der Vorbläser, obwohl seine Frau versuchte, ihm das Fleischstück aus der Hand zu schütteln.

Lass mich los, Weib, fauchte er.

Sie hatte es noch nie erlebt, dass er sie angefaucht hätte. Verdutzt fasste sie sich dann aber und verpasste ihm eine Maulschelle.
Das tut man einfach nicht, erklärte Agathe und wandte sich empört ab.
Worauf er einen Stein nach ihr warf.

Als die Sonne verschwand, saßen die Frauen mit Oskar, Hølje und Johan Jo allein am Feuer. Sie saßen bei den Resten eines Wagens, den sie erkannt hatten. Sie hatten außerdem eine leere Truhe gefunden, in die ein Name eingeschnitzt war. Sie hatte einem Junggesellen aus Numedal gehört, einem der Ungeduldigen, die nicht hatten warten mögen, bis Johan Jo Salt Lake City wieder verlassen konnte.
Aber dass er die Truhe nicht weiter mitgenommen hat, überlegte Hølje leise.
Um sie herum lagen viele und erbrachen sich oder jammerten in ihren Fieberwogen.
Die war sicher zu schwer, meinte die Frau Vorbläser über die Reisetruhe.
Dann ist der Numedaler jedenfalls selbst weitergekommen, sagte Hølje zufrieden. Mit dem, was er in der Truhe hatte. Vielleicht auf einem anderen Wagen.
So muss es gewesen sein, stimmte Brenda zu.
Die abendliche Kälte senkte sich über sie. Sie kam mit dem Sonnenuntergang. Der Schweiß auf dem Rücken verwandelte sich zwischen Haut und Kleidung in eine klebrige Schicht aus Feuchtigkeit. Sie holten sich Decken. Brenda sah nach den Kranken.
Lass mich in Ruhe, wurde geseufzt.
Lass mich sterben!
Die ganze Nacht hielten sie das Feuer am Leben, die Glücklichen, die sich von dem Fleisch nicht hatten in Versuchung führen lassen. Sie hatten die anderen näher an die Wärme ge-

zogen, fort aus den Pfützen von Erbrochenem. Sie hatten sie zugedeckt, aber einige hatten die Decken in ihrem Fieberwahn weggeworfen. Sie wurden abermals zugedeckt, denn es war eiskalt unter dem weißen Mond.
So verging die Nacht. Mit leisem Gespräch, unterbrochen vom Stöhnen und den Schmerzensschreien der Kranken. Johan Jo kippte um und schlief auf Oskars Oberschenkel ein. Brenda nickte an Høljes Schulter ein, als ob es so sein müsste, und sein Herz wurde davon warm. So wagte er, sie eine Weile vor den Augen der anderen im Arm zu halten. Bis er sie mit dem Kopf auf seinem Schoß niederlegte.
Oskar betrachtete dieses ungewohnte Bild, und er sah auch Høljes Blick, der in diesem Moment keinem anderen begegnete.
Agathe sagte nichts. Sie kehrte ihnen den Rücken zu und verzehrte die Reste des Breis.

Dann ging die Sonne auf und beleuchtete das Elend der Menschen. Die Gesunden sammelten das zersplitterte Holz und außerdem die verlassene Truhe auf und luden alles auf die Wagen. Sie zogen die Magenkranken hoch und legten sie zwischen Kiepen und Bündel und Werkzeug. Sie ließen deren Köpfe über die Kante baumeln, für den Fall, dass noch mehr herauf- und herauswollte.
Und dann sahen sie einen Fremden. Er musste schon lange dort gewesen sein, das ging ihnen später auf, denn er wusste, was noch im Feuer lag. Er musste sich am Vortag genähert haben, als sie das Fleisch zubereitet hatten, er musste die Bewegungen der Løten-Brüder gesehen haben, musste hinter einem Felsen versteckt gewartet haben, gewartet, dass alle einschliefen, darauf, dass sie sich von den Resten des kalten Feuers entfernten, damit er selbst zum Zuge käme.
Jetzt standen sie bei den Wagen, aufbruchsbereit. Wie ein kleines Tier rannte der Fremde auf das Feuer zu, ließ sich in die

Asche fallen und stopfte sich gierig einen letzten Rest von verfaultem und angesengtem Fleisch in den Rachen.
Nein!, rief Hølje und warf sich auf ihn.
Es war zu spät. Der andere hatte schon geschluckt. Aber Hølje hielt ihn am Arm, einen zappelnden, seltsamen Burschen, der ihm nur bis zur Brust reichte.
Sie hatten noch nie etwas so Schmutziges gesehen. Der kleine Mann hatte lange Haare, die ihm bis zur Taille reichten und die verfilzt und verworren und voller Unrat waren. Er hatte keine Hose und keine Schuhe, aber sein Körper war vom Hals bis zu den Oberschenkeln von einer Art Hemd aus Tierhaut bedeckt. Über seiner Schulter hing ein Bogen, in der Hand hielt er einen angespitzten Pfeil.
Aha, ein Späher, sagte Agathe und nickte Hølje zufrieden zu.
Auch er nickte.
Wo ist der Fluss?, fragte Agathe Mandel.
Fluss, Fluss, sagte sie und zeichnete eine Wellenbewegung in die Luft, während sie ihn fragend ansah.
Sein Gesicht hellte sich auf, und er wiederholte die Bewegung und machte dabei mit dem Mund Klappergeräusche.
No snake, sagte Brenda. The river. We want you to show us the river.
Er sah sie verständnislos an.
Agathe lief zur Wassertonne und kam mit einigen Tropfen in der Hand zurück, wieder zeichneten sie den Flusslauf, in die Luft, auf den Boden. Endlich schien er zu begreifen, denn er öffnete den Mund und stieß eine kleine Folge von Lauten aus. Brenda wich zurück, als sie seinen Atem roch, nie war ihr ein Lebewesen mit einem solchen Geruch begegnet.
Aber er wollte aufbrechen. Er machte Schritte, machte Sprünge, dann blieb er stehen und wartete. Die anderen folgten mit Ochsen und Wagen. Der Ortskundige fand Wege, auf denen sie vorwärtsgelangen konnten.
Es kam vor, dass er die Zugtiere an den Seiten oder zwischen

den Hörnern streichelte und ihnen helle Laute zuraunte. Er bewegte sich durch Felsspalten und entlang Geröllhalden, bis die Sonne unterging. Dann lief er in der Dunkelheit weiter, als ob seine Füße Augen hätten, als ob sie jeden einzelnen Stein erkannten, alles, während er immer wieder ein leises Schmatzen ausstieß. Hinter ihm ging Hølje mit einer Fackel. Unterwegs, wenn sie rasteten, rollte der Fremde sich hinter Brendas Rücken zusammen und lehnte für eine Weile in lautlosem Schlaf den Hinterkopf an ihr Kreuz.
Er führte sie zum Fluss. Es war später Vormittag, als sie ihn sahen, kurvenreich und braun. Die Ochsen wurden vom Zaum gelassen. Die Tiere tranken. Die Kranken aus den Wagen krochen heraus. Sie taumelten zum Wasser. Sie hatten seit zwei Tagen kein Süßwasser mehr bekommen. Elias von Karmøy hob den Kopf und schrie auf, als er den Indianer entdeckte. Er hatte ihn noch nicht gesehen, er hatte viele Stunden lang geschlafen und gewimmert. Jetzt saß der kleine Mann auf dem Boden, las Ameisen auf und verzehrte sie. Als die anderen weiterzogen, legte er die eine Hand an seine Stirn und schaute hinter ihnen her. Mit der anderen Hand umklammerte er ein Schmuckstück. Das hatte er von Brenda bekommen. Es war eine silberne Brosche. Sie hätte ihm eine Münze geben können, aber sie nahm an, dass er deren Bedeutung nicht verstehen würde. Das Schmuckstück dagegen war schön. Sie hatte ihm gezeigt, wie er es anstecken konnte, und sie hatte auf die Nadelspitze gewiesen, damit er sich nicht stach. Der Silberschmuck füllte seine magere Hand. Er schaute erst darauf, als die Weißen verschwunden waren. So saß er lange dort, denn sie waren lange zu sehen.

Sie folgten dem Humboldt-River, der nach einem Abenteurer so benannt war und dem John Fremont diesen Namen gegeben hatte, der Mann, dem es vor allem zu verdanken war, dass Kalifornien nicht mehr zu Mexiko gehörte. John Fremont hatte eine Schießerei mit den Mexikanern provoziert und diese als Vorwand genommen, um den Krieg um Kalifornien vom Zaun zu brechen, hatten die Mormonen erzählt. Außerdem hatten sie erzählt, dass der Abenteurer Humboldt ein großer Wissenschaftler gewesen war, der es durchaus verdient hatte, dass man einen Fluss nach ihm benannte.

Der Fluss glitt langsam durch die einförmige, trockene Landschaft. Am Ufer wuchsen nur dünnes graugelbes Gras und einige Disteln. Auf beiden Ufern gab es Sandflächen. Später am Tag kamen sie plötzlich zu einem grünen Flecken, wo die Tiere grasten. Am Rand der grünen Fläche entdeckten sie eine Pfeife und eine Tüte voll Tabak. Gustav bückte sich und hob beides auf. Auf diese Weise bekam er seine erste Pfeife. Beim ersten Zug musste er sich gleich wieder übergeben.

Vielleicht lag es am Wasser, das eher an ein Moor denken ließ als an einen Fluss, das nur selten durchsichtig und frisch war und das oft an Schlamm erinnerte, vielleicht lag es am Schlamm, dass alle, die immer wieder gekotzt und danach immer nur geschlafen hatten, dass es ihnen allen wieder schlechter ging, nachdem sie es getrunken hatten.

Jetzt kam es vor allem aus dem anderen Ende, es floss längs durch den Körper, seltsamerweise dünner als das, was sie getrunken hatten.

Hølje sah das aus dem Augenwinkel und schämte sich bei dem Anblick, als die anderen aus den Wagen kippten und ohne nachzudenken die Hosen fallen ließen.

Wie Frösche, dachte Brenda über die, die da mit spitzen Knien hockten.

Reißt die Hosen im Schritt auf, sagte Frau Mandel erbost zu ihren Söhnen. Dann könnt ihr euch setzen, ohne eure Kleider zu versauen und ohne dass wir euer Achterdeck sehen müssen.

Als sie beim nächsten Mal aus dem Wagen sprangen, machten sie es so, Gustav und Didrik, sie teilten ihre Beinkleider. Bald

folgten andere ihrem Beispiel. Nur Mandel ließ sich nicht sehen, als Einziger der Kranken.
Er wollte sich nicht entblößen. Es steckte in ihm wie ein roher Wille, es war das Einzige, was er in seiner Verzweiflung noch hatte, er wollte nicht mit nacktem Hintern im Sand sitzen und von *ihr* gesehen werden können. Also entleerte er sich ins Butterfass seiner Frau, denn das war jetzt leer und würde es auch noch lange bleiben, glaubte er. Den überraschenden Inhalt des Fasses goss er heimlich über den Wagenrand.

Eine ganze Woche lang folgten sie dem Humboldt und seinem kurvenreichen Lauf durch die Wüste. Sie schwitzten und erlitten Schwindelanfälle, die Fußwanderer. Die Kranken litten. Ihre Haut trocknete ein und fing an zu bluten. Dann lagen sie unter der Leinwand und kratzten sich mit verschmutzten, rissigen Nägeln bis aufs Blut. Einige hatten zudem Wunden im Mund. Sie fluchten aus dem Mundwinkel, vorbei an dem erstarrten Eiter, der an den Wunden klebte, als ob das Leben und sie selbst vom Elend verringert worden seien.
Nichts ins Trinkwasser kacken!, forderte einer der Gesunden sie auf.
Halt die Fresse, zum Teufel, quakten die Frösche.
So änderte die Sprache sich im Sand. Als ob sie den Herrn und das Heilige aus den Augen verloren hätten.
Verdammte Scheiße, schimpften sie, wenn sie zwischen den Truhen lagen und sich kratzten, bis das Blut strömte.
Verflucht, verflucht, stöhnten die, die unter schrecklichen Schmerzen im Sand hockten.
Wollen wir zusammen beten?, jammerte Simon ängstlich; er versuchte jetzt, selbst zu gehen, nachdem Oskar und Hølje einige Tage lang abwechselnd seinen Handkarren geschoben hatten. Simon schob, die Brust an eine Truhe gelehnt, mit hängenden Armen, als ob es ihnen noch an Kraft fehlte oder als ob er vergessen hätte, dass er sie besaß.

Hüte deine Fresse, du Scheißpisser!, fauchte ein anderer Kranker den ehemaligen Prediger an.
Oskar sah, dass der Karren für Simon zu schwer wurde. Er wollte ihn wieder übernehmen, davor hergehen und ihn an einem Seil hinter sich herziehen.
Das ist mein Kreuz und nicht deins, wimmerte der andere. Weg mit dir!, fauchte er. Du mieser Schartenhase!
Und du bist frech und dumm vom Kopf bis zu den Füßen, sagte Frau Mandel und schlug ihn zu Boden.
Du!, antwortete Simon, als er sich wieder aufrappelte, und seine Stimme hatte etwas Neues und Blankes bekommen: Rühr du ja nicht das Heilige an, du unreines Weib! Simon ist ein Heiliger, ich bin der Bote. Weiche vom Boten, du verlängerte Rabenklaue des Teufels!
Er klammerte sich an die Kiste und schob, schob, während es aus ihm herausfloss, durch seine Hose, in die Schuhe, in den Sand, er merkte es nicht mehr. Und der Gestank stieg um ihn herum auf wie teuflischer Schwefel.
Brenda fürchtete, dass viele langsam verrückt würden vor Schmerz und Erschöpfung, vor Nachtfrost und stechender Sonne, vor Hunger und Durst. Verrückt.
Trost fand sie in Høljes Gesicht; das war ruhig. Sein Blick war klug und aufmerksam und sagte ihr, dass er sich ängstigte, um sie und um dic anderen.
Und sie zogen weiter durch die Wüste, am Fluss Humboldt entlang, bis der starb.
Er mündete nicht ins Meer oder in einen größeren Fluss. Er ergoss sich nicht in einen See. Er verlief im Sand. Es war ein seltsamer Anblick, das Rinnsal, das schmaler wurde und verschwand.
Nichts mehr, worin sie die Füße kühlen könnten. Nichts, womit sie ihre Stirn feuchten konnten. Nur graubraune, feuchte Sandkörner.
Simon sank am Ende des Feuchten zu Boden. Simon der Pre-

diger, der Gold holen wollte, um in Chicago eine Kirche zu errichten.
Endzeit, murmelte er. Der Herr sei gepriesen!
Dann atmete er zitternd aus, ein letztes Mal. Die anderen Kranken sahen mit hervorgequollenen Augen den plötzlich Entseelten an, als wollten sie ihn mit ihren starren Blicken wieder auf die Füße und weiter ziehen. Aber der Körper blieb liegen, mit mageren Waden, die aus von Kot erstarrten Hosenbeinen ragten, mit Füßen, die in die Ärmel seiner Jacke gewickelt waren, die Simon von diesem Kleidungsstück abgerissen hatte. Ein braunschwarzer Käfer kroch auf ihm herum, durch die Haare und über die Stirn, über die Wange auf ein Nasenloch zu, und Gustav versetzte dem Leichnam einen Tritt und kehrte ihm mit trockenem Schluchzen den Rücken zu.
Sie begruben ihn im Sand. Der Vorbläser sprach, wie er das schon einmal für seine Schwiegermutter getan hatte. Seine Stimme war heiser, als ob Reste des Erbrochenen in seinem Hals erstarrt wären. Ansonsten ging es ihm jetzt viel besser, Michel Mandel hatte es sogar geschafft, das Butterfass, in das er sich entleert hatte, in Sand und Schlamm zu reinigen, ehe das Flussrinnsal verschwunden war.

Sie folgten den Bildern der Landschaft, die sie in sich trugen, über den Sand auf die Berge zu. Die Gesunden suchten nach neuen Wegmarken, neuen Steinformationen und neuen Felsspalten. Jetzt ging es wirklich nach oben, das hier war der letzte Aufstieg vor dem Abstieg zum Gold.

Und die Steifheit ließ die Glieder der Gesunden los, die, die alles gezogen hatten, die die Tiere gelenkt hatten, die sich um Gesundheit und Verstand der anderen geängstigt hatten, die dort in der Einöde den Tod gefürchtet hatten. Denn bald wurden sie von einem anderen Treck eingeholt, mit einem Treck-

führer, der den Weg wusste. Bald war alles um sie herum wie früher, mit Gerede in allerlei Sprachen.
Doch noch immer konnten sie sich verirren. Andere vor ihnen hatten sich verirrt, das konnten sie sehen. Sie hatten sich Felsspalten ausgesucht, die ein Stück weiter so eng wurden, dass sie kehrtmachen mussten. Dann mussten sie die Tiere losbinden und die Wagen mit Hand und Körpergewicht stützen, während sie wieder bergab glitten. Doch am Steilhang verloren sie die Wagen oft aus dem Griff, diese konnten Menschen zu Boden reißen oder am Fels zerschellen. Die losgebundenen Tiere wollten sich an ihnen vorbeidrängen …
Sie sahen es, wieder und wieder, zerschmetterte Wagen. Tierskelette. Zurückgelassene Gegenstände, die niemand noch hatte tragen können. Truhen. Pfannen, Werkzeug. Nachts hörten sie die Wölfe, aber hier gab es Brennholz, für Feuer, das die wilden Tiere auf Distanz halten würde. Und hier gab es rieselnde, gluckernde Bäche. Und Nadelbäume.
Einen wunderbaren Duft.
Die weiterhin Kranken tranken das Bachwasser. Anfangs floss auch das sofort durch sie hindurch. Dann konnte ihr Körper es festhalten. Und die Männer konnten wieder essen. Einen Bissen Fladenbrot. Einen Löffel Brei, mit Wasser gemacht, das rein und klar war und nicht braun.
Bald lächelten sie in die Lichtfunken, die die Baumkronen über ihnen durchließen.
Wie zu Hause, seufzten die Norweger. In den Pausen fuhren sie manchmal mit der Hand über Stämme, sammelten Tannenzapfen und Stücke von rauher oder seidenglatter Rinde und rochen daran. Wie zu Hause in Biri. In Løten. Bei Øyer …
Und in ihnen erwuchs eine neue Freude über den Geruch des Waldes, den Geruch von Harz und Tannennadeln, von Pilzen und morschem Holz. Eine kräftigende Freude.
Niemand schielte mehr verlegen zur Seite, mit Augen wie Kugeln, auch wenn die Verlegenheit noch immer zwischen ihnen

hängen konnte, abends am Lagerfeuer, bei der Erinnerung an die spitzen Knie und das quakende Jammern der Menschenfrösche nur einige Tageswanderungen zuvor. Niemand fluchte oder schimpfte. Aber es schlug auch niemand vor, einen Choral zu singen. Und sie kletterten an allen Wochentagen weiter aufwärts, ohne am siebten andächtig zu ruhen. Sie waren jetzt seit fast fünf Monaten auf Wanderschaft, von Independence durch die Prärie und durch die Wüste, durch Landschaften ohne Schatten, aber hier gab es Schatten, unter den Baumwipfeln, und sie näherten sich dem Ziel, sie wussten jetzt sicher, dass sie es erreichen würden, trotz des Blutgeschmacks, den sie beim Klettern verspürten, und obwohl die Tiere nicht mehr mithalten konnten …

## *Hangtown*

Über Coloma hätte ein goldener Stern am Nachthimmel hängen können. Das war nicht der Fall. Trotzdem fanden sie den Weg, bergab oder am Berg entlang, von Osten, von Westen. Es war weniger steil hier auf der Seite des Stillen Ozeans, die Hänge bei San Francisco waren sanfter. Die Maultiere wanderten mit ihren Lasten dahin, gefolgt von desertierten Seeleuten, die johlten und lachten, um ihr schlechtes Gewissen wegen ihres heimlichen Fortgangs zu übertönen.
Unten an der Reede lagen die Schiffe einsam und verlassen. Mast hinter Mast, nackt und ausgeplündert. Die Segel waren zusammengerollt und zusammengebunden worden, bis sie über dem Rücken eines Packtieres hängen konnten, in den Goldfeldern sollten sie dann als Zelte genutzt werden.
So kam es, wegen der durchgebrannten Matrosen, dass Leonard de Lilac, der junge Mann, der einmal die Plantage Magnolia im Staat Georgia übernehmen sollte, sich erst jetzt dem Ziel nähern konnte. Er hatte in Panama vergeblich gewartet. Viele Wochen hatte er gewartet, auf ein Schiff, das niemals kam. Nicht, dass sie offene Not gelitten hätten, Leonard und seine Freunde, sie hatten ein Dach über dem Kopf gehabt und waren satt zu Bett gegangen, und sie hatten gute Zigarren gekauft.
Es war ein Schiff aus New York, das sie am Ende mitgenommen hatte. Ein Schiff voller Griechen aus Europa, dazu voller Abenteurer von der Ostküste. Alle waren mitgenommen von der Reise, auch wenn die viel angenehmer gewesen war als die Leonards und der anderen, denn die waren über Land und durch die Wildnis gekommen. Sechzig Meilen Dschungel la-

gen zwischen Chagres und Panama City. Unterwegs war die kleine Reisegesellschaft aus Georgia vom Alcalde von Gogona bewirtet worden, er hatte Affen serviert, die gebratenen Kindern ähnelten. Einer von Leonards Sklaven war außerdem in der unheimlichen Dunkelheit am Flussufer verlorengegangen, die anderen hatten sein entsetzliches Geschrei gehört, als er von einem Krokodil in Fetzen gerissen wurde, falls es nicht eine Wildkatze war, die ihre Zähne in sein Fleisch geschlagen hatte.

Und sie wanderten auf den Goldfluss zu, freie Männer und Sklaven, Arme und weniger Arme, viele Tage lang, bis sie die ersten Anzeichen sahen. Ein Feuer. Ein Camp. Ein Zelt. Eine Holzhütte. Ein größeres Zelt, getragen von dünnen Baumstämmen. Gekrümmte Gestalten standen am Ufer, jede mit einem Sieb in der Hand, und teilten Leichteres und Schwereres und starrten die Körner aus Sand und nichts als Sand an.

Es war Herbst. Es war kalt, wenn sie stundenlang barfuß im Wasser stehen mussten, aber daran dachte er nicht, Oskar mit der Hasenscharte. Er dachte an Frauen. Deshalb waren sie dort, dachte er über die Männer in seiner Nähe, wegen der Frauen. Immer ist es eine Frau, die einen Mann antreibt.

Sein Stiefvater hatte ihm das gesagt, vor vielen Jahren, ehe er zum Stiefvater geworden war.

Alle Bestrebungen der Männer gehen auf die Frau zurück, hatte der klein gewachsene Mann mit dem melancholischen Blick dem Jungen mit der Hasenscharte anvertraut. Ihr möchte er gefallen. Durch sie kann ein Mann erhoben werden, aber wir müssen eine finden, die es wert ist.

Damals in Biri hatte Michel Mandel nicht an Oskars geschäftige Mutter gedacht. Sondern an eine andere. Der Blick des Mannes war irgendwo zwischen dort und jetzt erloschen, das wusste der Stiefsohn. Jetzt leuchteten sie wieder, die Augen des Vorbläsers, sie leuchteten zum Flusswasser hinüber, das

wie eine wogende, durchsichtige Decke über versteckte Körner oder Fingernagelbreiten aus Gold glitt und wo Brenda sich über ein ausgebeultes Sieb bückte.
Oskar sah, wie die Feuchtigkeit durch den Stoff ihres Rockes aufstieg und die Ärmel ihrer Bluse dunkler färbte. Er sah, wie sie mit dem Sieb den Flussboden aufwühlte, ehe sie es sorgfältig hin und her schüttelte. Sie schaute aus zusammengekniffenen Augen in den Sand, schaute und schüttete aus, griff wieder mit dem Sieb in den Sand und schüttelte, schüttelte mit Armen und Oberkörper, schüttelte, bis der Rand ihrer Haube im Sonnenlicht bebte, bis der Flaum auf ihren Wangen sich im Takt bewegte.
Oskar betrachtete die Menschen, die er kannte. Da waren Hølje und Didrik, da waren Gustav und die Løten-Brüder, da waren die Männer von Askøy und Stord, von Øyer und Haugland, da war Johan Jo aus Lesja, und da war der Stiefvater. Sie standen gebückt da, den Blick auf Wasser und Sand und Traum gerichtet, und hinter Wasser und Sand gab es ein unklares oder klareres Bild von einer, die sie irgendwann mit einem Lächeln empfangen würde, glaubte er. Von einer, die sie hochheben und an sich drücken könnten, auf einem Hofplatz, von dem sie noch nicht wussten, wo er liegen würde, aber der für goldenes Geld besorgt werden sollte.
Er selbst würde niemals eine bekommen. Didrik und Gustav und die anderen zu Hause hatten ihn schon längst dazu verurteilt, niemals würde er eine Frau haben. Das lag an seinem Makel. Einen Mann musste man doch ansehen können. Und er musste küssen können. Einer mit gespaltener Oberlippe kann das nicht.
Deshalb konnte er an andere Dinge denken als an die Beschaffenheit des Sandes, als er dort stand, obwohl er sich abmühte wie die anderen. Deshalb konnte er das glückliche Funkeln in den Augen des Stiefvaters sehen. Und er machte sich Sorgen um Brenda mit den hellen, feinen Haarsträhnen unter der

Haube. Oskar konnte sich wegen Brenda beunruhigen, denn er ahnte, wer sie für die anderen hier am Ufer war – sie war das Bild aus ihren Träumen. Obwohl es vielleicht andere aus Fleisch und Blut gab, in Chicago oder in der Koshkonong-Prärie, in Askøy oder Haugaland, war es Brenda, die hier in Coloma Zukunft und Hoffnung verkörperte. Sie war außerdem schöner als alle anderen, da war Oskar sich sicher. Und die Angst wohnte in ihm wie schon bei Fort Laramie und auf der Wanderung.
Vor allem ängstigte er sich abends und in der Nacht. In der tiefen Dunkelheit lebten Fackeln und Lagerfeuer wie Sterne, wenn er an der Böschung stand, wo sie ihr Lager aufgeschlagen hatten. Wie Sterne mit kleinen Lichtkegeln, so dass aus der Entfernung nur die Flammen wie Punkte zu sehen waren, nicht die Gestalten, die am Feuer lagen. Aber sie waren zu hören. Und sie johlten und sangen und lachten manchmal mit einem groben Lachen, das die Gesichter veränderte, von denen dieses Lachen kam.
Dann hatte Oskar Angst um Brenda.
Sie selbst ängstigte sich nicht. Vor Bären und Wölfen hatte sie größere Angst als vor Männern. Die Angespanntheit, die zu Beginn der Reise in ihr gewohnt hatte, war Ruhe und einer stillen Munterkeit gewichen. Sie hatte genug Glitzer für Essen und auch noch anderes gefunden, seit sie hier eingetroffen waren, und der Fluss war eine einfachere Einnahmequelle als irgendeine, die sie je zuvor gehabt hatte. Er gluckerte ab und zu leise, verlangte aber keine Antwort.
Hello, Darling, begrüßte sie den Fluss morgens und ahmte die anderen nach, von denen sie das gehört hatte. You got anything for me?
Einige Yankees in der Nähe grinsten.
This river is a lady, ma'am, didn't you know?
Looks like a man to me, antwortete sie. Breitschultrig und fesch.

Sie fand einige winzige Körner. Für Mehl und Graupen und Speck, Erbsen und Kartoffeln.
Es gab gleich in der Nähe einen Krämer, ein weißer Mann, der einige schwarzhaarige Knaben unter sich hatte; die schickte er an die Küste, um Nachschub zu holen. Wenn sie im Lager waren, standen sie abwechselnd im Kramladen und im Fluss, und der Mann bekam einen Teil von dem Gold, das die anderen fanden.
Brenda konnte diese Jungen freundlich anlächeln, und sie lächelten zurück. Sie waren so jung. Die anderen übersah sie. Stattdessen schaute sie aus zusammengekniffenen Augen in den trüben Fluss. Was sie mit dem Gold machen würde, wenn es endlich ihr gehörte, wusste sie nicht, nur, dass sie die Kälte um die Füße gegen die Wärme zwischen vier Wänden tauschen würde, und dort würde sie ganz ruhig sitzen, vielleicht in einem Schaukelstuhl und mit einem Buch in den Händen wie die von Michel Mandel.

Der halbblinde Junge von Karmøy gehörte zu den Ersten, die mehr als nur kleine Körner fanden. Er hob einen Klumpen von der Größe des kleinen Fingernagels eines Mannes auf. Er tauschte den Klumpen gegen neue Kleider. Er konnte sich waschen und sich Bart und Haare scheren lassen, denn es gab im Lager einen Barbier, der das Rasiermesser führte, wenn er zwischen den kalten Einsätzen mit nackten Füßen im Nassen eine Pause einlegte. Der Barbier hatte zudem ein Stück schwarzes Leder besorgen können, an dem Schnüre befestigt waren, so dass das hässliche und verletzte Auge verdeckt werden konnte. Deshalb war nur noch der Hut wiederzuerkennen, als Elias jetzt vor seine Freunde trat.
Und er bot ihnen Bohnen und Speck an, und sie griffen zu, aber sie blieben nicht lange sitzen, sie hätten keine Zeit, sagten sie. Und sie waren wie ein dunkles Gewebe aus Rücken, als sie vom Feuer aufstanden und zurück zu ihren Blechsieben eilten.

Die Norweger hatten ihr eigenes Lager, das ein Stück oberhalb von Sutter's Mill auf dem anderen Flussufer gelegen war. Dort lebten außer denen, die die ganze Zeit mit Lukas Jeremiah zusammengeblieben waren, auch die Leute, die die Mormonen am Great Salt Lake aufgesucht hatten. Alle hatten einander beim Wiedersehen umarmt, und am ersten Abend hatten sie lange und laut gefeiert und außerdem geseufzt und geschluckt, wenn Namen von anderen genannt wurden, die unterwegs ihr Leben verloren hatten.

Um sie herum gab es Iren und Deutsche, Franzosen und Griechen, Russen und Italiener, Polen und Leute, die spanisch sprachen. In Coloma hielten sich außerdem einige Chinesen auf, zwei, drei Familien, die sich durch Aussehen und Sprache von allen anderen unterschieden.

Am nächsten Morgen starrten sie stumm und erwartungsvoll in ihre Siebe. Immer neue Goldsucher trafen ein, mit Abenteuer im Leib, in größeren oder kleineren Gruppen, allein oder mit Maultieren oder Trägern, gut zu Fuß oder mit schleppendem Gang, bis sie begriffen, wo sie waren, und das letzte Stück rannten – wenn sie nicht auf die Knie fielen, die Arme zum Himmel hoben und dankten. Sie ließen alles fallen, was sie trugen, und stürzten zum Wasser wie surrende Insekten auf der Suche nach etwas Süßem. Erst wenn sie die abendliche Kühle spürten, machten sie sich auf die Suche nach Schutz. Die Hügel zwischen den beiden Flüssen Sacramento und Americano wurden zu Ameisenhügeln mit Hunderten und später Tausenden von Köpfen, die aus Gruben im Boden und aus Felsspalten ragten. Die Zelte waren wie im Wind wehende Reste von verlassenen Wespennestern. Wie Wespennester änderten sie sich in Größe und Form, je nachdem, ob sie aus einer Zeltfabrik in Sydney stammten oder von einem Wagenmacher in Chicago oder Independence. Die, die ihre Wagen den ganzen Weg hatten herschaffen können, schliefen darunter.

Die wenigsten nahmen sich anfangs die Zeit, eine dauerhaftere Bleibe zu errichten, mit Wänden und Dach aus Baumstämmen oder Brettern. Sie schliefen lieber mit den Füßen so dicht bei einem Feuer, dass die fast versengt wurden, um dann in der Morgendämmerung mit blaugefrorenen Zehen zu erwachen. Dann rieben sie die Zehen wieder warm, ehe sie zum Wasser liefen.

Liberty Proud hatte gleich neben dem Platz von Brenda und Hølje aus den Resten eines Wagens eine kleine Schutzhütte gebaut. Er war immer in ihrer Nähe, wenn sie aßen oder sich ausruhten. Er füllte sie mit Gerede.

Er sprach sie beide an; es ging um die Sünde, da Høljes Stiefvater und Brendas Vater ein aufgeklärter und bedeutender Quäker war. Denn konnte es der Teufel sein, und nicht Gott, der Liberty damals das Leben des reichen Mannes hatte retten lassen? War es doch nicht der Herr des Himmels, der durch die Wolkendecke gegriffen und ihn hochgezogen hatte, doch nicht Er, der ihn über den Ozean und weiter geführt hatte, war es eher der Fürst der Niedrigkeit, der sich damit amüsiert hatte, ihn zuerst mit Freude und Stolz zu füllen, um ihn später in den Schlamm zu pressen? Wie wäre es sonst möglich, dass er Beauty und das Kind verloren hatte?

Hølje mochte weder zuhören noch antworten. Der Mann hatte ihn unterwegs verraten, indem er die Beziehung zwischen Brendas Vater und Høljes Mutter aufgedeckt hatte, indem er den anderen gesagt hatte, die beiden, die hier zusammen reisten, seien Geschwister und sonst gar nichts. Jetzt verriet er ihn ein weiteres Mal, fand Hølje, indem er diese Sache mit Håvard wieder aufnahm.

Du solltest mit Herrn Mandel sprechen, meinte Brenda freundlich.

Warum das? Was weiß der denn?

Er weiß viel. Du solltest dich neben Mandels niederlassen, der

Boden da ist auch flacher. Und dann bittest du Herrn Mandel, dir Gedichte dieses klugen Poeten vorzulesen.

Hat er sie dir vorgelesen?, rutschte es Hølje heraus, als der andere sich zurückgezogen hatte.
Brenda gab keine Antwort. Aber sie streichelte seine Schulter, ehe sie zu der feuchten Schatzkammer nach unten ging. Denn sie wusste ja, dass Hølje in sie verliebt war. Auch er. Wie Didrik und noch andere. Aber für ihren Bruder war es am schlimmsten, weil sie so dicht beieinander wohnten. Rücken an Rücken lagen sie nachts ja, in ihre Decken gewickelt, ob es nun kühl oder warm war, dem Anstand zuliebe.
Als sie unterwegs gewesen waren und viele am Feuer und unter den Wagen dicht an dicht gelegen hatten, hatte er wie alle anderen geschlafen. Aber jetzt lagen sie unter dem Leinwanddach und waren nur zwei. Der Wagen war zerbrochen, und die Räder hatten sie verbrannt, aber der Rahmen war fast noch unversehrt. Sie lagen auf ihren Fellen und wurden von den anderen nicht gesehen. Und sie wusste, dass er ein Mann war und dass er litt.
Trotzdem war auf ihn Verlass. Da war Brenda sich sicher. Er würde sich niemals an ihr vergreifen, während sie schlief. Stattdessen lag er da als ihr Schutz gegen andere. Und sie konnte fast entspannt sein. Denn sie glaubte nicht, sich jemals wieder freiwillig unter einen Mann legen zu können. Damit war sie fertig. Es hatte ihr Schmerz genug zugefügt.
Ein paarmal hatte sie sich bei dem Gedanken an eine Fortsetzung ertappt, ein Leben nach diesem an einem Goldfluss, sie hatte sich eine Farm mit einer schönen Aussicht vorgestellt. Hølje war auch dort. Aber da hätte er wohl eine Frau geheiratet haben müssen, wie er sie sich wünschte, hatte sie dann gedacht, während Brenda selbst eine Art Tante mit ihrer eigenen Kammer sein könnte. Unbesorgt würde sie sich hinter ihre eigene Tür zurückziehen können. Hølje würde noch immer

da sein und auf sie aufpassen, auf der anderen Seite der Tür. In der Kammer könnte sie dann lesen, vielleicht an einem Glasfenster, das das Licht einließ, vielleicht mit einer kleinen Öllampe.
Aber etwas störte die Harmonie in diesem Bild. Und zwar der Umriss dieser anderen Frau. Brenda konnte sie nicht deutlich erkennen. Eben weil Hølje sie noch nicht gefunden hatte.
Dann träumte sie eines Nachts von dieser Farm. Und eine andere Frau sah sie dort nicht; Brenda konnte sich nicht in ihre eigene Kammer zurückziehen. Sie teilte ihr Lager mit Hølje.

Er war noch wach, als Brenda mit einer kühlen Hand die Unruhe von seiner Stirn strich. Er war wach, als sie die Decke zurückschlug und ihren Körper seinem zudrehte. Trotzdem schien er zu träumen, als sie ihre Lippen auf seine presste. Wie im Traum ließ er sich verführen, bis er es war, der den Akt vollzog.

Am nächsten Morgen war er beschämt und zugleich stolz und ausgelassen. Brenda war erschüttert, denn sie begriff nicht, was geschehen war; aber sie machte niemandem Vorwürfe, da sie sich an ihren Traum erinnerte. Zum Glück kam Liberty Proud dazu, als sie gerade essen wollten, deshalb hatten sie einen Dritten, auf den sie ihre Blicke richten konnten. Am Vortag hatte er seinen Schlafplatz verlegt, wie Brenda es vorgeschlagen hatte, aber jetzt war er wieder da.
Frau Mandel, sagte er, sie wollte Herrn Mandel nicht vorlesen lassen. Sie hat mich weggepustet wie ein Insekt.
Er ließ sich ein wenig unterhalb des Feuers und der Quelle des Essensduftes nieder. Hølje und Brenda boten ihm zu essen an, fast wie aus einem Munde, fast mit denselben Worten.
Die Seuche stammt jedenfalls vom Bösen!, so machte der junge Witwer unverdrossen mit dem Monolog des Vortags weiter, nachdem sie eine Weile gegessen hatten.

Brenda nickte, als gebe sie ihm recht. Hølje versuchte, eine Haut über seinen Blick zu ziehen wie um sich zu bedecken, um Scham und Verwirrung zu verstecken, das Ausgelassene und das Stolze. Aber in ihm sang es: Er hatte sie gehabt! Er wusste es mit jedem Glied seines Körpers, in jedem Winkel seiner Gedanken, in jeder Sehne unter der Haut. Und da musste doch auch sie …

Aber sie hatte doch geschlafen!

Aber sie hatte ihn als Erste berührt. Also musste sie es doch gewollt haben, auch im Schlaf? Und dann war es doch sicher auch Gottes Wille gewesen, dass es passierte?

So dachte er darüber. So wurde es ein Geschenk, für das er danken musste. Und er fühlte sich Liberty gegenüber, der dort saß und jammerte, freundlicher gestimmt, denn Liberty hatte ihn gelehrt, die Ereignisse des Lebens als Gaben Gottes zu betrachten, damals, als er sich über seine Wünschelrute gebückt hatte.

In den folgenden Nächten passierte nichts, aber Hølje spürte, dass sie ihn beobachtete; sie wollte offenbar, dass er zuerst einschlief, und ihm war klar, dass sie sich fest in ihre Decke wickelte.

Schließlich fielen ihm die Augen zu, während sie weiter wachlag.

Und sie dachte daran, was geschehen war, an den Traum, in dem alles so gut gewesen war. Aber es war ja nur ein Traum gewesen. Und zugleich war es ihr so wirklich erschienen!

Das verwirrte sie. Denn sie wollte es doch gar nicht.

Sie versuchte, an andere zu denken als an Hølje, an den Vorarbeiter aus der Ziegelei in Chicago, einen, den sie unbezahlt niemals angerührt hätte.

Deshalb wurde er eines Nachts davon geweckt, dass sie sich hin und her warf und unruhig war, vielleicht Angst hatte, und weil sie stöhnte. Und dann streichelte er Brendas Stirn, strei-

chelte die Unruhe weg, bis sie mit ruhigem, gleichmäßigem Atem weiterschlief. Danach liefen ihm Tränen des Glücks und des Friedens über das Gesicht.
Sie gehörte ihm, das wusste er jetzt. Sie spürte seine Fürsorge bis in den Schlaf.
Nach einer Woche geschah es wieder, das, worauf er gehofft hatte, dass sie sich ihm näherte. Auch diesmal geschah es, während sie tief schlief, aber es geschah.
Wieder begriff sie es am nächsten Morgen. Das sah er. Denn sie wich seinem Blick aus wie beim letzten Mal.

Sein neuer Reichtum erfüllte Hølje mit Güte für alle, die er kannte, wie für Liberty, als er sich an diesem Abend zu ihnen ans Feuer setzte.
Der Witwer war sehr mager geworden. Die hellen blauen Augen schienen größer als zuvor, und ihr Ausdruck wechselte zwischen dem Staunen des Toren und dem Hass des Rächers, das dachte Brenda jetzt. Sie hatte selten einen so armen Menschen gesehen, dem alles genommen worden war, was er besessen hatte, seine Frau und sein Kind. Sie hatte es schon beim Fort gesehen, die Armut in seinem Blick. Der Liberty Proud, der diese Wanderung angetreten hatte, war ein anderer als der, der ohne Stiefel in Annie's Inn aufgetaucht war. Noch ohne Stiefel und von wütenden Nachbarn von einem Hof vertrieben, den er für seinen eigenen gehalten hatte, war er reicher gewesen als heute, Stiefeln und Goldstaub zum Trotz.
Nur die Weste war dieselbe, wenn auch schmutziger.
Kann es eine Strafe gewesen sein?, fragte der arme Mann mit zitternder Unterlippe. Weil ich mir im Landbüro in Milwaukee diesen Hof erschlichen hatte?
Sieh mal, Liberty, sagte Hølje und reichte ihm eine Kartoffel.
Ich bin jetzt Syver, schluchzte der andere. Liberty ist zusammen mit Beauty gestorben. Syver ist arm und ohne Hoffnung, aber voller Schuldgefühle.

Wenn ich nur ein Zeichen bekommen könnte!, rief er, als er die im Feuer gebratene Kartoffel aß.
Jetzt war es Brenda, die sich schaudernd abwandte.
Gib mir einen Goldklumpen, forderte der Arme mit plötzlich stärkerer Stimme vom Abendhimmel. Gib ihn mir morgen, du Geizhals! Sonst falle ich wieder auf die Knie!

Nein!, tadelte Brenda.
Hølje lag in der Dunkelheit über ihr. Aber so durfte es nicht sein. Das musste er doch verstehen! Auf Träume hatte man keinen Einfluss, aber schon auf das, was man in wachem Zustand tat! Er hatte sich ihr jetzt mit offenen Augen genähert, doch das durfte er nicht.
Nein!, beharrte sie. Das tun wir nicht!
Aber wir haben doch schon, widersprach er. Du gehörst mir ja schon!
Er bedeckte ihre Lippen mit seinen, aber sie drehte sich weg. Noch hielt er ihre Arme fest, und sie musste sich losreißen.
Lass mich los, verdammter Mistkerl, fauchte sie.

Der Mann hatte das Gefühl zu stürzen. Er kam auf die Beine. Er lief hinaus in die Nacht. Bald saß er zwischen anderen und teilte mit ihnen einen Krug.

Es war bald immer so, dass er sie vor sich einschlafen ließ, dass er an fremden Feuern saß, dass er Krug und Gespräch teilte.
Tagsüber sahen sie bei den gemeinsamen Mahlzeiten aneinander vorbei. Dann standen sie bis zur Dämmerung im Flusswasser. Was sie fanden, steckten sie in ihre Beutel, die unter ihrer Kleidung hingen. Sie zeigten einander ihre Funde von Staub oder Körnern oder winzigen Klumpen nicht mehr, sie teilten nicht mehr wie anfangs die Freude über den Reichtum, als sei das ein gemeinsamer.
Aber Hølje zündete immer eine Fackel an ihrem Eingang an,

damit er den sehen konnte, wenn er in der abendlichen Dunkelheit bei den anderen Männern saß. Immer ging er schlafen, wenn die Fackel erlosch, und niemals betrank er sich. Aber er trauerte.
Und andere sahen, dass sein Blick gleichsam erloschen war, dass er die Frau allein ließ. Das erweckte in manchen neue Hoffnung.

Jedoch war es Oskar, der als Nächster unter den Norwegern bereichert wurde, nicht Syver Fiskeslohakket, der dem Herrn gedroht hatte. Oskar war allein, als es geschah. Er war groß, der Klumpen, der größte, den Oskar je gesehen hatte. Er lag wie ein Stein auf dem Boden und funkelte. Er war noch da, als Oskar die Hand ins Wasser streckte, er lag weich und rauh in seiner Hand, als er ihn packte. Kein Staub, kein Korn. Sondern viel mehr. Er erinnerte ihn an Blut in einer Pfanne, an Tropfen, die aus einem halbgebratenen Stück Fleisch gesickert sind. Etwas Flüssiges, das eine kleine Pfütze gebildet hatte und dann geronnen war. Aber das hier war nicht blassrot wie halbgebratenes Blut. Es war golden!
Er ging zuerst zum Barbier, wie Elias das getan hatte, mit einer vagen Vorstellung, dass der Barbier Wunder wirken könnte. Der Mann war Däne und redete verständlich. Er schnitt Oskars Haare. Er stutzte den noch spärlichen Bartwuchs des jungen Mannes.
Oskar sagte etwas.
Er hatte noch nie etwas zu einem Fremden gesagt, aber jetzt öffnete er den Mund und zischte ein paar Worte.
Du hast für Elias eine Augenklappe besorgt, sagte Oskar.
Der Däne musterte ihn und rasierte dann vorsichtig die gespaltene Oberlippe.
Ich weiß einen Schmied, murmelte er.
Dazu ist Gold vonnöten, fügte er bald darauf hinzu. Nägel aus Eisen lassen es ewig eitern. Gold ist das einzig Saubere.

Oskar nickte vorsichtig, während das Messer über seine Haut fuhr.
Dann schere ich dir alles weg, sagte der Däne.
Am nächsten Tag begab es sich, dass ein norddeutscher Schmied Oskars Gold schmolz. Das geschah in einer Schmiede mit drei schiefen Holzwänden unter einem Dach, und mit einer vierten Wand aus Segeltuch. Die Schmiede lag ein Stück von dem norwegischen Lager und dem Fluss entfernt, an einer Stelle, wo die Männer die Felsen aufbrachen, statt im Sand nach Reichtum zu suchen. Dry Diggins nannten sie diesen Ort. Davor saß Oskar und trank Schnaps. Er sollte vollgeschüttet werden und dann einschlafen, hatte der Deutsche entschieden, denn was nun kam, konnte dauern und weh tun.
Bald war Oskar betrunken, denn er war das Starke nicht gewöhnt, aber der Barbier und der Schmied plauderten noch miteinander – es musste doch noch etwas Besseres geben als Nägel. Der Nagelkopf im Mund würde außerdem Essensreste zu Schleim und Schlamm machen. Und möglicherweise würden sie beim Befestigen der Nägel das Fleisch verbrennen.
Ein Stück von ihnen entfernt ging ein Mann mit einem zahmen Bären vorüber. Schmied und Barbier sahen ihn nur von hinten, aber sie wussten, woran es befestigt war, das Seil, an dem der Mann das Tier zog: an einem Ring, der durch die Nase des Bären lief.
Der Schmied lächelte.
Haha, sagte er.
Der Barbier erwiderte das Lächeln.
Der Schmied lachte aus der Tiefe seiner breiten Brust.
Dann trugen sie den Betrunkenen ins Haus.
Als Oskar wieder zu sich kam, war seine Lippe mit dünnen Goldringen zusammengefasst. Darüber war ein Stück Büffelhaut befestigt wie ein fescher neuer Schnurrbart, ebenfalls mit Goldringen.
Meinen Glückwunsch, sagte der Barbier.

Oskars Mund tat weh und war wie ausgedörrt.
Wenn dein Bartwuchs rund um den Lappen kräftig genug geworden ist, können wir die Barthaare mit Wachs zwirbeln, und dann werden die Spitzen die Ringe fast verdecken, sagte der Barbier.
Aber das wird teuer, sagte er dann. Du hattest nicht genug.
Ich habe für dich ausgelegt, erklärte ein Finne, der ebenfalls in dem Halbkreis stand, der Oskar umgab.
Er ist Kaufmann, sagte der Schmied. Wenn du drei Monate in seinem Laden gearbeitet hast, seid ihr quitt.
Oskar fühlte sich noch benommen, und sein Haar troff; sie hatten ihm kaltes Wasser ins Gesicht gegossen, um ihn zum Aufwachen zu bringen.
Du siehst jetzt richtig gut aus, sagte der Schmied stolz.
Geh jetzt zurück und zeig dich deiner Mutter, sagte der Däne.
Aber sei morgen früh in meinem Laden, sagte der Kaufmann.
Danke, sagte Oskar verwirrt zu allen dreien.

Es war dunkel, als Oskar zum Fluss zurückkehrte.
Er fühlte sich neu und als ganzer Mann, als er sich den glühenden Punkten aus Feuern und Fackeln in Coloma näherte. Er zog die Stiefel aus, krempelte die Hosenbeine hoch und watete zum anderen Ufer hinüber, zum Lager der Norweger. Er ahnte die Burschen aus Løten und Johan Jo. Er sah, dass der vierte Hølje war, und er drehte sich zu dem Zelt um, das der Mann mit Brenda teilte.

Ein Bruder und eine Schwester, das wusste Oskar. Welcher Bruder bringt es über sich, rund um die Uhr auf seine Schwester aufzupassen? Wenn sie das in Biri über sich gebracht hätten, wäre Marte diesem Per niemals so nahe gekommen, und dabei waren sie drei Brüder gewesen, Hølje dagegen war nur einer. Oskar konnte ihn verstehen, das war es nicht. Und

Hølje ging ja niemals weit weg. Und er zündete am Eingang immer eine Fackel an, um sich davon überzeugen zu können, dass kein anderer sich dort aufhielt. Und um sich daran zu erinnern, wohin er selbst in der Dunkelheit gehen musste, hatte Oskar geglaubt. Damit er sich nicht verirrte, wenn er sich mit den anderen eine Flasche geteilt hatte.
Zugleich machte die Fackel es aller Welt deutlich, wo Brenda war.
Und in Oskar krampfte sich alles zusammen. Denn er sah an diesem Abend keine flackernde Flamme am Leinwandhaus der beiden Stiefgeschwister. Er sah Hølje, der redete. Aber die Fackel war getötet worden, so stellte Oskar es sich vor, sie war am Boden getötet worden, oder unter einer Stiefelsohle, um Dunkelheit zu schaffen.
Und in ihm stieg Angst auf, und Zorn auf den, der seine Verantwortung als Bruder versäumt hatte, denn Coloma war etwas anderes als Biri, und das wollte er laut herausrufen. Aber die Angst verzehrte den Zorn. Oskar eilte auf das Zelthaus zu, in dem Brenda war, ungesehen von denen, die er kannte. Gesichter und Gestalten tauchten vor seinem inneren Auge auf, während er weiterrannte. Ein zahnloser Russe mit nur acht Fingern. Ein Frankokanadier mit roter Mütze. Ein kleiner Schweizer mit zusammengewachsenen Augenbrauen. Aber sie würden es doch nicht wagen!, versuchte er, sich zu beruhigen, hier waren ja überall Leute, und da brauchte sie nur zu schreien …
Aber wenn sie eingeschlafen war! Wenn jemand sich zu ihr geschlichen hatte, ehe sie begreifen konnte …
Er hatte sich immer wieder vorgestellt, wie es passieren könnte, genau so, wenn niemand dort war. Und er wusste, dass es passiert war, sowie er nahe genug kam, denn er hörte Geräusche dort drinnen, Geräusche, die ihn an andere erinnerten, die er früher gehört hatte, aus Scheunen und Ställen, aus Vorratshäusern und Verstecken, aus Bettstroh oder hinter Ecken

oder Sträuchern. Das Grunzen geiler Geschöpfe. Gepresste Männergeräusche jenseits von Scham und Verstand.
Und schrie Brenda jetzt?
Kein Laut. Oskar stellte sich vor, wie der Fremde seine grobe Faust auf ihr Gesicht presste, wie er ihren Mund bedeckte und den Schrei daran hinderte, die Nachtluft zu zerreißen.

Die Fackel, dachte Hølje hinten am Feuer erschrocken. Die war erloschen.
Sie war einfach nur erloschen, versuchte er sich zu beruhigen. Die brannte ja auch nicht ewig.
Aber vorhin hatte sie noch so hell gebrannt.
Er erhob sich und bedankte sich für die Bewirtung.
Die Dunkelheit ragte vor ihm auf wie eine Wand, als er mit dem Rücken zum Feuer davonging. Der Himmel war ohne Mond und Sterne, seine Füße erinnerten sich an den Weg, ging er hier richtig? Dieses keuchende Atmen, das er gleich vor sich hören konnte!
Und Hølje begriff, was geschehen war, das, was er sich niemals vorzustellen gewagt hatte, was ihn aber trotzdem gequält hatte wie eine schreckliche versteckte Drohung; seit dem Aufbruch damals aus Independence hatte sie in ihm gewohnt, diese verborgene Furcht, dass andere sich an dem vergreifen konnten, was er so liebte, und ihm wurde eiskalt, und er tastete nach dem Messer. Gleich darauf war es drinnen vorüber, das sagte ihm das Geräusch der Erleichterung im glücklichen Aufkeuchen eines anderen, und es tat ihm so weh, dass ihm schwindlig wurde und er taumelte.

Der Mensch, der aus dem Inneren des Leinwandhauses kam, war wie ein magerer Wind aus lockeren Kleidern, aus Geschlecht auf dem Weg, sich in der Kleidung zu verstecken. Sie ahnten es mehr, als dass sie es gesehen hätten, Oskar und Hølje, diese beiden dort in der Dunkelheit, die noch nichts

voneinander wussten, die aber beide eine Hand nach der Gestalt ausstreckten, beide im selben gelben Hass.
Sie waren zwei Männer und eine Beute. Zwei Burschen, jeder mit seinem Messer. Beide wollten zustechen, um zu töten. Nur der eine fauchte einen hasserfüllten Satz. Danach taumelten sie auseinander, der eine und der andere, jeder in seine Richtung, der eine nur einige Ellen, dann fiel er auf die Knie und blieb lange liegen und atmete leise. Der andere bewegte sich vorsichtig auf das Ufer zu, zog zum zweiten Mal innerhalb kurzer Zeit die Stiefel aus und watete hinüber, dann verschwand er stolpernd in Richtung Dry Diggins.
Oskar fand einen leeren Schuppen nicht weit von der Schmiede, in der er mit Lederschnurrbart und Goldringen verziert worden war. Dort legte er sich hin und versuchte zu schlafen. Aber seine Gedanken wirbelten durcheinander, und die Bilder wogten durch den jungen Mann. Am Ende glitt er in einen unruhigen Dämmerzustand, bis er dann von drohenden Rufen aus dem Schlaf gerissen wurde.
Hängt sie! Hängt sie!
War es Oskar, der gehängt werden sollte? Er und der andere, mit dem zusammen er in der Nacht einen Mann zur Strecke gebracht hatte?
Er schaute durch einen Spalt zwischen den Brettern und sah eine Gruppe von Fremden. Sie blieben stehen und beratschlagten, das begriff Oskar, es ging aber nicht um Mörder, sondern um Pferdediebe. Oskar sah die Schuldigen, sah den Trotz bei einigen von ihnen und die hängenden Köpfe der anderen. Um diese Männer, die sich auf eine passende Strafe einigen wollten, standen viele andere, die zwischen den Whiskeyschlucken lauthals Ratschläge erteilten.
Sie einigten sich auf eine Prügelstrafe.
Ein Dieb nach dem anderen wurde ausgepeitscht. Bei jedem Schlag schrie die Menge Hoi!, ein Ruf, der mit der Anzahl der Schläge zu freudiger Stärke anwuchs. Oskars Körper zuckte

im Takt der Hiebe zusammen, als stehe er selbst dort mit nacktem Rücken.
Und dann lagen sie dort im Staub, die Männer, elend und zerschunden, aber doch frei. Und dann tauchte ein neuer Zuschauer auf, der glaubte, zwei der Sünder zu erkennen.
Das waren doch die, die das Gold von …
Wer denn? Wo denn?
Nicht hier. Anderswo, wenn auch in der Nähe. Sie haben alles gestohlen, was er hatte. Ein Vermögen …
Ist das sicher?
Sicher wie Gold.
Oskar verstand nicht alles. Aber er verstand den Ruf, der jetzt wieder in der Luft hing: Hang them! Hang them!
Und jetzt geschah es. Zwei Pferdedieben wurde nacheinander die Schlinge um den Hals gelegt. Bald darauf baumelten sie an einer großen weißen Eiche zwischen zwei Häusern. Oskar sah es, die leblosen Körper, den tropfenden Urin. Er zitterte am ganzen Leib. Und er weinte. Er weinte um Didrik.

Denn es war Didrik, der in dieser finsteren Nacht erstochen worden war.
Sie standen am nächsten Morgen neben ihm, Michel Mandel und Gustav, die Frau Vorbläser und Johan Jo, Elias und Liberty und Hølje, und es kamen immer noch weitere dazu. Die Zunge hing ihm zwischen den Lippen hervor, blau und bei dem unerwarteten Sturz halb durchgebissen. Er war im Bauch und im Hals verletzt worden.
Habt ihr nichts gehört?, fragte Elias.
Wir müssen tief geschlafen haben, sagte Hølje mit gepresster Stimme.
Brenda sagte nichts. Sie sah nur Frau Agathe mit blassen, ausdruckslosen Augen in einem grauen Gesicht an.
Dann sagte sie doch etwas: Ich habe eine Stimme gehört. Aber ich habe sie nicht erkannt.

Was hat sie gesagt?
Nicht viel.
Aber was denn!
Es war auf Englisch.
Jetzt sag schon!
You damned swine!
Sie wichen von ihr zurück wie von ihren Worten vertrieben.
Lukas Jeremiah, sagte die Mutter des Toten. Der redet immer so!
Brenda wandte sich ab, mit leichtem Staunen im Gesicht. Sie hatte das ja gar nicht gehört. Sie hatte lediglich geahnt, dass draußen noch andere waren, als Didrik das Leinwandhaus verlassen hatte. Doch sie hatte die Stimmen in der Dunkelheit keinen Bekannten zuordnen können.
Jedenfalls musste es am Gold gelegen haben, wurde während dieses Tages argumentiert. Denn ohne den ersten Fund bei Sutter's Mill wäre der Ermordete niemals nach Kalifornien gekommen. Er hätte niemals Gold gefunden und hätte wohl kaum das Faro-Spiel kennengelernt.
Didrik hatte an dem Abend, an dem er ermordet worden war, Faro gespielt, und er hatte gewonnen. Und sicher war ihm dann ein Verlierer gefolgt.
Lukas Jeremiah, behauptete Agathe. Aber der war in Sacramento, wie sich später herausstellte.

Sie trugen die Leiche ein Stück aus dem Gewimmel heraus. Agathe saß auf dem Boden und wiegte ihren leblosen großen Sohn hin und her, während die anderen ein Grab aushoben. Gustav hatte dem Bruder die blaue Zunge wieder in den Mund gedrückt.
Bald tauchte ein Fremder auf. Er sah aus wie die anderen hier am Fluss.
Ich bin Geistlicher, sagte er in einer Mischung aus Englisch und Deutsch.

Das behaupten viele, brummte die Mutter des Toten, als ihr das übersetzt worden war.
Sie fragt, was für eine Art Geistlicher Ihr seid, sagte Mandel höflich.
Herrnhuther, sagte der Deutsche zufrieden.
Dann will ich lieber Mandel, sagte die Frau Vorbläser.

Wir brauchen ein Haus, sagte sie außerdem, Agathe. Brenda und ich, wir müssen eine Tür haben, die man schließen kann.
Sie bekam ihren Willen. Gustav besorgte passende Bretter aus Sutter's Sägemühle. Hølje half ihm, und es tat ihm gut, seinen Körper zu harter Arbeit zu benutzen. Alles andere war die pure Qual: die Erinnerungen an die böse Nacht, Brendas abwesende Art danach, seine Schuldgefühle und seine eigenen Gedanken. Denn warum war Didrik dort unter der Plane gewesen? Hatte Brenda ihn dazu aufgefordert? Hatte sie ihn gebeten, auf sie aufzupassen, da Hølje anderswo an fremden Feuern saß? In diesem Schmerz war es besser, Wände zu bauen und ein Dach zu decken, als auf etwas kleines Goldenes zu starren. Aber die ganze Zeit sang in ihm eine Stimme: Verdammter Mörder!
Im neuen Haus nahm die Frau aus Biri Brenda zu sich wie eine Tochter, nur verpasste sie ihr keine Ohrfeigen. Ihr Gesicht wirkte fast sanft, wenn sie die Jüngere ansah.
Meine Marte ist nicht mehr da, sagte sie. Jetzt habe ich nur dich.
Brenda wusste nicht, was sie darauf antworten sollte.
Und dann haben wir Didrik verloren, wir beide, sagte sie.
Auch darauf gab Brenda keine Antwort.
Erst nach langer Zeit verriet die Frau Vorbläser ihre Gedanken: Sie war sicher gewesen, dass Brenda und Didrik in der Zeit vor dem Mord zueinandergefunden hatten, dass sie als

Verlobte betrachtet werden müssten. Auf diese Weise war Brenda gewissermaßen ihre Schwiegertochter, und da war es nur recht und billig, dass sie zusammen wohnten und aufeinander aufpassten, in diesem Tal der Männer, des Neides und des Hasses. In dieser Nacht, die so tragisch geendet war, war Didrik auf dem Weg zu Brenda gewesen, um ihr von seinem Gewinn beim Kartenspiel zu erzählen, vermutete Agathe. Und dann war er gleich vor ihrem Zelt ermordet worden, lautlos in der Nacht, von einem Strauchdieb.
Brenda streichelte einfach freundlich Agathes Arm.

Die Hütte wurde durch eine Leinwandbahn geteilt, auf der einen Seite schliefen Mandels, auf der anderen Brenda. Darüber gab es einen Hängeboden, dort konnten die Junggesellen Gustav und Oskar und Hølje liegen, hatte Agathe entschieden, während Oskar sich nicht sehen ließ.
Hølje entschied anders. Er blieb im Wagenzelt. Dort lag er allein mit seinem inneren Schmerz und dem Echo dieses Satzes, den er in der Nacht gehört und den Brenda wiederholt hatte: You damned swine. Er versuchte zu begreifen, wer diese heiseren Worte ausgestoßen hatte. Er war ganz sicher, dass er diesen Mann kannte. Aber er war in der Nacht nicht zu sehen gewesen, in der Dunkelheit und hinter Didriks hochgewachsener Gestalt.
Außerdem war da noch dieses andere, das in ihm nicht verstummen wollte. Verdammter Mörder. Hølje weinte. Weil er in seinem ganzen Leben noch nicht geflucht hatte. Jetzt wohnte sie in ihm, diese Verwünschung, dieses Wort, das Brenda ihm an den Kopf geworfen hatte, das an dem haftete, was er geworden war: ein Mörder.

Oskar ließ sich weiterhin nicht sehen. Seit der Barbier mit ihm fortgegangen war, war niemand in Coloma ihm wieder begegnet.
Vielleicht wollte er lieber trocken als feucht graben, hatte jemand vorgeschlagen, dass Oskar sich Geräte besorgt haben könnte, um in Dry Diggins Gold zu schürfen, statt sich im Flusswasser die Füße blau zu frieren.
Es heißt nicht mehr Dry Diggins, konnte ein anderer erzählen. Jetzt hieß die Gegend Hangtown.
Du musst ihn suchen, du, Gustav, hatte Agathe verlangt, aber dann war der Hausbau dazwischengekommen.
Geh Oskar suchen, du, Gustav, wiederholte sie später, ich will sehen, was der Schmied mit ihm gemacht hat.
Gustav ging und kam mit einem Sack billiger Bohnen zurück. Aber seinen Bruder hatte er nicht entdeckt, und er hatte es nicht geschafft zu fragen, ob jemand ihn gesehen habe.
Dann aber kam ein Mann aus Øyer und konnte berichten, dass er Oskar in Hangtown begegnet war, Oskar hatte im Eingang eines Ladens gestanden, mit sauberen Kleidern und einer Zigarre zwischen den Fingern und mit einem neuen und hübscheren Gesicht.
Ich hätte ihn fast nicht wiedererkannt, sagte Guttorm von Øyer.
Du meine Güte, sagte Frau Mandel verblüfft.

Fast, als ob sie es so geträumt hätte, dachte Brenda träge. In einem Haus zu wohnen, mit einem Ehepaar, und eine Art Tante zu sein, befreit von den Forderungen der Männer und zugleich beschützt von den vielen anderen in der Nähe.
Er hatte ihren Schlaf zerrissen, Didrik, mit Schnapsatem und mit großen knochigen Händen.
Meine Brenda, hatte er geflüstert, hier liegst du und wartest.

Sie hatte niemals Angst vor Didrik gehabt. Sein Blick war wie Schmetterlinge, flatternd blau. Seine Sehnsucht war die eines Jungen, hatte sie gedacht. Eine jugendliche Sehnsucht im Körper eines erwachsenen Mannes. Weil er noch nie eine Frau gehabt hatte, hatte sie sich während der Wanderung überlegt.
Nein, sie hatte keine Angst vor Didrik gehabt, und sie hatte fast sofort begriffen, dass er es war, der sie auf das Lager presste. Trotzdem war sie in dem kurzen Moment zuvor in Furcht erstarrt, auf dem Weg zwischen Schlaf und Nichtschlaf. Ihre Hand war zur Seite geschossen, wo ihr Messer lag. Während der Eindringling sich noch an seiner Kleidung zu schaffen machte, hätte sie ihn töten können.
Aber dann war es nur Didrik gewesen.
Voller Kummer hatte sie ihm seinen Willen gelassen, wie totes Fleisch, ohne Widerstand, ohne ihn anzunehmen. Wie eine Strohmatratze. Und der Kummer war zu Ärger geworden bei der Vorstellung, dass Didrik am nächsten Tag glauben würde, sie habe es ihm erlaubt. Und der Ärger war zu Wut geworden. Aber nun war er fertig und fast schon draußen, und der Druck in ihrer Brust wurde leichter, als sie die Männerschwere los war.
Und dann kam der Mord. Der dumpfe Laut eines Körpers, der auf den Boden auftraf.
Es muss Belle gewesen sein, dachte sie verblüfft. Die Halbblutfrau, die sie vor dem Gelbäugigen gerettet hatte. Aber die war doch sicher noch in Chicago? Dann war es Belles Geist, hatte sie gedacht. Aber war so etwas möglich?
Brenda hatte auf Stöhnen oder Atmen gehorcht. Aber draußen blieb alles stumm. Nur eine Leiche war übrig geblieben, das wusste sie, während sie dort lag. Aber nicht Belle oder Belles Geist hatten dafür gesorgt, das ging ihr langsam auf, denn während der Untat hatte sie eine Verwünschung gehört.
Und darüber zerbrach sie sich den Kopf, als Hølje eine Weile darauf hereinkam, um sich schlafen zu legen: wem sie gehörte,

diese zischende Stimme, die Didrik wütend angespuckt hatte, als der noch lebte.

Der Mann aus Tinn konnte die Einsamkeit im Zelthaus nicht ertragen. Er kämpfte mit Gedanken und Bildern. Er konnte nicht schlafen. Außerdem vergaß er zu essen, jetzt, wo Brenda nicht mehr da war.

Er brachte es auch nicht über sich, im Flusswasser zu stehen und zu der Hütte hinüberzuschauen, in der Brenda lebte, ohne sie erreichen zu können. Sie gehörte ihm! Aber jemand hatte sie ihm geraubt. Didrik, Agathe, Michel Mandel. Dort drüben kochte und aß sie mit anderen. Dort schlief sie im Atem der Fremden. Sie musste doch in seinem Atem schlafen!

Nein. Sie gehörte nicht Hølje. Das, was zwischen ihnen geschehen war, war geschehen, während sie träumte; aber von wem?

Nein. Sie hatten einander niemals etwas versprochen, hatten niemals von Ehe gesprochen, Hølje hatte ihr niemals einen Antrag gemacht.

Aber sie hatten sich auf den Fellen geliebt!

Ha! Und später hatte Didrik sie gehabt.

Deshalb ging er seiner Wege, Hølje, um nicht die Plane zu sehen, wo es passiert war. Er floh nach Hangtown, wo Oskar vor einem Laden stand, frisch gekämmt und fremd.

Was kann ich anbieten?, fragte der Verkäufer. Eine duftende Havanneserin?

Hølje hatte Oskar noch nie sprechen hören. Es klang heiser, als sei die Stimme noch nicht daran gewöhnt, benutzt zu werden.

Ja, bitte, und was kostet sie?, fragte der Kunde.

Die gebe ich dir natürlich aus, sagte Oskar. Nach dem weiten Weg.

Dann saßen sie in der Türöffnung, jeder mit seiner guten Zigarre und mit einer Flasche vom Scharfen, aus der sie ab und zu einen Schluck tranken, und auch das sah Hølje zum ersten Mal, dass Oskar Schnaps trank.
Er war wie neu.
Im Grunde ging es nur um einen kleinen Fellfetzen unter seiner Nase, aber der hatte so viel mit sich gebracht, sah Hølje. Er hatte die ganze Gestalt gestrafft. Und Oskar roch jetzt nach Haarwasser. So hatte der stumme Junge, der in der Prärie Blumen gepflückt hatte, sich verwandelt, fast in einen Städter, dachte Hølje.
Sie erwähnten Coloma nicht. Sie sprachen nicht über die Hütte oder darüber, dass Brenda zu Oskars Mutter und Stiefvater gezogen war. Sie erwähnten Didrik nicht.
Es stand aber zwischen ihnen, das begriff Hølje später, es stand da wie ein gemeinsames Wissen. Denn Oskars heisere Stimme, die hatte Didrik erkannt.
Später kamen Augenblicke, in denen er zu Oskar zurückwollte, um zu sehen, ob das vielleicht einen Trost bringen könnte. Aber er tat es nicht. Er schlug einsam, verängstigt und beschämt auf den Berg ein.
Und dann fand er in einer Felsspalte Gold.
In der nächsten Nacht wurde sein Lederbeutel gestohlen.
Er erbrach sich vor Verzweiflung, als er dort in einer armseligen Grube lag, denn es war eine kleine Strafe für einen Mord; sie musste doch größer sein. Und in ihm stieg ein Ruf auf: Kommt mich holen! Ich bin der verdammte Mörder!
Was hast du gesagt?
Neben ihm setzte ein Mann sich auf. Er grinste und kratzte sich im Schritt. Hast du jemanden umgebracht?
Ja, rief Hølje.
Ich sag's nicht weiter, sagte der Mann. Gib mir einfach dein Gold, dann halte ich die Klappe.
Aber Hølje hatte kein Gold. Außerdem wollte er unter der

Obhut eines Friedensrichters an eine Festungswand angekettet werden und büßen.
Hier gibt es keine Festungen, grinste der Fremde. Hier gibt es auch keine Friedensrichter.
Noch bestimmen in Kalifornien die mexikanischen Alcaldes, sagte er. Aber die mischen sich nicht in das Leben hier in den Bergen ein. Morden oder ermordet werden. Shit, man. Wir sind hier frei wie die Vögel.

Der Winter brachte neuen Regen nach Coloma. Und sie standen im Regen und siebten Sand. Einige fanden ein Vermögen und verschwanden. Wie Elias mit der Augenklappe. Er wanderte zum Meer und nach San Francisco, um ein Schiff zu suchen. Das Schiff sollte ihn zur Ostküste bringen, wo er ein neues finden würde, das ihn nach Hause brächte. Dann würde er sich eine Bucht und einen Strand kaufen, ein Boot und eine Wiese und zum Fischerkönig werden.
Später im Frühling war es Bertil Krohn von Askøy, dem ein großer Fund gelang. Er ging ebenfalls in Richtung Meer. Einige Monate darauf traf bei den Norwegern ein Gruß von ihm ein. Er war in San Francisco und besaß jetzt ein Hotel.
Im Herbst gab Rasmus aus Haugaland auf, er wollte in Krohns Hotel arbeiten, wie er sagte. Aber er landete in der Nähe von Sacramento, erfuhren die anderen im nächsten Frühling, auf einer Rinderfarm, wo er das Essen zu festen Zeiten auf den Tisch bekam, von Frauenhand zubereitet.
Es war so: In Coloma hungerte niemand. Alle fanden glitzernden Staub und Körner und kleine Nuggets, die sie gegen Lebensmittel und andere notwendige Dinge eintauschten. Sie hatten genug für Whiskey und Kartenspiel und für Besuche bei den Frauen in den Freudenhäusern, wenn sie es wagten, Sünde und Schande auf sich zu nehmen. Es wimmelte in den

Hügeln jetzt von Kaufleuten, aber die Preise hatten sich gewaschen. Das musste auch so sein, damit überhaupt jemand lieber einen Laden führte, statt auf Goldsuche zu gehen.
Der Traum war das *Mehr* als dieses tägliche und wöchentliche bisschen. Der Traum war das, was sie zu anderen machen sollte, als sie vor ihrer Ankunft hier gewesen waren. Zu einem, der schönere Kleidung trug und einen stolzen Gang hatte. Nicht umgekehrt, wie es der Fall bei Leonard de Lilac aus Savannah, Georgia, war. Seine Seidenhose war schmutzig und zerrissen, die Strümpfe hatte er schon längst weggeworfen. Seine beiden Freunde waren wieder nach Hause zurückgekehrt, sie waren zufrieden mit ihrer Beute. Sie hatten alles in einen gemeinsamen Topf legen und das Gold durch drei teilen wollen, aber Leo hatte protestiert. Er besaß doch auch seinen Stolz! Er wollte seine eigene Beute nach Hause bringen, nicht die anderer. Und deshalb musste er weiter dort im Wasser stehen, neben seinem Sklaven. Aber das war noch nicht alles. Er hatte mit einer Botschaft von zu Hause gerechnet. Er hatte angenommen, dass Francis ihn bald um seine Rückkehr anflehen würde. Er hatte sich vorgestellt, dass das Abenteuer mit der Haushälterin bald zu Ende sein und dass sein Vater dann wieder in seine alte Ruhelosigkeit verfallen würde. Aber er hörte nichts. Und er wollte nicht nach Magnolia zurückkehren, wenn dort alles noch wäre wie bei seinem Aufbruch.

Hølje war während dieser Monate von einer Felsspalte zur anderen gewandert. Er schlief auf dem Boden, fror in den Nächten, zur Strafe, dachte er, wegen des Mords, da niemand ihn festnehmen und ihn büßen lassen konnte.
Aber inzwischen fand er große Mengen Gold.
Er hatte Gott um Verzeihung gebeten. Jeden Morgen und jeden Abend hatte er gebeten, außerdem tagsüber, wenn er mit

Hacke und Stemmeisen dort stand. Dann fing er an, mehr als nur Goldstaub zu finden. Das Gold fiel ihm in die Hände. Bald hatte er zwei gut gefüllte Lederbeutel, er band sie jetzt um seinen Oberschenkel, ganz oben. Wenn jemand ihn im Schlaf ausrauben wollte, würde er seine Brust abtasten, das wusste Hølje, und nicht seine Hose.

Und in dieser Welle großer Funde wurde er plötzlich für eine Menge anderer sichtbar. Es geschah in der frühesten Dämmerung an einem regenschweren Morgen, als Hølje aufwachte, weil er sein Wasser abschlagen musste. Um ihn herum lagen andere, schlafend, schnarchend, abgesehen von einem Bündel, das über den Boden gerollt kam. Ein Bündel oder ein Stoffballen, der sich jählings ausstreckte und zum Menschen wurde, mit einem raschen Arm um den Hals eines anderen.

Hølje sprang vor und packte den raschen Arm. Er musste zwei magere Arme packen, den einen diebischen und den eines Gewalttäters, denn in der einen Hand hielt der junge Mann ein scharfes Messer. Hølje stand mit dem Messer eines Fremden zu seinen Füßen da, als die Menschenschlange sich losgerissen und davongelaufen war.

So änderte sich das Gleichgewicht in der Rechnung über Leben und Tod.

So wurde er noch dazu zum Helden, denn die anderen in der Nähe waren bei dem Handgemenge erwacht. Sie hatten die Tat gesehen. Und sie redeten den ganzen Tag davon.

Auf diese Weise wurde Hølje zu einem Berühmten, der das Gold und vielleicht auch das Leben eines anderen gerettet hatte. Davon hatte auch Hans Christian Heg gehört; Hølje kehrte ihm jedoch den Rücken und kratzte mit seinem Messer Glitzer aus einem Felsspalt.

Sind wir uns nicht schon einmal begegnet?

Das waren sie. In Muskego, damals, als Hølje mit Håvard die verschollene Elise gesucht hatte. Sie hatten in Even Hegs Scheune übernachtet, und Even Heg hatte vorher in Lier bei

Drammen eine Kneipe geführt. Sein Sohn Hans Christian hatte Hølje einen Kramladen gezeigt, in dem Indianerknochen in den Wänden steckten.
An dem Tag, an dem sie sich in Coloma begegneten, aßen sie zusammen, und Hølje fühlte sich ungewohnt stark und froh. So voller Gerechtigkeit fühlte er sich, dass er einen Sklavenhalter zurechtwies.
Er hatte schon früher gesehen, wie die, die glaubten, Besitzrecht über einen anderen zu haben, peitschten und schlugen und vor aller Augen einen anderen Menschen erniedrigten. An diesem Tag schaltete er sich ein: Darf man fragen, was dieser alte Mann verbrochen hat?
Der Sklavenhalter antwortete nicht, er machte einfach weiter.
Hat er vielleicht gestohlen?, schlug Hølje vor.
Er hat nicht das getan, was er tun sollte, antwortete der Sklavenhalter. Er sollte Werkzeug zum Schmied bringen und danach sofort zurückkommen. Und jetzt ist er hier, aber ohne das Werkzeug.
Vielleicht hatte der Schmied keine Zeit?
Nein, die hatte er nicht.
Und der Alte glaubte wohl, seinem Herrn besser dienen zu können, wenn er sich hier zeigte, statt dort zu sitzen und zu warten?
Er soll nicht denken. Er soll tun, wie ihm geheißen. Und wenn es bis morgen gedauert hätte, er hätte dortbleiben müssen.
Der kleine dicke Südstaatler schlug weiter. Und nun trat Hølje vor, packte die Peitsche und zerbrach sie über seinen Knien.
Später sprachen sie über das Unwesen der Sklaverei, die beiden Norweger. Noch später sprachen sie über Lier und Tinn und über die Knochen in Muskego. Außerdem erwähnten sie den Tod, denn der junge Heg hatte soeben aus einem Brief erfahren, dass sein Vater verstorben war.

Wenn wir genug gefunden haben, bauen wir hier eine Glashütte, sagte die Frau Vorbläser. Nicht wahr, Brenda?
Sicher, sicher, murmelte Brenda.
Denn bald werden die Leute bessere Häuser haben wollen.
Hm.
Und das Hin und Her wird wachsen, zwischen Osten und Westen, nicht wahr?
Schon, schon.
Und dann werden sie auch ein gutes Wirtshaus brauchen. Das kann Zum Seligen Didrik heißen.
Am nächsten Morgen rutschte die Frau Vorbläser aus und geriet mit dem Fuß in eine Felsspalte. Sie rutschte auf dem glatten Fels über einer Böschung aus. Ein größerer Stein lockerte sich, rollte hinterher und traf sie. Agathe Mandel schrie mit ihrer grellen, deutlichen Stimme, ehe sie in Ohnmacht fiel.
Michel Mandel kam angerannt, barfuß, die Hand am Hut. Ihm folgte Gustav mit Didriks buntem Tuch um den Kopf, denn es war ein kalter Tag.
Wie ein Hase in der Schlinge, meinte Johan Jo beim Anblick der Ohnmächtigen und zog den Rotz hoch, dass es in seinem Kopf nur so gurgelte.
Dann standen drei kleine Chinesen mit einer Hacke da, denn sie brauchten eine Hacke, um die Frau zu befreien.
Ein blutiger Fuß kam zum Vorschein. Drei verstümmelte Zehen zeigten in die falsche Richtung, als die Frau auf dem feuchten, glatten Fels Schritt für Schritt nach oben getragen wurde. Ihr Kopf hing wie eine reife Pflaume zwischen den Armen des einen Chinesen.
Brenda kümmerte sich um den verletzten Fuß. Und Agathe schrie, mit geschlossenen Augen, als ob der Schmerz sie noch in der Ohnmacht verfolgte.
Die Nachricht verbreitete sich im Tal, siebte vielleicht auch ein Medicus hier Sandkörner? A doctor? Ein Arzt? Uno dottore?

Ein Niederländer meldete sich, ein schmalschultriger Mann mit roten, buschigen Augenbrauen und weiter, blauer, über den Knien abgebundener Hose.
Er betastete Agathes Zehen, und sie schrie. Er tastete weiter, diesmal vorsichtiger. Trotzdem schrie sie.
Sie waren in der Hütte. Sie lag auf dem Lager bei der Tür, wo sonst Brenda schlief. Der Fremde kniete neben ihr. Brenda und Mandel lugten ihm über die Schulter. Der Niederländer drehte an den Zehen, damit sie wieder in die richtige Richtung zeigten.
Und Agathe brüllte.

Wenn sie an den folgenden Tagen ein seltenes Mal zu sich kam, schrie sie immer vor Schmerz. Meistens aber döste sie vor sich hin, und auch dann jammerte und litt sie. Und sie redete im Fieberwahn. Ihre Stimme war dünn. Ihr Gesicht feucht und grau. Ihr Fuß war geschwollen und eiterte.

Und Brenda wurde in der kleinen Holzhütte am Fluss bei Sutter's Mill gebraucht.
Bisher hatte sie nur dort gewohnt, mit Agathes Forderungen und ihrem eigenen Wunsch nach Sicherheit. Sie hatte beim Kochen geholfen. Sie hatte den Lehmboden gefegt. Sie hatte geschlafen, gegessen und Gold gewaschen. Das Vermögen war langsam und stetig gewachsen, es lag unten in ihrer Truhe.
Ansonsten hatte sie fremde Geräusche ausgesperrt, wie die Rufe am Ufer, wie Agathe Mandels Zurechtweisungen von Mann und Sohn. Brenda hatte sich in einer Blase aus Wartezeit befunden, erst später würde sie Entscheidungen treffen, wenn das Gold es ihr erlaubte, sich so zu entscheiden, dass sie damit leben könnte.
Unter allem hatte ein Kummer gelegen. Es ging dabei um

Hølje. Aber sie hatte sich das in Gedanken nicht klargemacht.
Jetzt war sie es, die die Kranke pflegte. Sie brachte sie zurück ins Leben mit dessen täglicher Möglichkeit eines plötzlichen oder langsamen und qualvollen Endes. Das schärfte ihre Sinne. Sie horchte auf Atem und Wimmern der Kranken. Sie horchte auf Geräusche, die von Erleichterung in Gedärm und Blase der Ärmsten berichteten, denn dann musste sie behutsam das Tuch zwischen Agathes Beinen entfernen und ihr ein frisches geben.
Es war wie damals als Kind und junges Mädchen, damals, als sie sich um den betrunkenen Ansgar gekümmert hatte.
Und der Vorbläser lobte sie lauthals, wenn sie zum Fluss eilte, um die verschmutzten Tücher auszuspülen.
Du bist so tüchtig und gut, mein Kind, sagte Mandel. Deine Hände besitzen eine ganz eigene Tüchtigkeit und Sanftheit.
Brenda wischte Agathe den Schweiß ab und feuchtete ihre Lippen mit Wasser an.
Michel Mandel las nun laut aus Wergelands Gedichten vor. Er saß neben dem Kopf seiner Gattin. Aber er las für Brenda, denn Agathe Mandel war nicht bei Bewusstsein. Wenn sie ab und zu ihre Stimme hob, dann schrie sie verwirrt und hielt Brenda für ihre Tochter Marte.

# *Mali und Sol im Minnesota-Tal*

Marte aus Biri war anderswo, weit entfernt von der leidenden Kranken; sie war selbst Mutter geworden. Bøllog aus Lesja war Vater. Es war in der Ehe geschehen. Zehn Monate nach der Trauung in Mendota bei Fort Snelling. Das Kind war in einem kleinen Haus auf die Welt gekommen, nicht unter dem Dach aus Zweigen, unter dem die Eltern in der ersten Zeit geschlafen hatten.

Die beiden Indianer, die sich oft zu ihnen setzten und auf Grashalmen kauten, und die Soldaten aus dem Fort hatten das Reisigdach inspiziert und Ratschläge erteilt. Der Regen sickerte hindurch und machte Bøllog und Marte nass und kalt. Diese Kälte würde ihnen spätestens im Winter das Leben aus dem Leib frieren. Die Indianer hatten mit den Händen ein spitzes Haus gezeichnet. Dann mimten sie, wie sie mit angespitzten Pfeilen Wild erlegten und wie sie es dann abhäuteten. Danach legten sie die Tierhäute über das spitze Haus. Erst später hatten Marte und Bøllog begriffen, was sie gemeint hatten; als eine Gruppe von Santee-Sioux sich ihnen gegenüber, auf dem Südufer des St. Peter, mit ihren Tipis niederließ.

Die Soldaten hatten die Sägemühle am Wasserfall erwähnt, wie früher schon einmal, aber noch hatten die beiden jungen Leute diese Wörter nicht verstanden. Deshalb hatten sie sich auf den Wald zubewegt, nicht auf den Wasserfall. Sie wanderten zu den Big Woods, den Wäldern jenseits des Unterholzes, das sie passieren mussten, um nach Fort Snelling zu gelangen. Sie nahmen ihre eine Axt mit. Auf dem Rücken trug Bøllog die Kiepe mit Seilen, Messer und Proviant. Marte hielt die

neue Axt in der Hand, bis er sie ihr wegnahm, weil sie doch müde sein musste.
Es brauchte seine Zeit, einen großen Baum zu fällen. Am ersten Tag schaffte Bøllog nur zwei Stämme. Dann hackte er Kerben hinein, um die Seile befestigen zu können. Das andere Ende band er sich um die Brust und um den Leib des graugelben Ochsen.
Sie mussten den Weg in den Wald also immer wieder machen.
Aber sie konnten ihr Haus beziehen, ehe in Minnesota der Schneefall einsetzte. Das Haus war nicht groß, und sie mussten es mit den Ochsen teilen, da es aber nur Platz für einen gab, wurde der andere geschlachtet. Ein Baumstamm teilte den Raum in zwei Teile, deshalb konnte das Tier nicht auf sie treten oder spritzen, während sie schliefen. Außerdem hatten sie einen Kartoffelkeller gegraben und einen kleinen Werkzeugschuppen in Form eines spitzen Zeltes errichtet, wenn auch ohne Decken aus Tierhaut.
Die Soldaten kamen auf Schneeschuhen, sahen sich alles an und nickten zufrieden, obwohl sie vielleicht ein weiteres Mal murmelnd die Sägemühle erwähnten. Die beiden Indianer waren dabei, als der arme Ochse geschlachtet wurde, und sie lehrten Bøllog, wie man das Fleisch in den Bäumen aufhängen konnte. Auf diese Weise beschützten sie es vor hungrigen Raubtieren, und auf diese Weise gefror es und konnte sich in Kälte und Wind des Winters lange halten.
Die Indianer aßen gern mit ihnen zusammen. Ihre Gesichter besaßen eine eigene Melancholie, aber sie konnten auch laut und mit weißen Zähnen und funkelnden Blicken lachen. Die vier teilten eine Munterkeit, über alle Sprachgrenzen hinweg, wenn sie einander ihre Namen nannten und sich über die seltsame Aussprache wunderten.
Nach der Hochzeit in Mendota war ein neues Element ins Gespräch gekommen:

Your name?, fragten die Indianer.
Bøllog, antwortete Bøllog, wie bisher immer, und die anderen kicherten.
But here: Billie.
What?
Bøllog wiederholte und zeigte in Richtung des Forts: They say Billie. They. Soldiers. Billie.
Die Indianer lachten laut und noch lauter. Der eine zeigte auf den anderen.
My brother, sagte er, und dann fügte er diese seltsamen Laute hinzu, die Bøllog und Marte nicht verstanden.
Der andere zeigte nun auf sich und sagte: But here: Billie! They say. The soldiers. At the fort.
Von nun an umarmten sie einander zum Abschied, Billie und Billie. Bøllog konnte lange vor dem Haus stehen und ihnen hinterherwinken. Er hatte seinen ersten Freund in Amerika gefunden. Einen Namensvetter.

Er schnitzte Fässer und Tröge und außerdem ein Paar Skier. Die brachten ihn den Fluss entlang und über das Flachland, vor allem aber in die Big Woods, wo es die besten Jagdmöglichkeiten gab. Er schoss Antilope und Hirsch, Hasen und einmal einen Wolf. Das Fleisch, das verzehrt werden konnte, wurde eingesalzen oder in die Bäume gehängt. Die Felle wurden Unterlagen und Decken und außerdem Kleidungsstücke, nachdem die Indianer sie gelehrt hatten, aus einer Fischgräte eine Nadel zu machen und Schnüre als Fäden zu benutzen.

Im folgenden Frühling halfen die Soldaten ihnen, ein Grundstück abzustecken und einen Claim anzumelden. Auf diese Weise erschienen ihre Namen ein weiteres Mal auf einem amerikanischen Papier. Und ihnen ging auf, dass sie noch immer anschreiben lassen konnten, bis sie etwas zum Bezahlen hätten. Bald hatten sie eine Milchkuh und zwei Ferkel und später

außerdem einige Hühner, nachdem Menschen und Tiere jeweils eine Unterkunft bekommen hatten, beide von derselben Art, Blockhütten aus von Bøllog gefällten und von dem übrig gebliebenen gelben Ochsen durch Wald und Gestrüpp gezogenen Bäumen.
Sie erweiterten ihr Ackerland Fuß um Fuß. Indianer-Billie und sein Bruder brachten ihnen Maissamen. Bald wuchsen die grünen Stengel aus dem Boden. Und neue Menschen tauchten am Fluss auf, zuerst sehr wenige, in ausgehöhlten und voll beladenen Eichenkähnen. Andere kamen zu Fuß aus dem Unterholz. Beim Anblick von Menschen grüßten sie erregt in ihrer eigenen Sprache, in der Hoffnung, auf Landsleute gestoßen zu sein. Da Bøllog und Marte ihnen nur in ihrer eigenen Sprache antworten konnten, zogen sie weiter.
Die ersten Norweger waren zwei Familien aus der Gegend von Ålesund. Mit Bøllogs Hilfe bauten sie ein Haus. In den folgenden Monaten tauchten weitere Siedler auf, Norweger und Schweden, und ließen sich in der Gegend nieder.
Wie ein Kreis, sagte Marte glücklich, und wir selbst sind in der Mitte. Ein Kreis, der wächst und wächst. Vielleicht werden wir irgendwann so viele wie in Biri.

Sie nannte ihre Tochter Mali. Der Name war wie vom Himmel gefallen, denn als Marte erklärt hatte, sie wolle das Kind keinesfalls nach ihrer bösen Mutter nennen und Bøllog ein wenig über den Namen seiner Mutter, Gørril, nachgedacht hatte, war Mali der dritte, der ihm in den Kopf kam.
Mali, das klang kühl in den Ohren, wie die Schatten am Fluss an einem Sommertag.
Marte hatte keine Angst mehr. Ihre Mutter war weit weg. Sie würde die beiden niemals finden. Und wenn, dann würde Marte sie umbringen, so glaubte sie. Auf diese Weise waren Angst und Trotz von früher zu einer Wut geworden, die wie eine Stärke in ihr steckte. Es war eine Mutterkraft.

Sie trug das Kind bei der Arbeit an ihrem Leib. Sie saß unter dem hellen Himmel und schob die Brustwarze in den gierigen kleinen Mund. Sie wusste, dass sie dieses Leben mit ihrem eigenen verteidigen würde. Jemand sah sie. Marte spürte es, einen fremden Blick, nicht der eines Tieres und keine Bedrohung. Dann zeigte sie sich, die Unbekannte. Sie hatte auch ein Kind. Ob sie ein Halbblut war? Beim Fort gab es mehrere, Kinder von Frauen, die mit Weißen verheiratet waren. Diese Frau trug Lederkleidung. Aber auf ihrem Kopf saß ein Herrenhut aus Stroh.
Sie hustete schlimm und spuckte dick und hellrot. Sie entblößte sich und zeigte ihre Brüste, die waren leer. Sie streckte Marte ihr Kind hin.
Please, sagte sie, aber in ihrer Stimme lag eine Forderung und keine Bitte. Marte fand sich wieder in dem Kampf der anderen um ein Kinderleben. Also nahm sie die Kleine und legte sie an ihre andere Brust, denn Mali war von der einen satt.
Alles, was zu hören war, waren Malis Geblubber im Gras und das Saugen des fremden Kindes. Als die Brust leer war, verschwanden sie im Schatten, die Mutter mit dem Kind und einem Männerhut aus Stroh. Aber als es am nächsten Morgen hell wurde, lag das Kind vor dem Haus, in einem Fellsack, und als Marte den Sack hochhob, sah der kleine Mensch sie an, ohne zu weinen.

Sie wird sie sicher wiederholen, meinte Bøllog, wenn die Kleine etwas anderes zu sich nehmen kann als Milch.
Aber die Mutter ließ sich nicht blicken.
Sie war krank, sagte Marte. Hatte weder Milch noch Kraft. Sie wusste vielleicht, dass sie bald sterben würde.
Aber sie muss doch Verwandte gehabt haben?, fragte Bøllog.
Bald kamen Billie und der Bruder und sahen, dass aus einem Kind zwei geworden waren. Bei ihrem nächsten Besuch konnten sie erzählen, dass das Kind nicht zu den Santee-Sioux ge-

hörte und auch kein Halbblut oder Viertelblut aus der Umgebung der Forts und der Indianeragenturen am St. Peter war. Sie sei überhaupt keine Sioux, meinten die beiden. Eher stamme sie von Ojibwi-Volk ab, das weiter im Norden lebe.

Und so waren sie auf dem kleinen Hof zu viert. Die vierte nannten sie Sol. Und die Scheune war weiter ausgebaut worden, denn Tiere und Ernte mussten voneinander getrennt werden. Außerdem gab es unterschiedliche Ernten und unterschiedliche Tiere.
Aber wie sollen wir hier in der Enge dreschen?, fragte Marte.

# *Abschied*

Wir wollen nach Minnesota, sagten die Menschen in Coloma. Später, wenn es so weit ist, wollen wir dorthin.
Es war in den Bergen bekannt, dass Neusiedler dort jetzt den besten Boden fanden.
Das Wort hatte einen so schönen Klang, fand Hølje. Wie ein Heuhaufen voller Erinnerungen.
Er war reich. Er brauchte nicht mehr zu suchen. Er konnte einen Claim abstecken und sich einen großen Hof bauen. Eine Herde von Milchkühen könnte er sich zulegen, wenn er das wollte. Eine Schafherde. Und eine Geige.
Er hatte sich an den Felsspalten in den Bergen Kaliforniens entlangbewegt, er hatte unter Zweigen und Reisig geschlafen, er hatte seine Mahlzeiten mit immer neuen Fremden geteilt, die durch Gespräche und das gemeinsame Schicksal unter stechender Sonne und prasselndem Regen zu halbwegs Bekannten geworden waren.
Er wollte weiter in seinem Leben. Aber nicht allein.
Brenda musste mit ihm kommen. Er wollte nach Coloma und ihr einen Antrag machen.
Er dachte jetzt nur noch selten an Didrik oder dessen Leichnam. Er dachte auch nicht darüber nach, was vor Didriks Tod geschehen war oder wie es möglich gewesen war, dass Brenda so schlecht über ihn gesprochen hatte, in der Nacht, in der sie Hølje abgewiesen hatte. Denn so war es dort, wo Hølje lebte. Die Menschen fluchten und schimpften. Sie überschütteten einander mit phantasievollen Verwünschungen. Sie raubten einander aus und töteten. Und sie lachten laut und lärmend.

Aber obwohl Hølje sich an ein ganz anderes Leben gewöhnt hatte als früher, gab es doch in seiner Tiefe einen Ton, der immer schon dort gewesen war und wohl niemals ganz verstummen würde.
Brenda, sang es in ihm. Wie am Catfish River, als er mit Mutter und Stiefvater zusammengewohnt hatte. Wie damals, als er auf einem Schiff auf den Seen angeheuert hatte. Brenda! Jetzt komme ich!
Er machte sich auf, mit einem Sack auf dem Rücken und der Hacke über der Schulter, mit einem Vollbart, der ihm über die Brust fiel, und sonnengebräuntem Gesicht. Bilder aus einer erträumten Zukunft wogten in ihm. Im einen Augenblick stellte er sich vor, wie er vor ihr auf die Knie fiel, wie er sie für alles Mögliche um Verzeihung bat, für alles, was sie ihm vorwerfen konnte, und dass sie ihm verzieh. Im nächsten Moment erhob er sich und versprach ihr einen Hof, eine Farm mit allem, was dazugehörte.

Endlich sah er den vertrauten Flusslauf und am Ufer Sutters Sägemühle.
Aber aus der kleinen Hütte war ein Krankenhaus geworden, wie er dann erfuhr. Der Vorbläser und sein Stiefsohn Gustav standen im Fluss, als Hølje eintraf, aus dem Haus waren Jammer und Trostworte zu hören. Agathe lag im Sterben, das sah Hølje gleich. Ihr Fuß löste sich unter der Haut auf, er hätte amputiert werden müssen, aber das wagte niemand. Aber sie hätten es vielleicht doch tun sollen, meinte Brenda, dann wären ihr wenigstens für die letzte Zeit diese Schmerzen erspart geblieben.
Und niemand freit doch wohl im Seufzen der Krankheit.
Hølje ging zurück zum Zelthaus. Das hatten andere übernommen, natürlich hatten sie das. Aber sie wussten, dass es ihm gehörte, deshalb machten sie Platz für ihn.
Wo ist meine Truhe?, fragte er am nächsten Morgen.

Bei Mandels. Aber die war leer, als wir sie hingebracht haben, bis auf ein Gesangbuch.
Eine Bibel, korrigierte Hølje.
Also hatten andere den Rest gestohlen. Ein wenig Winterkleidung. Er konnte sich neue kaufen. Aber er wollte seine Bibel.
Am nächsten Tag lief er im Regen umher, redete mit Leuten auf beiden Flussufern, hörte, was es Neues gab, fror und schaute immer wieder zu dem Haus hinüber, in dem die Kranke lag. Nur Gustav stand jetzt im Flusswasser. So war es auch am nächsten Tag, und am übernächsten. Nur Gustav hielt das Sieb in der Hand. Um ihn herum waren an den Hängen Rinnen angelegt worden. Die Goldsucher trugen Eimer voller Sand und Wasser nach oben und kippten sie aus. Die Rinnen bestanden aus mehreren Stufen, so dass das Schwere vom Leichteren getrennt werden konnte, bei jeder Stufe standen andere und musterten den Niederschlag.
Michel Mandel war nicht dabei. Der Herr Vorbläser beobachtete keine hölzernen Rinnen, durch die Sand und Wasser sickerten. Er sah nicht den Pferden zu, die die Mahlräder drehten. Er war nicht dort. Er war im Haus. Das schuf in Hølje neue Bilder. Die ließen seinen Kopf unter der regennassen Mütze glühen, die machten seinen Blick trübe.

Böse Gedanken stiegen in ihm auf. Er lag eingezwängt zwischen Fremden auf einem Fellbett, einer Schlafstätte, die er mit der Frau geteilt hatte, die er liebte, die sie aber außerdem mit einem anderen geteilt hatte, und das war unerträglich. Im Halbschlaf wurde sie für ihn zu einer Hure. Und das machte ihn zum Hahnrei.
Hure. Denn sie hatte ganz ruhig dagelegen, als er später in der Nacht unter die Decke gekrochen war. Nicht ein Wort hatte sie gesagt. Nicht eine Träne hatte sie vergossen. Sie war wie eine Schuldlose eingeschlafen, während ein Toter nur wenige Ellen entfernt gelegen hatte; sie war eingeschlafen, als wäre

nichts geschehen. Er selbst dagegen! Hatte nicht ein Auge zugetan, bis die Sonne aufging!
Nein, keine Hure. Eine verängstigte Frau. Der Schlaf hatte sicher die Angst erstickt, durch die lindernde Hilfe des Herrn. Denn Hølje wusste noch, wie grau und leblos ihr Gesicht am nächsten Tag gewesen war, und dazu noch ein wenig verwundert, als ob sie kaum etwas begriffen hätte.

Dass du nicht bei Mandels auf dem Hängeboden schläfst, meinten die Eindringlinge in seinem Zelthaus, als es wieder Abend wurde.
Wollten sie sich über ihn lustig machen?
In dieser Nacht träumte er von dem Vorbläser, der durch die Prärie wanderte, von dem Biri-Mann, der langsamer wurde und am Ende neben Brenda ging. Es war mehrmals passiert, und Michel Mandel hatte ihr seine Gedichte vorgelesen, und die Gedichte hatten Brendas Blick einen ganz eigenen Glanz gegeben. Ob das wohl die eigenen Worte des Mannes gewesen waren? Und jetzt lebte sie dort! Bei Mandel!
Lieg doch still, murmelten die Eindringlinge.
Meine Felle, fauchte Hølje. Mein Lager! Meine eigene Frau!
Was für eine Frau?, murmelten die anderen.
Eine Schlangengrube, stöhnte Hølje.
Nennst du uns Schlangen? Willst du Prügel haben?
Am nächsten Tag regnete es noch immer, der Wind pfiff durch Høljes nasse Jacke, durch Rippen und Herz, so kam es ihm vor, und aus seinem Rücken wieder heraus, als sei er eine Hülse aus gestrickter Wolle, als sei er ein wehender leerer Sack.
Während der letzten Tage hatte er gehungert. Aber er trank. Mit alten Freunden trank er und mit einigen neuen, er saß unter einer Zeltplane, und Wind und Regen wehten herein.
Es dämmerte schon, als er seine Bibel holen wollte. Dort in der Hütte, in der Schlangengrube, wollte er mit hocherhobener Bibel stehen. Aus dem Buch sollten Flammen herauslodern,

es erschien ihm mitten in der Trunkenheit als himmlischer Anblick, die Flammen, die diese Leute treffen sollten, die Hurerei betrieben.
Deshalb ging er mit taumelnden Schritten zur Hütte.
Noch gab es einen in ihm, der Manieren hatte und der anklopfen wollte, aber seine Hand gehorchte nicht, sie machte, was sie wollte. Sie riss die Tür auf.
Wie ein Wilder drohte er mit einer blaukalten Faust in der Dunkelheit. Den Hut hatte er unterwegs verloren. Er stand barhäuptig da, und seine Haare waren lang und feucht.
Pfui!, rief er und spuckte auf den Boden aus festgetrampeltem Lehm, während er sich aus zusammengekniffenen, rot unterlaufenen Augen umsah.
Mandel schaute ihn verwundert von unten her an, er saß neben dem Bett seiner Frau und las ihr im Schein der Feuerstätte tröstende Verse vor.
Brenda kniete daneben und fütterte die Kranke mit Brei. Dann wandte sie ihm ihr Gesicht zu.
Ihr Blick: Der brannte sich in Hølje ein. Lag darin Trauer? Oder nur Erschrecken?
Er vergaß die Bibel, die er hatte holen wollen, um sie ihnen vor das Gesicht zu halten. Aber trotzdem brannte es in der Hütte. Es brannte in Hølje selbst. Wie ein Schmerz. Wie eine Flamme, angesichts von Brendas Trauer.
Er wandte sich ab, der Mann aus Tinn. Er stampfte aus der Hütte und über den schlammigen Boden. Er lief durch den Fluss, der um seine Oberschenkel schäumte. Erst als er sich Hangtown näherte, wurde er ruhiger. Und er wurde erfüllt vom Hunger auf Weißbrot und Speck.

Die Gegenwart kocht, verkündete der Buchgelehrte, wie das Meer beim Stromboli. Schweißnass muss die Welle nach fruchtloser Arbeit versickern …
Er hustete und räusperte sich.

Dann las er weiter: Die Flamme atmet; den schweren Odem siehst du wie Zotteln auf der Woge Rücken.
Brenda streichelte die feuchte Stirn der Kranken.
Meinst du Hølje?, fragte sie leise, noch ein wenig erschüttert von seinem Auftritt. Nennst du ihn eine Woge?
Wir alle sind Wogen auf dem Wintermeer des Lebens, sagte Mandel.
Brenda gab der Kranken Schnaps, um die Schmerzen zu betäuben. Später kochte sie neuen Brei und fütterte die Liegende mit winzigen Mengen, mit dem Finger, wie ein Baby.
Herr Mandel streichelte sanft die Felldecken seiner Frau. Innerlich spürte er ein freudiges Zittern, das ihn zwang, seinen Blick abzuwenden.
So stark im Geist, dachte er und sah sie, die sich abmühte bei der Arbeit und die trotzdem zuhörte und begriff. Plötzlich fühlte er sich wie der Meister selbst, mit Maria, die ihm die Füße salbte; als wären Agathe die Füße, dachte er dann beschämt, obwohl er zugleich fast lachen musste, und das Lachen war stärker als die Scham, deshalb hustete er trocken und erstickte das Kichern in einem hellen Niesen.
Brenda ging nach draußen, um Reisig zu holen. Sie musste es selbst sammeln, denn Gustav war im Fluss, und oft musste sie beim Sammeln weit laufen, aber das machte ihr nichts aus, denn sie hatte so viele schöne Dinge, an die sie denken konnte. So viele starke und schöne Wörter.

Es kam ein Schneider nach Hangtown, ungefähr gleichzeitig mit Hølje. Der Mann lockte mit allen möglichen Maßen und dem besten Preis des Tages. Als er Oskar in der Ladentür sah, schlug er ihm vor, er solle die Waren vorführen.
Warum nicht lieber mein finnischer Prinzipal?, fragte Oskar verlegen.

Weil ich dich sehe und entdeckt habe. Deinen finnischen Prinzipal sehe ich nicht, sagte der Schneider.
In diesem Moment kam der Kaufmann aus seinem Hinterzimmer: Worum geht's denn?
Um jemanden zum Vorführen, erklärte der Schneider. Dein Angestellter, er macht sich gut mit seiner strammen Figur. Jeder, der vorbeigeht, wird beifällig seufzen und vielleicht häufiger zum Einkaufen hereinkommen.
Die kaufen ein, wenn sie müssen, brummte der Prinzipal.
Und der Besitzer selbst wird, wenn die Geschäfte laufen, natürlich das allerbeste Angebot erhalten.
Ach was. Na gut.
Und so kam es, dass der Schneider den Mann mit dem eigenartigen Schnurrbart einkleidete und dass dieser dann von allen gesehen wurde, die Tee oder Salz oder Kaffee oder Speck oder Bohnen oder anderes aus der Main Street brauchten, während er mit einer Zigarre vor der Tür stand, wenn sein Prinzipal nicht zugegen war und das Wetter es gestattete. Oskar bekam hellgraue Kniehosen, die mit einem breiten Saum und hinten mit einer Schleife endeten. Er bekam einen taillierten Mantel aus einem Stoff, der so dünn und so dick war, dass der Mantel sommers wie winters benutzt werden konnte, im Winter zog man sich darunter einfach dicker an, erklärte der Schneider. Der Kragen war aus schwarzem Samt und endete mit einer Art auf ein graues Revers genähtem Kreuz. Dazu gehörten weiße Strümpfe, aber die mussten erst aus San Francisco bestellt werden. Außerdem hätten sich neue und schönere Schuhe gut gemacht.
Und so stand er da, Oskar, und zeigte die Kollektion des Schneiders, in alten Schuhen und mit behaarten Waden unter den neuen Kniehosen, während die Kunden unter seinen Mantel schauen wollten. Denn das war das ganz Besondere: Innen waren Taschen angenäht wie lange Beutel, auf der Brust und unter den Armen, in denen man alles transportieren konnte,

von getrockneten Lammknochen bis zu Halstüchern und Filzhandschuhen.

Und Gold, flüsterte der Prinzipal.

Er und Hølje durften die Hose an Oskars Kniehosenknie gleichzeitig betasten; hier war Platz für ein Vermögen. Die Goldstücke konnten mit dem Finger hineingeschoben werden, dann band man die Schleife zu.

Kein Lederbeutel mehr, der einem Mann im Schlaf vom Hals gerissen werden konnte.

Kann man auch an den Beuteln unter dem Mantel so eine Art Schnürverschluss anbringen?, fragte der Prinzipal.

Natürlich, versprach der Schneider.

Kann man lange Beinkleider bekommen?, fragte Hølje mit neuer, bitterer Stimme.

Wenn man darauf besteht, sagte der Schneider. Aber dafür braucht man mehr Stoff, und das wird teurer.

Dann nehme ich den vom Mantel, meinte Hølje. Denn eine kürzere Jacke reicht.

Andererseits möchte ich die Sachen gefüttert haben, fügte Hølje hinzu.

Keine Beutel?

Nur Futter. Und das Futter soll aus Leinwand sein.

Was für eine schlechte Idee, meinte der Schneider.

Das ist meine Sache, gab Hølje schroff zurück.

Aber ich habe keine Leinwand, sagte der Mann mit der Schere und den Stoffrollen.

Die besorge ich, sagte der Kunde.

Mehrere Wochen hindurch saß der Schneider vor dem Laden, nahm Bestellungen entgegen und nähte. Immer mehr zerlumpte Gesellen wurden in elegante Herren mit Samt und Kreuz am Hals verwandelt. Oskar und der Prinzipal übernahmen Bestellungen für weiße Strümpfe und schöne Schuhe aus San Francisco, außerdem besorgten sie Filzhüte mit breiter Krempe.

Sollen wir denn alle aussehen wie Quäker?, fragte John Studebaker in der Wagenmacherei, die neben der Bude des Finnen lag.

Der Schneider hatte seine Stoffrollen aufgebraucht. Er war von seinen vielen Kunden bezahlt worden und verlangte die Vorführkleider von Oskar zurück. Er hatte außerdem Hølje eine Nähnadel und einige Ellen Faden verkauft.
Ich dachte, ich dürfte die Sachen behalten?, fragte Oskar.
Wer redet denn von Geschenken?, fragte der Schneider.
Dann ging er.
Oskar und sein Chef blieben zurück, und vor allem Oskar schaute missbilligend hinter dem Schneider her, der in Frieshose und grauweißem Wams davonstapfte. Die Vorführkleider trug er in einer Kiepe auf dem Rücken.

Zwei Tage später ging Oskars finnischer Prinzipal denselben Weg. Er hatte ein Maultier, an dessen Seite ein geladenes Gewehr festgeschnallt war. Er hatte sich ein Messer in den Stiefel gesteckt. Er hatte außerdem einen Karren, den er zog, um alles mitnehmen zu können, was er an Strümpfen und Hüten und Salz und Kaffee und Hacken und Schuhen verkaufen wollte. Er trug den Mantel mit den verborgenen Taschen unter den Armen.
Er näherte sich Sacramento, als er niedergestochen und getötet wurde. Die Beine seiner Kniehosen waren aufgeschnitten worden, als er gefunden wurde. Der Mantel war verschwunden. Das Maultier dagegen graste neben ihm.

Hølje trug keinen Samtkragen, als er zu Oskar kam, um Abschied zu nehmen. Wie der Ärmste unter den Armen stand er dort in seiner frischerworbenen Leinwandkleidung, als sei ihm

alles genommen worden außer dem Zelt und als habe er sich aus diesem grauen Stoff, der von Begegnungen mit jeglicher Art Wetter kündete, einen Anzug nähen lassen. Denn er hatte die Kleidungsstücke umgedreht und trug den Anzugsstoff nach innen.
Hässlich, dachte Oskar. Unbeschreiblich hässlich.
Er selbst trug wieder Fries und darüber eine Lederschürze wie vor seiner Zeit als Kleidervorführer. Und niemand würde ihm wohl ansehen können, dass er einen ganzen Laden besaß. Aber wer hätte die Sache denn von dem toten Finnen übernehmen sollen?
Raffiniert, dachte Oskar. Grenzenlos raffiniert.
Nicht über das Ende des Finnen, sondern über Hølje, denn er durchschaute, was der andere gemacht hatte. Er bewahrte sein Vermögen im Futter auf. Er würde sich erst ausziehen, wenn er das Gold in Grundbesitz umwandeln konnte.
Wollte er einen Claim anmelden?
Oskar hatte nicht gefragt. Es fiel ihm schwer, mit Hølje zu reden. Etwas Schweres stand zwischen ihnen. Denn Oskar meinte begriffen zu haben, dass Hølje seine Stimme erkannt hatte; also musste Hølje in jener Nacht der andere gewesen sein. Und damit war Hølje der Einzige, mit dem Oskar würde sprechen können, aber noch war das nicht passiert.
Und Hølje schwieg.
Wo willst du jetzt hin?, fragte der Kaufmann.
Hølje zuckte mit den Schultern.
Plötzlich standen seine Augen voller Tränen. Plötzlich schienen seine Knie unter ihm nachzugeben. Oskar fing ihn auf. Oskar hielt den anderen fest und wollte ihn zu einem Hocker führen. Aber jetzt waren Høljes Knie offenbar wieder stark. Er stand ganz fest dort in Oskars Kramladen, hatte aber die Arme um den anderen gelegt und schluchzte so sehr, dass er zitterte. In Oskar riss etwas, und nun schluchzten beide miteinander um die Wette.

Später saßen sie auf dem Boden, rauchten Zigarren und murmelten dumme Bemerkungen.
Drecksloch, sagte Oskar.
Scheißmörder, sagte Hølje.
Hätte sich ja wohl am Riemen reißen können wie alle anderen auch, sagte Oskar.
Damned swine, sagte Hølje.

Oskar brachte den anderen zur Tür, als Hølje gehen wollte. Sie verabschiedeten sich mit festem Händedruck.
Alles wird anders, wenn du erst mal von hier weg bist, tröstete der Kaufmann.
Du kannst dir ja einen anderen Namen zulegen, schlug er außerdem vor. Ich habe mir das auch einige Male überlegt, dass ich mich vielleicht wie ein neuer Mensch fühlen würde, wenn ich mir einen anderen Namen zulegte.
Hølje grinste.
Wie mein Schwager Bøllog, erklärte Oskar.
Hast du einen Schwager Bøllog?
Allerdings. Ich habe einen Brief bekommen.
In Juneiten heißt ja wohl auch kein Mensch Bøllog, lachte Hølje. Vielleicht werde ich wirklich …
Er ist mit meiner Schwester Marte verheiratet, erzählte Oskar. Sie sind durchgebrannt, ehe wir uns begegnet sind. Am Fluss Mississippi war das.
Meinen Glückwunsch, sagte Hølje.
Wozu denn?
Zum Brief. Und der Mitteilung. Ich glaube wirklich, ich werde meinen Namen ändern in …
Harry, wollte er sagen, denn das war der erste englische Name mit H, der ihm einfiel, wie sein eigener, aber es kam heraus als *Jon*.
Denn vor ihm stand plötzlich ein Jon, mitten in der Main Street von Hangtown, und zwar sein Jugendfreund aus Tinn.

Es war Jon Skispretten, der zu Hause in Atrå die steilsten Hänge hinuntergejagt war, schneller als jeder andere. Es war sein Kamerad, der mit Hølje zusammen über das Meer gekommen und der mit einigen Mormonen verschwunden war, als sie am Fox River mit einer Gruppe von Norwegern zusammengelebt hatten.
Für einen Moment waren sie wieder Knaben, Jon und Hølje, als sie da vor Oskars Laden standen, und Jon riss sich voller Eifer den Rucksack von den Schultern, klappte den Deckel auf und nahm etwas heraus. Und zwar einen Tannenzapfen. Aber nicht irgendeinen Tannenzapfen, dieser hier war groß wie ein Kinderkopf oder wie ein mittelgroßer Kürbis.
Hast du die gesehen?, fragte Jon.
Ja, habe ich, sagte Hølje.
Ich hab einen mitgenommen, für den Fall, dass ich dich finde, sagte Jon. Für den Fall, dass du hier wärst und einen anderen Weg durch das Gebirge genommen hättest. Dann hätte ich ihn dir gezeigt.

Mit tellergroßen Augen, sagte Jon später, als die beiden in einer Kneipe saßen und zähen Speck verzehrten.
Sie hatten nicht über Zion gesprochen, die Gemeinde am Great Salt Lake, wo Jons Mutter vielleicht als eine von mehreren Frauen eines alternden Mormonen lebte. Sie hatten auch ihren Bekannten Gudmund Haugaas nicht erwähnt, der dort in der Salzseestadt jetzt angeblich Hohepriester war. Und Jon hatte auch noch nicht nach Gunhild gefragt, Høljes Mutter.
Stattdessen sprachen sie über Märchen.
Sie beschrieben Trolle. Sie sprachen über Höhlen in den Bergen, gefüllt mit Silber und Gold. Und sie lachten. Sie versetzten einander Rippenstöße und kicherten, denn sie waren jetzt dort, im Trollgebirge, von dem sie als Kinder geträumt hatten.
Weißt du, sagte Hølje ein wenig später leise.

Was denn?
Wir haben nie über die Tannenzapfen gesprochen, nachdem wir sie gesehen hatten, in der Gruppe, mit der ich über die Berge gekommen bin.
Und auch nicht über den See, an dem die Bäume standen. Die Bäume mit den langen Stämmen und den riesigen Tannenzapfen. Wir haben sie später nie wieder erwähnt.
Lake Tahoe, sagte Jon.
Wir dachten wirklich, wir wären in einem Zauberwald. Wir waren seit fast einem halben Jahr unterwegs. Viele waren krank geworden, fast verrückt. Wir glaubten nicht mehr, dass es diesen See wirklich gab. Verstehst du? Er war doch so groß, fast wie das Meer!
Ja.
Und so blank, wie Silber. Und hell wie ein heller Himmel. Oben in den Bergen kann doch kein solches Meer liegen.
Nein.
Nein.
Aber das tut es. Ich habe am Ufer ein Lager aufgeschlagen, sagte Jon. Drei Tannenzapfen reichen für ein Feuer.

In Coloma war Agathe genesen. Sie schleppte ein totes rechtes Bein hinter sich her, denn mit dem Fuß konnte sie nicht auftreten, aber sie konnte mit Hilfe von zwei Krücken, die Gustav ihr gezimmert hatte, doch ihre Arbeit verrichten. Tagsüber saß sie auf einem Stein und beobachtete ihren Mann und den jüngsten Sohn, die im Nassen suchten. Alles, was sie fanden, nahm sie mit einer gierigen und mageren Hand an sich. Dann saß sie da und spekulierte mit lauter Stimme wie früher: eine Glashütte. Bei so viel Sand in der Nähe. Dort könnten sie bauen. Dort floss der Fluss, um die fertigen Waren auf breiten Flößen fortzuschaffen …

Sie zeigte mit dem Finger. Gustav nickte. Michel stellte sich taub. Seine Frau hatte Brenda vor die Tür gesetzt.
Plötzlich eines Nachmittags war die Patientin unter den Fellen zu sich gekommen. Und da saßen die beiden vor der Feuerstätte, der Gatte und die Pflegerin, während der eine laut vorlas und die andere einem Text über Sterne lauschte.
Raus!, hatte Agathe gebrüllt.
Jetzt waren nur noch drei in der Hütte, das Ehepaar Mandel und der jüngste Sohn, Gustav, aus der ersten Ehe, und die Invalide konnte fast nichts mehr tun, außer Forderungen zu stellen.
Brenda ist eine tüchtige Köchin, hatte Gustav gelockt. Brenda hat unsere Sachen gewaschen.
Und sie hat dich gepflegt, Mütterchen, Tag und Nacht, damit du nicht sterben müsstest, tadelte der Mann.
Da sah sie ihn hasserfüllt an. Obwohl ihr Bewusstsein sich ab und zu verwirrte und die Klarheit von ihr wich.
Ich will Didrik, konnte sie dann sagen.
Er liegt in der Erde, antwortete darauf der Mann.
Ich will meine Marte, konnte sie jammern.
Die hast du geschlagen, bis sie fortgelaufen ist, sagte der Mann.
Wo ist Oskar?, fragte sie. Ist er im Himmel und isst Honig?
Nein, in Hangtown, antwortete Gustav. Dort kann er so viel Honig essen, wie er will. Denn er ist reich wie ein Hüttenbesitzer.
Ein Hüttenbesitzer?
Ab und zu funkelten die Augen des Frauenzimmers.

Dann kam einer aus Namdal mit dem Brief. Oskar hatte ihn eine Weile aufbewahrt und darauf gewartet, dass Gustav oder vielleicht Mandel auftauchten. Als das nicht geschah, gab er den Brief diesem anderen mit.
Agathe wuchs bei den Worten. Es ging um Erde und Arbeit.

Um kleine Schritte. Um einen Reisighaufen, aus dem eine Hütte geworden war. Um eine Hütte, aus der zwei geworden waren. Um eine Kuh und einige Hühner. Und ein Schwein. Die Buchstaben waren groß und unbeholfen, aber deutlich und leserlich. Es ging darum, ein Zuhause zu schaffen. Das hatten sie getan, Bøllog und Marte. Ganz allein waren sie zu Anfang gewesen, aber jetzt kamen immer neue Siedler und ließen sich in ihrer Nähe nieder, dort in Minnesota. Außerdem hatten sie eine neue Generation zuwege gebracht. Agathe Mandel war jetzt Großmutter.
Höre, meine Tochter!, brüllte die Großmutter und schwenkte den schweren Lederbeutel. Wir bringen Gold!
Der Ehemann musterte ihr Bein mit skeptischem Blick.
Aber der Plan der Frau nahm Gestalt an. Sie würden in Hangtown ein Pferd kaufen. An dem Pferd würden sie eine Bahre befestigen und Agathe Mandel auf die Bahre schnallen. So würden sie auf der Ostseite der Berge nach unten gelangen. Dort würden sie das Pferd gegen Zugtiere eintauschen und sich außerdem einen Wagen kaufen. Denn sie hatte gehört, dass das möglich sei.
Holt Oskar, sagte sie. Der muss mitkommen.
Oskar ist ein anderer geworden, erklärte Gustav.
Wieso denn ein anderer?
Er raucht Zigarren.
Agathe konnte sich das nicht vorstellen.

# Teil III

# *Ein Haus wird errichtet*

# *Das Leeren des Lesjavann*

Mali Jartrud aus Bottem hatte es nicht ernst genommen. Sie hatte es für einen Scherz gehalten, wenn der Vater darüber sprach, dass der See verschwinden würde, anfangs für einen netten Scherz, und als dann die Jahre vergingen für einen bösen. Denn sein Körper und seine Blicke waren inzwischen erstarrt, nachdem er die beiden Brüder auf den Fluss hinaus gejagt hatte.

Es war wie eine Strafe: die übellaunige Starre und die Tatsache, dass er keine Freier für seine Tochter fand.

Die Prinzessin im Turm, nannte er sie. Oder die Prinzessin in den blauen Bergen.

Durch das Glas konnte man sie in ihrer Kemenate ahnen, wo sie im Winter bleich und traurig stand und ihr Haar wachsen ließ. Im Sommer war sie draußen und half bei der Feldarbeit; dann war sie nicht mehr bleich, sondern sonnverbrannt, und ihr Haar war unter einem Kopftuch versteckt.

Und dann geschah es eben doch. Der See sollte zum Kornfeld werden. Die Bauern von Lesja hatten das Parlament in Christiania auf ihre Seite gebracht, denn es würde teuer werden. Stück für Stück sollte der See enger und kleiner werden, Stück für Stück sollte der Boden zum Vorschein kommen.

Fett, glaubten sie. Ein fetter Boden, glaubten sie, vielleicht sahen sie dabei altersschwache fette Fische vor sich, die auf den Grund gesunken und dort verfault waren. Jedenfalls ein guter See und eine durchfeuchtete Krume.

Man dürfe jedoch nicht damit rechnen, sofort säen zu können, sagte das Parlament. Solcher Boden brauche Zeit. Mehrere

Jahre. In Luft und Sonne. Aber auf die Dauer könne es der erhoffte Segen werden.

Die Häusler lachten über die Gerüchte, dann begriffen sie, dass die zutrafen. Jetzt fluchten sie. Einen halben Winter saßen sie beieinander und pichelten und soffen und sprachen darüber. Denn was würde es ihnen bringen? Keine Fische. Die Reichen würden mehr zum Pflügen bekommen. Den anderen würde es alles rauben. Der See hatte ihnen mehr zu essen gegeben, und das hatte für Häusler und Instleute den Unterschied zwischen Leben und Tod ausgemacht.
Langsam kamen sie zu der Überzeugung, dass die Großbauern sich verrechnet hätten. Denn was glaubten die wohl, wer würde auf den neuen großen Äckern arbeiten? Die Häusler natürlich. Aber so würde es nicht kommen.
Mali Jartrud wusste das lange vor ihrem Vater. Zu Hause schwieg sie. Sie füllte ihre Truhe, nicht mit Aussteuer, sondern für die Reise nach Amerika.

Viele verließen Lesja, zogen durch die Täler, überquerten den Mjøsa per Schiff und reisten dann mit Pferd und Wagen oder zu Fuß weiter nach Christiania. Unterwegs begegneten ihnen andere mit demselben Ziel, mit überfüllten Wagen hinter den Pferdekruppen, mit kleinen Kindern auf den Truhen und mit Pfannen und Bütten, die am Wagen baumelten. Dann fuhren sie über das Meer.
Minnesota hieß die Gegend, in die sie wollten. Einer war schon vor ihnen gereist. Dass zudem schon zwei aus Lesja dort eingetroffen waren, erfuhren sie erst, als der eine, den sie kannten, ihnen einen Brief schickte, um den Weg zu erklären. Er konnte ihnen außerdem erzählen, wo sie gelandet waren, die Brüder, die aus dem Ort verjagt worden waren.
Und deshalb hatte Mali Jartrud ihre Truhe gefüllt. Jetzt weinte sie nicht mehr. Sie konnte den Seegang und den Gestank

unter Deck ertragen. Sie dachte an etwas anderes. Sie dachte an Bøllog und Johan Jo. Sie sah sie vor sich: die kräftigen Gestalten und die munteren Blicke. Sie sah die Überraschung in ihren Gesichtern, wenn sie sie erblickten. Und sie freute sich.

Noch war Sommer, als sie auf der anderen Seite des Ozeans eintrafen. Von der Ostküste fuhren sie mit dem Zug weiter nach Buffalo. Dort nahmen sie einen Dampfer über die Seen und gingen in Milwaukee an Land.

Es war nun mehrere Jahre her, dass weiße Männer in Washington sich mit den Indianern über Minnesota geeinigt hatten. Auf diese Weise war die Grenze zwischen Gläubigen und Ungläubigen auf das Westufer des Mississippi verschoben worden, und die Neusiedler konnten Land roden. Auch in der Wildnis existierten aber schon seit langem Forts, in denen Soldaten und Kaufleute lebten und wo es Lebensmittel und Feuerwasser gab. Sie sollten sich um die Weißen kümmern, hieß es unter denen, die nach Westen gingen, um Land zu erwerben.

Sie bewegten sich von einer norwegischen Siedlung zur anderen, die Leute aus Lesja, die ihren verschwindenden See verlassen hatten. Ziemlich früh teilten sie sich auf, so dass einige in unterschiedlichen Richtungen vorauszogen, um Stöcke in den Boden zu bohren und Fettheit und Tiefe zu messen, während die Hauptgruppe in Wisconsin wartete. Als die Späher zurückkehrten, verbreiteten sie ihr Wissen über die Verhältnisse in Muskego und am Pine Lake, am Blue Mound und in der Prärie de Chien, in Westby und La Salle. Sie konnten das schöne Tal Norskedalen mit den vielen Seitentälern vor sich sehen. Sie konnten einsam in der offenen Landschaft gelegene Häusergruppen mit anderen vergleichen, die geborgen zwischen Bäumen lagen, vielleicht an einem Fluss oder an einem glänzenden See. Die Sendboten waren durch niedrige Türen in Kammern mit undichten Wänden und festgetrampeltem

Lehmboden getreten, wo Menschen und Tiere Seite an Seite lebten. Die, die in Koshkonong gewartet hatten, erfuhren, dass es nirgends schöner war als dort, wo sie eben waren, nirgends gab es so solide Gebäude um einen Hofplatz, so große Scheunen und dichte Vorratshütten, zweistöckige Wohnhäuser und Zimmer mit Schränken mit Rosenmalerei.

Da müssen wir wohl hierbleiben, sagten alle lächelnd.

Aber auch hier waren andere die Ersten gewesen. Und sie hatten ein Jahrzehnt Vorsprung vor denen, die jetzt erst mit Roden anfangen konnten.

Mali Jartrud war bei der Frau, die Abel hieß, zu Gast, der, die mit ihrem Geliebten über das Meer gefahren war, weil ihr Vater ihr ihre Liebe hatte verbieten wollen. Nicht, dass sie noch darüber sprach, denn ihr Mann war verstorben, und sie hatte einen neuen. Auch in dieser Ehe schien die Liebe stark zu sein, und die Besucherin sehnte sich danach weiterzureisen.

Aber die, die vorausgezogen und jetzt zurückgekehrt waren, sagten nichts über Johan Jo und dessen Bruder. Also hielten sie sich weder in La Crosse noch in der Prairie de Chien auf, und auch nicht in Decorah. Alle diese Orte waren schön, aber auch dort waren ihnen andere zuvorgekommen und hatten sich den besten Boden genommen.

Wollten wir nicht nach Minnesota?, wurde gefragt.

Doch, doch. Nach Minnesota.

Und so zogen sie weiter, zum Fluss und nach Westen.

Die Anerbin von Bottem lebte in ihren Erinnerungen an die Geschenke, die sie ihr gebracht hatten, ihre Bewerber. Eins davon hatte sie mit sich über das Meer genommen, aus einem Impuls heraus, im Vorübergehen, während sie hastig und insgeheim gepackt hatte: ein Bierhuhn.

Sie mussten sie geliebt haben. Und deshalb waren die Schicksale der drei für immer miteinander verbunden, das wusste

Mali Jartrud, umso mehr, als der Vater durch ihre Schuld in solchen Zorn geraten war.
Sie hatte gelogen.
So war es, sie hatte die Unwahrheit gesagt, um nicht den heiraten zu müssen, den sie nicht wollte. Ihr Vater hatte wegen dieser Lüge fast getötet; sie hatte es durch das Fenster gesehen, an dem Morgen, an dem die beiden Brüder verschwunden waren. Wenn der Vater nur ein wenig stärker gewesen wäre oder ein wenig längere Arme gehabt hätte, dann hätte er Bøllog mit der Axt den Schädel gespalten. Und wer hätte dann die Schuld an dem Mord getragen?
Darüber hatte sie unter heißen Tränen nachgedacht. Und deshalb dachte sie jetzt vielleicht vor allem an Bøllog und mochte ihn am liebsten, da er durch ihre Lüge fast gestorben wäre. Obwohl es ein Zufall gewesen war, dass er näher beim Vater gesessen hatte, als der die Axt geworfen hatte.
Bøllog und Johan Jo. Johan Jo und Bøllog. Sie musste sich entscheiden. Das wusste sie ja.

Mali Jartrud war in ihren Jungfernzwinger eingesperrt worden, nachdem sie ihre Lüge vorgebracht hatte. Aber zuerst hatte ihr Vater wissen wollen, welcher der beiden sie auf so schändliche Weise berührt hatte. Er wollte außerdem alles darüber wissen, was geschehen war. Hatten sie sich geküsst?
Ach ja, das hatten sie schon.
War das auf dem Hof geschehen?
Nein.
War es am See geschehen?
Ja, am See, das schon.
Hatte er zudem die Hand unter ihre Röcke geschoben?
Äh …
Gott sei ihm gnädig! War es der Größere oder der Kleinere?
Äh …
Jetzt antworte schon! War es der Große? Der Kleine?

Äh …
Der Vater hatte ihr eine Ohrfeige verpasst.
Beide!, hatte sie gebrüllt.
Und nun waren sie zu dritt, was immer ihnen vorgeworfen werden mochte.

Die Fortsetzung war ein Klagelied aus Prügel und Gejammer gewesen, und nach und nach war dann die Wahrheit ans Licht gekommen. Nichts war geschehen, nicht einmal einen Kuss hatten die Brüder ihr gestohlen, aber es hatte gedauert, bis der Vater ihr geglaubt hatte. Als er endlich begriff, dass er ohne Grund seine beste Axt und dazu das Boot verloren hatte, das ihm zum Teil gehörte, hatte er sich drei Tage lang betrunken.
Aber dass die Jungen nie geschrieben hatten!, hatte sie sich nachher überlegt.
Aber vielleicht haben sie ja geschrieben, hatten andere eingewandt; und zwar Torgeir und Tora, die mit Mali und den beiden Brüdern zur Schule gegangen waren.
Wie meint ihr das?
Hätte dein Vater dir die Briefe gezeigt?, fragte Torgeir.
Nein, antwortete Tora, der hätte sie ins Feuer geworfen.

Jetzt wanderten sie durch Wisconsin, und Mali Jartrud dachte daran, was wohl in den Briefen gestanden hatte, die ihr Vater verbrannt hatte. Zuerst etwas über die Überfahrt, dachte sie, und dann über die Wanderung durch das Land. Und sie schaute sich um, betrachtete Pflanzen und Vögel; war das etwas, worüber man schreiben könnte? War das Lesjatal nicht schöner, mit den Bergen in der Ferne, blau und oben weiß? Sicher hatten sie Heimweh, dachte sie, nach der Aussicht und nach ihr, und sicher hatten sie das in Worte gekleidet, die Sehnsucht nach See und Tal, nach frühlingsgrünen Hängen mit Glockenblumen und Hahnenfuß, nach dem Läuten der Kuhglocken.
Aber welchen sollte sie nehmen?

Die Entscheidung kam ihr unmöglich vor, denn die beiden waren wie einer, immer teilten sie ein Lachen oder einen Gedanken. Deshalb war es auch eine Erleichterung, dass die Brüder in den Siedlungen, die sie bisher besucht hatten, noch nicht aufgetaucht waren.

Bald trafen sie auf eine weitere Gruppe von Norwegern. Auch hier war niemand aus Lesja gewesen. Aber es wurde gefragt und geantwortet, nach Wind und Wetter, nach Erdkrume und Ertrag. Einigen gefiel das, was sie hörten, und sie blieben. Die anderen zogen weiter, zur nächsten norwegischen Siedlung. Gab es hier Gänse? Gab es Wild? Gab es hier viele Wilde? Auf diese Weise wurde die Gruppe kleiner.
Am Mississippi waren sie noch zu zwölft. Die zwölf folgten dem Lauf nach Norden, nach Fort Snelling und in die Stadt St. Paul, die oberhalb des Wasserfalls St. Anthony herangewachsen war. Sie setzten über den Fluss. Dann erkundigten sie sich nach Norwegern. *Blikom*, lautete die Antwort, und ihnen wurde der Weg gezeigt.
Es war kaum zu fassen, dass jemand in Amerika eine Kätnerstelle an einem Berghang in einem fernen und fremden Land erwähnen sollte. Aber es war nun einmal gesagt worden. Die Norweger wiederholten dieses Wort mit glücklicher Stimme: Blikom, Blikom.
Es gab jetzt einen deutlichen Pfad durch Wald und Unterholz, breit genug für Wagen und Tiere, entstanden durch die vielen, die in den vergangenen Jahren das Gras platt getreten hatten, die sich den Weg freigehauen hatten, die Wurzeln aus der Erde gerissen und für eine Schneise gesorgt hatten.

Bøllog sah sie kommen.
Er glaubte, ein Trugbild zu sehen. Das Trugbild zeigte Mali Jartrud, älter als in seiner Erinnerung, sicherlich fast erwachsen und schön.

Er senkte den Blick, als die Gruppe näher kam, als ihm aufging, dass es sich um eine Reisegruppe handelte, dass es lebende Menschen auf Wanderung waren. Es war kein Trugbild. Es waren Menschen von zu Hause, und sie riefen mit frohen Stimmen.
Bøllog! Bøllog!
Zwei Männer riefen, Torgeir und ein anderer; zwei, mit denen er zur Schule gegangen war. Bøllog durchströmte eine warme Munterkeit: Dass sie wirklich nachgekommen waren! Dass sie ihn gefunden hatten! Er hätte weinen mögen!

Mali Jartrud sah, wie sehr sie sich in allem geirrt hatte. Eine Häuslerstelle an einem Hang, hatte sie über dieses Blikom gedacht, das die Soldaten erwähnt hatten, mit zwei Brüdern. Das letzte Stück hatte sie rennen wollen, laufen, eilen, aber sie hatte sich zusammengerissen. Und das war nur gut so.
Es war gut. Denn das Bild hatte nicht gestimmt.

Bøllog war da, breitschultrig und männlich stand er vor einem Hackklotz und blinzelte ihnen entgegen, dann senkte er den Blick, als sei die Sonne zu stark. Aber hinter diesem Mann standen andere. Kein Johan Jo, sondern eine Frau. Keine Magd, sondern eine Ehefrau, das begriff Mali Jartrud, denn es waren auch zwei Kinder dort, zwei hüpfende Mädchen. Die eine war so blond, wie die andere dunkel war, aber sie trugen Kleider aus dem gleichen Stoff, wie Schwestern.

Bøllog schaute wieder auf und öffnete die Arme für seinen Freund Torgeir, der als Erster auf ihn zukam. Sein Gesicht war ein einziges Lächeln, als er alte Bekannte umarmte und den Frauen die Hand reichte.
Du meine Güte, Ach, du meine Güte. Dass ihr wirklich hergekommen seid.
Sogar Mali Jartruds Hand nahm er, als Letzte, aber er sah über

sie hinweg und weiter, so, wie sie an ihm vorbei und in die Ferne schaute.
Unter ihnen lag der Fluss. Dahinter lagen wogende Felder. Die Ähren bewegten sich im Wind. Es gab Weizen und Gerste. Es gab Hafer und Roggen. Es gab Mais und Kartoffeln. Es gab Kürbisse. Und es wuchsen Blumen an der Hauswand, denn in diesem Jahr hatte es im Magazin in Fort Snelling auch Blumensamen gegeben, und Marte hatte der Schönheit zuliebe Himmelschlüssel gesät.

Ein großes Willkommensfest wurde abgehalten. Die anderen Norweger aus der Gegend wurden eingeladen und brachten Fleisch und Brot mit Grütze und geräucherte Schinken.
Es wurde vom Leben zu Hause erzählt, von Notjahren und Schmalhans. Namen wurden genannt, von denen, die nicht mehr waren. Bøllogs Mutter war eine davon.
Später kamen die vertrauten Fragen: Ist der Boden hier gut? Gibt es hier viele Wilde?
So nennen wir sie nicht, antwortete Bøllog. Wir nennen sie Freunde. Und außerdem haben wir Sol.
Aller Augen richteten sich auf das dunklere Kind.
Sie heißt Sol?
So nennen wir sie. Sie ist immer so sonnig.
Ist sie ein Kostkind?, fragte Torgeir.
Sie ist uns anvertraut worden, sagte Bøllog. Der Vater ist wohl tot. Und dann begriff ihre Mutter, dass auch ihre Stunde näher rückte. Da keine ihrer Verwandten in der Nähe lebten und da Marte Milch hatte … so haben wir das verstanden. Deshalb ist sie hier. Und wir werden uns um sie kümmern. Aber wir gehen davon aus, dass irgendwann Verwandte kommen werden.
Mali Jartrud ließ ihren Blick auf dem Kind Sol ruhen. Es tat gut, Sol anzusehen. Sie lächelte. Genau wie Bøllog gesagt hatte, sie war sonnig. Sonne, Sonne. Das war ein Spruch, den Mali

Jartrud als Kind von ihrer Großmutter gehört hatte. Sonne, Sonne, Sonnenwind … wie war es weitergegangen? Das wusste sie nicht mehr.
Bald wurde gesungen und gelacht, es wurde aufgeschnitten und es wurden Geschichten erzählt, von hier und von dort. Niemand erwähnte den Bauern, der die Axt geworfen hatte. Aber sie lachten laut und lange beim Gedanken an den See, der abgelassen werden sollte.

Guter Boden, davon konnten sie sich am nächsten Tag selbst überzeugen.
Ihr seht, was zu sehen ist, sagte Bøllog und nickte.
Die wogenden Ähren, höher und reicher als daheim. Das Land, das einfach weiterging, wie eine Grützeschüssel, die niemals leer wird.

Sieben der restlichen zwölf wollten bleiben. Zwei Paare, jedes mit einem kleinen Kind, dazu ein Junggeselle. Fünf zogen weiter. Und zwar Torgeir und Tora und Mali Jartrud. Dazu zwei Junggesellen, die Gold suchen wollten.

## *Goldgeschenke*

Besonders viel Geld hatten sie nicht, die Leute aus Lesja, die sich in Blikom niederließen. Mit gemeinsamer Anstrengung kamen sie aber doch unter Dach und Fach, nicht jede Familie für sich, sondern für den Anfang gemeinsam. Sie hätten bei Bøllog bleiben können, wenn der Platz gehabt hätte, aber da war es ohnehin schon sehr eng. Bøllog konnte in diesem Jahr auch für seine Familie kein größeres Haus bauen, er musste ja den anderen helfen.

Er half ihnen, Land zu vermessen, er begleitete sie ins Fort. Er bürgte im Magazin für sie und half ihnen, ihren Claim anzumelden. Außerdem lieh er ihnen Axt und Säge und später seinen Ochsen und seine Pflugschar; die war jetzt aus Eisen, gekauft und bezahlt mit Butter und Käse, mit Wild und Fisch und außerdem mit Fellen.

Friends of Billie's, hieß es in Fort Snelling über die anderen aus Lesja, und sie konnten anschreiben lassen.

Die alten Landsleute nannten ihn jetzt Billiebøllog, und darüber freute er sich. Die anderen fanden es offenbar ganz normal, an einem Ort zu wohnen, wo alles nach einer winzigen Häuslerstelle an einem Hang hieß.

Hey, Sheriff, sagen die Soldaten freundlich.

Hello, Chief, sagten die Indianer, die auf einen Mundvoll Essen, einen Schwatz und eine Zigarre vorbeischauten.

Er war noch immer der Jüngste in der Siedlung. Achtzehn war er gewesen, als er gekommen war.

Als Erste sprachen die aus der Gegend von Ålesund über eine Kirche. Dazu kamen sie zu Billiebøllog.

Wir könnten hier eine brauchen, sagten sie.

Ja, das mochte so sein. Aber brauchten sie dann nicht auch einen Geistlichen?
Wir können einen kommen lassen, meinten die Ålesunder. Und bis dahin lesen wir eben selbst. Lesen einander sonntags in einer Andachtsstunde vor.
So kam es, dass sie sich auf dem Hofplatz von Bøllog und Marte versammelten, wenn das Wetter es gestattete, zum Bibellesen und zu leisem Gesang. Sie saßen auf den mitgebrachten Schemeln da, als vier gelbe Ochsen mit einem Wagen kamen und am Rand des Hofplatzes anhielten.
Es war ein schöner und friedlicher Sonnentag. Hoch über ihnen flogen die Schwalben. Die Hummeln summten, die Fliegen surrten um die Tiere, die ein Stück weiter entfernt grasten, und die kleine Gemeinde hatte gerade einen Text über Ehrfurcht und Trost gelesen. Und dann fingen sie an zu singen.
Nun kamen Mandels. Und zwar Michel und Gustav, und die Frau Vorbläser, die aus dem Wagen gehoben und ins Gras gesetzt werden musste.
Meine Krücken, schnappte das Frauenzimmer.
Noch sang sie, die kleine Gemeinde.
Meine Marte!, rief Agathe zuckersüß und sanft, als sie sich aufgerichtet hatte.
Noch sangen die vielen, unter Leitung des jungen Paares, das dort lebte, laut und klar sangen diese beiden, lauter und stärker als vorher, um die anderen im Namen des Herrn zur Beherrschung zu ermahnen, um die zuletzt Angekommenen Manieren zu lehren.

Wie klein!, grunzte Frau Mandel. Wo sollen wir denn alle schlafen?
Groß genug für uns, erklärte Marte.
Jetzt werden andere Saiten aufgezogen, verhieß die Mutter.
Wer ist das fremde Kind?, wollte Gustav wissen.
Eines, das hier zu Hause ist, antwortete Marte.

Ist das deins?, fragte Agathe skeptisch.
Es ist keines, das ich geboren habe, erwiderte ihre Tochter widerwillig. Dann ist sie deins!, warf die Frau aus Biri ihrem Schwiegersohn vor.
Bøllog schüttelte gelassen den Kopf; sie war so klein geworden, die Alte. So unbeholfen mit den ungleichen Krücken. Er überlegte schon, wie er die verbessern könnte.
Marte hätte der einen gern einen Tritt versetzt, damit die Lahme umfiele und liegen bliebe.
Ein neues und größeres Haus!, erklärte ihre Mutter.
Ja, sicher, sagte Bøllog umgänglich. Das haben wir vor. Nach und nach. Im ersten Herbst haben wir in einer Grube unter einem Reisigdach geschlafen.
Wir bringen euch doch Gold mit, prahlte das Frauenzimmer.

Sie lagen in dem kleinen Haus fast aufeinander. Marte war in Hoffnung. Agathe hatte entschieden, wie sie liegen sollten; auf diese Weise geriet Marte mit ihrem dicken Bauch hinter den Rücken ihrer Mutter und hatte den Atem der kleinen Mädchen im Nacken. Die Mutter jammerte im Schlaf, wenn jemand ihren schlimmen Fuß berührte. Mandel schnarchte, so dass die Kinder aufwachten und weinten.
Meine Marte, säuselte sie tagsüber, die Alte, mit Ahornsirup in der Stimme. Endlich bin ich wieder unter den Meinen!
Was ist mit Didrik?
Der liegt unter einem Stein. Er wurde von einer Dirne getötet.
Was?, rief Mandel verblüfft.
Sie hieß Brenda. Sie wollte einen nach dem anderen haben. Sogar meinen Vorbläser.
Was!
Das stimmt doch nicht, meinte Gustav.
Ha, sagte Agathe.
Du kannst es mit dem Dichter aufnehmen, Mütterchen, sagte Michel.

Mir kannst du glauben, sagte Frau Mandel und zwinkerte Bøllog wütend zu.

Und was ist mit Oskar?, wollte Marte jetzt wissen.

Der ist ebenfalls dieser Metze zum Opfer gefallen, sagte die Mutter.

Wie das denn?, fragte Marte.

Sie hat zuerst den einen gelockt und dann den anderen, sagte Agathe. Mein kleiner Oskar. Da hat sie mit ihm Blumen gepflückt. Wozu sollte das wohl gut scin?

Nein, wozu wohl?, sagte Michel grinsend.

Wie eine Spinne, sagte die Gattin. Alle, alle ins Netz.

Aber was hat sie mit Oskar gemacht?, fragte Marte.

Sie hat ihn blind gemacht. Und dann wurde er von der siedenden Brühe der Eifersucht verzehrt. Als diese Hure sich Didrik aussuchte, ermordete Oskar seinen eigenen Bruder.

Aber Mutter!

So war es. So muss es gewesen sein. Denn wir haben ihn nie wiedergesehen. Warum wäre er sonst weggeblieben, wenn nicht deshalb? Sie hat mich lange betrogen, die böse Versucherin, das ist ihr gelungen. Aber dann hatte ich ein Gesicht, als ich krank war, und danach war mir alles klar. Denn wie kann ein Sohn seiner Mutter in die Augen schauen, wenn er eins ihrer anderen Kinder getötet hat?

Sie phantasiert, sagte Michel Mandel später.

Oskar ist ein anderer geworden, deshalb ist er verschwunden, erklärte Gustav.

Ich dachte, er sei tot, sagte die Schwester seufzend. Da der Brief doch in die falschen Hände geraten ist. Er war für Oskar bestimmt, für niemanden sonst.

Er hat sicher nicht gedacht, dass Mutter auf die Idee kommen würde herzuziehen, sagte Gustav leicht beleidigt.

Hör nur, wie sie vor Bosheit und Lügen tropft, sagte Marte, als sie mit ihrem Mann allein war. Sie muss fort von hier.

Von der vertrockneten Alten ist doch nur das Mundwerk üb-

rig, sagte Bøllog. Sie kann dich nicht mehr so treffen wie früher.
Ihr Mundwerk war immer das Schlimmste, sagte Marte.

So verging ein Winter, während sie Holz für ein neues und größeres Haus besorgten, obwohl das erst erbaut werden könnte, wenn das Wetter milder würde und das Holz trocken wäre; diesmal brachte Bøllog die Stämme den ganzen Weg bis zur Sägemühle in Minneapolis, oberhalb des Wasserfalls.
Er war nicht da, als das Fruchtwasser abging, und Gustav war bei ihm.
Schick Mandel zum Hof im Westen, bat Marte ihre Mutter, denn da gibt es eine gute Geburtshelferin.
Die Frau mit dem unbrauchbaren Bein wollte selbst Hebamme sein. Sie wollte seitlich auf dem Boden sitzen und helfen.
Nein, schick Mandel!, verlangte Marte, während die Wehen sie quälten.
Der Vorbläser schnarchte noch, aber Marte weckte ihn mit Rufen.
Schlaf du nur weiter, versuchte Agathe, ihren Willen durchzusetzen.
So konnte sie Zeit schinden, denn Marte hatte mit sich mehr als genug zu tun. Doch dann brachte sie die Kraft auf, den Stiefvater aus dem Haus zu schicken. Später gab es für sie dann nur noch Schmerzen und Entbindung.
Es war eine kalte Nacht unter einem weißen Vollmond. Unter der Decke hinter dem Rücken der Mutter lagen die kleinen Mädchen, die, an die in der Eile niemand gedacht hatte. Sie hörten alles, jede lugte durch ein Loch. Der gewölbte Bauch, zum Bersten gespannt und blauweiß im Schein der Feuerstätte, die gespreizten Oberschenkel, die Knie wie zwei Spitzen, das nicht wiederzuerkennende Geheul der Mutter. Und die Mädchen sahen: die Alte, die Wasser heiß machte und ein Messer bereitlegte. Die Alte, die über den Boden kroch und

das schlimme Bein hinter sich herzog, die trotzdem stolperte, obwohl sie kroch und nicht ging, und die doch die Wanne mit dem glühend heißen Wasser umstieß. Das Geschrei der Alten, das sich bei der Begegnung mit der glühend heißen Flüssigkeit mit dem der Jungen vermischte. Die Alte, die sich mit dem Messer in der Hand über den Lehmboden wälzte. Die Junge, die das Messer an sich riss, als das Kind schon draußen war, die die Nabelschnur durchschnitt und verknotete, die den Rock, den sie noch trug, nass machte und das Kind mit einem Zipfel wusch, die sich mit dem Jungen in den Armen zurücksinken ließ und einschlief.

Nur die kleinen Mädchen hörten, was die Großmutter sagte.

Wer bei einem vollen Wintermond zur Welt kommt, wird entweder verrückt wie ein Wolf oder stirbt vor Pfingsten, sagte sie.

Sie begriffen nicht ganz, was das bedeutete, sie begriffen nur, dass das voller Bosheit gesagt worden war und dass die Großmutter böse war.

Als Michel Mandel mit der Nachbarin zurückkehrte, schnarchte die Alte, mit der einen Hand in der Pfütze aus Asche und dem Wasser, das sie umgestoßen hatte. Marte schlief auf die Seite gedreht, mit blutigen Oberschenkeln. Sol lag wach da und hatte ihr beschützend den Arm um die Brust gelegt. Dahinter lehnte Mali an der Wand und hatte den Bruder auf dem Schoß. Die Mädchen sagten nichts, aber etwas in ihnen löste sich, und sie fingen an, lautlos zu weinen.

Er kann Jo heißen, sagte Bøllog stolz, als er von Minneapolis und der Sägemühle zurückkehrte.

Mutter muss weg, sagte Marte.

Sol und Mali nickten stumm.

Sie ist nur alt und dumm, versuchte Bøllog, die Lage zu beruhigen.

In der folgenden Zeit lag Agathe im Bett und erteilte Befehle, als habe sie hier ein Kind auf die Welt gebracht. Sie wollte das neue Kind auch immer bei sich haben. Sie wollte Brei und Hasenfleisch. Sie wollte gesalzenen Fisch, als keiner aufzutreiben war.

Marte gab ihr nichts.

Es wurde zu viel, selbst für Bøllog, der die ganze Zeit versuchte zu versöhnen. Und es ging nicht mehr, als sie ihre Kinder zusammenstauchte, weil die in der Frage des Dreschens klein beigegeben hatten. Sollte das Korn nach der Mahd im Kreis oder in einer Reihe liegen? Die Gewohnheiten von Biri waren anders als die von Lesja, und Gustav hatte es am Ende so gemacht, wie Bøllog es gewohnt war.

Deshalb verbrachten sie den Winter im Fort, die drei aus den Goldfeldern.

Die anderen sollten sich ja nicht einbilden, je etwas von dem Vermögen zu sehen, schrie die alte Hexe, als Bøllog sich von ihr verabschiedete.

## *Wohlstand in Koshkonong*

Hølje hatte einen längeren Weg als die Mandels. Endlich war er aufgebrochen, wie er es schon seit einer Weile vorgehabt hatte. Sein Jugendfreund Jon war dazwischengekommen, aber dann erhielt Hølje einen Brief. Sein Stiefvater war gestorben. Der Quäker Håvard.

Er hörte in Gedanken eine Stimme, sie lockte ihn mit mütterlicher Zärtlichkeit zu sich. Mutter!, sang es in ihm. Mutter!

An den ersten Tagen war er fast gerannt, durch die Felsspalten, in denen die Goldgräber arbeiteten. Weiter hinauf, zum Nadelwald mit dem Harzgeruch. Zum Zaubersee: zum Lake Tahoe mit den Tannenzapfen.

Die Hammerschläge waren seltener geworden. Aber auch hier wurde gepocht; überall waren Gruppen von Ingenieuren auf der Suche, nicht nur nach Gold, sondern auch nach Silber und anderen Bodenschätzen.

Hølje legte sich am Ufer des Zaubersees unter einigen Tannenzweigen zum Schlafen nieder. Dort war kein Mensch zu sehen, es gab nur den Wind und einige Nachtvögel. Aber noch hämmerte sein Herz, auch wenn er still dalag. Die Goldgräber folgten ihm, mit ihrem Lärm, mit ihren Gesichtern und den verstohlenen Blicken.

Bald ging es wieder nach unten, auf der anderen Seite des Gebirges. Noch immer lief er, am dritten Tag, am vierten, als müsse er unbedingt etwas erreichen oder etwas hinter sich lassen. Er war leicht zu Fuß. Er hatte keine Ochsen und keinen Wagen, keine Maultiere und keinen Karren. Er schleppte nicht einmal seine Reisetruhe, die schöne mit dem Rosenmuster. Er hatte nur sich selbst, in seinem ärmlich aussehenden Leinwandanzug. Der weiche Futterstoff verhinderte, dass das steife Zelttuch seine Haut aufscheuerte und wund werden ließ. Zwischen den Stoffschichten gab es zugenähte Taschen voller Gold. Außerdem baumelte auf seinem Rücken ein schlaffer Rucksack, der nur einen geräucherten Schinken, ein Schriftstück und ein Messer enthielt.

Der Weg war jetzt deutlich, nach Tausenden von Füßen, Hufen, Klauen und Wagenrädern. In der letzten Zeit hatten Menschen ihn verbreitert, Bäume waren gefällt worden, Wurzeln waren zu Spänen zerhackt und zur Seite getreten oder mit einem Stemmeisen herausgerissen worden. Und es waren Menschen zu sehen, in beiden Richtungen. Unten im Flachland konnte der Wanderer eine Mitfahrgelegenheit finden, wenn er bereit war, sich auf einem Bretterboden durchrütteln zu lassen. Es würde ihm guttun, mit jemandem reden zu können. Denn noch immer brodelte es in ihm, das Echo aus Coloma.

Ein Inferno aus seelischer Erniedrigung, fand sein Reisegefährte in der Sandwüste.

Diese Art von Reichtum ist vergänglich, meinte er. Man findet Gold, einen großen Klumpen, und versteckt ihn in einem Spalt zwischen zwei Brettern. Was glaubst du, welches Haus als Erstes abbrennt?

Das Haus mit dem Gold im Spalt, antwortete der Mann sich selbst.

Bist du Pastor?, fragte Hølje.

Nein. Ich war Glöckner und Vorsänger. Der Pastor hat mir Vorwürfe gemacht, als ich gegangen bin, aber ich konnte nicht anders, der Teufel schien meinen Willen gestohlen zu haben.

Hast du etwas gefunden?

Etwas Großes. Unglaublich Großes. Wie eine Fläche aus eingetrocknetem Brei. Genug, um eine Kirche zu bauen. Mindestens. Aber es ist verbrannt. Zu Asche.

Aber Gold schmilzt und tropft, es wird nicht zu Asche.

Dann ist es vertropft, denn es waren nur Asche und Ruß zu sehen. Verkohlte Reste. Das war die Strafe für meine Gier. Denn ich hatte nicht mehr vorgehabt, eine Kirche zu bauen. Ich wollte ein Haus mit Säulen und Veranda errichten. Mit Holzböden unter Teppichen. Ich wollte einen Wagen mit Dach und Fenstern zum Hinausschauen besitzen. Vier glänzende Pferde wollte ich haben. Und einen Obstgarten.

Høljes Herz schlug langsamer. Er atmete tiefer durch. Er dankte Gott, als er später allein zu Fuß ging und dem Glöckner und Vorsänger den Vortritt gelassen hatte, er dankte, weil sein Herz langsamer schlug und weil er auf dem Heimweg zu seiner Mutter war. Auf diese Weise würde sein Gold einem guten Menschen nützen, der es verdiente, dachte er.

Daran wollte er denken, während er wanderte, an die bevorstehende Freude seiner Mutter.

Er hatte ihr Gesicht vor Augen, in der Sandwüste und in der Salzwüste, an Salzseen und frischen Bächen und als er durch die Prärie wanderte. Er verdrängte Brenda. Er sah das Lächeln der Mutter, in Regen und Schnee und Sonne. Manchmal weinte er. Dann wieder war er wütend. Dann dachte er wieder an sein Vermögen und an den bevorstehenden Stolz der Mutter.

Ihm waren noch keine Bekannten begegnet, als er den Catfish River erreichte. Dort hielt er an und zog hinter einigen Büschen Jacke und Hose aus. Er wusch sich das Gesicht und schnitt sich mit Hilfe eines kleinen Kolks als Spiegel Haare und Bart. Als er weiterging, trug er einen grauen Anzug aus schönem Tuch, auch wenn der nicht gut roch, da er monatelang einen ungewaschenen Körper umhüllt hatte.

Er ging weiter, langsam, mit dem steifen Leinen auf der Haut. Er sah zu den Höfen hinüber; die waren größer geworden und hatten neue Wirtschaftsgebäude. Es war überall schöner, mit Blumen und Beerensträuchern. Die Bäume, die gepflanzt worden waren, um den Häusern Schutz zu geben, waren ge-

wachsen. Kinder liefen umher, die Hølje nicht erkannte. Andersens waren es, die von Abel und Bjørn, aber Bjørn war nicht zu sehen. Stattdessen stand dort ein Fremder und sägte Holz, als ob er hierhergehörte.
Hølje ging weiter, er wollte als Erstes mit der Mutter sprechen. Und er freute sich, wenn er an Gunhild dachte, die er so liebte.
Der schönste Ort auf der Welt, sagte er, als er endlich am Ziel war und sie umarmt hatte.
Was für ein schöner Anzug, sagte sie.
Mit Flüssen und Seen, sagte der Sohn über die Gegend. Mit Gänseflug und Aussicht. Koshkonong, sagte Hølje begeistert.
Aber hast du nichts mitgebracht?, fragte Gunhild plötzlich besorgt.

Bald saß er in einer Wanne voll heißem Wasser. Bald trug er alte, saubere Kleidung. Zum Entsetzen seiner Mutter zerschnitt er nun seinen Reiseanzug. Gold strömte heraus.
Es wurde zu einem kleinen Haufen auf dem Küchentisch. Einem Goldhaufen. Aus Staub und Körnern, aus weich abgerundeten Stücken, aus eckigen Klumpen.
Für alles, was du auf dem Hof brauchst, sagte Hølje.
Gunhild schluchzte auf.

Aber ich habe alles, was ich brauche, sagte sie, als sie ihre Sprache wiedergefunden hatte.
Hølje sah, dass das stimmte. Das Haus war groß genug und hatte ein solides, gutes Dach. Die Felder waren sehr gewachsen, seit er sie zuletzt gesehen hatte. Es gab außerdem eine schöne Herde von Kühen und saftiges, umzäuntes Weideland, dazu Schafe und Schweine. Es gab einen Hühnerstall an der Wand des Kuhstalls.
Zum Frühstück hatte er Speck und Weißbrot bekommen, und im Morgenlicht sah er, dass es jetzt Schränke und Regale gab.

Sie kochten nicht mehr über offenem Feuer, nun hatten sie einen großen Herd zum Backen und Kochen. Und auf dem Tisch stand eine blaue Glasflasche mit Blumen.
Was für ein Wohlstand!

Hølje lächelte über den Wohlstand. Er unterhielt sich mit seinen Geschwistern, mit Marja und Håvard. Beide gingen jetzt in die Schule, wo sie Englisch lernten, und sie gestanden ihrem großen Bruder, dass sie unter dem Blick des Lehrers anders hießen. Mary und Howard.
Bitte, sag es Mutter nicht, flüsterte Mary, ich glaube nicht, dass ihr das gefallen würde.
Das Gold hatte Gunhild in eine Rindenschachtel gelegt, die sie übers Meer mitgebracht hatte. Die gehöre Hølje, hatte sie zu ihm gesagt. Wenn er absolut wolle, könne er ihnen einige kleine Geschenke kaufen. Den Rest solle er für sich selbst verwenden.
Wofür denn?
Für eine eigene Farm. Denn der Hof der Mutter hatte einen anderen Anerben.
Das hatte er ja gewusst. Deshalb hatte er mit Brenda in den Westen gewollt.
Jetzt nahm er die Rindenschachtel und ritt nach Madison, denn dort gab es jetzt eine Bank, hatte Abels neuer Mann erzählt. Dort richtete er ein Konto ein und bekam ein Papier über sein Vermögen. Auf dem Papier war alles in Dollar umgerechnet, und er hob sofort etwas ab, um einkaufen zu können.
Ich musste ihnen einen Namen geben, den sie schreiben konnten, sagte er, als er wieder bei der Mutter war.
Er hatte für die Kinder Bücher und für Gunhild einen schönen Rock gekauft. Und er hatte eine Tüte voller Bonbons bei sich.
Und wie heißt du jetzt?, fragte Howard.

Willy, haben sie in der Bank vorgeschlagen.
Mary kicherte.
Bist du jetzt ein Willy?, fragte die Mutter skeptisch.
Nein, ich habe mir etwas Näherliegendes ausgesucht. Den Nachnamen habe ich zu Ehren meiner Abstammung gewählt.
Welchen denn?
Tinn. Hal Tinn heiße ich jetzt. In der Bank. Und wenn ich meinen Claim anmelde. Und wenn ich meine eigene Zeitung herausgebe.
Mary kicherte noch immer über die Reden ihres großen Bruders.
Gunhild hielt sich eine Zeitung; sie wurde in Chicago gedruckt, mit norwegischem Text.
Danke für die Geschenke, sagten die Kinder.
Die sind auch ein bisschen von eurer Schwester.
Von Brenda?
Ich soll euch grüßen. Und sie hat mir ein wenig Gold gegeben, für den Fall, dass ihr hier hungern und frieren müsst.
Aber ich hatte ohnehin schon Gold genug, erzählte er der Mutter später unter vier Augen. Also habe ich Brendas Goldklumpen Jon gegeben. Nicht so, dass er es gesehen hat. Denn er hätte ihn doch nicht angenommen. Aber ich habe ihn in seine Kiepe fallen lassen, als wir uns getrennt haben.

Hal Tinn arbeitete in diesem Jahr auf dem Hof seiner Mutter, zusammen mit den Junggesellen, die sie bei sich wohnen ließ. Und er ging jeden Sonntag in die Kirche und traf alte Bekannte.
Ist dir da drüben Liberty Proud begegnet?, wollte jemand wissen.
Und Hølje fiel der Grundbrief ein. Er hatte ihn in seinem Rucksack gehabt, unter dem Räucherschinken, den Grundbrief, von dem Liberty schließlich erkannt hatte, dass er ihn niemals hätte haben dürfen.

Sind da andere eingezogen?, fragte Hølje.
Nein, das war nicht der Fall.
Wer will, kann es tun, sagte Hølje.
Du kannst das doch selbst machen?, fragte eine Frau, die ihm bekannt vorkam.
Der Hof braucht eine energische Hand, sagte sie dann. Das sehen wir, wenn wir dort vorbeikommen, er verfällt.
Es war die Braunäugige mit dem schweren Zopf, die von seinem ersten Tanzabend in Koshkonong. Als er genauer hinsah, lächelte sie freundlich. Und das erfüllte Hølje mit Leichtigkeit und reiner Freude.

# *Drei kleine Hüte und eine Brosche*

Es ging ums Überleben, das wusste Brenda. Sie musste Augen im Hinterkopf haben, hellwach sein, durfte niemals schlafen, niemals tief. Sie hatte sich noch nie so allein gefühlt wie seit dem Moment, als Agathe zu sich gekommen war.
Brenda hatte die Leute aus Biri verlassen und ging auf den Zeltwagen zu, den sie früher mit Hølje geteilt hatte; dabei zog und schob sie ihre beiden Truhen, die bei Mandels gestanden hatten. Sie schrie die Fremden, die sich hier niedergelassen hatten, wütend an. Die hörten ihr zu. Dann gaben sie ihr ein Fell und eine Hacke. Sie öffnete Høljes Truhe; die war leer, bis auf seine Bibel. Sie legte die Bibel in ihre eigene Truhe. Sie bat die Männer, gut auf die mit Rosen bemalte Truhe aufzupassen, bis Hølje wieder auftauchte. Dann bat sie einen von ihnen, ihre eigene Truhe zum Fluss zu bringen, auf das andere Ufer und den Hang hinter der Sägemühle hinauf.

Jerry und zwei seiner Mädchen lehnten an der Wand und sahen sie kommen. Eines der Mädchen trug ein gelbes Seidenkorsett über einem langen roten Rock. Die andere hatte eine langärmlige hellblaue Bluse über einem hellgrünen Rock an. Die Mädchen waren barfuß. Jerry trug Stiefel. Er ließ seine aufgerauchte Zigarre zu Boden fallen und zertrat sie mit hartem Absatz.
Du kannst meine Truhe hier absetzen, sagte Brenda zu dem Träger.
Das tat er, dann machte er, dass er nach Hause kam.
Ach was, grunzte Jerry.

Hast du ein Zimmer für mich?, fragte Brenda.
Für eine wie dich immer, sagte Jerry.
Uns hast du nicht an der Nase herumführen können, sagte das eine der Mädchen.
Wir haben es die ganze Zeit gewusst, sagte die andere. Entweder findet sie ein Vermögen, oder sie kommt zu uns.
Ich bitte nur um ein Zimmer, sagte Brenda. Wo ich schlafen kann.
Jerry musterte sie aus rotgeränderten Augen.
Blutpreis, sagte er grinsend.
I know, antwortete Brenda. I can pay.
Wenn du das nicht mehr kannst, fängst du an zu arbeiten.
That's a deal.
Sie lächelte die Mädchen freundlich an. Die lächelten nicht zurück.
Bringt sie nach oben, befahl Jerry. Gebt ihr das Peck-Zimmer.
Die Mädchen kicherten und gingen vor. Die eine packte die Truhe.
Was ist Peck?, fragte Brenda.
Nur ein Mann. Er ist dort gestorben. Hat sich umgebracht. Rosie?
Jerry hat recht.
Aber da ist vielleicht in Wirklichkeit etwas anderes passiert?, fragte Brenda.
Es passiert immer etwas anderes, oder, Carla?, fragte Rosie.
Sie lachten. Sie öffneten die Tür zum Peck-Zimmer. Brenda schnupperte, nach Pulverschlamm oder vereiterten Wunden, nach Kotze oder geronnenem Blut.
Wir haben saubergemacht, berichtete Carla.
Brenda schob die Truhe an die Wand. Sie öffnete den Deckel. Sie suchte nach einem Kleid und hielt es vor sich hin. Die beiden anderen nickten. Sie strichen mit der Hand über die Seide.

Wo warst du vorher?, fragte Rosie. In St. Louis?
Chicago.
Wann fängst du an, mit uns zu arbeiten?, fragte Carla.
Du hast schöne Haare, erwiderte Brenda.
Die waren dunkelbraun und glänzend. Carla hatte sie mit Kastanienwasser ausgespült, nahm Brenda an. Und sicher hatte sie ihre Haut mit Öl und Creme gepflegt. Brenda ließ das Kleid wieder in die Truhe fallen, als sei ihr plötzlich der Kontrast zwischen dem Seidenstoff und ihrem eigenen Äußeren aufgegangen. Erschrocken öffnete sie ihre Hände und musterte sie forschend, wie die einer Unbekannten. Die Handflächen waren rauh und trocken, voll Schwielen und Schrammen. Sie drehte die Hände um und sah sich die Nägel an; die waren unterschiedlich lang und eingerissen. Sie hatten tiefe schwarze Ränder.
Carla und Rosie kicherten.
Wir helfen dir, boten sie an.
Bald saß Brenda in einer Wanne. Bald wurde sie abgeschrubbt. Die beiden anderen wuschen ihr die Haare. Dann schnitten sie die verfilzten Stellen heraus und begradigten die Spitzen. Sie säuberten und schnitten Brendas Nägel, schrubbten harte, tote Haut von den Fersen und schmierten sie mit weicher Creme ein, eine für Körper und Hände, eine andere für das Gesicht. Brenda atmete auf und versank in einer Welt aus Ruhe und stiller Freude, deren Existenz sie einfach vergessen hatte.
In einigen Wochen bist du so schön wie früher, meinten die beiden anderen.
Außerdem spielt es keine Rolle, sagte Rosie. Die Mannsbilder hier sehen keinen Unterschied zwischen Schwielen und zarter Haut.
Mit einigen wenigen Ausnahmen, sagte Carla. Die, die von früher her verwöhnt sind. Die alle Drecksarbeit von anderen erledigen lassen.

Die Herren aus den Südstaaten, das wusste Brenda. Die Sklavenhalter. Die zermahlten die Felsstücke, die sie an den Hängen loshackten, zwischen runden, schweren Steinen. Die Mahlsteine wurden von Sklaven oder Tieren gedreht.
Den ganzen Vormittag saßen sie in Pecks Zimmer und plauderten, später kamen noch zwei Mädchen dazu, Petite und Gerthie, Blondinen von der Ostküste.

Brenda trug das gelbe Kleid, als sie später nach unten ging. Sie spürte Jerrys Blick zwischen den milderen der anderen wie ein Messer, sie wusste, er konnte ihr den Zutritt verbieten. Kneipen waren für Männer da. Saloons und Bars, für Männer, für Männer. Aber sie wollte nicht trinken. Sie wollte nicht einmal spielen, sie wollte nur zusehen.
Die Karten für Faro und Monte wurden verteilt. Und es saß ein Zwerg dort und nahm Wetten entgegen. Er hatte drei kleine Lederbecher und einen Würfel. Die Becher hatten keine Deckel, sie sahen ein wenig aus wie Hüte ohne Krempe, als er sie über die Würfel stülpte. Aber zuerst zeigte er sie vor, während er laut und ununterbrochen redete: So sind sie, ganz gleich, nicht wahr? Gleich, gleich. Innen und außen, kein Unterschied zu sehen. Not like other objects, other differences, aber vielleicht gibt es ja doch einen, einen Unterschied, wer weiß, wer weiß …
Danach setzte er einen Hut über den Würfel und verschob alle drei Hüte mit raschen Bewegungen. Dann wurde gewettet: War der Würfel unter dem mittleren Hut? War er unter dem rechten?
Viele im Raum waren sicher, die Antwort zu wissen. Sie setzten Banknoten und Goldstaub, Münzen und Goldklümpchen. Und sie verloren. Wieder und wieder.

Und das sah Brenda sich genau an. Die Bewegungen des Zwergs. Die behaarten Hände dieses Menschen, der einen

Schemel unter den Füßen hatte, um hoch genug zu reichen. Jerry ließ sie am ersten Abend dort stehen.
Sie hatte das Haar aufgesteckt und mit einem blonden Band umwickelt, die Haube war zum Trocken aufgehängt. Sie stand in ihrem gelben Seidenkleid da. Sie hätte eine reiche Dame von einer Plantage in den Südstaaten sein können, oder eine Fabrikbesitzersgattin von der Ostküste. Oder eine Hure. Sie erwiderte den Blick keines Mannes, nur den des Zwergs für einige kurze Momente. Schließlich stutzte er und *sah* sie. Er hatte sie erkannt, das wusste sie jetzt. Sie waren sich schon einmal begegnet, in Chicago, bei Jolly Mark Beaubien, dem das Sanganash Hotel gehört hatte. Dort hatte dieser kleine Mann seine Künste gezeigt und gut daran verdient.
Dann war er niedergeschlagen und ausgeraubt worden, hatte Jolly Mark ihr später erzählt.
Jetzt war er hier bei Sutter's Mill. Brenda hatte ihn kommen sehen; sein Körper war ein wenig schiefer als beim letzten Mal, aber er trug dieselbe schwarze Jacke mit dem roten Seidenfutter und denselben runden, staubigen Hut. Sie wusste den Namen des Mannes noch. Billie Jaw wurde er genannt, weil er vier zusätzliche Eckzähne im Mund hatte, so dass man jeweils zwei kleine tabakbraune Spitzen sehen konnte, wenn er laut lachte.
Es war nicht nur seine Schnelligkeit. Es war nicht nur, dass er seine Hände so rasch bewegte, dass niemand dem Hut mit dem Würfel folgen konnte. Wenn es nur das gewesen wäre, hätte ein Drittel der Spieler jedes Mal das Versteck nennen können müssen. Aber das konnten sie nicht. Sie zeigten niemals auf den richtigen Hut, sie verteilten sich auf die beiden falschen. Das war die wirkliche Magie von Billie Jaws Tricks. Und dieses Geheimnis wollte Brenda ihm abluchsen.
Sie stand in der immer stickiger werdenden Luft, im Gestank der schmutzigen Männer, die Karten spielten und tranken und rauchten und wetteten, um Einsamkeit und unsichtbare Be-

drohungen zu vergessen. Es waren keine Norweger dort und keine guten Bekannten. Es waren andere, die sie jeden Tag gesehen hatte, Monate und Jahre hindurch, denen sie jetzt unter den verblüfften Blicken zunickte, die manche auf sie warfen, aber sie gab keine Antwort, wenn diese Männer etwas sagten, sie runzelte die Stirn und wandte den Kopf in Richtung des Zwergs, als habe sie gewettet und müsse genau aufpassen.

Niemals, sagte er am nächsten Tag, der Kleine.
Brenda hatte ihn gebeten, sich sein Werkzeug ansehen zu dürfen.
Never, sagte er energisch.
Dann glaube ich, du pfuschst, sagte sie.
Ain't cheatin'.
Oh yes, I bet you are.
Dann lachten sie, über den Witz, denn wenn sie wetten wollte, musste sie sehen dürfen.
Er reichte ihr die kleinen Lederhüte. Sie betastete sie. Sie schaute hinein. Sie strich über das Leder der Außenseite. Sie waren nicht gleich, nicht ganz, aber ohne bedeutende sichtbare Unterschiede.
Es spielt keine Rolle, welchen du über den Würfel stülpst, sagte Brenda.
Ach, nicht?, fragte Billie Jaw grinsend.
Er reichte ihr den Würfel. Der war aus Blei, glatt und gerade an den Seiten, an den Ecken leicht abgerundet. Brenda würfelte. Sie bekam eine Sechs.
Glück gehabt, sagte der Mann.
Ach ja?
Glück. Für dich. Weil du Jolly Mark kennst. He's my brother.
Du machst Witze.
Yeah. Aber so kommt es mir vor. Weil er sich um mich gekümmert hat, als ich auf die Schnauze gefallen war.

Als du …
Fresse!
Sorry.
Brenda wusste Bescheid. Aber man durfte nicht so ausführlich über Unglücksfälle reden, das brachte neues Unglück.
Okay, sagte Billie. Was ich mache, ist ganz einfach. Wenn du es heute Abend herausfindest, kannst du vielleicht, vielleicht, vielleicht meine Assistentin werden. Ich könnte eine brauchen. Und dann ziehen wir zu zweit weiter. Meine letzte Hilfe habe ich gegen einen Wagen und zwei Gäule eingetauscht.
Eine Frau?
Ein Junge. Ich hätte lieber eine Frau.
Das kann ich mir denken.
Was ich in der Hose habe, ist nicht weniger wert als das der Ausgewachsenen, prahlte der Zwerg.
Schön für dich, sagte Brenda.
Und für *dich*, sagte Billie und grinste mit dem Mund und dem einen Auge.
Erst jetzt sah Brenda, dass das andere blind war.

An diesem Abend entdeckte sie seinen Trick. Es ging darum, was er ansah, und vor allem, was er nicht ansah. Mit seinem starken sehenden Auge folgte er den leeren Hütchen, zuerst dem einen, dann dem anderen. Das Publikum folgte seinem Blick. Und so pendelten sie zwischen den beiden hin und her und vergaßen das dritte Hütchen, das der Zwerg niemals ansah.
Es ist wohl außerdem ein Vorteil, dass du halb blind bist, meinte Brenda leise, als sie später in seinem Zimmer saßen und sich leise unterhielten.
Anfangs war ich das nicht, antwortete Billie. Aber du hast schon recht.
Sie tranken Rum. Das Zimmer stank nach Fußschweiß.
Lass uns anstoßen, rief der Mann.

Worauf denn?, fragte Brenda, sie war müde. Sie wollte ins Bett.
Dass ich eine neue Assistentin habe, sagte Billie Jaw lächelnd.
Brenda schüttelte den Kopf.
Da packte er ihren Arm.
Wir hatten eine Abmachung!, fauchte er und zeigte seine doppelten Eckzähne.
Nein, widersprach Brenda.
Er drehte ihr den Arm um, bis es weh tat.
Wenn du richtig raten könntest, sagte er. Dann würdest du meine Assistentin.
Brenda jammerte.
Sind wir uns einig?, fragte Billie Jaw.
Das waren deine Worte, antwortete Brenda. Ich habe nichts dazu gesagt, weder ja noch nein …
Wieder drehte er, und sie schrie um Hilfe.
Fast sofort wurde die Tür aufgerissen. Da stand Jerry.
Ha!, rief er zufrieden. Wir haben also schon mal angefangen?
Es war deutlich, dass diese Frage ihm auf der Zunge gelegen hatte. Erst nachdem er sie gestellt hatte, sah er, dass Brenda vollständig angezogen war, dass sie mitten im Zimmer stand und sich den Arm rieb und dass der Zwerg ebenso vollständig angezogen auf einem Hocker saß und mit dem Würfel spielte.
Auf diese Weise brachte sie Jerry dazu, ihr am nächsten Tag zuzuhören. Und sie brachte ihn dazu, ihr einen Würfel und drei krempenlose Hütchen zu besorgen, die allerdings schwarz waren und nicht braun wie Billie Jaws.
In den folgenden Wochen saß Brenda in ihrer schmalen, fensterlosen Kammer und übte im Licht einer Talgkerze. Danach versuchte sie ihren Trick bei den anderen Frauen. Die setzten Luftgeld und gewannen, vor allem Carla sah alles. Brendas Handbewegungen waren noch zu langsam. Es war noch immer möglich, den Bewegungen des richtigen Hutes zu folgen.
Sie versuchten ihr gute Ratschläge zu erteilen, es musste doch

irgendeine Möglichkeit geben, die Beweglichkeit ihrer Finger zu steigern. Orgel spielen, meinte Rosie, aber bei Jerry gab es keine Orgel. Oder stricken, meinte Gerthie. Vielleicht sticken, schlug Petite vor.

Mit Messern jonglieren, sagte Jerry.

Er besorgte ihr drei stumpfe Messer mit glattem Schaft, und Brenda warf, zuerst nur zwei, immer wieder, höher und niedriger, während sie still stand und während sie sich bewegte. Dann drei, aber das dritte fiel auf den Boden.

Du kannst auch gleich aufgeben, sagten die anderen. Kannst du es nicht einfach vergessen und so sein wie wir?

Aber Jonglieren und Hütchen erinnerten Brenda an einen Traum, den sie einmal gehabt hatte, davon, wie sie von Ort zu Ort reiste und auftrat. Wenn Billie Jaw netter gewesen wäre, hätte sie mit ihm losziehen können. Jetzt stellte sie sich andere vor. Den Jungen aus Lesja stellte sie sich vor, der Johan Jo hieß. Und Liberty Proud. Zwei einsame Traurige, die eine Veränderung verdient hatten. Sie könnten sich einen Wagen zulegen. Sie könnten Buchstaben auf die Wagenseiten malen. »The bet of your life.« Vielleicht könnten sie nach und nach noch weitere Künste erlernen. Und während sie langsam im Jonglieren besser wurde, entdeckte sie einen weiteren Grund für Billie Jaws stetige Gewinne. Und zwar alle seine Eigenheiten, die die Zuschauer ablenkten. Dass er gedankenlos die Lippen nach oben oder nach unten bewegte und seine seltsamen Zähne zeigte. Oder er wand sich auf seinem Hocker und erinnerte dadurch die anderen daran, wie klein er war. Ein seltenes Mal stieß er einen Furz aus, der wie ein Trompetenstoß klang, oder er rülpste.

Brenda hatte keine doppelten Zähne, aber sie hatte Lippen, die sie rot anmalen konnte, und sie hatte einen Busen, den sie heben und senken konnte, als ob sie nervös Atem holte. Und das war noch nicht alles …

Aber dass du dich traust, sagte Petite seufzend. Die werden

wütend auf dich sein, sie werden behaupten, dass du betrügst, wenn du nicht tüchtig genug bist.
Das hätte fast eine Weissagung sein können, denn an diesem Abend wurde Billie Jaw von einem wütenden Goldgräber mit dem Stock verfolgt.
Es war der Tag, nachdem Hølje aufgetaucht war und Brenda wegen eines toten Vaters hatte mahnen wollen. Er war ihr Vater, nicht seiner. Aber er hatte ihn gekannt, sie nicht.
So what?
Der Quäker Håvard war jedenfalls tot, dieser Mensch, der im Zuchthaus gesessen hatte und vorher Kriegsgefangener in einem englischen Hafen gewesen war. Und deshalb war alles zu spät. Funken der Erkenntnis waren in ihr aufgelodert. Zu spät. Zu spät, dem Blick ihres hochgewachsenen Vaters zu begegnen und ihn festzuhalten, um etwas zu erfahren. Er besaß keinen lebenden Blick mehr.
Kommst du mit?, fragte Hølje.
Hølje, der sie in schöner gelber Seide sah, ohne sie zu sehen, die Seide, als sei er einfach dumm und blind.
Sie schüttelte den Kopf.
Erst lange später weinte sie dann, bei der Erinnerung an seinen Rücken, der kleiner und kleiner wurde und schließlich verschwand.

War das dein Bruder?, fragten die anderen, als er gegangen war.
Ja, antwortete Brenda.
Er wirkte ein wenig zerstreut, sagte Petite.
Er wollte mich zu einer Beerdigung mitnehmen, sagte Brenda.
Wohin denn?
Nach Wisconsin.
Die Mädchen lachten laut.
Dann stand Jerry da.

Heute Abend bist du an der Reihe, sagte er. Dann kannst du es ihnen zeigen!

Brenda zeigte es ihnen. Ihre Hände huschten mit den Hütchen umher. Dabei hob und senkte ihr Busen sich, als ob sie erschöpft wäre, ab und zu warf sie den Kopf in den Nacken, und einzelne Haarsträhnen befreiten sich von dem blauen Band.
Sie hatte noch viel zu lernen. Es kam oft vor, dass jemand richtig riet. Aber sie gewann häufiger, als sie verlor. Am nächsten Abend ging es besser. Und um sie drängten sich immer mehr Männer, als es sich herumsprach, was bei Jerry passierte, sie wetteten lieber auf Brendas Hütchen als auf Billie Jaws.

Leonard de Lilac war die schöne Frau schon aufgefallen, als er noch sein Sieb geschüttelt hatte. Sie hatte etwas an sich, etwas, das ihn innerlich weich werden ließ, fast so, dass er hätte weinen mögen.
Ansonsten hatte er auch Grund genug zum Weinen. Einer seiner Sklaven war gestorben. Der andere war weggelaufen. Schlimmer noch war es, dass er fast kein Gold gefunden hatte, dass diese Reise ihm bisher nur Verluste gebracht hatte und keinen Gewinn. Das Allerschlimmste war, dass er noch nichts von zu Hause gehört hatte, weder von seinem Vater noch von seinen Freunden, die aus Coloma zurückgereist waren.
Leonard hatte sich widerstrebend einer Gruppe neuer Freunde seiner Art angeschlossen, die zu Jerry wollten. Die anderen wollten die Blondine und ihre Kunststücke sehen. Er selbst stand am Rand der Menge und kehrte ihr halb den Rücken zu. Er fühlte sich nicht wohl in seiner Haut. Die Menschen um ihn herum waren von gröberer Sorte. Sie kümmerten sich nicht um den Dreck, der hier in der Wildnis an ihnen klebte. Bestimmt haben die in ihrem Leben noch kein Buch gelesen, dachte Leo, und sicher haben sie auch noch nie in einem schön

erleuchteten Ballsaal getanzt. Er hörte den Zoten zu, die die Kerle rissen, und ihn schauderte. Ein breitschultriger Bulle von Mann versperrte ihm den Blick auf die Frau, die im Zentrum der ganzen Aufmerksamkeit stand, aber durch einen Spalt zwischen dem Ellbogen und der Seite eines Mannes, der die Faust in die Hüfte stemmte, sah er ab und zu zwei flinke schmucklose Hände, die kleine Lederhüte hin und her schoben. Sie könnte Baumwollpflückerin sein, dachte er.

Dann war die Runde zu Ende. Der Wirt kam dazu und führte die Männer hinaus. Sie konnten jetzt gehen, die Unterhaltung war vorüber, die Spieltische waren ebenfalls leer, nur den Durst konnte man noch löschen. Man konnte auch noch etwas anderes kaufen, wenn man wollte, und viele waren durch die Spielerin in Erregung geraten, deshalb drängten sie sich um die Damen, einige konnten nicht abwarten, sie wollten zu Rosie, Petite, Gerthie und gingen aufeinander los.

Und da sah Leo sie, die Frau in der gelben Seide, er sah, wie sie schmale Stufen hochlief und um einen Treppenabsatz bog, und er lief hinterher, ohne nachzudenken. Dann verschwand sie hinter einer Tür, und er hatte das Gefühl, dass in ihm etwas zerbrach, sein Herz vielleicht. Sein Körper schien zerschnitten zu werden, sein Brustkasten wurde entleert und mit kaltem Wind gefüllt.

Er taumelte auf die Tür zu, hinter der sie verschwunden war, er riss sie auf und stürzte.

Brenda hatte nichts dagegen. Sie wollte lieber einen sinnlos betrunkenen Südstaatenherrn auf dem Boden liegen haben, als dass einer der grölenden Böcke hereinplatzte. Jetzt war sie besetzt, das würde jeder sehen, der sie sah.

Sie legte Würfel und Hütchen in die Truhe. Sie band das blaue Band los und ließ ihr Haar offen herabfallen. Sie kehrte der Tür den Rücken zu und nahm ihr Korsett ab. Nur in einem dünnen Kittel über dem Rock drehte sie sich um, um sich den Betrunkenen näher anzusehen. Er hatte sich aufgesetzt. Er saß

auf dem Boden und betrachtete sie mit verwirrtem Flehen im Blick.
Ich verkaufe nichts, sagte Brenda. Ich nehme nur Wetten an.
Leo nickte stumm.
Sie setzte sich neben ihn. Sie streichelte sein Haar.
Aber, aber, sagte sie.
Mama, seufzte er und lehnte den Kopf an ihre Brust.
Sie streichelte seinen Rücken. Er schlang die Arme um sie und hielt sie fest, bis er eingeschlafen war.
Ansonsten wurde im Haus noch immer geschrien und gelärmt. Zweimal wurde die Tür aufgerissen, und fremde Männer schauten mit rastlosem, hungrigem Blick herein. Aber sie gingen wieder, als sie die beiden dort im trüben Licht der Talgkerze sitzen sahen. Bald war die niedergebrannt. Und der Lärm war verstummt.
Brenda machte für sie ein Lager auf dem Boden. Als sie endlich eingeschlafen war, erwachte Leonard, und er sprach, zur Dunkelheit, zur Schlafenden, vielleicht zu Gott. Er erzählte von seiner tiefen Sehnsucht und seinem cholerischen Mistkerl von Vater. Als Brenda aufwachte, war er zur Schiffsreise auf dem Fluss Chagres gekommen, wo der eine Sklave von einem Tier zerrissen worden war. Es war ein junger Mann gewesen, ungefähr so alt wie Leo selbst, und sie waren Freunde gewesen, soweit man mit einem Sklaven überhaupt befreundet sein konnte, erfuhr Brenda.
Und das kann man, sagte er dann, mit dünnem Trotz in der Stimme.
Er sprach von dem Spott einiger in Coloma, der denen galt, die über schwarze Leben herrschten. Niemand sollte glauben, dass er vor der Flucht des anderen Sklaven nichts begriffen hätte. Aber ihm war es recht. Alles war ihm recht. Er würde hier sterben. Wenn der Morgen graute, würden Bekannte von ihm sich auf den Weg nach San Francisco machen, aber die konnten ohne ihn losziehen. Er hatte nicht einmal Geld, um

unterwegs für Kost und Logis zu bezahlen. Er hätte nicht einmal wetten können, wo der blöde Würfel steckte …
Hör auf zu jammern, schimpfte Brenda.
Leo fuhr ein wenig zusammen: Bist du wach?
Sie streichelte seine Brust. Die war nicht zerrissen. Die enthielt keinen Wind, sondern ein pochendes und unversehrtes Herz.
Du bist so schön, flüsterte er.
Du siehst mich gar nicht, murmelte sie. Es ist Nacht.
Ich hab dich im Licht gesehen. Du siehst aus wie eine, die … ich geliebt habe.
Wir könnten uns auch lieben, wenn das für dich wichtig wäre, sagte Brenda. Aber besser nicht.
Ich möchte lieber reden, sagte Leonard.
Dann rede, sagte Brenda. Rede nur! Weine nur!
Er tat, wie ihm geheißen, weinte und murmelte etwas über das Gold, das er niemals fand, darüber, dass ein Fluch auf ihm lasten müsse, da er nichts anderes fand als winzigen, winzigen Kleinkram. Über den armen Sklaven, der entlaufen war, was sollte nur aus ihm werden, er hatte doch niemanden, zu dem er gehen konnte, er hatte sich vom leeren Gerede der Weißen verlocken lassen. Und über seinen Vater, den Trunkenbold. Den Schreihals. Den Lüstling …
Brenda hatte seinen Worten über den armen Sklaven zugehört. Jetzt langweilte sie sich.
Sie stand auf und ging zu ihrer Truhe. Sie wühlte ein wenig darin herum.
Sie gab ihm kein Gold, Gold, für das sie sich abgemüht und für das sie gefroren und auf das sie gewartet hatte. Aber sie gab ihm eine Brosche. Die war ihr einfach zugefallen, durch ihre Mutter.
Hier, sagte sie. Dann stehst du nicht mit leeren Händen da.

Wo willst du denn hin?, fragte Carla und kaute auf einer Haarsträhne herum.
Weiß nicht, antwortete Brenda. Einfach irgendwohin. Aber zuerst nach Hangtown. Da habe ich vielleicht einen oder zwei Freunde.
Sie war hinausgeworfen worden. Jerry wollte sie nicht mehr im Haus haben. Sie machte zu viel Unruhe. Es half nichts, dass er den Spielern viel Schnaps verkauft hatte, half nichts, dass die Mädchen Kundschaft hatten. Es war zu viel gewesen, es waren zu viele gewesen.
Geh!, sagte er. Gib mir, was du mit dem Würfel verdient hast, das buchen wir dann als Zimmermiete. Verschwinde!
Rosie half ihr, die Truhe zum nächsten Kramladen zu tragen. Dort konnte sie sie gegen einen Ranzen und eine Tüte Keks eintauschen. Und sie stapfte los, mit dem Ranzen voller Habseligkeiten und dazu mit Høljes Bibel. Sie ging in Richtung Hangtown, um Liberty und Johan Jo zu suchen, und vielleicht auch Oskar.

## *Neue Häuser*

In Blikom wurden neue Häuser gebaut. Mandels hatten sich westlich von Marte und ihrem Mann ein Grundstück zuteilen lassen, und Agathe hatte eine Arbeitsmannschaft aus sechs Geschwistern aus Vanylven eingestellt, die in Snelling aufgetaucht waren. Sie bot guten Lohn, und die sechs arbeiteten schnell.

Gustav schritt auf Anweisung der Mutter das Grundstück ab. So groß war es! Es war peinlich, fand er.

Lang und breit sollte das Wohnhaus werden, und das wurde es. Die Wände sollten mit Fenstern aus Glas verziert werden, auf allen Seiten. Das Haus sollte einen Holzboden haben. Außerdem sollten eine Scheune und ein Arbeitsgebäude mit Ställen und Platz für Werkzeug und ein Abtritt ganz hinten errichtet werden.

Was ist mit dem Vorratshaus, Mütterchen, fragte der Vorbläser, damit die Mäuse nicht an den Schinken können? Und was mit einer Waschküche? Und einer Sauna?

Doch, doch, kreischte das Frauenzimmer zufrieden, alles Schöne, was der Mann vorschlug, musste sie haben, ob sie das nun von zu Hause her gewöhnt war oder nicht. Hatte er noch weitere Vorschläge?

Vielleicht eine Glocke, die zum Essen ruft, überlegte er. Eine, die in einem Dachreiter hängt, mit einem Strang, an dem die Hausfrau zieht, um die Arbeitsleute zum Essen ins Haus zu holen.

Agathe strahlte bei dieser Vorstellung. Dann wird sie schon sehen, drohte sie lüstern. Meine Marte. Ha.

Michel Mandel gab keine Antwort. Er las.

Ein Stück im Osten dieser Pracht halfen andere Siedler Bøllog dabei, ein neues und größeres Wohnhaus zu errichten. So, wie er früher Neuankömmlingen geholfen hatte, unter Dach und Fach zu kommen, so halfen sie jetzt ihm. Und es wurde ein feines Haus, mit nicht weniger als zwei kleinen Schlafkammern, mit Holzboden und nicht nur festgetrampeltem Erdreich unter den Füßen, mit Hängeboden und gemauertem Schornstein.

Was kommt als Nächstes?, fragte er, als er beim Richtfest mit den Arbeitsleuten anstieß.

Ein Schloss?, grinste einer, der Gustav und den Leuten aus Vanylven zugesehen hatte.

Eine Kirche, antwortete Bøllog.

Er zeigte auf ein Gebüsch zwischen Pfad und Maisfeld: Dort. Ich gebe den Boden. Das Holz teilen wir uns. Und alle bauen mit.

Die Freunde und Nachbarn applaudierten.

Aber bis auf weiteres versammeln wir uns in meiner neuen Stube, sagte der Bauherr. Am nächsten Sonntag kommt Pastor Hammer vorbei, hat er ausrichten lassen.

Die Geschwister aus Vanylven wollten ebenfalls das Wort Gottes hören. Bøllog selbst war gekommen, um sie einzuladen. Seine Schwiegermutter tat so, als ob sie ihn nicht gesehen hätte, und Gustav wand sich.

Das alles ist nicht deine Schuld, meinte Bøllog.

Sein Schwager starrte zu Boden.

Außerdem hast du mir noch immer nicht gesagt, was aus meinem Bruder geworden ist, sagte Bøllog.

# *Der Segen des Herrn*

Er hielt sich im Gebirge auf, Johan Jo. Er bewegte sich zusammen mit Liberty Proud, Brenda und einem Maultier von einem Zeltlager zum anderen. Das Maultier war mit ihren Habseligkeiten bepackt: eine Holzplatte, einige Kleidungsstücke, zwei Gewehre, eine Trompete, ein wenig Goldgräberausrüstung, drei Hütchen und ein Würfel. Außerdem hatten sie noch Høljes Bibel, die Brenda benutzte, um Liberty in die Kunst des Lesens einzuführen.

Die beiden Männer waren ihr Schutz, der eine mit Predigerworten, der andere mit Waffen. Das zweite Gewehr benutzte Brenda, wenn das sein musste. Die drei und das Tier stapften von Hang zu Hang, wo gehämmert und gepocht wurde. Wenn sie einen neuen Ort erreichten, kam es vor, dass auch sie ein wenig pochten, wenn vor Sonnenuntergang noch Zeit war. Erst wenn die Feuer aufloderten und die Fackeln angezündet wurden, blies Johan Jo in die Trompete, während Brenda die Holzplatte auf eine einigermaßen flache Stelle auf dem Boden legte. Sie trug dabei ihr Seidenkleid, und dieser Anblick ließ die Männerblicke funkeln. Und sie spielten. Es kam vor, dass sie gewannen. Das musste sein, das hatte Brenda eingesehen, nur so wetteten sie immer weiter, nur so konnten sie für die folgende Nacht Schutz finden. Aber manchmal gewannen sie nicht, so langsam Brenda sich auch bewegte. Sie sahen die Seidenbrust an. Sie sahen ihr Haar ohne Haube an. Aber die Magie des Würfels konnte sich zu Drohungen gegen die Hexenkunst wandeln. Und dann mussten sie in aller Eile durch die Dunkelheit weiterziehen, die drei, ehe die Wütenden und die Verängstigten sich fassen konnten.

Nur sonntags nahm Brenda sich frei. Der Sonntag gehörte Liberty. Und dann blies Johan Jo seinen einzigen rufenden Ton mit der Trompete, um die Leute zu sammeln, und sie kamen, um zu hören und zu sehen.
Er sprach ein fehlerhaftes und gebrochenes Englisch, dieser Prediger, und so wurde er von den Menschen im Gebirge verstanden, denn die meisten dort sprachen ebenfalls nur ein fehlerhaftes und gebrochenes Englisch. Die Botschaft war einfach: Der Herr gibt, der Herr nimmt. Der Name des Herrn sei gelobt.
Und so würden sie Gold finden, die verschmutzten Gestalten, die zuhörten, die Barfüßigen und Narbigen, die Haarigen und Bärtigen, durch Gottes Willen würden sie das. Aber sie mussten danken. Wie er selbst gefehlt hatte, er, Syver Fiskeslohakket, indem er Lachen und Freude angenommen hatte, aber nicht Danksagungen und Gebete gesprochen. Nichts gegen Lachen und Freude, aber sie seien nicht genug. Nie und nimmer.
Und dann erzählte er die Geschichte des Lebens, das er daheim gerettet hatte, und die der Schiffspassage über den großen Ozean, die er als Dank erhalten hatte, und manchmal klatschten die Zuhörer, denn es klang wie die Antwort auf ihre eigenen Träume vom Glück, das ihnen vor die Füße fiel, das jeden Moment vor ihren Augen auftauchen könnte, funkelnd schön wie der Stern von Bethlehem. Aber schon bald wurde die Versammlung wieder zum Ernst geführt, denn das Glück hatte sich gewendet. Liberty hatte seine Beauty und das Kind verloren – warum?
Weil ich das Glück für mein eigenes Verdienst gehalten hatte, rief er in die Menge. Aber das war es nicht. Es war das Geschenk des Herrn. Und ich hatte das Danken vergessen.

Brenda dankte für die Wetten und den Verdienst. Johan Jo dankte für die Tage mit den beiden anderen, denn er war so

einsam gewesen, so einsam ohne den Bruder, so einsam, seit Familie Mandel ihn verstoßen hatte. Er hatte in seiner eigenen Grube unter einem Segeltuch gehaust, das er bei einigen Seeleuten eingetauscht hatte. Er hatte genug Gold zum Überleben gefunden, aber nicht genug, um nach San Francisco gehen und sich an Bord eines Schiffes begeben zu können, um weit und weiter als weit nach Hause zu seiner Mutter zu segeln, mit Geld für Silberlöffel und Waffeleisen, Spiegel und einen Webstuhl, und mit Geld für Mehl und Stoffe für Mali Jartrud. Deshalb dankte er dafür, dass Brenda ihn zum Mitkommen aufgefordert, und dafür, dass sie ihm eine Trompete gekauft hatte. Er übte gern auf diesem Instrument. Er konnte das unterwegs tun, er konnte mehr Töne als diesen einen suchen, er brauchte dazu nur die Lippen anzuspannen oder locker zu lassen. Aber dem Maultier gefiel das nicht. Oft blieb es stehen, wenn er blies, drehte sich um und sah ihn vorwurfsvoll an. Und es blieb stehen, egal, was Brenda oder Liberty taten oder sagten, bis Johan Jo mit Spielen aufhörte.
Trotzdem dankte er, für die weiteren Töne und für die Miene des Maultiers, denn der Tierblick erinnerte ihn daran, dass sie ein Tier hatten, das ihnen beim Tragen half. Syver dankte für die Sonntage, an denen er sprechen und vielleicht gefangene und unglückliche Seelen befreien konnte. Brenda dankte außerdem für die beiden Männer, die sie begleiteten, ohne mehr zu verlangen als Gesellschaft und Freundschaft und ihren Anteil an den Einnahmen. Sie verließ sich auf die beiden. Sie ließen sie nachts nie allein, so wie Hølje das getan hatte.
Sie wusste schon lange, wer der eine gewesen war, der sein Messer in Didrik gestoßen hatte. Sie hatte Oskar an der Stimme erkannt. Aber es waren zwei gewesen. Das hatte sie an den Stichen gesehen. Nur der eine war tödlich gewesen, der, der die Kehle durchschnitten hatte. Der andere hatte Didrik im Bauch getroffen. Wenn das der erste Stich gewesen wäre, dann hätte Didrik geschrien. Aber das hatte er nicht. Deshalb wuss-

te Brenda, dass sie zu zweit gewesen waren, denn der, der höher getroffen hatte, hätte kein zweites Mal zugestoßen, da der Mann ja schon tot gewesen war.
Zuerst hatte sie geglaubt, der andere sei Hølje gewesen. Dann hatte sie ihre Ansicht geändert. Wegen etwas, das Michel Mandel gesagt hatte am Lager der kranken Agathe in der Hütte, zwischen zwei von Wergelands schönen Gedichten. Mandel werde immer auf sie aufpassen, hatte er gemurmelt, immer, immer.
Dann hatte er jedoch zugelassen, dass seine Frau ihr die Tür gewiesen hatte.
Das verdrängte sie.

Sie richtete ihre Blicke auf das, was in der Nähe war: die beiden Freunde und das Packtier, zerhauene Felshänge, Holzrinnen an den Böschungen hinab zum Fluss, wo von Terrasse zu Terrasse Wasser und Sand gesiebt wurden. Sie sah die kleinen Chinesen mit den Peitschenzöpfen, die sich in einer langen Reihe abmühten. Sie blieben für sich, wie auch die Indianer, denn auch sie waren auf Goldsuche, die Indianer aus der Gegend, Menschen, die Jahrhunderte und Generationen hindurch in den kleinen katholischen Dörfern Kaliforniens gelebt hatten. Sie teilten den Gott der Christen und wollten auch etwas von dem Gold der Landschaft, in der sie geboren waren.

Es war heiß. Die Blätter an den Bäumen vertrockneten. Die drei wanderten weiter zu neuen Gruppen von Zelten, zu einer neuen Schmiede auf einem Steinplateau, einem neuen Kramladen zwischen undichten Wänden. Fremde Goldgräber hoben die Blicke und sahen sie aus verschwitzten, verschmutzten Gesichtern an.
Einige Male führten die schmalen Pfade sie hoch in die Berge. Dann ging es wieder abwärts zum Flussufer, wo Chilenen die

Pferde peitschten, die das Mahlrad drehten, diese runde Steinplatte, die Felsbrocken zerbrach, um das Gold zu lösen, das sich vielleicht im Braunen und Grauen versteckte. Im Flusswasser standen halbnackte Männer unter der brennenden und stechenden Sonne, die die Rücken braun brannte und aus schuppender Schulterhaut Krater mit starren Wundkanten machte. Die Frauen spürten, wie die Blusen ihnen am Leib klebten. Der Durst riss an den Kehlen. Der Schweiß strömte von der Stirn in die Augen und trübte die Sicht. Die Goldsucher kniffen die Augen zusammen, kniffen die Augen zusammen und träumten von Schatten und Wind.
Es war ein Abend nach einem solchen Tag. Die Männer löschten ihren Durst mit Whiskey. Die sonnengedörrte Haut schmerzte. Die Köpfe schmerzten. Plötzlich war ein schriller Trompetenstoß zu hören, wie eine Nadel durchs Auge fühlte er sich an, und als sie stöhnend zur Lautquelle hinüberglotzten, sahen sie ein Trugbild in Seide.
Es war so ein Abend, an dem die Männer verloren und verloren. Denn sie konnten ihnen nicht folgen, den Bewegungen der Frau. Sie hätten stillstehen müssen, die kleinen Hüte, damit die Spieler erraten könnten, wo der Würfel steckte. Und auch dann hätten sie es vergessen können, wenn ein Hut über den Bleiwürfel gestülpt wurde.
Aber die Hitze wich. Die Kühle vertrieb den Kopfschmerz. Das Trugbild wurde zu einem Menschen. Zu einer Gaunerin, die sie betrog. Einer Fischerin, die sich selbst als Köder nahm. Einer Schmarotzerin, die ihnen den Lohn für ihre Mühe, ihre Arbeit raubte, die ihnen Münzen, Gold, Klumpen und Staub, Banknoten aus der Tasche zog.
Verdammte Hure!
Sie hatten schon zusammengepackt, Brenda und ihre Freunde, als die Rufe erschollen, sie hatten das Maultier beladen.
Diebsgesindel! Pack!
Die drei eilten durch die Dunkelheit davon, stolperten über

lose Steine, zogen an dem trägen Tier. Die Stimmen hinter ihnen wurden schwächer. Sie wurden zu Wellen, die sich hoben und senkten, als stritten sie sich jetzt, und Syver betete: Lieber Gott, mach, dass sie sich beruhigen.
Das taten sie nicht. Sie folgten ihnen, jedenfalls einige, vier waren es, das konnten sie bald sehen, vier Männer mit einer Fackel und Gewehren, und bald schossen sie, schossen durch die Dunkelheit. Brenda und Johan Jo griffen zu ihren eigenen Waffen, die bereits geladen waren, und sie blieben stehen und warteten hinter Felsen, während der Prediger mit dem Maultier weitereilte. Sie näherten sich, die Verfolger. Wieder schossen sie blind drauflos, aber sie hätten durchaus treffen können. Die anderen erwiderten die Schüsse, die beiden, die sich versteckt hielten, da sie die Wütenden im Fackelschein sehen konnten. Ein Schuss traf. Ein Mann stürzte, die anderen schrien und luden. Noch einmal schossen die Verfolger in die Dunkelheit. Und dann rannten sie, Brenda und Johan Jo, bis sie sich umdrehten und die anderen schwanken sahen, zwischen Rachsucht und Fürsorge für den, der am Boden lag.
Würde er sterben?
Nein, das sahen sie, er blutete nur ein wenig aus einer Wunde im Arm. Niemand stirbt an einer Wunde im Arm.
Und sie rannten. Sie hielten einander an der Hand. Ab und zu blieben sie stehen und lauschten, bis sie Liberty beten hören konnten.
Am nächsten Tag warf Brenda die Hütchen ins Wasser, und sie wurden davongetrieben. Den Würfel behielt sie, der konnte zu einer Kugel umgeschmolzen werden, vielleicht zu zweien. Dann wanderten sie nach Hangtown, und sie machten einen großen Bogen um die Siedlung, die sie am Vorabend besucht hatten.
Sie waren reich.
Sie konnten umkehren.
Am nächsten Tag könnten sie arm sein, oder tot.

# *Menschen mit Gesichtern wie strenge, starre Masken*

Tora und Torgeir und die wenigen anderen aus Lesja, die nicht in Blikom geblieben waren, machten Halt bei einer Gruppe von Norwegern aus Aukra, die sich ein wenig weiter südlich in Minnesota niedergelassen hatten. Sie blieben dort eine ganze Weile und arbeiteten für die, die vor ihnen gekommen waren, für ihr Essen und für jedes elfte *Bushel* der Ernte, wie es der Brauch war.

Aber sie waren streng und düster von Gemüt, die, die dort wohnten, es sollte ernsthaft und lange gebetet werden, nicht nur vor den Mahlzeiten, sondern auch danach und außerdem zu Beginn jedes Stücks Arbeit, damit alles gesegnet werde.

Unverheiratete Männer und Frauen mussten aneinander vorbeischauen und durften nicht den Blick eines anderen erwidern, und abends musste jeder für sich sitzen, immer mit irgendeiner Arbeit beschäftigt und immer in strengem Schweigen.

Auch Lachen galt als nichts Gutes, aber für Mali Jartrud aus Bottem spielte das keine Rolle, ihr war nicht nach Lachen zumute. Auf diese Weise passte sie gut in diese Gesellschaft, mit den dunklen Schatten unter den Augen und ihrem bleichen Blick.

Für Tora und Torgeir war es schwerer, denn sie waren so voller Lebenslust und fröhlicher Liebe. Die beiden Junggesellen, die den Rest ihrer Gruppe bildeten, nahmen es nicht so genau; sie wussten, dass sie bald weiterziehen würden, sie wollten nur ein wenig klingende Münze verdienen, ehe sie sich auf die lange Wanderung zum Gold im Westen machten.

Aber die beiden Jungverheirateten sehnten sich fort. Immer wieder trafen sie die tadelnden Blicke derer, für die sie arbeiteten; es war ein Ehepaar mittleren Alters mit vielen Kindern, dazu kamen die alten Eltern des Mannes.
Die sind so streng, sagte Tora.
Nein, traurig, meinte Mali Jartrud.
So erlebte jede die Situation auf ihre Weise, da sie selbst so unterschiedlich gestimmt waren.
Und Tora und Torgeir träumten von der Rückkehr zu denen, von denen sie sich bei Bøllog verabschiedet hatten. Sie wären am liebsten dort geblieben, aber Mali Jartrud hätte doch nicht allein mit den Junggesellen weiterziehen können; so hatten sie es empfunden, dass sie sie in ihrer Enttäuschung trösten und stützen mussten, denn anders als die anderen hatten sie gewusst, dass es keine Abmachung gegeben hatte zwischen der jungen Frau und den Brüdern, die in ihrer Kindheit für sie geschwärmt hatten.
Sie war ungeheuer niedergeschlagen, das sahen sie, so sehr, dass sie nicht darüber sprechen konnte, bis ein schwarzer Mann des Weges kam.
Sie hatten solche schon gesehen, aber nicht oft, und niemals in der Prärie.
Er kam in der Abenddämmerung, als Mali Jartrud gerade draußen etwas erledigt hatte. Und dann stand er vor ihr, er schien zu glänzen im trüben Licht ihrer Laterne. Seine Augen waren groß, so wie ihre, als sei es Trauer, die die Augen größer machte, als spiegelten seine Augen ihre Traurigkeit wieder, und sie fürchtete sich nicht, sie staunte nur.
Quaker?, fragte er.
Das klang wie Quäker. Solche waren ihnen unterwegs begegnet, zwei Frauen waren es gewesen, eine Mutter und eine Tochter mit sommersprossigen Gesichtern.
No, antwortete Mali Jartrud. No Quäker.
Er sagte noch mehr, aber das verstand sie nicht.

Help me, please, sagte er dann, und das verstand sie.
Komm, sagte sie und ging vor ihm zur Tür und ließ ihn eintreten.
Indianer!, heulte die alte Frau.
Sofort stand der Bauer mit dem Gewehr bereit.
Nein!, rief Mali Jartrud und stellte sich vor den Schwarzen.
Nur ein Mann, der schon lange unterwegs war, das sah sie. Einer, der hungrig und müde war.
Indianer!, wiederholte die Alte. Er trägt die Federn des Teufels.
Das tat er nicht, an ihm war nicht eine einzige Feder zu sehen.
Das ist wohl eher ein entlaufener Sklave, sagte ihre Schwiegertochter aufmerksam und spitz.
Hinter ihr drängte sich die Kinderschar und starrte am mageren Mutterleib vorbei.
Was ist ein Sklave?, wurde in ihren Rock geflüstert.
Ein Leibeigener, antwortete eins der älteren Kinder in den Blusenstoff der Mutter.
Wie ein Esel, wurde hinzugefügt. Oder eine Milchkuh.
Quakers?, fragte der Fremde ängstlich, als der Hausvater die Waffe sinken ließ.
Er fragt, ob wir Quäker sind, übersetzte Mali Jartrud.
Wir sind nicht taub, sagte der Mann vorwurfsvoll und zog sie von dem Großäugigen und Dunklen weg.
Und Quäker sind wir auch nicht, erklärte seine Frau mit fester Stimme.
Raus hier, unchristliches Pack!, rief die Alte mit hoher Stimme.

Und so kam es. Der Mann wurde aus dem Haus gejagt, mit Waffengewalt und Beschimpfungen. Die Arbeitsleute hatten zugesehen, wie einer Vorstellung, die vor ihren Augen aufgeführt wurde. Niemand hatte etwas gesagt, auch nicht die

Bauerntochter aus Bottem, nachdem der Mann im Haus sie so wütend am Arm gezogen und sie so hart angestarrt hatte.
Man kann doch nie wissen, meinte Tora am nächsten Tag.
Was denn wissen?
Was das für einer war. Die sind doch nicht wie wir, oder?
Torgeir grinste. Natürlich war er nicht wie sie, der Mann war doch schwarz, wie ein Neger.
Sie standen auf dem Feld und häufelten mit den bloßen Händen Kartoffeln; der Bauer sah sie wütend an, als Torgeir grinste.
Dann redeten sie flüsternd in der Mittagsruhe weiter, über den, der so anders gewesen war, wie gut es gewesen sei, dass sie im Haus gewesen waren und zu mehreren, als er plötzlich aufgetaucht war. Mali Jartrud sagte nichts. Sie war ihm doch vor dem Haus begegnet, hatte sie sich nicht gefürchtet?
Da lachte sie, ein kurzes, leichtes Lachen, denn es kam ihr so komisch vor, das alles.
Pst!, schimpfte Tora.
Mali Jartrud lachte lauter, denn sollte man nicht lachen dürfen! Was war das hier für ein Ort, wo man Heiterkeit für Sünde hielt!
Schweig still, Frau, tadelte der Bauer.
Aber sie konnte nicht schweigen, das Lachen kam und kam einfach nur, wie helle Perlen, wie muntere Blasen, die Freude über etwas Lustiges, die sich in ihr wie eine freundliche Wärme ausbreitete.
Und da schlug er, der Mensch, der ihr ihr spärliches Brot gab. Er schlug sie mit der flachen Hand ins Gesicht, und sie fuhr zurück wie eine Vogelscheuche aus Stroh und altem Sackleinen.
So schnitt er ihr das Lachen ab. So ersetzte er es durch lautloses Weinen, und Mali Jartrud fiel zurück in das düstere innere Loch, wo sie einfach nicht wusste, wohin sie auf dieser Welt gehen sollte.

Tora tröstete sie. Torgeir und die Junggesellen durften nicht in ihre Nähe kommen und schon gar nicht mit ihr reden. Aber Tora streichelte ihren Rücken. Und sie blieben bei den Strengen, alle fünf, und sie arbeiteten von morgens bis abends mit verschlossenen Gesichtern.
Dann tauchte in der traurigen Frau ein Name auf. Es war die Hälfte ihres eigenen. Denn Bøllogs kleine Tochter! Das Mädchen mit den blonden Haaren und dem blauen Blick! Es hatte Mali geheißen. Das hatte sie gehört, als die Mutter gerufen hatte: »Mali, komm her!«
Da und dort war es ihr entglitten; dass Bøllog verheiratet war, hatte sich dazwischengeschoben. Dass er eine andere hatte. Mit dieser anderen hatte er ein Haus, einen kleinen Hof, das tägliche Leben aus nötigen Verrichtungen, Geschehnisse, die die Grundlage für ein Gespräch legten, wenn die Dunkelheit kam. Das alles hatte sie getroffen wie ein Echo von etwas zu Hause, beim Anblick von Bøllog und der Frau. Sie hatten ein Leben und ein tägliches Gespräch, das sie in einem immer stärker werdenden Gewebe der Gemeinschaft einband.
Aber die Tochter trug ihren eigenen Namen!
Als sei sie doch da, zwischen ihnen.
Nein. Nicht so.
Nein. Aber doch. So wie ein Gruß. Eine Erinnerung in Bøllog. Als er den Namen für sein erstes Kind ausgewählt hatte, hatte er *ihren* gewählt.
Und sie wusste ja, dass Zeit vergangen war. Dass die Zeit neue Gedanken entstehen ließ. Neue Ziele. Abhängig davon, was man sieht.
Auf diese Weise kam sie wieder aus der Tiefe nach oben, Mali Jartrud, als neue Gäste den Ort aufsuchten, wo sie Arbeit gefunden hatte. Diesmal waren es Weiße, keine Schwarzen. Sie trugen keine Federn, nur schmutzige, zerlumpte Anzüge. In ihren ledernen Brustbeuteln hatten sie Gold. Außerdem sprachen sie Norwegisch.

Sie hielten nichts von der Goldsuche, die Strengen, die den Hof bewohnten. Sie hielten mehr von ehrlicher Arbeit im Schweiße ihres Angesichtes. Sie wollten keine Abenteurer und Taugenichtse als Nachbarn haben, deshalb zeigten sie nach Nordosten, in Richtung Blikom. Dort würden sie Landsleute und guten Boden finden.
Wartet!, rief Mali Jartrud, als sie sich in Bewegung setzten.
Die Männer drehten sich um.
Der Bauer näherte sich, um sie am Arm zu packen, aber sie war leichtfüßig und an diesem Tag von Willen erfüllt.
Habt ihr in den Goldfeldern einen Johan Jo getroffen?, rief sie.
Schweig jetzt still, Frau, tadelte der Bauer.
Ja, die Männer nickten. Dem sind wir begegnet.
Der Bauer packte sie und zog sie mit sich.
Ist er noch immer dort?, rief Mali Jartrud und wehrte sich.
Soviel wir wissen, antworteten die Männer.
Lass sie los, du Teufel!, brüllte Torgeir, als der Bauer seine Magd zum zweiten Mal ohrfeigte.

Und so kam der Abschied zwischen denen, die am selben Ort aufgewachsen waren. Torgeir und Tora gingen mit den Goldgräbern zurück zu Bøllog und den anderen. Mali Jartrud und die Junggesellen wollten nach Westen. Alle hatten den Bauern satt, aber er war es, der sie vor die Tür setzte.

## *Glockenklang*

Brenda und die anderen waren nun wieder bei Oskar in Hangtown. Sie saßen zusammen und erzählten einander ihre Erlebnisse.

Du bist nicht die Einzige, sagte der Kaufmann mit dem Lederfetzen unter der Nase.

Was meinst du?

Die Einzige, die die Leute Wetten auf etwas Unsichtbares abschließen lässt. Neulich war hier ein Mann mit einer Erbse und drei halben Walnussschalen.

Du bist auch nicht die einzige Frau, die auf diese Weise durch die Lager zieht, sagte Oskar dann.

Nein?

Die andere hat einen Montetisch. Sie ist die Montebank.

Aber ich habe aufgehört, erklärte Brenda.

Ja, das hast du wohl, sagte Oskar, nickte und reichte ihr einen Brief. Der stammte von Michel Mandel.

Sie verließ das Zimmer und las in aller Ruhe. Dann kehrte sie zu den anderen zurück.

Er ist von deinem Stiefvater, sagte sie zu Oskar.

Das weiß ich, sagte er. Ich kenne die Handschrift des Vorbläsers. Und ich habe auch selbst einen Brief bekommen.

Ja, das kann ich mir denken, sagte Brenda.

Liberty verabschiedete sich. Er wollte nach San Francisco, wie er sagte, um ein neues Leben anzufangen.

Die anderen teilten an diesem Abend einen Krug Rum. Sie saßen vor dem Haus. Eine Fackel zog Insekten an. Der Rauch der Zigarren, die die Männer rauchten, hielt sie aber von ihren Gesichtern fern.

Willst du hin?, fragte Oskar.
Brenda nickte und schaute zur Seite.
Was ist mit dir?, fragte sie dann und wandte sich ihm zu.
Er lächelte. Er schüttelte den Kopf.
Vielleicht komme ich, wenn Blikom einen Laden braucht, sagte er. Und eine Posthalterei und eine Bank.
Und eine Kutschstation und eine Glashütte, sagte Brenda und grinste.
Johan Jo lachte ebenfalls, auch er kannte Agathe Mandels Träume.

Die Frau Vorbläser war tot.
Sie und Mandel waren noch in das große neue Haus eingezogen, hatten mit Hilfe von gemieteten Arbeitern ein großes Stück Land pflügen und säen und abernten können. Agathe hatte außerdem einem Sioux einen Besenstiel vor die Brust gestoßen.
Sie starb zu Glockenklang. Der stammte aus keiner Kirche, obwohl jetzt auf dem Grundstück des Schwiegersohns eine kleine Kirche stand, aber das Gebäude der Gemeinde hatte noch keine Glocke. Agathe Mandel war zum Klang ihrer eigenen prachtvollen Essensglocke verschieden, die in einem kleinen spitzen Dachreiter über der Scheune hing. Sie starb, während sie am Glockenstrang zog. Es war nicht leicht, sich mit den Krücken aufrecht zu halten und dazu am Glockenstrang zu ziehen. Aber nicht der Sturz vom Aufgang zur Scheune hatte sie umgebracht, sondern ihr Herz, meinten die Landarbeiter. Denn obwohl der Sturz für die ohnehin invalide Frau sehr schlimm gewesen war, so hätte sie ihn doch eigentlich überstehen müssen.
Und so hieß es in der Gegend, sie sei vor Zorn gestorben. Sie sei ganz einfach geplatzt.

Wenn sie sie aufgeschnitten hätten, hätten sie es sicher gesehen, meinten die Junggesellen aus Vanylven, dass ihr Herzbeutel geplatzt war. Aber das geschah nicht. Niemand hatte das Bedürfnis, Agathe Mandel unter die Rippen zu schauen. Sie kam rasch in die Erde, auf dem Grundstück von Tochter und Schwiegersohn, hinter der neuen Kirche, als Erste auf dem Friedhof der Siedlung.

Sie wurde zu Glockenklang unter die Erde gebracht. Es war dieselbe Glocke. Mandel und Gustav hatten sie in aller Eile der Gemeinde geschenkt, da sie bisher weder Holz gestiftet noch bei der Arbeit geholfen hatten. Auf diese Weise bekam die Glocke eine neue Aufgabe, sie sollte die Gemeinde zum Gottesdienst rufen, eine viel bessere Aufgabe, fanden Gustav und Mandel und die sechs aus Vanylven. Sie glaubten, Agathe sei geplatzt, weil sie sie höflich gebeten hatten, sich nicht mehr wie ein General aufzuführen, der seinen eigenen Signalbläser hatte.

Gustav war der Signalbläser gewesen, der, der am Glockenstrang zog, bis er das eben nicht mehr gewollt hatte. Seine Mutter hatte ihn zum Arbeitsaufseher ernannt, wie in einer Glashütte oder einer Sklavenplantage. Gustav sollte nicht selbst arbeiten, fand die Mutter, er sollte mit einem langen Stock in der Hand an der Reihe der anderen vorbeigehen und dafür sorgen, dass sie sich niemals aufrichteten, um zu verschnaufen.

Auch das wollte Gustav nicht, er wollte auf gleichem Fuß mit den anderen stehen. Am Ende warf er den Stock weg und arbeitete wie sie. Er stellte sich taub, als die Mutter brüllte, er solle am Glockenstrang ziehen.

Und da musste sie es eben selbst tun, und am dritten Tag stürzte sie.

Auf diese Weise kam für Gustav und Mandel und die Landarbeiter eine neue Zeit. Sie mussten von nun an selbst denken.

Sie mussten kochen. Agathe hatte kochen können, indem sie neben dem Herd auf einem Schemel gesessen hatte. Die Zutaten hatten andere für sie holen müssen. Wenn sie dann da lagen, wurden sie in Hausmannskost aus Biri und Snertingdal umgewandelt.
Einige Wochen mit zufälligem Einsatz am Herd und wenig wohlschmeckendem Brei vergingen. Die Leute aus Vanylven taten nicht mehr, als ihnen befohlen wurde, und Gustav wusste nicht, was er sagen sollte. Der Vorbläser sagte nichts, nicht darüber, er war noch nie in Holzschuhe gestiegen, um mit einer Hacke über der Schulter aufs Feld zu gehen. Er nannte sich jetzt Schullehrer, er hatte auch schon mit Bøllog darüber gesprochen.
Doch, Bøllog konnte diesem Angebot durchaus etwas abgewinnen. Aber noch gab es nur ein Kind, das den Unterricht hätte besuchen können, die Tochter der Leute aus Ålesund, sie war um die zehn und half ihrer Mutter bei der Betreuung der kleineren Kinder. Die Mutter hatte sie die Kunst des Lesens gelehrt, während der Vater mit ihr die Zahlen exerzierte. In der neuen Kirche lernte sie Choräle singen, und jeden Sonntag las sie eine Stunde lang der übrigen Familie aus der Bibel vor. Die kleine Jacobie brauchte Herrn Mandels Hilfe nicht.
Also saß er da und wartete darauf, dass die kleinen Kinder wuchsen. Auf ein neues Leben nach dem Tod seiner Frau.
Dieser Trottel, fanden die Burschen aus Vanylven.
Ihr habt zu viele Kühe, meinten sie zudem. Wer soll die alle melken? Wer soll Käse machen?
Wir, sagte Gustav unsicher.
Er wäre am liebsten zurück ins Fort gezogen, wo sie eine Zeitlang gelebt hatten. Er träumte vom Soldatenleben. Von einer Uniform und einer Flagge. Und irgendwann einem Pferd, und vielleicht einem Signalhorn und jedenfalls einem Säbel und einem Gewehr. Dann würde er durch Minnesota reiten und die

Neusiedler beschützen. Einen Feldstecher würde er zudem bekommen, durch den er Ausschau halten könnte, nach Menschen mit Federn.
Die Kühe wurden von unwilligen Männerhänden gemolken. Niemand machte Käse. Die meiste Milch wurde ins Gras gegossen. Bald kam die Schlachtzeit, und sie konnten zwar ein paar Schweine und Lämmer töten, aber was machte man dann mit den Tieren, damit die zu wohlschmeckenden Schweinepfoten in Sülze und gekochten Schafsköpfen würden?

Tora rettete sie dann. Tora und Torgeir ließen sich für den Winter von dem frischgebackenen Witwer und seinem Sohn anheuern. Sie versorgte das Haus und kochte, sie molk die Kühe und machte Käse. Sie kümmerte sich um das Schlachtfleisch, nachdem Torgeir die Grobarbeit geleistet hatte.
Die aus Vanylven hatten ihren Dienst aufgekündigt, hatten ihren Lohn eingesteckt und waren weitergezogen. Gustav hatte ein paar Rinder an Nachbarn verkauft, ehe Tora und Torgeir eingetroffen waren.
Jetzt kam Ordnung ins Dasein. Das junge Paar brachte Munterkeit und gesummte Lieder, Lachen und System mit sich. Gustav und Torgeir droschen. Sie reparierten Werkzeug. Sie erzählten einander Geschichten. Sie gingen auf die Jagd.
Michel Mandel saß über seinen Büchern und fühlte sich einsam. Er konnte Fenster herstellen. Das konnte er. Er konnte Fensterglas und Flaschen herstellen. Er hatte niemals dreschen gelernt, er wusste kaum, was das war. Aber er konnte von fremden Städten und Ländern erzählen. Von Indien konnte er erzählen. Von der Seidenstraße des Mittelalters nach China. Von Maulbeerbäumen konnte er erzählen. Falls jemand das hören wollte.
Außerdem wartete er, auf eine, der er geschrieben hatte.

Es wurde ein harter Herbst in der Prärie, vor allem für Menschen auf Wanderschaft, und das waren viele. Noch zogen die Trecks zum Gold im Westen. Außerdem kamen Wellen immer neuer Einwanderer, die fetten Boden und Weideland suchten. Schiff um Schiff kam über die Meere, mit Träumern und Abenteurern, mit Armen, die all ihr Hab und Gut verkauft und das Geld für die Überfahrt zusammengekratzt hatten, mit Streithammeln, die sich mit Nachbarn und Obrigkeit angelegt hatten, und mit entlaufenen Schurken. Viele gingen in San Francisco an Land. Noch mehr trafen in New York und anderen Häfen an der Ostküste ein. Von dort ging es weiter mit Flussbooten oder der Eisenbahn. Später gingen sie zu Fuß, mit Wagen und Tieren.

Noch immer war Fort Laramie ein Knotenpunkt, wie Independence, Missouri, einer war. Auf diese Weise mussten sie einander fast streifen, die, die aus den Goldbergen kamen, und die, die in die Gegenrichtung reisten.
Brenda und Johan Jo bewegten sich nach Osten.
Mali Jartrud wanderte mit zwei Junggesellen aus ihrem Heimatort, die gern auf sie verzichtet hätten, nach Westen. Sie entnahm es ihrem Gerede. Sie sah es ihren Gesichtern an. Es ging nicht nur um sie selbst, es ging auch um ihre Reisetruhe, denn die machte den Handkarren schwerer, als er sonst gewesen wäre. Die Junggesellen zogen.
Und es regnete.
Es regnete auf Johan Jo und Brenda und das Maultier. Es tropfte auf die beiden Junggesellen und Mali Jartrud.
Brenda und Johan Jo taten sich bald mit einer Gruppe von Deutschen zusammen, die nach New Ulm im Minnesota-Tal wollten, um Farmen zu gründen. Auf diese Weise fühlten sie sich nachts sicherer.
Die drei, die aus der Gegenrichtung kamen, waren nun auch mit Deutschen zusammen. Und sie schliefen unter dem Hand-

karren, dicht nebeneinander, um die Wärme zu halten. Und Mali Jartrud dachte traurig über Johan Jo, dass er wohl auch eine andere gefunden habe, wie Bøllog. Wie viele andere hatte er wohl in Kalifornien sehen können? Viel mehr als zu Hause am Lågen. Von fremder Art, die sich durch ihr Anderssein der Erinnerung einprägten, dachte sie. Dunkelhaarig und mit Mandelaugen, sie sah sie vor sich. Mit klirrendem Schmuck, wie er ihn nie zuvor gesehen hatte.

Die Welt um sie herum war grau und nass und kalt.

Das sahen sie, die beiden Junggesellen, dass die Wangen der Großbauerntochter die Farbe verloren. Ihre Stimme wurde schwach und dünn. Deshalb wurden sie ihr gegenüber milder gestimmt, Jostein und Karstein, wie sie hießen, da ihr Fall so tief gewesen war. Von der Anerbin auf einem feinen Hof zu etwas triefend Graubleichem im Herbstregen in einer unendlichen Ebene. Aber sie konnten sich ihr nicht nähern, mit einer Hand, die zum Trost über ihren Arm strich. Das machte sie noch stummer als gewöhnlich. Und es gab auch niemanden sonst, mit dem sie reden konnten, sie verstanden kein Deutsch.

So wurden sie zu einer kleinen Dreiergruppe ohne Worte, Karstein und Jostein und Mali Jartrud. Und die Gedanken an das Gold, die die Männer anfangs gehegt hatten, wurden ausgewischt, als ob sie nicht mehr glaubten, dass sie es bis zu den Bergen schaffen würden. Die Nächte kamen ihnen leer vor, wenn sie aufwachten, als gäbe es keine Träume mehr und als wären die Menschen ohne Freude. So, als ob die Traurigkeit der Frau sie angesteckt hätte, konnten die Männer denken, jeder für sich, sie sagten nichts darüber. Sie gingen einfach weiter mit ihrer durchweichten Kleidung und ihren triefenden Nasen, im Herbstwetter, das bald auch noch kalt wurde.

Brenda seufzte, als die ersten Schneeflocken auf ihr und Johan Jos Gesicht trafen. Seine Ohren waren rot, er hatte weder Hut noch Mütze. Brenda trug die Haube, die sie sich in Chicago gekauft hatte, so dass sie nicht auffiel. Jetzt zog sie das Tuch

hervor, das sie von ihrer Mutter geerbt hatte, und wickelte es um den Kopf ihres Begleiters. Und nun sah er aus wie eine Preiselbeere auf einem dünnen Stengel im Wind, und deshalb lachten die Deutschen, mit denen sie zusammen waren, laut und belustigt.
Aber der Wind wehte durch die Kleider. Sie rieben die Hände am Fell des Maultiers, um sich Wärme zu holen.
Bald hatten sie Fort Laramie erreicht. Sie beschlossen, einige Tage dort zu bleiben, Brenda und Johan Jo, um abzuwarten, ob das Wetter besser würde.

Mali Jartrud kam sich klein vor in der weiten Landschaft, immer kleiner. Wie Ameisen auf einem Weg, der niemals ein Ende nimmt, dachte Karstein. Goldberge, dachte Jostein ängstlich, die gab es wohl nur im Märchen. Und eines Morgens waren sie verlassen. Als sie aufwachten, war sonst niemand mehr da. Keine Ochsen, die anderen gehörten. Kein deutsches Lachen.
So grau waren sie geworden, das ging den Junggesellen auf, dass sie nicht mehr zu sehen waren, wenn sie unter farblosen Decken unter dem Karren lagen. Wortlos schleppten sie sich weiter durch den Wind, Karstein und Jostein, und zogen den Karren mit Truhen und Kiepen. Ganz hinten ging Mali Jartrud und starrte dabei die graugrünen Büschel um ihre Schuhe an.
Die Junggesellen wechselten Blicke. Wir müssen sie loswerden, sagten die Blicke. Wir können das heute Nacht machen, wenn sie schläft, sagten sie. Wir lassen die schwere Bauernreisetruhe stehen und laufen mit dem leichteren Karren los. Wenn wir uns beeilen, können wir die Deutschen noch einholen.
Aber was soll dann aus ihr werden?, fragten die Blicke.
Sie wird eingehen, war die Antwort. Das wird auf jeden Fall passieren. Es ist nicht nötig, dass wir dabei zusehen.

Doch dann kam der Sturm. Er war ohne Blitz und Donner, er kam mit senkrechtem Regen wie einer peitschenden Wand. Die Windstöße warfen den Karren um und trieben die Truhen wie Heubündel vor sich her. Sie warfen die Menschen in die Luft und ließen sie wie leere Säcke wieder fallen. Der Wind heulte wie ein uralter zahnloser Greis.
Sie heulten alle drei. Auch Mali Jartrud. Sie war nicht eingegangen, sie heulte vor Zorn über das schlechte Wetter. Sie klammerte sich an einen Busch, sie klammerte sich an die Erde, bis sie abermals über den Boden geschleudert wurde. Dann schlug sie gegen einen Felsbrocken und verlor das Bewusstsein. Als sie zu sich kam, war es hell, und sie war allein. Sie war blau gefroren und zitterte, ihr Haar und ihre Kleidung waren noch immer nass. Aber es regnete nicht mehr. Der Himmel war grau wie helle Wolle. Der Wind hatte sich gelegt, und ein Stück weiter entfernt konnte sie grauen Rauch ahnen.
Sie ging auf den Rauch zu, ging, während sie Ausschau nach ihrer Truhe hielt, nach dem Karren und den Junggesellen. Das Einzige, was sie fand, war ein Bierhuhn. Sie hatte es von Johan Jo und Bøllog bekommen, als sie alle drei noch Kinder gewesen waren. Die beiden hatten es genommen, als ihr Vater gestorben war, das wusste sie. Mali Jartrud hatte es zu Hause im Stall an einer geheimen Stelle versteckt, in einem Versteck für Geschenke von Jungen. Jetzt lag es in einer herbstgrauen Landschaft in Amerika. Sie wusste es jetzt wieder, sie hatte es in aller Eile eingesteckt, als Freiergabe, hatte sie gedacht, als Zeichen für Versprechen, die eingehalten werden mussten. Sie bückte sich und hob es auf und schleppte sich weiter zu einigen Indianern an einem Feuer. Dort konnte sie sich wärmen und bekam zu essen. Später zeigten sie ihr, wie sie weitergehen sollte.
Noch ehe der Tag vorüber war, hatte sie Fort Laramie erreicht.

Dort waren noch weitere Indianer und Soldaten und Wanderer unterwegs von Westen nach Osten.
Die Junggesellen Karstein und Jostein waren nicht zu sehen; vielleicht hatten sie die Deutschen gefunden und waren weitergezogen, dachte Mali Jartrud. Mali Jartruds englischer Wortschatz hatte Platz auf einem winzigen Zettel. Trotzdem wurde sie zu einem Tisch geführt, wo sie einen Teller Eintopf und eine Wolldecke bekam.
Ein Stück von ihr entfernt saßen Brenda und Johan Jo. Er sah das Bierhuhn, nicht die Frau. Es lag auf dem Tisch neben einem Teller Eintopf, ein Huhn ohne Bier. Johan Jo hätte es überall erkannt – wegen seiner klobigen Form, der blassen Bemalung und zugleich dem Kühnen, das es an sich hatte, und dem etwas zu großen offenen Schnabel. Aber er begriff nicht, dass es wirklich dasselbe war; stattdessen spürte er in sich eine Wärme, für Amerika, dieses Land, in dem er so zufällig gelandet war. Denn in Amerika gab es nicht nur Einsamkeit und Diebe, das wusste er in diesem Moment, es gab nicht nur Morde und eiskalte Winde, es gab auch Bierhühner. Und Freundschaft, das wusste er im selben Moment, denn Oskar war ein Freund, und Liberty, und Brenda, wenn man eine Frau nun als Freund bezeichnen konnte.
Dann stand er mitten in dem großen Speisesaal auf, um ihn besser sehen zu können, diesen Gegenstand, der ihn so sanft und froh machte. Und er hörte eine Stimme. Die klang wie von zu Hause, auch das wusste er, als sei die Entfernung geschrumpft oder als gebe es dieses Geräusch nur in seiner Erinnerung. *Johan Jo,* sagte die Stimme, und sie gehörte zu dem Bierhuhn, das wusste er, als sei er hier und dort zugleich.
Johan Jo, bist du das?
Erst jetzt sah er sie, denn sie war aufgesprungen, sie hatte ihn berührt, und sie weinte.

Es war Mali Jartrud aus Bottem, Mali Jartrud in Fort Laramie. Es war sie, an die er sich erinnerte und von der er geträumt hatte, und zugleich eine andere, eine erwachsenere und magerere und außerdem verdreckt und verkommen. Aber es war wirklich Mali Jartrud, sie umarmte ihn so, dass er es spürte, und er umarmte sie, und sie schlief in seinen Armen ein oder wurde bewusstlos, er wusste es nicht.
Lange saß er an der Wand auf dem Boden und hielt ihren Kopf auf den Knien. Und in dem Mann wuchs eine Gewissheit heran. Eine Gewissheit in Bezug auf das Gold. Jetzt wusste er, warum er es gefunden hatte, was er damit machen würde. Er hatte diese Gewissheit schon einmal gehabt, aber irgendwo hatte er sie verloren. Jetzt war sie wieder da, und sanft streichelte er Mali Jartruds Haar.

Sie blieben den Winter über in Laramie. Erst als die Frühjahrsbestellung näher rückte, erreichten sie Blikom, ein glückliches Paar und eine ledige Frau, ein von Ochsen gezogener Wagen und ein kleines Maultier, das sie lieb gewonnen hatten. Die Sonne schien, und die Lerchen sangen. Ein Hase sprang an ihnen vorbei, und beim Anblick eines beweglichen großen Panzers schrie Mali Jartrud laut auf.
Das ist eine Schildkröte, sagte Johan Jo lachend. In Lesja hatten wir so was nicht.
Sie saßen auf dem Bock, der Mann hatte einen Arm um seine Liebste gelegt. Sie boten einen schönen Anblick in ihrer neuen Kleidung aus Independence. Sie hatten noch mehr gekauft. Einen Kamm und einen Spiegel. Gute Stiefel und Schuhe für die Frau, die fast alles im Sturm verloren hatte. Lebensmittel. Werkzeug. Saatgetreide. Zwei Kaffeetassen aus schönem Porzellan.
Neben ihnen ging Brenda. Sie murmelte leise dem Maultier

zu, das ihr folgte, seit sie den Leuten mit Hilfe von drei Hütchen Geld aus der Tasche gezogen hatte.
Werde ich das bereuen?, murmelte sie.
Das Tier sah sie fragend an.
Es wird wohl vor allem Arbeit geben, murmelte sie. Aber niemand würde mit Messer oder Gewehr oder harten, knochigen Fäusten von hinten kommen.
Eine Farm, murmelte sie. Denk nur, was er alles gebaut hat.
Sie redete von Mandel. Von Mandel mit den Gedichten und der guten Vorlesestimme. Michel Mandel mit dem großen klugen Kopf. Dem, der sie gelehrt hatte, dass es keinen Teufel gab und dass Gott liebevoll war und vergab. Dem Mann, von dem sie glaubte, dass er seinen eigenen Stiefsohn ermordet hatte, nachdem dieser Stiefsohn ihr Gewalt angetan hatte. Und da musste er sie doch lieben!
Jedenfalls hatte er ihr einen Antrag gemacht. Das hatte in dem Brief gestanden, der in Oskars Laden auf sie gewartet hatte. Die Frau Vorbläser war verstorben. Der Herr Vorbläser war zum Witwer geworden. Aber er wollte abermals heiraten, wenn Brenda ihn haben wollte. »Dein Dich liebender« hatte er unterschrieben, und seine Handschrift war klar und elegant.
Ein Leben in Frieden, murmelte Brenda, und das Maultier wieherte, als sei es ihrer Meinung oder auch nicht.

Sie wurden zu Mittsommer getraut, Mali Jartrud und Johan Jo, Brenda und Michel Mandel. Eine Doppelhochzeit, vorgenommen von Pastor Hammer, einem jungen Geistlichen mit schmalen Händen und rostroten Lippen, der offenbar meinte, Mandel hätte zu Ehren seiner Seligen noch etwas warten müssen, zumal er keine Kinder hatte, die die Hand einer Frau brauchten.
Der Geistliche hatte diese Überlegungen mit Bøllog geteilt.

Die beiden hatten sich gefunden, nachdem Johan Jo als reicher Mann aufgetaucht war. Vorher hatte Bøllog den Pastor ein wenig trocken und ein bisschen streng gefunden; er hatte sogar zusammen mit Marte und einigen anderen gutmütig hinter seinem Rücken über ihn gelacht. Aber beim Anblick seines Bruders schien sich etwas in ihm in Leib und Seele verkrampft zu haben.

Marte sah es. Der Mann aus Ålesund sah es. Aber sie sagten nichts. Sie staunten nur insgeheim.

Und nun entstand ein Verständnis zwischen dem Pastor und dem Vorsitzenden des Gemeinderats. Plötzlich fanden sie beide, man müsse das Abendmahl empfangen, ehe man getraut würde, um die Reinheit des Herzens zu stärken, früher hatte nur Hammer diese Ansicht vertreten.

Aber Bøllog, sagte Kaspar, der Mann aus Ålesund, der ebenfalls im Rat saß. Welche großen Sünden unterstellst du deinem Bruder denn?

Gar keine. Das wirklich nicht. Es geht mir um ihn. Um seine Läuterung. Wo sie doch einen neuen und gemeinsamen Weg einschlagen wollen.

Michel Mandel hielt wenig von dem Vorschlag. Brenda blieb stumm, wie auch Mali Jartrud; auf diese Weise gehorchten sie ihren Männern schon, wie sie es dann bald vor Gott geloben würden.

Aber Bøllog ließ nicht locker.

Und dann musste er doch schweigen. Denn der restliche Gemeinderat war dagegen. Solche Dinge sollten aus freien Stücken geschehen, wenn es dem Einzelnen so richtig vorkam und seinen seelischen Bedürfnissen entsprach.

Es wurde ein schöner Tag. Agathes alte Essensglocke läutete munter für die Brautpaare. Die Kirche war für Johan Jos Gold weiß angestrichen worden; er hatte die Farbe und außerdem Bretter für die neue Farm aus St. Paul geholt.

Das Hochzeitsfest wurde bei Mandels gefeiert. Marte hatte vorgeschlagen, es bei ihr und ihrem Mann abzuhalten, aber Bøllog hatte über Ohrenschmerzen gejammert, er hörte derzeit kaum, was sie sagte. Doch der Himmel war leuchtend blau. Insekten summten und surrten. Die wenigen noch verbliebenen Tiere aus Agathes Herde blökten und brüllten in der Nähe, die Schweine grunzten. Auf dem Tisch gab es Salz und Trockenfisch aus dem St. Peter, Fleisch und Speck, Grütze, Fladenbrote und außerdem süße Fladen. Es gab Gewürzgurken und Kekse aus dem Magazin des Forts. Die Nachbarn brachten selbstgebrautes Bier und Schnaps.
Das Korn wogte unten auf den Feldern. Das Kartoffelkraut wehte im Wind, blattreich und grün und mit violetten Blüten. Die langen Maisblätter bewegten sich, zwischen zwei Pflanzen tauchte eine Kalikutenhenne mit Jungen auf. Niemand griff zum Gewehr, denn es war der wonnevolle Tag des Herrn, wie Hammer sagte, als die putzigen Geschöpfe nicht mehr zu sehen waren.

# *Das Leben mit dem Vorbläser*

Hinter dem Jasmin und ungesehen, denkt die Hulde, sagte Mandel munter. Brenda lag auf dem Gemüsefeld auf den Knien. Jetzt richtete sie sich auf.
Was ist Jasmin?, fragte sie.
Eine Blume, antwortete der Mann. Schön und duftend. Ein weißer Flor auf einem Busch.
Was bedeutet Hulde?, fragte die Frau.
Das weißt du, antwortete der Mann sanft. Das hast du schon einmal gefragt. Aber ich kann es dir noch einmal sagen. Es bedeutet geheimnisvoll, von feenhafter Schönheit. Du bist meine Hulde.
Hinter einem Jasmin?
Sie schaute das Möhrenkraut an. Sie lachten. Der Mann ging. Bald kam er zurück und las noch einen Vers vor: Ve, wie einst Kadmus, legte in Erde die Drachenzähne, und bald erwuchsen zwischen Rosen Furien.
Der Drache, meinst du damit Pastor Hammer?, fragte Brenda.
Michel Mandel schmunzelte und verschwand im Haus.

Es war das Jahr 1856. Sie waren seit einem Jahr verheiratet. Brenda war gerade dreißig geworden. Der Mann war fünfzehn Jahre älter. Sie lebten im größten Wohnhaus von Blikom. Um sie herum drängten sich arme Einwanderer in winzigen Hütten, vor allem Norweger, aber auch einzelne Schweden und Deutsche. In der Umgebung waren andere Siedlungen herangewachsen, nach Norden hin und in den Wald hinein, an kleinen Flüssen und Seen und am St. Peter. Die Siedlungen hießen Carver und Glencoe und Young America. Sie hießen St. Peter, Mankato und New Ulm. Im Nordwesten lagen Hutchinson und Acton, und eine Gegend hieß jetzt Norway Lake. Als Erster hatte sich ein Norweger namens Jørgensen in Carver niedergelassen. Überall gab es Norweger, und die aus Blikom stießen dauernd auf Landsleute, wenn sie in den Wäldern auf Jagd waren oder am Fluss entlang nach Fort Snelling und St. Paul wanderten. Jede Woche trafen neue Menschen mit Booten ein. Sie kamen aus Sogn und aus Moster, von den Hvalerinseln und aus Vardø, sie kamen aus ganz Norwegen, in einem Strom, der kein Ende nahm. Einige kamen außerdem standesgemäß mit dem Dampfer; auf dem Weg nach Fort Ridgely und zur Indianeragentur Yellow Medicine im Westen gab es Schiffe mit Soldaten oder Vorräten, die Leute mitgenommen hatten.

In Blikom hatten sie gemeinsam an der tiefsten Stelle des Flusses einen kleinen Anleger gebaut. Und zwar auf dem Grundstück von Ole Olsen oder Olson, wie er sich jetzt nannte, aus Grue. Bøllog hatte für diesen Mann einen Brief geschrieben und darin gebeten, dass dieser eine Posthalterei und außerdem eine Kutschstation eröffnen dürfe.

Ole Olsons Nachbar, Ferdinand Myr, hatte die Verantwortung für Blikoms Fähre übernommen. Er hatte einen breiten, flachbödigen Kahn, mit dem er Leute über den Fluss setzte. Andere hatten ausgehöhlte Baumstämme. Gustav hatte sich ein Floß gebaut. Damit war er nach Osten gestochert, um Soldat zu werden.

So ließ er den Stiefvater mit Brenda allein, nur Tora und Torgeir wohnten jetzt noch dort, nicht in der Scheune, wie anfangs, sondern im Haus, das hatte Brenda so gewollt. Sie hatten einen Claim auf eigenen Boden gemeldet und fingen langsam an, in ihren freien Stunden Land zu roden und zu bauen. Außerdem hatten Mandels einen Knecht.

Brenda und Michel hatten noch kein Kind, aber sie war in Hoffnung. Sie war schwer, als sie dort zum Jäten auf den Knien lag.
Abends saßen sie also zu fünft am Kaminfeuer. Die vier hatten immer irgendeine Arbeit in den Händen, ein Paar Stiefel, das geflickt werden musste, einen Strickstrumpf oder einen Sensenschaft, der einen neuen Griff brauchte. Der fünfte las vor oder führte ein Gespräch an, während er zufrieden an seiner Pfeife nuckelte.
Vormittags waren Torgeir und der Knecht Tormod auf dem Feld, und die Frauen halfen, ansonsten hatten sie ihre Frauenarbeit. Sie molken und machten Käse. Sie kratzten Wolle und spannen. Brenda hatte in St. Paul einen Webstuhl erworben. Mandel dagegen ging nur selten aus dem Haus. Er leitete die Schule. Zwei Familienväter waren allein übers Meer gekommen. Als sie sich ein Dach über dem Kopf geschaffen hatten, waren die Familien nachgereist. Acht Schüler hatte Mandel jetzt, und er war offenbar tüchtig, denn die Kinder lernten schnell, das sahen die Eltern. Nur der Pastor war unzufrieden. Seiner Meinung nach widersprach Mandels Auslegung der biblischen Geschichte den Ansichten der Synode.
Die Gemeinde hatte niemals darüber abgestimmt, irgendeiner Synode einverleibt zu werden. Im Gegenteil, sie waren übereingekommen, die Entscheidung zu vertagen. Aber Hammer war ein Synodaler, und andere Gemeinden, in denen er ebenfalls predigte, folgten ihm auf diesem Weg.
So gab es in Blikom einen ewigen kleinen Streit. Hammer und Mandel waren beide leicht umstritten, und sie versuchten, einander an der Nase herumzuführen; der eine erschien unangemeldet im Unterricht des anderen, der andere lehrte die Kinder schon die Antworten auf Pastor Hammers Fragen, ehe der Pastor zur alljährlichen Prüfung eintraf.
Ansonsten lernten die Schulkinder schwierige und nicht leicht verständliche Verse über Gottes Liebe zu den Menschen und

allen Geschöpfen. Sie lernten, einander zu helfen und sich umeinander zu kümmern. Sie machten Exkursionen durch die Umgebung und studierten Pflanzen und Insekten. Sie pflückten und pressten Blumen und Pflanzen, und sie sammelten Informationen über alles, was sie gefunden und entdeckt hatten.

Und sie führten kleine Theaterstücke auf.

Auf diese Weise hatte der Herr Vorbläser aus Biri ein neues Kapitel in seinem Leben aufgeschlagen. Er bewegte sich mit einer Leichtigkeit im Körper, wenn er vor den Schülern stand, wenn er durch das Haus oder über den Hofplatz ging. Er war kaum jemals so glücklich gewesen. Er freute sich auf alle Mahlzeiten, nie hatte er etwas so Köstliches gegessen wie Brendas Pies. Es war wie ein Märchen, im Sonnenuntergang in der Tür zu stehen und auf die Landschaft hinauszublicken, auf die Felder, keimend oder wogend oder winterflach, und zum Unterholz am sich windenden Fluss hinüberzuschauen, und auf den weiten Himmel, der so hoch und so niedrig zugleich war, so hoch mit Sternen und Mond, so niedrig im Kreis der Landschaft. Und das Vieh; vor allem liebte er die kleinen verspielten Lämmer, die traurigen Augen der Kühe und ganz besonders die Pferde.

Wie in einem Märchen war es, die Tiere anzusehen und sich als Bauer zu fühlen, was er doch eigentlich niemals hatte sein wollen. Jetzt war er es dennoch, wie durch Zauberhand, denn es war ihm einfach zugefallen, und er musste nichts dafür tun, dass alles so blieb und sich noch vermehrte. Und deshalb war er doch kein Bauer, konnte er denken. So war er eher ein Gutsbesitzer.

Und er stand dort in der Türöffnung und ließ Nachtschwärmer ein, während die Sonne unterging, und er rauchte seine Pfeife und wartete nur auf die leichte Stimme seines holden Weibes: Vielleicht könntest du die Tür schließen, Lieber?

Sie bekam einen Sohn. Er war klein und weich, mit winzigen Händen und Füßen und einem großen Kopf.
Gott sei Dank für Henrik, sagte der Vater.
Niemand in Amerika heißt Henrik, widersprach Brenda sanft. Henrik ist norwegisch. Heinrich ist deutsch. Hier muss er Henry heißen.
Henry?, fragte Mandel.
Er kostete dieses Wort aus. Henry. Henry W. Henry W. Blikom.
Soll er denn Blikom heißen?, fragte die Mutter. Er ist doch gar nicht Blikoms Sohn.
Er ist der Sohn des Ortes. Also muss er Blikom heißen. Michelsen Blikom, so geht das.
Michelson, korrigierte Brenda.
Wofür steht das W?, fragte Hammer, als das Kind getauft werden sollte.
William, antwortete Brenda rasch.
Michel Mandel war so überrascht über diese Antwort, dass ihm erst etwas einfiel, als es zu spät war. So wurde das Kind unter der Hand des Geistlichen zu Henry William. Aber der Vater schärfte dem kleinen Bündel ein, wenn sie allein waren: Für die Menschen und Kühe kannst du heißen, wie du willst. Aber tief in deinem Inneren bist du ein Henrik. Nach dem Dichter.

Brenda Mandel war glücklich über das Kind und über die Worte, über den Ort und die Menschen dort. Sogar einen Schaukelstuhl hatten sie sich zugelegt, wie sie es sich erträumt hatte, aber nie konnte sie darin sitzen.
Es war trotzdem schön, alles, auch wenn sie hart arbeiten musste. Das Kind saugte ihr das Mark aus dem Leib, so kam es ihr vor, mit gierigen Händen packte es ihre Brust, mit kraft-

vollem Mund langte es zu. Ihre Zähne seien grau geworden, sagte der Mann.
Das will ich selbst sehen, sagte Brenda.
Johan Jo und Mali Jartrud hatten einen Spiegel. Sonst hatte niemand in Blikom einen. Michel Mandel ging ihn leihen.
Und so sah Brenda, dass sie hohle Wangen bekommen hatte und dass ihre Augen tiefer lagen als zuletzt, als sie sich gesehen hatte. Sie sehnte sich nun danach, sich nicht jeden Tag zu sehen, wenn sie das Haar aufsteckte, wenn sie schlafen ging. Denn Mandel nannte sie nie mehr eine Hulde. Er las ihr auch nicht mehr vor. Er las dem Kind vor, das nichts begriff, er murmelte dem Kind Gedichte ins Ohr, nicht Brenda.
Es hatte mit ihrem gewölbten Leib angefangen, hätte sie sagen können, da hatte er sich von ihr abgewandt. Es hatte mit der Geburt angefangen, hätte sie auch sagen können. Aber das stimmte nicht, es passierte später, als der Junge einige Wochen alt war, vielleicht einen Monat, vielleicht zwei, da war es geschehen, dass sie ihn belogen hatte.
Vielleicht war er nach dem Tag mit den Schulkindern müde gewesen. Vielleicht hatte die Müdigkeit sich in seinem Leib verbreitet, denn das, was er zwischen ihre Beine hatte stoßen wollen, war welk gewesen wie bei einem alten Mann, und sie hatte seinen Sack gepackt. Sofort hatte sein Glied sich erhoben, und ihm hatte das offenbar erfreut.
Erst später hatte er ihr Vorwürfe gemacht. Denn keine Frau packte ihren Mann doch am Sack. Jedenfalls nicht Mandels Brenda, die Jungfrau von der Prärie, wie er sie in Gedanken genannt hatte. Die Jungfrau aus dem Goldland. Er hatte es mitten im Genuss gewusst, dass es zu stark war, dass das, was er hier tat, schändlich wild war. Aber es war ihre Schuld, brannte es in ihm, ihre sündige Frivolität.
Sie hatte das noch nie getan. Sie hatte so schön dort gelegen und ihn aufgenommen, so keusch und so zugeknöpft in ihrem langärmligen Nachthemd, das sie genäht hatte. Sie war so ge-

wesen, wie er es sich erträumt hatte, lange ehe das erlaubt gewesen war. Sie war die Antwort auf seine Sehnsüchte gewesen, hatte es möglich gemacht, Agathe zu ertragen. Allein dass es sie gab, dort in der wandernden Reihe über Salbei und Gras und Sand, zwischen den Suchenden im Schlamm des Flusses.

Er hatte bisher nie Hilfe gebraucht. Deshalb hatte sie es nie gemacht. Als es plötzlich nötig wurde, hatte sie sich vergessen, hatte vergessen, was sie sich vor der Hochzeit vorgenommen hatte, ihm so zu Willen zu sein, wie er sie haben wollte. Wie alle unwissenden Kühe unter Chicagos Frauenzimmern, wie Annie gesagt hätte.

Er hatte sich angezogen und war hinausgegangen. Dreimal hatte er in jener Nacht den Hofplatz überquert, ehe er wieder ins Haus gekommen war. Zwei junge Männer und der Knecht Tormod sahen ihn, aber nicht Torgeir und Tora, die hatten jetzt ein eigenes Haus.

Du weißt es vielleicht nicht, sagte Brenda, als er zurückkam.

Er grunzte.

Aber ich war schon einmal verheiratet, log sie.

Verheiratet! Schon einmal!

In Chicago. Mit einem Iren. Aber er ist gestorben.

Mit einem Iren! Warum denn?

Ein Ire ist ebenso gut wie ein anderer. Ich bin ja nicht in Norwegen geboren, weißt du.

Ein Ire, der sie seltsame Frivolität gelehrt hatte. Ein anderer! Michel Mandel hatte geglaubt, der Erste zu sein. Er hatte sie liebkost, als sei alles neu, und sie hatte seine Liebkosungen angenommen. Verrat!

Für einige Zeit verließ er sie und schlief allein. Aber sie fehlte ihm so. Also kroch er zurück.

Doch es war nie mehr dasselbe. Es wurde ein Zusammenleben

voll Feuer und Leid. Die Lust in ihm war stärker als je zuvor, und während des Aktes konnte er rufen: Fass mich an! Mit der Hand!
Das tat sie dann, und sie machte es auf immer neue Weise. Das war herrlich für ihn, und der Jubel überkam den Mann, wenn sich alles löste. Aber danach schämte er sich. Und er schämte sich noch mehr, weil sie so unberührt wirkte.
Sie stand auf und stillte das Kind. Sie summte leise dabei. Ihr Blick war freundlich. Ihre Haut war bleich und nicht flammend rot. Er lag da und begriff nicht, dass sie nicht mit ihrem ganzen Wesen unter den Fellen lag und errötete.

So wurde es anders zwischen ihnen, aber sie konnten nicht darüber reden. Sie summte und arbeitete, sie ging mit festen Schritten über Boden und Feld. Sie schlachtete ein Huhn und rupfte es mit derselben freundlichen Ruhe, wie wenn sie ihm in der Dunkelheit gute Nacht zuflüsterte.
Als ob sie nichts begriffe, so dachte er dann. Als ob sie nicht verstünde, was sie da machten, dass es liederlich war. Es fiel ihm schwer, ihren Blick zu erwidern. Er konnte ihr auch nicht mehr laut vorlesen, denn er wusste nicht mehr sicher, wer sie war.
Aber er schaffte es, sie ein weiteres Mal zu schwängern.

Er wurde weicher, wenn er sie mit einem Säugling an der Brust sah. Dann saß sie in der Kammer, morgens, wenn ihr die Locken über den Rücken wogten, tagsüber das Haar gezähmt und aufgesteckt, aber noch immer wie die Mutter Gottes in Bethlehem, fand er. In solchen Momenten konnte er fühlen, dass sie ihm gehörte.
Denn sie hatte kein Kind mit diesem Iren bekommen, dachte er. Die Ehe der beiden war unfruchtbar gewesen, dort in Chicago. Mandel aber hatte Brenda fruchtbar gemacht.
So dachte er dann, zum Trost.

Das zweite Kind war ein Mädchen. Das dritte auch.
In fünf Jahren bekamen sie drei Kinder, und die beiden Mädchen wurden Rebecca und Esther getauft. Sie füllten die Räume mit frohem Lärm, auch wenn der Vater sie bisweilen streng zurechtwies.
Brenda leitete die Farm, so war es nun, seit sie sah, dass der Mann sich nur um seine Schule kümmerte. Immer wieder zogen neue Leute ins Nebenhaus und machten die meiste Arbeit, doch immer verlangten die Mietlinge nach eigenem Boden. Brenda sah die Neuankömmlinge an und fragte nach ihren Fertigkeiten. Sie mussten pflügen, pflanzen und säen, sie mussten melken und buttern, sie mussten sich mit den Tieren auskennen und Werkzeug reparieren können. Außerdem suchte sie in ihren Blicken nach Freundlichkeit und Verstand. Sie übertrug ihnen Verantwortung, aber jeden Morgen und Abend wanderte sie umher, um zu sehen, was getan war, und sie lobte das, was gut war, aber sie zeigte auch, wenn es nur halbgut oder schlechter war.
Die Schule wurde nur zeitweise abgehalten. Während des restlichen Jahrs blieben die Kinder zu Hause und arbeiteten auf den Höfen ihrer Eltern. Trotzdem blieb Mandel im Haus, mit seiner Pfeife und seinen Wörtern.
Willst du nicht sehen, wie schön das Feld steht?, fragte Brenda.
Doch, doch, das sehe ich doch, ich habe es durch das Fenster gesehen, antwortete der Mann dann. Oder: Nicht jetzt, meine Liebe, siehst du nicht, dass ich zu tun habe?
Er war faul, dachte sie nun.
Er wollte das bessere Teil, wie es im Buch stand. Wie ein Fürst oder König führte er sich auf, dachte sie, wie einer, der bedient werden wollte und selbst nur wenig beitrug.
Dann kam ein junger Mann mit einem weißen Rand um den Knöchel, den eine Kette hinterlassen hatte. Er kam zur Tür und war hungrig, und Brenda ließ ihn ein. Er war aus St. Louis

geflohen. Er hatte sich in einem Boot versteckt. Aber er war entdeckt und gefesselt worden. Der Kapitän hatte ihn mit zurück in den Süden nehmen und von seinem Besitzer Finderlohn kassieren wollen. Aber der Sklave hatte sich losmachen können und war an Land gesprungen. Zwei Männer hatten ihn verfolgt und auf ihn geschossen, und er wusste nicht, ob sie aufgegeben hatten oder ob sie ihm noch immer auf der Spur waren.

Brenda hatte ihm in diesem verängstigten Wortschwall zu essen gegeben. Dann stand Mandel im Zimmer: Wer ist das?

Ein entlaufener Sklave.

Brenda gab kurz die Geschichte wieder. In diesem Moment wurde an die Tür gehämmert.

Schnell, rief Brenda. Wir müssen ihn verstecken.

Denk an die Kleinen, wandte der Mann ängstlich ein.

Aber er ist doch ein Jude, rief Brenda außer sich.

Wie meinst du das?

Wie die Verfolgten bei Wergeland.

## *Ein Flüchtling findet Schutz*

Sie krochen durch ein Fenster, Brenda und der junge Mann, und überließen es dem Schullehrer, sich mit denen abzugeben, die für einen Menschen Finderlohn verlangen wollten. Sie schlichen am Haus entlang, hinter einige Büsche und um die Scheune. Sie rannten barfuß und geduckt über das Feld.
Wo konnten sie Hilfe finden?
Bei Bøllog, ging es Brenda auf.
Eigentlich stimmte das nicht damit überein, was sie über ihn wusste, denn gerade Bøllog stand Pastor Hammer am nächsten, wenn es um die Schwarzen ging.

Unter vier Augen waren sie derzeit nicht gerade mitteilsam, Billie Blikom und seine Marte. Das lag an der Eifersucht der Frau, hätte der Mann sagen können, denn Marte hatte es sich in den Kopf gesetzt, dass Billie Bøllog die Frau seines Bruders mehr liebte als seine eigene.
Die Eifersucht gründete in so vielem, aber vor allem in dem Namen der Ältesten, Mali. Von wem konnte er diesen Namen denn haben, wenn nicht von Mali Jartrud aus Lesja? Und wie seltsam war er doch geworden, seit sie und sein Bruder hergezogen waren!
Ach doch, Marte hatte nicht übersehen können, wie sehr der Mann sich verändert hatte, und sie war unglücklich. Das war sie jetzt seit Jahren. Und sie lebten wie Holzstücke im selben Haus, die beiden, die sich früher in Kälte und Angst aneinandergeklammert hatte, in Fürsorge und Freundschaft und

Liebe. Jetzt schliefen sie Rücken an Rücken. Weitere Kinder hatten sie auch nicht, außer Mali und Jo, aber sie hatten ja Sol, in Wirklichkeit waren es also drei.
Die Kinder spürten die Härte in den Schritten der Erwachsenen. Sie sahen die Verzweiflung der Mutter und die Verschlossenheit des Vaters. Sie sahen, wie die Arbeit mit abrupten Bewegungen ausgeführt wurde und wie die Tiere sich mit erloschenem Blick zu dem Bauern umdrehten. Er war ein Tierfreund gewesen, Bøllog, einer mit Händen, die die gute Stelle zwischen den Augen eines Ochsen fanden, hinter den Ohren eines Schweines. Mit dieser Wärme hatte er auch die Kinder auf den Schoß genommen, wenn dort keine Arbeit gelegen hatte.
Jetzt war alles anders, seit der Bruder mit dem Gold gekommen war.
Er hatte es ertragen, dass die Schwiegermutter das große Haus gebaut hatte, ohne ihrer Tochter ein Goldkorn zu geben.
Er ertrug es nicht, dass der Bruder das tat, ertrug es nicht, dass er Hilfe zum Zimmern und Pflügen einstellen konnte, konnte nicht mit ansehen, dass der Bruder nach kürzerer Zeit bald einen größeren Hof habe würde als Bøllog. Wegen Mali Jartrud, dachte Marte. Dass er wünschte, er wäre es und nicht Johan Jo, der Mali Jartrud dieses Großartige, Schöne geben könne, das, was fast sofort so war wie Bottem und bald besser, mit größeren Ernten und weniger Schulden.
Sie konnte ihren Mann ansehen, bittend, fragend, mit Tränen in den Augen.
Stimmt etwas nicht?, fragte er dann schroff.
Nein, was sollte denn sein?
Ja, hätten sie sagen können, Mali und Sol. Ja, Vater. Es stimmt etwas nicht. Und zwar du, du bist auf irgendeine Weise verlorengegangen.
Aber das wagten sie nicht. Sie wagten in solchen bösen Momenten kaum, einander in die Augen zu schauen, kaum, im

Dunkeln abends zu flüstern, denn Jo war noch so klein, dass er das Gehörte vielleicht wiederholt hätte.
Stattdessen waren die Mädchen für sie beide da, zum Trost für die Mutter, zur Stütze für den Vater, damit er vielleicht bald die Augen öffnete und *sah*.

Noch war er Vorsitzender des Gemeinderates. Bei ihm schlief der Pastor, wenn er in der Gegend war, dann saßen die Männer abends zusammen und leerten einander mit ihrem Gerede über Trinken und Feste und Lachen. Über Geigenspiel und Kindertheater. Sie selbst tranken nur Wasser. Und Bøllog hatte nicht eine einzige Aufführung von Lehrer Mandels Stücken gesehen, obwohl Sol und Mali ihn angefleht hatten zu kommen.

Zu diesem Mann schlichen sich Brenda und der schwarze Bernhard Rex Morgan durch die Dämmerung, um Hilfe zu holen, weil zwei bewaffnete Verfolger bei Mandels an die Tür hämmerten. Zu diesem Mann, der zu Hammers Worten im Gottesdienst nickte, wenn der Pastor die Sklaverei mit Bibelworten rechtfertigte.
Denn etwas in Brenda rief, dass alles auf dem Kopf stand, und anders, als man meinen könnte, nicht nur bei Michel Mandel, sondern auch bei anderen.
Deshalb ging sie zu Bøllog. Und vielleicht, weil es der letzte Ort war, an dem Michel Mandel sie suchen würde, wenn er nicht wagte, auf die Fragen der Fremden etwas anderes zu sagen als das, was er für die Wahrheit hielt.
Mali und Sol sahen sie als Erste. Die Mädchen waren vor dem Schlafengehen noch zum Abtritt gegangen und wollten wieder ins Haus, als sie die eilig näher kommenden Gestalten sahen. Es war die Mutter des kleinen Henry und seiner beiden jüngeren Schwestern, das sahen sie, die Frau mit den schönen Haaren. An den Haaren erkannten sie sie sofort, denn sie war

barhäuptig. Es wurde noch deutlicher, das Helle an ihr, wegen des Dunklen, der ihr folgte.
Beim Anblick der beiden geschah etwas in Bøllog. Die Angst des Jungen schnitt sich in ihm ein. Es erinnerte ihn an etwas. An die Angst eines anderen, die Angst um sein Leben.
Er schien etwas abzuschütteln, was an ihm gehaftet hatte wie eine zu eng gewordene Schlangenhaut. Er knirschte dabei mit den Zähnen. Sol und Mali sahen es, sie hörten es, die knirschenden Zähne. Und es gurgelte tief in seiner Kehle, als ob er unten in seinem Körper ein Gebrüll vorbereitete. Marte hörte es. Sie hörte es nicht zum ersten Mal. Das Gurgeln. Damals in der Prärie. Da hatte er ihre Mutter umbringen wollen. Und hatte stattdessen ihrem Stiefvater eine Forderung gestellt. Zwei Ochsen wollten sie haben. Und eine Lammkeule.
So wuchs er in seinem eigenen Heim, wie er als junger Mann vor dem Vorbläser gewachsen war. Und er gab dem Entlaufenen die Hand.
Ich bin Billie Blikom, sagte er. Welcome to my home.
Bernhard Rex Morgan, antwortete der andere atemlos.
Dann verschwanden sie, im Kartoffelkeller, wo der Junge versteckt wurde.
Als Brenda gegangen war, als die Kinder im Bett lagen, umarmten sie einander, sie, die Mann und Frau waren. Der Mann weinte. Er zitterte vor Weinen, dann hörte er auf und wischte sich das Gesicht mit dem Ärmel ab. Bald gingen sie zu Bett, wachten aber in den dunklen Stunden auf und fürchteten, jemand könne anklopfen. Sie lagen Hand in Hand da und lauschten, lauschten, bis die Frau zitternd ein- und ausatmete und einschlief.
Wie ein Tier, dachte er über ihren Atem. Ein ängstliches Tier, das endlich wagt zu schlafen, wo es sich sicher fühlt. Und abermals liefen die Tränen des Mannes.

# *Abschied von der Union*

Dazu bist du also Manns genug.
Das bin ich, Vater.
In Savannah hatte eine Besprechung stattgefunden, unter den wichtigen Männern. Leonard de Lilac hatte teilgenommen. Er war eingeladen worden, nicht sein trunksüchtiger Vater, und der Vater verspottete den Sohn in enttäuschter Verbitterung, als der zur Plantage zurückkehrte.
Mit deiner Schwester zu schlafen, das hast du nicht geschafft, aber auf wichtigen Besprechungen reden …
Das klang einfach falsch, das hörte Francis. Er hatte doch nie gewünscht, dass der Sohn mit seiner eigenen Schwester intim würde, so war es nicht, aber dennoch, es wäre fast besser gewesen.
Es ging nicht um die Schwester auf Magnolia, nicht um die Schwester, die auch das Kind von Francis und Alice war, es ging um die andere, das Kind, das die Mutter früher bekommen hatte, mit einem norwegischen Quäker.
Francis hatte den Schmuck erst Monate nach der Rückkehr seines Sohnes gesehen. Er hatte auf Leos Kommode gelegen. Der Vater war ins Zimmer gekommen, um mit seinem Sohn zu sprechen. Und dann sah er es, das schöne Schmuckstück, das er einst in Buffalo bei einer Kartenpartie gewonnen hatte. Verwirrt hatte er nach der Brosche gegriffen und sie dem Sohn hingehalten.
Das, aber das hier …
Mein Glücksbringer, Vater, hatte der Junge geantwortet.
Die hast du nicht von deiner Mutter?, hatte Francis gefragt.
Sie hat mir in den Goldfeldern Glück gebracht, hatte Leonard

erzählt. Ehe ich sie bekommen hatte, habe ich nichts gefunden, aber dann …
Denn die kannst du nicht von deiner Mutter bekommen haben, überlegte Francis dann, er wusste ja, dass die Brosche in einer Truhe am Ontario-See zurückgeblieben war, als er Alice vor dem Sterben gerettet hatte.
Dann hast du sie doch von …
Sie redeten aneinander vorbei, der Jüngere selig darüber, dass er schließlich Glück gehabt hatte, der andere voller Staunen darüber, dass der Sohn seiner Halbschwester begegnet war.
Die kleine Hure, hatte er gerufen.
Nein, Vater, hatte Leo verwirrt protestiert, das war sie nicht, sie hat mit Hütchen gespielt.
Du hast also mit deiner eigenen Schwester geschlafen. Welche Schande! Welche Blutschande!
Aber ich hab doch nicht …
Seine eigene Schwester? Leo begriff nicht, was der Vater sagte, was der Vater meinte, was für Geheimnisse der Vater da bloßlegte. Denn er hatte es nie gewusst, es war nie erwähnt worden, dass seine Mutter … Aber deshalb war er der Jongleurin doch die Treppe hinauf gefolgt, wegen ihrer Ähnlichkeit …
Oh, hatte er gestöhnt.
Der Vater verpasste ihm eine Maulschelle, machte auf dem Absatz kehrt und war verschwunden.

Das war jetzt viele Jahre her.
Als Leonard endlich aus Coloma und Hangtown nach Hause gekommen war, mit einer Beute, die er voller Stolz vorweisen konnte, lebte Francis mit einer neuen Frau in Savannah. Magnolia wurde von Leos Schwester und ihrem Mann geleitet. Francis hatte das Gerücht verbreitet, er habe den Sohn nach einer Familienfehde enterbt, deshalb hatten die Freunde ihm nie geschrieben. Sie wollten ihn mit dieser Nachricht verschonen.

Es war niemals ernst gemeint gewesen und niemals mit Brief und Siegel bestätigt worden. Es war einfach nur Gerede. Leeres Gerede in einer schwierigen Situation.
Die Schwester Julian war mit diesem Gerede nie glücklich gewesen, sie liebte ihren Bruder sehr. Ihr Mann hatte in West Point eine Ausbildung zum Offizier gemacht und außerdem Jura studiert; das Paar hatte sich in Savannah niederlassen wollen, aber dann hatte Francis verlangt, dass sie die Plantage übernahmen.
Als Leonard nach Hause kam, zogen Julian und ihr Mann in die Stadt. Ein Jahr später heiratete Leo eine Jugendfreundin. Er hatte für den Vater ein Haus gebaut, näher am Eingang zur Allee hin gelegen. Auf diese Weise ließ es sich vermeiden, dass der Alte ihn und seine Familie jeden Tag mit seinen Launen und seinen zeitweise unflätigen Reden belästigte. Francis hatte seine eigenen Diener, die ihn versorgten.
Auf diese Weise hatte er ein gutes Leben. Leonard regierte mit fester und freundlicher Hand. Von der Veranda hinter dem Haus konnte er fast sein ganzes Reich überblicken. Am nächsten lagen die Küchenschuppen, fast immer brannte dort ein Feuer, immer dampfte es aus Kesseln, immer saß dort ein Mädchen oder eine ältere Schwarze und rupfte vor seinen Augen ein Huhn. Und sie machten Wasser heiß, um Kleider zu waschen. Dahinter lagen die Werkstätten, dahinter wiederum die Felder. Die Sklaven lebten ihrer Arbeit entsprechend zusammen. In der Nähe des Herrenhauses standen die Schlafhütten der Haussklaven, dahinter kamen die von Handwerkern und Stallsklaven und ganz hinten die der Feldarbeiter. Überall waren Bäume gefällt worden, deshalb konnte Leo noch auf den hintersten Feldern Bewegungen sehen oder ahnen.
Es waren reiche Zeiten. Die Baumwolle wurde für gutes Geld über das Meer nach Europa gebracht. Die von Eli Whitney erfundene Baumwollentkernungsmaschine führte dazu, dass

die tüchtigsten Sklaven zwanzigmal mehr Baumwolle pflückten als früher. Baumwolle bildete den Großteil allen Exports aus den USA.

*Cotton* war eins der ersten Wörter, die der kleine Justin sagen konnte, wie seine Mutter gern erzählte.

Er war fünf Jahre alt an dem Tag, an dem der Vater eine wichtige Besprechung in Savannah besucht hatte. Der Sohn war drei gewesen, als Leonard ihm erklärt hatte, dass er durchaus mit schwarzen Kindern spielen könne, solange er nicht vergaß, wer er war.

Wer ist der kleine Herr auf Magnolia, Justin?

Justin, Vater.

Alice hatte einmal etwas Ähnliches zu Leonard gesagt. Alice, die schon eine Tochter gehabt hatte, eine, die ihm eine Brosche geschenkt hatte.

Es war eine unerträgliche Vorstellung.

Deshalb dachte er auch nicht darüber nach, bis sein Vater ihn daran erinnerte, als Leonard von der Besprechung in Savannah zurückkam.

Der Alte musste den Wagen gesehen haben. Und er war durch die Allee gelaufen, falls er das kleine Stück nicht geritten war. Jetzt stand er im Zimmer seines Sohnes und wollte ihn verspotten. Dazu bist du also Manns genug.

Das bin ich, Vater.

Leonard stand noch immer in seinem Zimmer, mit der weinroten Tapete als Hintergrund, er wartete auf ein Glas Cognac, um das er gebeten hatte.

Es geht um unser Leben, Vater, sagte er und schaute dem anderen ernst ins Gesicht.

Hm.

Es geht um unseren Lebensstil.

Hm.

Willst du dich setzen?

Sie setzten sich.

Ein Haussklave brachte den Cognac. Aber nun lehnte der junge Herr doch noch ab, er wollte den Cognac jedenfalls nicht jetzt, der Sklave konnte sich mit seinem Tablett wieder entfernen.
Es geht um das hier, sagte Leo.
Er umfasste das Zimmer und vielleicht das Haus und die Allee, die ganze Plantage mit einer beherrschten Handbewegung.
Es geht um die leisen Schritte der Haussklaven, sagte er. Es geht um die Klaviermusik, ob sie noch immer erklingen soll. Es geht um die Baumwolle, ob sie noch immer geerntet werden soll.
Der Vater sah ihn aus rotgeränderten Augen an.
Wir werden aus der Union austreten, sagte Leo.
Der Vater griff nach einem unsichtbaren Glas und geriet für einen Moment aus dem Gleichgewicht.
In jeder Stadt werden jetzt solche Versammlungen abgehalten, sagte Leonard de Lilac. Wir lassen uns das nicht mehr gefallen.
Francis nickte. Er begriff. Zugleich dachte er an die Maulbeerbäume seines Großvaters und an eine Frau, der er einmal alles hatte geben wollen.
Es geht um die Seide, sagte der Alte wie als Echo auf den Sohn. Und um die Schönheit.

# Mobilisierung

Das ist nicht erlaubt!, erwiderte Abraham Lincoln in Washington, als die ersten Südstaaten ihren Austritt aus der Union erklärten.

Es ging darum, die eigene Zukunft bestimmen zu dürfen.

Es ging darum, wie weit neue Staaten wie Kalifornien selbst bestimmen dürften, ob sie Sklavenhaltung zulassen wollten oder nicht. Es ging darum, dass Lincoln die Präsidentschaftswahlen gewonnen hatte, ein Mann, der gegen die Sklaverei war.

Die Ausbrecher konnten Abraham Lincoln nicht als Präsidenten akzeptieren. Also traten sie aus der Union aus und gaben sich einen neuen Namen. Konföderation, nannten sie sich, und sie wählten ihren eigenen Präsidenten, Jefferson Davis.

Das kann nicht akzeptiert werden, hieß es aus Washington.

Der erste Schuss wurde auf Fort Sumter bei Charleston abgegeben. Das geschah am 12. April 1861. Bei Charleston in South Carolina gab es noch weitere Forts. Sumter lag auf einer kleinen Insel im Hafenbecken. Die Offiziere und Soldaten von Sumter betrachteten sich noch immer als Angehörige der Armee der USA. Aber sie hatten keine Lebensmittel. Washington hatte ein Versorgungsschiff geschickt. Das wurde nicht durchgelassen. Lincoln wollte noch einen Versuch machen. Er schickte ein unbewaffnetes Fahrzeug und informierte Jefferson Davis darüber.

Der Präsident der Südstaaten verlangte daraufhin die Kapitulationserklärung des Kommandanten von Fort Sumter, Major Robert Anderson. Der weigerte sich.

Da fiel der erste Schuss. Er kam von der Seite der Rebellen. Das Fort wurde anderthalb Tage lang beschossen, keine Kapitulation. Dreiunddreißig Stunden intensiver Beschießung von allen Seiten, der Himmel war schwarz und flammte vor Feuer und Rauch. Am nächsten Tag gab Präsident Lincoln in den Nordstaaten bekannt: Er brauche fünfundsiebzigtausend Freiwillige für eine neunzigtägige Dienstzeit.
Damit hatte der Bürgerkrieg begonnen.

In den einsamen Siedlungen im Mittleren Westen erfuhren sie davon erst, wenn jemand ihnen diese Nachricht brachte oder eine Zeitung eintraf. Und diese Aufrührer im Süden schienen sehr weit weg zu sein.
Sie selbst waren mit der Frühjahrsbestellung beschäftigt. Sie mussten pflügen und säen. Sie mussten sich um den Regen Sorgen machen, ob der kommen würde oder nicht. Sie mussten sich vor den Heuschrecken fürchten, ob sie die eigene Ernte vernichten oder sich anderswo Felder suchen würden.
In Blikom passierte noch etwas anderes, das die Gedanken beanspruchte, denn es kam ein feiner Mann aus dem Westen. Er kam in einem schmalen Wagen mit einem Dach aus Holz, nicht aus Zeltplane. Das vornehme Fahrzeug wurde gezogen von vier Pferden, keinen Ochsen, obwohl die Pferde ihn nicht den ganzen Weg aus Kalifornien gezogen hatten, sondern erst, seitdem der feine Herr Independence verlassen hatte.
Es war Oskar. Er trug einen grauen Mantel über gestreiften Hosen. Er trug einen hohen Hut und einen Stock mit einem geschnitzten Silbergriff. Unter dem Hut wellten seine Haare sich elegant zu beiden Seiten eines Mittelscheitels. Sein Schnurrbart war dunkel und mit Leder und funkelndem Gold verziert und endete in zwei gezwirbelten Spitzen.
Seine Schwester Marte konnte sich an ihm nicht sattsehen. Ausgerechnet Oskar! Der früher nur gezischt hatte, jetzt sprach er lange Sätze. Das ist ja ein prachtvoller Ochse, konn-

te er sagen, über den von Marte und Bøllog. Hab ich da im Schilf am Ufer eine Schildkröte gesehen?, konnte er fragen. Außerdem lächelte er, ein wenig jedenfalls. Früher hatte er anderen lieber den Ellbogen in die Seite gerammt, wenn er nicht ihrer Meinung war, das wusste sie noch, vor allem bei Gustav, denn der kleine Bruder hatte geglaubt, besser zu sein und mehr zu wissen. Was Gustav nie gewesen war oder getan hatte.

Oskar brachte außerdem eine Frau und einen fünf Jahre alten Sohn namens Teddyboy mit. Die Frau war mollig und munter und hieß Molly. Sie trug einen knöchellangen grünen Mantel mit Pelerinen und eine voluminöse Haube. Um ihren Hals hing an einer Kette ein goldenes Kreuz, das sahen die anderen, als die Gäste das Haus betreten hatten und sich setzten.

Oskar war jetzt Agent für eine Bank. Außerdem wollte er seinen eigenen Laden aufmachen, hatte er sich überlegt, dort, wo seine Geschwister und sein Stiefvater lebten. Falls sie also noch keinen hatten.

Der Besuch wurde bei Marte und Billie Bøllog gefeiert, und Bøllog bat Mali Jartrud, süßes Brot zu backen. Und sie servierten Kaffee mit Zucker und brieten ein Lamm.

Einen Laden?, fragten die anderen.

Ole Olson verkaufte ja Kleinkram, da er Kutschstation und Posthalterei innehatte, aber ein eigentlicher Laden war das nicht.

In Carver gibt es einen Laden, erwähnte Marte.

Ja, und warum sollen die einen haben und wir nicht?, fragte Tora.

Es ist fast eine Schande, kicherte Bøllog.

Wir waren hier, ehe Jørgensen nach Carver gekommen ist, sagte Marte.

Doch, meinte einer der Männer aus Ålesund, ein eigener Laden würde sich gut machen.

Du kannst von mir ein Grundstück haben, versprach Bøllog.

Die Ecke zur Straße hin. Dann hast du unten Haus und Laden, mit Backstube hinten und Wohnräumen oben.
Und es ist nicht weit zum Wasser, wurde hinzugefügt.
So wurde geredet und geplant, und die Frauen zählten auf, was der Laden ihrer Ansicht nach führen sollte.
Als das Lamm verzehrt war und der Schnaps seine Wirkung tat, wanderten die Gedanken derer, die dort gewesen waren, zu den Goldfeldern.
Es heißt nicht mehr Hangtown, konnte Oskar berichten. Sondern Placerville.
Was, Placerville?
Aber der alte Name ist nicht vergessen, sagte Oskar.
Außerdem ist Høljes Freund zum Helden geworden.
Brenda zuckte zusammen, als dieser Name fiel.
Welcher Freund?, fragte Johan Jo.
Er hieß wohl früher einmal Jon. Jetzt wird er nur noch Snowshoe Thompson genannt.
Wieso das denn?
Weil er sich solche langen, geraden Skier gemacht hat. Und auf denen trägt er Post aus.
Die anderen schauten Oskar verständnislos an.
Er bringt Post über die Berge. Ein großer Mann mit einem Tornister voller Pakete und Post und Zeitungen. Zwischen Sacramento und der Ebene zur Wüste hin auf der anderen Seite der Berge. Niemand sonst schafft diese Tour im Winter. Nur er. Andere, die das versucht haben, schneien ein und sterben. Oder sie werden von Wölfen zerrissen. Snowshoe ist ein Zauberer, heißt es. Einmal ist er an sechs Wölfen hintereinander vorbeigesaust, und die schauten nur verdutzt hinter ihm her.
Wo ist übrigens Gustav?, fragte Oskar später.
In der Festung, war die Antwort.
Dann wird er wohl in den Krieg geschickt?, hieß es.
Nein, er ist krank.

Will sich hier sonst noch jemand anwerben lassen?, wollte Oskar wissen.

Mehrere der Junggesellen von Blikom wollten sich aufmachen. Zwei waren Söhne der Väter, die früher als ihre Familien gekommen waren, Väter, die ihre Claims genommen und Häuser gebaut hatten, ehe die anderen nachgekommen waren. Die jungen Leute hatten Blikom gerade erst erreicht, als die Nachricht vom Bürgerkrieg eintraf, und jetzt wollten sie kämpfen.
Redet keinen Unsinn, protestierten die Väter, hier ist eine Menge Arbeit zu erledigen.
Andere waren junge Männer, die für Fremde arbeiteten und die plötzlich Lust hatten, sich zu bewegen.
Ich finde, ihr solltet hierbleiben, meinte Pastor Hammer.
Es war ein Predigtsonntag. Die Frühjahrsbestellung lag hinter ihnen. In der kleinen weißen Kirche sprach der Pastor über Gottes Willen. Gott, und nicht die Menschen, müsse entscheiden, ob ein Mann Herr oder Knecht sein solle.
So war es seit Anbeginn der Zeiten, erklärte Hammer.
Gemurmel erklang in den schmalen Bankreihen, in die die größten Männer nur mit schräggestellten Knien passten. Die Stimme des Pastors hatte mehr Fülle als sonst. Mehr Blut, dachte Brenda, ohne richtig zu begreifen, warum sie das so empfand.
Dem Menschen kommt es nicht zu, sich zum Richter über die göttliche Ordnung aufzuwerfen, sagte Hammer.
Der Fährmann Ferdinand Myr räusperte sich, da er um diese Jahreszeit immer einen schleimreichen Sommerschnupfen hatte. Andere hielten es für eine Meinungsäußerung. Einige ahmten ihn nach. Mandel räusperte sich bereitwillig und immer wieder. Johan Jo reicherte sein Räuspern mit einem kühnen Laut an, so dass es sich einem brummenden Ruf annäherte, denn Johan Jo war in den Goldfeldern gewesen und hatte

erlebt, wie ein Sklavenhalter einen anderen Menschen misshandeln konnte, fast aus purer Bosheit, das glaubte er, einmal gesehen zu haben.
Nehmt doch nur den Besitzer des Weinbergs, sagte Hammer mahnend. Ist es nicht unserem Herrn anheimgegeben, wem er einen Weinberg schenken möchte? Und kann der Winzer seine Arbeit nicht so bezahlen, wie es ihm richtig erscheint? Ist es nicht die Aufgabe des Dieners, sich dem Willen des Herrn unterzuordnen?
Die meisten von euch sind selbst Bauern auf unserem schönen Boden, sagte er dann. Ihr habt Junggesellen oder andere in Lohn und Brot. Sollen diese anderen denn die Arbeit jeder Woche bestimmen? Nein, das tut ihr selbst!
Das schon, wurde gemurmelt, das schon.
Wieder räusperte Ferdinand sich, dann schneuzte er sich in den Ärmel.
Bøllog sah, dass Ferdinand das nicht willentlich tat, dass der Wille bei Schullehrer Mandel und seinem eigenen Bruder lag, dem Ehemann der Tochter des Großbauern, und er war erleichtert, weil er keinen Groll mehr hegte, im Gegenteil: Es war ein schönes Gefühl, Johan Jo so dicht bei sich zu haben, und es war außerdem angenehm, mit jemandem zusammenzuleben, den sie beide von früher her kannten. Das Wichtigste aber war, dass er und sein Bruder einer Meinung darüber waren, was sich jetzt in dieser Kirche und in diesem Amerika abspielte, in dem sie doch leben wollten.
Und deshalb hörte Bøllog auf, der Predigt zuzuhören, er sah nun seinen Bruder an und lächelte. Und es war wohl das erste gute Lächeln, das sie einander in vielen Jahren geschenkt hatten.
An diesem Abend bat Bøllog zu einer Versammlung des Gemeinderates. Sie setzten sich an den Tisch in seiner eigenen Stube. Der Pastor saß gleich neben ihm, und als der andere ihm so nahe war, dass er ihm den Arm hätte streicheln oder

ihn an den Haaren ziehen können, eröffnete Billie Bøllog ein Gespräch über die Predigt dieses Tages.
Hammer nickte, als sei das alles abgemacht, als rechne er damit, dass jetzt dieses unverschämte Räuspern und Hüsteln angeprangert werden würde.
Was sagst du, Ole?, fragte der Ratsvorsitzende.
Ich?, fragte der Posthalter und Kutschstationsbetreiber Ole Olson.
Ja, denn findest du nicht, dass Sklaverei eine Schande zwischen einem Menschen und einem anderen ist?, fragte Bøllog freundlich.
Ole Olson nickte, ja, das meinte er wohl.
Was ist mit dir, Kierulf, wurde der Nächste am Tisch gefragt.
Schwer zu sagen, meinte der. Ich kenne weder Sklaven noch Sklavenbesitzer.
Dann kannst du einen kennenlernen, sagte Bøllog.
Hammer sah ihn unsicher an.
Hoi!, rief Bøllog.
Nun wurde die Zimmertür geöffnet, und ein junger Schwarzer trat herein.
Das ist Bernhard Rex Morgan, stellte Billie Bøllog vor.
Der junge Mann machte eine tiefe Verbeugung.
Würdest du uns den Gefallen tun und diesen Herren erzählen, wer du bist?, bat der Versammlungsleiter.
Der andere murmelte etwas zu den Bodenbrettern hin.
Hab keine Angst, sagte Ole Olson. Speak up.
Bøllog stand auf und legte dem Jungen freundlich den Arm um die Schulter. Dann kamen die Worte. Darüber, versteigert zu werden, mit sechs Jahren von seiner Mutter getrennt zu werden …
Er ist entlaufen!, rief Hammer triumphierend. Ein entlaufener Sklave! Das will Herr Blikom uns zeigen, einen Aufrührer gegen die notwendige Ordnung. Damit wir sehen, um was für ungehorsames Pack es hier geht!

Bernhard Rex Morgan wollte weglaufen, die Angst in seinen Augen war deutlich erkennbar. Aber Bøllog hielt ihn fest und flüsterte ihm etwas ins Ohr.
Was sehen wir hier, fragte Bøllog dann. Ist das ein Mensch oder ein schwarzer Hund?
Hammer lachte.
Ich sehe ein schwarzes Geschöpf, sagte Ferdinand.
Ich sehe einen entlaufenen Sklaven, sagte Kierulf.
Ich vermute, wir haben es mit einem Menschen zu tun, sagte Ole.
Hammer schmunzelte.
Sollen wir darüber abstimmen?, fragte Bøllog, und seine Stimme hatte einen gefährlichen Beiklang, als sei er auf jemanden wütend.
Ja, lasst uns abstimmen, unterstützte Hammer den Wortführer, und er schmunzelte nicht mehr und schien jetzt ebenfalls böse zu werden.
Wer hier ein schwarzes Geschöpf sieht, das ein entlaufener Sklave und außerdem ein Mensch ist, soll aufzeigen, fasste Bøllog die Aussagen zusammen. Er hob als Erster den Arm. Die anderen folgten seinem Beispiel, einer nach dem anderen. Und während das geschah, drehte der Vorsitzende des Gemeinderates sich langsam zum Pastor um, der ihn verwirrt ansah.
Begehst du kein … Unrecht?, fragte Hammer.
Nein, antwortete Bøllog. Wer hier im Unrecht ist, bist du, Hammer. Während wir hier auf Blikom offenbar auf derselben Seite stehen wie Bernhard Rex Morgan und Abraham Lincoln.

Das Zentrum der Ereignisse schien weit weg zu sein. Es war der Fluss Potomac. Er lag zwischen Richmond in Virginia und Washington, D. C. Im Mai hatte Jefferson Davis sein Hauptquartier von Montgomery in Alabama nach Richmond verlegt, und die fleißigen Federn der Zeitungen berichteten, dass die beiden Präsidenten einander jetzt mit dem Fernglas im Auge behalten konnten.
Bereits einen Monat zuvor war es zur ersten großen Schlacht gekommen. Und zwar bei Manassas in Virginia, am Ufer des Bull Run Creek. Die Konföderierten verloren zweitausend, wobei Verwundete und Gefangene schon einberechnet waren. Die Union verlor tausend weitere.
Auf beiden Seiten waren gute Offiziere Mangelware. Die draufgängerischsten und tatkräftigsten kamen aus dem Süden. Die Union vor allem musste zivile Führer rekrutieren, vor allem Politiker, und denen fehlte es oft an den grundlegendsten Kenntnissen über Waffengebrauch und Militärstrategie. Ansonsten gab es etliche Veteranen aus dem Krieg gegen Mexiko fünfzehn Jahre zuvor, aber viele von diesen hatten jetzt graue Haare und steife Gelenke.

In den norwegischen Siedlungen kam es vor, dass die Werbeaufrufe ungehört verhallten, da niemand die amerikanische Sprache verstand. Wer sich vor allem um diese Angelegenheit kümmerte, war Hans Christian Heg in Wisconsin.
Er war schon längst aus Kalifornien zurückgekehrt. Nach dem Tod seines Vaters hatte er die Farm in Muskego übernommen und geheiratet, und er hatte sich politisch engagiert, in Free Soil, der Organisation, aus der dann die republikanische Partei wurde. Bei Ausbruch des Bürgerkrieges wollte er sich melden, und er wollte Nachbarn und Bekannte anwerben. In Muskego waren das Norweger.
Aber wie sollten sie für die amerikanische Union kämpfen, wenn sie doch kein Englisch verstanden? Wie sollten sie bei

einer Schlacht Befehle entgegennehmen und weitergeben? Wie sollten sie tun, was ein Vorgesetzter ihnen auftrug?
Heg fand nur eine Antwort, und er nahm mit folgender Bitte Kontakt zu Gouverneur Randall in Wisconsin auf: Es musste ein eigenes Regiment aus Norwegern oder Skandinaviern aufgestellt werden, unter Leitung ihrer Landsleute, damit sie die Befehle verstehen könnten.
Es kam zu einer langen Besprechung über diese Frage. Das Ergebnis war, dass der Gouverneur Heg zum Obersten eines solchen Regiments ernannte.
Im Spätherbst 1861 wurde mobilisiert, und kurz vor Weihnachten trafen die Rekruten zur Grundausbildung in Camp Randall bei Madison ein.
So begegneten sie sich wieder, Heg und Hølje, oder Hal Tinn, wie Hølje sich jetzt nannte, diese beiden, die sich zuletzt in Hangtown gesehen hatten, wo sie eine Mahlzeit geteilt und sich mit einem Südstaatenmann gestritten hatten, der seinen Sklaven misshandelte.
Es war für Hølje ein guter Tag in Hangtown gewesen, denn am selben Morgen hatte er eine kriechende Gestalt daran gehindert, zum Dieb zu werden, und war selbst zum Helden ausgerufen worden. Stark hatte er sich gefühlt, als ob die Gerechtigkeit auf seiner Seite stehe, sicher hatte er deshalb die Peitsche des Südstaatlers zerbrochen.
Und da sollte es wohl so sein, dass Heg und Hølje zusammen gegen die Rebellen kämpften. Aber in dem anderen gab es keinen Widerhall, als der Oberst Hølje an die Ereignisse in den Goldfeldern erinnerte. Hal Tinn fehlten Lächeln und Freude des Wiedersehens, er konnte nur höflich und reserviert nicken.
Als sei der Mann ein anderer geworden, dachte Heg.
Aber er war immerhin zur Stelle, dachte er dann.
Soldat Tinn gehörte der Kompanie B des Regiments an, zusammen mit einer Gruppe von Männern aus Koshkonong

und Stoughton. Wie Heg war er an die zwanzig Jahre älter als die jüngsten Soldaten, und niemand hätte sich gewundert, wenn Hølje zum Offizier befördert worden wäre. Aber niemand aus der Kompanie schlug das vor. Hal Tinn war zu mürrisch. Er beteiligte sich nur selten am Gespräch. Er lachte nie über die Scherze der anderen.

Hølje hatte sich nicht voll Eifer und Glut zum Dienst gemeldet, es war auf Druck von anderen hin geschehen, von geschäftigen Nachbarn und von Bekannten aus der Gemeinde, Menschen, die beschlossen hatten, gerade auf ihn könnten sie verzichten, denn noch lebte sein Schwiegervater, ein rüstiger Mann, der zu alt war, um selbst in den Kampf zu ziehen, der sich aber um die Farm kümmern konnte, solange sein Schwiegersohn im Feld lag.

Hølje war es egal. Er konnte im Feld kämpfen oder das Feld bestellen. Er konnte marschieren oder mähen. Die Nessel der Gleichgültigkeit hatte in ihm Wurzel geschlagen.

Und so sahen sie ihn, die Jüngeren in der Kompanie: als Miesmacher. Als einen, der anderen ähnelte, die sie kannten, wortkargen alten Kerlen, die schwerfällig redeten oder sich bewegten; als sei er von Männern, die ebenso stumm und träge waren wie er, aus Holz geschnitzt worden.

Lincoln war ein Held, und das war auch Heg, der sie mobilisiert hatte. Hal Tinn war keiner. Er war einer, der sie nach unten zog. Zum Beispiel, als die Kompanie sich einen Namen geben sollte. Andere Kompanien nannten sich Odins Gewehre, Rock River Rangers oder die Norwegischen Bärenjäger. Einer der eifrigen und erwartungsvollen Rekruten der Kompanie B schlug vor: Wergelands Garde.

Wieso denn das?, brummte Hølje.

Kennst du Henrik Wergeland nicht?, fragte der Jüngere.

Der hat den norwegischen Nationalfeiertag erfunden, jubelte einer.

Das ist für uns Norweger wie der 4. Juli, hieß es.
Auf diese Weise können wir zweimal im Jahr feiern, können wir die Freiheit feiern!
Hurra!, wurde gejohlt.
Hal Tinn enthielt sich als Einziger der Stimme. Er sah Michel Mandel vor sich. Er spürte, dass er rot wurde, vor Ärger und dann aus Scham. Denn an Henrik Wergeland war ja wohl nichts auszusetzen, er konnte nur den Mann nicht leiden, der dessen Gedichte benutzt hatte, um ... um ...
Nichts. Nichts wusste er mit Sicherheit.

Und er staunte über sich selbst in diesen Wochen in Camp Randall, in der Zeit, in der sie Marschieren und Waffengebrauch trainierten. Er begriff erst jetzt, wie diese üble Laune sich in ihn hineingefressen hatte. Es kam ihm vor wie eine innere Steifheit. Die offenbar alle anderen dazu brachte, ihm aus dem Weg zu gehen. Der Einzige, der sich auf eine Pfeife nach dem Essen zu ihm setzte, wer einer, der eben erst über das Meer gekommen war, aus einem Ort namens Øvre Fleskemo. Das lag offenbar irgendwo im Norden, im Målselvtal, und dem Mann ging es nur um Geld.
Hundert Dollar, wirklich, sagte dieser Benoni. Wenn wir wieder rauskommen. Und außerdem fünfzig Dollar im Monat!
Wie viel macht das im Jahr?, überlegte er und antwortete sofort: Hundertachtzig.
Wir haben uns doch nur für neunzig Tage verpflichtet, brummte Hal Tinn.
Aber wenn der Krieg nun dauert, sagte Benoni.
Sie haben gesagt, dass es schnell gehen wird, sagte Hølje.
Wer weiß das denn?
Hm, brummte Hølje.
Dazu Kost und Logis, freute der andere sich. Und freie Kleidung.
Hølje zog an seiner Pfeife.

Am Vorabend hatte ein General zu ihnen gesprochen. Er hatte Englisch gesprochen, seine Rede war übersetzt worden: Heil euch, ihr Norweger, Nachkommen der Wikinger. Zieht jetzt in Horden wie in alten Tagen und schwingt Thors Hammer, um die Köpfe der Rebellen zu zerschlagen!

Die Norweger fielen in Camp Randall auf, weil sie tranken und Lärm machten. Hølje trank nicht und machte auch keinen Lärm. Er rauchte und überließ sich seinen Gedanken. Er hatte lange, lange keine Zeit mehr zum Grübeln gehabt. Im tiefsten Herzen wusste er, dass er sich gemeldet hatte, um eine Weile fortzukommen. Der Krieg schien noch weit weg zu sein. Die anderen hier waren Fremde. Aber er beobachtete sie aus dem Augenwinkel, er sah, wie Oberst Heg sich abmühte, um aus ihnen disziplinierte Soldaten zu machen: Wenn jemand nicht zum Exerzieren erschien, musste der Sünder zur Strafe einen Tag lang Holz hacken, vorausgesetzt, er war nüchtern, wenn er wieder auftauchte. War er betrunken, gab es zwei Tage am Hackklotz.

Immer mehr Männer aus Blikom meldeten sich freiwillig, in glücklicher Einigkeit, nachdem sie gesehen hatten, wie Pastor Hammer empört davongeeilt war. Sie wollten für die Union und die Freiheit der Sklaven kämpfen. Zur Frühjahrsbestellung würden sie wieder zu Hause sein, versprachen sie den Frauen.
Michel Mandel blieb zu Hause. Er war zu alt. Aber Johan Jo und Bøllog zogen los, dazu Toras Torgeir. Zwei aus der Gegend von Ålesund waren gegen Krieg, aber Eiler aus Vanylven schloss sich an. Einige sagten gar nichts, andere wollten ihre ängstliche Frau nicht verlassen.
Als die erste Aufregung sich gelegt hatte, wurde fast alles wie

vorher, nur die allein zurückgebliebenen Frauen mussten sich mindestens doppelt abmühen. Und die Einsamkeit konnte hart werden. Die Höfe lagen zu weit auseinander für regelmäßige Besuche, die gab es nur an Kirchsonntagen und Festen. Die Kinder mussten bei der täglichen Arbeit Aufgaben bewältigen, die für Erwachsene bestimmt waren, und sie kamen nicht oft zur Schule. Er, der einst Glas für Fensterscheiben und Flaschen geblasen hatte, saß allein da mit Tafel und Griffel, die er sich aus St. Paul besorgt hatte. Durch das Fenster konnte er seine Frau sehen, die Eier in einem Korb sammelte, den sie selbst geflochten hatte, wie er wusste. Und er konnte sehen, wie der Namensvetter des Dichters mit einem erhobenen Stock über den Schnee lief und dabei jubelte. Dann klopfte er an das Fenster und ließ das Kind ins Haus kommen.

Der Junge war jetzt fast sechs. Es wurde Zeit, dass er lesen lernte. Mandel hatte es versucht, als der Junge drei gewesen war, und vier, aber der Kleine war vor Abwehr bleich im Blick geworden wie ein Idiot.

Jetzt sollte ein neuer Versuch gemacht werden.

A, sagt der Vater, und der Junge sollte ihm nachsprechen.

A, kam es ohne Freude.

Was können wir sagen, das mit A anfängt?, fragte der Vater.

Asche, sagte Henry, denn das wusste er noch vom Vorjahr. Damals hatte er zwar geschwiegen und diesen Film über seine Augen gezogen, durch den er den Vater dann nur noch vage sah, aber jetzt antwortete der Junge.

Schön, lobte Mandel, weißt du noch mehr?

Amerika, sagte Henry, denn auch das wusste er noch vom letzten Jahr.

Und Alben und Altruismus und Armut, fügte er auf eigene Rechnung hinzu.

Altruismus, du, woher hast du das denn?

Er hatte es vom Vater, der hatte dieses Wort am vergangenen

Sonntag erwähnt. Und Torgeirs Tora hatte ihm von den Alben von Lesja und den Trollen von Dovre erzählt. Armut war Kleinheit und Entbehrung, wie bei Jules.

Jules war ein Franzose, der sich kürzlich am Flussufer niedergelassen hatte, auf Ferdinands Boden, wenn der denn bis zum Wasser hinunterreichte, worüber es geteilte Meinungen gab. Über Jules hieß es, er habe als einziges Gepäck einen zweiten Hut mitgebracht.

Michel Mandel musterte seinen Sohn andächtig, als der solche langen Sätze sprach. Er hatte noch nicht gehört, dass der Junge das konnte. Und deshalb hatte er das Gefühl, als sei der Name des Dichters eine Knospe gewesen, die sich jetzt vor den Augen von Schulmeister und Vater öffnete, fast wie ein Wunder des Herrn. Denn es kam noch mehr. Angst kam, und Art. Und Angesicht und Anerbe.

Anerbe? Und woher hast du dieses Wort?

Von Gustav, Vater. Wenn er nicht mehr Soldat sein muss, kommt er wieder her, weil er der Anerbe ist. Und sein Erbe ist nicht meins, weil wir keine Brüder sind, wie Eiler geglaubt hat.

Was hat Eiler geglaubt? Dass du der Sohn von Agathe seist – Friede ihrer Seele?

Nein. Er hat geglaubt, Gustav sei dein Sohn, Vater.

Bist du verrückt, Knabe! Er ist der Sohn meines Vorgängers, eines geschundenen Männleins unter dem Pantoffel seiner Frau.

Von Agathe, Vater.

Friede ihrer Seele.

Die fängt auch mit einem A an, Vater.

Henry W. erlernte an diesem Vormittag die Kunst des Lesens. In der folgenden Nacht war Michel Mandel im Traum wieder in seiner Jugend, damals, als er den Pastorensohn von Eidsvoll kennengelernt hatte.

Gegen Morgen wälzte er sich über Brenda, noch im Traum, und kam in ihr, während er den Namen einer anderen rief.
Sie hatte das schon früher erlebt, bei anderen, aber da hatten ihr die Neugier und das Recht gefehlt, diese Frage zu stellen. Aber der, der jetzt rief, war ihr eigener Bräutigam gewesen.
Erst als sie am nächsten Abend im Bett lagen, brachte sie es zur Sprache.
Wer ist Johanne Karine?, fragte sie, nicht unfreundlich.
Der Mann drehte sich abrupt um.
Brenda fand in der Dunkelheit seine Hand und streichelte sie.
Ist sie tot?, fragte sie teilnahmsvoll.
Noch war es stumm in ihm, aber er zog seine Hand nicht fort.
War sie vielleicht der Grund für deine erste Ehe?, fragte sie dann.
So viele Wunder, flüsterte der Mann. Dass du alles weißt. Alles weißt du doch. Und der Junge kann lesen!
Ich weiß nicht alles, sagte Brenda. Aber ich will gern zuhören, wenn du erzählen magst.
Auf diese Weise erfuhr sie vom Pfarrhof in Eidsvoll am Mjøsa, wo der Vater des Dichters mit seiner Familie gelebt hatte. Sie durfte eine Erinnerungskammer betreten, in der der Dichter selbst seltsame Schätze gesammelt hatte, wie Schlangenhäute und Insekten, lebende und getrocknete. Sie erfuhr zudem von den Theatervorstellungen des jungen Henrik Wergeland, wenn er zu Weihnachten oder im Sommer im Pfarrhaus weilte. Und sie sah für einen Moment eine junge Frau, die ebenfalls hingegeben zugehört hatte, ob es sich nun um Theater oder Poesie oder Vorträge oder kluge Diskussionen über die Themen der damaligen Zeit gehandelt hatte.
Michel Mandel war mit einem Onkel nach Eidsvoll gekommen, der dem Pastor neue Fensterscheiben bringen sollte. Mogens Mandel hatte selbst Theologie studiert, dann hatte der Krieg ihn von der Universität und vom Elternhaus in Hu-

sum vertrieben; zusammen mit seinem Bruder Merkel war er gen Norden gewandert und hatte dann bei einem Verwandten in Odense eine Glasbläserlehre gemacht.
So war Mogens einer, mit dem der Pastor in Eidsvoll sich durchaus gern unterhielt. Vielleicht wurde er deshalb später zu einer Weihnachtsgesellschaft mit Theateraufführung eingeladen und durfte seinen Neffen mitbringen.
Deshalb. Deshalb hatten die gleichaltrigen Jungen einander kennengelernt. Deshalb hatten sie sich später als junge Männer unterhalten können, auch wenn der eine vor allem den Worten des anderen zugehört hatte.
Der Poet machte schon früh sein Abitur, erzählte Michel. Dann studierte er, Theologie und Geschichte. Und dichtete.
Er hat die ganze Zeit gedichtet, sagte Michel.
Seine Augen leuchteten. Plötzlich verstand Brenda, dass dieser Eifer, den sie allein auf die Freude über die schönen Verse des Dichters zurückgeführt hatte, vor allem einer Frau galt.
Wir waren sogar verlobt, erzählte Mandel. Der junge Wergeland hatte uns geholfen. Sein Vater sollte uns dann trauen.
Er seufzte.
Sie war so zart, sagte Michel. Fast durchsichtig. Wie ein Zweig, der ganz leicht brechen konnte.
Brenda fuhr ihm abermals über die Hand.
Ihre Haare waren hell, wie deine, sagte er. Und die Augen. Sie ähnelten deinen. Als wir draußen in der Prärie waren, da ging mir auf … mir ging auf, dass du genauso scheu warst. Verstehst du, dass ich dich lieben musste?
Du liebst sie. Im Dunkeln rufst du nach ihr.
Im Dunkeln?
Seine Stimme veränderte sich, und er riss seine Hand zurück.
Belauschst du mich etwa?, rief er. Wenn ich im Schlaf spreche? Im Traum? Wie eine Spionin in meinem eigenen Bett!
Nicht doch, rief er. Du bist nicht wie sie … nicht scheu und zart. Nein, niemals wie sie, nie!

Dann schlug er sie.
Er schlug seine Frau ins Gesicht, und sie fiel rückwärts auf das Lager. Der Schlag war nicht hart. Sie blutete nicht. Es war trotzdem ein Schlag gewesen.
Dann schwiegen sie beide. Sie lagen Rücken an Rücken da, lange noch wach, und starrten aus trockenen Augen in die Dunkelheit.

# *Das 15. Wisconsin nimmt Insel Nr. 10 ein*

Am 2. März 1862 füllten Wergelands Garde und Oberst Hegs sonstiges Regiment den Bahnhof von Madison, um mit dem Zug nach Chicago und von dort nach St. Louis zu reisen. Es schneite und regnete. Trotzdem wimmelte es auf dem Bahnsteig von Menschen, die Abschied nehmen wollten. In Chicago wurden sie außerdem von der Loge Nora empfangen, einem Verein für norwegische Einwanderer, dessen Frauen für sie eine Fahne genäht hatten. »Für Gott und unser Land« war darauf gestickt. Hurrarufe erschollen, als das Regiment weiterreiste.

Hølje war kürzlich fünfunddreißig geworden, und er kam sich alt vor. Jetzt saß er in einer Ecke des Wagens, in sich zurückgezogen und das Gesicht unter der Uniformmütze, als wolle er schlafen. Aber er schlief nicht. Er dachte an seine Mutter. Er dachte daran, wie sie ihn in den letzten Jahren angesehen, ihn heimlich beobachtet hatte. Er hatte ihn bisher nicht an sich herangelassen, diesen Blick und diese Unruhe in ihr, wenn sie ihn so ansah.

Aber wer ist schon glücklich?, antwortete er in Gedanken auf eine Frage, die niemand gestellt hatte.

War seine Mutter mit seinem trunksüchtigen Vater glücklich gewesen? Oder später mit dem Quäker, der so seltsam kindisch geworden war?

Ja, das wusste er. Gunhild hatte Håvard geliebt. Hølje war sicher, dass die beiden eine Wärme geteilt hatten, von Herz zu Herz. Anfangs war das so gewesen. Und die Wärme war noch in ihnen gewesen, die Liebe, wie ein Kern aus gemeinsamen

Erinnerungen, in Wahrheit, in der Tiefe, auch an schweren Tagen.

Wie zähes Wurzelwerk im Boden, dachte er.

In seiner eigenen Welt gab es nur Pflicht.

Das wusste er seit langem. Aber jetzt kam es in ihm hoch, jetzt ließ er es hochkommen, jetzt hatte er dafür Zeit, und er hatte Distanz.

Signe Connie hatte am ersten Kirchsonntag nach seiner Rückkehr aus Kalifornien vor ihm gestanden.

Er hatte sich nach einer Frau gesehnt, überall in ihm hatte es gerufen, und sie hatte geantwortet. Hier bin ich, schien sie gesagt zu haben.

Sie war lieb und tüchtig, das war nicht das Problem. Das war es nicht.

Alles war in Ordnung.

Alles war in Ordnung, wirklich, und er war so gewesen, wie es sich für einen Ehemann gehörte: treu, fleißig, ohne harte Worte, ohne Trunksucht. So waren die Jahre vergangen. Er hatte Libertys alte Farm übernommen und sie erweitert, er hatte gepflügt und gesät, geerntet und die Ernte zum Markt nach Stoughton gebracht.

Und als er nun hinter Chicago im Zug saß, wartete er auf ein Gefühl der Scham, weil er hier saß und sich von dem abgrenzte, womit der Herr ihn verbunden hatte, denn das tat er, er schuf in Gedanken eine Distanz zu seiner eigenen Frau. Aber stattdessen empfand er Erleichterung.

Mit steigender Erleichterung folgte er der Landschaft draußen mit Blicken. Sie war grauweiß mit einer dünnen Schneeschicht auf den Feldern, sie war gelbweiß in der Prärie, und der Regen fiel, bis er kalt und zu rieselnden weißen Flocken wurde, und dann wurde es wieder milder, und der Schnee wurde zu Wasser. Und als der Zug in Alton am Mississippi hielt, sprang er hinaus, als sei er barfuß und sein Tornister eine Tüte voller Daunen.

Es fehlt ein Mann, wurde gemeldet, nachdem die Kompanie durchgezählt hatte.
Einige der Jungen sprangen wieder in den Zug und liefen durch die Wagen.
Aber Soldat Stark Larson blieb verschwunden, nur sein Gewehr und sein Ranzen waren noch da. Offenbar war er unterwegs aus dem Zug gefallen. Als er das hörte, musste Hølje lachen, und der Sergeant in Wergelands Garde musterte ihn verwundert.
Sie spekulierten weiter über Larsons Schicksal, als sie an Bord des Dampfers gegangen waren, der sie weiterbringen sollte, flussabwärts. Denn wenn der Mann nicht gefallen war, dann musste er gestoßen worden sein. Und dann hielt sich vielleicht ein verkleideter Rebell unter ihnen auf, der sie einen nach dem anderen insgeheim beseitigen wollte. Der Nächste würde sicher in den Mississippi gestoßen werden!
Soldat Hal Tinn hörte nur mit einem halben Ohr zu. Er dachte daran, wie er zuletzt den Blick vom Fluss aus genossen hatte. Damals hatte eine Frau neben ihm gesessen. Er war gewesen wie ein Schwärmer, wie ein Insekt, das sich der Frau näherte und entfernte, sich näherte und entfernte. Er dachte an Enge und Gestank von Tieren und Menschen unter Deck, und er dachte an die Spieler und daran, dass er selbst Geld gesetzt hatte, um eine Geige zu gewinnen, und dass er verloren hatte.
Eine Geige!
Wenn er nur eine hätte!
Es war ein alter Traum. Der kam jetzt in ihm hoch. Der Traum, mit Hilfe von Saiten und einem Bogen schöne Melodien erschaffen zu können. Warum hatte er sich in all den Jahren kein Instrument zugelegt, er hätte es sich doch leisten können? Als er aus den Goldfeldern gekommen war, mit dem in seine Jacke eingenähten Vermögen, einer Jacke, die er fünf Monate lang nicht ausgezogen hatte. Tag und Nacht hatte er diese Jacke

getragen, bei Sonne und bei Regen, dieses seltsame Kleidungsstück mit schmutziger Zeltplane außen und weichem Stoff am Leib. Tausend Kälber hätte er kaufen können, und Viehzüchter werden. Tausend Schafe.

Er hätte Violinen für ein ganzes Orchester kaufen können, er hätte Trommeln und Akkordeons und Flöten und Banjos kaufen können.

In all den Jahren hatte er nicht an eine einzige Geige aus Madison oder Chicago gedacht. Denn er hatte keinen Menschen gehabt, für den er hätte spielen können.

Er hatte die Mutter gehabt.

Das war nicht genug gewesen.

Er hatte die Frau und dann auch die Kinder gehabt.

Wieder wusste er, er müsste sich schämen, seiner Undankbarkeit wegen, weil er eine lebende Frau zu etwas Kleinem gemacht hatte, das nicht einmal eine Geigenmelodie wert war.

So kämpften in Hølje Gedanken und Bilder, während das Boot mit den Unionssoldaten an Winterbäumen und grauem Gebüsch vorbeiglitt. In der Nähe hörte er erregtes leises Gerede, über Larson, nahm er an: Noch immer beschäftigen sie sich mit dem Verschwundenen, und der Sergeant führte das Wort, er hatte mit Heg gesprochen, und der Oberst hatte für jemanden gebürgt, jemanden, der plötzlich so seltsam ausgesehen hatte, nicht mehr missmutig, sondern irgendwie zufrieden mit sich, obwohl er jetzt wieder so düster wirkte wie sonst ...

In St. Louis stiegen sie auf ein anderes Boot um. Hølje dachte daran, wie er zusammen mit Brenda an den Buden in dieser Stadt entlanggewandert war. Bei der Erinnerung an sein Gefühl von Kleinheit, an seine finanzielle Armut damals, an seine Unsicherheit, weil er von der amerikanischen Sprache nur Wortfetzen verstand, krampfte sich im jähen Schmerz eines Augenblickes alles in ihm zusammen. Wie ein Knabe hatte er dagestanden und die Ohren gespitzt, während Brenda mit den

Händlern verhandelt hatte. Wie ein Knecht, der nur tragen durfte, während die Hausfrau …
Unerreichbar war sie ihm vorgekommen, damals in St. Louis, auf der Weiterreise.
Die Soldaten waren unterwegs nach Cairo, Illinois.
Unerreichbar in Independence, wo sie Gewehre gekauft hatten. Von Didriks Chef hatten sie gekauft, während Didrik mit einem albernen Hut draußen gestanden und Kunden angelockt hatten.
Von Cairo aus marschierten die Soldaten nach Missouri. Bald mussten sie sich in Kampfformation aufstellen, und dann eilten sie weiter, denn vor ihnen sollten Rebellen zu finden sein. Das waren sie auch. Aber als sie sahen, wer da auf sie zugestürzt kam, liefen sie davon, verfolgt von den Burschen von Wisconsins 15. Freiwilligen Infanterieregiment.
An diesem Tag gab es keinen Kampf, nur einige Gefangene, die sie mit sich zurück nach St. Louis nahmen.

Am 14. März wurden Oberst Heg und seine Leute über den Fluss nach Columbus in Kentucky gebracht. Sie stießen auf keinen Widerstand und fuhren weiter nach Hickman. Vor dort marschierten sie durch die fremde Landschaft. Als sie eine Eisenbahnbrücke erreichten, steckten sie sie an. Dann zerstörten sie einige Kilometer Schienenstrang, ehe sie zum Mississippi und nach Hickman zurückkehrten.
Ihre erste Schlacht fand in Union City statt. Sie überraschten ein Rebellenlager, machten viele Gefangene, eroberten allerlei militärische Ausrüstung, unter anderem eine Fahne mit der Aufschrift Victory or Death. Die hatte einem Regiment aus Alabama gehört.
Ihre nächste Heldentat war die Einnahme von Insel Nr. 10. Die lag mitten im Mississippi, wie ein Stöpsel zwischen Süden und Norden, auch wenn genug Platz zum Vorbeisegeln bestand. Aber dort standen die Kanonen mit den zielenden Läu-

fen. Den Namen hatte die Insel, weil sie die zehnte im Süden des Ohio-Flusses war. Die Rebellen hatten auf der Insel ein Fort, sie hatten außerdem an Land eine Schanze. Die Unionssoldaten begannen die Belagerung.
Die Tage vergingen, und es kam der Abend des 7. April. Ein Sturm zog auf. Die Soldaten aus Wisconsin füllten ein Flussboot mit flachem Boden mit Baumwollballen und schoben es als Deckung vor ein Boot mit Schützen. Sie lagen im Norden der Insel und warteten, während ein kleineres Boot mit fünf Mann im Schutz der Dunkelheit gegen den Strom auf die Insel zutrieb. Die Soldaten enterten die Insel und konnten sechs der kräftigsten Kanonen ausschalten, ehe sie ins Boot sprangen und sich in Sicherheit brachten.
Das nächste Glied im Plan bestand darin, die von der Baumwolle beschützten Schützen zu schicken. Als die sich im Süden der Insel befanden, eröffneten sie das Feuer. Die Konföderierten antworteten. Aber es war ein Ablenkungsmanöver von Seiten der Union, der Hauptangriff erfolgte von Norden.
In dieser Nacht eroberte das 15. Wisconsin einhundertsechzig Kanonen, etliche Dampfer, eine Menge schwere Artillerie. Sie nahmen das Fort mit allem ein, was sich dort befand, dazu die Schanzen am Ufer des Festlands. Die Gefangenen gingen in die Tausende.
Die Norweger hatten alles richtig gemacht, schnell und still und fast unsichtbar, bis sie losgedonnert hatten. Danach schlugen sie einander auf die Schultern. Sie aßen den Proviant des Feindes und genossen die Getränke des Feindes. Sie konnten Waffen und Ausrüstung des Feindes inspizieren. Was konnte denn leichter sein als die Kunst des Krieges!
Bald tauchten ehemalige Sklaven auf, die zu erzählen wussten, dass die Rebellen sich in unterirdischen Gängen und Höhlen auf der Insel versteckt hatten. Und dass sie im Schutze der Nacht an Land gehen wollten.

Aber hatten sie denn Boote?
Nein, denen helfen Kleinbob und Großbob, erzählten die Schwarzen.
Little Bob Thompson war Fährmann. Sein Vater half ihm beim Übersetzen der Soldaten. Jetzt waren sie entlarvt, und der Sohn kam ins Gefängnis.
Aber die Eroberer wurden krank. Viele bekamen Durchfall auf Insel 10. Und es kam zu Fällen von Nervenfieber oder Typhus. Dazu gab es kleinere Ausbrüche von Masern und Tuberkulose. Die Truppen hatten Sanitäter bei sich, aber das half nicht sehr, denn auch die Sanitäter konnten ihren Mageninhalt bald nicht mehr bei sich behalten, oder ihre Augen glänzten vor Fieber, und sie vergaßen, warum sie hier waren. Außerdem waren es viel zu wenige.
Hundertzweiundsechzig Mann erkrankten von den an die achthundert, die Camp Randall bei Madison verlassen hatten. Zweiundvierzig starben auf der Insel. Sechsundvierzig waren so geschwächt, dass sie nach Hause geschickt werden mussten.
Hal Tinns Kompanie lag auf dem Festland, nah am Ufer, und hier blieben viel mehr gesund als auf der Insel. Sie schliefen in großen Zelten. Tagsüber konnten sie Briefe nach Hause schreiben. Einige Soldaten verfassten dazu Berichte für norwegischsprachige Auswandererzeitungen. Bald kamen frische Zeitungen und brachten Artikel über die siegreiche Eroberung einer Insel.

Es gab nun zwei Fronten im Bürgerkrieg, eine im Osten und eine im Westen. Im Westen drehte sich der Kampf um die Kontrolle über den Mississippi. Im Osten ging es darum, das Hauptquartier des Gegners zu erobern. Washington, D. C., gegen Richmond. McClellan gegen Johnston.

General George McClellan war der Oberkommandierende der Unionsarmee. Er dachte vorausschauend, er arbeitete detailliert und gründlich. Er träumte davon, die Truppen des Feindes in Virginia zu schlagen, am Fluss Potomac, davon, sie in einer einzigen Schlacht aufzureiben. Er brauchte und bat um viele, viele Männer. Er ließ Brücken, Eisenbahnlinien und Straßen bauen. Er ließ zudem Washington befestigen, er verlangte, dass um den Amtssitz des Präsidenten sechzig Forts zu errichten seien. Das alles brauchte seine Zeit. Lincoln war verzweifelt; er wünschte sich eine rasche Entscheidung.

Im Frühjahr 1862 erzielte die Union Fortschritte. Der wichtigste war die Kapitulation von New Orleans. Die Stadt ergab sich am 24. April nach einem Marineangriff. Außerdem verloren die Südstaaten Nashville, Tennessee und die Kontrolle über den Mississippi sowie große Teile von Missouri. Allein in der Schlacht von Shiloh wurden sechzehntausend Verwundete registriert. Shiloh war eine kleine Holzkirche im Wald, in der Nähe von Pittsburgh Landing. Der Name stammte aus der Bibel. Er bedeutet »ein Ort, wo Friede herrscht«.

In diesen Monaten schien das Glück auf Seiten der Union zu stehen, auch wenn die Anzahl von Verwundeten und Toten auf beiden Seiten entsetzlich hoch war, höher sogar noch bei denen, die aus dem Norden vorrückten.

Aber dann wurde der Oberkommandierende der Südstaaten ausgeschaltet. Er wurde schwer verletzt. Im Mai übernahm Robert E. Lee die Verantwortung für die konföderierte Armee.

Am Mississippi feierten Wergelands Garde und die anderen Norweger den norwegischen Nationalfeiertag, der dem Kampf gegen die Union mit Schweden gewidmet war. Am Morgen wurden aus dreizehn Kanonen Salutschüsse abgegeben. Dann gab es auf dem zu Tennessee gehörigen Ufer einen Umzug. Aus Cairo, Illinois, war Bier geholt worden, und abends wurde gefeiert.

Es wurde ausgiebig gefeiert. Manche fingen an, im Suff herumzulärmen. Am Ende wurde eine Handvoll Soldaten aus der A-Kompanie, St. Olafs Gewehre, in den Arrest gesteckt. Gerüchte wollten wissen, dass sie erschossen werden sollten.

Und das Regiment zog weiter nach Süden und ins Innere des Staates Tennessee.

Soldat Hal Tinn machte einsame Spaziergänge, wenn er keine Wache hatte. Er dachte an Brenda.

Er befolgte seine dienstlichen Befehle, aber in Gedanken war er anderswo. Und zwar in Salt Lake City, zusammen mit Brenda.

Er dachte daran, wie sie in seine Arme gesunken war. Ein Mormone hatte sie angesehen und offenbar etwas gesagt, etwas, das sie so getroffen hatte, dass sie schluchzte und zitterte. Und er hatte sie in die Arme genommen, und sie hatte ihn gewähren lassen.

So nah. Damals.

Er hatte keine Ahnung, was der Mormone so Schreckliches gesagt hatte. Er hatte niemals zu fragen gewagt.

Aber er selbst musste in Tennessee doch ein Kind gewesen sein, warf er sich nun vor. Ein unreifer Jüngling, der die Frau nicht festgehalten hatte, als sie sich in ihrer tiefen Verzweiflung gerade ihm zugewandt hatte.

Als er eines Tages in tiefen Gedanken an fremden Feldern vorbeiging, wurde er vom Ruf seiner Kameraden geweckt. Sie hatten Proviant gesucht, viele Farmer waren geflohen. Jetzt hatten die anderen eine Schafherde gefunden. Bald waren die Tiere geschlachtet und verzehrt.

Sie war damals eingeschlafen, Brenda, das wusste er noch, nachdem der Mormone mit den seltsam gelben Augen sie angesehen hatte, sie war an seiner Brust eingeschlafen. Es war auf dieser langen Wanderung noch einmal geschehen, dass sie sich an ihn gelehnt und zitternd ein- und ausgeatmet hatte, ehe ihr die Augen zugefallen waren.

Welche Frau tut so etwas?

Eine, die liebt.

Damals hatte er gehofft und sich gesehnt und war verzweifelt.

Jetzt sah er es. Denn es gab noch mehr.

Es gab Blicke, die sie gewechselt hatten. Wie damals, als sie am Humboldt-Fluss entlanggewandert waren, diesem Fluss, der im Sand verlief, denn wenn sie einander nicht über die Köpfe der anderen hinweg angesehen hätten, hätte er nicht das Gefühl bekommen, dass sie dasselbe dachten, über die Hitze, über den Sand, über die anderen, die fluchten und schimpften ... Und ihre Blicke waren einander in der Gewissheit begegnet, dass sie vom Federvolk beobachtet wurden, und das wurden sie auch, während sonst niemand die Zeichen bemerkt hatte ...

Hølje hatte diese Wachheit über das Meer mitgebracht, aus Atrå und Telemark. Er hatte sie von seinem Vater geerbt. Denn es hatte eine Zeit gegeben, in der sein Vater noch nicht getrunken und geflucht hatte. Sein Sohn hatte jene Zeit fast vergessen. Aber jetzt stieg sie in ihm auf, als er mit Waffen und Tornister an fremden Maisfeldern vorbeiwanderte, oder in der Freiwache. Sein Vater hatte ihn an der Hand genommen und war mit ihm unter schweren Bäumen zu den Bergen hochgewandert. Hörst du, Junge! Das ist der Mäusebussard. Das sind Luchsspuren. Bleib stehen und mach die Augen zu. Hör zu! Hör zu; was hörst du jetzt?

Den Bach, Vater. Das Sickern über den Steinen. Das Rauschen, Vater, des Windes.

Und es stieg in ihm auf wie ein Glück mit bitteren Einsprengseln, eines Morgens, als er ein Stück vom Lager entfernt sein Wasser abschlug, denn plötzlich fühlte er sich beobachtet,

fühlte, dass der Vater es in diesem Moment genauso gespürt hätte wie er. Und auch Brenda hätte es gespürt.
Ein entlaufener Sklave stand hinter den Maispflanzen und starrte ihn an.
Schon auf Insel Nr. 10 hatten sie sie zu sich genommen und ihnen bezahlte Arbeit gegeben. Jede Kompanie hatte jetzt einen schwarzen Koch. Oberst Heg hatte einen eigenen schwarzen Diener, den er hübsch anzog und gern vorzeigte.
Der sieht aus wie ein Affe, hatte jemand lachend gesagt.

# *Ein Mund voller Gras*

Gustav, geboren in Biri, der jüngste Bruder von Didrik, Marte und Oskar, befand sich noch immer in Fort Snelling in der Nähe von St. Paul und Minneapolis im Staat Minnesota. Er war müde und hatte von Eiterbeulen hinterlassene Narben. Die anderen hatten geglaubt, er müsse sterben, aber dann hatte das Fieber nachgelassen, und die Beulen hatten sich geleert, eine nach der anderen. Als er wieder zu sich kam, war die erste Abteilung in den Krieg abmarschiert, und Gustav blieb mit dem Kommandanten und einigen wenigen anderen im Fort zurück.

Als Genesender hatte er die schwierige Zeit für die Union und die dann folgenden Siege miterlebt.

Jetzt stand McClellan gegen Robert E. Lee. Und General Lee war ein viel erfahrenerer Soldat und vermutlich auch eine größere militärische Begabung als der andere; mit Lee als höchstem Befehlshaber wendete sich das Glück den Aufrührern zu. Wieder und wieder prallten die beiden Armeen aufeinander, und trotz ihrer zahlenmäßigen Unterlegenheit holten die Konföderierten jetzt die größten Siege.

In Wirklichkeit hätte McClellan in diesem Juni Richmond nehmen und die Sache entscheiden können, das wusste Lee. Aber McClellan traute sich nicht. Er hielt Lees Armeen möglicherweise für größer, als sie waren. Und die Unionsarmee bat immer weiter um Verstärkung. Inzwischen ließ McClellan auf dem Weg zum Schlachtfeld kleinere Forts bauen, als Rückzugsmöglichkeiten. Damit kam Lee in die Offensive. Die Soldaten wurden auf die siebentägige Schlacht zugetrieben, ein einwöchiges Gemetzel nur wenige Kilometer von

Richmond in Virginia entfernt. Insgesamt fielen vierunddreißigtausend Mann. Und Präsident Lincoln musste abermals um dreihunderttausend Rekruten werben.
Gustav fluchte. Er wollte dabei sein, im Kampfgetümmel, beim Vormarsch zum Klang des Signalhorns, er wollte vorstürmen, furchtlos wollte er sie abschießen, die feigen Hunde.
Denn so war es in Snelling: Wenn sie dort tatenlos herumsaßen, dann fluchten sie oft, und oft träumten sie laut von ihrem eigenen Mut. Der Feind bestand aus feigen Hunden, gesetzlosen Rebellen, aufrührerischen Verbrechern. Die meisten anderen Soldaten hatten, anders als Gustav, niemals einen Sklavenhalter gesehen. Also konnte er sie damit unterhalten, was er in den Goldfeldern für Grausamkeiten beobachtet hatte, und er trug dick dabei auf.
O ja, sie wurden jeden Tag ausgepeitscht, ihre Kleidung war vom Blut durchtränkt.
Mussten sie auf allen vieren laufen wie Tiere, die Schwarzen?, wurde er gefragt.
Auch das kam vor, ja. Auf allen vieren.
Aber sie sind doch Menschen?
Es gibt auch Tiere, die auf zwei Beinen gehen, sagte jemand und grinste.
Aber glauben sie an Gott, die Schwarzen?
Gustav nahm das an. Doch, er war sich ziemlich sicher, denn er hatte einen von ihnen einen Choral singen hören. Und als in Coloma ein umherreisender Pastor aufgetaucht war, hatten die Sklaven ganz hinten gestanden und zugehört.
Dann mussten sie Menschen sein, wurde beschlossen.
Und nicht wie die Rothäute, wurde hinzugefügt, von einem Schotten, der Haggis genannt wurde.
Gustav und dieser Haggis mussten den Festungskommandanten nach Fort Ridgley begleiten, wo er mit seinen weiter im Westen stationierten Amtsbrüdern über Präsident Lincolns Versuch diskutieren wollten, neue Rekruten anzuwerben. Sie

fuhren mit dem Dampfer. Gustav hatte eine Weile geschlafen, als sie sich Blikom näherten. Er lag an Deck und hatte die Uniformmütze unter dem Kopf.
Es wurde gerade hell, als sie an Ole Olsons schmalem Anleger vorbeifuhren. Gustav stand auf und reckte sich. Und nun sah er zwei Indianer, die ein Stück hinter dem Boot durch den Fluss wateten.
Das war nicht weiter seltsam, sie machten das oft. Einzelne Weiße nahmen sie wie Freunde auf, das wusste der Soldat, solche wie Bøllog. Aber jetzt war der Mann aus Lesja im Krieg.

Es waren der Indianer Billie und sein Bruder, die mit einem Mokassin in jeder Hand am Nordufer an Land gingen. Sie wischten sich die Füße am Gras ab, ehe sie sie in die Schuhe steckten. Ansonsten trug jeder einen Kittel aus dünnem Fell über seinem Lendenschurz. Die langen rabenschwarzen Haare hingen ihnen glatt über die Schultern, und sie hatten Stirnbänder mit zwei Adlerfedern, was bedeutete, dass jeder zwei Skalpe erbeutet hatte.
Es war ein diesiger Morgen, mit Dunst, der sich über dem St. Peter River und der Landschaft am Fluss auflöste und aufstieg. Noch war die Hitze auszuhalten, und auf den Farmen waren die Menschen schon seit einigen Stunden an der Arbeit. Jetzt rückte die Zeit der ersten Mahlzeit näher, hatten die Indianer gedacht. Sie hatten sich schon lange nicht mehr sattgegessen.
Sie winkten Ferdinand zu, aber der lag vor seinem Schuppen und schnarchte neben einem umgekippten Schnapskrug. Danach machten sie einen Bogen um Ole Olsons Grundstück, denn er bedrohte sie immer mit erhobenem Gewehr. Sie wussten, dass Billies Namensvetter und viele andere Männer aus Blikom zur Armee gegangen waren, und sie wussten, dass die

Frauen sich fürchteten, wenn fremde Männer zu Besuch kamen, denn das hatten sie selbst schon erlebt.
Deshalb war es ein Vorteil, wenn die Männer anwesend waren, aber sie mussten freundlich gesinnt sein. Doch die Frau, die Martha hieß, kannten sie von früher her, deshalb gingen sie zuerst zu ihr. Dort war kein Mensch zu sehen. Das Gras war gemäht, es war zum Trocknen aufgehäuft, das Korn stand noch auf den Feldern. In einem Gehege weideten fünf Kühe.
Sie gingen ein gutes Stück parallel zum Fluss weiter. Der erste Mensch, den sie sahen, war eine Frau mit einem schiefsitzenden Rock, die ins Haus rannte und die Tür verschloss. Der nächste war eine junge Frau, die sich die Haare zu einem braunen Dutt mitten auf dem Kopf gesteckt hatte, mit zwei kleinen Kindern. Auch sie verschwanden im Haus. Gleich darauf sahen sie hinter der Fensterscheibe einen alten Kerl, der ihnen mit der Faust drohte.
Die nächste Farm gehörte einem Mann, den die beiden Indianer das »Insekt« nannten, weil er so einen großen Kopf auf seinen Schultern sitzen hatte. Er war mit dem Skorpion verheiratet gewesen, der anderen in die Brust gestochen hatte, mit einem Besenstiel oder ähnlichen Dingen. Jetzt war die Skorpionsfrau tot, das wussten sie. Das Insekt hatte dann eine geheiratet, die freundlicher war. Sie hatte ihnen Essen gegeben, die freundlichere und außerdem schönere. Deshalb klopften sie an die Tür, aber niemand öffnete. Dann machten sie sie auf und gingen hinein. Und sahen das Insekt. Es saß in einem schaukelnden Sessel und blätterte in dem Ding, das Buch genannt wurde.
Er sah sie mit müdem, grauem Gesicht an.
Sie gingen zu ihm, um ihm die Hand zu drücken. Aber er winkte sie weg wie Fliegen, deren Flugrichtung er ändern wollte. Und er redete in seiner eigenen Sprache auf sie ein, unverständlich für andere.
Es war kein Essen zu sehen, und die beiden Brüder gingen.

Ihr Hunger schien sie von innen zu zerkratzen. Drei Nüsse aus dem Vorjahr. Das war alles. An ebenso vielen Tagen.

Sie endeten bei Mali Jartrud, der Frau des Mannes, den sie Joe-Joe nannten, der Bruder von Indianer-Billies Namensvetter, denn auch dort waren sie einmal freundlich behandelt worden. Vor dem Haus standen einige Kinder und bewunderten ein lockiges Lamm. Eins der Kinder war das Mädchen, das Sol oder Sunshine genannt wurde und keine Sioux war. Und sie vermuteten, dass ihnen bald weitere Frauen begegnen würden, die sie bereits kannten. Sie sahen Martha, und sie sahen die neue und hübsche Insektenfrau und außerdem die Frau von Joe-Joe.
Come in, sagte Mali Jartrud.
Bald war der Tisch gedeckt. Es gab gekochten Fisch und getrocknetes Fleisch, es gab Brot und Butter und Brei. Die Frau, die dort wohnte, betete vor dem Essen, wie es auch der Mann getan hatte, als er noch zu Hause war. Die beiden Gäste vom anderen Ufer schwiegen und aßen, bis Ruhe und Sattheit sie schläfrig und glücklich machten.
Die Frau, die Brenda hieß, sprach in wortreichem und deutlichem Englisch mit ihnen. Sie redete über das Wild, das vielleicht nicht so zahlreich war wie früher.
No.
Ist das für euch ein großes oder ein kleines Problem?
Ein sehr großes, sagte der Indianer Billie.
Das Wild ist aus den Big Woods vertrieben worden, sagte der Bruder.
Es ist nach Westen geflohen, sagte Billie. Wegen der neuen Menschen.
Horden von neuen Menschen, sagte der Bruder. Wagen um Wagen. Farm um Farm. An Bächen und Seen, wo das Wild trinkt. Das Wild hat Angst, es traut sich nicht, bei den Farmen der Menschen zu trinken.

Die traurigen Worte strömten nur so aus ihnen heraus. Sie sprachen darüber, wie schlecht der weiße Vater in Washington sein Wort hielt.

Aber euer Volk hat doch wohl Geld bekommen?, fragte Brenda.

Die Brüder schnaubten: Bah.

Dann erhoben sie sich und nahmen Abschied, und sie nickten besonders Mali Jartrud zu, die ihr Essen mit ihnen geteilt hatte.

Bald hatte der Dampfer mit Gustav und dem in Schottland geborenen Haggis die kleine Stadt erreicht, die nach dem Fluss benannt war. Der nächste Halt war Mankato, wo der Flusslauf eine Biegung machte. Erst am nächsten Tag erreichten sie New Ulm, wo eine große Gruppe Deutscher lebte, danach kam dann Fort Ridgley.

Weiter im Westen am Fluss lagen die Indianeragenturen Redwood und Yellow Medicine, und Gustav durfte sie beide besuchen auf dieser Reise, wo der Vorgesetzte sich immer wieder überlegte, wie viele Soldaten hier gebraucht wurden und wie viele unten im Süden.

Denn die Indianer hatten sich erhoben.

Sie waren zu Tausenden nach Yellow Medicine gekommen, um das ihnen versprochene Geld zu holen. Aber dort gab es kein Geld. Die Regierung brauchte die Mittel jetzt für den Krieg, andere Fragen wurden aufgeschoben. Das Geld würde schon kommen, das sei nicht das Problem, wurde ihnen versichert. Aber die Tage vergingen, und die Indianer hatten nichts zu essen. Vorräte waren vorhanden, in den Lagern, und der Abmachung zufolge sollte ein Teil der Bezahlung für das abgetretene Land in Waren erfolgen. Aber die Agentur wollte alles auf einmal austeilen, Waren und Geld. Während dieser

erzwungenen Wartezeit lagen Mengen von hungrigen Frauen und Kindern und Männern in Tipis, die so dicht bei den Warenlagern standen, dass sie die Schinken fast durch die Wände riechen konnten.
Und nun sagte Kaufmann Myrick etwas, das er vielleicht besser nicht gesagt hätte. Wenn sie Hunger hätten, dann könnten sie doch Gras essen, sagte Myrick.
Haha, lachten die Soldaten, die das hörten. Gras essen. Haha.
Haha, sagte Gustav. Wie die Kühe. Muh.
Die Soldaten in diesen Grenzgebieten mussten dafür sorgen, dass die Siedler vor schleichenden Rothäuten mit Tomahawks sicher waren. Viele fürchteten sich und beklagten sich, denn die Indianer kamen manchmal in die Häuser, ohne anzuklopfen, und dann standen sie einfach da, mit ausdruckslosen Gesichtern, die man nicht deuten konnte. Und sie verstanden nicht, was gesagt wurde. Sie konnten kein Norwegisch und kein Deutsch, sie konnten nicht einmal Amerikanisch. Aber sie kamen auf die Idee, sich bei Fremden ungebeten vor die Breischüssel zu setzen. Und dann konnten die Neusiedler doch nur nicken, damit sie zugriffen, aber war das nicht eigentlich Diebstahl? Die Siedler hatten doch nur so wenig …
Und während die Offiziere diskutierten und die Soldaten das mit dem Grasessen wahnsinnig komisch fanden, kam eine Schar von Santee-Sioux in voller Kriegsbemalung zur Agentur geritten, und hinter ihnen wirbelten die Staubwolken hoch. Sie hatten Federn auf den Köpfen, Trophäen von früheren Morden, sie schwenkten ihre Bögen, und sie schossen in die Luft.
Die Soldaten griffen zu ihren eigenen Waffen, aber die Offiziere zögerten, denn die Indianer kamen nicht zum ersten Mal auf diese Weise, um Angst einzujagen, aber nicht, um Menschen zu erschießen. So war es diesmal sicher auch, sie wollten nur klarstellen, dass sie unzufrieden waren, denn nach einigen Runden mit Schreckschüssen und scharfem Geheul ver-

schwanden sie wieder. Erst später begriffen die Weißen, dass das Ganze ein Ablenkungsmanöver gewesen war, andere mit Füßen in leichten Mokassins leerten derweil die Vorratsspeicher aus. Doch bald hatten die blaugekleideten Soldaten sie verjagt.

Mehrere Offiziere verstanden die Verzweiflung der Indianer. Als sie kurze Zeit später wieder angeritten kamen und Schreckschüsse in die Luft feuerten, wurde Indianeragent Galbraith von einem Leutnant aufgefordert, einige Lebensmittel auszugeben. Galbraith tat, wie ihm geheißen, wenn auch widerwillig, widerwillig, denn es konnte doch nicht richtig sein, sich erpressen zu lassen …

Brenda saß noch eine Weile mit Mali Jartrud zusammen, als die beiden mit Federn geschmückten Männer verschwunden waren, und es tat gut, auf diese Weise eine verstohlene Pause in der Arbeit einzulegen. Sie hatten über den Rest der Ernte im fast männerlosen Blikom sprechen wollen, denn die Frauen halfen einander. Sie sammelten sich an einem Morgen auf dem einen Hof und am nächsten auf einem anderen, und die Kleinen konnten mithelfen, auch wenn sie noch keine besonderen Kräfte besaßen. Mali Jartrud war allerdings die einzige unter den drei Freundinnen, die keinen Mann auf dem Hof hatte. Marte hatte Bernhard Rex Morgan, den entlaufenen Sklaven, der zuerst bei Mandels aufgetaucht war und mit dem Brenda dann weitergeeilt war, um ihm ein Versteck zu verschaffen. Er wohnte in Martes Scheune. Er gehörte zu dieser Gemeinschaft zwischen den Höfen, und das zeigte, was für ein seltsames Geschöpf Brenda zum Mann hatte. Denn Michel Mandel blieb während der Ernte im Haus, als sei er bettlägerig.

Als sie später mit einer Tochter an jeder Hand nach Hause ging, summte Brenda aber doch. Die Einsamkeit, die sie in der letzten Zeit verspürt hatte, im Haus mit Mandel, war diesem anderen gewichen, der Tatsache, dass sie nicht allein war. Sie hatte Mali Jartrud und Marte, sie hatte Tora und die anderen. Sie hatte eine Gemeinschaft von Arbeit und Gespräch und dazu ein respektvolles Schweigen, die anderen sagten kein negatives Wort über den Schulmeister. Gott segne dich, grüßten sie sie, wenn sie sich trafen, und ihre Worte waren erfüllt von Wärme und Verständnis.

Sie hatte Orte, die sie aufsuchen konnte, Menschen, die sie aufnahmen, und das brauchte sie. Als sie als junges Mädchen in Chicago gelebt hatte, hatten die Frauen der Gemeinde hinter Ansgars Rücken gelästert, weil er trank. Später hatten sie Brenda verspottet und vielleicht gehasst, einzelne, in Brendas letzter Zeit in Annies Haus. In den Goldfeldern hatten alle nur an sich selbst und ihr eigenes Glück gedacht, und sie hatten sich verstohlen über die Schulter umgesehen, wenn sie etwas fanden, das gestohlen werden könnte. Auf der Wanderung hatte es Männer gegeben, die allein von einigen kleinen Resten von Anstand und Kinderglauben zurückgehalten wurden, das wusste sie.

Hier in Blikom hatte sie keine Angst davor, von hinten überfallen zu werden. Wenn sie bei anderen etwas zu erledigen hatte und eine Weile unterwegs war, versank sie oft in ihren Gedanken. Oder sie ging einfach nur dahin und existierte, in der Wärme unter Sonne und blauem Himmel, in der frischen Luft nach einem guten Regen, im Duft von Blumen und dem Saft von Bäumen und Büschen, dem der Felder, an denen sie vorbeiging, dem guten Geruch der Tiere auf den Weiden.

Und sie summte, als sie nun weiterging, mit einer Tochter an jeder Hand und mit langsamen Schritten, denn die Kleinste, Rebecca, war erst drei Jahre alt. Esther war ein Jahr älter. Es seien gute Namen aus der Bibel, hatte Mandel gesagt. Und die

Kleinen summten mit ihren hellen Stimmen zusammen mit der Mutter, und die ältere hüpfte ein wenig, denn diese Kunst hatte sie gerade erst von Mali und Sol gelernt.
Ach ja, dachte Brenda. Sie würde die Einsamkeit mit Mandel ertragen. Michel Mandel war nie der gewesen, für den sie ihn gehalten hatte, das wusste sie jetzt. Er hatte niemals ihretwegen getötet, das konnte nicht sein, davon war sie jetzt überzeugt, seit sie erkannt hatte, dass es ihrem Mann an Mut fehlte. Und da müsste sie wohl froh sein, konnte sie sich selbst vorhalten, dass sie nicht mit einem Mörder verheiratet war. Jedenfalls müsste sie zufrieden sein, konnte sie denken, da er sie zur Frau genommen hatte, obwohl Annie behauptet hatte, dass niemand das tun würde.
In der Ehe hatte er ihr die Kinder geschenkt, die sie liebte. Und ein Haus, das Geborgenheit und Schutz gab. Und eine Truhe mit Büchern und Heften, die sie lesen könnte, wenn sie irgendwann einmal die Zeit dafür hätte …
Durch die Ehe war sie zudem eine in einem Kreis von Menschen geworden. Von so vielen klugen und freundlichen Menschen. Wie Oskar und seine Frau, die einen Laden eröffnet hatten. Mitten im Krieg hatten sie das getan, und Oskar hatte gesagt, Gustav müsse für ihn mitkämpfen. Außerdem wollte Oskar bei der Ernte helfen, Brenda zuliebe, hatte er gesagt.
Es sei ja wohl nur recht und billig, dass er seinem Stiefvater helfen wolle, hatte Mandel gemeint, als er davon erfuhr.
Brenda musste bei diesem Gedanken lachen.
Warum lachst du, Mutter?
Das hatte Esther gefragt.
Ich lächele nur, Herzchen. Weil wir es so gut haben.
Die Kleine hüpfte weiter, und Rebecca versuchte es ihr nachzutun.
Außerdem hatte sie Henry William, dachte die Mutter und fühlte sich noch reicher, sie hatte diesen Jungen, der so erwachsen redete. Sie sang jetzt glücklich, stark und freimütig, als sie

am Weizenfeld der Nachbarn vorbeigingen. Unter dem Himmel schossen die Schwalben hin und her, sie flogen über die Häuser, über den Rauch aus dem Wohnhaus zu Hause auf dem Hof – ob Mandel wohl kochte?

Mandel kochte nie.

Und sie kamen auch nicht aus dem Schornstein, die langsamen grauen Wirbel, sie kamen aus der Scheune, und Brenda wurde schneller, sie sang jetzt nicht mehr, sie rannte das letzte Stück, bis sie den Schrei hörte, bis sie zurückfuhr und den Töchtern die Augen zuhielt, bis sie sich hinter einen Busch aus ihrem eigenen Mais und ihren eigenen Kürbissen fallen ließ.

Es war der Vorbläser, der schrie, es war ein wilder, tödlicher Schrei, bis der Schrei von einem Tomahawk abgeschnitten wurde. Brenda sah, wie der Mann zu Boden geschlagen wurde. Sie lag jetzt auf dem Boden, die Arme um die Kinder gelegt, sie lag nur da und schluchzte lautlos, in verständnislosem Wahnsinn; waren die Brüder, die sie eben noch getroffen hatte, für diese Untat verantwortlich? Der, der Billie hieß, und der andere? Aber dort waren noch mehr, drei, sah sie, nein, vier … Sie schloss die Augen, als ob es sie selbst unsichtbar machte, und sie hielt den Töchtern die Hände vors Gesicht. Dann hörte sie die Tiere, einen Ochsen, der schrie, ihr eigener Ochse; sie kannte dieses Brüllen, und sie hörte auch Kühe, wütend klangen sie, als wollten sie die Fremden ausschimpfen. Der Rauch trieb auf Brenda zu, er brannte in ihrer Nase, der Rauch von Feuer, nicht von Kochfeuer, nicht mit dem Duft von Fleisch oder Speck oder Fisch, sondern von Heu und Getreide, von den ersten Ladungen der eingeholten Ernte und von brennendem Holz.

Sie schluchzte und presste den Mund auf den Boden. Sie hatte noch immer die Arme um die Mädchen gelegt, wusste das nicht, wusste nicht, dass sie sie drückte, sie nach unten presste, hörte ihr Wimmern nicht. Sie hörte das Brüllen der Tiere, das

langsam leiser wurde. Sie hörte die knisternden Flammen, das Feuer, das die Bretter erfasste, die, die Agathe Mandel für Geld gekauft und aufgestellt hatte, zu dem Haus, das im Verhältnis zu den Häusern anderer zu groß geworden war, und er hatte es geschehen lassen, Michel Mandel! Ach, Brenda hatte es wohl gesehen, wieder und wieder, wie der Mann sich der herrschsüchtigen Seligen gefügt hatte, wie damals, als Agathe sie in Coloma aus der Hütte gewiesen hatte …
Nein! Keine Vorwürfe machen! Mandel keine Vorwürfe machen. Er war tot.
Was?
Tot. Auf dem Hofplatz. Auf dem Platz vor dem Haus. Vor dem Zaun. Dem nächststehenden. Sie hatten von den Leuten aus Lesja Zäune übernommen, die den Winterschnee sammelten, sie passten zu Mooren und windigen Tälern und auch in die Prärie. Die Zäune auf den Feldern fingen im Winter den Schnee, der schmolz und Feuchtigkeit für die Saat lieferte.
Tot. Sie atmete tiefer und wäre fast eingeschlafen; sie wollte nicht dort liegen und das Unfassbare wissen; die Indianer, sie hatte immer freundlich mit ihnen gesprochen, sie hatte ihnen zu essen gegeben.
Es brennt, Mutter!
Es brannte.
Sie hoben die Köpfe. Sie lockerte ihren Griff.
Unsere Scheune! Und der Stall!
Ole Olsons Haus!
Und unseres.
Sie sprangen auf und gingen auf ihr Zuhause zu, verstaubt und verschmutzt. Die drei gingen Hand in Hand, langsam. Die Hitze traf sie in brennenden Stößen. Zwei Menschen, und nicht nur einer, lagen tot im trockenen Gras. Der Junge lag mit eingeschlagenem Schädel vor der Türschwelle.
Wieder hielt sie den Töchtern die Augen zu. Aber die bissen sie in die Finger, sie rissen sich los und liefen davon.

Die Mutter ging um die Häuser, zum Geschrei und Gejammer der Mädchen, sie ging und sah nach, ob alles verloren war, ob sie noch ins Haus kommen könnten, um Kleider zu retten, Tücher, um den Tod zu bedecken.

Wie im Traum, das wusste sie später. Im Traum durch Flammen und Rauch. Im Traum laufend, während sie auf das Fort zueilten, am St. Peter entlangeilten. Es war ein Überfall gewesen, erfuhr sie später, eine Horde von Indianern hatte geplündert und gemordet.
Brenda und die Mädchen liefen, so schnell sie konnten, während sie etwas hinter sich her schleppten, zwei Bündel in je einer Decke, die eine schwerer als die andere.
Brenda schleppte den Mann, die Mädchen zogen den Bruder, über Stock und Stein, über Moos und Wurzeln. Im Schutz der Büsche am Flussufer. Die Last war schwer, der Weg dauerte seine Zeit.
Seid vorsichtig, jammerte jemand nach einigen Stunden langsamen Vorankommens gen Osten. Es war auf Deutsch gesagt worden. Brenda schaute sich um. Sie sah zwei halbe Köpfe aus dem Wasser ragen, Haare und ängstliche Augen, Nasenlöcher, die sich zeigten und verschwanden, sich zeigten und verschwanden. Eine Frau und ein Mann knieten im Flusswasser, um sich zu verstecken.
Jetzt kamen sie an Land, zitternd und alt. Sie sahen die Mädchen an. Sie sahen auf die Bündel mit den Blutflecken. Sie nickten. Sie wohnten gleich in der Nähe.
Und dann eilten sie zu fünft weiter, im Karren des Paares hinter einem lahmen Gaul.

Wie im Wahn, das wusste sie später. Was sie in dem von Rauch erfüllten Zimmer ergriffen hatte. Nicht das geladene Gewehr. Nur ein Buch. Zum Glück hatte sie zudem den Lederbeutel geholt.

Im Fort bekamen sie Essen und ein Bett. Sie erfuhren mehr darüber, was geschehen war, hörten von dem Funken, der vielleicht durch die Worte dieses Myrick über das Gras-Essen gezündet worden war. Im Fort wimmelte es nur so von verängstigten Weißen, die Söhne und Töchter verloren hatten, die Mütter und alternde Väter verloren hatten, die in eine Schulter oder einen Fuß geschossen worden waren oder die einfach nur von der Angst jener erfasst worden waren, die etwas gesehen oder erlebt hatten.

Michel Mandel und sein Sohn, getauft Henry William, wenn ihm auch zutiefst eingeprägt worden war, dass er ein Henrik W sei, wurden in Mendota in geweihter Erde bestattet. Mali Jartrud nahm Brendas Jüngste auf den Arm, um sie zu trösten. Tora hielt die ältere an der einen Hand, Brenda hielt die andere.

Mali Jartrud hatte einen zwei Jahre alten Jungen verloren. Sie hatte den Kleinen bei der Flucht auf dem Rücken getragen. Der Mann war im Krieg, und andere waren nicht auf der Farm. Sie hatte den Sohn dort begraben, am Brunnen, und mit den Fingern ein Kreuz in die Erde gemalt.

Tora war nur gelaufen, als sie die Viehdiebe entdeckt hatte, ihre bemalten Leiber. Sie war mit dem Sohn an der Hand losgelaufen, war gelaufen, bis sie auf Mali Jartrud gestoßen war, und zusammen waren sie nach Osten geeilt, von Hof zu Hof, und hatten andere unter verängstigten, halberstickten Rufen mitlaufen lassen: Die Indianer kommen!

Die anderen hatten Wagen mit Waffen und Menschen und Wegzehrung gefüllt, hatten angespannt und waren aufgebrochen.

Nur Oddmar Maros aus dem inneren Ryfylke war geblieben, er war gegen jede Gewalt. Deshalb war er nicht in den Krieg gezogen. Deshalb trat er den Roten nicht mit der Waffe entgegen. Denn dann würde der Herr Seine Hand über ihn halten. Er war an diesem Tag getötet worden, zusammen mit seiner

Frau und den Kindern. Der älteste Sohn hatte sich ins Fort retten können.

Gustav wusste später zu berichten, dass auch Kaufmann Myrick ums Leben gekommen war und dass die Indianer der Leiche Gras in den Mund gestopft hatten.

# *Hängen in Mankato*

Brenda und die anderen blieben für die nächste Zeit in Fort Snelling. Um sie herum hörten sie deutsches Jammern und schwedisches Weinen. Und Norwegisch. Eine Frau vom Rande der Big Woods, gleich beim Norway Lake, hatte dasselbe erlebt wie Brenda, Mann und Sohn zu verlieren und zusehen zu müssen, wie Haus und Ernte verbrannten. Die Indianer hatten außerdem Gefangene genommen, Frauen und Kinder.
Bøllogs Marte gehörte dazu. Die Nachricht wurde von einem Halbblutindianer gebracht, dem die Flucht aus einem Lager mit Gefangenen gelungen war. Er wusste nicht, dass Marte Marte hieß, aber er hatte mit einer Frau gesprochen, die eine Tochter von jeder Art hatte.
Hatten sie ihr etwas getan? Hatten sie den Töchtern von jeder Art etwas getan?
Gary Jackson hieß der Mann, der geflohen war, und er wand sich bei diesen Fragen. Er zeichnete Bilder von Indianern, die sich verkleidetet hatten. Denn sie hatten aus den geplünderten Häusern Truhen gestohlen, geschnitzte und mit Rosenmustern bemalte, und viele davon hatten Kleider enthalten. Die Indianer schmückten sich mit diesen Trophäen, sie zogen Frauenröcke und Hauben an, sie wickelten sich in Spitzen und amüsierten sich köstlich.
Und sie trommeln, erzählte Gary Jackson. Als Teil des Siegesfestes. Ein Trommeln, das im Blut lebt.
Brenda hörte es in ihren Gedanken. Den immer wiederholten Rhythmus.
Sie tanzen, sagte Jackson. Und sie gossen sich mit dem ebenfalls gestohlenen Schnaps voll.

Brenda las in seinen Augen, was er sonst noch gesehen hatte, was im Rausch geschehen war, ehe der überhandgenommen hatte. Übergriffe gegen die Frauen.
Nicht viele, sagte er. Aber einige.
Brenda bat ihn zu erzählen, wie er über Sol dachte.
Sie gehört zum Sauk-Volk, sagte der Halbblutmann.
Nicht zu den Ojibwi?
Nein. Die Ojibwi sind Feinde, die Sauk nicht. Die Sauk sind Freunde, sagte Gary Jackson.
Sie sprachen darüber, über die Tanzenden und die Betrunkenen, und er glaubte, dass sie es wussten. Ehe sie betrunken wurden und tanzten. Sie hoben sie in die Luft und schwenkten sie herum, danach die Schwester. Alle beide.
Sol und Mali, sagte Brenda.
Das sind feine Mädchen, sagte Gary. Alle beide. Ich wusste nicht, dass sie Sauk ist. Ich habe es erfahren. Vielleicht werden sie sie also behalten.
Das ist nur eine Frage der Zeit, sagte der Kommandant des Forts. Bald machen wir sie nieder.
Das taten sie. Gustav prahlte damit, wie er das Heidenpack niedergemäht hatte.
Außerdem wurden Gefangene gemacht. Auf dem Ostufer des St. Peter wurde lautstark gefordert: Hängt sie alle!
Das musste der Präsident in Washington entscheiden. Und Lincoln stellte Bedingungen, mitten in seinem Krieg. Nur die, die Zivile getötet oder Frauen geschändet hatten, sollten ihr Leben lassen. Es wurde eine Rechenaufgabe, die neununddreißig ergab. Später wurde noch ein Mann von der Liste gestrichen.
Ihr könnt jetzt nach Hause gehen, meinte der Kommandant. Jetzt kann nichts mehr passieren.
Zu den abgebrannten Häusern?
Es war nicht alles gleich schlimm, manchmal war nur eine Scheune angesteckt worden, und vielleicht hatte der Brand so-

gar noch gelöscht werden können. Außerdem mussten sie sich um das gestohlene Vieh kümmern, jetzt, wo es zurückerobert worden war.
Du kannst bei mir wohnen, sagte Mali Jartrud zu Brenda. Solange du willst. Du mit deinen Mädchen.
Also gingen sie nach Hause.
Und Häuser wurden repariert und wieder aufgebaut, Tiere und Menschen waren noch vor Weihnachten unter Dach. Das hatten sie Männern wie Bernhard Rex Morgan zu verdanken, denn sie bewegten sich jetzt nach Norden, die Schwarzen, mit Hilfe von Organisationen zur Bekämpfung der Sklaverei, und einige erreichten die rasch wachsenden Ortschaften in der Nähe von Fort Snelling, und Kaufmann Oskars Frau hatte zwei Kusinen in St. Paul, mit denen sie korrespondierte.
Am liebsten wären die ehemaligen Sklaven in den Krieg gezogen, aber noch gab es in der Unionsarmee keine schwarzen Truppen. Abraham Lincoln hatte die Sklaverei noch nicht zur Kriegsursache ausgerufen, zu dieser Zeit ging es noch darum, die Union zu retten. Der Präsident fürchtete vielleicht, nicht mehr genug Freiwillige anwerben zu können, wenn die wirklichen Gründe deutlich genannt würden. Diese Furcht war nicht unbegründet, eins der Lieder, die die Nordstaatensoldaten beim Marschieren sangen, endete so: The glorious Union we will restore, the negroes we do not care anything for.
So kamen acht große starke und ein kleiner Mann als Landarbeiter nach Blikom. Sie wurden begleitet von einer Kusine von Oskars Molly und ihrem Mann, damit nichts an eine Sklavenauktion erinnerte, wenn die Arbeitskräfte verteilt würden.
Sie trafen sich alle vor Oskars Laden, wo Kaffee mit Zucker serviert wurde. Es waren einsame Frauen, die Hilfe brauchten, und nichts erinnerte an eine Auktion, als die Norwegerinnen sich hinter Brenda zusammendrängten und ihr flüsternd auf Norwegisch sagten, was sie den Ankömmlingen mitteilen sollte.

Frag sie nach der Reise, ist alles gutgegangen?
Frag sie, ob sie sehr traurig sind, und ob sie vielleicht mit Gewalt von Frau und Kind getrennt worden sind, frag sie, ob …
Nein, nein, nein!
Es war Mali Jartrud, die gegen solche intimen Fragen protestierte.
Hattet ihr eine gute Fahrt von St. Paul hierher?, fragte Brenda.
Yes, ma'am, thank you.
Der Mann von Mollys Kusine schaltete sich mit einer Mischung aus Englisch und Deutsch ein: Was, wenn ihr Norwegerinnen der Reihe nach erzählt, welche Art von Hilfe ihr braucht, dann können die Männer ihr Interesse anmelden?
Brenda übersetzte. Und so geschah es dann.
Frau Kierulf hatte die ganze Ernte ins Haus gebracht, sie brauchte Hilfe beim Dreschen. Außerdem waren im Winter die üblichen Reparaturen zu erledigen. Aber zuerst musste geschlachtet werden.
Brenda wiederholte das auf Englisch. Die Schwarzen wechselten Blicke. Der Kusinenmann mischte sich wieder ein. Was, wenn alle zuerst ihre Bedürfnisse vorbringen, damit die Arbeiter wissen, welche Wahl sie haben? Dann können sie außerdem miteinander darüber reden, wer was am besten kann.
So geschah es also. Und der kleinste Mann landete bei der Frau, die zuerst gesprochen hatte, da Frau Kierulf diejenige war, die von dem Indianerüberfall am wenigsten betroffen gewesen war, eigentlich war sie überhaupt nicht betroffen, sie war nur für einige Zeit mit den anderen ins Fort geflohen.
Brenda bekam einen Riesenkerl namens Jacob Benjamin. Sie gab Mollys Verwandten Gold mit, dafür sollten Bretter für das neue Haus gekauft werden. Eine Woche darauf waren sie da, die bestellten Bretter, und Jacob Benjamin baute das Haus, zeitweise zusammen mit dem jungen Bernhard Rex Morgan, zeitweise mit Oskar in Arbeitskleidung.
Bald schickten die freundlichen Menschen aus St. Paul über

den Wasserweg noch andere Dinge. Korn und Mehl und außerdem Kaffee und Salz und Stoffe, alles Liebesgaben für die Unglücklichen und Beraubten.
Denn es war die Zeit der Liebesgaben: Die Frauen strickten und nähten für die Front, andere sammelten für Ausrüstungsgegenstände und Medikamente für die Armeelazarette. Alle waren bereit, in dieser Zeit der Not und der Gemeinsamkeit zu helfen.

Brenda dankte für die Hilfe. Sie stand aufrecht da. Sie wollte nach dem Tod von Mann und Sohn weiterleben. Die neuen Häuser sahen ein wenig anders aus als die alten, darauf hatte sie geachtet. Aber sie lagen um denselben Hofplatz, auf dem das Entsetzliche geschehen war. Bisweilen durchspülten sie Wogen des Hasses. Sie hatte den Indianern zu essen gegeben. Und zum Dank hatten die Indianer ihren Sohn umgebracht.
Deshalb wollte sie mit Marte nach Mankato reisen, um zuzusehen, wie Martes Vergewaltiger gehenkt wurde.
Brenda hatte es in den Augen der anderen gesehen, die Vergewaltigung, aber anfangs hatte sie nichts gesagt, Bøllogs Marte, darüber, was ihr in der Gefangenschaft widerfahren war, ehe die Soldaten sie gerettet hatten. Erst später kamen die Tränen und das abgerissene Schluchzen, und die Worte über die Scham.

Mankato war innerhalb weniger Jahre zur Stadt geworden, mit breiten Straßen und Stein- und Holzhäusern mit mehreren Etagen. Von Blikom aus waren sie mehr als vierundzwanzig Stunden unterwegs, und sie standen an Deck, als nasse Schneeflocken auf ihren Schultern landeten. Das merkten sie nicht. Sie starrten zum Land hinüber. Sie hielten Ausschau nach Tipis, aber dort waren keine. Sie hielten Ausschau nach Männern mit weichen Bewegungen, in Lederkleidung und mit Adlerfedern. Brenda wusste, wenn so einer den Dampfer

betreten hätte, auf dem sie hier stand, dann hätte sie ihm ein Messer in den Leib jagen können. Aber es kam keiner. Bald gingen sie unter Deck, um ihren Proviant zu verzehren, zusammen mit Martes Bruder, dem Kaufmann Oskar, der jetzt drinnen saß und rauchte und seine Kleidung trocken hielt.
Dann waren sie am Ziel und konnten mehrstöckige Stein- und Holzhäuser an den breiten Straßen bewundern. Sie fanden ein Logierhaus.
Am nächsten Tag sollte es geschehen. Es war der zweite Weihnachtstag. Die beiden Frauen standen Arm in Arm unter Hunderten von anderen. Oskar stand hinter ihnen und schaute über sie hinweg. Auf einem offenen Platz vor ihnen war ein Schafott aufgebaut. Bald wurden die Gefangenen herbeigeführt.
Die hatten sich offenbar schön gemacht, einige hatten sich angemalt, andere trugen prachtvolle Felle. Alle hatten nach oben aufgerollte weiße Kapuzen auf dem Kopf. Marte reckte sich, um den Fremden ansehen zu können, der sie berührt hatte. Er war es, das begriff Brenda, denn Marte zuckte zusammen und packte ihren Arm noch fester. Ein junger Mann. Fünfundzwanzig vielleicht. Er schaute geradeaus, über Menschen und Dächer hinweg. Sie sangen, die Geschmückten, vielleicht ein Lied von Indianern, die wussten, dass sie sterben mussten.
Die achtunddreißig wurden zum Schafott geführt, jeder an seinen Platz. Um die viereckige Plattform standen Fußsoldaten mit aufgepflanzten Bajonetten, zu den Zuschauern hingewandt. Um sie herum ritten Kavalleristen mit gezückten Säbeln. So hielten sie die Menge auf Distanz.
Jedem Sioux wurde eine Schlinge um den Hals gelegt. Ein Offizier ging von Mann zu Mann und zog ihm die weiße Kapuze über das Gesicht. Noch erklang das Lied, jetzt schwächer, durch den Stoff.
Obwohl sie blind waren, konnten Einzelne die Hand ihres Nebenmannes finden und festhalten.

Marte schluchzte auf, sie klammerte sich an Brenda.
Aber, aber, sagte die Freundin. Du musst dir das nicht ansehen.
Einige riefen hasserfüllte Anklagen. Andere brüllten in ungeduldigem Chor: Hang them! Hang them!
Ein Trommelwirbel übertönte Lied und Rufe. Bald hob der Henker die Axt und kappte das Seil, so dass sich die Bodenluken öffneten. Die Verurteilten hingen dort, jeder an seiner Schlinge, für die Ewigkeit zu Eis erstarrt, auch wenn die Gestalten langsam hin und her pendelten. Und die Jubelrufe wurden lauter, in der Menge und unter den Soldaten.

## *Der Gestank des Todes*

Hal Tinn veränderte sich in den Tagen nach Weihnachten; er entwickelte diese ganz besondere Wachheit, die dem Mangel an Schlaf im Inferno des Krieges entsprang. Es war bei den Kämpfen am Stones River. Die begannen am 29. Dezember.

Hølje stand mit eiskalten Füßen in durchweichten Stiefeln da. Seine Jacke war zerfetzt. Darunter zog sich eine Schramme mit geronnenem Blut an den Rändern über seinen Leib, und der Wind blies durch die Löcher im Stoff. Aber daran dachte er nicht.

Neben seinem rechten Bein lag die Leiche eines Soldaten namens Ole. Von den etwa achthundert Soldaten des Regimentes hießen über hundert Ole, das hatte Oberst Heg erzählt, ehe sie vor einer Ewigkeit Madison verlassen hatten. Hølje hatte vorher von dreien gewusst; sie waren aus Stoughton. Ein vierter war Hegs Bruder, er war Quartiermeister. Aber Hølje dachte nicht an die vielen mit demselben Namen, er dachte nicht einmal an den, der jetzt tot an seinem steifen Bein ruhte. Er konnte sich auch nicht daran erinnern, was er damals Hans Christian geantwortet hatte: dass in Amerika vielleicht Billie dem Namen Ole entspräche.

Er dachte an das Schießen.

Es war eine dreigliedrige Bewegung: Laden. Zielen. Und Feuern. Die Bewegung brauchte Zeit. Jeder Soldat hatte seine eigene Tasche mit Einheiten aus Pulver und Patronen. Die Einheiten steckten in Packungen, die sie mit den Zähnen aufrissen. Dabei füllte sich der Mund mit trockenem Pulver, immer nur ganz wenig, aber wieder und wieder, und man kam nicht zum Trinken. In diesen Tagen um Neujahr, mit dem das Jahr 1863 begann, schafften sie es nur, zu laden, zu zielen und zu schießen, um einen Feind zu töten, damit sie selbst das nächste Laden überlebten.

Aber er stand nicht still. Bald spürte er nicht mehr Oles Nähe, sondern die von anderen, Namenlosen. Sie wurden von Sanitätssoldaten geholt, die an ihm vorbeieilten, sie brachten die Leichen zu den Lazarettwagen am Rand des Schlachtfeldes, auch wenn es zu viele Gefallene gab und zu wenige Träger. Hølje sah sie aus dem Augenwinkel, sie hoben jemanden hoch und rannten, sie wurden in den Rücken geschossen und fielen ebenfalls. Oder er sah nur den Feind und das Feuer der feindlichen Waffen. Und er hörte die Befehle. Die hörte er, nicht das Dröhnen der Kanonen, nicht die Schmerzensschreie.

Sie wateten in Leichen. Trotz des kühlen Wetters stieg der Dampf der zerrissenen, geöffneten Leiber den Lebenden ins Gesicht, der Geruch von Eingeweiden und Blut, der Gestank von Angst.

Die Unionstruppen wurden zurückgetrieben. Sie verloren dreizehntausend Mann. Einer davon war Kapitän John Ingemundsen aus Rygge.

Hal Tinn wurde nach dieser Schlacht zum Offizier befördert, zum Korporal, wegen seiner Kühnheit, wurde gesagt. Und weil er überlebt hatte, dachte er, anders als der, der vor ihm in dieser Kompanie Korporal gewesen war.

Aber er war in diesen angespannten Stunden zu einem anderen geworden, er war jetzt kein Eigenbrötler mehr. Er trank Whiskey mit den Kameraden, und er konnte ihnen ins Gesicht sehen und ihnen etwas sagen, vielleicht ein tröstendes Wort.

»Mein Bruder ist tot!«
Es war Bøllogs Handschrift. Der Brief war an die Bauerntochter aus Lesja gerichtet, an Mali Jartrud, die noch immer ein Geschenk besaß, das sie heimlich nach dem Tod eines anderen bekommen hatte, als sie noch ein Kind gewesen war. Es war ihr angehender Schwiegervater gewesen, dem das Bierhuhn gehört hatte, obwohl er das nicht mehr erlebte, weder dass sie sein schönes Trinkgefäß bekam noch dass sie seinen Sohn geheiratet hatte.
Jetzt war er tot, auch der Sohn. Johan Jo aus Blikom und Blikom. Er war in der Schlacht am Champion's Hill gefallen.
Der Krieg hatte abermals eine Wende genommen. Die Nordstaaten hatten bei Gettysburg in Pennsylvania gesiegt, an der Ostfront des Krieges. Die Westfront folgte nur wenige Tage darauf mit dem Sieg bei Vicksburg am Mississippi. Champion's Hill war ein Schritt auf dem Weg nach Westen. Der tüchtige General am Fluss hieß Ulysses S. Grant. Aber Johan Jo war bereits tot.
Mali Jartrud weinte.
»Er hat bis zum Ende tapfer gekämpft.«
Sie sah ihn vor sich, in blauer Jacke und leichten Hosen, wie er ausgesehen hatte, als sie ihm zum Abschied zugewinkt hatte, und mit der runden, flachen Uniformmütze. Er hatte so fesch ausgesehen!
Ein Fotograf aus St. Peter hatte das Bild gemacht, von ihm und dem Bruder und noch anderen aus der Kompanie. Die Männer hatten vorher bezahlt, und die Frauen hatten die Aufnahmen dann später erhalten. Die Witwe küsste das Gesicht im Rahmen, küsste es und weinte.
Was ist los, Mutter?
Nichts, Kind, nichts.
»Er ist dort begraben, wo er gefallen ist. Wir haben einen Pastor bei uns, und der hat gesprochen.«
Begraben auf dem Schlachtfeld. Im Schlamm, dachte Mali Jar-

trud. Denn es war vorher ein Brief an eine andere eingetroffen, über Tod und Beerdigung in einem Moor. Es war grausam zu wissen, dass er irgendwo lag, vielleicht in aller Eile verscharrt, während die anderen nach Feinden Ausschau hielten, die sich von hinten anschlichen; während sie Ausschau hielten und ihre Gewehre luden. Vielleicht an einem Fluss, der über die Ufer treten oder eintrocknen konnte, so dass er wieder zum Vorschein kam; es war nicht auszudenken.
Sie hatte den Brief unter ihrer Kleidung auf dem Herzen liegen, als sie sich dann auf den Weg zu ihrer Schwägerin machte, denn im Brief hatte auch eine Nachricht für Marte gelegen: dass Bøllog am Leben war und dass er jeden Tag an sie dachte.

Bald wurde das 15. Wisconsin der 3. Brigade der Nordstaatenarmee unter der Führung von William Starke Rosecrans einverleibt. Hans Christian Heg wurde Brigadeleiter. Die Heerestruppe aus dem Westen bereitete sich auf eine weitere Konfrontation vor, diesmal mit dem Südstaatengeneral Braxton Bragg. Hegs Brigade war die erste, die den Fluss Tennessee überquerte. Und die Soldaten sangen:

Lincoln rides a grey horse,
Davis rides a mule.
Lincoln is a gentleman,
Jeff Davis is a fool.

Es war Sommer. Es nieselte, und die Männer lachten in den Regen. An den Vortagen waren sie unter brennender Sonne marschiert. Sie waren sich des Sieges jetzt sicher. Sie würden die Aufrührer von allen Seiten her auspressen wie eine Apfelsine.

Eine faule Apfelsine, grinsten sie.
Und Hal Tinn lachte mit den anderen, ein leichtes Lachen im Regen. Und bald hörten die Tropfen auf, und die Wolken wichen. Sie tranken Whiskey und redeten über damals, als sie unter Führung von Bersven Nelson aus Eau Claire bei Insel Nr. 10 zwei Kanonen vom Fluss hochgezogen hatten. Die Heuschrecken fiedelten. Es roch nach nassem Gras und feuchter Erde. Einige spielten mit einem frisch angeschafften Spiel eine Runde Karten; die alten waren vor der letzten Schlacht verbrannt worden. Man konnte nie wissen, und niemand wollte mit einem Kartenspiel in seinem Besitz vor Unseren Herrn treten.
Zeit zum Schlafengehen, meinte Hølje; er war nach zwei Todesfällen durch Krankheit abermals befördert worden.
Und dann lag er da unter der Zeltplane und ließ die Bilder kommen.
Da war Brenda. Es waren jeden Abend dieselben Bilder. Er betete zu Gott um Verständnis, denn sie würden niemals Wirklichkeit werden, nur Traum.
Und er fühlte, dass der Herr verstand und vielleicht vergab, denn alles in ihm war nur gut, wenn er sie sah, Brenda, wenn er sie auf einem Hofplatz sah.
Ein anderer klatschte in die Hände, um eine Mücke zu fangen.
Aber Brenda blieb. Brenda an einem Ufer. Der Schnee verschwand aus dem Bild, das Eis schmolz. Das Wasser kräuselte sich im Hintergrund, es war nicht mehr der Koshkonong-See, sondern etwas anderes, ein anderer Ort.
Er selbst stand im Gras und spielte Violine.

Denk doch nur, Johan Jo.

Brenda drückte die Witwe an sich. Und sie umarmte deren Schwägerin. Sie weinten alle drei und beteten gemeinsam für die Seele des Toten. Jede saß auf einem Schemel, und sie reichten das Buch herum, während sie daraus lasen. Die beiden Gäste trugen Hauben wie in der Kirche, weil alles so feierlich war, die eine Haube war aus geblümtem Stoff, die andere hatte Tupfen, und die Krempen hingen traurig in ihre Stirnen, denn es hatte unterwegs geregnet, und der gestärkte Stoff war schlaff und weich geworden. Aber es passte zu ihrer Stimmung. Am Ende sangen sie Choräle. Danach tranken sie dünnen Kaffee ohne Zucker und fragten sich, wie das alles enden würde, gerade jetzt, wo offenbar auch die ehemaligen Sklaven bald in den Krieg ziehen sollten.

Als sie wieder zu Hause ihrer Arbeit nachging, war Brenda von dem Tod erfüllt, den sie jeden Tag zu verdrängen versuchte. Sie durfte nicht an ihren Sohn denken, aber es schrie in ihr, so dass sie fast zerbarst. Der kleine Körper war so deutlich, als schwebe er in der Luft zwischen ihr und Rebecca, während Rebecca den Boden fegte, und als Esther einige Holzscheite brachte, war der Bruder hinter ihr mit einer größeren Last. Er war bei ihr in der Dunkelheit, wenn sie zu Bett ging, wenn sie die Augen schloss oder sie offen hielt, sein kluger, etwas müder Blick, als trüge er eine Bürde, die die Erwachsenen nicht sehen konnten.

Und sein Lächeln, wenn er diese Lasten endlich vergaß und lächelte, es strahlte wie funkelnder Goldstaub in einem von der Sonne beschienenen Strom.

Henry!

Er lag in der Erde, bei der St. Peter's Church in Fort Snelling. Aber die Töchter lagen hier bei ihr, und sie wurde ruhiger, wenn sie auf ihren Atem lauschte. Das Bild des Sohnes ließ sie los, wenn sie diese beiden Lebenden vorsichtig umarmte und die Wärme der kleinen Körper wahrnahm.

Als sie endlich einschlief, kam ein Traum, den sie noch nie gehabt hatte. Sie stand zwischen ihren eigenen Häusern, und ein Stück weiter stand ein Mann und spielte. Er spielte Geige, und es war schön. Er war Norweger, das sah sie an seiner Kleidung; er trug eine Tracht, wie manche sie mit über das Meer gebracht hatten. Hinter dem Mann stand die Sonne schon tief, und das Licht war grell, sie konnte sein Gesicht nicht sehen. Aber seine Gestalt kam ihr bekannt vor.
Am nächsten Morgen hatte sie den Traum vergessen, aber sie dachte an Hølje.
Er war es, der ihretwegen getötet hatte, er zusammen mit Oskar. Es war Hølje, der getötet hatte, der andere hatte nur blindlings auf Didriks Bauch eingestochen. Denn Hølje war der erfahrenere Jäger von beiden, derjenige, der wusste, wo er treffen musste, damit der Tod sofort eintrat, ohne dass noch Zeit für einen Schrei blieb.
Und in ihr wuchs ein Schmerz heran, der sich zu der vielen Qual gesellte, die sie ohnehin schon in sich trug. Es war Høljes Schmerz. Sie spürte Høljes Entsetzen beim Anblick der erloschenen Fackel in jener Nacht, Høljes hämmerndes Herz, als er darauf zurannte, Høljes Wut, als er begriff.
Hølje. Der immer für sie da gewesen war. Der Feinste und der Klügste.

Der Südstaatenoffizier Leonard de Lilac stand in seinem Staat Georgia und wusste, dass der Feind näherrückte. Seine Uniform war frisch geflickt, und er konnte sich darin stolz fühlen. Seine Stiefel waren unversehrt und blank geputzt, und er konnte darin gut gehen. Er hatte Sieg und Niederlage erlebt. Er hatte an Lagebesprechungen teilgenommen.
Es ging jetzt auf Leben und Tod. Nach Gettysburg und Vicksburg würde eine weitere Niederlage alles zu einer Frage der

Zeit werden lassen. Sehr kurzer Zeit, hatten sie am Vorabend im Zelt befürchtet.
Jetzt hörten sie die Trommeln von beiden Seiten, von vielen Regimentern, und Signalhörner erklangen, manche heller und schärfer im Ton als die anderen. Bald quollen sie einander entgegen, die Armeen, von beiden Ufern des Chickamauga, in einem bewaldeten Gebiet ein wenig südlich von Chattanooga, und Leo de Lilac und seine Männer waren bereit.
Wie Löwen, hatten sie vorher gesagt.
Leo's Lions, hatten die Soldaten gejubelt.
Schnell und geschmeidig, mit der Aufmerksamkeit und dem scharfen Blick des Löwen.
Yes, Sir!
Beide Seiten verfügten über rund fünfzigtausend Mann, auch wenn noch nicht alle Nordstaatler in Stellung gegangen waren, als die Rebellen angriffen. Die Konföderierten setzten über den Fluss und stürmten auf den Feind zu, und Leo's Lions waren unter den Ersten. Sie schossen und sie töteten. Sie waren von Zorn erfüllt, diese Männer, wie nach einer schmählichen Beleidigung; die Blauen hatten hier nichts zu suchen. Es war ein schöner Wald im Südstaat Georgia. Hier wollte man friedlich zwischen den Bäumen reiten, vielleicht auf Jagd gehen, vielleicht auf dem Fluss einen Sonntagsausflug machen, aber nicht herumtrampeln und alles an sich reißen.
Sie gingen an diesem Tag ohne Furcht voran, Leos Männer, und die feindlichen Soldaten fielen. Das sahen sie, das prägten sie sich ein, gefallene Feinde, nicht ihre eigenen Gefallenen, sie wollten an diesem Tag ihre eigenen Toten nicht zählen, darum sollten die Sanitäter sich kümmern.
Die Angriffe wogten durch den Wald, hin und her, Stunde um Stunde. Es war entsetzlich.
Noch waren nicht alle Nordstaatensoldaten eingetroffen, und der Oberkommandierende ihrer Armee, General Rosecrans, hatte seinen Untergebenen unklare Befehle erteilt.

Heg und seine Männer waren bei den Ersten, die an diesem Tag ein wenig an den Rand gerieten. Als sie sich Rosecrans' Hauptquartier näherten, wurden sie zu einem in der Nähe gelegenen Gut geschickt, dem der Familie Viniard. Von dort aus sollten sie die linke Flanke des Feindes angreifen. Aber der Feind war nicht da, wo er ihnen angekündigt worden war.
So hätte es sein sollen: Die Brigaden von Heg und Carlin sollten eine verletzliche Flanke angreifen. Aber sie stießen auf sehr viel mehr.
Das 15. Wisconsin war das kleinste Regiment in Hegs Brigade. Von den ursprünglich über achthundert Soldaten waren nur noch hundertsechsundsiebzig übrig. Jetzt brachen sie sich einen Weg durch Gestrüpp und Bäume, über eine Felskuppe und durch eine Senke. Dann knallte es. Hundert Meter weiter war der Feind in Stellung gegangen. Ein Buchdrucker aus Bergen war sofort tot. Später erlitt Henry Nikolai Hauff aus Sandeford dasselbe Schicksal. Anders Urnæs aus Sogn trug die US-Flagge des Regimentes, er wurde von einer Kugel in die Brust getroffen und fiel. Der einfache Soldat Jens Hanson aus Namsos stürzte hin und rettete die Flagge. Deshalb wurde er später zum Ehrenkapitän ernannt.
So ging es Stunde um Stunde weiter. Bald hatten sie das Gut der Viniards fast erreicht. Bald standen sie im Maisfeld, bald bei einem kleinen Schulhaus am Waldrand. Hans Christian Heg ritt an der Frontlinie hin und her, um seine Brigade beisammenzuhalten. Es war brutal und chaotisch. Die Konföderierten waren in der Überzahl, und sie behielten an diesem Tag die Oberhand. Aus jedem Regiment flohen Männer, auch aus dem norwegischen. Schließlich kämpften nur noch die tapfersten und diszipliniertesten.
Die Reste des 15. Wisconsin wurden in der Dämmerung zurückgeschlagen.
Im Rauch und in der aufziehenden Dunkelheit verwechselten andere Nordstaatensoldaten sie mit dem Feind, und so kamen

sie unter doppeltes Feuer. Das Regiment stand vor dem Zusammenbruch, aber Heg wollte sich nicht geschlagen geben. Im offenen Gelände vor dem Gut der Viniards ritt er zwischen seinen fliehenden Männern umher und beschwor sie weiterzukämpfen.
Da wurde er getroffen. Am nächsten Tag erlag er seinen Verletzungen, dreiunddreißig Jahre alt.

General Rosecrans wurde nach der Niederlage bei Chickamauga von seinem Kommando entbunden. Ulysses S. Grant wurde zum Oberkommandierenden aller Nordstaatentruppen im Westen befördert. Und nun fand der Krieg zwischen den Generälen Lee und Grant statt.
Unteroffizier Hal Tinn gehörte zu den wenigen in seinem Regiment, die keine ernsthaften Verletzungen davongetragen hatten. Offizier Leonard de Lilac war ebenfalls unversehrt – und jubelte mit seinen jungen Löwen.
Die beiden Männer trafen einen guten Monat später wieder aufeinander, in der Schlacht von Chattanooga. Die Reste des 15. Wisconsin waren einer Brigade unter dem Kommando eines deutschgebürtigen Generals einverleibt worden. Unter dem Oberkommando von General Grant siegten die Männer der Union.
Leonard de Lilac geriet in Gefangenschaft.
Hal Tinn wurde von einer Kugel in den Kopf getroffen, starb aber nicht. Er blutete, bis das Blut gerann und versiegte. Er versank in einem Krankenhaus in der eroberten Stadt in einen unruhigen Schlaf.

Und ein weiteres Mal kam der Traum zu Brenda, der von dem Mann, der auf ihrem eigenen Hofplatz Geige spielte. Sein Gesicht war jetzt deutlich, als gehe die Sonne hinter ihm unter. Es war Hølje. Natürlich war er es.
Ihr Herz wurde schwer, als habe sie es immer schon gewusst. Hatte sie es nicht außerdem Mary versprochen? Mary mit dem Puppentheater und dem Böhmen.
Brenda erinnerte sich an den Tag, als die Vorstellung in Chicago stattfinden sollte, die, die sie niemals vollendet hatten. Junge Mädchen waren sie gewesen, und durch ein Loch im Bühnenvorhang hatten sie kichernd den Jungen Hølje beobachtet.
Ich dachte, den kriege ich einmal, hatte Mary gesagt. Aber so lange werde ich nicht mehr leben.
Dann muss er eine andere bekommen, hatte Mary später gesagt, als sie schon krank gewesen war. Eine, die auf ihn aufpassen kann. Denn er hat genauso viel Angst vor all dem Fremden in diesem großen Land wie ich, als ich hergekommen bin. Du musst alles mit ihm teilen, was du weißt. Dann wird er im Gegenzug auf dich aufpassen. Versprichst du's?
Niemand kann einer, die Blut hustet, ein Versprechen verweigern.
Aber er war ein Kind gewesen, das hatte Brenda gesehen, als sie ihn im Schnee in der Koshkonong-Prärie gefunden hatte, um ihm nach Marys Tod die Mundharmonika zu bringen. Später, als er gekommen war, um sie zu fragen, ob sie mit in den Westen gehen würde, war er erwachsen, aber da war es zu spät gewesen, denn nun war sie eine andere geworden in Annies Haus.
Trotzdem waren sie füreinander da gewesen, auf einem Kanalboot in Chicago. Auf dem Flussboot auf dem Illinois. In der großen Stadt St. Louis. Auf der langen Wanderung und beim Goldfluss. Bis zum Bruch. Weil Brenda nicht geglaubt hatte, sie könne das Recht haben, einen Mann zu heiraten.

Wo mochte er jetzt sein?
Sie sah ihn vor sich wie im Traum. Erwachsen und stark. Den Hut in den Nacken geschoben. Die letzten Strahlen der untergehenden Sonne in den braunen Locken.

Hier ist nichts mehr zu machen, sagten die guten Helferinnen im Krankenhaus.
Hølje war bei Bewusstsein. Er sah die Menschen vor sich, sah, dass sie besorgt waren. Er hatte eine Kugel im Schädel. Eine Kugel, die ihn eigentlich sofort hätte umbringen müssen und die niemand aus ihm herausholen konnte.
So war es. Er lebte mit etwas Fremdem in seinen Gedanken. Die Wunde war noch nicht verheilt, noch trug er einen Verband. Sie wollten ihn nach Hause schicken. Er würde nicht weiter kämpfen können, und niemand wusste, was mit der Kugel geschehen würde. Vielleicht würde sie sich ruhig verhalten. Vielleicht würde sie sich bewegen. Sie konnten es ihm nicht sagen. Sie konnten ihm auch nicht sagen, ob er beim Schlafen den Kopf auf die eine oder auf die andere Seite drehen sollte.
Sie konnten ihm gar nichts sagen, außer good luck.
Sie drückten ihm vorsichtig die Hand und lächelten, als wollten sie um Entschuldigung bitten. Dann ging er zwischen Blutigen und Verletzten, Jammernden und Sterbenden fort vom Gestank und hinaus an die Luft. Er wurde mit Pferd und Wagen transportiert. Dann wurde er auf ein Boot gebracht. Noch später saß er in einem Zug. Er sollte nach Hause, wo war zu Hause?
Er döste vor sich hin. Und die Bilder kamen.

Sie fanden einander in Madison. Brenda und Hølje.
Brenda war aufgebrochen, um ihn in Koshkonong zu suchen; sie hatte sich vorgestellt, dass er dort bei seiner Mutter Gunhild wohnte.
Sie wollte ihn finden und ihn nach Blikom holen. Denn ein solcher Traum, der immer wieder zu ihr kam, hatte etwas zu bedeuten. Es musste der liebende und verzeihende Gott sein, der sie zum Handeln aufforderte.
Die Töchter waren bei Marte. Sol und Mali waren jetzt groß und tüchtig, zwölf Jahre waren sie schon, und sie kümmerten sich um Rebecca und Esther.
Sie fanden einander im Bahnhof, Brenda und Hølje, im Bahnhof von Madison, wo Hølje aus dem Zug taumelte und sich fragte, ob er zu weit gefahren sei.
Es war im November. Zwei Tage zuvor hatte es geschneit. Jetzt war klares Wetter, und Hølje hatte die Sonne im Rücken, als er stehen blieb und sich verwirrt umsah, und die Strahlen ließen seine Locken aufleuchten.
Brenda sah erst später, dass sein Haar trocken und schmutzig war, dass seine Locken ungepflegt und verfilzt waren. Zuerst sah sie nur seine Gestalt, wie im Traum, breitschultrig und erwachsen, und sie lief mit offenen Armen auf ihn zu wie eine Ehefrau oder eine Verlobte.
Hølje!
Er hatte seinen Ranzen unter dem Sitz liegen lassen. Das fiel ihm ein, ehe es wieder verschwand, denn der Tornister war nicht wichtig, er bedeutete nichts. Was etwas bedeutete, war, dass *sie* dort war, Brenda!
Sie kam ihm entgegen. Er sah sie kommen, sah, dass sie lächelte, wie Frauen das können, wenn sie lieben. Sie liebte ihn! Das sagte ihr ganzes Gesicht.
Hølje!
Er trat ihr entgegen, in einem letzten Schritt, er sank gegen ihren Mantel, in ihre offenen Arme, sein Mund lag an ihrem

Kopf, ihrem Hals, ihrer Wange, aber seine Knie gaben unter ihm nach.
Er befand sich im Traum. Sie hielt ihn im Arm, wie er sie in der Salzstadt der Mormonen im Arm gehalten hatte, und er nahm den Duft von Tannennadeln und Harz wahr, wie in Tinn. Dort waren sie, in seinem Traum, das sah er jetzt, dort, wo er geboren war, in Telemark und Norwegen, und er seufzte, während er Geigenklänge hörte.
Brenda sah es erst, als er in sich zusammensackte: seine Kleider, eine zerfetzte Uniformjacke, die Stiefel mit den klaffenden Löchern, und das unter der Mütze, einen Verband, steif vor Blut und getrocknetem Eiter.
Ich wusste, dass du es warst.
Das flüsterte sie. Und sie meinte damit viel mehr als das, was er mit Didrik gemacht hatte.
Wusste, dass du es warst.
Er hörte diese Worte, was wusste sie? Dass er spielen gelernt hatte, dass er spielte, dass er die Töne schuf, die die Luft vor einem Gut zwischen hohen Bäumen füllte?
Sie streichelte sein Gesicht.
Er atmete nicht mehr.

Ist das nicht Hal Tinn?, wurde gerufen.
Jemand kannte ihn, aus einer anderen Welt als Brendas.
Er ist tot, konnte sie noch sagen. Er ist zusammengebrochen. Ich habe ihn aufgefangen.
Dann lag er in einem Wagen, der zu einer Kriegerwitwe in Koshkonong unterwegs war. Aber Brenda fand ein Gasthaus. Abends spielte sie Whist mit drei Schwestern. Sie sagten nichts über den Krieg. Sie sprachen über Kühe. Sie hatten fünfzehn, die Schwestern, in einem Stall hinter dem Gasthaus. Sie machten den besten Käse der Gegend, sagte ihr Bruder, der plötzlich da stand.
Er war köstlich, dieser Käse.

Sie verrieten ihr auch, womit sie ihn so gut machten.
Versuch es selbst mal, forderten sie auf.
Brenda dachte auf der Rückfahrt daran. An den Käse. Das Rezept. Sie dachte nicht an den Tod, daran durfte sie nicht denken. Sie zählte die Namen der sechs Kühe auf, die sie selbst hatte, zu Hause in Blikom.
Und sie sah den Hofplatz zwischen ihren Häusern vor sich, und den Gürtel aus Sträuchern am Flussufer ein Stück weit unterhalb, und ihr ging auf, wie schön es war. Wunderschön war es, mit dem Schnee über den Feldern, funkelnd weiß. Wunderschön im Sommer, mit dem vielen Grün, mit dem wogenden Korn. Sie sah keinen Mann, der Geige spielte, sie sah ihre spielenden Töchter. Und sie seufzte.

# *Personengalerie*

*Brenda:* Tochter des Quäkers Håvard und von Elise (Alice), geboren 1826 am Ontario-See im Staat New York

*Hølje (Hal Tinn):* Sohn von Gunhild, geboren 1827 in Tinn, Norwegen, durch die Ehe zwischen Håvard und Gunhild der Stiefbruder Brendas

*Leonard de Lilac:* Sohn von Alice (Elise) und Francis de Lilac, Halbbruder von Brenda, geboren 1833 in Savannah, Georgia

Die Brüder *Bøllog (Billie)* und *Johan Jo* aus Lesja, Norwegen, geboren um 1830

*Agathe Mandel,* geboren um 1805 in Biri, Norwegen

*Didrik,* Sohn Agathes aus erster Ehe

*Marte (Martha),* Tochter Agathes aus erster Ehe

*Oskar,* Sohn Agathes aus erster Ehe

*Gustav,* Sohn Agathes aus erster Ehe

*Michel Mandel,* Agathes zweiter Ehemann

Toril Brekke

# *Elises Traum*

Roman

Wer waren diese Männer und Frauen, die 1825 von Norwegen nach Amerika auswanderten? Welche Hoffnungen trieben sie dazu, ihre Heimat zu verlassen, um eine gefährliche und strapaziöse Überfahrt in ein unbekanntes Land zu wagen?
Nach Jahren in englischer Gefangenschaft kehrt der junge Håvard nach Norwegen zurück, doch erst als er der Dienstmagd Elise begegnet und sich bedingungslos in sie verliebt, findet er wieder Halt. Elise fristet zusammen mit ihrem unberechenbaren kranken Bruder Ansgar ein geduldetes Dasein bei hartherzigen Verwandten. Als Håvard um ihre Hand anhält und sich Ansgars Vertrauen verdient, wagen sie den Neuanfang. Mit dem nächsten Schiff wollen sie nach Amerika auswandern und die Vergangenheit hinter sich lassen. Schon bald ist der Tag der Abreise da: Elise und Ansgar stehen erwartungsvoll an der Reling und warten auf Håvard. Doch das Schiff legt ohne ihn ab, und Elise kann es nicht glauben, dass sie diese ungewisse Reise ohne ihren Ehemann antreten muss. Jahre der Hoffnung werden vergehen, bevor sich ihre Wege wieder kreuzen.

Droemer

Torkil Damhaug

# *Die Bärenkralle*

Thriller

Mitten in Oslo werden innerhalb kürzester Zeit drei Frauen auf bestialische Weise ermordet. Kommissar Viken steht vor einem Rätsel, denn die schweren Verletzungen deuten auf den Angriff eines Bären hin. Doch wann hat man das letzte Mal von Bären in der Stadt Oslo gehört? Dann entdeckt der Kommissar, dass der beliebte Arzt Alex Glenne alle Toten kannte. Ist Glenne ein geisteskranker Serientäter? Die Wahrheit wird sich als noch viel grauenvoller erweisen …

»Psychologisch ausgeklügelter Thriller.«
*Freundin*

Droemer

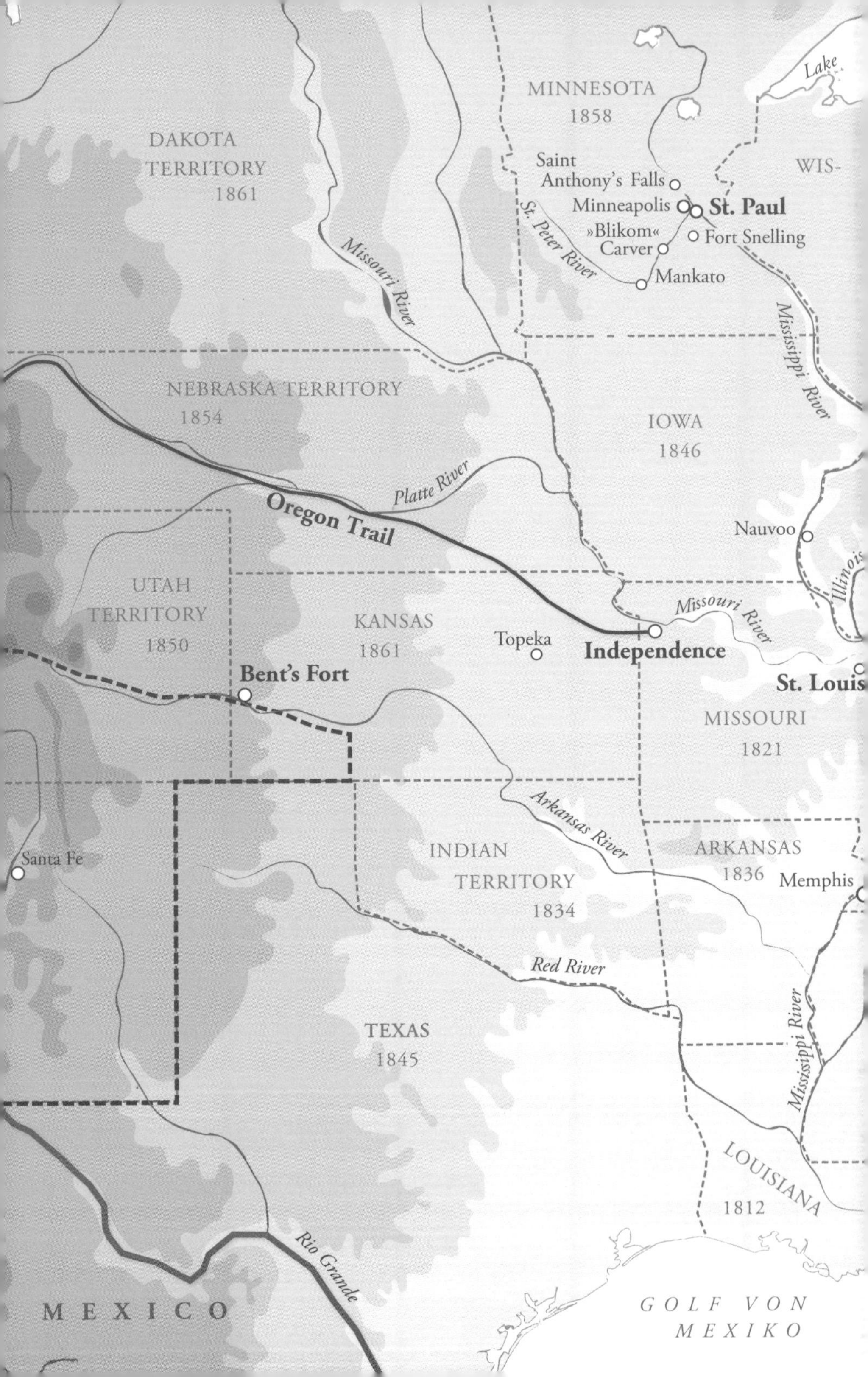

MINNESOTA
1858
DAKOTA
TERRITORY
1861
Lake
WIS-
Saint
Anthony's Falls
Minneapolis
St. Paul
»Blikom«
Carver
Fort Snelling
Mankato
St. Peter River
Missouri River
Mississippi River
NEBRASKA TERRITORY
1854
IOWA
1846
Platte River
Oregon Trail
Nauvoo
Illinois
UTAH
TERRITORY
1850
KANSAS
1861
Topeka
Independence
Missouri River
St. Louis
Bent's Fort
MISSOURI
1821
Arkansas River
ARKANSAS
1836
Memphis
Santa Fe
INDIAN
TERRITORY
1834
Red River
TEXAS
1845
Mississippi River
LOUISIANA
1812
Rio Grande
MEXICO
GOLF VON
MEXIKO